LA PSY

DU MÊME AUTEUR

Double Miroir
Plon, 1994
« Pocket », n° 10016

Terreurs nocturnes
Plon, 1995
« Pocket », n° 10088

La Valse du diable
Plon, 1996
« Pocket », n° 10282

Le Nid de l'araignée
Archipel, 1997
« Pocket », n° 10219

La Clinique
Seuil, 1998 et « Points », n° P636

La Sourde
Seuil, 1999 et « Points », n° P755

Billy Straight
Seuil, 2000 et « Points », n° P834

Le Monstre
Seuil, 2001 et « Points », n° P1003

Dr la Mort
Seuil, 2002 et « Points », n° P1100

Chair et sang
Seuil, 2003 et « Points », n° P1228

Le Rameau brisé
Seuil, 2003 et « Points », n° P1251

Qu'elle repose en paix
Seuil, 2004 et « Points », n° P1410

La Dernière Note
Seuil, 2005 et « Points », n° P1493

La Preuve par le sang
Seuil, 2006 et « Points », n° P1597

Le Club des conspirateurs
Seuil, 2006

Jonathan Kellerman

LA PSY

roman

TRADUIT DE L'ANGLAIS (ÉTATS-UNIS)
PAR MARIE-FRANCE DE PALOMÉRA

ÉDITIONS DU SEUIL
27, rue Jacob, Paris VIe

COLLECTION DIRIGÉE
PAR ROBERT PÉPIN

Ce roman est une œuvre de fiction. Noms, personnages, lieux et incidents, tout y sort de l'imagination de l'auteur ou est utilisé pour cette fiction. Toute ressemblance avec des personnes ayant existé ou vivantes, avec des sociétés, des événements ou des lieux serait pure coïncidence.

Titre original : *Therapy*
Éditeur original : Ballantine Books, a trademark of Random House, NY

ISBN original : 0-345-45259-3

ISBN 978-2-02-078954-7

www.seuil.com

À la mémoire de Warren Zevon

Avec mes remerciements tout particuliers
au Dr Leah Ellenberg

I

Il y a quelques années, un psychopathe réduisit ma maison en cendres.

Ce soir-là, je dînais dehors avec la femme qui l'avait dessinée et y vivait avec moi. Nous remontions Beverly Glen quand les hululements des sirènes avaient troué l'obscurité. Des coyotes hurlant à la mort.

Les bruits moururent vite – la catastrophe s'était sûrement produite dans les parages, mais pourquoi croire au pire ? À moins d'être d'un pessimiste forcené, on se dit : « Encore un pauvre diable qui a eu la poisse. »

Sauf que cette nuit-là, je dus réviser mon jugement.

Depuis, la sirène d'une ambulance ou d'une voiture de pompiers dans mon quartier déclenche en moi une réaction automatique : crispation du dos, brusque arrêt de la respiration, arythmie affolée de l'organe violacé qui bat en moi comme un oiseau en cage.

Pavlov avait raison.

J'ai une formation de psychologue clinicien, je pourrais donc y remédier, mais j'ai décidé de n'en rien faire. Parfois l'angoisse me donne le sentiment de vivre.

Quand les sirènes se mirent à hurler, je dînais avec Milo dans un restaurant italien en haut du Glen. Dix heures et demie et cette nuit de juin était frisquette. Le restaurant ferme à onze heures, mais nous étions les derniers clients et le serveur paraissait fatigué. La femme que je vois en ce moment donnait un cours du soir de psychopathologie à l'université, et le compagnon de Milo, Rick Silverman, s'évertuait, aux Urgences du Cedars-Sinaï, à sauver ce qui pouvait encore l'être des cinq victimes les plus grièvement blessées d'un carambolage de dix véhicules sur le Santa Monica Freeway.

Milo venait de boucler le dossier d'un braquage qui avait tourné au multiple homicide chez un caviste de Pico Boulevard. L'affaire avait exigé plus de persévérance que de matière grise. Son grade lui permettait de choisir ses enquêtes, et pour l'instant aucune ne l'attendait sur son bureau.

J'avais, moi, enfin fini de témoigner à une interminable série d'auditions de justice sur une garde d'enfant que se disputaient un célèbre réalisateur et une actrice tout aussi connue. J'avais accepté l'expertise avec un certain optimisme. Le réalisateur avait été jadis acteur et les deux parents savaient jouer la comédie. Maintenant, trois ans après, deux gamins à qui la vie souriait étaient devenus de jeunes paumés vivant en France.

Milo et moi fîmes un sort à une *focaccia* accompagnée d'artichauts poivrade en salade, suivie d'*orechiati* fourrés aux épinards et d'une *escalopina* mince comme une feuille de papier. Ni l'un ni l'autre n'étions d'humeur causante. Une bouteille d'un petit vin blanc tout à fait correct apprivoisait le silence. Nous éprouvions tous les deux un curieux sentiment de satisfaction ; la vie ignore l'équité, mais nous avions bien fait notre boulot.

Quand les sirènes se rapprochèrent, je gardai les yeux fixés sur mon assiette. Milo, lui, cessa de manger. Des taches d'épinards et d'huile d'olive étoilaient la serviette qu'il avait coincée dans son col de chemise.

– Ne t'inquiète pas, me dit-il. Ce n'est pas un incendie.

– Quelqu'un s'inquiéterait ?

Il repoussa les cheveux qui lui tombaient sur le front, saisit sa fourchette et son couteau, piqua, mâcha, avala.

– À quoi tu le sais ? repris-je.

– Que ce n'est pas la grande échelle ? Fais-moi confiance, Alex. C'est une voiture pie. Je connais le bruit.

Une deuxième voiture de patrouille passa en mugissant. Puis une troisième.

Il sortit son petit portable bleu de sa poche et appuya sur une touche. Un numéro présélectionné.

Je lui jetai un regard interrogateur.

– Simple curiosité, me dit-il. (On prit la communication.) Lieutenant Sturgis à l'appareil, dit-il. Que vient-on de signaler dans le secteur du haut de Beverly Glen ?... Oui, pas loin de Mulholland.

Il attendit, le vert de ses yeux ayant viré au marron dans l'éclairage parcimonieux du restaurant. Sa serviette tachée protégeait un polo bleu layette qui ne mettait pas vraiment en valeur son teint blême. Ses traces d'acné ressortaient, ses bajoues pleines faisaient songer à des outres fraîchement remplies. De longues pattes blanches frisottaient de part et d'autre de son visage massif ; rayées comme une fourrure de mouffette, elles ressemblaient à un prolongement postiche de sa tignasse noire. Milo est un policier gay et mon meilleur ami.

– Je vois, dit-il. Un inspecteur est sur l'affaire ?... Écoutez, il se trouve que je suis dans le coin et je peux arriver d'ici dix minutes, non... disons plutôt quinze, non... vingt minutes... D'accord, pas de problème.

Il replia le petit portable d'un coup sec.

– Double homicide, deux corps dans une voiture. Comme c'est à côté, autant jeter un coup d'œil. Ils s'occupent de protéger la scène de crime. La police scientifique n'est pas encore sur les lieux on a le temps de prendre un dessert. Des *cannoli*, ça te dit ?

Nous partageâmes l'addition et il me proposa de me raccompagner chez moi, mais aucun de nous deux ne prit l'offre au sérieux.

– Dans ce cas, me dit-il, on prend la Seville.

Je roulai vite. La scène de crime se trouvait à l'ouest de l'intersection du Glen et de Mulholland Drive, au bout d'une route étroite au revêtement de granit usé. Signalée comme privée, la voie serpentait au flanc de la colline couronnée de sycomores.

Une voiture de patrouille stationnait à l'entrée de la route. Quelques mètres plus loin, des pancartes À VENDRE au logo d'une agence immobilière du Westside avaient été agrafées à des arbres. Milo montra sa plaque au policier en tenue à bord du véhicule et nous pûmes passer.

Au bout de la route une maison se dressait derrière de grandes haies noircies par la nuit. Deux autres voitures de police nous barraient le chemin à une dizaine de mètres de la résidence. Nous nous garâmes et continuâmes à pied. Le ciel était violacé et l'air gardait encore l'odeur âcre de la fumée de deux feux de broussailles du début de l'été, l'un sur les hauteurs près de Camarillo, l'autre au-delà de Tujunga. Les deux venaient d'être maîtrisés. Dont un allumé par un pompier.

Une épaisse clôture de bois se dressait derrière les haies et les grilles du portail béaient. Les corps étaient affalés dans une Mustang cabriolet garée sur une allée de dalles en aggloméré qui décrivait un arc de cercle. Celle-ci s'arrêtait devant un manoir inhabité, une construction néo-hispanique massive qui devait exhiber une débauche de couleurs en plein jour. À cette heure-là, elle était gris mastic.

L'allée longeait un jardin de devant d'une superficie de quelque quatre cents mètres carrés et ombragé par d'autres sycomores, géants ceux-là. D'aspect relativement récent, la construction était abîmée par une profusion de fenêtres biscornues, mais quelqu'un avait eu l'intelligence d'épargner les arbres.

La capote de la petite voiture rouge était baissée. Je me reculai et regardai Milo qui s'approchait en veillant à rester en deçà du ruban. Il se contenta d'observer. Quelques minutes après, deux techniciens de la police scientifique prirent possession des lieux en traînant des caisses sur un chariot. Ils échangèrent quelques mots avec lui, puis se glissèrent sous le ruban.

Milo revint vers la Seville.

– À première vue, blessures par balle à la tête, un garçon et une fille, jeunes. Lui au volant, elle à côté. Lui, braguette ouverte et chemise à demi déboutonnée. Elle, chemise ôtée, jetée sur le siège arrière avec le soutien-gorge. À part la chemise, elle portait un caleçon noir. Baissé jusqu'aux chevilles et elle a les jambes écartées.

– Pelotage d'amoureux ?

– Maison inhabitée. Voisinage bon chic bon genre. Probablement bien visibles du jardin. Retiens la nuit et tutti quanti ? Probable.

– Des jeunes du coin qui savaient la maison inhabitée.

– Il paraît soigné. Et bien habillé aussi. Oui… je dirais qu'on peut miser sur des jeunes du coin.

– Pourquoi diable laisser le portail ouvert ?

– Rien ne prouve qu'il l'était, ou alors un des deux connaissait la maison et le code. Si ça se trouve, une des familles a fait construire la maison. Les scientifiques se mettent au travail, espérons qu'ils trouveront de quoi les identifier dans leurs poches. Pour l'instant, on vérifie l'immatriculation du véhicule.

– Des armes dans le décor ? lui demandai-je.

– Un meurtre-suicide ? Pas vraiment.

Il se frotta la figure. Sa main s'attarda sur sa bouche, en tira la lèvre inférieure, la relâcha.

– Quoi ? lui demandai-je.

– Une balle dans la tête chacun. Et ce n'est pas tout, Alex. On a transpercé le torse de la fille. Avec une sorte de javelot court ou de carreau d'arbalète. Là. (Il toucha un point sous son sternum.) À ce que j'ai pu en voir, ce foutu truc l'a complètement traversée et s'est fiché dans le siège. L'impact a fixé le corps dans une position bizarre.

– Un javelot.

– On l'a embrochée, Alex. Une balle dans la tête ne suffisait pas.

– Surextermination, lui fis-je remarquer. Donc un message. Étaient-ils vraiment en train de baiser ou y a-t-il eu mise en scène sexuelle ?

Il me lança un sourire glaçant.

– Là, on s'engage sur ton territoire.

II

Les techniciens de la police scientifique et le coroner, une femme, enfilèrent des gants et se mirent au travail sous l'éclat sans pitié des projecteurs. Milo interrogea les policiers en tenue arrivés les premiers sur les lieux, tandis que je bayais aux corneilles.

Il coupa vers un des gros sycomores, dit un mot à un interlocuteur invisible, et un homme en baggy, de type hispanique et à l'air inquiet, apparut derrière l'arbre. Il parlait avec les mains et semblait nerveux. Milo parut l'écouter avec attention. Il sortit son calepin et prit des notes sans jamais lever les yeux. Quand il en eut terminé, l'homme fut autorisé à quitter les lieux.

Le javelot dans la poitrine de la fille se révéla être une arme de fortune, confectionnée avec un barreau de clôture en fer forgé. C'est ce que déclara officiellement le coroner après l'avoir retiré du corps, emporté de l'autre côté du ruban jaune délimitant le périmètre et déposé sur la bâche en plastique destinée à recevoir les pièces à conviction.

Les policiers en tenue firent le tour de la propriété en cherchant une clôture similaire et découvrirent une protection métallique autour d'une piscine, mais avec des barreaux d'un diamètre différent.

Le service des Immatriculations arriva avec les références du véhicule : Mustang vieille d'un an à l'Argus, enregistrée au nom de Jerome Allan Quick, domicilié dans South Camden Drive, à Beverly Hills. Un portefeuille trouvé dans la poche du pantalon en toile du jeune homme livra un permis de conduire qui confirma son identité : Gavin Ryan Quick, vingt ans et deux mois. Une carte d'étudiant le situait en seconde année de fac, mais elle datait de deux ans. Dans une autre poche, la police scientifique récupéra un joint dans un sachet et un préservatif dans son emballage en papier d'alu. On découvrit un autre préservatif, sorti de son emballage mais encore roulé, sur le plancher de la Mustang.

Ni le caleçon noir de la fille ni sa chemise en soie couleur or ne comportaient de poches. Aucune pochette, aucun sac à main ne fut découvert dans la voiture ni ailleurs. Blonde, fluette, la peau claire, jolie, elle resta non identifiée. Même après qu'on eut retiré la tige de fer, elle demeura dans une position bizarre, poitrine défoncée sous le ciel nocturne, cou contorsionné, yeux grands ouverts. Une posture d'araignée qu'aucune créature vivante n'aurait appréciée.

Sans vouloir s'engager, le coroner estima, aux éclaboussures de sang artériel, qu'elle vivait encore quand on l'avait transpercée.

Milo et moi prîmes la direction de Beverly Hills. Une fois de plus il me proposa de me déposer ; une fois de plus j'éclatai de rire. Allison devait être rentrée, mais comme nous ne partagions pas le même toit elle n'avait pas à être informée de mes faits et gestes. À l'époque où Robin et moi vivions en couple, j'appelais avant de rentrer. À quelques exceptions près. Ce n'était pas le moindre de mes défauts.

– Qui était le type que tu interrogeais ?

– Le gardien de nuit de la société immobilière. Son travail consiste à faire un tour en voiture en fin de journée pour jeter un coup d'œil aux propriétés de grand standing et s'assurer de la sécurité des lieux. La société immobilière donne les clés à ses agents, ceux des autres sociétés pouvant en emprunter des doubles. Un système de toute confiance, estime-t-on, mais les portes ne sont pas fermées, et les fenêtres et les portails restent ouverts. Probable que c'est ce qui s'est passé ici. Trois agents ont fait visiter la maison aujourd'hui. C'était le dernier arrêt du gardien, il couvre tout le secteur, de San Gabriel jusqu'à la plage. C'est lui qui a découvert les corps et prévenu la police.

– Mais tu prendras quand même ses empreintes.

– C'est fait. Aucune trace de poudre. Je vais vérifier aussi les trois agences et leurs clients.

Je traversai Santa Monica Boulevard, continuai direction est et pris Rodeo Drive vers le sud. Les magasins étaient fermés, mais leurs vitrines restaient illuminées. Un SDF longeait le magasin Gucci en poussant un caddie.

– Donc, tu te charges de l'enquête, lui dis-je.

Il attendit le carrefour suivant pour me répondre.

– Ça fait un moment que je n'ai pas eu une petite énigme sympa. Excellent pour les méninges.

Il avait toujours affirmé qu'il détestait les énigmes policières, mais je me gardai de le lui rappeler. La dernière avait été résolue quelque temps auparavant, un psychopathe au cœur de pierre qui exécutait des artistes doués[1]. Le lendemain du jour où il avait bouclé son rapport d'enquête, Milo m'avait dit : « Cette fois, je suis partant pour une rixe de bar entre débiles, genre malfrats pris l'arme à la main. »

Et maintenant :

– D'accord, d'accord, plus maso que moi, tu meurs. Autant s'y faire.

Jerome Allan Quick habitait dans une rue coquette, à un pâté de maisons et demi au sud de Wilshire Boulevard. C'était le secteur « moyen standing » de Beverly Hills, autrement dit d'agréables maisons avec quelque huit cents mètres carrés de terrain et dont le prix se situait entre un et deux millions de dollars.

La résidence des Quick consistait en une bâtisse blanche traditionnelle haute d'un étage et qui donnait sur la rue. Un monospace blanc et une mini-Benz grise se partageaient l'allée. L'obscurité régnait. Tout semblait paisible. Pas pour longtemps.

1. Voir, du même auteur, *La Dernière Note*, Éditions du Seuil, 2005.

Milo appela la police de Beverly Hills pour les prévenir qu'il se chargeait de la notification, puis nous descendîmes de voiture et remontâmes à pied jusqu'à la maison. Il frappa à la porte et n'eut droit qu'au silence. Son coup de sonnette attira néanmoins un bruit de pas, puis une voix de femme demanda qui c'était.

– Police.

Les lumières de l'entrée illuminèrent l'œilleton fixé dans la porte. Qui s'ouvrit.

– La police ? Que se passe-t-il ? demanda la femme.

Le milieu de la quarantaine, la taille bien prise mais large de hanches, un survêtement vert en maille velours, des lunettes au bout d'une chaîne, rien aux pieds. La texture de ses cheveux blond cendré disait un négligé artificiel. Je distinguai au moins quatre nuances de blond dans l'éclairage au-dessus de la porte, toutes mêlées avec art. Ses ongles étaient recouverts d'un vernis argent. Sa peau semblait fatiguée. Elle plissait les yeux, clignant des paupières. Derrière elle, la maison était silencieuse.

Il n'existe aucune bonne méthode pour accomplir la tâche qui incombait à Milo. Le corps de la femme s'affaissa, elle hurla, se prit les cheveux à pleines mains, l'accusant d'être fou, le traitant d'ignoble menteur. Puis ses yeux se révulsèrent et sa main se plaqua violemment sur sa bouche, un bruit de haut-le-cœur filtrant entre ses doigts.

Je fus le premier à la suivre dans sa cuisine, où elle vomit dans un évier en inox. Milo resta près de la porte, l'air malheureux mais prenant quand même le temps d'inspecter la pièce.

Tandis qu'elle vomissait avec des hoquets convulsifs, je me tins derrière elle, sans la toucher. Quand elle eut fini, je lui tendis un essuie-tout.

– Merci, me dit-elle, c'est très...

Elle tenta de sourire mais se rendit soudain compte que j'étais un inconnu et fut prise d'un tremblement irrépressible.

Lorsque nous pûmes enfin gagner le séjour, elle resta debout et tint à nous faire asseoir. Nous nous posâmes sur un canapé recouvert de tissu broché bleu. La pièce était pleine de charme.

Elle nous dévisagea. De petits vaisseaux sanguins lui salissaient les yeux. Toute couleur avait quitté son visage.

– Puis-je vous offrir du café et des gâteaux ?

– Nous ne voulons pas vous déranger, madame Quick, lui dit Milo.

– Sheila, le reprit-elle.

Elle regagna vivement la cuisine. Milo croisait et décroisait ses mains. Mes yeux me brûlaient. Je fixai sans les voir une gravure de Picasso représentant un guitariste, une copie d'horloge rustique en merisier, des fleurs roses en soie dans un vase de cristal, des photos de famille. Sheila Quick, un homme mince aux cheveux gris, une fille d'une vingtaine d'années à la chevelure brune, et le garçon de la Mustang.

Elle revint avec deux mugs dépareillés remplis de café lyophilisé, une coupelle de faux sucre en poudre et une assiette de petits gâteaux. Elle avait les lèvres exsangues.

– Je suis tellement désolée, dit-elle. Servez-vous, cela vous fera peut-être du bien.

– Madame... commença Milo.

– Sheila, je vous en prie. Mon mari est à Atlanta.

– Pour affaires ?

– Jerry est négociant en métaux. Il visite des dépôts de ferraille et des hauts-fourneaux, que sais-je ? (Elle joua avec ses cheveux.) Servez-vous, je vous en prie. Ce sont des Pepperidge Farms.

Elle prit un petit gâteau dans l'assiette, le laissa tomber, essaya de le ramasser, le réduisit en miettes sur le tapis.

– Oh ! Que je suis maladroite !

Elle leva les mains dans un geste d'impuissance et se mit à pleurer.

Milo fit preuve de tact, mais il la sonda, et tous deux entamèrent un dialogue de routine : brèves questions de sa part à lui, longues réponses décousues de sa part à elle. Le son de sa propre voix semblait l'hypnotiser. Je me refusai à imaginer la suite, après notre départ.

Des deux enfants, Gavin Quick était le plus jeune. Une sœur de vingt-trois ans faisait son droit à l'université de Boston.

Gavin était un garçon adorable. Pas de drogue, pas de mauvaises fréquentations. Sa mère ne voyait pas qui aurait pu lui vouloir du mal.

– Franchement, inspecteur, c'est une question idiote.

– Mais que je dois poser, madame.

– Eh bien, elle n'a pas lieu d'être. Personne ne voudrait faire du mal à Gavin, il a déjà assez souffert.

Milo attendit.

– Un terrible accident de voiture.

– Quand ça, madame ?

– Il y a juste un peu moins d'un an. Il a eu la chance de ne pas...

Sa voix s'étrangla. Elle se prit la tête dans les mains, le dos courbé, frémissant.

Il lui fallut un moment pour montrer à nouveau son visage.

– Gavin était avec une bande d'amis... des amis de la fac, il finissait sa deuxième année de sciences éco. Le monde des affaires l'intéressait... mais pas ce que fait Jerry. La finance, l'immobilier, les secteurs importants.

– Que s'est-il passé ?

– Quoi... ? Oh, l'accident ? Absurde, complètement absurde, mais les jeunes n'écoutent rien. Ils ont nié, mais je suis sûre que l'alcool y était pour quelque chose.

– « Ils » ?

– Le garçon qui conduisait... sa société d'assurances. Ils voulaient minimiser leur responsabilité. C'est évident. Un garçon de Whittier, Gavin l'avait connu au lycée. Comme il s'est tué, nous pouvions difficilement harceler ses parents, mais le temps qu'il a fallu à la société pour nous indemniser des frais médicaux de Gavin a été... Inutile de revenir là-dessus.

Elle prit un mouchoir en papier et s'essuya les yeux.

– Qu'est-il arrivé exactement, madame Quick ?

– « Arrivé » ? Ils s'étaient entassés à cinq dans une idiotie de petite Toyota et roulaient trop vite sur le Pacific Coast Highway. Ils étaient allés à un concert à Ventura et rentraient à L.A. Le conducteur, le garçon qui est mort, Lance Hernandez, a raté un virage et percuté de plein fouet le flanc de la montagne.

Les deux garçons à l'arrière, à côté de Gavin, n'ont eu que des blessures sans gravité. Gav, lui, était coincé entre eux deux ; comme il était le plus maigre, il avait pris la place du milieu et il n'avait pas de ceinture de sécurité. La police de la route nous a dit que ç'avait été une chance pour lui d'être aussi serré, que ça l'avait empêché de traverser le pare-brise. En fait, il a été projeté vers l'avant et son crâne a heurté le dossier du siège du conducteur. Il a eu l'épaule démise, et de petits os de ses pieds se sont brisés quand les occupants de la voiture sont retombés vers l'arrière. Curieusement, il n'y avait pas de sang, pas de contusions, à peine une bosse minuscule sur le front. Il n'a pas été dans le coma ni rien, mais on nous a dit qu'il avait subi une grave commotion cérébrale. Il a eu une sérieuse perte de mémoire pendant quelques jours, en fait il lui a fallu des semaines pour retrouver toute sa tête. Sinon, la bosse disparue, on ne se serait douté de rien à le voir. Mais moi qui suis sa mère, je sais qu'il avait changé.

– Changé en quoi, madame Quick ?

– Plus silencieux... Quelle importance ? Et alors quoi ? Je ne vois pas le rapport.

– Simple enquête d'antécédents, madame.

– Franchement, je ne vois pas l'intérêt. D'abord vous arrivez ici et vous me démolissez ma vie, ensuite vous... Désolée, je suis juste en train de m'en prendre à vous au lieu de me tuer. (Un grand sourire.) D'abord mon bébé se fracasse contre un siège de voiture, ensuite vous me dites qu'il a été abattu par un cinglé... Où est-ce arrivé ?

– Au bout de Mulholland Drive, au nord de Beverly Glen.

– Là-haut ? Je ne vois vraiment pas ce qu'il aurait fabriqué là.

Elle nous regarda avec un scepticisme qui venait de se faire jour, comme si elle espérait que nous avions tout faux depuis le début.

– Il était dans sa voiture avec une jeune femme.

– Une jeune... (La main de Sheila Quick fit une boule du mouchoir.) Blonde, bien fichue, jolie ?

– Oui, madame.

– Kay-la, dit-elle en insistant sur le nom. Oh, mon Dieu ! Gavin et Kayla... Pourquoi ne m'avez-vous pas dit qu'ils étaient ensemble… Maintenant, il va falloir que je l'annonce à Paula et Stan… Mon Dieu, mais comment vais-je…

– Kayla était la petite amie de Gavin ?

– « Est »… était. Je ne sais pas, ils sortaient ensemble.

Elle posa son mouchoir en papier sur le coussin du canapé et se figea. La boule de papier commença à s'ouvrir, comme de son propre gré. Elle la fixa, le regard vide.

– Madame Quick ? dit Milo.

– Gavin et Kayla se voyaient de temps en temps, dit-elle. Ils se connaissaient depuis le lycée, à Beverly. Après l'accident, quand Gavin… (Elle fit non de la tête.) Je me sens incapable de l'annoncer à ses parents, je suis désolée… Vous voulez bien vous en charger ?

– Bien sûr. Quel est le nom de famille de Kayla, et où habitent ses parents ?

– Vous pouvez utiliser le téléphone de la cuisine. Je suis sûre qu'ils ne sont pas encore couchés, en tout cas pas Stan. Il n'est pas du genre couche-tôt. C'est un musicien, il compose des jingles publicitaires, des musiques de films. Il est très demandé. Ils habitent là-haut, dans les Flats.

– Leur nom de famille, madame ?

– Bartell. Autrefois Bartelli ou quelque chose du genre, italien. Kayla est blonde, mais italienne. Le nord de l'Italie, je crois. En tout cas du côté de Stan. Je ne sais pas d'où vient Paula. À votre avis, je devrais appeler mon mari à Atlanta ? C'est vraiment tard, là-bas, et je suis sûre qu'il a eu une dure journée.

Milo posa encore quelques questions, n'apprit rien, la persuada d'avaler un peu du café lyophilisé des mugs, découvrit le nom de son médecin de famille, Barry Silver, et le réveilla. Il vivait à Beverly Hills et promit d'arriver aussitôt.

Milo ayant demandé à voir la chambre de Gavin, Sheila Quick nous précéda dans un escalier à tapis tufté marron, ouvrit grande la porte, abaissa un interrupteur. La pièce, spacieuse et peinte en bleu pâle, empestait : une odeur de fauve et de pourriture. Le grand lit double était défait, des vêtements froissés s'empilaient par terre, des livres et des papiers étaient jetés n'importe comment ici et là, des assiettes sales et des cartons de traiteur encombraient les espaces vides. J'avais vu des flics en quête de drogue laisser les lieux plus rangés après une perquisition.

– Gavin était un garçon ordonné, dit Sheila Quick. Avant l'accident. J'ai essayé, j'ai renoncé. (Elle haussa les épaules. La honte colora son visage. Elle ferma la porte.) Il y a des batailles perdues d'avance. Vous avez des enfants ?

Nous lui fîmes signe que non.

– Tant mieux pour vous.

Elle tint à ce que nous partions sans attendre l'arrivée du médecin, et comme Milo protestait elle se posa une main sur la tempe et grimaça, comme s'il lui infligeait une douleur insupportable.

– Laissez-moi avec mes pensées. Je vous en prie.

– Bien, madame.

Il nota l'adresse de Stan et Paula Bartell. Même rue, Camden Drive, mais vers les numéros 800 et quelque, près de deux kilomètres plus au nord, après le quartier des affaires.

– Les Flats, répéta Sheila Quick. Une résidence somptueuse.

Quand on voit au cinéma des séquences montrant des extérieurs typiques de Beverly Hills, il s'agit presque toujours des Flats. Les réalisateurs affectionnent les travellings éclaboussés de soleil et bordés de palmiers du Foothill Freeway et de Beverly Boulevard, mais lorsqu'il s'agit d'évoquer l'opulence californienne dans sa quintessence, toutes les grandes rues qui s'insèrent entre Santa Monica et Sunset font l'affaire. Dans les Flats, les terrains à construire démarrent à deux millions de dollars et les empilements de stuc rénovés peuvent aller chercher plus du triple.

Les touristes de la côte Est ont habituellement la même impression du secteur : des lotissements irréprochables, de la verdure en masse, mais rien de transcendant. Des maisons qui honoreraient une confortable surface de terrain à Greenwich, Scarsdale ou Shaker Heights se voient compressées dans des rectangles de deux mille mètres carrés. Ce qui n'empêche pas les résidents d'édifier de faux manoirs Newport de cent vingt mètres carrés au sol, au coude à coude avec leurs voisins.

La résidence des Bartell entrait dans cette catégorie : c'était une pièce montée massive et à façade aplatie en retrait d'un jardin pitoyable, réduit en gros à une allée en arc de cercle. Une clôture blanche à fleurons dorés protégeait la propriété. Un panneau d'avertissement vous garantissant un TIR À VUE en cas d'entrée indue était fixé près du portail électrique. La clôture laissait entrevoir une porte à deux battants en verre dépoli bleu-vert éclairée par l'arrière. Au-dessus, un hublot géant hébergeait un lustre chauffé à blanc. Pas de véhicules sur le devant ; un garage de quatre places offrait une niche spacieuse aux voitures domestiques.

Milo respira un grand coup et dit : « Et on remet ça, *con sentimento* » ; sur quoi nous mîmes pied à terre. Des voitures filaient dans Sunset Boulevard, mais North Camden Drive était désert. Beverly Hills affectionne les arbres, et les magnolias qui bordaient Camden Drive auraient adoré la Caroline du Sud. Ici, la sécheresse et le smog entravaient leur croissance, mais quelques-uns étaient en fleur et leur parfum venait jusqu'à moi.

Milo appuya sur un bouton de l'interphone.

– Oui ? lança une voix d'homme peu amène.

– Monsieur Bartell ?

– C'est qui ?

– Police.

– À quel sujet ?

– Pourrions-nous entrer, monsieur ?

– De quoi s'agit-il ?

Milo se rembrunit.

– De votre fille, monsieur.

– De ma… une minute !

Quelques instants plus tard, des projecteurs illuminèrent la façade de la maison. Cette fois, je vis que les battants de verre étaient flanqués d'orangers en pots. L'un des deux dépérissait. Les battants s'ouvrirent et un homme de haute stature traversa l'allée. Il s'arrêta à cinq mètres de nous, mit ses mains en visière et fit trois pas dans l'éclat des projecteurs, tel un artiste.

– C'est quoi, cette histoire ? demanda-t-il d'une voix de basse, rauque.

Il s'avança. La cinquantaine finissante, bronzage Palm Beach. Imposant, la carrure puissante. Nez aquilin, lèvres minces, menton en galoche. Ses cheveux blancs tirant sur le jaune étaient ramenés en queue-de-cheval. Il portait des lunettes à monture noire, une mince chaîne en or autour du cou et une robe de chambre en velours lie-de-vin chatoyant qui effleurait le sol.

Milo sortit sa plaque, mais Bartell ne s'approcha pas.

– Quoi, ma fille ?

– Monsieur, nous serions vraiment mieux à l'intérieur.

Bartell ôta ses lunettes et nous étudia. Il avait des yeux rapprochés, foncés, scrutateurs.

– Vous êtes de la police de Beverly Hills ?

– De Los Angeles.

– Alors que fichez-vous ici ? Je vais vérifier. Si c'est un canular, vous aurez été prévenus.

Il regagna la maison et referma les portes derrière lui.

Nous attendîmes sur le trottoir. Des phares apparurent au bas du pâté de maisons, suivis d'une scansion de basse, tandis qu'un Lincoln Navigator remontait lentement la rue. On n'aurait pas donné quinze ans au garçon qui tenait le volant, casquette de base-ball avec visière à l'arrière, musique hip-hop montée à plein volume à l'intérieur. Le 4 × 4 continua en direction de Sunset Boulevard et poursuivit sa maraude dans le Strip.

Cinq minutes s'écoulèrent sans un mot ni signe de vie de Stan Bartell.

– La police de Beverly Hills pinaillerait ?

– Va savoir.

Nous attendîmes deux minutes de plus. Milo passa la main le long des lattes blanches de la clôture. Lança un regard torve à la pancarte d'avertissement. Je savais à quoi il pensait : à la vanité des mesures de sécurité.

Le portail électrique s'ouvrit enfin. Stan Bartell sortit de la maison, s'immobilisa sur le seuil et nous fit signe d'approcher.

– Tout ce qu'ils savent de votre présence ici, c'est ce qu'ils appellent une « notification » concernant un garçon que ma fille connaît, nous dit-il quand nous le rejoignîmes. Montrez-moi votre plaque, pour plus de sécurité.

Milo s'exécuta.

– C'est bien vous, dit Bartell. Alors... qu'est-ce qui est arrivé à Gavin Quick ?

– Vous le connaissez ?

– Je vous l'ai dit, ma fille le connaît. (Il enfila ses mains dans les poches de sa robe de chambre.) « Notification » a-t-il le sens auquel je pense ?

– Gavin Quick a été victime d'un meurtre, lui dit Milo.

– Quel rapport avec ma fille ?

– Une fille se trouvait avec Gavin. Jeune, blonde...

– N'importe quoi, lui répliqua Bartell. Ce n'est pas Kayla.

– Où est Kayla ?

– Sortie. Je vais l'appeler avec mon portable. Venez, je vous précède.

Nous le suivîmes à l'intérieur. Les dimensions du hall d'entrée, dallé de marbre, six mètres de hauteur de plafond, dépassaient de loin celles du séjour des Quick. La maison affichait une débauche de beiges, exception faite des fleurs en verre améthyste qu'on voyait absolument partout. D'énormes toiles abstraites dépourvues de cadres déclinaient toutes des variations du même coloris terreux et sans risque.

Sans dire un mot, Stan Bartell nous fit longer plusieurs autres pièces gigantesques avant d'arriver à un studio situé à l'arrière de la maison. Parquet et poutres apparentes. Un canapé, deux fauteuils de metteur en scène, un piano à queue, un orgue électrique, des synthétiseurs, mixeurs et platines de magnétophone, un saxophone alto sur un support et une sublime guitare basse, dans laquelle je reconnus une D'Aquisto à cinquante mille dollars, dans un étui ouvert.

Des disques d'or encadrés étaient accrochés aux murs.

Bartell se laissa tomber sur le canapé, pointa un doigt accusateur vers Milo et sortit un téléphone de sa poche. Il composa le numéro, porta l'appareil à son oreille, attendit.

Pas de réponse.

– Ça ne veut rien dire, grommela-t-il.

Puis son visage de bronze se fripa et il éclata en sanglots irrépressibles.

Milo et moi restâmes plantés là, impuissants.

– Que lui a fait ce putain de petit fumier ? dit enfin Bartell.

– Gavin ?

– J'avais dit à Kaylie qu'il ne tournait pas rond, je lui avais dit de garder ses distances. Surtout depuis l'accident… Vous êtes au courant de ce putain d'accident, non ? Sûr qu'il aura eu le cerveau esquinté, ce con de petit…

– Sa mère…

– Elle ?! Une garce folle à lier.

– Vous avez eu des problèmes avec eux.

– Elle est cinglée, dit Bartell.

– C'est-à-dire ?

– Pas nette. Elle ne sort jamais de chez elle. Je vais vous le dire où il est, le problème. Son fils courait après mon ange. (Il serra les poings, énormes. Leva les yeux au ciel et se balança.) Oh, Seigneur, c'est l'horreur, l'horreur ! (Une lueur de panique s'alluma dans ses yeux.) Ma femme… elle est à Aspen. Elle ne skie pas, mais elle y va l'été. Pour les magasins, l'air pur. Oh, merde. Elle va en mourir, elle va juste s'effondrer et mourir.

Bartell se pencha et agrippa ses genoux, se balança encore.

– Comment une horreur pareille a-t-elle pu se produire ?

– Pourquoi pensez-vous que Gavin Quick aurait pu faire du mal à Kayla ?

– Parce qu'il était… le gamin n'était pas net. Kaylie le connaissait depuis le lycée. Elle a rompu avec lui plusieurs fois, mais il revenait toujours à la charge, et elle continuait toujours à le virer. Cette petite ordure rappliquait, rôdant autour de la maison même quand Kaylie n'était pas là. Me cassant les pieds… comme si faire de la lèche au vieux allait arranger ses affaires ! Je travaille chez moi, j'essaie de composer un truc, et ce petit fumier vient me bassiner avec des conneries sur la musique, essayant de discuter… sans rien y connaître ! Je fais beaucoup de jingles, j'ai des dates limites, alors discuter d'alternative punk avec un jeune connard… Il s'asseyait, jamais décidé à partir. J'ai fini par dire à l'employée de maison de ne plus le laisser entrer.

– Obsessionnel, dis-je.

Bartell baissa la tête.

– Était-il plus obsessionnel depuis l'accident ? lui demanda Milo.

Bartell leva les yeux.

– Alors, c'est lui.

– C'est peu vraisemblable, monsieur Bartell. Comme aucune arme n'a été retrouvée sur les lieux, je penserais plutôt qu'il n'a été qu'une victime.

– Qu'est-ce que vous me chantez ? Putain, vous vous fou…

Un bruit de pas… des pas légers… nous fit nous retourner tous trois du même mouvement.

Une délicieuse adolescente vêtue d'un jean taille basse, moulant, d'aspect huilé, et d'un court chemisier noir découvrant un ventre plat et bronzé se tenait dans l'encadrement de la porte. Deux piercings au nombril, dont l'un orné d'une turquoise. Elle portait à l'épaule un sac en soie noire, brodé de fleurs également en soie. Trop maquillée, elle avait un nez aquilin et un menton affirmé. Des cheveux longs et raides, couleur de foin fraîchement coupé. Le chemisier découvrait la peau lumineuse de la naissance des seins. Un gros « K » en or au bout d'une chaîne reposait au creux de son cou.

Le bronzage de Stan Bartell vira au beige marbré.

– Qu'est-ce…

Il abattit sa main sur son cœur, puis tendit les bras vers l'adolescente.

– Mon bébé, mon bébé !

La fille prit une mine excédée.

– Quoi encore, papa ? dit-elle.

III

– Bon Dieu, où étais-tu ? lui demanda Stan Bartell.

Kayla Bartell dévisagea son père comme s'il avait perdu la tête.

– Dehors.

– Avec qui ?

– Des copains.

– Je t'ai appelée sur ton portable.

Elle haussa les épaules.

– Je l'avais éteint. De toute façon, vu le bruit du club, je ne l'aurais pas entendu.

Bartell commença une phrase, puis l'attira plus près et la serra contre lui. Elle nous jeta un regard, comme pour chercher du secours.

– Pa-paa !

– Merci, mon Dieu ! lâcha Bartell. Dieu tout-puissant, merci.

– Qui sont ces gens-là, papa ?

Bartell libéra sa fille et nous fusilla du regard.

– Filez.

– Mademoiselle Bartell… commença Milo.

– Non ! hurla Bartell. Dehors ! Tout de suite !

– Mais c'est qui, papa ?

– Personne.

– Je souhaiterais, à un moment ou un autre, interroger Kayla, dit Milo.

– Quand les cochons prendront le Concorde !

Lorsque nous atteignîmes la porte, Bartell prit position sur les marches et pressa d'un doigt rageur un bouton de télécommande.

Les battants du portail commencèrent à s'ouvrir. Milo et moi eûmes à peine le temps de les franchir qu'ils se refermaient sèchement.

Bartell claqua sa porte.

– Ta police de proximité sympa, qui se fait des amis et répand la joie partout où elle va ! me lança Milo.

– Intéressant que Bartell ait cru que Gavin s'en était pris à Kayla, dit Milo alors que nous nous éloignions. Tu as parlé d'« obsessionnel ».

– L'hostilité de Bartell pourrait être juste du ressentiment envers celui qui reniflait son ange. Mais l'obsession est parfois un effet secondaire d'une blessure à la tête.

– Et cette porcherie qui lui sert de chambre ? La mère affirme qu'il était ordonné. Ça cadre avec une lésion cérébrale ?

– Un coup violent aux lobes préfrontaux induit parfois toutes sortes de changements.

– Permanents ?

– Ça dépend de la gravité de la blessure. Dans la plupart des cas, c'est temporaire.

– L'accident de Gavin remonte à dix mois.

– Pas bon signe, lui dis-je. J'aimerais savoir quel genre de garçon c'était en général. La carte d'étudiant dans sa poche, elle datait de deux ans. Mettons qu'il ait lâché la fac : à quoi a-t-il passé son temps depuis ?

– Peut-être à asticoter les gens qu'il fallait pas, dit-il. À cultiver ses obsessions. Je vais remettre ça avec Sheila. Bartell disait qu'elle était cinglée. Ça t'a frappé ?

– Vu les conditions dans lesquelles nous avons fait sa connaissance, c'est ne pas craquer qui aurait été anormal.

– Mmm… J'interrogerai le père quand il rentrera d'Atlanta… J'adore mon boulot… mais ça suffit pour ce soir. Dépose-moi au Glen et bon dodo.

Je pris Sunset Boulevard et m'engageai dans Holmby Hills.

– La grande question pour le moment, reprit Milo, c'est donc bien : « Qui est la fille ? » Et pourquoi l'embrocher elle, et pas Gavin ?

– Ça, plus la position dans laquelle on l'a laissée, signent un crime sexuel. On supprime le mâle, on prend son plaisir avec la femelle.

– Tu crois que le coroner trouvera la preuve d'une agression sexuelle ?

– Si nous avons affaire à un psychopathe, la tige de fer pourrait suffire.

– Pénétration par procuration ?

Je hochai la tête.

– Ce serait donc le fait d'un pervers. Rien à voir avec les victimes, juste un couple de jeunes qui s'est trouvé au mauvais endroit au mauvais moment.

– On pourrait le voir comme ça, lui dis-je.

Il lâcha un petit rire.

– Et dire que je me suis porté volontaire.

– Tu vois quelqu'un de mieux placé que toi ?

– Ce qui voudrait dire ?

– Que tu feras du bon boulot.

Il ne répondit pas. Je ralentis le temps de deux virages, enchaînai sur une portion de route en ligne droite et lui lançai un regard en biais. Un soupçon de sourire s'insinua sur ses lèvres.

– Si c'est pas un pote, dit-il.

Le lendemain matin, je pris un petit-déjeuner matinal avec Allison Gwynn avant son premier patient. Elle a son cabinet à Santa Monica, dans Montana Avenue, à l'est de Boutique Row, et nous nous donnâmes rendez-vous dans une pâtisserie voisine. Il était sept heures quarante, l'endroit ne s'était pas encore rempli de sa clientèle d'oisifs. Allison avait opté pour un tailleur blanc en lin et des sandales blanches, qui mettaient en valeur ses longs cheveux noirs. Elle ne sort jamais sans être maquillée ni un assortiment de bijoux absolument pas de fantaisie. Ce jour-là, c'était du corail et de l'or, des articles que nous avions dénichés lors d'un voyage récent à Santa Fe.

Elle était déjà là quand j'arrivai et avait bu la moitié d'une tasse de café.

– Bonjour ! Voyez-moi ce beau gosse !

– Bonjour, beauté.

Nous sortions ensemble depuis un peu plus de dix mois, et en étions encore au stade où le pouls s'accélère et le corps s'enfièvre.

Nous commandâmes des petits pains au sucre et passâmes en mode conversation. D'abord sur tout et rien, puis petite joute sexuelle, ensuite travail. Parler boutique signe parfois la mort du couple, mais jusque-là j'y avais pris plaisir.

Elle attaqua la première. Semaine chargée, correction des dissertations de ses étudiants, agenda de consultations complet, bénévolat à l'hospice. Finalement nous abordâmes la nuit précédente. Allison éprouve de l'intérêt pour mes activités. Plus que de l'intérêt même. Les traits les plus révoltants du comportement humain la fascinent, et il m'arrive de me demander si cet élément ne cimente pas notre relation. Peut-être les aléas de la vie. Victime d'une humiliation sexuelle à l'adolescence, veuve alors qu'elle n'avait pas trente ans, elle garde un revolver dans son sac et adore tirer sur des cibles humaines en carton. Je ne me pose pas de questions. Trop d'analyse, et on n'a déjà pas le temps de vivre.

Je lui décrivis la scène de crime.

– Mulholland Drive, répéta-t-elle. Quand j'allais à Beverly, on se garait tout le temps là-haut.

– « On » ?

Elle m'adressa un sourire moqueur.

– Moi et les autres prétendues vierges.

– Une expérience religieuse.

– Pas à l'époque, je te le garantis ! Les garçons et tout… trop d'ardeur, pas assez de doigté.

Je me mis à rire.

– Bref, un lieu bien connu où on se pelotait.

– Que tu as loupé, pauvre bouseux du Middle West ! Eh oui, mon cher, on se pelotait ferme dans Mulholland Drive. C'est probablement encore le cas, quoiqu'il y ait sûrement moins d'ébats sur la banquette arrière maintenant que les jeunes sont autorisés à utiliser leur chambre. Je suis sidérée par le nombre de mes patients qui le tolèrent. Tu connais l'argument : autant savoir où sont les mômes.

– Sans doute le sentiment que deux familles éprouvent en ce moment précis.

Elle coinça une mèche derrière son oreille.

– C'est tragique.

Les petits pains arrivèrent, garnis d'amandes effilées, chauds.

– Une maison vide. Plus inventifs que nous. Ils auront repéré la pancarte À VENDRE, le portail ouvert, et sauté sur l'occasion… Les malheureux parents. D'abord l'accident du garçon, maintenant ça. Tu disais qu'il avait changé. En quoi ?

– Sa chambre était une vraie porcherie, or d'après sa mère il avait toujours été ordonné. Elle n'a pas dit grand-chose. Ce n'était pas le moment d'insister.

– Non, bien sûr.

– Le père de son ex-petite amie l'a qualifié d'obsessionnel, ajoutai-je.

– Dans quel sens ?

– Se pointant chez la fille à l'improviste. Quand elle n'était pas là, il asticotait le père, restait là à lui poser des questions. Le père a aussi laissé entendre que Gavin était beaucoup trop insistant avec sa fille. Sa première réaction, quand il a cru que sa fille était morte, a été de croire que le garçon lui avait fait du mal.

– Ça fait surtout penser au scénario du père surprotecteur.

– Peut-être.

– Y a-t-il eu un quelconque syndrome post-traumatique ? me demanda-t-elle. Perte de conscience, troubles de la vision, confusion mentale ?

– La mère a seulement parlé d'une perte temporaire de mémoire.

– L'accident remonte à dix mois, me fit-elle remarquer. Et la mère continue de dire qu'il a changé.

– Je sais. Les lésions ont peut-être été permanentes. Mais je ne suis pas sûr que tous ces détails aient de l'importance, Ally. Les lieux de rendez-vous attirent les voyeurs, et pire. Soit Gavin et la fille ont été interrompus pendant un rapport, soit on les a positionnés pour en donner l'impression.

– Un psycho. (Elle examina son petit pain, mais n'y toucha pas. Sourit.) Pour parler pro.

– Il est un peu tôt pour ça, lui dis-je.

– Mulholland Drive, répéta-t-elle. Ce qu'on ne fait pas à l'âge où on se croit immortel !

Nous parcourûmes à pied les trois pâtés de maisons jusqu'à son cabinet. La main d'Allison étreignait solidement mon biceps. Ses sandales blanches qui laissaient ses orteils libres avaient des talons généreux, et ces centimètres mettaient le haut de sa tête au niveau de ma lèvre inférieure. Un souffle d'air marin souleva ses cheveux ; des mèches soyeuses balayèrent mon visage.

– Et Milo s'est porté volontaire ?

– Il ne semblait pas avoir besoin de se faire prier.

– Logique, dit-elle. Il avait l'air de s'ennuyer à périr ces derniers temps.

– Cette enquête va drôlement le stimuler.

– Toi aussi.

– Si on a besoin de moi.

Elle éclata de rire.

– Fais-toi du bien aussi.

– Je t'ai paru m'ennuyer ?

– Plutôt avoir des impatiences. Une énergie de fauve en cage.

Je grondai et me martelai la poitrine de ma main libre en lâchant un rugissement assourdi de Tarzan. Deux femmes à la démarche conquérante, qui arrivaient en sens inverse, pincèrent les lèvres et se tinrent à une distance respectueuse en nous croisant.

– Tu les auras au moins rendues heureuses, me lança Allison.

Milo s'ennuyant à périr. Il pestait tant contre le stress au boulot, le stress personnel, l'état du monde, tout et n'importe quoi, que l'idée ne m'en était jamais venue.

La dernière fois qu'Allison l'avait vu… quoi, deux semaines avant ? Un dîner en fin de soirée au Café Moghul, le restaurant indien proche du poste de police de West L.A. qui lui sert d'annexe à son bureau. Les patrons croient que sa présence leur garantit la paix et la sécurité et le traitent en maharaja.

Ce soir-là, Allison et moi, plus Rick et notre colosse, avions eu droit à un banquet à nous faire péter la sous-ventrière. Allison et Milo étaient voisins de table et avaient discuté ensemble pendant la plus grande partie du dîner. Milo a mis du temps à s'amadouer. À se faire à l'idée que je sortais avec une autre femme. Robin et moi avons vécu ensemble plus de dix ans, et il l'adore. Robin a trouvé le bonheur avec un autre homme. Je pensais que je m'en tirais plutôt bien, alors qu'elle et moi essayions de repartir sur de nouvelles bases, amicales celles-là. Je le pensais, sauf dans les moments où j'en doutais.

J'attendais que Milo cesse de se comporter comme un gamin dont les parents se disputent la garde.

Le lendemain du dîner indien, il m'avait téléphoné. « Tu as tes lubies, mais quand tu as fait ton choix, tu t'accroches », m'avait-il dit.

Le lendemain du meurtre, il m'appela.

– Pas de traces de sperme sur la fille, aucune preuve de violences sexuelles. Sauf si tu comptes la tige de fer. Le même calibre 22 a servi pour les deux, une balle chacun, droit dans le front. Ton tueur hostile ou déchaîné a la gâchette facile. En clair, c'est un type sûr de lui. La tête froide, peut-être un expert.

– Sûr de lui et prenant ses précautions, lui précisai-je. Résolu à ne pas faire trop de bruit non plus.

– Peut-être. Encore que vu l'endroit… La résidence la plus proche est à un hectare de là, il n'avait pas grand-chose à craindre. D'ailleurs l'arme aura juste fait *pop pop*, pas de grosse déflagration. Pas de blessure de sortie, les balles ont ricoché dans le crâne des jeunes, le genre de dégâts qu'on attend d'un calibre 22.

– On a identifié la fille ?

– Pas encore. Ses empreintes ne semblent pas être au fichier, mais impossible d'en jurer car l'ordinateur a des états d'âme. J'ai parlé aux gars des Personnes disparues, ils sont en train de pondre un avis de recherche. J'ai fait une tournée d'appels aux autres postes, mais il n'y a pas pénurie de filles jeunes et blondes quand il s'agit de personnes disparues. À mon avis, on découvrira que c'est juste une autre copine de Gavin à Beverly Hills. Mais dans ce cas, tu pourrais croire qu'elle manque à quelqu'un, or aucune fille du coin n'est portée absente.

– Elle aura découché, dis-je. Aujourd'hui, les parents ferment les yeux. Et les parents riches ont de fortes chances d'être ailleurs.

– J'aurais bien aimé interroger Kayla... En attendant, j'ai demandé au coroner de nous faire quelques photos avant l'autopsie. Je viens de passer les prendre, je vais faire circuler la moins terrifiante. Elle paraît presque endormie. Je veux que les Quick y jettent un œil, le père a dû rentrer, voire la sœur aussi. Je leur ai passé un coup de fil, mais pas de réponse ni de répondeur.

– Le travail du deuil, dis-je.

– Que je vais interrompre de ce pas. Ça t'ennuie de m'accompagner ? Au cas où j'aurais besoin d'aide au rayon tact ?

IV

Dans la lumière de l'après-midi, la résidence des Quick avait encore plus de charme : bien entretenue, pelouse tondue, jardin ourlé de plates-bandes d'impatiens. Pendant la journée, le stationnement était réservé aux riverains. Milo avait placé un coupe-file du LAPD sur son tableau de bord, et il m'en tendit un pour la Seville. Dans l'autre main, il tenait une grande enveloppe de papier kraft.

Je mis le coupe-file bien en vue derrière la vitre.

– Me voilà intronisé.

– Compliments. Allez, on remet ça.

Il plia une jambe et décontracta son cou. Puis il ouvrit l'enveloppe et en sortit la photo de la blonde.

Le joli visage était devenu un masque livide. J'en étudiai les détails : nez à l'arête doucement incurvée, fossette au menton, piercing au sourcil. Des mèches blondes et raides verdies par le flash de l'appareil. Mais la teinte verdâtre de la peau était authentique. L'orifice creusé par la balle ressemblait à une énorme verrue noire aux contours boursouflés, légèrement décalée par rapport à la ligne médiane du front lisse. Des cernes violacés marquaient les yeux – hémorragie cérébrale. Du sang coagulé sous le nez, ça aussi. La bouche entrouverte pendait légèrement. Les dents étaient régulières et ternes.

Pour moi, tout sauf « presque endormie ».

Je lui rendis le cliché de la morgue et nous gagnâmes la maison des Quick.

Une femme en tailleur-pantalon noir nous ouvrit. Plus jeune

que Sheila Quick, une brune mince et osseuse aux traits fermes et au port assuré. Ses cheveux brun foncé étaient coupés court, dégradés sur le devant et maintenus en place par une brume de laque.

Elle posa les mains sur ses hanches.

– Désolée, ils se reposent.

Milo lui montra sa plaque.

– Cela ne change rien, lui renvoya-t-elle.

– Madame…

– Eileen. Je suis la sœur de Sheila. Et voici ma plaque à moi.

Elle sortit une carte de visite professionnelle couleur crème d'une poche de sa veste. Diamant poire de trois carats au doigt.

Eileen Paxton
Vice-présidente et chef de la division financière
Digimorph Industries
Simi Valley, Californie

– Digimorph Industries ?

– Effets spéciaux sur ordinateur. Une technique de pointe. Nous travaillons pour l'industrie cinématographique. Sur les images des films les plus prestigieux.

Milo lui adressa un sourire.

– Voici une image, madame Paxton.

Il lui montra le cliché de la morgue.

Le regard d'Eileen Paxton n'eut pas un frémissement, mais ses lèvres remuèrent.

– C'est la fille qu'on a trouvée avec Gavin ?

– La reconnaissez-vous, madame ?

– Non, mais ça me serait difficile. Je croyais qu'on avait trouvé Gavin avec sa petite amie…. La minette au nez crochu. C'est ce que Sheila m'a dit.

– Votre sœur s'avançait, lui répondit Milo. Supposition raisonnable, mais erronée. Ce qui explique, entre autres, notre présence ici.

Il laissa la photo sous les yeux d'Eileen Paxton.

– Vous pouvez ranger ça, lui dit-elle.

– M. Quick est-il rentré d'Atlanta ?

– Il dort. Ils dorment tous deux.

– Quand pensez-vous qu'ils seront visibles ?

– Comment le saurais-je ? C'est une épreuve terrible pour toute la famille.

– J'en suis bien conscient, madame.

– Cette ville ! lâcha Eileen Paxton. Ce monde !

– D'accord, lui dit Milo. Nous reviendrons plus tard.

Nous tournions les talons et Eileen commençait à refermer la porte quand une voix masculine résonna à l'intérieur de la maison.

– Eileen, qui est là ? demanda-t-on.

Eileen Paxton était déjà à moitié rentrée quand elle lança quelque chose d'inaudible. La voix masculine répliqua. Plus fort. Milo et moi nous retournâmes vers la maison. Un homme apparut sur le perron, de dos, s'adressant au vestibule.

– Je n'ai pas besoin d'ange gardien, Eileen !

Réponse assourdie. L'homme ferma la porte, pivota sur lui-même et nous dévisagea.

– Je suis Jerry Quick. Du nouveau sur l'assassinat de mon fils ?

Grand et longiligne, les épaules voûtées, il portait un pull ras du cou bleu marine sur un pantalon de toile beige et des Nike blanches. Des cheveux gris et clairsemés étaient rabattus à la va-vite sur le côté. Il avait un visage long et marqué de plis profonds, des joues creuses. Des salissures bleuâtres tachaient des poches ridées sous ses yeux bleus largement écartés. Ses paupières tombaient, comme s'il peinait à rester éveillé.

Nous revînmes vers le perron. Milo lui tendit la main. Quick la lui serra brièvement et me jeta un coup d'œil rapide.

– Avez-vous quelque chose ? répéta-t-il.

– Je crains que non. Auriez-vous le temps…

– Évidemment. (Ses lèvres se tordirent comme s'il avait goûté quelque chose de mauvais.) Ma femme d'affaires de belle-sœur… Parce qu'elle a rencontré Spielberg une fois, elle croit que sa merde ne pue pas… – entrez donc. Ma femme est complètement groggy, notre médecin lui a donné du Valium ou je ne sais quoi, moi, je vais bien. Il voulait me droguer aussi. Mais je veux garder la tête claire.

Nous nous assîmes, Milo et moi, sur le même canapé bleu et Jerome Quick prit place dans un fauteuil style Chippendale. J'étudiai une fois de plus les photos de famille. Histoire d'avoir une autre image de Gavin que la chose dans la Mustang.

Vivant, il avait été un garçon au physique agréable, grand, les cheveux foncés, doté du visage allongé et des yeux écartés de son père. Plus sombres, les yeux – gris-vert. Sur des photos plus anciennes, il portait des lunettes. En matière de mode, son goût vestimentaire n'avait jamais varié. Genre étudiant des grandes écoles, marques prestigieuses. Cheveux courts, toujours, soit la brosse bon chic bon genre, soit le gel fixant des mèches elles aussi de bon ton. Un jeune ordinaire au sourire timide, ni beau ni laid. Promenez-vous dans n'importe quelle rue de banlieue huppée, jetez un coup d'œil dans une galerie marchande, une salle multiplex ou un campus universitaire et vous en verrez des dizaines comme lui. Sa sœur, l'étudiante en droit de Boston, était une fille quelconque à l'expression réfléchie.

Quick surprit mon regard.

– C'était lui. (La voix lui manqua. Il laissa échapper un juron inaudible.) Au travail.

Milo le prépara pour la photo, puis la lui montra.

Quick l'écarta d'un geste.

– Jamais vue. (Ses yeux fixèrent la moquette.) Ma femme vous a parlé de l'accident ?

– Oui, monsieur.

– Ça, et maintenant ceci.

Quick bondit sur ses pieds, partit d'un pas résolu vers une table basse en faux Chippendale, examina un instant un coffret en cristal, puis l'ouvrit et en sortit une cigarette, qu'il alluma avec un briquet assorti.

Une fumée bleue monta vers le plafond. Quick aspira une grande bouffée, s'assit et laissa échapper un rire rauque.

– J'ai arrêté il y a cinq ans. Sheila juge que ça fait chic de les laisser en évidence pour les invités, même si plus personne ne fume. Comme au bon vieux temps à Hollywood, toutes ces conneries. Sa sœur lui dit ce qui se fait à Hollywood…

Il contempla sa cigarette, expédia la cendre sur le tapis et l'écrasa dans les poils avec son talon. La marque noire de brûlure parut le combler.

– Gavin vous a-t-il parlé d'une nouvelle petite amie ? lui demandai-je.

– « Nouvelle » ?

– Après Kayla.

– Ah ! Elle… dit Quick. Cette gourde. Non, il n'a rien dit.

– Vous en aurait-il parlé ?

– Qu'entendez-vous par là ?

– Se livrait-il facilement, au sujet de sa vie personnelle ?

– « Facilement » ? répéta Quick. Moins qu'avant l'accident. Il avait tendance à avoir les idées confuses. Au début, je veux dire. Pas étonnant, il avait pris un coup terrible, là.

Il se toucha le front. L'endroit exact où la balle était entrée dans le crâne de son fils. Il l'ignorait encore. Il le saurait bien assez tôt.

– Les idées confuses, répétai-je à mon tour.

– Ça n'a pas duré. Mais il s'est rendu compte qu'il ne pouvait plus se concentrer sur ses études et il a lâché l'université.

Il tira sur sa cigarette et fit la grimace, comme si inspirer lui faisait mal.

– Les lobes préfrontaux ont été touchés, continua-t-il. La zone qui contrôle la personnalité, à ce qu'on nous a dit. Et de toute évidence…

– Gavin avait changé, dis-je.

– Rien de dramatique, mais c'est indéniable. Ensuite il s'est rétabli, presque tout s'est amélioré. En tout cas, je suis sûr et certain que l'accident de Gavin n'est pas en cause.

Il aspira plusieurs bouffées rapides, laissa tomber encore un peu de cendre.

– Il faut trouver qui a fait le coup. Le salaud a laissé des indices ?

Milo prit la parole.

– Nous n'avons pas de suspects et très peu d'informations. Nous n'avons même pas réussi à identifier la fille.

– Moi, je ne la connais pas, et j'imagine que Sheila non plus. Nous avons les mêmes fréquentations.

– Voyez-vous quelque chose à nous dire sur Gavin qui pourrait nous aider ?

– Gavin était un garçon remarquable, dit Quick, comme s'il nous mettait au défi de le contredire. La tête sur les épaules. Un joueur de golf de premier ordre. Nous adorions le golf, tous les deux. Je lui ai appris, il a vite assimilé la technique et m'a surpassé en un rien de temps… Handicap sept, et il progressait. Cela avant l'accident. Après, la coordination flottait un peu, mais il gardait le niveau. Son attention s'égarait… il lui arrivait de vouloir rejouer indéfiniment le même coup… réussir un shot impeccable.

– Perfectionniste, dis-je.

– Oui, sauf qu'on finit par créer un embouteillage sur le green et qu'il faut passer au trou suivant. Question goûts, il était attiré par le monde des affaires, comme moi. (Il s'affaissa dans son fauteuil.) Ça aussi, ça a changé. Les affaires ne l'intéressaient plus. Il avait d'autres projets. Mais je pensais que ça ne durerait pas.

– D'autres projets de carrière ? lui demandai-je.

– Plutôt des lubies. Du jour au lendemain il n'a plus été question de Sciences éco : il se voyait écrivain.

– Quel genre d'écrivain ?

– Il m'a dit en blaguant qu'il se voyait enquêter pour la presse à scandales, qu'il fouillerait la vie privée des célébrités.

– Juste en blaguant, dis-je.

Quick me lança un regard noir.

– Il a ri, moi aussi. Je vous l'ai dit : il n'arrivait pas à se concentrer. Alors vous l'imaginez écrire pour un journal ? Un jour qu'Eileen était là, il lui a demandé si elle connaissait des célébrités sur lesquelles il aurait pu faire un papier. Sur quoi il m'a fait un clin d'œil, mais Eileen a failli en salir son pantalon ! Elle lui a fait tout un sermon sur le droit des célébrités à préserver leur intimité. L'idée d'offenser une grosse pointure l'épouvantait… N'importe… où en étais-je ?

Les yeux de Quick devinrent vitreux. Il tira quelques bouffées de cigarette.

– Gavin et sa carrière de journaliste d'investigation.

– Comme je vous l'ai dit, ce n'était pas sérieux.

– À quoi Gavin consacrait-il son temps après avoir abandonné ses études ?

– À traîner ici ou là, répondit Quick. Moi, j'étais prêt à ce qu'il les reprenne, mais pas lui, apparemment ; du coup j'ai... Il passait par une période difficile, je n'ai pas voulu le presser. Je pensais qu'il se réinscrirait peut-être au printemps.

– D'autres changements ? lui demandai-je.

– Il a cessé de ranger sa chambre. Vraiment laissé le foutoir s'installer. Sans être maniaque de la propreté, il avait toujours pris soin de sa personne. Maintenant, il fallait quelquefois lui rappeler de prendre une douche, de se laver les dents ou de se coiffer. Je détestais lui faire des remarques, car il avait honte. Mais jamais une réponse insolente, jamais un air excédé. Il disait juste : « Excuse-moi, papa. » Comme s'il savait que ce n'était plus comme avant et se sentait coupable. Mais ça s'arrangeait, il commençait à voir le bout du tunnel, à retrouver la forme – il s'était remis à courir. Il avait de l'endurance, il vous courait huit, dix kilomètres comme un rien ! Son médecin me disait que tout rentrerait dans l'ordre.

– Quel médecin ?

– Tous. Il y avait un neurologue, son nom m'échappe... (Il aspira une bouffée, ôta sa cigarette et se tapota la joue de sa main libre.) Un Indien. Barry Silver, notre médecin de famille, nous avait dirigés sur lui. Un Indien, là-bas, à Saint John's... Singh. Il porte un turban, sans doute un... vous savez bien... Barry est un ami en même temps que notre médecin, je joue au golf avec lui, si bien que j'ai fait confiance au spécialiste qu'il nous indiquait. Singh a fait quelques examens et nous a dit qu'il ne voyait vraiment rien de détraqué dans le cerveau de Gav. Que Gav mettrait du temps à se remettre, mais il ne pouvait pas nous dire combien. Ensuite, il nous a renvoyés sur une thérapeute... une psychologue. Pour aider Gav à se remettre du traumatisme.

– Une neuropsychologue ?

– Une thérapeute, c'est tout ce que je sais, me dit Quick. Une psy, Koppel, elle passe à la télé, à la radio.

– Mary Lou Koppel.

– Vous la connaissez ?

– De réputation, lui dis-je.

– Au début, Gav voyait un de ses associés, mais comme le courant ne passait pas, il s'est branché sur elle.

– Qu'est-ce qui n'allait pas avec l'associé ?

Quick haussa les épaules.

– Vous connaissez l'histoire... Vous casquez pour que votre fils soit accepté et parle à quelqu'un, le tout archi-confidentiel, vous n'êtes pas autorisé à savoir ce qui se passe. (Il tira sur sa cigarette.) Gavin m'a dit qu'il ne se sentait pas en confiance avec le bonhomme et que Koppel allait le prendre. Au même tarif. Les deux m'ont demandé deux cents dollars l'heure et refusaient de passer par mon assurance.

– Cela l'a-t-il aidé ?

– Allez savoir !

– Le Dr Koppel vous a-t-elle donné quelques premières conclusions ?

– Pas l'ombre d'une. J'étais hors circuit pour... cette histoire de thérapie. Je suis très souvent en déplacement. Trop, je pensais lâcher un peu de lest.

Il fuma sa cigarette jusqu'au filtre, en prit une autre et l'alluma à la précédente, puis éteignit le mégot de la première entre le pouce et l'index. Direction le tapis.

Marmonnant quelque chose d'inaudible.

– Monsieur ? le relança Milo.

Sourire incisif, dérangeant, de Quick.

– Je passe mon temps à voyager et c'est l'enfer. Vous connaissez les compagnies aériennes, ces suppôts de Satan. Le voyageur d'affaires lambda ? Elles s'en contrefoutent. Cette fois-ci, après que Sheila m'a eu téléphoné au sujet de Gavin et que je leur ai dit que je devais rentrer chez moi de toute urgence, elles m'ont traité comme un prince. Elles vous collent une étiquette « motif : décès » et vous êtes passager prioritaire tout du long. J'ai eu droit à la première classe, tout le monde aux petits soins pour moi.

Il lâcha ce qui pouvait passer pour un rire enroué. Fuma, toussa, tira de nouveau sur sa cigarette.

– Il aura fallu ça. Le prix à payer pour être traité comme un être humain.

Milo l'interrogea sur sa fille.

– J'ai dit à Kelly de rester à Boston, lui répondit Quick. Elle a intégré la fac de droit, à quoi bon revenir ? Quand vous nous rendrez le... quand vous nous rendrez Gavin et que nous aurons un service religieux, il sera bien temps. Vous avez une idée de quand ?

– Difficile à dire, monsieur.

– C'est un refrain, chez vous.

Milo sourit.

– Kayla Bartell...

– Pas vue depuis un bout de temps. Elle a connu Gav au lycée et ils sont sortis ensemble un moment.

– « Sortis » ?

– Comme sortent les jeunes, dit Quick. Son père est plus ou moins compositeur. Un type important, à en croire Eileen.

– Vous ne l'avez jamais rencontré.

– Pourquoi l'aurais-je fait ?

– Gavin et Kayla...

– C'est Gav que ça regardait... Franchement, les gars, je ne vois pas à quoi riment ces questions ! dit Quick. Ce qui est arrivé n'a strictement rien à voir avec Gav. Il est allé dans Mulholland avec une fille et un pervers... un maniaque sexuel quelconque en a profité, non ? C'est bien ce que vous pensez ?

Avant que Milo ait eu le temps de répondre, le regard de Quick se tourna vivement vers l'escalier. Eileen Paxton descendait d'un pas martial ; elle nous ignora et fila à la cuisine.

Il y eut un bruit de robinet qu'on ouvrait. Puis le claquement métallique des casseroles. Quelques instants après, Sheila Quick s'engagea dans l'escalier d'un pas mal assuré, tenant à peine sur ses jambes. Elle s'immobilisa sur la marche du bas, étudia le sol, comme hésitant à s'engager. Ses yeux avaient du mal à accommoder et elle s'agrippa à la rampe pour ne pas tomber. Elle portait une robe d'intérieur rose et avait vieilli de dix ans en une nuit.

Elle nous aperçut, marmonna « Bonsoir » d'une voix pâteuse. Elle avisa la cigarette que tenait son mari et ses lèvres prirent une expression dégoûtée.

Jerome Quick aspira une bouffée d'un air de défi.

– Ne reste pas plantée sur la marche, finis de descendre… Fais attention, tu es sous Valium.

Il ne fit aucun effort pour l'aider.

Elle ne bougea pas.

– Y a-t-il quelque chose… de nouveau, inspecteur ?

Milo fit non de la tête.

– Désolé de vous ennuyer encore, madame. Qui…

– Non, non, pas du tout, vous m'ai… vous nous aidez. C'est vraiment… gentil de votre part. Hier soir… Cela n'a pas dû être facile pour vous. Vous avez été vraiment gentils. Ça n'a pas été facile pour vous. Ni pour moi.

– Sheila, remonte te coucher, dit Jerry Quick. Tu es…

– Ils ont été très compréhensifs hier soir, Jerry. La moindre courtoisie veut que je…

– Je suis certain qu'ils ont été très bien, mais…

– Jerry. Je. Veux. Être. Courtoise. (Sheila descendit vivement la dernière marche et s'assit dans une chauffeuse.) Bonsoir ! répéta-t-elle avec entrain.

– Madame, commença Milo, nous avons appris que la fille en compagnie de Gavin n'était pas Kayla Bartell.

– Vous ne disiez pas qu'elle était blonde ?

– Comme si les blondes étaient des oiseaux rares à L.A., dit Quick.

– J'ai d'ailleurs une photo, poursuivit Milo. Ce n'est pas une photo agréable, elle a été prise avant l'autopsie, mais si vous pouviez y jeter un coup d'œil… – si nous pouvions l'identifier, cela accélérerait peut-être les choses.

Sheila Quick le dévisagea fixement. Il lui montra le cliché.

– Elle a l'air tellement… morte. Pauvre petite ! (Geste négatif de la tête. Arrachant la photo des mains de Milo, l'étudiant de plus près. Ses doigts tremblèrent et les coins de la photo frémirent.) Vous montrez des photos comme celle-ci de Gavin aux gens ?

– Sheila ! dit Quick.

– Non, madame, l'assura Milo. Nous savons qui il est.

Elle examina la photo.

– Gavin ne m'a jamais dit qu'il avait une nouvelle amie.

– Gavin avait vingt ans, dit Jerome Quick. Il n'avait pas de comptes à rendre sur qui il fréquentait.

Sheila Quick contemplait toujours la photo. Elle finit par la rendre.

– Une de plus, dit-elle.

– Madame ?

– Le bébé de quelqu'un d'autre qui n'est plus.

V

Milo reçut l'autorisation écrite de s'entretenir avec les médecins de Gavin et nous prîmes congé. On approchait de cinq heures de l'après-midi, le ciel était d'un blanc laiteux et vénéneux, et nous avions tous deux le moral à zéro et envie de nous mettre quelque chose sous la dent. Nous roulâmes jusqu'à un traiteur de Little Santa Monica et commandâmes du café et des sandwichs. Le mien consistait en une rondelle de rosbif tartinée de moutarde forte sur une tranche de pain de seigle noir. Milo opta pour un monstre mollasson à plusieurs étages, alternant pastrami, salade de chou, *pepperoncini* et autres douceurs que je ne parvins pas à identifier, le tout coincé dans un petit pain. Quand il mordit dedans, l'édifice s'écroula. Il parut aux anges.

– La famille modèle, dit-il après avoir avalé sa première bouchée.

– Pas une pub pour la vie au foyer, reconnus-je, mais le père a peut-être raison… et ça n'a pas d'importance.

– Un pervers tue son gamin, un inconnu. Sûr que ça nous éloigne de la famille.

– Je ne sens pas le crime familial, lui dis-je. Que les parents ne connaissent pas la fille signifierait qu'elle n'était pas le genre de conquête qu'on présente à sa maman. Et devrait nous orienter sur elle comme cible principale.

– Une fille ayant de mauvaises fréquentations…

– Le tueur l'embroche et lui pique son sac. Un trophée peut-être, mais surtout une façon d'empêcher qu'elle soit rapidement identifiée, non ?

– Cible principale pour le sexe, pour tuer, ou pour les deux ?

– Aucune idée, dis-je. Il n'y a pas eu de violences sexuelles, mais, pour moi, lui planter une barre de fer dans le corps n'est pas neutre. Gavin a reçu une balle, point final. Cela cadre avec l'idée que le tueur a voulu l'écarter pour passer à ce qui l'intéressait vraiment.

– En admettant qu'il ait été tué en premier. Impossible à vérifier.

– La logique plaide pour l'affirmative, lui dis-je. La fille était vivante quand le tueur l'a embrochée. On imagine mal Gavin rester passif pendant ce temps-là. Ou que le tueur ait pris le risque de se bagarrer avec un jeune mâle en pleine forme physique. Il liquide Gavin, une balle, une seule, ensuite il s'occupe de la fille. Elle, vu son gabarit, sa terreur et la domination totale du tueur, elle se soumet. Il lui aura promis de ne pas lui faire de mal si elle se laissait faire. On a relevé des signes de résistance ?

Il me fit signe que non.

– Elle le regarde tuer Gavin, elle est incapable de bouger, terrifiée, elle croise les doigts. Non seulement le tueur l'a transpercée avec la tige, mais il lui a aussi tiré une balle. Moi, j'y vois la marque d'un déchaînement de rage. Les deux gamins morts, il a eu tout le temps d'examiner son travail d'artiste, de donner libre cours à ses fantasmes. Ou Gavin et la fille formaient déjà un tableau vivant d'une sexualité explicite, ou il s'est chargé de la mise en scène. Soit parce qu'il s'agissait bien d'un crime sexuel, soit qu'il ait voulu le faire croire.

Il reposa son sandwich.

– Tu m'offres une tripotée d'options, dit-il.

– À quoi serviraient les amis, sinon ? lui lançai-je. Tu es déjà tombé sur d'autres meurtres de cette nature ?

– Pas jusqu'ici. (Il reprit son sandwich et en engouffra un énorme morceau.) D'après toi, le préservatif était à Gavin ou le tueur l'a apporté ?

– Comme on l'a trouvé dans sa poche, c'était sans doute à lui.

– Donc, on perdrait son temps à explorer la psyché de Gavin ? J'ai pensé que sa thérapeute nous mettrait peut-être sur la voie. En plus, tu la connais.

– Je sais qui c'est.

– Parce qu'elle passe à la télé.

C'était reparti pour un tour. Je cachai ma bouche derrière ma tasse.

– Tu fais la grimace quand tu parles d'elle.

– Ce n'est pas quelqu'un à qui j'enverrais un patient, dis-je.

– Pourquoi ça ?

– Je ne peux pas entrer dans les détails.

– Donne-moi les grandes lignes.

Cinq ans auparavant, un juge par ailleurs bien avisé m'avait demandé de me prononcer sur une fillette de sept ans prise dans une sanglante affaire de divorce. Les deux parents étaient des conseillers conjugaux expérimentés. Ce qui aurait dû largement nous alerter.

La mère, une femme jeune, passive, d'une anxiété hallucinante et au visage crispé, avait grandi auprès de parents alcooliques et violents et cessé de travailler avec les couples pour s'occuper de toxicomanes endurcis dans une clinique de Bellflower subventionnée par le comté. Son ex-mari, de vingt ans son aîné, était un individu solennel et psychopathe nouvellement intronisé sexologue et gourou en tous genres, pourvu d'un doctorat d'une grande université de la côte Est et d'un poste flambant neuf à l'institut de yoga de Santa Barbara.

Les deux ne s'étaient pas adressé la parole depuis plus d'un an, mais avaient réclamé avec insistance la garde conjointe. Un arrangement sans complication : trois jours au domicile de l'un, quatre à celui de l'autre. Aucun des parents ne voyait d'inconvénient à infliger à une enfant de sept ans une navette de cent cinquante kilomètres entre la maison en faux adobe du père à l'ashram, et le meublé sans joie de la mère à Glendale. Le prétendu conflit portait sur le calendrier : qui se voyait attribuer les quatre jours et qui les trois, et comment se répartissait-on les vacances ? Après deux mois d'âpres empoignades, le conflit s'était déplacé : comment coordonner l'alimentation traditionnelle qui avait la faveur de la mère et le régime végétalien adopté par le père ?

Le nœud du problème tenait en réalité à leur haine mutuelle, à deux cent mille dollars sur un compte de placements sous le régime de la communauté et à la prétendue rapacité vénale des quatre petites amies du père.

Quand j'effectue des expertises pour des dossiers de garde d'enfant, je me fais un devoir d'interroger les psychothérapeutes, et chacun des combattants en question avait le sien. Celui du père était un *swami* indien octogénaire qui parlait l'anglais avec un accent à couper au couteau et soignait une tension trop élevée. Je fis le trajet jusqu'à Santa Barbara, passai deux heures agréables avec ce paroissien barbu et corpulent, à me remplir les poumons d'encens sans rien apprendre d'un tant soit peu important. En six mois, le père n'avait pas honoré un seul de ses rendez-vous avec son avatar.

– Cela vous paraît correct ? avais-je demandé au *swami.*

Il avait abandonné la position du lotus et fait quelque chose d'infaisable avec son corps, m'avait adressé un clin d'œil et souri.

– *Que sera, sera...*

– Il y a une chanson comme ça.

– Doris Day, avait-il conclu. Une chanteuse sublime.

La psychothérapeute de la mère était Mary Lou Koppel, qui, elle, refusa de me parler.

D'abord, elle m'évita purement et simplement en ne tenant aucun compte de mes appels. Après ma cinquième tentative pour la joindre, elle me téléphona et s'expliqua.

– Je suis sûre que vous me comprenez, docteur Delaware. Secret professionnel.

– Le Dr Wetmore a donné son assentiment.

– Je crains que ce ne soit pas à elle de le faire.

– Alors à qui ?

Il y eut un grésillement dans le téléphone.

– Je parle en termes de déontologie, non de droit. Teresa Wetmore se trouve dans une situation très vulnérable. Thad est extrêmement agressif, je ne vous l'apprendrai pas.

– Sur le plan physique ?

– Émotionnel, me corrigea-t-elle. Là où ça fait mal. Teresa et moi avons progressé, mais il va falloir du temps. Je ne peux pas courir le risque de lâcher les démons.

– Mon sujet d'inquiétude est l'enfant.

– Vous avez vos priorités, j'ai les miennes.

– Docteur Koppel, ce que je vous demande, c'est une indication qui puisse m'aider à formuler une recommandation au tribunal.

Silence sur la ligne. Électricité statique.

– Docteur Koppel ?

– La seule indication que je puisse vous donner, docteur, me dit-elle, c'est de fuir Thad Wetmore comme la peste.

– Il vous a posé des problèmes.

– Je ne l'ai jamais rencontré, docteur. Et j'entends m'y tenir.

Je lui avais écrit une lettre de suivi, qui me fut retournée non ouverte. L'affaire suppura jusqu'au moment où les Wetmore se retrouvèrent à court d'argent et où les avocats tirèrent leur révérence. Le juge suivit mes recommandations : les deux parents avaient besoin d'une longue formation à leur métier d'éducateurs avant qu'une garde conjointe ait une chance de bien fonctionner. De toute façon, une navette hebdomadaire de trois cents kilomètres ne servait pas au mieux les intérêts de l'enfant. Lorsque le juge me demanda si je voulais me charger de les éduquer, je lui promis de lui fournir une liste de noms, puis je réfléchis à qui m'avait exaspéré récemment.

Trois mois plus tard, Teresa et Thaddeus Wetmore m'attaquaient chacun de son côté pour manquement à la déontologie devant le Conseil des psychologues de l'État. Il m'avait fallu un certain temps pour me dépêtrer de cette histoire, mais au final leurs plaintes furent déclarées irrecevables pour absence de motifs. Peu de temps après, le Dr Mary Lou Koppel semblait être partout sur les ondes.

Au titre d'expert en problèmes de communication au sein du couple.

Milo terminait son sandwich.

– Charmante personne, à t'entendre. C'est quoi sa case, pour les médias ?

– Ce qui lui chante.

– Expert autoproclamée ?

– Les talk-shows sont toujours friands de remplissage, lui rappelai-je. Tu te prétends spécialiste, tu l'es. Je soupçonne Koppel d'avoir engagé un gourou de l'image et de s'être acheté une émission animalière sympa qui alimente sa clientèle.

– Si jeune et tellement cynique.

– Autant tirer profit de l'un des deux.

Il m'adressa un grand sourire, épongea le jus répandu dans son assiette avec les restes de pain de son sandwich et fit un sort à cette pâtée.

– Les blessures à la tête sont-elles un sujet brûlant dans les médias ?

– En clair, Koppel est-elle neuropsychologue diplômée ? Je l'ignore. C'est justement ce dont avait besoin Gavin, au moins au début. Quelqu'un capable de comprendre ce qui se passait vraiment dans son cerveau et qui formule des recommandations spécifiques pour sa remise en état.

– Le neurologue a dit qu'il n'avait rien trouvé.

– Raison de plus. Je parie que Koppel était complètement ignare en neuropsy. C'est une discipline confidentielle, qui exige une formation spécialisée. La plupart des neuropsys ne font pas de psychothérapie au sens classique du terme, et vice versa.

Il ferma les yeux à moitié.

– Claire Argent en était, non ?

Le Dr Claire Argent avait figuré parmi les nombreuses victimes d'un monstre que nous avions traqué deux ans plut tôt. Une femme discrète, enveloppée de secrets, découverte sectionnée en deux à la hauteur de la taille et tassée dans le coffre de sa voiture.

– Oui.

Il inspira profondément. Ferma les yeux et se massa les paupières.

– Tu veux dire que Koppel s'y est mal prise avec Gavin ?

– Ou alors je me trompe, et il a eu droit à un examen approfondi.

– Je pensais que ça ne serait pas idiot d'interroger Koppel. Même s'il s'avère que Gavin n'est pas notre victime numéro un, il a peut-être parlé de la blonde à sa psy et je pourrai m'éviter pas mal de procédures.

– Tâche d'être convaincant quand tu essaieras de la joindre. Vu sa notoriété, je ne pense pas qu'elle souhaiterait être associée à un patient victime de meurtre.

– J'ai l'accord écrit des parents.

– Ça l'autorise à parler, lui dis-je. Mais ça ne l'y oblige pas. Elle peut te distiller l'information au compte-gouttes. Si elle le fait.

– Tu ne la portes pas dans ton cœur.

– Elle a fait de l'obstruction alors que rien ne le justifiait. Le bien-être d'un enfant était en jeu et elle s'en foutait.

Il sourit.

– À vrai dire, je pensais te demander de lui parler, toi. Entre confrères. Ça me permettrait de m'occuper du reste. Voir où ils en sont aux Personnes disparues, peut-être même étendre les recherches au nord et au sud de l'État, étudier les rapports d'autopsie, ceux de l'expertise balistique, vérifier les vêtements de la fille. Mais pas de problème. J'ai pris le dossier, j'assume.

Il jeta de l'argent sur la table et nous quittâmes la boutique du traiteur.

– Je vais lui parler, dis-je.

Il s'arrêta sur le trottoir. Des femmes de Beverly Hills nous doublèrent, la démarche aérienne dans un nuage de parfum.

– Tu es sûr.

– Pourquoi pas ? Mais pas question de jouer au chat et à la souris au téléphone. Un face-à-face ne manquera pas d'intérêt.

VI

Ma maison, conçue pour deux, est nichée au milieu des pins et domine une piste cavalière qui serpente à travers Beverly Glen. Hauts murs blancs, parquets cirés, lucarnes et impostes aux endroits stratégiques, et pas trop de meubles afin de créer une impression d'espace. Ce que les annonces immobilières qualifieraient de « surfaces généreuses mais préservant un sentiment d'intimité ». Quand j'arrive seul à la maison, l'espace sonne creux parfois, et semble parcouru d'ondes négatives.

Ce soir-là, il me parut glacé. Je laissai le courrier posé sur la table de la salle à manger pour aller droit dans mon bureau. J'allumai l'ordinateur, je cherchai Mary Lou Koppel dans l'annuaire de l'Association américaine de psychologie et je partis aux informations sur quelques moteurs de recherche Internet.

Elle avait obtenu son doctorat au même endroit que moi, l'U[1]. Mon aînée d'un an, mais elle avait entamé son deuxième cycle peu après que j'avais terminé le mien. Cinq ans plus tard, elle avait présenté sa thèse sur l'allaitement et l'anxiété chez les jeunes mères, puis enchaîné sur un internat en CHU, suivi d'un poste de chercheur dans un institut psychiatrique à San Bernardino.

Ses qualifications étaient irréprochables et l'ordre des psychologues de l'État ne mentionnait aucune action disciplinaire à son encontre. Je ne m'étais pas trompé : elle ne possédait ni formation ni diplôme en neuropsychologie.

1. Soit : UCLA, université de Californie-Los Angeles.

Son nom donna quatre cent trente-deux occurrences en ligne, toutes des extraits d'entretiens qu'elle avait accordés dans le cadre de diverses émissions de télévision et de radio. Une recherche approfondie fit apparaître d'innombrables doublons : le chiffre se réduisait à une quarantaine de références originales au total.

Mary Lou Koppel s'était exprimée avec une belle assurance sur les sujets suivants : obstacles à la communication entre hommes et femmes, identité sexuelle, troubles de l'alimentation, stratégies d'amaigrissement, résolution de problèmes sur le lieu de travail, crise de la quarantaine, adoption, difficultés d'apprentissage, autisme, puberté, rébellion à l'adolescence, syndrome prémenstruel, ménopause, crises d'angoisse, phobies, état dépressif chronique, stress post-traumatique, obésité, sexisme, racisme, âgisme.

Elle s'était intéressée notamment à la réforme des prisons. Pas moins de huit entretiens radiophoniques au cours de l'année précédente, durant lesquels elle avait dénoncé l'abandon de la politique de réinsertion pour le retour aux sanctions. Dans deux de ces entretiens, elle avait eu à ses côtés un certain Albin Larsen, présenté comme psychologue et spécialiste des droits de l'homme.

Les photos que je découvris montraient une femme au physique agréable, avec des cheveux brun caramel coupés court et partant dans tous les sens. Elle avait un visage rond à bajoues d'écureuil et terminé par un menton pointu légèrement décentré. Le cou était gracieux, mais commençait à se relâcher. Yeux sombres au regard incisif. Bouche grande et déterminée. Dents somptueuses, mais son sourire semblait posé. Sur toutes les photos, elle portait du rouge.

Je savais maintenant qui chercher.

Je pris le chemin de son cabinet le lendemain matin à midi moins le quart, avec l'idée que j'aurais plus de chances de la coincer à l'heure du déjeuner. Il était situé à Beverly Hills, mais pas dans la section dite « du divan » de Bedford Drive ni dans aucune des rues élégantes où se regroupaient les thérapeutes aux tarifs astronomiques.

Le Dr Mary Lou Koppel exerçait son art dans un petit immeuble d'un étage, non loin du carrefour d'Olympic Boulevard et de Palm Drive, un secteur hybride, proche de la limite sud de Beverly et au luxe tapageur. Au bas du pâté de maisons, un atelier franchisé de peinture de carrosseries et une école privée occupaient ce qui avait formé en d'autres temps deux maisons mitoyennes. Venaient ensuite un fleuriste et une pharmacie qui affichait des prix discount pour les seniors. La circulation dans Olympic Boulevard était soutenue et aussi assourdissante que sur le freeway.

L'immeuble de Mary Lou Koppel présentait une façade aveugle à revêtement de brique, peinte d'une couleur sable mouillé. Pas d'autre repère que les chiffres de l'adresse en plastique noir, trop petits pour être lus depuis le trottoir d'en face. La porte de devant était fermée, et une pancarte vous intimait l'ordre d'entrer par celle de derrière. J'aperçus un espace de stationnement pour six véhicules que longeait une ruelle. Des Mercedes citadines compactes, assez semblables à la voiture de Jerry Quick, occupaient trois emplacements réservés.

Je trouvai un parcmètre dans Palm Drive et gagnai les lieux.

Le rez-de-chaussée consistait en un long couloir chichement éclairé au sol recouvert d'un tapis rouge ; il faisait tout le côté est de l'immeuble et avait l'odeur de pop-corn d'un hall de cinéma. Un seul occupant : une entité dénommée Planning caritatif. Une flèche peinte sur le mur m'orienta vers la cage d'escalier, où, quand je l'atteignis, des caractères en simili-bronze me détaillèrent ce qui m'attendait à l'étage.

PACIFICA-WEST – CONSEIL PSYCHOLOGIQUE

L'étage offrait au regard une moquette industrielle gris étain, des murs bleu-gris et un meilleur éclairage. À la différence du rez-de-chaussée, pas de long couloir. La progression du visiteur s'arrêtait à une paroi perpendiculaire en retrait de trente centimètres. L'unique porte indiquait : RÉCEPTION.

Elle s'ouvrait sur une grande salle d'attente vide équipée de sièges recouverts de tweed bleu et de tables basses, sur lesquelles s'empilaient des magazines. Pas de comptoir d'accueil, juste une porte et trois plaques. FRANCO R. GULL, PH. D., MARY LOU KOPPEL, PH. D., ALBIN A. LARSEN, PH. D.

Larsen était le défenseur des droits de l'homme avec qui Mary Lou Koppel avait quelquefois partagé l'antenne sur la réforme des prisons. Deux clientèles pour le prix d'une.

Chaque plaque disposait d'une sonnette et d'une petite ampoule biseautée. Une pancarte priait les patients de s'annoncer en appuyant sur le bouton. Feu incolore : le médecin était disponible ; rouge signifiait : en consultation.

Les feux des Drs Gull et Larsen étaient au rouge, pas celui du Dr Koppel. Je m'annonçai.

Quelques instants après, la porte anonyme s'ouvrit, révélant Mary Lou Koppel en petit pull rouge de cachemire à manches courtes, pantalon blanc en lin et chaussures rouges. *De visu*, ses yeux sombres étaient presque noirs. Limpides, intelligents et curieux, prenant la mesure de ma personne. La teinture de ses cheveux était d'une nuance plus claire que sur les photos, elle avait pris quelques rides, ses bras nus étaient moelleux, couverts de taches de rousseur et plus rebondis que le reste de son corps. Un diamant jaune taillé en cabochon soulignait l'index de sa main droite. Une pierre massive jaune serin, cernée de minuscules saphirs. Pas d'alliance.

– Oui ?

Voix douce et feutrée, tonalité assourdie. Une voix d'hôtesse.

Je déclinai mon identité, lui tendis la carte de visite qui précisait mes activités intermittentes de consultant auprès de la police. Elle lut les petits caractères, « Delaware ». Me la rendit, accrocha son regard au mien.

– Un nom peu courant… Nous sommes-nous déjà rencontrés ?

– Il y a quelques années, mais seulement au téléphone.

– Je crains de ne pas comprendre.

– Le divorce Wetmore. Le tribunal m'avait demandé de formuler des recommandations en vue de l'attribution de la garde. Vous étiez la thérapeute de Teresa Wetmore.

Elle cligna des yeux. Sourit.

– Si j'ai bonne mémoire, je ne me suis pas montrée très coopérative, n'est-ce pas ?

Je haussai les épaules.

– Hélas, soupira-t-elle. Ce que je ne pouvais pas vous dire à l'époque, docteur Delaware, et que je ne devrais sans doute pas vous révéler maintenant, était que Terry Wetmore me tenait pieds et poings liés. C'est simple, elle vous détestait. Ne vous accordait aucune confiance, m'interdisait de vous divulguer quoi que ce soit. Je me suis retrouvée dans une situation inconfortable.

– J'imagine.

Elle posa une main sur mon épaule.

– Les durs impératifs de notre profession. (Sa main s'attarda, suivit la manche de ma veste, retomba.) Alors, qu'est-ce qui vous amène ici aujourd'hui ? Sur quel autre sujet ne puis-je vous apporter ma coopération ?

– Gavin Quick.

– Quoi, Gavin ?

– Il a été assassiné avant-hier soir.

– Assass… oh, mon Dieu ! Oh, non… entrez.

Elle me précéda dans un petit couloir, laissant derrière elle une photocopieuse et une fontaine à eau, et me conduisit jusqu'à l'une des trois portes du fond. Son cabinet était lambrissé de merisier bleu pâle, moquetté d'une épaisse laine bleu nuit et meublé d'un bureau à plateau de verre sur socle de marbre noir, d'un fauteuil de bureau en Lucite, de canapés de cuir bleu layette et de chauffeuses dont la disposition disait l'œil du décorateur. Le revêtement en liège des plafonds assurait l'insonorisation. Les boiseries très étudiées des murs étaient vierges de tout clou ou crochet de suspension. Ses diplômes et une licence de psychologue garnissaient une vitrine ouverte en retrait sur un côté, à côté de presse-papiers de cristal et de ce qui me parut être des poteries pueblo. Des doubles rideaux vert glauque cachaient ce que j'estimai être des fenêtres. D'après leur emplacement, elles devaient donner sur le parking et la ruelle de derrière. Malgré sa dimension, il se dégageait de la pièce une impression de confortable et de douillet. *Surfaces généreuses mais préservant un sentiment d'intimité...*

Mary Lou Koppel prit place derrière le bureau de verre. Je m'installai dans le fauteuil le plus proche. Moelleux, très moelleux. Je m'y enfonçai et dus lever les yeux pour la regarder.

– C'est affreux, dit-elle. J'ai vu Gavin pas plus tard que la semaine dernière. Je n'arrive pas à le croire.

Je hochai la tête.

– Qu'est-il arrivé ? demanda-t-elle

Je ne me perdis pas en fioritures et terminai avec la blonde non identifiée.

– Le malheureux garçon. Il en avait vu de dures.

– L'accident.

Elle posa les mains sur le plateau de verre. Poignets menus, doigts courts mais effilés, vernis à ongles incolore. À proximité de sa main se trouvaient une boîte en porcelaine de Limoges remplie de cartes de visite, une paire de lunettes de lecture et un petit téléphone portable argenté.

– La police a une idée de ce qui s'est passé ?

– Non. D'où ma présence ici.

– Je ne saisis pas bien ce que vous faites pour elle.

– Quelquefois moi non plus, lui confiai-je. Elle m'a demandé de vous contacter en tant que consœur.

– Consœur, répéta-t-elle. Elle croit que je peux l'aider à résoudre un meurtre ?

– Nous interrogeons tout le monde.

– Eh bien, j'avais Gavin en psychothérapie, mais je ne vois pas le rapport. Vous ne pensez tout de même pas qu'il existe un lien avec son traitement.

– Pour l'instant, toutes les options restent ouvertes, docteur Koppel.

– Appelez-moi Mary Lou, me pria-t-elle. Certes, je comprends le raisonnement... dans l'abstrait. (Elle s'ébouriffa les cheveux.) Avant d'aller plus loin, j'aimerais voir un document qui me dégagerait du secret professionnel. Je sais, je n'y suis plus tenue légalement du fait du décès de Gavin. Et je ne souhaite nullement paraître faire de l'obstruction. Une fois de plus. Mais vous me comprenez, n'est-ce pas ?

– Absolument.

Je lui tendis la décharge que les Quick avaient signée. Elle y jeta un coup d'œil rapide.

– On n'est jamais trop prudent. Et maintenant, qu'aimeriez-vous savoir ?

– Les parents de Gavin ont laissé entendre que sa personnalité s'était modifiée à la suite de l'accident. Un relâchement de son hygiène personnelle, qui dénoterait un comportement obsessionnel.

– Êtes-vous familiarisé avec les séquelles des blessures internes à la tête, docteur Delaware ?

– Je ne suis pas neuropsychologue, lui répondis-je, mais il semblerait qu'il y ait eu un syndrome post-traumatique et certains changements de personnalité.

– Avec des lésions internes, tout est possible... puis-je vous appeler Alex ?

– Je vous en prie.

Un sourire me dévoila sa dentition parfaite. Elle reprit une expression sérieuse.

– Nous parlons d'une atteinte des lobes préfrontaux, Alex. Vous n'ignorez pas leur rôle en matière de réactivité émotionnelle. Pour ce que nous en savons, quand la tête de Gavin a heurté le siège avant, l'impact a représenté l'équivalent d'une lobotomie mineure.

– Cela datait de dix mois, lui fis-je observer, et il n'avait pas pleinement récupéré.

– Non... ce que je jugeais inquiétant. Mais le cerveau humain, surtout celui d'un sujet jeune, peut se révéler d'une plasticité prodigieuse. J'avais bon espoir.

– D'un rétablissement complet ?

Elle haussa les épaules.

– « Plasticité », répétai-je. Là, vous abordez la neuropsy.

Elle m'étudia l'espace d'une demi-seconde.

– Je me tiens au courant des publications. Une neuropsychothérapie ne s'avérait pas nécessaire, car il était suivi par un neurologue. Lui comme moi jugions inutile de soumettre Gavin à de nouvelles batteries de tests. Le patient avait besoin d'un soutien émotionnel, et mon travail consistait à le lui fournir.

Je sortis mon calepin.

– Le Dr Singh, dis-je.

– Un excellent homme.

– C'est lui qui vous a envoyé Gavin ?

Elle hocha la tête.

– Quand cela ?

– Gavin était en thérapie depuis trois mois environ.

– Soit sept mois après l'accident.

– Il a fallu un certain temps pour régler la situation.

Je fis semblant de lire mes notes.

– Il a été dirigé sur votre groupe, pas sur vous directement.

– Pardon ?

– On m'a dit que Gavin avait commencé avec un de vos associés avant d'être aiguillé sur vous.

Elle croisa les jambes. Le caisson de marbre noir cacha la plus grande partie du mouvement, mais une chaussure rouge pointait.

– Maintenant que vous me rafraîchissez la mémoire, c'est en effet ce qui s'est passé. Singh a aiguillé Gavin sur le groupe et Franco… le Dr Gull… était de garde. Franco a dû voir deux fois Gavin, ensuite j'ai pris la relève.

– Des problèmes entre Gavin et le Dr Gull ?

– Je ne parlerais pas de « problèmes » à ce propos, me répondit-elle. À l'époque, juste après l'accident, Gavin était extrêmement irritable. Là encore, rien d'extraordinaire. Vous connaissez les relations entre thérapeutes et patients. Tantôt le courant passe, tantôt pas. Et Franco était déjà surchargé de travail.

Ses yeux noirs trouvèrent les miens.

– C'est comme vous avec Teresa Wetmore. Je suis sûre que la plupart de vos patients vous adorent et vous font confiance. Mais d'autres… Travaillez-vous avec la police à plein-temps ou prenez-vous encore des patients ?

– J'effectue des vacations à titre privé.

– Pas de thérapies ?

– En règle générale, non.

– La pratique libérale est terriblement difficile, dit-elle. Les HMO[1] et toute l'absurdité du système qui limite l'orientation sur un spécialiste quand les budgets s'amenuisent. Je suppose que travailler pour la police assure une régularité de revenus non négligeable.

– La police ne m'emploie pas. J'effectue des vacations pour elle aussi.

– Ah… (Sourire.) N'importe, Gavin est en effet devenu mon patient et j'avais le sentiment que nous progressions. (Elle décroisa les jambes, changea de position et se pencha en avant.) Alex, je ne vois absolument rien à vous dire qui puisse aider une enquête de police.

– Son comportement obsessionnel ?

– Je n'userais pas de ce terme. Rien du niveau d'un TOC avéré. Il lui arrivait de se montrer un peu obstiné, c'est tout.

– En se mettant une idée en tête et en faisant une fixation.

Elle sourit.

– Vous présentez la chose comme plus pathologique qu'elle ne l'était. Disons qu'il lui arrivait d'être un peu… passionné.

– À en croire ses parents, il avait changé ses projets d'avenir. Il laissait tomber les affaires pour s'intéresser au journalisme.

Devant son air étonné, je me demandai si elle avait bien connu son patient.

– On change d'idée, me dit-elle. Surtout les jeunes. Il arrive qu'un drame révèle aux individus ce qu'ils veulent vraiment faire dans la vie.

– C'est ce qui s'est passé avec Gavin ?

Hochement de tête évasif.

– Envisageait-il de retourner à l'université ?

– Il avait du mal à rester motivé, Alex. Un de mes objectifs était de l'aider à redonner un sens à sa vie. Mais il ne fallait rien bousculer. Gavin se débattait encore avec ces changements dans sa vie.

– Ses facultés cognitives s'étaient donc ralenties.

1. Système américain de soins intégrés.

– Oui, mais de façon imperceptible. Et, j'en suis convaincue, exacerbée par la tension émotionnelle. Alex, éclairez-moi. Pourquoi vous intéressez-vous tellement à sa personnalité ?

– Je m'intéresse à son comportement obsessionnel parce que la police se demande s'il pourrait lui avoir attiré des ennuis.

– Comment cela ?

– En indisposant quelqu'un qu'il ne fallait pas.

– Quelqu'un qu'il ne fallait pas.

– Capable de réagir brutalement.

Elle posa un doigt sur sa lèvre.

– Cela me surprendrait... Je n'imagine pas Gavin fréquentant des individus dangereux. C'était un gentil garçon, absolument dans la norme. Je peux vous assurer qu'il n'a jamais rien mentionné de ce genre.

– Se confiait-il facilement ?

Les yeux noirs se levèrent au plafond.

– Comment dire... Comme beaucoup de jeunes, Gavin n'était pas porté sur l'introspection.

– De quoi parlait-il ?

– Mon objectif était de l'amener à exprimer ses émotions. La colère de se sentir changé. La culpabilité d'avoir survécu à l'accident. Vous savez que deux de ses amis y sont restés ?

Je fis non de la tête.

– J'avais le sentiment que Gavin savait qu'il avait perdu quelque chose... de l'acuité, de la vivacité d'esprit... Mais il avait du mal à en parler. Peut-être était-ce un trouble relevant de l'aphasie. Ou simplement le manque d'aisance orale d'un post-adolescent. En tout cas, je savais qu'il luttait avec ses émotions. Je ne pouvais pas le brusquer, Alex. Un jour pourtant, il s'est exprimé d'une manière qui m'a paru extrêmement révélatrice. C'était il y a juste quelques semaines. Il est arrivé à sa séance avec l'air démoralisé. J'ai l'ai laissé venir, et brusquement il a expédié un coup de poing dans le canapé, ce canapé-là, et s'est écrié : « C'est foutu, docteur K ! Tout le monde dit que j'ai l'air d'aller bien, me serine que je vais très bien, mais moi, je sais que je ne vais pas bien ! » Puis il s'est interrompu, il avait du mal à respirer et était écarlate, et quand il a recommencé à parler, il l'a fait si bas que je l'entendais à peine. Et il m'a dit : « On croirait un film de science-fiction, avec des androïdes. Je ne suis plus moi, j'ai toujours le même boîtier qu'au départ, mais quelqu'un est en train de faire péter les plombs. » Puis il a continué : « Je regrette tellement de ne plus être moi. » Et il s'est mis à pleurer. J'ai cru qu'un blocage avait sauté, mais la semaine suivante il a annulé son rendez-vous, et celle d'après aussi. Je ne l'ai vu qu'une fois depuis ce jour-là, et pendant la séance il n'a été question de rien. Il n'a voulu parler que de voitures et de sport. À croire que nous étions revenus à la case départ. Mais c'est souvent le cas avec les jeunes gens.

– Parlait-il de ses sorties ?

– Vous voulez dire, voyait-il quelqu'un ?

– Oui.

– Il y avait eu une petite amie, une fille qu'il avait connue au lycée. Mais c'était fini.

– À cause de l'accident ?

– Je dirais que oui. Là encore, je me devais d'éviter les sujets trop personnels.

– Gavin se livrait peu sur sa vie à l'extérieur.

– Très peu.

– A-t-il fait allusion à d'autres filles ?

Elle fit non de la tête.

– Accepteriez-vous d'examiner une photo de la fille qui a été tuée avec lui ? C'est un cliché de la morgue.

Elle frissonna.

– Je n'en vois pas l'intérêt.

– D'accord.

– Non, autant me la montrer, se reprit-elle. J'ai besoin d'assimiler toutes les données de ce malheur.

Je posai la photo sur la plaque de verre. Elle ne fit aucun geste pour la toucher et se contenta de la regarder. Sa bouche perdit son expression déterminée. Une veine battait à sa tempe. Rythme rapide.

– Vous la connaissez ? lui demandai-je.

– Je ne l'ai jamais vue. Simplement, j'imagine… ce qu'ils ont vécu tous deux.

VII

Mary Lou Koppel me raccompagna à la salle d'attente et resta à m'observer pendant que je descendais l'escalier. Quand je m'arrêtai pour jeter un regard en arrière, elle me sourit et agita les doigts.

De retour à la maison, j'écoutai mes messages. Trois démarchages par téléphone, et Allison m'informant qu'elle avait eu une annulation, que nous n'étions pas allés au cinéma depuis un bon bout de temps et donc, étais-je libre ce soir-là ? J'appelai sa messagerie, lui proposai de dîner d'abord et ajoutai que je pouvais être prêt à sept heures.

Ensuite j'allumai l'ordinateur, me connectai à mon compte Med-Line réservé au corps professoral de l'université et passai en revue des articles sur les lésions préfrontales internes. En cas de graves traumatismes au cerveau, les hémorragies et lésions sont visibles à l'exploration radiologique ou au scanner. Mais dans les cas moins dramatiques, les dégâts restent imperceptibles et impossibles à détecter, cela étant le résultat de ce qu'on appelle un *sectionnement axonal* – soit des déchirements microscopiques des fibres nerveuses. Ces cas résistaient aux examens neurologiques et pouvaient, au mieux, être diagnostiqués par évaluation neuropsychologique. Des instruments tels que le WISC ou le test de la figure de Rey font effectivement apparaître des difficultés d'attention et de raisonnement, et de traitement de l'information.

Les patients souffrant de lésions préfrontales ont parfois des problèmes d'irritabilité. Et ils peuvent devenir impulsifs et obsessionnels.

Je sortis quelques articles sur l'imprimante, passai un short, un T-shirt et des chaussures de jogging, et courus longtemps, sans me ménager, en refusant de penser à la triste et courte existence de Gavin Quick. N'empêche que j'y pensai et me félicitai de jouir, moi, de la vie. Après m'être douché et rhabillé en tenue de ville, j'essayai de localiser Milo et l'appelai à son bureau. Quand je le joignis enfin dans sa voiture, j'avais remis l'entretien avec Mary Lou en perspective.

Elle s'était montrée coopérative, mais ne m'avait pas appris grand-chose, en somme. Peut-être ne savait-elle pas grand-chose non plus. Gavin était en thérapie depuis trois mois, et il avait probablement fait l'impasse sur beaucoup de rendez-vous. Cela, plus sa résistance et le fait que Koppel n'avait pas souhaité aborder ses problèmes cognitifs, faisait que le traitement était resté très superficiel.

La méthode employée par Mary Lou Koppel revenait à ce que nous appelons dans notre jargon une « thérapie de soutien ». Ce n'est pas forcément négatif ; parfois, le patient a seulement besoin d'une oreille compréhensive ou d'une épaule sur laquelle pleurer. Mais il arrive que ce « soutien » serve de prétexte pour ne pas creuser plus avant.

– Tu veux dire qu'elle l'arnaquait ? me demanda Milo.

– Elle a peut-être fait de son mieux. C'est elle qui a eu Gavin en face d'elle, pas moi.

– Galant de ta part. Mais tu ne l'aimes toujours pas.

– Je n'ai rien contre elle.

– Alors j'aurai mal entendu. Tu as évoqué son obstruction lors de votre premier contact ?

– Elle l'a abordée bille en tête. La patiente me détestait, se méfiait de moi et lui avait interdit de me parler.

– Toutes griffes dehors, vieux frère ?

– La patiente en question a bel et bien déposé plainte contre moi pour manquement à la déontologie.

– Aïe.

– Plainte jugée irrecevable.

– Cette question ! dit-il. C'était quoi, une toquée de mauvais poil ?

– À peu près.

– Toutes des salopes.

Thérapie de soutien.

– En tout cas, voilà tout ce qu'elle m'a raconté sur l'état émotionnel de Gavin, repris-je.

– Intelligence moins brillante qu'avant et obsessionnel.

– Nous le savions déjà.

– N'empêche, c'est intéressant.

– Rien de neuf sur l'identité de la fille ? lui demandai-je.

– Rien de rien. Pas grand-chose non plus côté indices. On a relevé les empreintes de Gavin sur le volant, mais rien sur les poignées des portières, ni la sienne ni celle de la fille. Quelqu'un a fait un grand ménage. On a l'esprit organisé, non ? Ce qui collerait avec le scénario du rôdeur. Des traces de pneus en pagaille dans l'allée. Malheureusement un vrai bordel, beaucoup trop se superposent et la police scientifique n'a pas pu faire de relevés corrects. Vu les allées et venues de l'agence immobilière, il fallait s'y attendre. Les voisins n'ont rien vu ni rien entendu, pas de témoignages sur la présence d'individus suspects ou de voitures inconnues. J'ai demandé aux gars des Crimes sexuels de regarder leurs fichiers pour vérifier s'ils n'auraient pas des voyeurs dangereux en conditionnelle depuis peu.

– Du nouveau sur la chronologie ?

– Le légiste pense comme toi que Gavin a été tué en premier, mais ne peut pas se prononcer définitivement. On manque d'éléments de preuve. D'après les éclaboussures de sang, Gavin et la fille étaient assis quand ils ont reçu la balle, et vu la quantité de sang sur la poitrine de la fille et qu'il n'y a presque rien autour de la blessure à la tête, on pense qu'elle était vivante quand elle a été transpercée avec cette foutue pique. J'ai roulé dans le coin en cherchant des chantiers de construction, pour voir si je trouvais un élément de grille en fer forgé qui manquait, mais *nada*. Je commence à pencher pour une attaque éclair qui les a pris au dépourvu. Ça tient, d'après toi ?

– Tout à fait, lui dis-je. La brute les suit, les épie, se gare sans doute dans Mulholland et s'enfonce à pied dans la propriété. Il attend, les regarde se peloter un peu, devient excité. Si le préservatif était à Gavin, c'est que la fille et lui allaient passer à l'acte. À ce moment précis, la brute jaillit de l'obscurité et attaque.

– L'élément de surprise. Il n'y avait aucune trace de sperme sur elle ni en elle, et même si elle avait enlevé le haut, elle avait encore son caleçon. Ça tient.

– Rien d'autre sur l'autopsie ?

– Son dernier repas a consisté en une moitié de Big Mac, quelques frites et du Ketchup. Il remonterait à six heures avant la mort. L'estomac de Gavin a révélé des pâtes au basilic et du pain à l'ail. Mme Quick confirme que c'est ce qu'elle avait mitonné pour le dîner. Gavin et elle ont mangé ensemble cinq heures avant le meurtre. Après quoi il a passé un peu de temps dans sa chambre tandis qu'elle montait dans la sienne pour regarder la télé.

– Pas de dîner galant, donc. Gavin et la fille ont mangé chacun de son côté, puis se sont retrouvés. À quelle heure Gavin a-t-il quitté sa maison ?

– Sheila ne l'a pas entendu partir. Et elle est montée sur ses grands chevaux quand je lui ai posé la question : Gavin était adulte et elle ne voulait pas le couver.

– Vu ce qu'il avait enduré… achevai-je.

– Exactement. Je lui ai montré de nouveau la photo de Blondie, car elle semblait avoir la tête plus claire. Même réponse : une parfaite inconnue.

– Une fille qu'il aurait levée ? suggérai-je.

– J'y ai pensé et j'ai envoyé le DI[1] ratisser les clubs avec leurs photos. Le légiste a préparé des prélèvements de sang et de tissus pour les empreintes génétiques, mais, sauf si les données corporelles de la fille sont déjà entrées dans une banque de données officielles, ça ne mènera sûrement à rien. Jusqu'ici, elle ne paraît figurer dans aucun de nos fichiers de personnes disparues. C'est peut-être une fille en rupture de ban d'une autre ville, ou alors la fugue remonterait à longtemps. Pour l'âge, le légiste hésite encore, mais je l'ai examinée de près et elle paraît légèrement plus vieille que Gavin… disons entre vingt-trois et vingt-cinq

1. Soit : inspecteur premier échelon.

ans. Et elle n'a pas l'allure d'une fugueuse. Ses vêtements étaient de bonne qualité et elle avait fait un effort de présentation – maquillage, boucles d'oreilles, vernis à ongles. Des dents pas extraordinaires, il lui en manque au fond, mais celles qu'on voit sont régulières. Cheveux teints, mais c'est une vraie blonde. Le légiste croit avoir décelé une odeur de parfum… Armani, d'après lui. Moi, je n'ai pas senti ça sur la scène de crime, et le temps que je me pointe à la morgue, la fille ne sentait plus la rose. Mais je veux bien, le Dr Quan a le nez fin.

– Trop soignée pour une prostituée ?

– Pour une fille des rues, oui. Vêtements trop classiques pour ta turfeuse de base. La classe au-dessus à tarifs plus élevés ? Peut-être. Pourquoi ?

– Pas de dîner galant, dis-je. Levant une fille dans un but précis.

– Un garçon du genre de Gavin qui aurait su comment se dénicher une jolie pro de cette pointure ? Il était habillé comme un étudiant. Ce n'est pas comme s'il portait un costume de chez Zegna et arpentait les hôtels de Beverly Hills avec un paquet de cash.

– Mais c'est là qu'il a grandi. Il pouvait connaître les hôtels. Avec assez de liquide en poche, il aurait été en position de négocier.

– On a trouvé trente dollars dans son portefeuille.

– Mais s'il avait déjà payé la fille et si c'était elle qui avait l'argent ? Son sac a disparu. Du coup, le vol aurait été la cerise sur le gâteau pour le tueur.

– Une call-girl faisant une passe dans la nature avec un gamin souffrant de lésions cérébrales ?

– C'est bien la difficulté avec certaines lésions internes. Elles peuvent être imperceptibles. Sauf à avoir connu le Gavin d'avant, rien ne laissait soupçonner leur existence. C'était juste un garçon présentant bien au volant d'un amour de petit cabriolet rouge. Nous savons qu'il pouvait se montrer impulsif et agir de manière compulsive, et c'est peut-être la raison pour laquelle il a abordé une pro. Il devait être en manque… surtout depuis que ses amours avec Kayla Bartell appartenaient au passé.

– Koppel t'a dit pourquoi ils avaient rompu ?

– D'après elle, c'était dû à l'accident. Elle ne m'a pas paru savoir grand-chose de Gavin.

– Une pro, répéta Milo. Un garçon jeune, les sens exacerbés, sa nana rompt avec lui, il se peut que sa confiance en ait pris un coup… c'est une hypothèse.

– Autre chose, ajoutai-je. Ses projets de fouille-merde. Et s'il avait vraiment persévéré dans ses rêves de journaliste d'investigation ? Quel meilleur endroit pour coincer une célébrité qu'un palace ?

– Il se met en quête de vedettes de cinéma et lève une pro ?

– L'impulsivité de la jeunesse intensifiée par des lésions cérébrales.

– Possible, me dit-il. Je vais vérifier auprès des portiers de tous les établissements people de Beverly Hills. Mais ils ne sont pas près de reconnaître qu'ils laissent des pros franchir la porte. Je vais aussi demander à la police de Beverly Hills s'ils la connaissent et montrer sa photo à nos gars des Mœurs. En attendant, c'est juste une blonde bien habillée.

– Des indices dans ses vêtements ?

– Chemisier NKNY, string et soutien-gorge rembourré Calvin Klein, pas de logo de marque sur le caleçon. Bonnes chaussures. D'excellente qualité… des Jimmy Choo. À ce qu'on m'a dit, c'est un sérieux investissement. Comme il y a justement une boutique Jimmy Choo à Beverly Hills, dans Little Santa Monica, j'y ai fait un saut. Nous parlons de cinq, six cents dollars pour un talon aiguille avec une bride. Personne ne l'a reconnue comme cliente, mais quand j'ai décrit la chaussure, la vendeuse n'a pas hésité. Un modèle d'il y a deux saisons, qui aurait pu être acheté en dégriffé chez Neiman, Barney ou consorts.

– Des chaussures de prix, récapitulai-je. Soignée de sa personne. Le genre de fille dont on signalerait la disparition.

– Oui, mais pour une fille qui vit seule, ça peut prendre un moment avant qu'on se rende compte qu'elle manque à l'appel. Je nous sens partis pour une affaire qu'on ne résoudra pas de sitôt. Merci de ton aide, Alex. Si j'apprends quoi que ce soit, je te tiens au courant.

Je passai prendre Allison à son cabinet. Ses cheveux étaient dénoués, et elle enlaça ses doigts autour des miens et m'embrassa avec conviction. Comme ni l'un ni l'autre n'avions faim, nous optâmes pour le cinéma d'abord et le dîner ensuite. Un vieux film des frères Coen, *Sang pour sang*, passait à l'Aero, à quelques rues de là, plus loin dans Montana Avenue. Allison ne l'avait pas vu. Moi, si, mais le film méritait d'être revu.

Nous sortîmes du cinéma peu après neuf heures et allâmes en voiture jusqu'au Hakata dans Wilshire Boulevard, portant notre choix sur un box loin des affiches de stars du rock et de l'animation joyeuse du bar à sushis. Nous commandâmes du saké et une salade aux lamelles de saumon, du steak sauce teriyaki et un assortiment de sashimis.

Je demandai à Allison comment elle aurait traité Gavin Quick.

– Quand j'ai des cas de lésions cérébrales, les patients ont déjà subi une évaluation neuropsy complète, m'expliqua-t-elle. Dans le cas contraire, je les envoie en passer une. Si les examens font apparaître des carences, je recommande une rééducation ciblée. Une fois le problème réglé, je m'emploie à mobiliser les forces du patient.

– Une thérapie de soutien.

– Cela ne suffit pas toujours. La difficulté est d'apprendre à négocier avec un monde entièrement nouveau. Mais il ne fait aucun doute que le soutien joue un rôle essentiel. C'est parfois très dur, Alex. Deux pas en arrière pour chaque pas en avant, des sautes d'humeur incessantes, et on ne sait jamais quel sera le résultat final. Fondamentalement, tu as en face de toi une personne qui sait qu'elle n'est pas ce qu'elle était et qui se sent totalement impuissante à y remédier.

– Gavin a confié à sa thérapeute que ça lui manquait de ne plus être lui-même.

– On ne saurait mieux dire.

Je nous servis du saké.

– Petit dîner d'amoureux bien grisant, pas vrai ?

Elle sourit et m'effleura le poignet.

– En sommes-nous encore aux rendez-vous galants ? Et pourquoi toutes ces questions techniques, mon amour ? ajouta-t-elle avant que j'aie eu le temps de répondre. Son état mental aurait à voir avec le meurtre ?

– Son état mental est devenu un problème parce que Milo se demande si Gavin aurait pu agacer une brute. Je pense plutôt que c'est la fille qui était visée et que Gavin n'a simplement pas eu de veine.

– Une fois de plus, me fit-elle remarquer.

Concentration sur nos assiettes.

Un moment après :

– Qui est la thérapeute ?

– Une certaine Mary Lou Koppel. À l'entendre, elle voulait l'amener à libérer ses émotions. Je n'ai pas l'impression que ça se soit trop bien passé.

Elle reposa son bol.

– Mary Lou.

– Tu la connais ?

Elle hocha la tête.

– Drôle de coïncidence, dit-elle.

– Comment ça ?

– Elle a déjà eu un patient assassiné.

VIII

Je repoussai mon assiette.

– J'avais déjà rencontré plusieurs fois Mary Lou, reprit Allison. À des conférences, des colloques. Nous avions fait partie d'une même table ronde. C'était à l'époque où j'étais assez gourde pour accepter de participer à ce genre de choses. Le souvenir que je garde d'elle ? Ses vêtements rouges et son sourire – elle souriait toujours, même aux moments les plus incongrus. Comme briefée par un spécialiste des médias. À cette table ronde, elle avait des tonnes de choses à dire, mais aucune donnée pour étayer ses affirmations. Elle n'avait visiblement rien préparé et comptait sur son charisme.

– Tu ne la portes pas aux nues.

– Elle m'a franchement déplu, Alex. Mais je me suis demandé si ce n'était pas de la simple jalousie. Parce que tout le monde connaissait sa réussite professionnelle. Le bruit courait qu'elle demandait cinquante pour cent de plus que nous autres et refusait des patients. Cette histoire de meurtre datait de plus d'un an. J'étais à la convention de l'Association des psychologues de la côte Ouest à Las Vegas, et Mary Lou devait faire une conférence sur la psychologie et les médias qui fut annulée à la dernière minute. Je ne prévoyais pas d'y assister, mais un de mes amis s'était engagé à faire acte de présence, Hal Gottlieb. Ce soir-là, je dînais avec Hal et d'autres confrères, et il a dit en blaguant qu'il avait perdu de l'argent aux tables de black-jack et allait déposer une plainte contre Mary Lou. Le fait qu'elle ait annulé sa conférence lui avait donné du temps libre et du coup, ne sachant pas quoi faire, il s'était rendu au casino. Ensuite, il nous a dit qu'elle avait annulé parce qu'un de ses patients avait été assassiné. Il y a eu un long silence ; finalement, quelqu'un a lancé une plaisanterie sur la mauvaise publicité, puis quelqu'un d'autre a ajouté que pour Mary Lou la mauvaise publicité n'existait pas, qu'elle la transformait à son avantage.

– La fille populaire, quoi.

– Nous qui guérissons l'âme pouvons être aussi rosses que tout un chacun. Si seulement nos patients le savaient !

– Tu te rappelles les détails du meurtre ?

– Dans mon esprit, il s'agissait d'une femme. À moins que je n'invente. Honnêtement, je n'en suis pas sûre, Alex.

– Ça remonte à plus d'un an.

– Pas avril dernier, mais celui d'avant… après Pâques. Soit quatorze mois.

– Je n'ai rien trouvé sur un meurtre quand j'ai lancé une recherche Internet sur Mary Lou, lui dis-je. Mais elle a commencé à accorder des entretiens sur la réforme des prisons à peu près à cette période, ce qui signifierait que le crime ne l'a pas laissée indifférente.

– C'est possible.

– Dans certains de ces entretiens, elle était accompagnée par un de ses associés, un certain Albin Larsen. Tu le connais ?

Elle me fit signe que non et taquina sa salade avec une baguette.

– Deux meurtres dans une clientèle. Pour peu qu'elle soit importante, je suppose que cela n'a rien d'extraordinaire.

– Et c'est le cas pour Mary Lou.

– À ce qu'on m'a dit.

– Mais pour le moins ça vous interpelle. Je vais transmettre à Milo. Merci.

– Toujours ravie de te donner un coup de main.

Elle repoussa ses cheveux noirs et se mordit la lèvre inférieure.

Je me penchai au-dessus de la table et l'embrassai. Elle me prit le visage entre ses deux mains, pressa sa bouche contre la mienne, puis me libéra.

Je nous resservis du saké.

– C'est bon, dit-elle.
– Cuvée réservée.
– Je voulais dire, d'être ici avec toi.
– Oh… lui dis-je en me frappant le front, comme sous l'effet d'une brusque illumination.
Elle se mit à rire et tripota le diamant d'une boucle d'oreille.
– Malgré mon penchant pour ce qui brille, je n'ai pas besoin de grand-chose, à vrai dire. Nous sommes en vie et nos têtes fonctionnent bien… c'est un bon départ, tu ne crois pas ?

Le lendemain matin, je mis un point final à un rapport d'expertise sur une garde d'enfant et, désireux de m'aérer, gagnai le palais de justice de West L.A. en voiture et déposai les documents au cabinet du juge. Le poste de police se trouvant non loin de là, j'y fis un saut. Le civil à la réception me connaissait et m'adressa un geste de la main qui m'évita les formalités d'accès. Je pris l'escalier, longeai la grande salle des Vols et Homicides, où Milo avait jadis travaillé avec les autres inspecteurs, et continuai dans le couloir.

Il avait passé quinze ans dans cette salle sans jamais être reconnu comme membre du sérail en raison de ses préférences sexuelles et de sa nature solitaire. Dès le début il s'était heurté à une hostilité déclarée de la part des policiers en tenue et de la hiérarchie (qui s'étaient d'ailleurs calmés ces derniers temps), mais jamais de celle des inspecteurs.

Les inspecteurs sont trop intelligents et trop débordés pour ce genre d'absurdités. Au cours des dernières années, le taux d'élucidation de Milo lui avait valu un respect tacite.

Un peu plus d'un an auparavant, sa vie avait changé. Une enquête sur une affaire classée, un meurtre sexuel commis vingt ans auparavant et jamais élucidé, l'avait conduit à exhumer quelques secrets personnels du chef de la police. Celui-ci, destitué depuis, lui avait fait une offre : en échange d'un silence qui garantissait leur carrière à tous deux, Milo serait promu lieutenant mais se verrait épargner la paperasserie qui accompagnait le poste. Relégué dans son pré carré à l'écart des autres inspecteurs, il bénéficierait d'un régime de faveur : la possibilité de choisir ses enquêtes pour peu qu'il garde un profil bas. S'il avait besoin de renforts, il pourrait faire appel à des inspecteurs subalternes. Sinon, il mènerait sa barque tout seul.

Aiguillage et cooptation, la stratégie qu'un gouvernement applique en permanence. Milo savait qu'on le manipulait et l'idée lui faisait horreur. Il avait pensé démissionner, mais pas longtemps. Renonçant à se saborder, il s'était convaincu que l'isolement lui garantirait la liberté. L'augmentation de salaire présentait aussi des avantages et, tant que le chef resterait en place, la sécurité de l'emploi lui était assurée.

Maintenant le chef n'était plus là et on n'avait pas encore désigné son successeur. Dix candidats se pressaient au portillon, parmi lesquels un chef adjoint des Services d'intérêt général qui était entré dans l'arène après avoir accordé une interview à un journal de San Francisco, dans laquelle il avait fait son coming out après trente ans de placard et révélé le nom de son compagnon de toujours.

J'avais demandé à Milo si l'attitude du service s'en trouverait modifiée.

Il avait ri.

– Quand le nom de Berger est arrivé sur la liste, les yeux ont roulé avec un tel vacarme qu'on l'a entendu jusqu'à Pacoima ! Il a autant de chances de l'emporter que moi de me voir pousser un deuxième pancréas.

– Quand même. L'important, c'est qu'il l'ait dit publiquement.

– Dans la mesure où le public est concerné, rectifia Milo. Tout le monde à la police savait à quoi s'en tenir depuis des années.

– Ah.

– Les temps ont changé depuis que j'ai débuté. On ne voit rien, on ne dit rien, personne ne fourre de cochonneries dans mon vestiaire. Mais l'essentiel, la psychodynamique, ne changera jamais, n'est-ce pas ? Tel que je le vois, c'est un trait constitutif de l'espèce humaine, dans son ADN. Nous/eux, les membres du groupe et les autres. Nous devons régulièrement tabasser quelqu'un pour nous sentir bien dans notre peau. Si la majorité des gens étaient comme moi, les hétéros seraient cloués au pilori. Peut-être une question d'évolution, encore que je ne voie pas comment on y viendra. Ta sagesse peut m'éclairer ?

– J'ai oublié mes pilules dans la voiture.

Il avait de nouveau ri, de ce rire sans joie qu'il avait peaufiné.

– La barbarie règne. Je ne serai jamais à court de boulot.

Sa porte était ouverte ; il était assis à son bureau, plongé dans la lecture d'un dossier. Il occupe un local sans fenêtre, à peine assez grand pour lui et sans rien au mur, mais il y a une photo de lui avec Rick sur son bureau. En train de pêcher, quelque part dans le Colorado. L'un comme l'autre en chemise de trappeur, deux mordus de la vie au grand air. Pendant la plus grande partie de leur virée, Milo avait souffert du mal des montagnes.

Son ordinateur était allumé, et son économiseur d'écran montrait un requin pourchassant un plongeur. Chaque fois que sa mâchoire vorace effleurait les palmes du nageur, le squale recevait un coup de pied dans la gueule. Une légende flottante précisait : AUCUNE BONNE ACTION NE RESTE IMPUNIE.

Je frappai au chambranle.

– Ouais, grommela-t-il sans lever les yeux.

– Bien l'bonjour à vous aussi ! Il s'avère que Gavin Quick n'est pas le premier patient de Koppel à avoir connu une fin prématurée.

Il leva la tête et me dévisagea comme s'il ne me connaissait pas. Ses yeux accommodèrent. Le dossier était celui de Gavin. Il le referma d'un geste sec.

– Tu disais ?

Je répétai.

Je pris un siège que rien n'occupait. Nos deux nez à moins d'un mètre. Aucun des médiocres panatellas de Milo n'était en vue, mais ses vêtements empestaient le tabac froid.

– Avril de l'année dernière, dit-il.

– Allison ne peut pas l'affirmer avec certitude, mais elle croit se rappeler que la victime était une femme. C'est tout ce que je peux te dire.

– Tu ne connais pas la meilleure ? La police a enfin mis un pied dans l'âge cybernétique. (Il tapota son écran d'ordinateur. Le requin et le plongeur s'éclipsèrent, cédant la place à plusieurs icônes placées au petit bonheur. L'écran était embrumé et fendu à un angle.) Enfin, officiellement. Ce bébé a tendance à se planter, don d'un lycée privé de Brentwood parce que les élèves ne pouvaient plus s'en servir. (Il commença à pianoter. L'appareil émit des bruits de machine à laver et prit tout son temps pour se charger.) Nous y sommes, mon garçon. Tous les meurtres commis dans notre juridiction au cours des cinq dernières années, répertoriés par victimes, dates, divisions et catégories. Sans doute pas par embrochements, j'ai déjà appelé le mot… Voyons voir ce qu'avril nous recrache…

Il fit défiler le fichier.

– Je relève six… sept femmes. Cinq affaires classées, deux non élucidées. Commençons par celles du Westside, car c'est là que Koppel recrute sa clientèle. Et surtout parce que j'ai juste quelques mètres à faire pour mettre la main sur les dossiers.

J'examinai l'écran.

– Le dossier, le corrigeai-je. On dirait qu'il n'y en a qu'un à West L.A.

– Un jeu d'enfant !

En effet.

Flora Elizabeth Newsome, trente et un ans, cheveux bruns, yeux marron, un mètre soixante-cinq, soixante-sept kilos, enseignante de cours élémentaire première année à l'école de Canfield Street, découverte dans son appartement de Palms un dimanche matin, poignardée et achevée d'une balle. Morte depuis douze heures au moins.

Les inspecteurs deuxième échelon Alphonse McKinley et Lorraine Ogden avaient interrogé le Dr Mary Lou Koppel le 30 avril. Elle avait seulement pu dire qu'elle traitait Flora Newsome pour « anxiété ».

Non élucidé.

Je lus le rapport d'autopsie :

– « Poignardée et abattue d'une balle de calibre 22. » Ce serait intéressant de voir si les rapports de balistique concordent, non ? dis-je. Et poignarder ou embrocher, il n'y a pas grande différence.

Milo se cala dans son fauteuil de bureau.

– Je peux toujours compter sur toi pour illuminer ma triste et morne vie.

– Prends-le comme une thérapie, lui suggérai-je.

L'inspecteur Alphonse McKinley avait été muté à la brigade de la Police urbaine à Parker Center. L'inspectrice Lorraine Ogden, elle, était à l'autre bout du couloir, s'échinant à comprendre le charabia que son ordinateur lui affichait.

Le milieu de la trentaine, massive, carrure solide, cheveux foncés coupés court et grisonnants, mâchoire déterminée. Elle portait un chemisier en twill orange et crème, un pantalon marron, des mocassins crème. Alliance et diamant d'un carat à une main. Bague de promo à l'autre.

– Milo, gémit-elle en levant à peine la tête. (Son écran se remplit de rangées de chiffres.) Cet engin me hait.

– À mon avis, vous venez de casser le code d'une banque suisse.

– Ça m'étonnerait. Il n'y a pas de croix gammées. Je vous écoute… ?

Milo me présenta.

– Je vous ai déjà vu ici, me dit Lorraine Ogden. Les têtes cafouillent ?

– Pour ne pas changer, lui renvoya Milo, mais il s'agit du boulot.

Il lui parla des meurtres de Mulholland et des ressemblances avec celui de Flora Newsome.

– Même psy, dit-elle. C'est un lien, non ?

– Calibre 22 pour les trois. Notre victime embrochée, la vôtre poignardée.

– Embrochée ? Comment ça ?

– Une barre de fer dans le sternum.

– Flora avait été atrocement lacérée. Lame fichée dans la poitrine elle aussi. (Ogden se mordit la lèvre inférieure. Sa mâchoire s'élargit.) L'impasse totale. Ça serait sympa d'avancer, non ?

– J'ai sorti le dossier, mais si vous aviez deux minutes, je me ferais un plaisir de vous écouter, Lorraine.

Elle jeta un regard noir à l'ordinateur et l'éteignit sèchement. Un clic vengeur qui fit frémir l'engin.

– Mon fils me dit de ne jamais le faire sans respecter la procédure. D'après lui, j'introduirais des parasites dans le système. Mais moi, je n'obtiens que ça, des parasites !

Elle se mit debout. Un bon mètre quatre-vingts, sans talons. Nous quittâmes tous trois la salle des inspecteurs et prîmes le couloir.

– Quel âge a votre fils ? lui demandai-je.

– Dix ans allant sur les trente. Fou de maths et de technologie. Lui saurait tirer quelque chose de cette insondable connerie. (S'adressant à Milo :) Je crois que la Conf A est libre. Allons jouer à déjà-vu.

IX

« Conf A » était une salle de dix mètres sur douze au plafond bas. Équipée d'une table pliante, de sièges et d'un éclairage féroce, elle me donna envie de passer aux aveux. Des étiquettes de soldes Wal-Mart décoraient les dossiers des sièges. La table était encombrée de cartons vides de pizzas. Milo les repoussa d'un geste large et s'assit en tête de table. Nous prîmes place de chaque côté.

Lorraine Ogden s'empara du dossier Newsome, en tourna les pages, s'arrêta aux photos d'autopsie et s'attarda un bon moment sur un tirage brillant en 15 × 18.

– Pauvre Flora, dit-elle. C'était sa photo de remise de diplôme. Institut pédagogique de Cal State L.A.[1].

– Elle avait trente et un ans quand elle est morte, dit Milo. Photo ancienne ?

– Non, récente. Elle avait interrompu ses études entre ses deux premières années de fac et l'institut, travaillé comme secrétaire dans l'intervalle, et décroché son diplôme un an avant l'assassinat. Elle achevait son année d'essai. Le principal de l'école l'appréciait, les enfants l'aimaient bien et on allait lui proposer sa titularisation.

Son ongle joua avec le bord de la photo.

– C'est sa mère qui nous l'a donnée. Elle a insisté pour que nous la gardions… elle s'était comme attachée à nous, Al et moi. Une femme bien. Elle nous faisait entièrement confiance et ne nous a jamais harcelés, sauf à appeler une fois par-ci, par-là

1. Soit : université d'État de Californie-Los Angeles.

pour nous remercier, nous dire qu'elle était convaincue que nous allions résoudre l'affaire. Pauvre Mme Newsome. Evelyn Newsome.

– Vous permettez ? lui demandai-je.

Elle me glissa le dossier en travers de la table.

De son vivant, Flora Newsome attirait le regard par sa simplicité et son manque d'apprêt. Visage large, teint clair, des cheveux foncés lui tombant aux épaules et rebiquant, des yeux clairs et brillants. Pour sa photo de remise de diplôme, elle avait choisi un sweater blanc en bouclette et une fine chaîne en or avec une croix. On lisait au dos de la photo : « *Pour maman et papa. Je l'ai eu !* » Encre bleue, belle écriture.

– « Maman et papa », dis-je.

– Le papa est mort deux mois après que Flora a eu obtenu son diplôme. La maman n'était pas dans une forme terrible non plus… arthrite aiguë. À soixante ans, elle en faisait soixante-quinze. Après le meurtre de Flora, elle a quitté sa maison pour une résidence médicalisée. L'idéal pour vous rendre sénile à une vitesse accélérée… (Elle se ressaisit.) Bien, messieurs… que puis-je vous dire… Le petit ami de Flora l'a découverte vers onze heures trente, le dimanche matin. Tous deux s'étaient donné rendez-vous pour un brunch. Ils pensaient aller au Bobby J's dans la Marina. (Elle eut un rire dénué de grâce.) Dire que ce détail m'est resté ! On a vérifié, le restaurant a confirmé la réservation. Le petit ami arrive, frappe, pas de réponse. Il s'obstine, finit par appeler Flora sur son portable, toujours rien. Il frappe à grands coups à sa fenêtre, essaie de voir au travers, mais les doubles rideaux sont tirés. Du coup, il part chercher le gérant. Qui refuse de le faire entrer… il a déjà vu le copain dans les parages, mais ne le connaît pas vraiment. Le copain menaçant alors d'appeler les flics, le gérant accepte qu'ils aillent jeter un œil. L'instant d'après, le type est en train de vomir dans les buissons et le copain d'appeler Police Secours en hurlant qu'il faut une ambulance. Ce n'était pas utile. D'après le coroner, elle avait été tuée autour de minuit.

Elle fit un geste pour que je lui rende le dossier. Je le lui fis glisser à mon tour et elle le parcourut de nouveau.

– Abattue par balle et poignardée. Nous avons relevé trente-quatre blessures… largement excessif. Ah, et puis celle-ci, juste sous le sternum. Le coroner a précisé que le tueur a porté presque tous ses coups avec un mouvement tournant de la lame. Une mare de sang. Grande lame, un seul tranchant, le genre couteau de boucher. Flora avait un jeu de couteaux dans sa cuisine, un de ces blocs de bois avec un logement pour chaque pièce, et le plus grand manquait. Nous avons pensé que le tueur l'avait pris en souvenir ou juste pour supprimer la pièce à conviction.

– Le nôtre a laissé la barre dans la fille.

– Charmant. Alors, d'après vous, la psy serait le lien ?

Milo haussa les épaules.

– Deux patients assassinés dans sa clientèle, des similitudes dans la technique.

– Attendez, dit Lorraine Ogden. Et s'ils avaient rencontré tous les deux le même cinglé dans la salle d'attente ?

– Le scénario se défend, Lorraine.

Elle joua avec son alliance.

– J'aimerais vous éclairer davantage sur Flora, mais le bébé était déjà froid le jour où on l'a récupéré. Une victime sans lubies, tout le monde l'aimait, on ne lui connaissait pas d'ennemis. J'ai tout de suite flairé un crime de psychopathe. Mais, et c'est le problème, de psychopathe soigneux. Il y avait des empreintes dans le séjour. De Flora, du petit ami, de ses parents, du gérant… lui, c'est un vieux schnock de quatre-vingts ans qui souffre de cataracte, inutile d'aller voir de ce côté-là. Et quelques-unes dans la chambre de Flora, essentiellement dans ou autour de la penderie. Mais rien sur le lit ni à proximité. Idem pour la cuisine et la salle de bains. Rien, comme *effacées*. La salle de bains en particulier. Pas une trace sur le lavabo, pas un cheveu dans la douche ou sur le savon. On a demandé aux techniciens de vérifier les canalisations et les regards, naturellement ils ont relevé du sang de Flora, et avec le Luminol l'endroit a vite ressemblé à un abattoir… toutes sortes de traces d'essuyage dans le sang, le coroner a dit qu'on avait affaire à un droitier. À quoi s'ajoutait une rangée de verres dans la cuisine, dont un, en particulier, qui crissait au contact, comme s'il venait de passer au lave-vaisselle. Les techniciens ont confirmé la présence de cristaux de détergent au fond.

– Le tueur fait son truc, nettoie tout et boit un verre.

– Archi-soigneux, confirma Lorraine Ogden. Même s'il n'a pas fait dans la dentelle avec elle. Il lui a tiré une balle une fois morte, mais elle était vivante pendant au moins une partie de son travail de boucher. Des giclées de sang artériel partout sur les draps, on imaginait le tableau. Il l'a laissée allongée sur le dos, jambes écartées. Notre hypothèse est qu'il l'a surprise dans son sommeil. Du moins je l'espère. Vous imaginez, se réveiller et se retrouver là-dedans ? En étant pleinement consciente ?

Elle referma brutalement le dossier.

– Tout ce sang, dit Milo, et pas d'empreintes de pas.

– Pas l'ombre d'une. Que fout O. J. Simpson quand on a besoin de lui ! Croyez-moi, ce salopard a veillé à tout. Tant pis pour l'ADN. Nous avons bien trouvé un lambeau de Néoprène… c'est du plastique noir… accroché à un coin de la table de chevet de Flora. Provenant sans doute d'un morceau plus grand qu'aura déchiré l'arête du meuble. Avec Al, on s'est demandé s'il avait apporté des sacs poubelle, ou une bâche quelconque. D'après le labo, il pouvait s'agir de protections industrielles qu'on utilise sur les chantiers. Nous avons donc peut-être affaire à quelqu'un qui travaille dans le bâtiment. Nous espérions trouver une empreinte sur ce lambeau, au moins partielle. (Grand sourire.) Comme à la télé !

– Zéro, dit Milo.

– Zéro puissance deux. J'étais tellement frustrée que j'ai même rempli un formulaire de profilage du FBI et l'ai envoyé à Quantico. Quatre mois après, j'ai reçu une lettre à en-tête officiel du Bureau fédéral. Homme de race blanche, psychopathe méthodique, probablement entre vingt-cinq et quarante, et, bof, l'histoire d'un métier du bâtiment pouvait tenir, mais rien ne permettait de l'affirmer, laissez tomber.

– Nos dollars de contribuables travaillent pour nous.

– Chaque jour que Dieu fait.

– Un barreau de clôture en fer forgé cadrerait aussi avec les métiers du bâtiment, dis-je.

Lorraine Ogden réfléchit.

– Un meurtrier ferronnier… Oui, pourquoi pas ? À moins qu'il ne l'ait juste récupéré sur un chantier et affûté. Quant à la réductrice de têtes… (elle s'interrompit avec un regard vers moi)… pardon, la thérapeute, nous avons découvert que Flora la voyait aux chèques qu'elle tirait tous les quinze jours sur son compte. Cent dollars, ce qui paraît un peu raide pour quelqu'un qui en touchait quatre cents à la fin du mois. Quand nous lui avons posé la question, la mère n'a pas caché sa surprise. Flora ne lui avait jamais dit qu'elle suivait un traitement quelconque. Al et moi avons appelé le Dr… son nom m'échappe…

– Koppel.

– C'est ça, le Dr Koppel. Nous avons eu une conférence à trois au téléphone et elle a dit n'avoir vu Flora qu'épisodiquement, à des dates qui correspondaient aux souches du chéquier. Six chèques en trois mois. Elle a refusé d'entrer dans les détails : secret professionnel. Nous lui avons dit que les personnes décédées perdent ce privilège, à quoi elle a répondu qu'elle ne l'ignorait pas mais n'avait rien à nous dire. Elle semblait passablement sous le choc et nous a dit qu'elle venait de débarquer d'une conférence. Quelque chose de pas net chez elle ?

– Pas à ma connaissance, répondit Milo. Comme vous le disiez, le tueur pourrait être un autre de ses patients. Savez-vous pourquoi Flora Newsome suivait une thérapie ?

– Dans mon souvenir, Koppel a parlé de « difficultés d'ajustement », quelque chose dans ces eaux-là. Je sais qu'elle nous a affirmé que Flora ne souffrait d'aucun trouble de la personnalité. Quand nous l'avons interrogée sur d'éventuelles relations avec des individus douteux ou des voyous, elle nous a répondu que Flora ne lui en avait jamais parlé. Elle nous a livré un diagnostic : problème d'adaptation…

– Difficultés d'adaptation et ajustement à l'anxiété ? lui proposai-je.

– Je crois bien. Bref, il en est ressorti que Flora avait été soumise à un stress… la pression de son année probatoire à l'école, la prise de conscience qu'elle allait enseigner, la responsabilité que cela sous-entendait. Elle avait aussi quelques problèmes pécuniaires parce qu'elle avait cessé de travailler pendant plusieurs années pour reprendre ses études.

– Des problèmes pécuniaires, répéta Milo, mais elle verse cent dollars une semaine sur deux à Koppel.

– Koppel affirmait lui avoir fait un prix. Elle avait réduit de moitié son tarif habituel et accepté de voir Flora une fois tous les quinze jours au lieu d'une fois par semaine.

– Une fleur, quoi.

– Ma foi, oui. D'après Koppel, il fallait habituellement une séance par semaine au minimum pour garantir les bienfaits de la thérapie, mais elle avait fait une exception pour Flora. Est-ce exact, docteur ? Existe-t-il une fréquence minimale ?

– Non.

– En tout cas, dit-elle, Koppel voyait les choses sous cet angle. (Ses mains étaient posées l'une sur l'autre. Une femme bâtie en force mais des mains délicates, des mains de pianiste.) Elle a beaucoup insisté sur ce point : son attitude compréhensive vis-à-vis de Flora. Je me rappelle avoir pensé qu'elle parlait surtout d'elle-même, pas de Flora.

– Un brin d'ego, dit Milo. Elle sévit sur les ondes et répond aux questions des auditeurs.

– Ah bon ? La seule émission que j'écoute, c'est « The Wave », du bon jazz bien coulant après une journée de sang et de crime. Vous l'avez déjà interrogée ?

– Pas moi, mais le Dr Delaware, oui, précisa-t-il en me passant tacitement le relais.

Je lui résumai notre conversation.

– Vous semblez ne pas avoir obtenu grand-chose non plus.

– Peut-être est-ce tout ce qu'elle sait : rien du tout, dit Milo. Dr D. se demande si Koppel n'a pas pris notre victime un peu par-dessus la jambe, côté thérapie. N'importe, on va aller la revoir. La coïncidence est trop belle. D'autres choses à nous dire sur Flora ?

– Pas que je voie.

– Le petit ami n'a jamais été mis en cause ?

– Brian Van Dyne, dit-elle. Prof' à la même école, deux ans de plus que Flora. La nuit du meurtre il est allé à un match des

Lakers avec des copains, ensuite ils ont dîné dehors et pris un verre dans deux bars. Le tout dûment confirmé. Les copains l'ont déposé à son appartement à Santa Monica après deux heures du matin. Je ne l'ai jamais considéré comme suspect, mais nous l'avons quand même passé au détecteur et on a relevé ses empreintes, pour plus de sécurité. Pas de trace de poudre sur les mains, mais n'importe comment trop de temps s'était écoulé. Il a passé le test du détecteur haut la main.

– Pourquoi ne l'avez-vous jamais considéré comme suspect ? lui demandai-je.

– Il semblait foudroyé par la mort de Flora, franchement anéanti. D'après ses amis, il avait été en grande forme pendant le match et après. Tous les gens que nous avons interrogés ont confirmé que Flora et lui s'entendaient bien. Ça n'aurait pas suffi à établir ma conviction, mais le test… ? Non, pas question. Pas lui.

– Savait-il que Flora suivait une thérapie ?

– Pas le moins du monde. Comme sa mère à elle, il l'ignorait complètement.

– Une séance une semaine sur deux, dis-je. C'est assez facile à cacher.

– Et Flora s'y est employée. Elle disait à Brian Van Dyne qu'elle allait au club de gym. Ce qui était logique. Elle s'était inscrite au Centre sportif de Sepulveda. Stepping, aérobic, j'en passe. Al et moi avons interrogé les gens qui y travaillaient, au cas où elle se serait liée avec un salaud au dojo… qui sait ? Un voyou adepte de la gonflette pour contrebalancer l'irréprochable Brian ? Mais non, elle ne copinait pas, elle y allait juste pour suer un bon coup.

– Et elle cachait à tous sa thérapie, dis-je.

– Ça ne m'étonne pas tellement, docteur. Ici, quand un collègue se voit conseiller de recourir à un psy, ou il n'en tient aucun compte, ou, s'il le fait, il se garde bien d'ébruiter la chose.

– Par crainte de la connotation négative.

– Elle a toujours cours. Flora tenait à Brian Van Dyne. Je peux comprendre qu'elle n'ait pas voulu que lui… ou son directeur à l'école… sache qu'elle avait des problèmes.

– Depuis quand sortait-elle avec lui ?

– Six mois.

– Déficit de communication, dis-je, mais vous pourriez avoir raison. N'empêche, je me demande si elle n'aurait pas recherché une thérapie pour un problème plus handicapant que le stress professionnel.

– Un trait plus noir, plus enfoui de sa nature profonde ? Allez savoir. Le Dr Koppel vous lâchera peut-être le morceau.

– Si notre affaire est liée à la vôtre, dit Milo, vous ne pouviez pas le détecter, Lorraine. Un cinglé en traitement chez Koppel repère Flora, et notre jeune Gavin, dans la salle d'attente et flaire une victime.

– Des victimes des deux sexes ? lui renvoya Lorraine Ogden. Votre morte à vous… vous avez des informations ?

– Pas encore identifiée.

Elle parut étonnée.

– Pas une toquée ?

– Le Dr Koppel a nié connaître la fille, lui dis-je.

– Ça ne prouve rien, dit Lorraine Ogden.

– Vous avez humé le parfum du mensonge ? lui demanda Milo.

– Pas avéré, mais elle semble avoir été évasive dans un cas comme dans l'autre, et la coïncidence dégage une odeur *sui generis*. Tenez-moi au courant quand vous l'aurez vue. Autre chose ?

– Lorraine, dit Milo, j'aimerais réinterroger quelques-uns de vos témoins… avec votre accord, bien sûr. La maman, le petit ami, les gens avec qui Flora travaillait.

– Interrogez qui vous voulez ; l'important, c'est de boucler le dossier. Vous connaissez Al McKinley.

– Un type bien, dit Milo.

– Et intelligent, ajouta-t-elle. Un vrai bouledogue. (Elle inspira un grand coup.) Lui et moi, on a vraiment bossé sur cette affaire-là. Passé au peigne fin les dossiers des délinquants sexuels, effectué des recoupements avec des criminels travaillant dans le bâtiment. Hallucinant, la quantité de types pas recommandables qui font des toitures ou travaillent à la journée. Mais peine perdue. J'étais si déçue que j'ai fini par espérer qu'on tomberait sur un autre cadavre avec la même signature du tueur, et que cette fois on pourrait travailler avec des éléments d'autopsie. Sympa, hein ? Souhaiter la mort de quelqu'un. Le Néoprène… il utilise son couteau de cuisine à elle mais a prévu le plastique. Nous avons affaire à un tueur en série. Et ces types-là ne s'arrêtent pas. N'est-ce pas, docteur ?

J'acquiesçai d'un signe de tête.

– Le nôtre aura continué, conclut Milo.

X

Canfield School occupait un pâté de maisons d'Airdrome Avenue, à trois rues au sud de Pico Boulevard et à l'est de Doheny Road. De l'autre côté du grillage de la clôture des enfants jouaient, une grande peinture murale en toile de fond. Paix, amour et harmonie. De jeunes enfants dont les visages souriaient à l'avenir.

C'était le secteur de Baja Beverly Hills, à cinq minutes en voiture du cabinet de Mary Lou Koppel dans Olympic Boulevard. Si Flora Newsome venait à sa séance de thérapie depuis son appartement de Palms, elle aurait mis un peu plus de temps, mais pas tellement. Vingt minutes en roulant mal.

La directrice adjointe était une Noire nommée Lavinia Robson, pourvue d'un diplôme d'éducatrice et de manières agréables.

Elle vérifia nos cartes professionnelles, posa les bonnes questions, appuya sur une touche de son interphone et convoqua Brian Van Dyne.

– Café ? nous proposa-t-elle.

– Non merci.

– Flora était un amour, nous avons tous été terriblement peinés. A-t-on de nouveaux éléments ?

– Hélas, non, madame Robson. Mais il est parfois utile de remettre un dossier en perspective.

– Cela vaut aussi pour l'éducation… ah, voilà Brian.

Grand, carrure étroite, le milieu de la trentaine, l'ex-petit ami de Flora Newsome avait des cheveux blonds qui s'éclaircissaient et une fine moustache beige gruau. Son teint trahissait une aversion pour le soleil. Il portait une chemise verte, un pantalon de toile beige, une cravate en laine marron et des chaussures de marche à semelles de caoutchouc. Des lunettes aux verres épais donnaient à ses yeux un regard ahuri. Si l'on y ajoutait le choc réel que lui causait notre présence, il semblait débarquer sur une planète inconnue.

– Flora ? dit-il. Au bout de tout ce temps ?

Un filet de voix anémique.

Le téléphone de Lavinia Robson sonna.

– Brian, Pat est absente pour la journée. Si vous conduisiez ces messieurs dans son bureau ?

L'absente en question, Patricia Rohatyn, exerçait les fonctions de conseillère pédagogique spéciale de l'école. Son bureau était exigu, pourvu d'un linoléum au sol et rempli de livres et de jeux. Le conduit de la climatisation cliquetait. La pièce sentait la gomme à effacer.

Deux chaises d'enfant faisaient face à un bureau encombré. Brian Van Dyne nous dit : « Asseyez-vous » et partit chercher un troisième siège. Il revint et se plaça face à nous, sur une grande chaise. Il ne chercha pas à exploiter sa position dominante mais se ratatina sur son siège, essayant de se mettre à notre niveau.

– C'est vraiment tellement bizarre que vous soyez là aujourd'hui, dit-il. Je me suis fiancé hier.

– Félicitations, dit Milo.

– Pendant longtemps, après Flora, je n'ai eu envie de sortir avec personne. J'ai fini par accepter que ma sœur organise une rencontre. (Son sourire était mélancolique.) Karen… ma fiancée… ne sait pas ce qui est arrivé à Flora. Juste qu'elle est morte.

– Autant qu'elle ignore dans quelles circonstances.

– Exactement, dit Van Dyne. Je ne m'y suis toujours pas fait Aux souvenirs, je veux dire. C'est moi qui l'ai découverte… Qu'est-ce qui vous amène ici ? Avez-vous enfin un suspect ?

Milo croisa les jambes en veillant à ne pas envoyer un coup de pied dans une pile de boîtes de jeux.

– Nous procédons à un réexamen du dossier, monsieur. Quelque chose vous est-il venu en tête depuis que les premiers inspecteurs vous ont interrogé ?

– Un réexamen, répéta Van Dyne, douché. Non, rien. (Il se massa l'arête du nez.) Pourquoi a-t-on rouvert le dossier ?

– Il n'a jamais été classé, monsieur.

– Oh… dit Van Dyne. Non, bien sûr.

Ses genoux se cognèrent.

La petite chaise me sciait le dos et je m'étirai. Milo devait souffrir le martyre, mais il semblait à son affaire.

– Un élément du dossier a attiré notre attention, reprit-il. Mlle Newsome voyait une psychothérapeute. L'inspecteur Ogden m'a dit que vous l'ignoriez.

– Totalement. Flora ne m'en a jamais parlé. C'était d'autant plus bizarre que moi-même j'avais suivi une psychothérapie et le lui avais dit. (Il joua avec ses lunettes.) J'avais cru que notre relation se fondait sur la confiance mutuelle.

– Vous aviez suivi une thérapie vous aussi, dit Milo.

Van Dyne sourit.

– Rien d'anormal, lieutenant. J'avais été marié pendant trois ans et avais divorcé six mois avant de rencontrer Flora. Ma femme m'avait plaqué pour un autre homme et j'avais du mal à encaisser. À vrai dire, j'étais carrément déprimé. J'ai vu un psychologue, il m'a écouté et dirigé sur un psychiatre pour un traitement court aux antidépresseurs. Au bout de trois mois, je me suis senti infiniment mieux et j'ai arrêté les pilules. Après deux autres mois de thérapie, j'étais prêt à voler de mes propres ailes. C'est ce qui m'a permis de ne rien cacher à Flora dans la relation que j'avais avec elle. J'aurais été la dernière personne à mépriser la psychothérapie. Flora ne voyait sans doute pas les choses sous cet angle.

– Vous pensez qu'elle avait honte ?

Il acquiesça d'un signe de tête.

– Une idée des raisons qui l'ont poussée à y recourir ?

– Pas la moindre. Et, croyez-moi, j'y ai réfléchi !

– C'était une personne équilibrée.

– Je le croyais.

– Vous en doutez maintenant ?

– Je pars seulement du principe qu'elle a cherché de l'aide parce qu'elle devait avoir un problème. Forcément quelque chose qu'elle jugeait grave. Flora n'était pas du genre à parler pour ne rien dire.

– Quelque chose de grave…

– Grave à ses yeux à elle.

– Vous avez fait connaissance à l'école ? lui demanda Milo.

– Le jour de la rentrée. Je venais d'être muté de la Vallée et Flora commençait son année probatoire. On lui avait confié un poste d'assistante, mais c'était moi qui avais fini par lui apprendre les ficelles du métier. Et de fil en aiguille…

Milo sortit son calepin et prit des notes.

– Une idée sur qui aurait pu vouloir du mal à Mlle Newsome ? demanda-t-il sans lever les yeux de sa page.

– Un cinglé, lui répondit Van Dyne. Aucun individu rationnel ne ferait ce que j'ai vu. C'était… à vous soulever le cœur.

– Flora ne vous a jamais dit qu'elle avait peur de quelqu'un ? demanda Milo. Qui l'aurait harcelée, suivie, ce genre de choses ?

En rapprochant sa masse de Van Dyne et en appelant Newsome par son prénom.

– Jamais. Mais comme elle avait gardé le secret sur sa thérapie, rien ne garantit qu'elle ne me cachait pas autre chose.

– Vous a-t-elle jamais paru effrayée ou d'une nervosité injustifiée ?

– Être à l'essai la stressait un peu. Qui aime être jugé ? Mais elle s'en sortait brillamment et elle aurait été titularisée haut la main. Enseigner la passionnait, lieutenant. Elle m'a dit que tous les boulots qu'elle avait faits avant étaient purement alimentaires, mais que là, elle avait trouvé sa voie.

– Quel genre d'emplois avait-elle exercés ? lui demandai-je.

– Du travail de bureau pour l'essentiel. Elle avait fait du classement pour un cabinet d'avocats, travaillé dans un bureau de liberté conditionnelle et ensuite elle avait été secrétaire de direction dans une société de logiciels qui a fait faillite. Le soir, elle étudiait pour obtenir son diplôme.

– Le bureau de conditionnelle du centre-ville ? demanda Milo.

– Elle ne me l'a jamais précisé ; elle m'avait juste dit qu'elle n'avait pas aimé l'ambiance. Trop de gens bizarres qui y passaient. J'ai pensé que c'était peut-être important et je l'ai mentionné aux premiers inspecteurs, mais ils n'ont pas paru de mon avis. Parce que ça remontait déjà à un certain temps.

– Des gens bizarres…

– Ce sont ses propres mots, dit Van Dyne. Elle ne tenait pas à en parler. (Il croisa les mains sur sa poitrine, comme pour se protéger le cœur.) Ce que vous ne comprenez pas sur Flora, c'est qu'elle n'était pas du genre bavard. Ni très communicative ou passionnée, en surface. (Il s'humecta les lèvres.) Elle était très… classique, plus comme quelqu'un de la génération de ma mère.

– Conventionnelle.

– Voilà. C'est pourquoi j'ai été très étonné d'apprendre qu'elle suivait une thérapie.

– Et vous n'avez aucune idée, dit Milo, de ce qui la tourmentait ?

– Elle semblait heureuse, répondit Van Dyne. Vraiment.

– À l'idée de se marier ?

– De tout. Elle était d'un naturel réservé, lieutenant. Une fille vieux jeu. (Il dénoua ses doigts, mais garda les mains sur la poitrine.) Avez-vous parlé à sa thérapeute ? Le Dr Mary Lou Koppel, une personnalité de la radio. Tout ce que je sais, c'est que Flora l'avait trouvée comme ça, en l'entendant à la radio.

– Était-ce dans les habitudes de Flora ? lui demandai-je. Entendre une émission et téléphoner pour obtenir un rendez-vous ?

Van Dyne réfléchit un instant.

– Je ne l'aurais certainement pas imaginé, mais qui sait ? Que vous a dit Mary Lou Koppel sur la thérapie de Flora ?

– Je ne lui ai pas encore parlé, dit Milo.

– Vous aurez peut-être plus de chance que moi. (Ses mains retombèrent sur ses genoux.) Je l'ai appelée quelques semaines après le meurtre, quand j'ai appris que Flora la voyait. Je ne sais pas vraiment ce que je cherchais. Des souvenirs de Flora, je suppose. Peut-être de la sympathie, c'était une période atroce. Seigneur, j'avais vraiment fait le mauvais numéro ! Elle a été tout sauf compatissante. Elle m'a dit que le secret professionnel l'empêchait de parler et a raccroché. Très cassante. Absolument rien d'une thérapeute.

Comme nous redémarrions, Milo fronça les sourcils et alluma un panatella.

– Impressionnable.

– Quelque chose en lui te taquine ?

– Rien à voir avec le crime, mais je n'aimerais pas le fréquenter. Trop délicat. (Nouveau froncement de sourcils.) Elle a travaillé dans un bureau de conditionnelle, où les taulards la mettaient mal à l'aise. On repose des questions, et dès le premier coup on récupère une info qui ne figurait pas dans les notes de Lorraine.

– Lorraine et McKinley n'ont pas été impressionnés par ce boulot de conditionnelle parce qu'une année s'était écoulée depuis.

– Moi, je suis plus facile à épater.

Nous regagnâmes le poste de police, où il eut accès aux états de service de Flora Newsome et localisa l'antenne de liberté conditionnelle, où elle avait été employée pendant cinq mois. Pas celle du centre-ville, celle de North Hollywood. À une demi-heure en voiture de la scène du meurtre.

– Un détenu la remarque, la suit quand elle rentre chez elle, repère son appartement. Y entrer par effraction ne poserait pas de difficultés à un pro.

– L'éternel échec de la réinsertion, dit-il. Je me demande ce qu'en pense le Dr Koppel.

Il se leva, s'étira et se rassit sans douceur.

– Il y a une autre possibilité, continuai-je ; le détenu n'a pas suivi Flora jusque chez elle, elle le connaissait déjà. D'où l'absence de traces d'effraction. Et le fait qu'il n'avait pas besoin d'arriver avec un couteau. Peut-être n'étaient-ce pas de simples difficultés d'ajustement qui ont conduit Flora à la thérapie.

– Une fille sympa, vieux jeu, s'acoquinant avec un voyou ?

– Elle a caché à son petit ami qu'elle faisait une thérapie, elle pouvait avoir d'autres secrets.

– Batifoler avec un repris de justice, dit-il. Des plaisirs interdits. Elle a contacté Koppel parce qu'elle se sentait coupable. (Il me dévisagea.) Tu t'y entends pour tisser une toile, toi !

Il me raccompagna à travers le service, sortit avec moi dans la rue et consulta sa Timex.

– Je pense que je vais m'attaquer à Koppel. En solitaire, vu vos difficultés à communiquer.

– Nos difficultés, répliquai-je avec un sourire.

Il m'appela plus tard dans la soirée.

– Tu savais que les psys ne sont pas tenus de garder des archives ? me demanda-t-il.

– Koppel n'a pas le dossier de la thérapie de Flora Newsome.

– Passé à la déchiqueteuse un mois après la mort de Newsome. La routine, à en croire Koppel ; tous les dossiers bouclés partent au panier. Sinon, elle se heurte à un « problème d'espace ». Elle affirme aussi que ça garantit le secret professionnel, personne ne pouvant « tomber par hasard » sur ses fiches.

– Elle s'est rappelée quelque chose sur Newsome ?

– Encore moins qu'elle n'en avait dit à Ogden. « Je traite tellement de patients, lieutenant ! »

– Sauf que celle-là a été tuée.

– Et alors ?

– Bref, elle t'a donné du fil à retordre, constatai-je.

– Pas en surface. Super-cordiale, sourire enjôleur, attitude décontractée. À propos… elle t'envoie son meilleur souvenir. À l'entendre, tu es un vrai gentleman.

– Tu me vois touché. Elle t'a donné du grain à moudre ?

– Elle m'a dit qu'elle ne pouvait pas le jurer, mais qu'elle croyait se rappeler que Newsome était venue la voir pour un problème d'« anxiété ». J'ai décidé de ne pas tourner autour du pot et j'ai évoqué la possibilité d'un copain taulard. Le mur. Si jamais elle cachait quelque chose, elle mérite un oscar.

– Comment explique-t-elle que deux de ses patients aient été assassinés en l'espace de quatorze mois ?

– Elle a paru un peu désarçonnée quand je lui ai formulé la question sous cette forme, mais m'a répondu qu'elle-même n'y avait jamais réfléchi sous cet angle ; elle croule sous le nombre de patients, ça ne veut strictement rien dire. J'ai l'impression que la dame est surbookée et ne perd pas son temps à se concentrer sur une seule chose, même quand cette chose est un de ses patients. Tout l'entretien s'est déroulé au pas de course. Je l'ai coincée alors qu'elle sortait de l'immeuble et filait vers sa Mercedes. Elle partait enregistrer une émission et son téléphone n'arrêtait pas de sonner. Un de ses associés, un certain Gull, qui venait de garer sa Mercedes à lui dans le parking, s'est approché pour lui dire bonjour. Elle l'a envoyé aux pelotes et, à voir l'expression du type, on sentait que c'était dans les habitudes de la dame.

– Deux meurtres pour un seul thérapeute n'a rien de dérangeant ?

– J'ai insisté, crois-moi. Elle s'est énervée et m'a cuisiné à son tour pour savoir si les éléments de preuve indiquaient l'existence d'un lien entre Gavin et Flora. Comme je ne pouvais pas lui donner de précisions, j'ai été forcé de lui répondre que non. Elle m'a dit : « Eh bien voilà. Vu l'importance de ma clientèle, c'est un caprice des statistiques. » Mais je ne jurerais pas qu'elle était convaincue. Elle avait les mains sur le volant et ses jointures étaient blanches. Elles sont devenues encore plus blanches quand je lui ai demandé si elle avait en traitement des criminels avérés. Elle m'a dit non, bien sûr que non, ses patients étaient tous d'honnêtes gens. Mais peut-être que j'ai titillé sa tu-sais-quoi... sa conscience... et que quelque chose lui reviendra. Je remets ça dans deux jours et j'aimerais que tu sois présent.

– Avec nos difficultés de communication ?

– Pour l'instant, plus on récolte, mieux c'est. Je veux secouer sa cage. Mais je vais d'abord poser quelques questions aux agents de conditionnelle, voir de quoi ils se souviennent sur Flora. J'ai aussi récupéré l'adresse et le numéro de téléphone de la mère de Flora. Si tu pouvais trouver le temps de la voir, ça m'ôterait une épine du pied. Je veux être sûr de ne pas m'investir dans le dossier Newsome aux dépens de Gavin et de la blonde.

– Je m'en occupe demain.

– Tu es un frère. (Il me dicta le numéro de téléphone d'Evelyn Newsome et une adresse dans Ethel Street, à Sherman Oaks.) Elle n'est plus à la résidence médicalisée, elle a déménagé il y a six mois et vit dans une vraie maison. Quelqu'un aura débarqué avec un traitement miracle pour l'arthrite.

– Un point que tu veux que j'explore en particulier ?

– Les tréfonds obscurs de l'état d'esprit de sa fille avant qu'elle ne se fasse tuer et les petits amis qu'elle a eus avant Van Dyne. Ensuite, tu vas où tes pas te portent.

– On dirait que tu as un plan.

– Disons un fac-similé de plan qui se tient. L'émission que Koppel enregistrait, devine le sujet ?

– La communication.

Silence.

– Comment as-tu deviné ?

– Un coup de chance.

– Tu me fous les jetons.

XI

Je téléphonai à Evelyn Newsome à dix heures le lendemain matin. Une femme décrocha, la voix sur la défensive : « Oui ? » Quand je lui dis qui j'étais, elle se radoucit.

– La police a été absolument adorable. Y a-t-il du nouveau ?

– J'aimerais passer pour bavarder un peu avec vous, madame Newsome. Nous reviendrons sur des points que nous connaissons déjà, mais…

– Un psychologue ?

– Nous étudions le dossier de Flora sous tous les angles.

– Oh… Alors venez, monsieur. Je ne me lasse jamais de parler de ma Flora.

Ethel Street, juste au sud de Magnolia Street, était à vingt minutes en voiture. Je traversai le Glen, laissai derrière moi Ventura Boulevard et m'enfonçai au cœur de Sherman Oaks. Il faisait dix degrés de plus qu'en ville sur ce versant des montagnes et la sécheresse de l'air me chatouillait les sinus. La chaleur avait eu raison de la couche de nuages venus de l'océan, gratifiant la Vallée d'un ciel bleu.

La portion de rue où habitait Evelyn Newsome consistait en un alignement de maisons d'un étage, modestes et bien entretenues, dont la plupart avaient été bâties en hâte pour accueillir les anciens combattants à leur retour de la Seconde Guerre mondiale. Des orangers et abricotiers vénérables se dressaient au-dessus de clôtures en bois de séquoia. D'immenses ormes couturés de cicatrices, des pins aux lourdes frondaisons horizontales et des mûriers qui n'avaient jamais connu les cisailles ombrageaient certaines propriétés. Les autres exhibaient leur nudité dans la lumière impitoyable de la Vallée.

Evelyn Newsome habitait à présent un bungalow enduit de stuc vert pois à toit de faux bardeaux flambant neuf. La pelouse était plate, couleur maïs. Des oiseaux de paradis se tenaient au garde-à-vous de part et d'autre des marches de devant. Une balancelle pendait dans l'air brûlant et immobile.

Un panneau moustiquaire protégeait l'entrée, mais la porte en bois plein était restée ouverte, offrant au regard une pièce de séjour basse de plafond et obscure. Sa fille ayant été assassinée deux ans auparavant, Evelyn Newsome avait répondu au téléphone d'une voix méfiante, mais elle conservait un fond de confiance dans l'humanité.

Je n'eus pas le temps de presser la sonnette qu'un homme aux cheveux blancs de forte stature, soixante-dix ans bien sonnés, faisait son apparition et tirait le verrou de la porte moustiquaire.

– Docteur ? Je me présente, Walt McKitchen. Evelyn est derrière et vous attend.

Port militaire, visage rubicond organisé autour d'un nez pommé et violacé, bouche en cul-de-poule. Malgré la chaleur, il portait une chemise de flanelle bleu-gris boutonnée jusqu'au cou, au-dessus d'un pantalon à plis de lainage gris.

Nous échangeâmes une poignée de main. Ses doigts boudinés étaient constellés de cals. Quand il me précéda vers l'arrière de la maison, je vis qu'il boitait et remarquai qu'une de ses chaussures était pourvue d'une semelle orthopédique de sept centimètres de haut.

Nous passâmes devant une chambre minuscule et parfaitement rangée et pénétrâmes dans un petit bureau rajouté au corps de la maison, lambrissé de frisette de pin à nœuds apparents et meublé d'un canapé recouvert de chenille verte, de bibliothèques à monter soi-même bourrées de livres de poche et d'une télévision grand écran. La climatisation encastrée dans la fenêtre était silencieuse. Deux photos en noir et blanc aux murs. Un portrait de groupe d'un bataillon de l'armée. Un jeune couple debout devant cette même maison, les arbres étant encore à l'état de jeunes pousses, la pelouse une simple surface de terre. À la droite de l'homme, une Plymouth au toit arrondi des années trente. La femme tenait une pancarte où on lisait VENDU.

Evelyn Newsome trônait sur le divan en chenille. Corpulente et voûtée, des cheveux blancs permanentés et des yeux bleus exprimant la bonté. Une théière emmitouflée dans un cosy et deux tasses sur des soucoupes étaient posées sur une table en loupe de séquoia placée devant elle.

– Docteur, dit-elle, en se soulevant à demi. J'espère que vous ne préférez pas du café.

Elle tapota d'un geste d'invite le coussin à sa droite, et je m'assis. Son chemisier blanc à col Claudine flottait au-dessus d'un pantalon marron en stretch. Forte de buste, des jambes minces ; le tissu était moins extensible que carrément détendu.

– C'est parfait, merci, madame Newsome.

Elle servit le thé. Le décor en sérigraphie des tasses spécifiait : HARRAH'S CASINO, RENO, NEVADA.

– Du sucre ? Du lait ou du citron ?

– Nature, s'il vous plaît.

Walt McKitchen restait posté près de l'encadrement de la porte.

– Tout va bien, mon chéri, l'assura Evelyn Newsome.

McKitchen abaissa les yeux sur moi, m'adressa un salut martial et partit.

– Nous sommes en pleine lune de miel, m'expliqua-t-elle avec un sourire. M. McKitchen rendait régulièrement visite à sa femme à la résidence médicalisée où je vivais. Elle est maintenant décédée, et nous sommes devenus amis.

– Félicitations, lui dis-je.

– Merci. J'avais bien cru ne jamais quitter cet endroit ! L'arthrite. Pas l'ostéoporose qui vient à tout le monde avec l'âge. La mienne était rhumatoïde, c'est de famille. J'en ai souffert ma vie durant. Après le départ de Flora, il n'y a plus eu que de la douleur. Maintenant je ne suis plus seule, mon docteur m'a trouvé un nouveau traitement et je me porte comme un charme. La vie vous apprend que rien n'est jamais perdu.

Elle fit jouer les articulations de ses doigts et se passa la main dans les cheveux.

Le thé était tiède et insipide, mais elle ferma les yeux de plaisir.

– J'espère que vous avez de bonnes nouvelles au sujet de ma Flora, me dit-elle en reposant sa tasse.

– Nous rouvrons tout juste le dossier.

Elle me tapota la main.

– Je sais, cher monsieur. Je pensais à plus tard. Et maintenant, en quoi puis-je vous être utile ?

– Quelque chose vous serait-il revenu en mémoire depuis que les premiers inspecteurs…

– Oh, ils n'étaient pas méchants, dit-elle. Ils, c'est-à-dire lui et elle, et lui était noir. Ils débordaient de bonne volonté. Au début j'avais bon espoir, mais ça n'a pas duré. Au moins ils ont été honnêtes. Ils m'ont dit qu'ils n'étaient arrivés à rien. Parce que ma Flora menait une vie très rangée, elle n'avait pas de mauvaises fréquentations. C'était donc forcément quelqu'un qu'elle ne connaissait pas, et ça compliquait les recherches. C'est ce qu'ils m'ont dit, en tout cas.

– Vous n'êtes pas d'accord ?

– Sur Flora, si, mais il y avait quelque chose qui me tracassait. Un peu avant que ça arrive, Flora avait travaillé dans un bureau de liberté conditionnelle. Dès le début, elle a détesté ce poste, et quand je lui ai demandé pourquoi, elle m'a répondu qu'elle n'aimait pas les gens avec qui elle était en contact. Je lui ai dit : « Démissionne. » Elle m'a répondu : « Maman, c'est provisoire, le temps que j'obtienne mon diplôme, et le salaire est intéressant. Les bons emplois ne courent pas les rues. » J'en ai parlé aux inspecteurs, ils m'ont dit qu'ils allaient vérifier, mais ils ne pensaient pas que c'était important car Flora ne travaillait plus là-bas depuis près d'un an.

– Que disait Flora sur ces gens avec qui elle était en contact ?

– Rien de plus, et quand je lui ai posé la question elle a changé de sujet. Elle ne voulait pas que je me fasse de souci, sans doute. Flora me protégeait toujours. J'avais des hauts et des bas, côté santé. (Son regard bleu s'aiguisa.) Vous croyez vraiment qu'il pourrait y avoir un rapport avec cet endroit ? Est-ce pour cette raison que vous êtes ici… ? (Sa main trembla.) Les premiers inspecteurs semblaient convaincus que c'était sans importance, mais vous savez, franchement, ça me tracassait.

– Rien ne prouve qu'il y ait un lien, mais nous enquêtons.

– Donc, vous étiez déjà au courant.

– Brian Van Dyne nous l'a dit.

– Brian.

Elle sourit. Son doigt suivit le logo du Harrah's.

– Des problèmes entre lui et Flora ?

– Brian… (Elle lâcha un petit rire.) Ils avaient déjà l'air d'un vieux couple ! Tellement conventionnels tous les deux, vous savez ? Flora l'aimait bien ; lui, il l'adorait.

– Conventionnels dans quel sens ? lui demandai-je.

– Plus vieux que leur âge. Flora avait toujours été comme ça, une enfant précoce. Ensuite, quand elle a trouvé Brian, j'ai dit : « Elle a déniché son double. » Le père de Flora était un meneur d'hommes. Comme M. McKitchen. C'est mon type, mais Flora… (Elle haussa les épaules.) Je ne suis pas très gentille à l'égard de Brian. C'est un brave garçon. D'après moi, Flora s'est sentie attirée par lui parce qu'il était l'inverse de son petit ami précédent. Lui, masculin, il l'était, mais il avait d'autres problèmes. Mais vous êtes sûrement au courant.

– C'est-à-dire ?

– Les premiers inspecteurs ont enquêté après que je leur ai eu parlé de ses sautes d'humeur. Ils m'ont dit qu'aucun soupçon ne pesait sur lui.

Le dossier ne mentionnait nulle part l'existence d'un ancien petit ami.

– Je n'ai pas encore examiné tout le dossier, madame Newsome, lui dis-je. Qu'entendez-vous par « sautes d'humeur » ?

– Roy peut être un jeune homme sympathique, mais Dieu sait qu'il lui arrive de se mettre en rogne ! Flora disait parfois qu'elle devait marcher sur des œufs quand Roy était mal luné. Oh, il ne la touchait pas, il n'y a jamais eu l'ombre d'un geste violent, il n'élevait même pas la voix. C'était son calme qui l'inquiétait… Elle me disait qu'il se réfugiait dans des silences interminables, indifférent à tout, dont elle n'arrivait pas à le tirer.

– Lunatique, dis-je.

– Je ne crois pas que Roy ait quoi que ce soit à voir avec ce qui est arrivé à Flora. Il est coléreux, je vous l'accorde, mais Flora et lui s'étaient séparés en bons termes, et je connais sa famille depuis toujours. (Elle cligna des yeux.) D'ailleurs, Roy n'avait aucune raison d'en vouloir à Flora. C'est lui qui avait rompu. Il s'est mis avec une autre femme, très vulgaire si vous voulez savoir. Maintenant ils sont en passe de divorcer, c'était bien la peine !

– Vous êtes restée en contact avec lui.

– Ses parents étaient nos voisins à l'époque où nous vivions à Culver City. Roy et Flora ont grandi ensemble, comme frère et sœur. Les parents de Roy sont propriétaires d'un aquarium… je parle d'un magasin où on vend des poissons. Roy n'aime pas les animaux, c'est drôle, non ? Lui, je ne l'ai pas vu depuis un moment ; ce sont ses parents que j'ai de temps en temps au téléphone. Sa mère m'a parlé du divorce. Je crois que ce qu'elle voulait dire, en réalité, c'est que Roy aurait mieux fait de rester avec Flora.

– Quel est le nom de famille de Roy ?

– Nichols. Roy Nichols Junior. Je l'ai dit aux autres inspecteurs, tout devrait être dans les dossiers.

– Flora aimait les animaux ?

Elle me fit signe que non.

– Roy et elle faisaient bien la paire sur ce point. Méticuleux, tous les deux. Il fallait que tout soit impeccable. Du coup, on aurait pu croire que Roy aurait choisi un métier moins salissant.

– Que fait-il ?

– Il est menuisier, il installe des maisons. Je suppose que c'est plus propre que la plomberie.

– Il est dans le bâtiment, dis-je.

– C'est ça même.

Je passai encore un quart d'heure dans la pièce lambrissée de frisette, n'appris rien de plus, la remerciai et pris congé.

Puis je joignis Milo à son bureau et lui parlai de Roy Nichols.

– Coléreux, n'aime pas les animaux, travaille dans le bâtiment, résuma-t-il. Encore un point que Lorraine et Al ont omis de noter.

– Evelyn Newsome dit qu'ils l'ont interrogé et n'ont rien retenu contre lui.

– Mmm… attends, je consulte la banque de données du comté, on ne sait jamais… J'ai un Roy Dean Nichols avec une date de naissance qui collerait côté âge… et regardez-moi ça : deux infractions ! Un conduite en état d'ivresse l'an dernier et un 415 l'année d'avant. Deux mois après que Flora a été tuée.

– Un trouble de l'ordre public peut signifier n'importe quoi, lui fis-je remarquer. Vu la conduite en état d'ivresse, c'était probablement lié à l'alcool.

– Pendant qu'on parle j'interroge les Immatriculations… Nous y voilà, une adresse dans Harter Street. C'est à Culver City, pas loin de chez Flora à Palms. Tu rentres en ville, comme on dit, à supposer que le terme soit justifié ? Je peux te retrouver au poste, et on passerait voir notre inconnu.

– Le bureau de conditionnelle n'est pas loin de la maison d'Evelyn Newsome. Je m'apprêtais à passer par là, voire y entrer et jeter un coup d'œil.

– Ne perds pas ton temps. Flora n'y a travaillé que trois jours avant d'être affectée à une antenne provisoire, à l'angle de Sepulveda et de Venice. Un projet financé par un préinvestissement fédéral. Des petits bureaux donnant sur la rue, ils en ont ouvert une demi-douzaine dans toute la ville. Moins de trajet à faire pour les taulards, le ciel nous interdisant d'accabler ces malheureux. On pensait que les voyous rechigneraient moins à venir pointer.

– Tu parles au passé, lui fis-je remarquer.

– Exact. Aucun progrès et quelques millions de dollars dépensés pour rien. On a fermé les antennes. Vu qu'elle est restée jusqu'à l'épuisement des fonds, Flora ne détestait pas son boulot au point de démissionner. Elle n'a pas fait d'étincelles non plus. Son chef se rappelle une fille qui ne faisait pas de bruit, qui s'occupait surtout du classement et répondait au téléphone. Il ne l'imagine pas sortant avec un taulard.

– Pourquoi ça ?

– Il m'a dit qu'elle n'était pas du genre liant et que les taulards ne se pressaient pas au portillon.

– Il en venait assez pour que ça lui déplaise, lui dis-je. Et le croisement Sepulveda-Venice était vraiment à deux pas de chez elle. J'aimerais savoir combien de détenus assignés à cette antenne avaient un dossier de délinquants sexuels.

– Bonne chance ! Y a pas plus administratif que le service de conditionnelle. Bureau d'État, tout passe par Sacramento, et maintenant qu'on a fermé les antennes les archives se baladent dans l'espace. Mais si on doit s'orienter sur cette piste, je creuserai. En attendant, le domicile de Roy Nichols est aussi dans le coin, et son dossier précise qu'il a du mal à maîtriser ses pulsions. D'ailleurs, c'est pas vous, les psys, qui racontez que les psychopathes n'aiment pas les bestioles ?

– Cruauté envers les animaux, lui confirmai-je. D'après la mère de Flora, Nichols est un maniaque de l'ordre et de la propreté.

– Et voilà, une manie de plus. Exactement le genre à laisser nickel la scène de crime. Il mérite qu'on s'intéresse à lui, pas vrai ? On se retrouve dans… quoi ? Vingt, vingt-cinq minutes ?

– Et zou !

XII

La voiture banalisée de Milo attendait devant le poste de police, son moteur tournant au ralenti. Milo était au volant, fumant et pianotant en rythme.

Je roulai jusqu'à la hauteur de sa vitre. Il me tendit un coupe-file réservé au personnel et je me garai dans le parking de l'autre côté de la rue. Quand je revins, la portière du côté passager était ouverte. Nous roulions plein sud avant que je l'aie refermée.

– Pressé ?

– J'ai sorti le dossier de Roy Nichols. Le 415 n'était pas simplement le bris de carreau d'un pochard. Même si tu n'avais pas faux en pensant qu'il était imbibé. Nichols a rossé un type dans un bar sportif d'Inglewood, il s'est vraiment déchaîné et lui a brisé quelques os. D'après le procès-verbal, Nichols croyait que le type lorgnait la nana avec qui il sortait, une certaine Lisa Jenrette. Des noms d'oiseaux ont volé, le ton a monté. Ce qui a épargné à Nichols d'être inculpé pour voies de fait aggravées est que plusieurs clients ont juré que l'autre avait frappé le premier et qu'il avait bel et bien abordé la belle de Nichols. Le couillon de base, toujours à chercher la bagarre. Nichols a payé les frais médicaux du type et demandé la clémence du tribunal. Il n'a pas fait de taule, a promis de garder ses distances avec le bar et a suivi un cours de contrôle de soi.

Il prit à vive allure des rues latérales jusqu'à Olympic Boulevard, tourna à gauche et fila vers Sepulveda.

– Un grave problème de jalousie pourrait conduire à la tuerie démente qu'a révélée la chambre à coucher de Flora.

– D'après Evelyn Newsome, c'est Nichols qui a rompu, dis-je.

– Il est peut-être revenu sur son idée, devenu possessif. Alex, j'ai lu le rapport médical du type qu'il a rossé. Os faciaux éclatés, épaules déboîtées. Un témoin a dit que Nichols piétinait comme un malade la tête du type ; et qu'il allait la réduire en bouillie quand ils ont réussi à l'écarter.

Nous roulâmes en silence un moment.

– Cours de contrôle de soi. Tu crois que ça marche, ces trucs-là ? reprit-il.

– Quelquefois, peut-être.

– J'apprécie ta force de conviction.

– Pour moi, il faut plus que quelques conférences obligatoires pour modifier un tempérament foncièrement colérique.

– Il faut que l'ampoule veuille qu'on la change.

– Pardi !

– Encore aux frais du contribuable, maugréa-t-il. Comme ces antennes de conditionnelle.

– Probable.

– Tu veux que je te dise ? J'en ai vraiment marre.

La maison de Roy Nichols, une version un rien plus grande du bungalow d'Evelyn Newsome et d'un blanc immaculé, exhibait des tentatives d'embellissement aussi ambitieuses que persévérantes : persiennes noires surdimensionnées mieux faites pour une maison coloniale d'un étage, colonnes doriques soutenant le petit porche, toit en tuiles de style hispanique (des tuiles panachées hors de prix et empilées trop haut), bandeau d'un mètre de large en pierre du canyon plaqué sur la partie inférieure de la façade. La pelouse était opulente, sans un défaut, d'un vert vif digne d'une parade de la Saint-Patrick. Des sagoutiers d'un mètre cinquante flanquaient le perron ; il y en avait bien pour cinq cents dollars de verdure. Des genévriers nains ceinturaient le devant, taillés presque au ras du sol avec une précision de bonsaïs.

Dans l'allée, quelque chose était tapi sous une housse noire d'une propreté irréprochable. Milo souleva un coin de la housse et découvrit un pick-up Ford noir et luisant, agrémenté d'un pare-chocs fraîchement chromé. Suspension surbaissée, enjoliveurs customisés. Un autocollant plastifié demandait : « Comment je conduis ? Appelez 1-800-SCRU YOU[1]. »

Nous nous dirigeâmes vers l'entrée de la maison. L'autocollant d'une société de gardiennage était apposé au milieu de la porte laquée noire. Une pression sur la sonnette déclencha les notes d'un air connu. *Oh-oh-say-can-you-see*[2].

– On vient, on vient !

Une femme ouvrit. Grande, jeune, jolie mais l'air vanné, un visage ovale ; elle était vêtue d'un débardeur noir transparent porté au-dessus d'un short blanc en éponge. Pas de soutien-gorge, les pieds nus. Des jambes superbes, une marque de rasoir sur un mollet lisse. Ses cheveux blond filasse et ternes étaient noués à la va-vite au sommet de son crâne. Vernis rose aux ongles, terriblement écaillé. Vernis plus foncé aux orteils, encore plus abîmé. On apercevait derrière elle une pièce remplie de cartons. Des cartons neufs aux arêtes vives, fermés au ruban adhésif marron et portant la mention « contenu » suivie de trois lignes vierges.

Elle croisa les bras sur ses seins volumineux et manquant de fermeté.

– Oui ?

Milo lui montra sa plaque.

– Vous êtes Mme Nichols ?

– Plus maintenant. Vous êtes là pour Roy ?

– Oui, madame.

Elle soupira et nous fit signe d'entrer. Hormis un espace près de la porte, la pièce entière disparaissait sous les cartons de déménagement. Un matelas de lit d'enfant s'appuyait à la verticale contre un sac poubelle fermé par un lien.

– Vous déménagez ?

– Dès que j'aurai réussi à avoir les déménageurs ! Ils ont dit demain, mais ils m'ont déjà fait faux bond. La maison est

1. Appellez le numéro vert VA TE FAIRE METTRE !
2. Soit : « Dis, vois-tu bien… », les premières paroles de l'hymne américain

vendue, je dois avoir libéré les lieux la semaine prochaine au plus tard. Quelle est la dernière de Roy ?

– Vous pensez qu'il a fait quelque chose ?

– Vous êtes ici, non ? Moi, je n'ai rien fait, Lorelei non plus. Ma fille. Elle a quatre ans et si elle se réveille de sa sieste, je vous fiche dehors, les gars.

– Votre nom, madame ?

– Madame, répéta-t-elle, amusée. Lisa. Encore Nichols. Je vais sans doute reprendre mon nom de jeune fille, Jenrette, que j'ai toujours trouvé bien plus joli que Nichols. Mais pour l'instant j'ai d'autres chats à fouetter. Alors, il a fait quoi ?

– Peut-être rien. Nous voulons juste lui parler.

– Dans ce cas, allez à son chantier. Il travaille à Inglewood. Dans Manchester, près du Forum. Ils installent un immeuble de bureaux. Je sais qu'il gagne bien sa vie, mais pas question de lui faire lâcher un sou ! Dieu merci, ses parents sont sympas. Ils veulent que Lorelei ait une vie correcte, même si ce n'est pas leur petite-fille biologique. Je leur ai dit que je resterais à L.A. et qu'ils pourraient la voir s'ils m'aidaient ; sinon, je rentre à Tucson, où sont mes vieux.

– Roy est radin, dit Milo.

– Roy est comme un vieux schnock près de ses sous, sauf quand il s'agit de ses trucs à lui.

– Quel genre de trucs ?

– Son camion, sa collection de single malts, la maison. Vous l'avez regardée, non ? Il n'a jamais arrêté de la bricoler. S'il n'y avait pas tant de cartons, je vous montrerais les panneaux qu'il a faits pour les pièces du fond. Des panneaux en bois de rose, la peau des fesses, dans les trois chambres à coucher. C'est aussi joyeux qu'un salon funéraire, mais d'après lui ça augmentait la valeur de la maison. Et vous savez quoi ? On met la maison en vente et on trouve un acheteur, et la première chose qu'ils vont faire, c'est ôter les boiseries !

– Roy n'a pas dû être content, dis-je.

– Roy n'est jamais content de rien.

– Lunatique.

Elle se tourna vers moi.

– On dirait que vous le connaissez.
– Je ne l'ai jamais rencontré.
– Veinard.

Milo lui demanda si elle avait vu Roy dernièrement.

– Pas depuis un mois. Il vit chez ses parents, à quatre rues d'ici. Il aurait quand même pu faire un saut pour voir Lorelei.

– Pas une seule visite ?

– Je leur amène Lorelei toutes les semaines. Des fois Roy est là, mais même, il ne joue pas avec elle. Tout ce qu'il voit, c'est qu'elle n'est pas de lui. (Ses yeux s'embuèrent. Elle reporta son poids sur l'autre jambe, décroisa les bras, fixa le tapis.) Écoutez, j'ai des coups de fil à passer. Si vous me disiez plutôt ce qu'il a fait. Je veux dire, s'il est dangereux, je devrais en être informée, non ?

– Vous pensez qu'il peut l'être ? lui demanda Milo.

– Qui êtes-vous ? lui répliqua-t-elle. Un psy ou je ne sais quoi ? On est allés en voir un, à cause du divorce. Le tribunal nous y a obligés, et c'est ce qu'il a fait… je parle du psy. Poser des questions au lieu de donner des réponses.

– Roy n'a rien fait. Nous voulons juste lui parler d'une ancienne petite amie.

– Celle qui s'est fait assassiner ? Flora ?

– Vous la connaissez.

– Juste pour ce que Roy m'en a dit. (Elle porta la main à la bouche.) Vous n'êtes pas en train de me…

– Non, madame. Nous rouvrons le dossier et interrogeons toutes les personnes qui la connaissaient.

– J'ai une petite de quatre ans, dit Lisa. Vous devez me parler franchement.

– Vous avez peur de Roy, lui dis-je.

– J'ai peur de ses sautes d'humeur. Il n'a jamais porté la main sur moi. Mais sa façon de… de rentrer dans sa coquille.

– Que vous a-t-il dit sur Flora Newsome ? demanda Milo.

– Qu'elle était… (Elle coinça sa lèvre supérieure entre ses dents.) Ça va vous paraître…

– Quoi, madame ?

– Il m'a dit qu'elle était un glaçon. Au lit. Qu'elle n'était pas portée sur le sexe, quoi. Qu'elle avait dû rencontrer un type, ensuite refuser d'aller jusqu'au bout, et que du coup ça lui était retombé dessus.

– C'était sa théorie, hein ?

– Roy voit tout sous l'angle sexuel. S'il le pouvait… (Elle détourna vivement la tête.) Il faut que je finisse les cartons. Lori va se réveiller de sa sieste et je ne pourrai plus rien faire.

Elle nous donna l'adresse des parents de Roy Nichols et leur numéro de téléphone. Milo les appela à leur domicile, parla à la mère, raconta qu'il était entrepreneur en bâtiment et cherchait des charpentiers, et obtint les coordonnées du chantier sur lequel travaillait Nichols.

– Je pense, me dit-il, tandis que nous roulions dans Sepulveda en direction d'Inglewood, que Flora ne se dépensait pas assez au goût de Nichols et que c'est pour ça qu'il l'a plaquée. D'où sa théorie. Ou alors il… comment vous appelez ça, vous autres… quand on attribue ses conneries au voisin…

– Projetait, lui soufflai-je. L'absence d'effraction dans l'appartement de Flora étaie l'hypothèse d'un tueur familier des lieux. La boucherie dénote une fureur intense à l'arrière-plan, et le positionnement sexuel indique l'origine de cette fureur.

– Un barreau de clôture en fer forgé… Comme on en trouve sûrement près des chantiers de construction. Je veux plus que jamais savoir où était ce fumier la nuit où Gavin et la blonde ont été tués. À propos… j'ai envoyé deux inspecteurs enquêter dans les nids d'amour du coin, puis ils ont interrogé le BHPD[1] sur notre belle aux Jimmy Choo : inconnue au bataillon. Probable que les hôtels mentent ; en revanche les flics de Beverly Hills ont un fichier des call-girls de luxe et elle n'y figure pas. Patience, patience. Elle va bien finir par manquer à quelqu'un.

1. Soit : Police de Beverly Hills.

XIII

Le contremaître de Roy Nichols était un certain Art Rodriguez, un homme trapu entre deux âges, à la barbe grisonnante et à l'indice d'excitabilité d'un bouddha de pierre. Un autocollant DODGER BLUE hissait les couleurs du club sportif sur son casque de chantier, au-dessus d'une décalcomanie du drapeau américain. Il portait un T-shirt Disneyland trop grand sous une chemise en chambray, un jean crasseux et des boots de travail maculés de poussière, et tenait un bulletin de pari mutuel plié en deux dans une main.

Nous étions plantés sous le soleil poudreux, juste de l'autre côté de la chaîne qui interdisait l'accès au chantier. On ajoutait une aile à un affreux immeuble de bureaux de deux niveaux, à revêtement de brique. Il ne restait plus que la carcasse de la construction d'origine et les trous des fenêtres, mais un panonceau – Golden Age Investments – s'attardait au-dessus du vide de la porte.

On attaquait la charpente des nouveaux locaux et Roy Nichols faisait partie de l'équipe qui y travaillait. Rodriguez tendit un doigt vers lui, accroupi au second niveau, pistolet à clous à la main. L'air sentait le bois brut, l'insecticide et le soufre.

– Vous voulez que j'aille vous le chercher ? nous demanda Art Rodriguez. Ou bien vous mettez un casque et vous allez là-haut vous-mêmes ?

– On vous laisse faire, lui dit Milo. Ça ne vous étonne pas que je veuille lui parler ?

Rodriguez eut un rire corsé de tabac.

– Sur ce chantier ? Tous mes couvreurs sont d'anciens repris de justice, et y en a un bon paquet dans les autres corps de métier.

– Nichols n'a pas fait de prison.

– Vrai taulard ou futur taulard, quelle différence ? Tout le monde a droit à une deuxième chance. C'est ce qui fait de nous un grand pays.

– Nichols vous paraît parti pour l'être ?

– Je ne m'ingère pas dans leur vie privée, dit Rodriguez. Un, ils se pointent, deux, ils font le boulot dangereux. Tout ce que je demande, c'est qu'ils respectent leurs engagements.

– On peut compter sur Nichols ?

– Honnêtement, il fait partie des types sérieux. Une véritable horloge. À l'heure pile sur le chantier… en fait, un peu efféminé sur les bords.

– Efféminé, répéta Milo.

– Efféminé, confirma Rodriguez. Comme dans chichiteux, chochotte, chipoteur. Surtout pas de fantaisie. Il me fait penser à ma femme.

– Chichiteux en quoi ?

– Il veut que sa gamelle soit à l'abri de la poussière, il pique une crise quand des gars touchent à ses outils ou n'arrivent pas à l'heure dite. Le moindre changement l'exaspère. Et attendez : il plie sa vareuse !

– Perfectionniste.

– Vous lui reprochez quoi ?

– Pour l'instant, rien.

– Pourvu que ça dure, soupira Rodriguez. Il vient quand on compte sur lui, il fait les boulots dangereux.

Roy Nichols. Un mètre quatre-vingt-douze, cent quinze kilos facile, bedaine d'acier, bras en sacs de farine, cuisses comme des troncs d'arbre. Le casque protégeait une tête rasée. Blonde était la barbe de baroudeur qui ombrait sa figure, et blonds aussi les sourcils. Il portait un T-shirt terreux marqué de sueur sous une salopette bleue en jean et arborait une rose tatouée sur le biceps droit. Son visage carré et tanné par le soleil surmontant un double menton était creusé de plis profonds qui lui donnaient plus que ses trente ans.

Rodriguez nous désigna du geste, sur quoi Nichols l'occulta de sa masse et se dirigea vers nous d'un pas assuré.

– Bong ! première reprise, marmonna Milo.

Nichols nous rejoignit.

– La police ? dit-il. À quel sujet ?

Il avait une voix fluette et étonnamment haut perchée. Sûr qu'au téléphone on lui avait souvent demandé si on pouvait parler à sa mère. Sûr aussi que Roy Nichols ne s'y était jamais fait.

Milo lui tendit la main.

Nichols nous montra sa paume poussiéreuse, marmonna « sale » et la laissa retomber sur le côté. Il fit rouler son cou de taureau et nous regarda l'un après l'autre.

– Qu'est-ce que vous me voulez ?

– Discuter de Flora Newsome.

– Maintenant ?! Je travaille.

– Nous vous serions reconnaissants de nous accorder quelques minutes, monsieur Nichols.

– À quel sujet ?

Une onde rougit son cou de taureau et gagna ses joues.

– Nous rouvrons le dossier et interrogeons toutes les personnes qui l'ont connue.

– Je l'ai bien connue, d'accord, mais je ne sais pas qui l'a tuée. Je suis déjà passé par toutes ces conneries avec d'autres flics… Je boulonne, moi, et on me paie à l'heure. De vrais nazis ! Si je reste trop longtemps aux chiottes, j'ai droit à une retenue sur salaire. S'il y avait un syndicat, ils ne pourraient pas, mais il n'y en a pas, alors lâchez-moi.

– Je réglerai ça avec M. Rodriguez.

– OK, dit Nichols.

Il laboura le sol du bout du pied et fit de nouveau rouler son cou.

– C'est l'affaire de quelques minutes.

Nichols lâcha un juron dans sa barbe.

– Au moins on sort de ce putain de soleil.

Nous partîmes à pied jusqu'à un angle du chantier ombragé par deux toilettes mobiles. La chimie avait capitulé et la puanteur agressait nos narines.

Celles de Nichols s'élargirent de dégoût.

– Ça pue. Parfait. Tout ça, c'est des conneries.

– Vous vous énervez facilement, lui dit Milo.

– Vous en feriez autant si votre temps c'était de l'argent et que quelqu'un le jette par les fenêtres. (Il défit la protection en cuir de sa montre-bracelet et jeta un coup d'œil au cadran.) Les premiers flics m'ont tenu des jours durant. Quelle histoire ! Je voyais clair comme de l'eau de roche qu'ils me considéraient comme suspect, à leur façon de jouer au chat et à la souris avec moi.

– Jouer ?

– L'un dans le rôle du gentil, l'autre de l'andouille. Un mec et une bonne femme. Lui faisait semblant d'être le flic sympa. J'ai assez regardé la télé pour connaître la chanson. (Il se passa une main sur son crâne rasé.) Et maintenant, vous. Vous faites des heures sup ? Vous jouez les prolongations ?

Milo le fixa.

– Ils vous ont pas dit que j'avais un alibi en béton pour quand Flora a été tuée ? reprit Nichols. Je regardais un match dans un bar de sports, ensuite j'ai joué au billard, puis aux fléchettes et j'ai pris une cuite. Un pote m'a ramené chez moi juste après minuit, et j'ai vomi partout sur le canapé du séjour. Ma femme m'a fichu au lit et foutu la paix jusqu'à ce qu'elle me réveille deux heures après avoir remâché sa rogne, et là, elle m'en a flanqué une sacrée tartine. Je suis donc nickel, d'accord ? Des tripotées de gens l'ont confirmé et vos copains le savent.

Milo me lança un regard. Nous pensions tous deux la même chose : sa femme ne l'avait pas mentionné.

– Avez-vous une hypothèse sur qui a tué Flora ?

– Non.

– Pas la moindre ?

Il se passa la langue sur les lèvres.

– Pourquoi j'en aurais ?

– On nous a dit le contraire.

– Je ne vois pas de quoi vous parlez.

– Les goûts sexuels de Flora. Ou plutôt leur absence.

– Putain ! lâcha Nichols. Vous avez interrogé Lisa. Vous vous attendiez à quoi ? On est en train de divorcer, elle ne peut pas me blairer. Elle vous a pas dit que j'étais à la maison cette nuit-là ? Et merde, elle vous l'a pas dit. Quand je vous disais qu'elle peut pas me blairer.

– Et votre hypothèse ?

– D'accord, d'accord, je lui ai dit ça, mais je disais n'importe quoi… comme quand on parle à sa femme, vous savez bien.

Milo sourit.

– Elles ont besoin que vous leur parliez, continua Nichols. Les nanas. (Il ouvrit et referma plusieurs fois la main, mimant le bavardage.) Vous rentrez chez vous après une dure journée de boulot et avez juste envie de décompresser, mais elles, elles veulent discuter. Pia pia pia. Du coup, vous leur dites ce qu'elles veulent entendre.

– Lisa voulait que vous lui parliez des goûts sexuels de Flora ?

– Lisa voulait que je lui dise qu'elle était une fichue baiseuse, la plus grande, la plus sacrée baiseuse que j'aie rencontrée de ma vie. (Il ricana avec mépris.) Pas de quoi en faire un plat.

Milo se rapprocha de lui.

– Vous allumiez Lisa en dénigrant Flora ? Des raisons pour avoir pris Flora comme mauvais exemple ?

Nichols recula.

– Flora avait-elle des problèmes sexuels, Roy ?

– Si vous appelez être incapable de baiser des problèmes, lui rétorqua Nichols.

– Elle ne pouvait pas avoir de rapports sexuels ?

– Elle était incapable de jouir ! Elle ne ressentait rien, là en bas, elle restait allongée comme un… un paillasson. Elle aimait pas, ça ne lui disait rien. Oh, elle ne vous le lâchait pas en face, pas carrément, mais elle avait une façon de vous le faire savoir.

– Quelle façon ?

– Vous la touchiez, et elle prenait ce… un air douloureux. Comme si… comme si vous lui faisiez mal.

– Pas marrant, comme relation de couple.

Nichols ne répondit pas.

– Pourtant vous êtes sorti avec elle pendant quoi… un an ?

– Moins que ça. (Les yeux de Nichols s'écarquillèrent.) Hé, je vois où vous voulez en venir.

– Et où je veux en venir, Roy ?

– Qu'elle m'a rendu fou furieux parce qu'elle voulait pas baiser, mais c'était pas comme ça. On se disputait pas, j'ai toujours été gentil avec elle. Je l'emmenais au cinéma, au restaurant, je ne sais pas. J'y allais de ma poche, ça je vous le garantis, et je ne récoltais rien en échange.

– Vous n'en aviez pas pour votre argent, résuma Milo.

– Dit comme ça, ça me montre pas sous un bon jour. (Il fit jouer ses épaules puissantes et sourit.) J'en ai rien à foutre, j'ai un alibi en béton, alors pensez ce que vous voulez.

– Avez-vous rompu avec Flora à cause de ses problèmes sexuels, Roy ?

– En partie, comme n'importe qui de normal, non ? Mais on ne sortait même pas vraiment. On était voisins, on avait grandi ensemble. Nos parents se voyaient, on organisait des barbecues, je ne sais pas, moi ! C'est comme si on nous avait jetés dans les bras l'un de l'autre, vous voyez ce que je veux dire ?

– Les parents vous voyaient déjà mariés, dis-je.

Il me lança un regard reconnaissant.

– C'est ça, exactement. « Flora est une si gentille fille », « Flora serait une mère parfaite ». Et elle m'aimait bien, ça ne faisait pas un pli, alors pourquoi pas ? Elle était pas moche, loin de là, elle aurait pu être sexy si elle avait su s'habiller. Et baiser. Mais on traînait ensemble plus qu'on sortait, vous savez ? Mais même, je dépensais mon fric pour elle, des dîners avec homard et tout. Quand on a rompu, ça s'est très bien passé.

– Elle n'était pas bouleversée ?

– Bien sûr que si, mais pas la grande scène d'hystérie, vous voyez ce que je veux dire ? Elle a pleuré un peu, je lui ai dit qu'on resterait amis, et voilà.

– Et vous êtes restés amis ? lui demandai-je.

– Il n'y avait pas de… d'animosité.

– Avez-vous continué à vous voir ?

– Non, dit Nichols en me lançant cette fois un regard méfiant. (Il enveloppa sa tête rasée d'une main, un vrai battoir, et y gratta une pellicule de peau cuite par le soleil.) Je la voyais chez mes parents. Y avait pas de rancune.

– Ces dîners de homard… Un restaurant en particulier ? dit Milo.

Nichols le regarda d'un air médusé.

– Je peux manger du homard n'importe où, mais Flora aimait le restaurant de la Marina, près du port.

– Le Bobby J's.

– C'est ça. Flora aimait regarder les bateaux. Mais un jour où je lui ai proposé de faire une promenade autour de la Marina, elle a dit qu'elle avait le mal de mer. Du Flora tout craché. Rien que des mots.

– Flora devait aller au Bobby J's pour un brunch le lendemain matin de son assassinat. Avec son nouveau petit ami.

– Et alors ?

Milo haussa les épaules.

– Son nouveau copain ? Je suis censé être au courant ou quoi ? Ne présentez pas les choses comme si j'étais celui d'avant et qu'elle m'avait largué et que j'aurais pas encaissé, parce que ce sont des pures conneries.

– Roy, dit Milo, sans parler des problèmes de Flora, je suppose que vous avez bien couché ensemble, tous les deux ?

– « Essayé » serait plus exact. Flora serrait les jambes, à croire qu'elles étaient collées. Et c'était toujours comme si vous lui faisiez mal. Si vous voulez mon opinion, c'est à cause de ça qu'elle s'est attiré des ennuis. (Il projeta le menton en avant avec défi.) Et si elle avait donné de faux espoirs à un type et refusé ensuite d'aller jusqu'au bout ? Un mec pas compréhensif comme moi ? Si ça se trouve, son copain l'a plaquée. Il avait l'air d'une mauviette, mais c'est toujours ceux dont on se méfie pas, hein ?

– Vous l'avez rencontré ?

– Une fois. Flora l'a amené chez mes vieux. À Thanksgiving,

on était le soir, on avait fini de se remplir la panse. Moi, je m'amollissais sur le canapé… quand je mange comme quatre pas question de me faire bouger, vous savez ? Lisa et ma mère faisaient la vaisselle, et, mon père et moi, on se la coulait douce devant la télé et soudain la sonnette d'entrée qui se déchaîne. Et voilà Flora qui fait son entrée en grand tralala, bras dessus, bras dessous avec cette chochotte blanc comme un cachet d'aspirine avec sa moustache à la con et qui prend un air gêné du genre bon Dieu qu'est-ce que je fous ici ? Elle prétend qu'elle est passée faire une visite à mes vieux, mais moi je sais qu'elle est venue pour me montrer qu'elle se débrouille très bien sans moi. Vous connaissez les gonzesses.

Il cogna ses dents du haut sur celles du bas.

– Comme si m'sieur l'prof' allait m'impressionner ! Vous l'avez regardé ?

– Vous n'avez pas grande estime pour Van Dyne.

– Oh, j'avais rien contre, j'étais content de le voir avec elle, peut-être qu'il saurait s'y prendre. (Sourire.) Ou peut-être qu'il a pas pu. À vous de trouver, c'est votre boulot. Et maintenant, je peux repartir gagner ma vie ?

– Où étiez-vous lundi soir, disons… entre sept heures et onze heures ?

– Lundi ? Pourquoi ? Il s'est passé quoi, lundi ?

Milo se rapprocha encore. Leurs yeux étaient au même niveau, leurs nez à quelques centimètres l'un de l'autre. Nichols gardait un menton provocant, mais ses yeux cillèrent et son regard se déroba.

– Veuillez répondre à ma question, Roy.

– Lundi… j'étais chez mes parents. (L'aveu suscita un nouvel afflux de sang au visage. Cette fois, il rougit jusqu'aux sourcils.) Je vis là en attendant de me trouver autre chose.

– Vous êtes sûr que vous étiez chez eux ce lundi soir ?

– Sûr et certain. Je me lève tous les matins à quatre heures et demie pour avoir le temps de faire de la gym, prendre une douche et avaler un petit-déjeuner solide et être sur le chantier à six heures et demie. Je boulonne dur toute la journée, soulève encore un peu de fonte, dîne, regarde la télé et vais me coucher à huit heures et demie. Une vie à tout casser et elle me plaît, vu ? Mais ce qui me plaît pas, c'est que vous rappliquiez et me rentriez dans le lard sans raison. Rien ne m'oblige à vous parler, je repars travailler.

Nous le regardâmes s'éloigner d'un pas de bravache.

– Et notre premier candidat retenu au concours de Mister Charme est…

– Sur le fil, dit Milo.

– Prêt à chuter.

– Notre tueur, d'après toi ?

– Si ses alibis ne tiennent pas, je m'y intéresserai à coup sûr.

– Flora a été tuée entre minuit et deux heures. Il affirme qu'un copain l'a raccompagné chez lui juste après minuit et que sa femme l'a réveillé à deux heures. Ça paraît terriblement futé, et je n'ai rien vu de mentionné au dossier.

– Et s'il était rentré un peu avant et que Lisa l'ait réveillé plutôt vers une heure ? dis-je. Elle lui fait une scène, lui sort tout ce qu'elle a sur le cœur et va se coucher, le laissant furieux et frustré, incapable de se rendormir. Il se lève, quitte la maison, prend sa voiture et roule jusque chez quelqu'un qui lui a aussi inspiré un sentiment de frustration. Un niveau élevé de stress agit comme un déclencheur chez certains prédateurs sexuels. Et beaucoup d'individus méthodiques semblent avoir des mariages stables, mais pour la façade, et tout en infligeant des violences à d'autres femmes.

– Se disputent avec Madame et passent leurs nerfs sur l'ex.

– Il semble terriblement stressé en ce moment. Un type aux besoins sexuels exigeants revenu vivre chez ses parents.

– Gavin et la blonde, dit-il. Un couple sur le point de passer à l'acte l'allume parce qu'il est en manque.

– Son alibi pour Gavin et la blonde est d'autant plus mince que ses parents et lui ne partagent pas la même chambre. Il a très bien pu sortir en douce. Même s'ils affirment le contraire. Ce sont ses parents.

Nichols rejoignit la charpente sans se retourner. Nous le regardâmes monter au premier niveau, se sangler de sa ceinture à outils, s'étirer et saisir son pistolet à clous. Il s'étira encore – ostensiblement décontracté – avant d'appliquer le pistolet sur une poutre.

Tic, tic, tic.

– On part, dit Milo, et nous regagnâmes la voiture.

Il revint dans Sepulveda et prit vers le nord en direction de L.A. Le boulevard était engorgé et on n'avançait pas. L'air – brûlant, impitoyable – semblait prendre en étau les flancs de la voiture banalisée. Qui attirait tous les regards. Tout le monde savait à quoi s'en tenir. Même si nous avions été en Volkswagen, le regard perpétuellement en mouvement de Milo l'aurait trahi.

– Quand même, dit-il, j'aimerais savoir pourquoi Lorraine et Al n'ont pas jugé utile de mentionner Nichols dans le dossier.

– Tu vas poser la question à Lorraine ?

– J'suis comme ça, moi. Franc, honnête, sincère.

– Ça ne manquera pas de piquant.

– Attends, me dit-il. Avec doigté.

Il alluma la radio de la police, écouta les signalements d'infractions délictueuses pendant un moment, maugréa « J'aime cette ville » et coupa le son.

– Même s'il est innocent, lui fis-je remarquer, Nichols nous a donné des indications utiles.

– Les problèmes sexuels de Flora ?

– C'est peut-être pour ça qu'elle voulait une thérapie. Ça expliquerait qu'elle n'en ait pas parlé à Van Dyne. Maintenant que j'y repense, lui aussi l'a décrite comme d'un abord froid. La chronologie tient : elle entame le traitement après avoir été larguée par Nichols et avant de rencontrer Van Dyne. Nichols affirme s'être comporté avec élégance, mais je suis certain qu'il lui a signifié clairement pourquoi il rompait.

– Mister Tact, dit-il. « Hé, salope, ouvre les jambes ou j'me barre. »

– Une fois remise du choc, Flora se sera dit qu'elle avait vraiment un problème. Et cherché une thérapeute pour débrouiller la situation.

– Koppel est aussi sexologue ?

– Je me demande ce qu'elle n'est pas !

Les feux passant au rouge, il s'immobilisa. Un jumbo-jet amorça sa descente sur l'aéroport de LAX.

– En admettant que les alibis de Nichols tiennent la route,

repris-je une fois que le vacarme se fut dissipé, te sens-tu d'aplomb pour digérer une autre hypothèse ?

– Au point où j'en suis, je suis prêt pour l'astrologie.

– Dans le cadre du traitement, Koppel a encouragé Flora à s'affirmer et à se montrer plus hardie, et elle s'est mise à prendre des risques. C'est la méthode type dans ce genre de cas.

– Quel genre de risques ?

– Engager la conversation avec des inconnus, voire accepter de les suivre. Et elle a suivi le mauvais gars. Ce qui pourrait nous ramener tout droit au bureau de conditionnelle. Et si Flora était tombée sur un repris de justice ? Un individu agressif et hyper-macho... quelqu'un du style Roy Nichols mais sans le passé du « garçon d'à côté » pour le retenir. Le meurtre pourrait être un interlude sexuel poussé trop loin. Ou alors Flora sera revenue sur son idée et l'aura payé atrocement cher.

– *À la recherche de M. Goodbar*[1], dit Milo. La fille aussi était éducatrice... mais elle n'avait pas de copain et menait une double vie. Flora était fiancée à Van Dyne. Et elle avait rendez-vous avec lui quand elle a été tuée. Tu me dis que Miss Sainte-Nitouche aurait fait la bombe avec un voyou ?

– Si c'était un voyou, elle l'aurait rencontré avant de se mettre avec Van Dyne. Je dis qu'elle aurait pu se garder une poire pour la soif.

– Une double vie.

– À moins que Flora n'ait rompu avec le voyou en question après avoir rencontré Van Dyne, mais que lui n'a rien voulu savoir. Il n'y avait aucun signe d'effraction. Donc quelqu'un que Flora connaissait, ou alors un cambrioleur averti. Ou les deux.

– Flora a dit à sa mère et à Van Dyne qu'elle détestait son travail au bureau de conditionnelle à cause de la pègre. Tu crois qu'elle mentait ?

– Les gens cloisonnent leurs vies.

Le feu passa au vert et nous continuâmes à nous engluer dans la circulation. Le ciel à l'horizon était d'une couleur brune,

1. Allusion au film de Richard Brooks, où une éducatrice hante les bars pour célibataires et se lie avec un voyou.

tournant à l'eau de vaisselle là où le soleil réussissait encore à percer. Milo joua de nouveau avec le cadran de la radio, écouta d'autres appels, baissa le volume.

– On trompe Van Dyne avec Mister Bad Boy, dit-il. Ou alors Van Dyne a découvert quelque chose qu'il n'aurait pas dû et s'est mis en rogne. Va savoir si ledit Van Dyne est aussi innocent qu'il en donne l'impression.

Je méditai la chose.

– La mère de Flora a laissé entendre que Van Dyne était rien moins que viril. L'information lui venait peut-être de Flora. Et, tout compte fait, l'alibi de Van Dyne n'est pas plus solide que celui de Roy.

– Si bien que les problèmes sexuels n'étaient pas forcément du seul fait de Flora. Et si notre vieux Brian était du genre à faire flanelle ? Y aurait largement de quoi frustrer un gars tranquille.

Il monta le volume et la ritournelle sans fin du dispatcheur parut le bercer. La circulation engorgée nous ayant propulsés de quelques mètres, il passa brutalement sur les ondes courtes. Tomba sur une émission ouverte aux auditeurs, écouta le présentateur descendre en flammes un intervenant qui admirait le président et de nouveau baissa le son.

– Ogden et Al McKinley n'ont pas mis Nichols au dossier, mais ils ont passé deux jours à le cuisiner. Le délicieux Brian n'a même pas eu droit à ça... mais au diable, ce n'est pas mon enquête. Sauf si ça se raccorde à Gavin et à la blonde.

Il reprit l'émission. Le présentateur tombait à bras raccourcis sur une auditrice qui ne se sentait pas responsable de son obésité. Il la coupa net pour laisser la place à une publicité pour tisane amaigrissante.

– Ces émissions, tu en penses quoi ?

– Les excès de la liberté d'expression. Et de la grossièreté. Tu aimes ?

– Oh que non, j'entends assez d'horreurs au boulot, mais si j'en crois le journal notre Mary Lou doit passer dans une heure.

– Non ? Et tu vas l'écouter ?

– Je crois à l'éducation permanente.

XIV

Milo alla dire deux mots à Lorraine Ogden pendant que je m'installais à son bureau et examinais le dossier d'enquête Gavin Quick. Aucun élément nouveau. Je repris le dossier Flora Newsome.

Au point mort lui aussi. Milo revint cinq minutes plus tard. Il était écarlate et hochait la tête d'un air excédé.

J'abandonnai son siège, mais il s'assit sur le bord du bureau, étendit les jambes et desserra sa cravate.

– Mon tact a échoué sur toute la ligne ! J'ai amené Nichols sur le tapis, elle m'a répondu qu'elle s'était cassé le cul sur l'affaire et que je n'avais pas à la ramener. Que je devais m'en tenir à mon enquête, et que plus elle y réfléchissait moins elle y voyait de points communs, et qu'elle ne voulait pas s'en mêler. Sur quoi elle m'a fichu ça à la figure.

Il me tendit un bout de papier froissé que je lissai. Rapport de balistique du labo, estampillé prioritaire et paraphé par l'inspecteur L. L. Ogden. Comparaison entre le calibre 22 ayant servi à tuer Gavin et la blonde, et l'arme qui avait mis fin aux jours de Flora. Signé par un agent de la police scientifique.

Même type d'armes, sans doute peu coûteuses, des semi-automatiques d'importation, mais aucune corrélation.

– À ce prix-là, tu t'en sers, tu la jettes, tu t'en procures une autre, lui dis-je.

– Tout est possible, mais la même m'aurait arrangé. Maintenant je me suis mis à dos une collègue et je n'ai pas avancé d'un pouce.

– Elle est deuxième échelon, tu es lieutenant. Je croyais l'organigramme plus net.

– Seulement le titre de la fonction. Que je n'aie pas d'obligations administratives est à double tranchant : tout le monde sait que je n'ai aucun pouvoir. (Il feuilleta ses messages.) Toujours l'impasse sur la blonde… (Ses yeux se posèrent sur sa Timex.) Koppel est à l'antenne.

Il alluma la radio posée sur son bureau et chercha la station. Autre animateur, même niveau de dénigrement. Une attaque en règle contre le profilage racial : le bonhomme ne l'encaissait pas.

– Mais oui, grommela Milo, on inspecte les pompes de la mémé à l'aéroport pendant que Mister Hamas franchit le portique.

« C'est pas tout, les potes, Tom Curlie à l'antenne, pile à l'heure, et nous attendons une invitée très demandée d'une minute à l'autre. Le Dr Mary Lou Koppel, la célèbre psychiatre ! Tous nos fidèles auditeurs l'ont déjà entendue sur notre antenne et connaissent son intelligence… et ceux qui ne nous écoutent pas, on se passera d'eux, hé-hé-hé… Aujourd'hui nous allons parler de… ah, mon charismatique ingénieur du son m'informe que le Dr Mary Lou Koppel est en retard… Faudrait voir côté ponctualité, toubib ! Elle est peut-être chez le psychiatre, hé-hé-hé… En attendant parlons d'assurance voiture. Avez-vous déjà été embouti à l'arrière par un de ces fous qui semblent être partout comme des envahisseurs de l'espace ? Vous savez de quoi je parle : barjos à absences mentales, accros du portable ou juste conducteurs minables. Y en a-t-il qui ont enfoncé votre pare-chocs ? Ou pire ? Alors vous savez qu'une bonne assurance n'a pas de prix, et Low-Ball Insurance offre les meilleures prestations de… »

– Koppel est psychologue, pas psychiatre, dit Milo.

– Pourquoi se soucier de la vérité des faits ?

Tom Curlie termina son boniment et enchaîna avec une publicité préenregistrée pour des formulaires juridiques à établir soi-même. Puis une femme à voix d'hôtesse de l'air donna le bulletin de la météo et l'état de la circulation sur le freeway.

Nouvelle annonce publicitaire – Tom Curlie s'extasiant sur un Divin Moka qu'on pouvait se procurer dans n'importe quelle succursale de CafeCafe ; puis il enchaîna :

« L'énigmatique mais prosaïque Gary m'informe que le Dr Mary Lou Koppel, notre invitée psychiatre, n'est toujours pas arrivée au studio et que ladite réductrice de têtes ne peut être jointe sur son portable. Honte à vous, Mary Lou ! Vous êtes désormais rayée officiellement des listes d'invités privilégiés à l'émission de Tom Curlie car Tom Curlie ne plaisante pas avec la ponctualité et le respect des engagements et autres vertus qui ont fait la grandeur de ce pays. Quand bien même ce pays, dans un moment d'aberration, a élu un président qui se prend les pieds quand il parle... OK, on peut se passer d'elle, les potes, hein ? Parlons plutôt des psychiatres et de ce qui les rend tellement frimeurs. C'est mon imagination qui bat la campagne ou bien ils ne tournent pas rond du chapeau, tous autant qu'ils sont ? Parce qu'il s'agit de quoi, les gars ? Une nana qui se met à réduire les têtes parce que la sienne est sacrément trop grande pour ce qu'elle en a à faire ? Ou est-ce une histoire d'enfance pourrie, hé-hé-hé ? Donnez-moi votre sentiment, les gars. Allez, n'hésitez pas et dites-moi tout à 1 888 TOM CURLIE. Et c'est parti ! Les voyants clignotent et mon premier intervenant est Fred, de Downey. Salut, Fred. Votre tête a-t-elle rétréci dernièrement ?

– Salut, Tom. D'abord je veux vous dire que je vous écoute tous les jours et que vous êtes vraiment sup...

– Excellent jugement, Fred, mais dites-moi, les psychiatres... ces toubibs de la tête, ces sorciers vaudous, en un mot ces psys ? Vous croyez qu'ils rament avec une seule pagaie, ne clignent que d'un œil, ont le cerveau bloqué, dansent avec les ombres dans la galerie des glaces ? Est-ce que ça se résume à ça, Fred ? Ils réduisent les têtes parce qu'ils ont besoin d'une lobotomie ?

– Ma foi, Tom, à vrai dire, Tom, je connais ces gens-là. Il y a douze ans j'étais dehors à regarder les étoiles sans rien demander à personne quand ils m'ont kidnappé et planté leurs fichus électrodes dans... »

Milo éteignit la radio.

– La civilisation et son mal-être, dis-je.

– « Ses mécontents » serait plus juste. Lorraine a peut-être raison, je devrais rester axé sur Gavin. Je vais appeler les jeunes qui étaient dans l'accident avec lui, voir ce qui remonte à la surface. Voir aussi si je peux tenter le coup avec la petite amie, Kayla Bartell, sans que son vieux nous tourne autour.

– Tu prévois toujours de réinterroger Koppel ?

– Ça aussi. (Il se cala dans son siège.) Visiblement elle n'est pas à son cabinet, sinon cet idiot l'aurait eue au téléphone. Laisse-moi passer quelques appels ; et ensuite, si on y faisait un saut dans deux heures ? Ou plus tard, si cette perspective te refroidit.

– Deux heures, c'est bon. Tu veux que j'essaie de parler à Kayla ?

– Si tu la croisais dans la rue, je te dirais « parfait ». Mais vu que c'est une fille de Beverly Hills et que son père est très collet monté, mieux vaut respecter les formes.

– Seulement des visites en présence de la police.

– Tu as tout compris.

Je rentrai chez moi en écoutant Tom Curlie. Mary Lou Koppel ne s'était pas manifestée et Curlie n'y fit plus allusion. Il alterna plages publicitaires et appels d'auditeurs désenchantés, irrités, puis présenta l'invité suivant, un avocat des dommages corporels spécialisé dans les poursuites contre les chaînes de restauration rapide pour discrimination raciale et fourniture de café trop chaud.

« Je ne connais pas tous ces problèmes, Bill, dit Curlie, mais à mon humble avis vous pouvez les foutre en taule tout simplement pour leur bouffe de merde. »

Au lieu de me diriger vers la maison, je continuai vers Beverly Hills et passai devant la résidence des Quick. Le même monospace occupait l'allée, mais la mini-Benz avait disparu. Les rideaux étaient tirés et on avait pris le courrier déposé sur le seuil. Un jardinier taillait une haie. Une femme anorexique passa dans la rue, un chow-chow noir en laisse. Le chien semblait drogué. Un pâté et demi de maisons plus loin, les voitures filaient dans Wilshire Boulevard. Une famille venait d'être saccagée, mais le monde continuait à tourner.

Je fis demi-tour avec la Seville, pris vers le nord dans le quartier des affaires, m'engageai dans les Flats, maraudai près du manoir Bartell. De jour, la maison paraissait encore plus gigantesque, trapue et blanche, un cube de savon tout neuf. La grille ressemblait au portillon d'accès d'une prison. Les portes du garage à quatre places étaient fermées, mais une Jeep Grand Cherokee rouge était à l'arrêt, moteur tournant, juste derrière le portail électrique.

Je me garai le long du trottoir d'en face et vis le portail s'ouvrir tandis que Kayla Bartell accélérait. Portable à l'oreille, elle tourna à droite sans vérifier si la voie était libre et fila vers Santa Monica Boulevard. Elle discutait sans reprendre son souffle et avec animation ; elle ne se rendit même pas compte que je l'avais prise en filature pendant qu'elle se faufilait au stop d'Elevado Avenue et brûlait celui de Carmelita Avenue. Sans mettre son clignotant, elle prit un virage osé à gauche, dans Santa Monica Boulevard, et continua vers l'est, une main toujours crispée sur le portable. L'autre dirigeait le volant, le lâchant à l'occasion pour gesticuler et changer de file. Les autres véhicules préféraient garder leurs distances, jusqu'au moment où une autre jeune femme en Porsche Boxter donna un coup d'avertisseur pour l'obliger à se rabattre.

Kayla l'ignora, continua à jacasser, se faufila dans Canyon Drive, prit au sud et se gara dans la ruelle de livraison d'Umberto, le salon de coiffure. Un voiturier lui tenant la portière, elle sauta prestement à terre, vêtue d'un haut noir en dentelle découvrant le nombril, d'un pantalon de cuir noir et de boots à talons hauts. Une casquette de base-ball en lamé emprisonnait sa tête. Sa queue-de-cheval blonde ressortait au-dessus de la patte de serrage.

Pas de pourboire au voiturier, juste un sourire. On lui avait dit que cela suffisait.

Elle entra dans le salon d'un pas de gazelle.

– Deux cents dollars la coupe, dit Milo. Ah, les jeunes…

Nous étions dans la Seville et j'avais pris à l'est dans Olympic Boulevard, vers le cabinet de Mary Lou Koppel.

– Tu as joint les garçons qui étaient dans l'accident ?

– Les deux, et ils m'ont confirmé ce que les Quick nous ont dit. Gavin se trouvait pris en sandwich à l'arrière. Quand la voiture a percuté la montagne, eux avaient leur ceinture et sont partis sur les côtés. Mais le choc a propulsé Gavin vers l'avant et sa tête a donné contre le siège du conducteur. Il a giclé comme une banane de sa peau, pour reprendre la description de l'un d'eux. Les deux m'ont dit que Gavin était un garçon bien, mais qu'il avait énormément changé. Qu'il avait arrêté de les voir et s'était replié sur lui-même. Je leur ai demandé s'il était diminué intellectuellement, ils ont hésité. Ne voulant pas l'accabler. Quand j'ai insisté, ils ont admis que sa vivacité d'esprit s'était émoussée. Il n'était plus le même.

– Rien sur un comportement obsessionnel ?

– Non, mais ils ne l'avaient pas vu depuis un moment. Ils ont été passablement secoués en apprenant qu'il avait été tué. Aucun des deux ne voyait qui pouvait lui en vouloir, et ils ne connaissaient aucune blonde avec qui il serait sorti, en dehors de Kayla. Que l'un a qualifiée de « petite garce trop gâtée ».

– La blonde anonyme, dis-je.

– J'ai appelé les chaînes de télé, continua-t-il, et je leur ai demandé s'ils avaient diffusé le cliché de la morgue. Ils m'ont répondu que non, trop effrayant, mais si j'avais un dessin d'artiste moins cru ils pourraient peut-être. S'ils avaient un blanc à remplir. J'ai transmis un exemplaire de la photo à un de nos dessinateurs, on verra bien. Peut-être que la presse publiera la vraie photo. Accordera à la malheureuse ses quinze secondes de célébrité.

– Trop effrayant, répétai-je. Ils regardent la même télé que moi ?

Il se mit à rire.

– Les médias n'ont que le service public à la bouche, mais ne se soucient que des plages de pub. Alex, j'avais l'impression de vendre un scénario à un connard des Studios. *Et moi et moi et moi*… Inutile d'épiloguer. Si tu faisais le tour par l'arrière, histoire de voir si la Mercedes de Mary Lou est là ?

Elle n'y était pas, mais nous nous garâmes quand même et entrâmes dans l'immeuble.

La porte de Pacifica-West – Conseil psychologique n'était pas verrouillée. Cette fois, il y avait du monde dans la salle d'attente. Une grande femme d'une quarantaine d'années faisait les cent pas en se tordant les mains. Collant et haut gris, socquettes de tennis blanches et Nike roses, jambes interminables, buste délicat, cheveux noirs coupés en dégradé et ramenés sur l'avant. Yeux bleus, enfoncés, marqués de poches et trop brillants, un visage luisant et réactif, couleur saumon en boîte. Sa peau se desquamait à la hauteur des cheveux et des oreilles, trahissant un peeling récent. Son expression signifiait qu'elle était habituée à être traitée avec peu de considération, mais apprenait à s'en formaliser. Elle ne fit pas attention à nous et continua d'arpenter la pièce.

Les trois voyants d'appel étaient au rouge.

Les Dr Gull, Koppel et Larsen soignaient les âmes.

– Je me demande quand elle termine sa séance, dit Milo.

– Si vous parlez du Dr K, lança la femme aux cheveux corbeau sans cesser de marcher de long en large, prenez un numéro. La mienne aurait dû commencer il y a vingt minutes. (Elle traversa deux fois la salle d'attente, se gratta le crâne et s'arrêta pour passer en revue les magazines dispersés sur une table. Optant pour *Modern Health*, elle feuilleta le numéro et le garda plié contre elle en se remettant en mouvement.) Vingt-trois minutes ! Elle a intérêt à ce que ce soit une urgence !

– D'habitude, elle est plutôt ponctuelle, dit Milo.

La femme s'immobilisa et se retourna. La peau du visage dûment tendue, mais les traits tirés. La peur lui brûlait les yeux, comme si elle avait regardé une éclipse.

– Vous n'êtes pas des patients.

– Ah bon ? lui renvoya Milo d'un ton léger.

– Non, non, non et non. Vous avez l'air de… Pourquoi êtes-vous ici ?

Il haussa les épaules, et déboutonna sa veste.

– Nous attendons juste de pouvoir parler au Dr Koppel, mad…

– Eh bien, vous ne pouvez pas ! s'écria la femme. C'est moi la suivante ! J'ai besoin de la voir !

Milo me regarda. Implorant mon aide.

– Mais tout à fait, dis-je. C'est à vous. Nous partons, nous repasserons plus tard.

– Non ! s'exclama-t-elle. Je veux dire… vous n'êtes pas obligés, je ne suis pas propriétaire des lieux ni en position de revendiquer quoi que ce soit. Je veux simplement avoir le temps qui m'est imparti. Mon temps à moi ! Ce n'est pas faire preuve de trop de narcissisme, non ?

– Pas du tout.

– À en croire mon ex-mari, je suis d'un narcissisme incurable.

– Les ex, dis-je.

Elle me dévisagea, jaugeant mon honnêteté. J'avais dû réussir l'examen, car elle sourit.

– Asseyez-vous donc, proposa-t-elle.

Nous obtempérâmes.

La salle d'attente resta silencieuse quinze minutes de plus. Durant les cinq premières, la femme lut son magazine. Puis elle se présenta, Bridget. Posa de nouveau les yeux sur les pages, mais le cœur n'y était pas. Une veine pulsait à sa tempe, assez visible pour que je la voie de l'autre bout de la pièce. S'affolait. Elle serrait et desserrait les mains et ne cessait de relever brusquement la tête vers les voyants rouges.

– Je ne comprends pas ! lâcha-t-elle enfin.

– Téléphonons-lui, proposai-je. Son secrétariat prendra l'appel et nous dira si elle a eu une urgence.

– Oui, dit-elle. Oui, c'est une bonne idée.

Milo sortit aussitôt son portable, Bridget composa le numéro à toute vitesse, il pressa la touche. L'équipe de rêve.

– Je voudrais parler au Dr Koppel, dit-il. M. Sturgis, elle me connaît… Quoi ? Vous êtes sûre ? Car je suis dans sa salle d'attente et son voyant de consultation est allumé…

Il coupa.

– Quoi, quoi ? demanda Bridget.

– Son secrétariat dit qu'elle ne les a pas appelés ce matin comme elle le fait d'ordinaire et qu'ils ne savent absolument pas où elle est. Elle avait deux patients en début de matinée avant son entretien à la radio et leur a fait faux bond à eux aussi.

– La garce ! s'exclama Bridget. Si ce n'est pas du narcissisme !

Saisissant son sac d'un geste rageur, elle se précipita vers la porte de la salle d'attente, l'ouvrit en grand et la fit claquer derrière elle. Un silence rébarbatif suivit son départ.

– Je crois que je préfère mon boulot au tien, me dit Milo.

Cinq minutes après, il frappait sans ménagement à la porte donnant accès aux cabinets de consultation. Une voix d'homme étouffée dit ce qui ressemblait à « Une minute ! » et la porte s'entrouvrit. Derrière des lunettes octogonales à double foyer, des yeux marron clair en accent aigu nous dévisagèrent. Nous jaugèrent. Sans humour.

– Que se passe-t-il ?

Voix modulée, teintée d'un léger accent nordique. Ce que je pouvais voir de son visage était lisse et vermeil, le menton s'effaçant dans la chair molle. Un menton agrémenté d'un bouc gris-blond dessiné avec soin, centré par le trait horizontal d'une bouche étroite aux lèvres minces.

– Police, dit Milo. Nous cherchons le Dr Koppel.

– Police ? Ce qui vous autorise à malmener cette porte ?

Voix calme, presque amusée malgré l'irritation.

– Vous êtes…

– Le Dr Larsen. Je suis en consultation et préférerais que vous partiez. Pourquoi cherchez-vous Mary Lou ?

– Pour des raisons personnelles, monsieur.

Albin Larsen tiqua.

– Comme vous voulez.

Il commença à refermer la porte, mais Milo l'en empêcha.

– Monsieur l'agent…

– Son voyant est allumé, dit Milo, mais elle n'est pas dans son bureau.

La porte s'ouvrit plus grande pour livrer passage à Larsen. Pas tout à fait un mètre quatre-vingts, le milieu de la cinquantaine, enveloppé de six bons kilos superflus, une brosse un peu trop longue de cheveux blanchissants. Un gilet sans manches vert, crocheté à la main, protégeait une chemise classique bleu clair. Son pantalon de toile était repassé, pli marqué, ses chaussures marron à bouts arrondis cirées à mort.

Il prit tout son temps pour nous inspecter.

– Pas dans son bureau ? Et qu'en savez-vous ?

Milo lui retraça sa conversation avec le secrétariat.

– Ah, dit Larsen. (Il sourit.) Cela ne signifie rien. Le Dr Koppel a pu bloquer ses appels parce qu'un patient était en crise et avoir tout simplement négligé de prévenir son secrétariat.

– Une crise ici, dans son bureau ?

– Notre profession est coutumière des crises.

– Ça arrive souvent ?

– Assez, répondit Larsen. Maintenant, je suggère que la meilleure façon pour nous de régler le problème est que vous laissiez votre carte, et je veillerai à…

– L'avez-vous vue aujourd'hui, docteur ?

– Cela m'aurait été difficile. J'ai eu des rendez-vous sans discontinuer depuis huit heures du matin. De même que Franco… le Dr Gull. Nous sommes surchargés et j'essaie d'espacer nos patients de façon à éviter un embouteillage dans la salle d'attente. (Il remonta sa manche de chemise, révélant une Rolex ancienne en or rose.) À vrai dire, mon prochain rendez-vous est dans dix minutes et j'ai un patient qui attend dans mon bureau, ce qui est d'une extrême grossièreté et contraire à la déontologie. Ayez donc la bonté de laisser votre carte…

– Pourquoi ne pas vérifier nous-mêmes si le Dr Koppel est dans son bureau ?

Albin Larsen s'apprêtait à croiser les bras contre sa poitrine, mais il interrompit son geste.

– Ce serait très peu correct.

– Alors je crains que nous ne devions l'attendre ici, Dr Larsen.

Les lèvres minces de Larsen s'amenuisèrent encore.

– Je crois que si vous preniez le temps de réfléchir, monsieur, vous comprendriez que vous manquez de tact.

– Sûrement, lui renvoya Milo.

Il s'assit et s'empara du numéro de *Modern Health* abandonné par la liftée.

Larsen se tourna vers moi, comme pour en appeler à ma raison. Je fixai la moquette.

– Très bien, dit-il. Je vais voir.

Il battit en retraite dans le couloir intérieur et ferma la porte. Revint quelques secondes après, le visage dénué d'expression.

– Elle n'est pas là. Je ne comprends pas, quoique je ne doute pas qu'il y ait une explication. Mais là, franchement, je dois rejoindre mon patient. Si vous tenez à rester ici, ayez la bonté de ne pas créer de désordre.

XV

– Voilà ce que j'appelle un réducteur de têtes, me dit Milo quand nous sortîmes de l'immeuble. Imperturbable, pas un mot plus haut que l'autre, analysant tout.

– Car moi, je ne fais pas l'affaire ?

– Toi, mon ami, tu es un déviant.

– Trop réactif ?

– Sacrément trop humain. On jette un œil à la résidence du Dr Koppel. Tu as le temps ?

– Cette question ! lui répondis-je. Allons voir comment vit un vrai psy.

Le fichier des Immatriculations situait le domicile de Mary Lou Koppel dans McConnell Drive, Cheviot Hills.

Je mis le cap à l'ouest, longeai Century City, filai plein sud vers Pico Boulevard et continuai sur un bon kilomètre après Rancho Park et le radar portatif d'un motard de la police au visage de marbre. Milo lui fit un geste de la main, mais il ne réagit pas. McConnell Drive était une jolie rue en lacets au flanc de la colline et bénéficiait, à la différence des artères aux alignements paysagers inexorables de Beverly Hills, d'un aventureux panachage de verdure urbaine.

La maison de Mary Lou Koppel dressait ses deux niveaux en brique de style Tudor sur une petite butte dominant trente marches de pierre. La pente de l'allée aurait posé un problème à un véhicule doté d'un moteur poussif. Aucun signe de Mercedes, mais la porte du garage était close.

– Deux meurtres dans sa carrière l'ont peut-être plus effrayée qu'elle ne l'a montré et elle aura décidé de se mettre au vert, dit Milo.

– Sans prévenir ses patients ?

– La peur n'a pas de loi. (Il évalua la pente des yeux.) OK. Passe-moi les pitons, on grimpe. Tu es bon en réanimation cardiaque ?

Il passa en tête de cordée, péniblement.

– Au moins, on domine le paysage, marmonna-t-il, tandis que je le suivais.

Le temps que nous arrivions en haut, il soufflait comme un phoque, hors d'haleine.

– Avec... ça, me dit-il en haletant, elle n'a... pas besoin... de *foutuegymchezsoi.*

Vue de près, la maison était superbement entretenue : fenêtres étincelantes, gouttières de cuivre immaculées, porte en chêne sculpté vernie de frais. Des fougères, oreilles d'éléphant, papyrus et roses blanches adoucissaient la façade en brique ancienne. Une urne de pierre remplie de plantes aromatiques parfumait l'entrée couverte. Un jacaranda déployait ses troncs multiples au milieu de la pelouse, minuscule et impeccable. Ses branches enserraient un panorama orienté à l'est : le bassin de Los Angeles et les montagnes de San Gabriele dans le lointain. À vous couper le souffle malgré la nappe de smog. Comme Milo appuyait sur la sonnette, je contemplai des kilomètres de terrain et pensai, comme toujours : bien trop démesuré pour une seule ville.

Aucune réponse. Milo renouvela sa tentative, frappa.

– Rien d'étonnant vu l'absence de sa voiture, mais ne négligeons rien.

Nous fîmes le tour de la maison jusqu'à un petit carré de jardin dominé par une piscine de vingt-cinq mètres et une végétation encore plus dense. Une haie de grands ficus cachait sur trois côtés la vue aux regards indiscrets des voisins. Rien ne salissait le bassin gris de la piscine. Un patio couvert abritait un barbecue en brique à cheminée d'évacuation encastrée, des meubles de jardin et des plantes en pots. Une mangeoire pour colibris pendait à une poutre, et, à l'écart dans un coin, une fontaine miniature – une tige de bambou plongée dans un réservoir minuscule – gazouillait joliment.

La façade arrière consistait en une rangée de portes-fenêtres. Des doubles rideaux voilaient trois d'entre elles. Ceux de la quatrième étaient ouverts et Milo s'approcha pour jeter un coup d'œil à l'intérieur.

– Bon Dieu ! lâcha-t-il.

Je m'approchai pour voir.

La pièce de derrière était meublée de canapés de cuir blanc, de tables d'appoint en verre, d'un bar en chêne et granit, et d'un écran plasma d'un mètre cinquante de large, assorti de l'équipement stéréo de rigueur. La télévision était branchée sur une émission de jeux. Des candidats en délire trépignaient, à croire qu'ils étaient juchés sur des trampolines. Couleurs et définition de premier ordre.

En retrait, à gauche, Mary Lou Koppel était affaissée sur un des canapés, face à nous, le dos à l'écran. Comme écartelée, tête renversée, bouche béante, fixant le plafond voûté.

Sans le voir. Quelque chose de long et argenté saillait de sa poitrine, et son teint n'appartenait à rien de vivant.

Tout autour d'elle, le cuir blanc était taché de rouge. Un rouge déjà oxydé.

Nous restâmes dehors, le temps que Milo appelle la police scientifique, le coroner et deux voitures pie pour garder l'entrée des lieux. Vingt minutes plus tard, la scène de crime vibrait d'animation.

Le coroner était une Asiatique qui parlait peu l'anglais et s'éclipsa sans autres précisions. L'enquêteur de son bureau, un homme corpulent à moustache grise dénommé Arnold Mattingly, sortit à son tour.

– Cho vous fait ses amitiés, Milo, dit-il.

– Elle est partie ?

– Elle croule encore plus que nous sous le boulot, lui expliqua Mattingly. Les corps s'empilent à la morgue.

– Elle vous a donné les premières constatations ?

– Un coupe-papier planté dans la poitrine, une balle dans la tête. Je sais que vous préférez établir votre propre relevé, mais si vous voulez un exemplaire du mien, je vous en ferai une photocopie.

– Merci, Arnie. La chrono : d'abord le poignard ou la balle ?

– Ce n'est pas moi qui peux le dire et Cho n'est pas d'humeur causante aujourd'hui. (Mattingly mit sa main devant sa bouche, mais ne baissa pas pour autant la voix.) Son mari s'est tiré.

– Lamentable, dit Milo.

– Une femme bien. Vraiment pitoyable, renchérit Mattingly. N'empêche, si vous voulez mon avis, il y avait beaucoup de sang autour de la blessure par lame. En abondance, comme on dit. Et juste un suintement autour de l'impact de la balle, plus du plasma que du gros rouge.

– Son cœur battait fort quand on l'a poignardée.

– Si je devais parier, je dirais que oui.

– Petit calibre ?

– À première vue. Koppel, c'est la psychologue, non ?

– Vous la connaissez, Arnie ?

– Ma femme l'écoute quand elle passe à la radio. Elle dit qu'elle est la voix du bon sens. Si ça va de soi, pourquoi faire payer les gens ? (Il hocha la tête.) Ma douce va piquer une crise quand elle va l'apprendre… Je peux le lui dire, hein ?

– Sans problème, l'assura Milo. Appelez les médias si ça vous chante. D'autres idées ?

– C'est le jour des devinettes ou quoi ?

– C'est un jour de merde. Je suis ouvert à toute suggestion.

– De la part d'un modeste fonctionnaire comme moi ? (Il se gratta la tête.) Je dirais que c'est lié à son métier, elle aura pris un dingo à rebrousse-poil. (Il parut m'apercevoir pour la première fois.) Ça tient debout, Doc' ?

– Absolument.

Il sourit de toutes ses dents.

– C'est ce que j'adore dans mon boulot. Il me rend intelligent. Après, quand je rentre à la maison, je suis un imbécile.

Il rassembla ses affaires et partit.

– Appelle les médias, dis-je. C'est peut-être l'hameçon qu'il te faut.

Il fallut du temps à la police scientifique pour achever le relevé d'empreintes dans la maison, chercher des traces de pas, de sang et autres émanations corporelles dans des pièces éloignées, des indices d'effraction ou de lutte.

Pas d'empreintes sur le coupe-papier. Pas d'autre signe révélateur que ce qui sautait aux yeux : l'objet, une pièce ancienne à poignée en os et fût en argent massif, appartenait aux accessoires du bureau de Mary Lou Koppel à son domicile.

Une fois les lieux accessibles, Milo s'attela à la fouille dégradante qu'on inflige aux victimes de meurtre.

L'inventaire de l'armoire à pharmacie de la salle de bains privée livra les articles de toilette habituels ainsi que des pilules contraceptives, un diaphragme et des préservatifs (« Prudente, la dame »), des antiallergiques ORL, un baume pour les mycoses, du Tylénol, de l'Advil, du Pepto-Bismol et des échantillons médicaux d'Ambien, un somnifère.

– On dispense ses bons conseils à qui veux-tu, mais on a des problèmes d'insomnie, dit Milo. Quelque chose la tracassait ?

Je haussai les épaules en signe d'ignorance.

Sa chambre offrait à la vue un décor harmonieux et douillet en vert sauge et saumon. Le jeté de lit matelassé était rigoureusement bordé, la pièce d'une sérénité absolue.

Milo farfouilla dans une penderie vouée au rouge et au noir. Dans les tiroirs de la commode, il trouva des vêtements de nuit qui allaient de la flanelle sage à des articles minimalistes du Hustler Emporium. Il tint en l'air un slip sans patte d'entrejambe en faux léopard.

– Tu n'achètes pas ça pour ton usage personnel. Je me demande vers qui vont ses amours.

Au fond du tiroir à lingerie, il découvrit un vibromasseur argenté niché dans une pochette en velours.

– Amours en tous genres, marmonna-t-il.

Je n'avais guère aimé Mary Lou, mais exhumer les vestiges archéologiques de sa vie me déprimait.

Nous quittâmes la chambre et regagnâmes le bureau. Milo souhaitait examiner ses dossiers. Il ne lui fallut pas longtemps pour arriver au vif du sujet.

Comme le reste de la maison, la pièce se caractérisait par un ordre irréprochable. Des feuillets empilés au carré occupaient l'élégant bureau Restauration française, maintenus par un presse-papiers en cristal de roche en forme de rose. Légèrement décentrés, à côté d'un tampon buvard en cuir à dorures et devant le nécessaire de bureau d'où provenait l'arme du crime.

Milo commença par les tiroirs et trouva les dossiers bancaires et déclarations de revenus de Mary Lou Koppel, ainsi qu'une pile de lettres d'auditeurs de ses entretiens sur les médias qui exprimaient vigoureusement leurs opinions, pour ou contre.

Celles-là, il en fit un tas qu'il fourra dans une enveloppe de pièces à conviction.

– Elle a déclaré deux cent soixante mille dollars par an en honoraires, plus soixante mille en prestations publiques et placements. Pas franchement la misère.

Un dossier dans un tiroir du bas résumait une procédure de divorce vieille de vingt-deux ans.

– Le mari était un certain Edward Michael Koppel, dit-il en passant un doigt sur des lignes du texte. À l'époque du jugement, il était étudiant en droit à l'U… Incompatibilité de caractères, séparation de biens… Le mariage a duré moins de deux ans, pas d'enfants… jusque-là.

Il reprit son examen du dessus du bureau, ôta le presse-papiers en forme de rose et saisit la pile de documents.

Le premier était la fiche de Gavin Quick.

XVI

Concise, cette fiche.

Il ne fallut pas longtemps à Milo pour la lire, et quand il eut fini il avait la mâchoire serrée et les épaules crispées.

Mary Lou Koppel avait soigneusement consigné les données de sa prise en charge de Gavin Quick, mais ensuite ses notes se raréfiaient.

Mais ces données en disaient assez.

Gavin n'était pas venu la voir pour un stress post-traumatique résultant de son accident. Il avait entrepris une thérapie sur décision d'un juge du comté d'Orange. Au titre de peine de substitution après avoir été condamné quatre mois auparavant pour harcèlement à l'encontre de Beth Gallegos, une femme de Tustin.

Beth Gallegos était ergothérapeute à l'hôpital Saint John's, où elle avait eu Gavin en traitement après son accident. D'après les notes de Koppel, Gavin s'était pris d'un engouement pathologique à son égard, amenant Beth Gallegos à le diriger sur un autre thérapeute. Gavin avait multiplié les tentatives pour la revoir, la poursuivant d'appels téléphoniques à son domicile, quelquefois plus d'une vingtaine par nuit, continuant au petit matin, pleurant et clamant son amour.

Il lui écrivait de longs billets enflammés et les lui postait avec des cadeaux, en l'occurrence des bijoux et du parfum. Chacun des sept jours d'une même semaine obsessionnelle, il avait fait livrer deux douzaines de roses à Saint John's.

Quand Beth Gallegos avait démissionné et pris un emploi

dans un centre de rééducation de Long Beach, Gavin avait réussi à retrouver sa trace, et ses avances avaient recommencé.

Sachant qu'il souffrait d'une blessure à la tête, Beth Gallegos répugnait à déposer une plainte, mais lorsqu'il s'était présenté à son appartement en pleine nuit en martelant la porte et exigeant qu'elle lui ouvre, elle avait appelé la police. Gavin avait été interpellé pour trouble à l'ordre public, mais les policiers avaient dit à Beth Gallegos que si cette qualification lui semblait insuffisante, elle devait obtenir une injonction du tribunal.

Elle avait mis le marché entre les mains des parents de Gavin : s'il arrêtait, elle laissait tomber l'affaire.

Gavin avait obtempéré, mais une semaine plus tard les appels avaient repris. Beth Gallegos avait obtenu l'injonction et quand il l'avait enfreinte en l'attendant dans le parking de l'établissement de Long Beach, il avait été inculpé pour harcèlement.

En raison de son accident, son avocat avait plaidé coupable en demandant que la qualification criminelle soit ramenée à une peine de simple police avec obligation d'entreprendre une thérapie. Le procureur du district n'ayant émis aucune objection, le tribunal s'était rangé à la plaidoirie de la défense et Gavin avait été dirigé sur le Dr Franco Gull.

Koppel notait avoir informé le tribunal du changement de thérapeute quand Gull s'était défaussé de Gavin.

On protégeait juridiquement ses arrières.

« *Patient manquant de discernement*, avait-elle écrit au bas de la prise en charge. *Ne voit pas ce qu'il a fait de mal. Rapport possible avec blessure tête. Objectif: intensifier prise de conscience et respect des frontières personnelles.* »

Je rendis le dossier à Milo.

Il faisait craquer ses jointures et ses épais sourcils noirs plongeaient vers des yeux où se condensait une colère intense.

– Charmant, dit-il. Personne ne pense à m'en informer.

– Les Quick ne voulaient pas salir la mémoire de Gavin. Vu cet élément et le trauma du meurtre, je ne m'étonnerais pas de cet « oubli ».

– D'accord, d'accord, mais ce bon Dieu de procureur du comté d'Orange ? Et ce bon Dieu de tribunal ? Cette bon Dieu de Mary Lou ? Le gamin se fait tuer et personne ne pense à me signaler qu'il a pété les plombs il y a moins de six mois et rendu quelqu'un très, très malheureux ?

– Les médias ne sont pas encore informés du meurtre.

– J'ai envoyé des télex et des demandes d'infos sur la blonde à toutes les instances locales, police de Tustin comprise, et le nom de Gavin est partout. Je te parie que ça traîne sous une bon Dieu de sacrée pile de paperasses.

Il essaya de faire craquer d'autres jointures, mais n'obtint que le silence.

– Si seulement le public savait… d'accord, le gamin se livrait au harcèlement, ça change complètement la donne.

– Quel lien avec le meurtre de Koppel ? lui demandai-je. Ou de Flora Newsome ?

– Je n'en sais foutre rien ! rugit-il.

Je me le tins pour dit.

– Excuse-moi, reprit-il. Probable que Koppel est morte à cause d'un truc qu'elle savait sur Gavin. Quoi, je n'en ai aucune idée, mais ça ne fait pas un pli. Pour ce qui est de Newsome, sans doute que Lorraine avait raison et que j'ai attaché trop d'importance aux similitudes entre les affaires et pas assez aux différences.

Il mit le dossier dans une enveloppe, feuilleta le reste de la pile de papiers, marmonna : « Factures, abonnements, pubs », et reposa le tout sur le bureau.

– Et dire que je me suis porté volontaire pour ce merdier !

Par besoin de te remettre en question, pensai-je. Mais je gardai le silence.

– Pour l'instant, reprit-il, Newsome reste le problème de Lorraine ; moi, je colle à mon gamin, Gavin. Et à toutes les complications qu'a créées ce sale morveux siphonné !

XVII

Le meurtre de Mary Lou Koppel eut droit au traitement habituel dans les médias : beaucoup de tapage, aucun éclairage, un peu de remplissage pour les journaux, quelques paragraphes pour des scripts bien enlevés et lus par des ravis télégéniques aux yeux illuminés qui se prenaient pour des journalistes. En mal de détails médico-légaux, les présentateurs des bulletins d'information s'attardèrent longuement sur l'incursion de la victime dans leur pré carré. On se renvoya à qui mieux mieux son « bon sens » et son « intelligence des médias » avec la volupté réservée aux clichés.

Le lendemain, l'affaire était passée aux oubliettes.

Milo suivit la filière habituelle et demanda aux services de communication du LAPD de se procurer la photo de la blonde afin de relancer les médias. Il les appâta avec la perspective d'un fait divers plus juteux que deux jeunes prenant une balle dans la tête dans Mulholland Drive : un lien possible entre ces meurtres et celui de Koppel. Les préposés aux relations publiques contestèrent le bien-fondé de cette hypothèse, lui objectèrent que jamais les chaînes de télévision ne diffuseraient la photo d'un cadavre authentique prise à la morgue, firent valoir qu'ils étaient inondés de requêtes en tous genres de la part des autres inspecteurs, mais lui promirent d'y jeter un œil.

J'arrivai à son bureau peu après lui et m'assis pendant que, me tournant le dos, il se bagarrait pour quitter sa veste, qui paraissait l'étrangler. Cet effort le laissa la cravate de travers et la chemise sortie du pantalon. Il s'assit sur le bord de son bureau, lut un avis de message et composa un numéro sur sa ligne intérieure.

– Sean ? Vous avez une minute ?

– Du nouveau sur Koppel ? lui demandai-je.

– Tu es là ? Salut. D'après le coroner, elle aurait été tuée dans la nuit ou au petit matin. Pas d'effraction, pas de véhicules inhabituels dans le secteur.

– Le coup de feu ?

– Les voisins plus haut sont en Europe. Plus bas, il s'agit d'une nonagénaire gardée par une infirmière. Celle-ci entend bien, mais elle dort dans la chambre de la vieille dame, et il y a un humidificateur et un filtre à air de branchés, dont le souffle couvrirait tous les bruits sauf une explosion nucléaire, et encore ! (Il se mit à rire.) À croire que les dieux conspirent. Tu as de nouvelles intuitions ?

Avant que j'aie eu le temps de répondre, un rouquin tout en longueur et approchant de la trentaine frappa au montant de la porte. Costume quatre boutons gris, chemise bleu foncé, cravate de même couleur. Doc Martens aux pieds. Il avait les cheveux courts et un semis de taches de rousseur sur le front et les joues. Alerte, bâti en attaquant de basket, il avait le visage rond et poupin qu'on voit chez certains roux.

– Bonjour ! lui lança Milo.

– Lieutenant !

Petit salut militaire.

– Alex, je te présente l'inspecteur Sean Binchy. Sean, voici Alex Delaware, notre psychologue consultant.

Binchy resta dans l'encadrement de la porte. L'exiguïté de la pièce nous permit de nous serrer la main sans quitter notre place.

– Sean va me seconder dans l'affaire Koppel. (À Binchy :) Des infos sur sa famille ?

– Les deux parents sont morts, lieut'. J'ai déniché une tante à Fairfield, dans le Connecticut, mais il y a des années qu'elle n'a pas vu Koppel. Je cite : « Après s'être fixée en Californie, Mary Lou a complètement coupé les ponts. » Elle a dit que la famille paierait probablement l'enterrement et qu'on leur envoie la note.

– Personne ne fera le déplacement ?

Sean Binchy fit non de la tête.

– Ils s'en fichent comme d'une guigne. C'est triste. L'ex-mari, lui, il est ici. Je veux dire, à L.A. Mais il n'est pas avocat. Il s'occupe d'immobilier. (Il sortit un calepin.) À Encino. J'ai laissé un message, mais il n'a pas encore rappelé. Je pense continuer l'enquête de voisinage aux abords de la maison du Dr Koppel, puis faire une autre tentative.

– Ça me paraît bien, lui dit Milo.

– Vous avez besoin d'autre chose, lieut' ?

– Non. Continuer le porte-à-porte est une bonne idée. Toujours rien des voisins ?

– Non, désolé, lui répondit Binchy. La nuit semble avoir été calme à Cheviot Hills.

– Parfait, Sean. Merci. *Sayonara.*

– À la prochaine, lieut'. Ravi de vous avoir rencontré, Doc'.

– Tu sais ce qu'il faisait avant ? me dit Milo quand il fut reparti. Guitariste dans un groupe de ska. Puis il s'est repris et a décidé de se faire flic pour servir le Seigneur. Il s'est coupé les cheveux et il est sorti dans les dix premiers de sa promo à l'École de police. Tu viens donc de voir un échantillon de la nouvelle génération en tenue.

– À première vue un garçon sympa, dis-je.

– Et loin d'être idiot, quoique un peu raide : A mène à B qui mène à C. On va voir s'il apprend à être plus imaginatif. (Grand sourire.) « Lieut' »... trop de télé. Jusqu'ici il n'a pas mis le Seigneur sur le tapis, mais j'ai comme l'impression qu'un de ces jours il voudra faire mon salut. En clair, je ne peux pas jongler tout seul avec Gavin, la blonde et Koppel, et lui est une bonne petite fourmi ouvrière... Alors, l'état de tes réflexions depuis hier ?

– Koppel a rapporté chez elle le dossier de Gavin, l'a mis en haut de la pile, lui dis-je. Elle a imputé les deux meurtres survenus dans sa clientèle à un tour des statistiques, n'empêche que ça la tracassait et qu'elle est rentrée pour relire ses notes. L'absence du dossier de Flora Newsome signifie qu'elle disait probablement la vérité et l'avait passé à la déchiqueteuse.

– Pas tant de notes que ça à relire sur Gavin.

– Les détails de la prise en charge lui auront suffi. Elle y précisait les démêlées de Gavin avec la justice. Imagine qu'elle ait lié son meurtre au harcèlement de Beth Gallegos ? Dégoté un suspect, confié ses soupçons à quelqu'un et se soit fait tuer en retour de ses efforts ?

– Confié ses soupçons directement au tueur ? Elle aurait été assez sotte pour l'affronter ?

– Peut-être… si elle l'avait en thérapie, lui fis-je observer. Si elle suspectait un de ses patients, elle aurait répugné à violer le secret professionnel en venant te voir.

– On en revient à l'hypothèse du dingo-de-la-salle-d'attente.

– Il se peut aussi qu'elle n'ait pas eu de certitudes, juste des soupçons. Et qu'elle en ait discuté avec lui.

– Téméraire, dit-il.

– La thérapie est une relation en porte à faux. Même si on insiste sur le partenariat des deux acteurs, le patient est en manque et démuni, et le thérapeute a sa sagesse à dispenser. Il risque vite de surestimer son pouvoir personnel. Et d'un, Mary Lou avait une forte personnalité. Ensuite, elle s'est trouvée prise dans le jeu médiatique et s'est convaincue qu'elle était un expert en tout. Elle sera devenue présomptueuse et aura cru pouvoir le convaincre de se livrer à la police.

– Imagine le trip de l'ego en cas de réussite.

– « Une psychologue élucide des meurtres en série. » Imagine la pub que ça lui aurait fait.

Il réfléchit un bon moment.

– Un de ses patients est un criminel dangereux.

– Pas d'effraction, lui rappelai-je. Quelqu'un qu'elle connaissait et a fait entrer dans la maison. Ça vaut la peine d'explorer cette piste.

– Je n'ai pas accès à ses dossiers.

– Ses associés savent peut-être quelque chose.

– Ils sont psys eux aussi, Alex. Même obligation de confidentialité.

– Sur le plan légal, je ne sais pas trop ; mais si le tueur n'est pas officiellement leur patient, ils pourraient être autorisés à en parler sans entrer dans les détails.

– Je crois qu'il y a eu des précédents qui ont fait jurisprudence, dit-il. Mais bon, ça vaut la peine d'essayer.

Il appela les renseignements, obtint les numéros de téléphone des Drs Larsen et Gull, et leur laissa un message leur demandant de le rappeler.

– Où en est-on avec les empreintes de la maison de Koppel ?

– Il y en a des tombereaux. Au moins une semaine, d'après les gars de la police scientifique. Mais ils m'ont précisé un truc : pas une seule empreinte à proximité du corps. Nickel dans un rayon de trois mètres. Soigneux, le patient. Pas franchement cinglé, hein ?

– Ni même fêlé, lui renvoyai-je.

Il feuilleta le dossier de meurtre ouvert au nom de Mary Lou Koppel.

– Le service balistique nous a faxé un rapport d'expertise ce matin. Le calibre 22 utilisé dans son cas était similaire mais pas identique à ceux ayant servi pour Gavin Quick et Flora Newsome. Même en laissant Flora de côté, nous avons deux armes pour deux meurtres. Un type capable de se procurer facilement de la camelote… qui fréquente la pègre.

– Un repris de justice pas né de la dernière pluie, lui dis-je. Le genre que Flora Newsome aurait pu croiser sur son lieu de travail.

– Un type pareil en thérapie ?

– S'il y était forcé. Prends Gavin Quick.

Il écarquilla les yeux.

– Peine de substitution. Un quidam obligé d'aller se faire réduire la tête. Ce qui me donne la solution pour contourner le foutu secret professionnel. Consulter les comptes rendus d'audiences, voir si des juges ont assigné d'autres patients à Koppel.

Son enthousiasme retomba.

– On n'a pas fini.

– Limite-toi à un an ou deux et mets dessus ta fourmi ouvrière.

– C'est ce que je vais faire, dit-il. Absolument. Il est aussi temps d'aller reposer quelques questions à M. et Mme Quick : préciser le problème du garçon, savoir s'il a harcelé quelqu'un d'autre. Tout ce que j'obtiens jusqu'ici, c'est leur répondeur. J'ai appelé le procureur qui a inculpé Gavin et l'avocat de la défense.

Pas le moindre concours de leur part : c'est juste un dossier. J'ai aussi recontacté les deux copains de Gavin, ceux de l'accident. Ils ignoraient complètement qu'il harcelait Beth Gallegos ou qui que ce soit d'autre. Dans sa déclaration de prise en charge à l'intention du tribunal, Koppel disait que les obsessions de Gavin pouvaient être liées à une blessure à la tête. Qu'en penses-tu ?

– Une autre forme de conduite obsessionnelle, dis-je. C'est un fait, elle aurait pu découler d'une lésion préfrontale. Autre hypothèse : l'assassin n'est pas le petit ami vindicatif de la blonde, mais le soupirant de Beth Gallegos. Imagine que Gavin ait enfreint les termes de sa mise à l'épreuve et repris son harcèlement ?

– Et le type harcèle Gavin à son tour et lui règle son compte ainsi qu'à la blonde ? Et Koppel dans tout ça ?

– Le cœur a ses raisons… dis-je.

– D'accord. Allons voir l'objet de la passion de Gavin.

Les recherches téléphoniques révélèrent que Beth Gallegos avait de nouveau changé d'emploi, passant du centre de rééducation de Long Beach à une société de thérapie éducative de Westwood.

– Westwood n'est pas loin de Beverly Hills, dis-je pendant le trajet. Si Gavin avait continué à la harceler, je ne pense pas qu'elle aurait pris un tel risque.

– On va bien voir.

Beth Gallegos était somptueuse. Cela ne justifiait pas le comportement obsessionnel de Gavin – le harcèlement est une psychopathologie, et les individus au physique ingrat en sont aussi souvent victimes que les beautés –, c'était tout simplement une évidence.

Petite, des cheveux de jais et la peau mate, elle portait un uniforme bleu clair dont la coupe informe ne parvenait pas à cacher sa taille de guêpe, ses hanches troublantes et ses seins généreux.

Ses yeux avaient la couleur de l'ambre et s'ombraient de longs cils recourbés. Vingt-sept ans, pas maquillée : elle en faisait dix-huit. Une beauté de dix-huit ans fraîche et naturelle. Ses ongles courts se passaient de vernis. Ses cheveux noirs, luisants et ondulés, étaient ramenés en arrière en queue-de-cheval et retenus par un élastique.

Soucieuse de ne pas se faire remarquer. Un effort qu'annulaient son visage à l'ovale parfait, ses traits de camée et son corps voluptueux.

Comme cela l'embarrassait de nous parler dans le hall du service éducatif, nous prîmes l'ascenseur et descendîmes à la cafétéria, au rez-de-chaussée. Une jeune serveuse s'approcha en souriant, mais même si Milo lui rendit son sourire, quelque chose dans son accueil gomma toute joie de son visage.

Beth Gallegos demanda un thé, Milo et moi un Coca. Quand la commande arriva, Milo fourra un billet dans la paume de la serveuse. Elle partit rapidement et on ne la revit plus.

Voyant la nervosité de Beth Gallegos depuis que nous avions fait notre apparition, Milo s'efforça de la mettre à l'aise en bavardant avec elle de son travail. Le Centre polyvalent de rééducation qui l'employait accueillait les victimes d'attaques cérébrales. Beth Gallegos aidait les patients à retrouver leurs capacités motrices. L'enjeu la stimulait.

– On le devine à vous entendre, lui dit Milo.

Beth Gallegos tripota sa tasse, évitant notre regard.

– Parlons de Gavin Quick, reprit Milo. Êtes-vous au courant de ce qui lui est arrivé ?

– Oui. Je l'ai lu dans le journal. C'est horrible. J'ai pleuré.

Elle avait une voix de petite fille, légèrement nasale, et de petites mains aux doigts tendres. Un anneau serti d'un diamant au majeur de la main gauche.

Plus qu'un petit ami.

– Vous avez pleuré, répéta Milo.

– Oh, oui ! Je me sentais horriblement mal. Malgré tout ce que Gavin m'a fait subir. Parce que moi, je savais ce qu'il avait enduré. Que c'était à cause de la LCI.

Milo tiqua.

– Lésion cérébrale interne, lui dis-je.

Beth Gallegos hocha la tête et remua le sucre dans son thé, mais ne but pas.

– C'est le côté bizarre des LCI. Parfois on ne décèle rien au scanner, mais les gens changent du tout au tout. Je suis sûre que Gavin n'aurait rien fait de pareil s'il n'avait pas été blessé.

– Vous avez eu d'autres cas de harcèlement à la suite de lésions cérébrales ? lui demanda Milo.

Elle porta vivement la main à la bouche.

– Oh, non ! Fasse le ciel que je n'aie jamais à subir ça de nouveau ! Je disais juste que le cerveau contrôle tout et que quand il est lésé il y a des problèmes. C'est pour ça que j'ai fait tout ce que j'ai pu pour ne pas exposer Gavin à des poursuites.

Les larmes lui vinrent aux yeux.

– Comme je vois les choses, mademoiselle, il ne vous a pas laissé le choix.

– C'est ce que tout le monde m'a dit.

– Qui ça, tout le monde ?

– Ma famille.

– Votre famille habite la région ?

– Non, répondit-elle. Mes parents vivent en Allemagne. Mon père est dans l'armée, capitaine. Au début, je ne leur ai parlé de rien car je savais comment mon père réagirait.

– C'est-à-dire ?

– Il se serait certainement débrouillé pour avoir une permission, il aurait pris le premier vol et eu une sérieuse discussion avec Gavin. Quand il a fini par être au courant, j'ai eu énormément de mal à l'en dissuader. C'est en partie ce qui m'a conduite à porter plainte. Je devais montrer à papa que je me protégeais. N'importe comment, j'étais obligée. Cela devenait trop grave et de toute évidence Gavin avait besoin d'aide.

– Vous n'en avez jamais parlé à vos parents, mais ils l'ont appris.

– Ma sœur les a prévenus. Elle vit à Tucson et je m'étais confiée à elle en lui faisant promettre de ne rien dire. (Elle sourit.) Naturellement, elle ne m'a pas écoutée. Ce que je comprends, je ne suis pas folle. Nous sommes très proches, elle prenait mes intérêts à cœur.

– Quelqu'un d'autre qui vous aurait conseillé de porter plainte ?

– Comment ça ?

Milo regarda la bague.

– On n'était pas fiancés à l'époque. En fait, on a commencé à sortir ensemble juste avant que je porte plainte.

Milo tenta de mettre de la chaleur dans son sourire.

– Et comment s'appelle l'heureux élu ?

– Anson Conniff.

– À quand le grand jour ?

– Cet automne. (Les yeux de Beth Gallegos s'illuminèrent de quelques watts.) Lieutenant, pourquoi toutes ces questions sur moi et ma famille ?

– J'ai besoin de préciser certains détails.

– Certains détails ? Lieutenant, je vous en prie, laissez-moi en dehors de cette histoire. Je ne peux pas revivre ça… je vous en supplie !

Elle avait haussé la voix. La cafétéria était à peu près déserte, mais les rares clients présents se retournèrent avec curiosité. Milo les fusilla du regard jusqu'à ce qu'ils reprennent leur position initiale.

– Revivre quoi, mademoiselle ?

Beth Gallegos poussa un gémissement et s'essuya les yeux.

– Toute la procédure, les tribunaux… Je ne veux plus jamais voir une déposition de ma vie ! Je vous en prie, laissez-moi en dehors de ça.

– Je ne suis pas ici pour vous faire de la peine, mademoiselle Gallegos, mais j'ai besoin d'interroger toute personne ayant eu un conflit avec Gavin.

Elle fit non de la tête.

– Il n'y avait pas de conflit. Je n'ai jamais crié sur Gavin, je ne me suis jamais plainte. Il a juste été dépassé par son problème. Il avait besoin de le résoudre.

– A-t-il cessé ? lui demandai-je.

– Oui.

– Complètement ?

– Complètement.

Son regard voleta sur le côté.

– Vous n'avez plus jamais eu de ses nouvelles ? insistai-je.

Elle s'empara de sa serviette et en déchiqueta les coins, créant un petit tas de confettis qu'elle rassembla et déposa dans sa soucoupe.

– C'était vraiment fini, dit-elle. Fini.

Sa voix tremblait.

– Beth, vous êtes une fille bien, de toute évidence. Ce qui signifie aussi que vous mentez très mal.

Elle lança un regard vers la porte de la cafétéria, comme avec l'idée de s'enfuir.

– Que s'est-il passé ? lui demanda Milo.

– C'était juste une fois, dit-elle. Il y a un mois. Pas vraiment un coup de téléphone à problème, mais juste comme ça, pour rien, du coup je n'en ai jamais parlé à personne.

– Où vous a-t-il contactée ?

– Ici. Au bureau. J'étais entre deux patients et la secrétaire m'a tendu le téléphone. Il lui avait dit qu'il était un ami. Elle ne savait rien de… de mon histoire avec Gavin. Quand j'ai entendu sa voix, je… mon cœur s'est mis à cogner et j'ai commencé à transpirer. Mais il était… normal. Rien de bizarre. Il a dit qu'il regrettait ce qu'il avait fait, qu'il voulait s'excuser. Après, il m'a dit qu'il avait rencontré quelqu'un et remettait de l'ordre dans sa vie, et qu'il espérait que je lui pardonnerais. Je lui ai répondu que c'était déjà fait, et voilà.

– Vous pensez qu'il disait la vérité ? lui demanda Milo. Qu'il avait vraiment rencontré quelqu'un ?

– Il semblait sincère, dit-elle. Je lui ai dit que je le félicitais et que j'étais heureuse pour lui. (Sa respiration se détendit.) Il paraissait plus… mûr. En paix avec lui-même.

– Vous a-t-il parlé de la personne qu'il avait rencontrée ?

– Non. Il avait l'air heureux.

– Il était heureux, il ne vous ennuyait plus.

– Ça aussi, dit-elle. Mais à ce moment-là, j'ai pensé : « Gavin a retrouvé son équilibre. » (Elle effleura l'anse de sa tasse et fit tourner le sachet de thé.) Il ne m'a jamais inspiré d'aversion, lieutenant. Seulement de la pitié. Et de la peur, quand la situation est devenue vraiment intenable. Mais j'étais heureuse de voir que ça s'arrangeait pour lui.

– Anson aussi doit être soulagé, dis-je.

– Je ne lui ai pas parlé du coup de téléphone.

– Trop difficile.

– Il avait vécu toute cette épreuve avec moi, dit-elle. Nous commencions tout juste à sortir ensemble quand j'ai porté plainte. Ce n'est pas la meilleure façon d'entamer une relation.

– Anson a dû se faire du mauvais sang, dit Milo.

– C'est normal, non ? (Une lueur d'inquiétude passa dans ses yeux.) Vous n'allez pas lui poser de questions, n'est-ce pas ?

– Si, Beth.

– Mais pourquoi ?

– Comme je vous l'ai dit, toute personne ayant eu un conflit avec Gavin…

– Anson n'en avait pas ! Je vous en prie, n'allez pas le voir, laissez-le en dehors de cette histoire. Il n'aurait jamais fait de mal à Gavin ni à qui que ce soit. Il n'est pas comme ça.

– Accommodant ? dit Milo.

– Mûr. Maître de lui. Anson sait se dominer.

– Que fait-il dans la vie ?

– Comment ça ?

– Sa profession.

– Vous allez vraiment l'interroger ?

– Nous sommes forcés de le faire, mademoiselle.

Elle se mit la tête entre les mains et resta plusieurs instants sans bouger. Quand elle la releva, son visage était livide.

– Je suis désolée, infiniment désolée qu'on ait tué Gavin. Mais franchement, je ne peux pas revivre ça. J'ai dû déposer, au procès de Gavin ; c'était atroce.

– De témoigner.

– D'être là, dans cet endroit. Les gens qu'on croise dans les couloirs. Les odeurs. L'attente. J'ai attendu toute une journée et je n'ai jamais été appelée à la barre. Dieu merci. L'affaire a été vite expédiée. Gavin a reconnu les faits. Plus tard, il est passé devant moi avec ses parents, et sa mère m'a regardée comme si c'était moi la coupable. Je n'ai même pas dit à Anson que j'y allais, je ne voulais pas qu'il perde une journée de travail. (Son regard dévia à gauche. Elle se mordit la lèvre.) Non, ce n'est pas la véritable raison. Je ne voulais pas que l'affaire... salisse notre relation. Je veux qu'Anson me considère comme quelqu'un de fort. Je vous en prie, laissez-nous vivre !

– Beth, dit Milo, je n'ai aucun intérêt à vous compliquer la vie. Et il n'y a aucune raison de croire que vous ou Anson serez concernés par la suite. Mais il s'agit d'une enquête pour homicide et je ne ferais pas mon travail si je ne l'interrogeais pas.

– D'accord, dit-elle d'une voix presque inaudible. Je comprends... on n'y peut rien.

– Quelle est l'adresse d'Anson ?

– Nous vivons ensemble. Chez lui. Ogden Drive, près de Beverly Boulevard. Mais vous ne le trouverez pas, il travaille.

– Où ?

– Il enseigne les arts martiaux, dit-elle. Karaté, taekwondo, kick boxing. Il a été champion régional de kick boxing quand il habitait en Floride, juste avant d'être engagé par un dojo pas loin de chez nous. Dans Wilshire Boulevard, pas loin de Crescent Heights. Il s'occupe aussi de jeunes. Le dimanche, pour une paroisse à Bell Gardens. Nous sommes chrétiens tous les deux, on s'est connus à une soirée-rencontre du patronage. Nous nous marions en septembre.

– Félicitations.

– C'est un garçon merveilleux, reprit-elle. Il m'aime et me laisse respirer.

XVIII

Je pris vers l'est, en direction du dojo d'Anson Conniff.

– Gavin avait trouvé un ancrage, dit Milo.

– C'est comme ça qu'il le voyait, en tout cas.

– Si nous parlons de la blonde, il avait une excellente vue. Pourquoi je n'arrive pas à découvrir qui elle est, bon sang ?

Puis il ajouta, au bout d'un moment :

– Instructeur d'arts martiaux. Tu vas pouvoir frimer avec tes machintrucs… tes numéros de karaté…

– Les katas, dis-je. Ça fait une éternité, j'ai perdu la forme.

– Tu es allé jusqu'à ceinture noire ?

– Marron.

– Pourquoi t'es-tu arrêté ?

– Pas assez de colère.

– Je croyais que les arts martiaux aidaient à la maîtriser.

– Les arts martiaux sont comme le feu, lui expliquai-je. Tu couves ou tu crames.

– Allons voir si M. Conniff est du genre à couver.

FORCE ET SÉRÉNITÉ : ARTS MARTIAUX ET AUTODÉFENSE

Grande salle, plafond haut et murs recouverts de glaces, tapis d'exercice bleu vif. Il y avait des années, un juif tchèque qui avait appris à se défendre sous le régime nazi m'avait enseigné le karaté. La passion s'était émoussée, la technique aussi. Mais en entrant dans le dojo, en sentant l'odeur de sueur et de discipline, les souvenirs affluèrent et je me surpris à me repasser en esprit les postures et les mouvements.

Un mètre soixante-cinq, dans les soixante kilos, Anson Conniff avait un visage enfantin, un corps musclé et des cheveux longs et raides, d'un châtain clair rehaussé d'une touche d'or au bout des mèches.

Le surfeur, modèle légèrement réduit. Tongs de karaté blanches et ceinture noire, il parlait d'une voix sonore et rapide à une dizaine de novices de sexe féminin. Un vieil Asiatique aux cheveux blancs nous informa que le cours se terminait dans dix minutes et nous pria de rester sur le côté. Conniff fit adopter une demi-douzaine d'autres postures à ses élèves, puis les libéra. Elles s'épongèrent le front, récupérèrent leurs sacs de gym et gagnèrent la porte, tandis que nous nous approchions.

Conniff sourit.

– Puis-je vous renseigner, messieurs ?

Milo sortit sa plaque et son sourire s'évanouit.

– La police ? À quel sujet ?

– Gavin Quick.

– Lui, dit Conniff. Beth l'a lu dans le journal et me l'a dit.

Il se mit à rire.

– Quelque chose de drôle, monsieur Conniff ?

– Pas sa mort, non, je ne ris jamais de ces choses-là. Simplement, c'est drôle que vous veniez me poser des questions là-dessus… On se croirait dans un film. Mais je suppose que vous faites juste votre travail.

Il écarta une mèche de sa figure.

– Comment ça ? dit Milo.

– Parce que l'idée que j'aie tué quelqu'un… que j'aie… fait du mal à quelqu'un… est absurde. Je suis chrétien, donc contre l'avortement et la mort.

– Oh, dit Milo. J'avais cru que vous riiez parce que Gavin Quick était mort. À cause de ce qu'il avait fait à Beth.

On ne pouvait ignorer la différence de taille entre Milo et Conniff. Le karaté et les autres arts martiaux vous enseignent à utiliser le gabarit d'un adversaire à votre avantage, mais une simple conversation desservait Conniff. Il se redressa pour essayer de se grandir.

– C'est franchement absurde, monsieur. Gavin a embêté Beth, mais jamais je ne me réjouirais de sa mort ni de celle de personne. J'ai vu trop de morts autour de moi pour ça.

– L'armée ? lui demanda Milo.

– La vie, monsieur. Mon frère avait une maladie congénitale des poumons et il est décédé à l'âge de neuf ans. C'était à Des Moines, dans l'Iowa. Pendant ces neuf années, Bradley a fait la navette entre l'hôpital et la maison. J'avais trois ans de plus que lui et j'ai fini par passer beaucoup de temps dans des hôpitaux. Une fois, j'ai vu quelqu'un mourir, comment cela se passait. Un homme, pas tellement vieux, amené aux Urgences pour une crise, je ne sais pas de quoi. Les médecins pensaient l'avoir stabilisé et l'ont mis en observation avant de signer la décharge. Les infirmiers l'ont allongé sur un chariot et chargé dans un de ces grands ascenseurs pour les malades, et il s'est trouvé que mes parents et moi étions dedans car nous avions accompagné Bradley à la radio. Le type sur le chariot plaisantait, il se montrait aimable, et puis il s'est arrêté net de parler, il a eu soudain le regard fixe, perdu dans le vide, ensuite sa tête est retombée sur le côté, et il est devenu blanc comme un linge. Les infirmiers se sont mis à appuyer sur sa poitrine comme des fous. Ma mère a plaqué sa main sur mes yeux pour m'empêcher de voir et mon père s'est mis à parler comme un moulin, sans prendre le temps de respirer, pour que je n'entende rien. Base-ball, il a parlé de base-ball. Le temps qu'on ressorte de l'ascenseur, il n'y avait plus un bruit.

Il sourit.

– Je ne suis donc pas spécialement branché sur la mort.

– À la différence de qui ?

– De ceux qui le sont.

– Vous êtes branché sur la défense.

Conniff embrassa le dojo d'un geste.

– Ça ? C'est un boulot.

– Où étiez-vous dans la nuit de lundi ? demanda Milo.

– Pas en train de tuer Gavin Quick.

Il relâcha sa posture.

– Vu le sujet, vous semblez prendre les choses avec bonne humeur, monsieur, dit Milo.

– Comment je devrais être, affligé ? Ce ne serait pas sincère. (Il resserra sa ceinture noire et agrandit l'espace entre ses deux pieds.) La mort de Gavin Quick m'afflige, comme m'afflige la perte de toute vie humaine, mais je ne vais pas vous dire que je le portais dans mon cœur. Il a plongé Beth dans un désarroi incroyable. Mais elle a tenu à régler son problème comme elle l'entendait, et elle a eu raison. Le harcèlement a cessé. Je n'avais aucune raison de vouloir lui faire du mal.

– Comme elle l'entendait, répéta Milo.

– En l'évitant, précisa Conniff. En passant par la voie judiciaire. Moi, je voulais le rencontrer… lui parler. Je pensais qu'une discussion d'homme à homme pourrait le convaincre. Beth a refusé, j'ai respecté sa décision.

– D'homme à homme.

Conniff se frotta les paumes le long de sa veste. Il avait des mains petites et pleines de cals.

– Oui, je peux avoir un côté protecteur. J'aime Beth. Mais je n'ai pas fait de mal à Gavin Quick. Je n'avais aucune raison de lui en faire.

– Où étiez-vous lundi ?

– Avec Beth. On est restés à la maison. Même si vous ne me croyez pas, vous devriez croire Beth. Elle ne songe qu'à pardonner, elle fonctionne au niveau supérieur, sur le plan spirituel.

– Qu'avez-vous mangé au dîner ? dit Milo.

– Comment me rappeler… Voyons, lundi, sans doute des restes. Dimanche, on avait fait de la viande au barbecue et il y avait des tonnes de restes… C'est ça, des restes de viande. Je les ai hachés et fait revenir avec des poivrons et des oignons, une sorte de sauté de bœuf. Beth a fait du riz. Oui, c'est ça. On n'a pas bougé.

– Déjà suivi une psychothérapie, monsieur Conniff ?

– En quoi cela vous regarde-t-il ?

– Histoire de ne rien laisser dans l'ombre, lui répondit Milo.

– Ma foi, je trouve la question plutôt indiscrète.

– Désolé, monsieur, mais…

– J'y répondrai quand même, dit Conniff. Toute ma famille a suivi une thérapie après la mort de Bradley. Nous avons tous vu un homme admirable, le Dr Bill Kehoe, et je lui ai parlé en tête à tête plusieurs fois aussi. Il était le pasteur de notre paroisse et un psychologue clinicien pleinement qualifié. Il nous a sauvés du désespoir. Y a-t-il autre chose que vous aimeriez savoir ?

– C'est la seule fois que vous avez suivi une thérapie ? insista Milo.

– Oui, lieutenant. Il m'a fallu du temps… beaucoup de temps… pour ne plus me sentir coupable au sujet de Bradley et m'en sortir, mais je suis là et bien là. Et en ce moment, la vie est rudement bonne.

Milo mit sa main dans sa poche et en sortit le cliché de morgue de la blonde.

– Déjà vu cette fille ?

Conniff étudia la photo.

– Non. Jamais. Mais l'expression, je connais. Définitivement morte. C'est l'expression qui a imprégné toute mon enfance. Qui est-ce ?

– Quelqu'un qui a été tué à côté de Gavin, dit Milo.

– C'est moche, dit Conniff. Il y a toujours des trucs moches dans ce monde. L'important, c'est de les dépasser et de mettre Dieu dans sa vie.

De retour à la voiture, Milo entra le nom de Conniff dans les banques de données. Deux PV pour stationnement interdit.

– Casier vierge, mais un drôle d'oiseau quand même, non ?

– Hermétique.

– Le genre à tout laisser nickel.

– Il dit qu'il était avec Beth, lui rappelai-je.

– Je vais poser la question à Beth.

– Sa confirmation suffira ?

– Comme il a dit, elle fonctionne à un niveau supérieur.

Un appel passé à Beth Gallegos depuis la voiture recueillit la même version.

Sauté de bœuf.

Nous regagnâmes le poste de police, où Milo trouva un portrait d'artiste de la morte sur son fax et un message lui demandant de rappeler les Relations publiques avec la communauté.

– Regarde-moi ça, me dit-il. Michel-Ange se retourne dans sa tombe.

Le dessin consistait en un semblant d'ébauche, sans vigueur, inutilisable. Il en fit une boule qu'il jeta, appela les Relations publiques dans le centre-ville, écouta et raccrocha, exaspéré.

– Satanée ville, tout est un parcours du combattant. Ils ont parlé aux journaux : ça ne les intéresse pas. C'est peut-être vrai, d'ailleurs.

– Je peux appeler Ned Biondi. Il était au *Times* et a pris sa retraite il y a quelques années, mais il saura à qui s'adresser.

– Maintenant que ces ânes bâtés des RPC m'ont répondu officiellement « non », je ne peux pas aller voir ailleurs illico. Mais peut-être dans quelques jours, si nous ne parvenons toujours pas à l'identifier. (Il jeta un regard à sa Timex.) Où en sont ton emploi du temps et ta force d'âme ? marmonna-t-il.

– Un saut chez les Quick ? lui dis-je. Pas de problème.

– Tu lis les tarots aussi ?

XIX

– Cette… fille, dit Sheila Quick. On l'engage pour aider Gavin, au lieu de quoi elle lui gâche la vie.

Sa pièce de séjour n'avait pas changé, mais les doubles rideaux tirés la transformaient en salon mortuaire et l'endroit sentait le renfermé. La boîte à cigarettes dans laquelle Jerome Quick avait pioché était vide. Sheila Quick arborait une robe d'intérieur noire en cotonnade, à fermeture Éclair sur le devant et remontée jusqu'au cou. Un foulard de soie noire noué en turban dissimulait ses cheveux. Son visage était tiré, blanc, vieux, et elle portait des mules roses. Sous l'empeigne, ses pieds étaient noueux et veinés de bleu.

– Incroyable, dit-elle.

– Quoi, madame ? lui demanda Milo.

– Ce qu'elle lui a fait.

– Vous estimez que Beth Gallegos a été responsable de la mise en examen de Gavin ?

– Évidemment ! Vous savez comment Gavin l'a connue ? Elle était thérapeute à Saint John's et censée l'aider à retrouver sa dextérité. Elle savait par quoi il était passé ! Elle aurait pu se montrer plus compréhensive, non ?

Milo et moi gardâmes le silence.

– Écoutez, continua Sheila Quick. Si elle se tracassait tant pour sa sécurité, pourquoi n'a-t-elle pas porté plainte plus tôt ? Et après, qu'est-ce qu'elle fait ? Elle appelle la police, carrément, compose le 911 comme s'il s'agissait d'une extrême urgence alors que Gavin ne faisait rien de plus que frapper à sa porte…

Je sais ce qu'elle a dit… qu'il tapait comme un malade, mais personne n'a rien entendu et Gav m'a dit qu'il avait simplement frappé et moi, je crois mon fils !

– Vous pensez qu'elle n'aurait pas dû appeler le 911.

– Je pense que si elle était si sûre qu'il y avait un problème, rien ne l'empêchait de venir nous voir. Pourquoi ne l'a-t-elle pas fait ? Il lui suffisait de prendre son téléphone et de nous dire qu'elle le trouvait un peu trop… empressé. Nous aurions parlé à Gavin. Pourquoi a-t-elle laissé traîner ce prétendu problème si c'était si grave ? Vous êtes des gens du métier. Ça vous paraît logique, à vous ?

– Elle ne vous a jamais contactée au préalable ?

– Jamais. Pas une seule fois ! Vous me comprenez maintenant ?

Milo hocha la tête.

– Et brusquement, de but en blanc, Gavin est mis en examen et nous devons faire appel à un avocat et subir toute cette comédie ! (Elle eut un sourire écœuré.) Naturellement, ils ont fini par rendre un non-lieu. De toute évidence, c'était une broutille.

Gavin avait été reconnu coupable d'infraction mineure avec obligation de suivre une thérapie.

– Lieutenant, reprit Sheila, vous ne pensez pas, j'espère, que ce qui est arrivé à Gav ait un rapport quelconque avec ce qu'il a pu faire ? Ou quelqu'un qu'il connaissait ?

– Ce ne pourrait être personne dans son entourage ?

– Bien sûr que non ! Nous ne connaissons que des gens bien. Et Gavin… (Elle se mit à pleurer.) Gavin, après l'accident, il n'avait personne dans sa vie sauf son père et moi, et sa sœur.

– Pas d'amis, dis-je.

– Précisément ! s'écria-t-elle, comme si elle venait de résoudre un mystère. Ce n'était personne qu'il connaissait puisqu'il ne connaissait plus vraiment personne. J'y ai longuement réfléchi, lieutenant, et je suis certaine que mon bébé s'est juste trouvé au mauvais endroit au mauvais moment.

– Un inconnu, dit Milo.

– Regardez le 11 Septembre ! Ces gens-là connaissaient-ils les salauds qui les ont tués ? C'est exactement pareil… Le mal rôde et quelquefois il mord, et cette fois-là c'est la famille Quick qui a été mordue.

Elle bondit sur ses pieds, fonça dans la cuisine et revint avec une assiette d'Oreos.

– Mangez, nous ordonna-t-elle.

Milo prit un gâteau sec et lui fit un sort en deux coups de dents, puis me passa l'assiette. Je la posai sur une table basse.

– Alors, dit Sheila Quick. Où en êtes-vous ?

Milo brossa des miettes de son pantalon, les récupéra dans sa main et chercha où les mettre.

– Jetez-les par terre sur le tapis, lieutenant. Je fais le ménage tous les jours. Quand ce n'est pas deux fois par jour. Que faire d'autre, sinon ? Jerry a déjà repris le travail et les affaires. Je l'envie.

– D'être capable de se concentrer ? demandai-je.

– De s'abstraire. C'est typique des hommes, n'est-ce pas ? Vous vous déconnectez et filez chasser, traîner, signer des contrats et vaquer à vos occupations, tandis que nous autres femmes, nous sommes vissées chez nous à attendre le retour du conquérant.

– Madame Quick, dit Milo. Ma question ne va pas vous plaire, mais je dois la poser quand même. Gavin a-t-il jamais eu des problèmes avec d'autres femmes que Beth Gallegos ?

Sheila Quick serra les poings.

– Non, et le fait même que vous le suggériez… je vous dis que c'est une vision des choses très… déformée, complètement réductrice !

Elle arracha son turban de soie et se mit à le pétrir. Un fouillis compliqué d'épingles retenait ses cheveux et les plaquait étroitement sur son crâne. Des racines blanches transparaissaient sous le blond.

– Je regrette, dit Milo, mais j'ai besoin de…

– Besoin, besoin… Vous avez surtout besoin de retrouver le fou qui a tué mon fils !

– La jeune femme avec qui il était, madame… Nous n'avons toujours pas réussi à l'identifier.

Sheila se leva et saisit vivement l'assiette de gâteaux de l'endroit où je l'avais posée. Puis elle regagna la cuisine, claqua la porte et ne reparut pas.

– Comme prévu, me dit Milo, une aimable scène. D'accord, elle vit un enfer, mais je te parie à dix contre un que c'était déjà une harpie.

Plusieurs minutes s'écoulèrent.

– Je ferais mieux d'y aller et d'en finir avec elle. Ménage-toi, ne bouge pas.

Au moment précis où il se levait, la porte de la cuisine se rouvrit en grand et Sheila Quick s'avança d'un pas décidé. Elle avait ôté les épingles et s'était brossé les cheveux, mais sans se maquiller. Milo se rassit. Elle s'immobilisa devant nous et posa les mains sur ses hanches.

– Autre chose ?

– La fille avec qui Gav...

– Je ne la connais pas, ne l'ai jamais vue, n'y peux rien. Aucun membre de la famille ne la connaît, y compris ma fille.

– Vous avez posé la question à Kelly ?

– Je lui ai téléphoné et demandé si Gavin sortait avec quelqu'un, et elle m'a répondu qu'elle n'était pas au courant.

– Tous deux étaient très proches ?

– Naturellement. Ma Kelly est une fille brillante, elle saura se débrouiller dans la vie.

– Vous pensez lui demander de revenir ?

– Non. Pourquoi le ferait-elle ? Elle a sa vie. Même si moi, je n'en ai pas.

Elle me dévisagea.

– Gavin était un être humain. Quelqu'un de bien. De beau. Et, bien sûr, il plaisait aux filles. C'est pour ça que cette Gallegos se fait toutes ces illusions. Gavin n'avait pas besoin de relancer une petite... infirmière ou je ne sais quoi.

– Quand Kayla Bartell et lui ont-ils cessé de se voir ?

– Je l'ignore, me répondit-elle sèchement. Posez-lui donc la question ! Les... elle n'est même pas venue me voir. Pas une fois. Même pas un mot de condoléances. (Elle agaça le tapis avec une mule rose.) Avons-nous fini ?

– Vous êtes au courant, pour le Dr Koppel, lui dit Milo.

– Oui, elle a été assassinée, dit Sheila Quick. Je l'ai lu hier.

Un constat. Dénué de toute émotion.

– Qu'en pensez-vous, madame Quick ?

– C'est affreux, dit-elle. Tout le monde se fait assassiner. Quelle ville… J'ai soif. Vous voulez boire quelque chose ?

– Non merci, madame. Je vais vous citer des noms. J'aimerais savoir s'ils vous disent quelque chose. Anson Conniff.

– Non. Qui est-ce ?

– Flora Newsome.

– Non.

– Brian Van Dyne, Roy Nichols ?

– Non, non, non et non ! Qui sont ces gens-là ?

– Aucune importance, répondit Milo. Inutile de vous inquiéter. Merci de nous avoir accordé de votre temps.

– Mon temps, répéta Sheila Quick. Je n'en ai que trop.

XX

Sheila Quick nous tourna le dos et nous laissa nous raccompagner tout seuls.

Juste avant que nous arrivions à la voiture, le portable de Milo sonna. Il prit l'appel, sa grosse patte cachant le petit engin bleu.

– Sturgis à l'appareil… Oh, bonjour. À vrai dire, nous y sommes… À la maison… Oui… Ah ?… Où est-ce ? Quand ? Oui, parfait. Merci, madame, à tout à l'heure.

Il referma sèchement le téléphone.

– Eileen Paxton. La « petite sœur » de Sheila. Elle est à Beverly Hills pour un rendez-vous et se proposait de faire un saut chez sa frangine. Elle nous a vus entrer et a décidé d'attendre qu'on ait fini. Elle aimerait nous parler

– De quoi ?

– De « problèmes de famille », je cite. Elle nous attend à quelques rues d'ici, dans Bedford Drive, une cantine italienne au coin de Brighton.

– L'heure du tiramisu, dis-je.

Il effleura son abdomen et fit une grimace.

– Même moi, j'ai mes limites.

– Tu me déçois.

La cantine italienne s'appelait le Pagano et proposait trois tables bancales en terrasse qui occupaient presque toute sa portion de trottoir. Eileen Paxton était assise à l'une d'elles. En tailleur-pantalon noir près du corps et sandales à talons plus raisonnables, elle buvait un cappuccino. Elle nous aperçut, sourit et agita l'auriculaire. Ses cheveux étaient plus courts que quelques jours avant, teints deux nuances plus clair, et son maquillage plus accentué. Elle portait deux boutons d'oreilles en diamant et un collier de jade, comme si elle fêtait une heureuse occasion.

– Je suis tellement ravie que nous puissions nous voir !

Des passants nous bousculèrent. Milo se rabattit vers elle.

– Ici ou à l'intérieur ? lui demanda-t-il.

– Oh, ici. J'aime le tempo de la ville.

La ville était en l'occurrence à peine un village, un étalage précieux d'opulence affichée. Et le tempo, celui de piétons au pas vif et de moteurs surdimensionnés rotant des substances toxiques. Milo et moi prîmes place et commandâmes un espresso à un serveur gominé à mort et au regard abruti. Eileen Paxton semblait satisfaite – à croire que c'était un endroit tranquille et reposant pour dîner *al fresco*.

– Comment avez-vous trouvé ma sœur ? nous demanda-t-elle.

Milo pointa son doigt sur moi.

– Elle m'a paru un peu abattue, dis-je.

– Il y a une chose que vous devez savoir… Ce n'est pas entièrement dû à ce qui est arrivé à Gavin. Sheila souffre depuis longtemps de problèmes psychologiques.

– Un état dépressif installé de longue date ?

– Dépression, anxiété, incapacité à réagir, j'en passe. Elle a toujours été fantasque et tendue. Je suis la petite sœur, mais je me suis toujours occupée d'elle. Quand elle a épousé Jerry, j'avais des réserves.

– Sur leur union ?

– Sur la capacité de Sheila à gérer leur vie de couple, me dit-elle. (Elle tourna vivement la tête et fit un grand sourire à l'abruti.) Gio, pourrais-je avoir quelques-uns de ces ravissants petits *pistacchio biscotti* ? Merci, vous êtes un amour. (Revenant à nous.) Accordons-lui ce qu'elle mérite, Sheila s'est donné du mal pour son couple et a paru réussir. Même si Jerry n'est pas un cadeau.

– Il a des problèmes, lui aussi ?

La colère lui plissa les yeux.

– Jerry est un prédateur sexuel. Il saute sur tout ce qui a un vagin et, à ma connaissance, sur n'importe quoi d'autre. Il m'a fait des avances. Je ne l'ai jamais dit à Sheila, elle aurait été démolie et son mariage aussi, et je ne voulais pas avoir ça sur la conscience.

Mais tu nous en parles.

– Quand est-ce arrivé ?

– Un mois après leur mariage. À peine rentrés de leur lune de miel ! J'étais mariée moi aussi, et nous passions tous les quatre un week-end à Arrowhead… La famille de mon premier mari y possédait une villa au bord du lac, de toute beauté, avec un double ponton. Tout se passait bien, jusqu'au jour où Sheila est partie faire la sieste… Elle se fatigue vite… Et mon mari d'alors devait aller en ville pour son travail, il était dans une banque d'affaires. Bref, nous étions seuls, Jerry et moi. Je suis allée bronzer en bikini sur le ponton, et quelques minutes après Jerry est arrivé. Il n'y avait pas dix minutes que nous étions là qu'il tentait sa chance. Et il ne faisait pas dans la dentelle. La main au bas du bikini. (Elle incurva la main avec un geste en piqué.) Et il n'a pas la main légère !

L'assiette de gâteaux secs arriva avec nos espressos. Eileen Paxton tapota la main du serveur, choisit un biscuit en forme de croissant, le cassa en deux, en mordilla la pointe.

– Qu'avez-vous fait ? dis-je.

– J'ai ôté sa main sans douceur et l'ai prévenu de ce que je ferais à ses couilles si jamais il recommençait. Il m'a toujours traitée par le mépris depuis et je le lui rends bien. Pas seulement à cause de cet incident. Mais de ce qu'il fait à ma sœur.

– Que fait-il ?

– Il n'a pas cessé de la tromper depuis qu'ils sont mariés.

Je gardai le silence.

– Croyez-moi, je connais le bonhomme, reprit-elle. Tous ces voyages, à faire Dieu sait quoi Les regards qu'il me lance quand nous sommes seuls. Qu'il lance aux autres femmes… aux filles qu'il engage comme secrétaires.

– Oui ?

– Des putes. Elles sont censées faire le travail de bureau, mais n'ont pas l'air de savoir ce qu'est un clavier. Il part faire ses petites affaires, Dieu sait quoi, et Sheila mène une vie extrêmement solitaire. Elle n'a pas d'amis, pas de réseau social. C'était déjà pareil quand nous étions à la maison. J'ai toujours eu énormément d'amis et de relations. Sheila a du mal à s'en faire.

– Dieu sait quoi, répétai-je. Sheila disait qu'il était négociant en métaux.

– Il paraît, lança Eileen Paxton d'un ton sec.

Elle mâchonna un *biscotti*.

– Vous en doutez ?

– Il doit bien faire quelque chose, les factures sont payées. D'accord, il voyage, il vend ou achète de l'aluminium ou je ne sais quoi. Mais quand mon mari – le nouveau – a voulu lui parler de placements, Jerry n'a pas été intéressé. Or Ted est un agent de change fabuleux, quelqu'un qui pourrait aider Jerry. J'ai l'impression que Jerry ne s'en sort pas si bien que ça, qu'il est obligé de faire des pieds et des mains pour simplement garder la tête hors de l'eau. Il emménage régulièrement dans de nouveaux bureaux et passe son temps en déplacements.

– Et engage des putes comme secrétaires.

Elle hésita.

– J'ai peut-être été un peu dure. Je sais juste ce qu'il m'a fait sur le ponton ce fameux jour-là. Et je connais son regard de chasseur.

– Vous pensez qu'il pourrait y avoir un lien avec Gavin ?

– Je veux que vous sachiez tous les deux à quoi vous en tenir, et je sais que personne d'autre ne vous le dira. La famille part en morceaux et Gavin était cinglé. Je sais, Sheila et Jerry vont vous dire que c'était un garçon parfaitement normal avant l'accident, mais c'est faux. Il avait des problèmes.

– De quel ordre ?

Eileen Paxton frotta doucement son *biscotti* sur ses dents du haut, comme pour en caresser l'émail. Sa langue se faufila pour taquiner le gâteau, puis elle le mordit d'un coup sec et le mâcha avec lenteur.

– Je ne vous en parlerais pas si je ne craignais pas que vous ne fassiez fausse route.

– Nous vous en sommes reconnaissants, madame, dit Milo.

– Bien, alors allons-y. Gavin ne courait pas la gueuse. Pas encore. Mais il était… OK, il n'y a aucune raison de ne pas vous le dire : l'année dernière, Gavin a eu des problèmes avec la justice au sujet d'une femme.

– Beth Gallegos, dit Milo.

Le visage d'Eileen Paxton accusa sa déception.

– Alors, vous savez.

– Depuis peu, madame. À vrai dire, nous en parlions justement à votre sœur.

– Vous plaisantez ? Sheila a dû piquer une crise ! Elle a mis ça sur le dos de la victime, non ?

– Exactement, madame.

– Son éternelle tactique face au stress, dit Eileen Paxton. Ma pauvre sœur vit sur une autre planète… Oui, j'allais vous en parler, entre autres. Mais c'était seulement le problème le plus grave de Gavin ; il y en a eu d'autres.

– Il a harcelé d'autres femmes ?

– Je connais au moins une fille qu'il a poursuivie de ses assiduités, mais je pense qu'il y en a eu d'autres. Car il s'agit d'un comportement récurrent, n'est-ce pas ?

– Absolument, dit Milo. Qui était l'autre victime ?

– Gavin avait une petite amie – une gamine friquée des Flats, je ne l'ai vue qu'une fois, une petite chose blonde avec un nez en bec d'épervier. Elle m'a paru un peu snobinarde. Son père est un compositeur de jingles très en vue. Gavin est devenu trop pressant, agressif, et elle l'a plaqué.

– Comment le savez-vous, madame ?

– Parce que Gavin me l'a dit.

– Gavin vous parlait de ses problèmes intimes ?

– À l'occasion. (Eileen Paxton sourit et se caressa le cou.) La tante jeune, dans le coup. Ça lui plaisait bien. Il aimait que je travaille dans le cinéma, que je sois plus au fait de la culture pop que ses parents. Il nous arrivait de bavarder. Le jour où il m'a parlé de la petite Miss Beverly Hills, je crois qu'elle s'appelait Katya, ou quelque chose du genre, nous dînions dehors en famille… juste en haut du pâté de maisons, à Il Principe. La carte est divine.

– Il faudra que j'essaie, dit Milo. Donc, un dîner en famille ?

– Gavin, Sheila et moi. Jerry était en déplacement. Comme toujours.

– Cela remonte à quand ?

– Oh, je dirais six mois, peut-être plus. Toujours est-il que nous nous régalions… Leur cuisine est fabuleuse, ils cuisent le loup dans un four à bois, font des pâtes maison à partir de rien… Et brusquement Sheila ne s'est pas sentie bien, encore une de ses spécialités : Sheila ne prend plaisir à rien, même pas à un bon repas, sans souffrir, bref, elle est partie en trombe au petit coin et y est restée un moment. Gavin s'est mis à me parler, toute la soirée il avait paru tendu. Finalement, je suis arrivée à lui faire lâcher le morceau. Sa petite amie l'avait plaqué parce qu'elle n'avait pas envie d'aller plus loin. Il l'a qualifiée de « vierge compulsive ».

Elle tint le *biscotti* entamé entre ses deux index. Le fit rouler entre ses doigts. Le posa sur son assiette.

– Je lui ai demandé ce qui s'était passé et il m'a tout dit. Tout en m'en parlant, il s'énervait. Il était manifestement en colère et frustré.

– De perdre cette relation ?

– Non, justement ! Il m'a dit qu'il se fichait royalement d'avoir ou non une petite amie ; c'était de ne rien obtenir sur le plan sexuel qu'il ne supportait pas. Ça le mettait vraiment en boule.

– Ceci, après l'accident.

– Peu après, oui… il y a huit mois, environ. Mais Gavin supportait mal qu'on lui dise non. Quand il était petit, il piquait des colères à tout bout de champ.

– Irritable, dis-je. Et là, il était exaspéré de ne pas arriver à ses fins.

– Il m'a parlé de relations sexuelles comme si c'était son dû. Pour lui, la fille, Katya, jouait les coquettes depuis la fin du lycée et il était temps qu'elle se décide. Comme s'il y avait un programme à respecter. Ensuite, il m'a dit que tous les autres « baisaient jusqu'à plus soif », que le monde n'était qu'un putain de foutu baisodrome et qu'il méritait son ticket d'entrée lui aussi et qu'elle pouvait aller au diable, il trouverait quelqu'un d'autre.

– Beaucoup de colère, dis-je.

– Il avait toujours été soupe au lait. Ça a empiré après l'accident. Comme si son baromètre émotionnel était détraqué… Il faisait ou disait tout ce qui lui passait par la tête. Je veux dire… je suis sa tante et il me parle de « baiser », dans un box d'Il Principe ! Je ne savais plus où me mettre. Des gens importants fréquentent l'établissement.

– Il élevait la voix ?

– Il s'énervait de plus en plus et j'ai dû lui dire de parler moins fort. J'ai essayé de le raisonner, de lui expliquer que les femmes n'étaient pas des machines, qu'elles avaient besoin d'attentions, que faire l'amour pouvait être une partie de plaisir, mais à condition que ce soit réciproque. Il m'a écoutée, en fait il a paru comprendre ce que je lui disais. Puis il s'est glissé à côté de moi sur la banquette en me disant : « Merci, Eileen. Tu es géniale. » Après quoi il m'a empoigné un sein d'une main, renversé la tête de l'autre et a essayé de m'enfiler sa langue jusqu'au fond de la gorge… Gio, vous pouvez me redonner du café ?

Milo tenta d'en savoir plus sur la vie sexuelle de Gavin et sur la famille, mais, maintenant qu'elle avait exprimé son aversion profonde, elle n'avait plus rien à ajouter. Il orienta la conversation sur les velléités journalistiques de Gavin et sur la presse à scandales.

– Encore un point qui le fascinait, dit-elle, le fait que je travaille dans le cinéma. Il me tannait pour que je l'introduise dans des réceptions où il y aurait des célébrités qu'il pourrait observer. (Elle se mit à rire.) Comme si j'allais l'aider à répandre des commérages sur mes amis !

– Que voulait-il ?

– Remuer la boue et vendre à la presse ce qu'il aurait déterré. Il y voyait une façon de se faire la main, un nom dans le journalisme. Je lui disais que les tabloïdes étaient des immondices bourrés de mensonges, mais il ne voulait rien entendre. Pour lui, ils étaient plus honnêtes que la presse reconnue parce qu'ils ne cachaient pas leurs objectifs.

– L'ordure.

Elle hocha la tête.

– Après l'accident, il voyait le monde comme une grosse boule d'immondices.

– A-t-il concrétisé ses ambitions journalistiques ?

– Vous voulez dire, a-t-il suivi une formation ou fait un stage ? lança Eileen Paxton. Pas à ma connaissance. Ça m'étonnerait. Il n'était pas vraiment en état de reprendre des études ou de s'accrocher à un emploi. Trop instable… il se laissait aller. Lâchant la fac, restant au lit jusqu'à midi, transformant sa chambre en vraie porcherie. Je ne peux pas lui en vouloir, je suis certaine qu'il avait le cerveau perturbé. Mais Sheila n'a même pas essayé de fixer des limites. Et Jerry, naturellement, était toujours parti.

– Gavin a bien suivi une thérapie ?

– Sur injonction du tribunal, oui.

– Vous a-t-il dit qui était son thérapeute ?

– Pas lui, mais Jerry. Le Dr Koppel. Comme s'il y avait de quoi s'extasier.

La réprobation se lut sur son visage.

– Vous la connaissez ?

– Je l'ai entendue à la radio, et je dois dire qu'elle m'inspire des réserves. Tout ce qu'elle fait, c'est prêcher la morale aux idiots qui téléphonent. Autant aller à l'église, non ?

Elle parlait au présent. Milo et moi échangeâmes un regard.

– Quoi ? dit-elle.

– Le Dr Koppel a été assassinée.

Elle devint blanche comme un linge.

– Hein ?! Quand ça ?!

– Avant-hier.

– Mon Dieu ! Comment ne l'ai-je pas su ? C'était aux informations ?

– Il y a eu un article dans le journal d'hier.

– Je ne lis jamais le journal, dit-elle. Sauf *Calendar*. Assassinée. Oh, mon Dieu… Ne me dites pas qu'il y a un rapport avec Gavin ?

– Non, madame.

– Mais elle… ça pourrait être une coïncidence ?

– Votre sœur n'a pas paru autrement émue.

– Ma sœur est folle. Avez-vous une idée de qui l'a tuée ?

Milo fit signe que non.

– C'est horrible, horrible, dit-elle. Croyez-vous qu'il n'y ait vraiment aucun rapport avec Gavin ?

– Nous l'ignorons, madame.

– Oh, Seigneur ! (Elle resta grave une minute. Grignota son *biscotti* et fit un grand sourire. Toute à son entreprise de séduction.) Vous vous défilez, lieutenant.

– Pas vraiment, madame.

– Ma foi… J'espère que cet entretien vous a été utile. Il faut que j'y aille.

– Encore une question, madame. Vous rappelez-vous la photo que je vous ai montrée ? La fille qui est morte avec Gavin ?

– Oui, bien sûr. Et je vous ai répondu que je ne l'avais jamais vue et c'est la vérité vraie.

– Gavin vous a dit qu'il voulait se trouver une nouvelle fille. Il a annoncé à d'autres personnes qu'il avait réussi.

– À quelles autres personnes ?

– Inutile de le préciser.

– L'insondable inspecteur ! lui lança Eileen Paxton. (Son genou toucha celui de Milo.) Une nouvelle minette, hein ? Dans l'esprit de Gavin, ça pouvait vouloir tout dire. Quelqu'un qu'il décidait de poursuivre de ses assiduités, qu'elle le veuille ou non. Ou qu'il avait vu à la télévision.

– La fille que je vous ai montrée était bien réelle, lui renvoya Milo. Et elle se trouvait dans sa voiture, en haut de Mulholland, tard dans la nuit.

– D'accord, lui concéda-t-elle avec agacement. Donc, il avait trouvé quelqu'un. Comme tout le monde un jour ou l'autre. Et voyez ce qui est arrivé à la fille.

Elle s'assura que Milo s'occupait de l'addition et partit vivement sur ses mules à talons.

– Quelle comédie ! lâcha Milo. Tu parles d'une famille ! Pourquoi nous raconter tout ça ? Pour enfoncer les Quick ?

– Elle les déteste, dis-je, mais ça ne retire rien à ses informations.

– La conduite sexuelle répréhensible de Gavin ? Faut reconnaître qu'il paraît bien plus siphonné.

– Si elle dit la vérité sur Jerome Quick, Gavin avait un modèle. Il aura fait ses premières armes avec une certaine vision des femmes, et l'accident a encore plus affaibli ses inhibitions. Ce qui m'intrigue, c'est la blonde. Gavin avait du mal à aborder les femmes, il s'imposait trop brutalement. Pourtant, une jeune femme séduisante acceptait d'avoir des rapports plus intimes avec lui. Une jeune femme avec des chaussures à cinq cents dollars, dont personne n'a mentionné la disparition.

– Une pro, dit-il. Forcément.

– Un excès de frustration peut conduire un garçon à payer pour des rapports. Et un garçon de Beverly Hills peut disposer d'un budget confortable. Surtout avec un père qui lui donnait sa bénédiction. Je sais qu'elle ne figure dans aucun fichier des Mœurs, mais une semi-débutante assez chanceuse pour ne pas se faire épingler n'y serait pas. Si elle travaillait en indépendante, il n'y aurait personne pour signaler sa disparition. Et si elle travaillait pour quelqu'un, ce quelqu'un ne souhaiterait pas forcément se faire connaître.

– Un père qui lui donnait sa bénédiction, répéta-t-il. Le papa file du blé à Gavin pour que le fiston s'envole au septième ciel ?

– Et peut-être que le papa savait où l'envoyer, ajoutai-je.

La société de négoce en métaux de Jerome Quick avait son siège social à quelques kilomètres de Beverly Hills, dans Wilshire Boulevard, près de La Brea, au deuxième étage d'un immeuble défraîchi qui en comptait trois, coincé entre des constructions plus élevées.

Un panneau dans l'entrée donnait le nom des locataires des bureaux. Il s'agissait en majorité d'entreprises dont le nom ne vous renseignait guère sur leurs activités Le bureau de Quick se trouvait au deuxième étage, au milieu d'un couloir recouvert de linoléum et mal éclairé. Une odeur goûteuse mais gênante – du ragoût de bœuf plus tout jeune – imprégnait les murs.

Les locaux de Quick se réduisaient à l'essentiel : une réception exiguë, essentiellement vide et faisant face à un bureau marqué « PRIVÉ ». Moquette marron, luisante d'avoir été trop piétinée, murs revêtus de panneaux en aggloméré de mauvaise qualité. L'hôtesse siégeait derrière un bureau également en aggloméré, également de mauvaise qualité. Une fille jeune et mince, jolie mais au visage dur, et dont les cheveux à la coupe aléatoire se dressaient en pointes bleu électrique. Fond de teint épais et tirant sur le gris, rouge à lèvre gris-bleu, comme en mal d'oxygène. Des griffes d'un bleu azur fluo de près de trois centimètres de long. Elle était vêtue d'un pull blanc moulant au-dessus d'un pantalon en faux cuir noir pur vinyle et mâchait du chewing-gum. Devant elle s'étalait un numéro de *Buzz Magazine.* L'absence d'autres périodiques ou sièges et sa surprise quand elle nous vit indiquaient que les visiteurs étaient rares.

En voyant la plaque de Milo, elle haussa un sourcil dessiné au crayon, mais le pouls de son cou ne s'affola nullement.

– M. Quick est absent, nous dit-elle d'une voix étonnamment sensuelle.

– Où est-il ? demanda Milo.

Elle tortilla des épaules.

– À San Diego.

– Il voyage beaucoup ?

– Tout le temps.

– Sympa pour vous, pas trop à faire.

– Mmm…

Les ongles bleus pianotèrent sur le magazine. Pas d'ordinateur ni de machine à écrire en vue.

– Ça ne vous étonne pas que la police veuille lui parler ? reprit Milo.

– Si, bien sûr, répondit-elle en haussant les épaules.

– C'est la première fois ?

– Je ne travaille ici que depuis quelques mois.

– Les flics sont déjà passés ?

– Jamais.

Milo lui montra la photo de la blonde. Ellc ferma vivement les yeux, se détourna.

– Vous la connaissez ?

– Elle est morte ?

– Tout ce qu'il y a de plus morte.

– Je ne la connais pas, non.

– C'est la fille qui a été tuée avec Gavin Quick.

– Oh.

– Vous êtes au courant, pour Gavin ?

– Oui, évidemment.

– Triste, dit Milo.

– Je ne le connaissais pas vraiment, dit-elle, en insistant sur « connaissais ». Très triste. (Elle prit une expression affligée. On faisait de son mieux. Ses yeux marron étaient totalement inexpressifs.) Qui a fait ça ?

– C'est ce que nous essayons de savoir, mademoiselle…

– Angie.

– Gavin passait-il ici ?

– De temps en temps.

– Souvent, Angie ?

– Pas très.

Milo déboutonna sa veste et s'approcha de son bureau.

– Depuis quand travaillez-vous ici ?

– Trois mois et demi.

– En trois mois et demi, combien de fois avez-vous vu Gavin Quick ?

– Mmm… sans doute trois fois. Peut-être quatre, mais je dirais trois.

– Que faisait-il quand il venait ?

– Il entrait voir Jerry… M. Quick. Des fois, ils sortaient.

– Déjeuner ?

– Je suppose.

– C'était l'heure du déjeuner ?

– Je crois.

– Que pensiez-vous de Gavin, Angie ?

– Il avait l'air d'un garçon bien.

– Pas de problèmes ?

Elle s'humecta les lèvres.
– Non.
– Du tout ? Il se comportait toujours correctement ?
– Que voulez-vous dire ? demanda-t-elle.
– On nous a dit que Gavin pouvait être pressant. Trop pressant.
Pas de réponse.
– Trop pressant avec les femmes, Angie.
Elle posa une main sur le numéro de *Buzz*. Comme si elle se préparait à prêter serment. *Je jure sur tout ce qui est tendance*...
– Je n'ai pas remarqué. Il était poli.
– Poli, répéta Milo. À propos... quel est votre nom de famille ?
– Paul.
– Angie Paul.
– Tout juste.
– Alors, comme ça, M. Quick voyage beaucoup.
– Tout le temps.
– On doit s'ennuyer, à faire de la présence.
– Ça va.
De nouveau, elle fit jouer ses épaules.
Milo s'avança vers le bureau. Le bord du plateau lui entra dans la cuisse.
– Angie, Gavin vous a-t-il jamais fait des avances ?
– Pourquoi m'en aurait-il fait ?
– Vous êtes une femme séduisante.
– Merci, dit-elle d'un ton indifférent. Il a toujours été poli.
– Où est parti votre patron ?
– À San Diego. Il n'a pas précisé où.
– Il ne vous dit pas où le joindre ?
– Il appelle.
– Et vous laisse ici toute seule, dit Milo.
– J'aime bien, lui répondit-elle. C'est calme et intime.

Avant que nous repartions, Milo nota son adresse à North Hollywood, son numéro de téléphone et celui de son permis de conduire. Pendant le trajet du retour, il consulta les fichiers. Trois ans avant, Angela May Paul avait été interpellée pour détention de marijuana.

– D'après Eileen Paxton, il engageait des putes pour le travail de bureau. Il n'est pas dit que notre brave Angie correspondait au profil, mais sûr qu'il ne tapait pas dans l'annuaire des secrétaires de direction. Ses locaux, plutôt bas de gamme, non ?

– Il garde la tête hors de l'eau, lui rappelai-je. Ce n'est pas une grosse pointure, à en croire Eileen.

– À l'entendre, il se débrouille… tu crois qu'Angie disait la vérité en affirmant ne pas connaître la blonde ? Il m'a semblé qu'elle avait légèrement tiqué devant la photo, encore qu'avec ce visage de marbre on ne puisse pas savoir.

– Elle a battu des cils quand tu la lui as montrée, mais c'est un cliché de la morgue.

– La blonde, dit-il. Chaussures Jimmy Choo et parfum Armani. Peut-être que le vieux Jerry se montrait généreux avec le fiston.

Il écouta ses messages sur son téléphone, rouspéta, raccrocha.

– Les Drs Larsen et Gull m'ont répondu. Ils préfèrent me rencontrer en dehors du cabinet et ils proposent Roxbury Park, demain à une heure. L'aire de pique-nique du côté ouest, ils y déjeunent à l'occasion. Tu es partant pour l'herbe et les arbres et tailler une bavette avec deux confrères ? Dois-je prévoir un panier casse-croûte ?

– Va pour l'herbe et les arbres, mais laisse tomber les chichis.

XXI

– Alex, je suis ravie de te trouver !

Il y avait des mois que je n'avais pas entendu la voix de Robin, et je fus pris de court. Mais pas d'accélération cardiaque, ce dont je me félicitai.

– Bonjour, comment vas-tu ?

– Bien. Et toi ?

– En pleine forme.

Trop de courtoisie.

– Alex, je t'appelle pour te demander un service, mais si tu ne peux pas, surtout dis-le-moi.

– De quoi s'agit-il ?

– On vient de demander à Tim de sauter dans un avion pour Aspen pour aller travailler avec Udo Pisano, le ténor. Il y a un concert demain et la voix du maître est en train de geler. C'est archi-urgent, on lui envoie un jet. Je n'ai jamais mis les pieds à Aspen et j'aimerais l'accompagner. C'est l'affaire d'une soirée, deux maximum. Pourrais-tu garder Spike ? Tu sais qu'il déteste le chenil.

– Pas de problème, lui dis-je. S'il supporte d'être ici.

Quelques années avant, par une journée d'été étouffante, un petit bouledogue français avait réussi à traverser la circulation démente de Sunset Boulevard et à s'enfoncer dans le Glen. Il s'était aventuré dans ma propriété, la langue pendante, flageolant sur ses pattes et dangereusement déshydraté. Je lui avais donné à boire et à manger et j'avais recherché son propriétaire. Qui s'était trouvé être une vieille femme à l'article de la mort, dans un manoir de Holmby Hills. Sa seule et unique héritière, sa fille, ne supportait pas les chiens.

L'animal étant affligé d'un nom de pedigree peu maniable, je l'avais rebaptisé Spike et m'étais initié à la diététique canine. Il avait répondu à son nouvel environnement avec enthousiasme, était vite tombé amoureux de Robin et avait commencé à voir en moi un rival.

Quand Robin et moi nous nous étions séparés, l'octroi de la garde s'était réglé sans problème. Elle avait eu le chien, sa laisse, ses gamelles, les poils qu'il abandonnait généreusement sur tous les meubles, ses ronflements et reniflements, et ses manières de table arrogantes. Moi, une maison qui sonnait creux.

J'avais songé à me trouver un chien à moi, mais ne m'y étais jamais décidé. Je ne voyais pas beaucoup Spike parce que je ne voyais pas beaucoup Robin. Il avait pris possession de la petite maison de Venice qu'elle partageait avec Tim Plachette, et il ne semblait pas accorder plus d'égards à Tim qu'à moi.

– Mille mercis, me dit Robin, je suis sûre que tout va bien se passer. Au fond de lui, il t'aime.

– Très très au fond, alors. Quand veux-tu le déposer ?

– Comme l'avion décolle de Santa Monica dès que nous sommes prêts, je me disais que le plus tôt…

– Je t'attends.

Pas franchement le toutou du calendrier des Postes.

Sa face trahit un ADN de batracien tout autant que de chien, il a des oreilles démesurées et droites comme celles d'une chauve-souris, elles se rabattent, pivotent et se replient au gré d'une ample gamme d'émotions. Il ne prend pas plus de place qu'un loulou de Poméranie, mais réussit à compresser douze kilos dans un volume consistant pour l'essentiel en une ossature de plomb et des muscles onduleux revêtus d'un pelage noir moucheté. Cinquante-quatre centimètres et demi de tour de cou, et une tête bosselée large de trois paumes. Ses énormes yeux noirs rayonnent d'assurance, c'est à peine s'il accorde une attention condescendante à l'existence d'autrui. Sa vision du monde est simple : la vie est un spectacle dont il est le centre d'attraction.

Quand je le sortais seul, les femmes s'empressaient : « Oh, je n'ai jamais vu de chien laid aussi beau » revenait en leitmotiv.

Cet après-midi-là, il était aussi pressé de quitter le flanc de Robin que de flairer un bol de saletés.

Je lui tendis un os à ronger, il lança un regard affligé à Robin. Elle se baissa avec un soupir.

– Tout va bien se passer, mon beau.

La croquette de viande enveloppée de film alimentaire que je dissimulais dans ma poche de chemise titilla son radar et l'attira, mais une fois qu'il l'eut avalée tout rond il opéra une retraite précipitée et se cacha derrière les jambes de Robin. Des jambes superbes.

– Regardez-moi ça, susurra-t-elle. Il veut que je me sente coupable.

– La joie d'être parents !

Spike flaira son jean. Elle portait un T-shirt de soie noire sous une veste en tapisserie. Ses boucles auburn étaient libres, son visage net et frais. Ces grands yeux marron, liquides. La ligne nette de la mâchoire, le nez fin et droit.

Ces lèvres ; ces incisives trop grandes.

– Je le prends et tu files, lui dis-je. Il va faire un foin du diable, mais tout ira bien.

– Tu as raison. (Elle prit la tête de Spike entre ses deux mains.) Écoute, chenapan. Papa va bien s'occuper de toi, tu le sais.

Comment appelait-elle Tim ? Joli-Papa ?

La grande gueule de Spike béa, crocs découverts ; une langue pourpre battit l'air.

Puis, conjurant les cieux, il hurla.

Je le cueillis dans mes bras, serrai fort son petit corps arqué contre ma poitrine tandis qu'il pleurnichait, gigotait et haletait. Autant maîtriser une boule de bowling à pattes.

– Oh, non ! gémit Robin.

– Bon voyage, Rob ! lui lançai-je.

Elle hésita, partit vers son pick-up, changea d'avis et revint sur ses pas. Jetant un bras autour de mon épaule, elle embrassa Spike en plein sur le museau.

Elle déposait un baiser sur ma joue au moment précis où Allison remontait l'allée dans sa Jaguar XJS noire.

Le toit du cabriolet était baissé et la crinière de jais d'Allison flottait au vent comme dans une publicité pour un après-shampoing. Lunettes de soleil teintées bleu, gants de pilote ajourés crème, foulard turquoise. Des éclats scintillants aux oreilles, cou, doigts, poignets : Allison ne craint pas les ornements.

Elle coupa le moteur et le bras de Robin retomba. Spike tenta d'échapper à mon étreinte et salua son échec d'un hululement à vous fendre le cœur.

– Salut, tout le monde ! lança Allison.

– Bonjour, lui répondit Robin en souriant.

Spike essaya son numéro de *ce type-là m'étrangle.*

– Regardez-moi qui est là !

Allison tapota la tête de Spike, puis m'embrassa sur la bouche. Robin se replia de quelques pas.

Spike s'immobilisa ; sa tête fit la navette entre les deux femmes.

Dire qu'on en arrive là, mon pote.

Il gémit.

Après que le pick-up de Robin eut disparu, j'entraînai Allison en haut des marches jusqu'à la terrasse, les bras chargés d'un chien qui tremblait encore. Une fois en haut, elle me regarda, moi, pas lui. Puis elle effleura ses babines d'une main hésitante.

– Voyez-moi cet amour ! J'avais oublié qu'il était si mignon…

Spike lui lécha la main.

– Tu es très, très mignon !

Comme Spike se mettait à haleter bruyamment, elle lui administra un surcroît de mamours. Il frétilla de la queue, tordit la tête en arrière et son regard s'accrocha au mien.

Un regard entendu, lourd de triomphe.

Quelques instants après, il était avachi aux pieds d'Allison, expédiant son second os à mâcher, me défiant d'approcher d'un œil torve.

Y a des gars à qui tout sourit.

Le meurtre de Mary Lou Koppel avait secoué Allison – c'était sans doute la raison pour laquelle elle avait fait un saut. Comme je mettais la cafetière en route, elle me réclama tous les détails avec insistance.

Je lui dis le peu que je savais.

– Donc, ce pourrait être un patient, conclut-elle.

– Pour l'instant tout est possible.

Ses mains se crispèrent autour de la tasse.

– Tu es inquiète, lui dis-je.

– Pas personnellement. (Elle but une gorgée.) J'ai eu des patients.. surtout des maris de patientes... qui ne m'inspiraient pas trop confiance. Mais c'était surtout il y a des années, quand j'acceptais les cas que m'envoyaient les institutions... Je pense que la mort de Mary Lou réveille quelque chose de connu. Nous croyons savoir ce que nous faisons et devenons peut-être présomptueux. Je ne parle pas seulement de moi. J'ai eu les appels de trois autres psychologues qui souhaitaient juste en parler.

– Des gens qui connaissaient Mary Lou ?

– Qui savaient que je sors avec toi et pensaient pouvoir obtenir des informations de première main. Ne t'inquiète pas, j'ai été discrète.

– Qu'est-ce qui les tracassait ?

– Notre métier, le côté imprévisible des êtres humains. Ils veulent sans doute se convaincre que Mary Lou était différente et que c'est la raison pour laquelle ça lui est arrivé.

– Ils espèrent donc qu'elle a exaspéré un maniaque des talk-shows et que ça n'a rien à voir avec sa clientèle, dis-je.

– Dans le mille ! Mais d'après ce que tu me dis, ce pourrait très bien être un patient. Quelqu'un qui a croisé le jeune Quick dans la salle d'attente.

– Vu le caractère impulsif du jeune Quick, son comportement avec les femmes, le vivier de suspects a proliféré hors de la salle d'attente.

– Mais le meurtre de Mary Lou, insista-t-elle. C'est forcément lié à son travail.

– Connais-tu le moyen d'accéder à ses dossiers de patients ? demandai-je. Je n'arrive pas à voir comment contourner le secret médical.

Elle réfléchit.

– Pas sans l'existence d'un danger précis et réel… la preuve qu'il y a une menace.

– Il n'y avait rien de cet ordre dans le dossier de Gavin. Et si quelqu'un la menaçait, elle n'en a pas pipé mot, ni à moi ni à Milo. Nous avons rendez-vous avec ses associés demain.

– Gull et Larsen.

– Tu les connais ? lui demandai-je.

– De vue l'un comme l'autre, rien de plus.

– Ton impression ?

– Gull paraît très lisse, très psy de Beverly Hills. Larsen donne plus dans le genre professeur.

– C'est sur Gull qu'on avait dirigé Gavin, lui dis-je. Comme ça n'a pas collé, Gavin est passé chez Koppel. Maintenant qu'il est mort, Gull nous dira peut-être pourquoi.

– Quel garçon perturbé ! dit-elle. Harcèlement, tentative de séduction sur sa tante…

– S'il faut en croire la tante en question, la famille est plus qu'à problèmes.

Elle but une autre gorgée de café, prit ma main et la garda.

– Au moins, toi et moi ne serons jamais au chômage.

– Ni Milo !

Spike se mit sur le dos et commença à pédaler avec ses pattes courtes.

– On dirait une tortue retournée ! s'exclama-t-elle. Que fais-tu, mon beau ? Une mise en forme pour la course de vélo ventre en l'air ?

– Il veut qu'on lui gratte l'estomac, traduisis-je.

Elle sourit et s'exécuta.

– Merci pour le décryptage. Je ne parle pas couramment le chien.

Elle cessa de le gratter et tendit la main vers sa tasse. Comme Spike protestait, elle se pencha de nouveau.

– Apprentissage au premier essai. Le conditionnement est opéré !

Elle éclata de rire, saisit la tasse, réussit à avaler une gorgée et à s'essuyer la bouche. Spike lâcha un rot, puis ronronna comme un chat. Allison craqua.

– Une vraie machine à bruits !

– Il a toutes sortes de talents.

– Combien de temps reste-t-il ?

– Deux jours.

Je lui parlai du coup de téléphone de Robin.

– C'était très sympa à toi.

– Je ne pouvais pas faire moins, lui expliquai-je. Nous avions prévu une garde conjointe, mais il a voté contre.

– Très inconséquent de sa part. Je suis sûre que tu étais un père merveilleux.

Elle se redressa, m'effleura la joue et passa un doigt sur mes lèvres.

Spike bondit sur ses pattes et aboya.

– Et voilà, soupirai-je. (À Spike :) On se calme, le clown.

– Ouh là, tu es sévère, dit Allison. Tu fais ça très bien, mon amour. Je ne t'avais pas encore vu dans ce rôle.

– Il m'oblige à me dévoiler.

– J'ai toujours voulu avoir un chien, dit-elle. Tu connais ma mère. Beaucoup trop maniaque pour supporter un poil sur le tapis. Et papa était toujours parti pour ses affaires. J'ai quand même eu une salamandre un jour. Elle s'est sauvée de sa boîte et cachée sous mon lit, et elle s'y est desséchée. Quand je l'ai retrouvée, on aurait dit un morceau de viande boucanée.

– Pauvre enfant martyre, dis-je.

– Tout à fait, une enfance tragique… encore que, pour être franche, je n'étais pas très attachée à Sally. Le côté humide et poisseux décourage les liens, tu ne crois pas ? Mais ça… (Elle caressa la tête de Spike.) Ça, je ne dis pas.

– Pas si simple.

– Comment ça ?

– Je vais te montrer.

Je me levai, me plaçai derrière elle, lui caressai et embrassai le cou. Et attendis que Spike pique une crise.

L'œil fixe. Un air de défi. Il ne bougea pas.

Le débardeur d'Allison avait une encolure en pointe. Je glissai la main dessous.

– Mmm… dit-elle. Puisque je suis là…

– Tu n'es pas juste venue pour me parler de Mary Lou.

– Si, mais quoi ?

Je pinçai doucement la pointe de son sein, elle se cambra sur son siège, retint son souffle et le laissa s'échapper dans un rire feutré. Tendant la main en arrière, elle suivit la ligne de mon corps.

– Tu as du temps ?

Je filai un regard à Spike. Impassible.

Je pris Allison par la main, la conduisis jusqu'à la chambre. Spike trottinait dix pas derrière nous. Je fermai la porte. Silence. Avant, quand c'était Robin et moi, il gémissait sans discontinuer.

Je tirai les draps, dévêtis Allison et quittai mes propres vêtements. Nous restâmes debout ventre contre ventre, le sang se précipitant dans nos veines, la peau fraîche se réchauffant. Je refermai mes mains sur ses fesses. Ses mains à elle parcouraient déjà tout mon corps.

Toujours pas de protestations derrière la porte tandis que j'entraînais Allison vers le lit.

Nous nous enlaçâmes, caressâmes, embrassâmes et j'oubliai tout sauf Allison.

Ce fut seulement lorsque je la pénétrai que les grattements et miaulements commencèrent.

Allison fut aussitôt en alerte. Couchée là, ses mains sur mes bras, ses jambes enserrant mon dos, elle écarquilla ses yeux bleus.

Nos rythmes s'accordèrent.

De l'autre côté de la porte le raffut s'intensifia.

– Oh… souffla-t-elle, sans interrompre son mouvement. Je vois… ce que tu… voulais… dire.

Je continuai, elle aussi.

Spike monta le son.

Sans succès.

XXII

Quand je me réveillai le lendemain matin à six heures, Allison était près de moi et Spike dormait par terre au bout du lit, en chien de fusil. Elle l'avait fait entrer. Pendant les deux jours qui suivirent, il ne devait même pas feindre d'être bien élevé.

Je la laissai dormir et le sortis pour qu'il vaque à ses besoins. Le matin était moite et gris, et curieusement parfumé. Des moustaches de brume descendaient en volutes des montagnes. Les arbres se dressaient telles des sentinelles noires. Trop tôt pour les oiseaux.

Je le regardai tourniquer dans le jardin, flairant et fouillant du museau. Il taquina un escargot, estima que la bestiole constituait un élément de son patrimoine gaulois qu'il préférait oublier et disparut derrière un buisson. Planté comme un piquet dans mon peignoir, frissonnant, les idées plus claires, je me demandai qui s'était senti menacé par Gavin Quick et Mary Lou Koppel au point de les assassiner. Ou alors il n'y avait pas eu l'ombre d'une menace, juste le plaisir de tuer.

Puis je me rappelai les fantasmes journalistiques de Gavin et mes questions prirent une autre direction.

Au petit-déjeuner, je ne parlai pas des meurtres à Allison. Elle partit à huit heures et demie pour son cabinet et je bricolai dans la maison. Spike montait la garde devant la télévision éteinte. Il avait toujours été un fidèle de l'écran vide : peut-être y en a-t-il un dans sa caboche. Je gagnai mon bureau et liquidai de la paperasserie. Spike arriva de sa démarche pataude et resta là à me regarder, jusqu'à ce que je me lève et aille lui chercher à la cuisine un rogaton de dinde. Cela suffit à son bonheur pendant un bon moment et, à dix heures, il dormait sur le carrelage.

Quand Milo m'appela peu après et me demanda de passer le prendre à midi pour le rendez-vous avec les Dr Gull et Larsen, je fus heureux d'entendre sa voix.

J'attendis dans la Seville devant le poste de police, laissant le moteur tourner au ralenti. Milo tardait à descendre et deux policiers en tenue m'intimèrent deux fois l'ordre de ne pas traîner dans le coin. Le nom de Milo ne disait rien au second flic, qui me menaça d'une contravention. Après avoir tourné à deux reprises autour du pâté d'immeubles, je découvris Milo qui faisait le pied de grue sur le trottoir.

– Désolé. Sean Binchy m'a harponné au moment où je partais.

Il ferma les yeux et se cala contre l'appuie-tête. Ses vêtements étaient froissés et je me demandai depuis quand il n'avait pas dormi.

Je pris par des rues latérales jusqu'à Ohio Avenue, puis orientai la Seville plein est, me battis avec les embouteillages à Sepulveda et continuai vers Overland Avenue, où je pus enfin doubler un skateboard.

Roxbury Park était situé à un quart d'heure de là, dans Olympic Boulevard, à moins de huit cents mètres à l'ouest du cabinet de Mary Lou Koppel. Encore plus près de la résidence des Quick, dans Camden Drive. Je songeai au monde rétréci qui était devenu celui de Gavin après son accident. Jusqu'à ce qu'il conduise une jolie blonde en haut de Mulholland Drive.

Milo ouvrit les yeux.

– J'adore avoir un chauffeur, me confia-t-il. Si tu leur factures le kilométrage, les services vont avoir une attaque.

– Saint Alex. Que voulait Binchy ?

– Il a trouvé un voisin de Koppel, un jeune qui habite à sept maisons de là, en haut de McConnell. Il a aperçu un monospace qui roulait au ralenti dans la rue la nuit du meurtre. Le jeune rentrait tard, vers deux heures du matin, et le monospace l'a doublé ; il allait vers le nord, s'éloignant de la maison de Koppel en direction de la sienne. Il a verrouillé ses portières, est resté dans sa voiture, et l'a vu faire demi-tour et revenir. En roulant vraiment au ralenti, comme s'il cherchait une adresse. Quand il n'a plus vu les feux arrière, le jeune a attendu encore un moment. Il est incapable de dire si le monospace s'est garé ou a juste disparu, mais il n'est pas repassé.

– Attentif, le gamin.

– Un riverain qui rentrait chez lui a été agressé de l'autre côté de Motor Avenue il y a quelques semaines et ses parents lui avaient recommandé d'être vigilant.

– Deux heures cadre avec l'estimation du coroner. Il a vu le conducteur ?

– Trop sombre. Peut-être des vitres teintées, d'après lui.

– Quel âge, le jeune ?

– Dix-sept ans. Dans la tranche d'étudiants au-dessus de la moyenne à Harvard-Westlake, d'après Binchy. Pas mauvais en voitures non plus, il a pu jurer qu'il s'agissait d'un Ford Aerostar. Noir, gris ou bleu marine, impossible de repérer des éléments personnalisés. Il n'a même pas entrevu les plaques, faut pas rêver. Une broutille, mais si nous découvrons un suspect avec Aerostar, ça deviendra un indice sympa.

– Tu avances, côté accès aux dossiers de Koppel ?

– J'ai interrogé trois procureurs adjoints, chacun m'a fait la même réponse. En l'absence de comportement violent avéré ou de menaces de la part d'un patient précis contre une personne précise, inutile d'y songer.

– Il y aurait une autre façon d'en savoir plus sur la vie privée de Gavin, lui dis-je. Il se voyait en futur journaliste, or les journalistes prennent des notes.

– Merde ! (Il se redressa et plaqua ses deux mains sur le tableau de bord, comme pour s'empêcher de basculer vers l'avant.) La porcherie qu'il appelait sa chambre. Ces monceaux de papiers… Il avait peut-être écrit quelque chose. Et je n'ai pas eu l'idée de le vérifier. Triple buse.

– C'était juste une suggestion…

– La nuit où nous lui avons notifié le décès, Sheila Quick

nous a montré la pièce. Je me sentais mal pour elle, à voir sa gêne. Je n'ai même pas pris la peine de fouiller. (Il s'enfonça les pouces dans les tempes.) C'est malin.

– Cette nuit-là, lui rappelai-je, l'affaire se présentait comme un meurtre sexuel sur le sentier des amoureux. Personne ne soupçonnait que Gavin pouvait avoir joué un rôle dans sa propre mort. Et nous ignorons encore lequel.

– Mais oui, merci pour ta sollicitude de psy, Alex, mais le fait est là : j'aurais dû retourner cette foutue chambre séance tenante. Peut-être que je perds la main… Je suis obligé de mettre des trucs par écrit sinon je ne les retiens pas. Bon, assez pleurniché. De l'action, de l'action ! Après Gull et Larsen, je refile chez les Quick. Mme Quick va adorer me voir fouiller dans les effets personnels de son fils défunt. (Il fit la grimace.) En espérant qu'elle ne les a pas largués.

– À mon avis elle n'est pas près de trouver l'énergie d'assumer cette tâche.

– La vie qu'elle mène, dit-il doucement. J'ai examiné les antécédents du mari. Le vieux Jerome s'est attiré un PV pour excès de vitesse et un autre pour ne pas s'être arrêté tout de suite. Inconnu aux Mœurs de chez nous et de ceux à qui j'en ai parlé, à Santa Monica et à West Hollywood. Donc, s'il engageait des call-girls pour lui ou Gavin, il le faisait discrètement. J'ai entré son nom dans quelques moteurs de recherche, une seule occurrence. Une réunion d'anciens du Vietnam il y a cinq ans, à Scranton, en Pennsylvanie.

À Century Park, je m'immobilisai à un feu rouge. Quelques rues après, je longeai un campus qui n'avait rien à envier à celui d'une fac, celui du lycée de Beverly Hills. Puis un parc verdoyant, de la longueur d'un pâté de maisons ; propre et bien entretenu, il avait le côté village factice impeccable à la Potemkine propre aux espaces publics de Beverly Hills.

– Prêt à endosser ta toge d'universitaire ? me lança Milo. Je leur dis qui tu es ?

– Non, reste discret. Je me contente d'écouter.

– Toujours en observateur. Sans doute une bonne idée. Bon, tourne ici dans Roxbury, continue jusqu'au bas du parc et fais le tour. Ils ont dit qu'ils nous attendraient sur l'aire de pique-nique, après l'allée latérale de Spalding, à la limite ouest. Près du terrain de jeu de la marmaille et des mamans.

Albin Larsen et un homme de plus grande taille, cheveux et costume noirs, étaient assis à une table en bois, juste de l'autre côté de la grille peinte en vert qui cernait le parc à l'ouest. Une des six tables ombragées par un bouquet de vénérables ormes de Chine. Beverly Hills traitant ses arbres comme des caniches de concours, les ormes avaient été taillés en parasols verts et intimidants. Les psychologues avaient choisi un emplacement juste au nord d'un tas de sable, où les bambins gambadaient sous le regard attentif des mères et des nurses. Ils tournaient le dos aux enfants.

Je trouvai à me garer en face de la grille verte. Des 4 × 4 et des monospaces monopolisaient la plupart des autres places de stationnement. Exception faite de deux Mercedes 190, grises l'une comme l'autre, positionnées à couple. Les voitures que j'avais vues sur le parking de l'immeuble de Koppel. Même modèle que celle de Jerome Quick.

– Lui et sa Benz, dit Milo.

– Ils travaillent ensemble, mais sont arrivés séparément, ajoutai-je.

– En clair ?

– En clair, allons voir.

Comme Larsen et Gull n'avaient pas remarqué notre présence, nous restâmes un instant à les observer. Ils se parlaient en mangeant. Conversation restreinte, aucune émotion visible.

– C'est parti, dit Milo.

Quand nous fûmes à dix mètres, les deux hommes nous remarquèrent et abandonnèrent leurs fourchettes en plastique. La tenue d'Albin Larsen correspondait au style de vêtements qu'il portait le jour où Mary Lou ne s'était pas montrée à son cabinet : gilet de laine, marron celui-là, chemise ocre en lin et cravate verte en lainage. Le costume noir de Franco Gull était en crêpe à texture fine, avec des revers de veste étroits. Il portait en dessous une chemise Nehru blanche, boutonnée jusqu'au cou Alliance et montre en or.

Large carrure et allure puissante, Gull se signalait par un nez de boxeur et un gros visage brutal qui réussissait à être beau. Une masse de cheveux noirs et ondulés, mouchetés de gris acier. Un menton qui précédait le reste de sa personne de deux bons centimètres. Des sourcils débroussaillés traçaient un arc au-dessus de lunettes de soleil aux verres fumés gris et il avait la peau rosée.

Un peu plus jeune que Larsen – le milieu de la quarantaine. Quand nous arrivâmes à la table, il ôta ses lunettes et nous montra de grands yeux sombres. Des yeux tristes marqués de poches sales. Ils lui donnaient deux ans de plus et suggéraient un être porté sur la méditation.

Il mangeait quelque chose de chinois à même le carton du traiteur. Des crevettes nageant dans une sauce écarlate, avec du riz sauté et des mini-rouleaux de printemps en accompagnement. Le déjeuner d'Albin Larsen consistait en un assortiment de salades vertes empilées dans un bol en polystyrène. Les deux hommes buvaient du thé glacé en boîte.

– Bonjour, dit Larsen avec un petit salut de tête guindé.

Gull tendit une main. Il avait des doigts énormes.

Les deux hommes étaient à l'ombre, mais la sueur perlait au front de Gull. Trop épicées, les crevettes ?

Milo et moi enlevâmes la poussière et les feuilles d'arbre tombées sur le banc et nous assîmes. Larsen se remit à manger. Gull nous sourit sans trop savoir sur quel pied danser.

– Merci d'avoir pris sur votre temps, messieurs, dit Milo. Ce doit être dur, au cabinet.

Larsen leva les yeux de sa salade. Aucun des deux ne répondit.

– Les patients du Dr Koppel, reprit Milo. Avoir à leur expliquer....

– Oui, admit Larsen. La vulnérabilité...

– Heureusement, embraya Gull, le nombre n'a rien d'excessif. À la différence de nos confrères psychiatres, nous n'avons jamais plus de quarante, cinquante patients, quel que soit le moment. Albin et moi nous sommes répartis les thérapies en cours et les avons tous contactés personnellement. Il y a aussi les anciens patients, mais nous avons du mal à les localiser. Mary ne conservait pas de dossiers au-delà d'un an.

Il avait une voix douce et moelleuse, mais parler semblait l'essouffler. Il s'épongea le front. La sueur ne cédait pas.

– C'est l'habitude ? demanda Milo. De détruire les dossiers ?

– Chaque thérapeute fait comme il l'entend.

– Comment procédez-vous, le Dr Larsen et vous ?

– Je garde les dossiers deux ans. Et toi, Albin ?

– Cela dépend, dit Larsen, mais en général c'est à peu près ça.

– Le cabinet n'a pas de politique de groupe, résuma Milo.

– Nous n'avons pas un statut de groupe, expliqua Larsen. Nous partageons une suite de bureaux.

– Que vont devenir les patients en traitement avec le Dr Koppel ?

– Ceux qui décident de poursuivre leur thérapie avec Albin ou moi sont libres de le faire. S'ils préfèrent une femme, nous les orientons vers qui de droit.

– Plutôt organisé, on dirait.

– Les circonstances nous y obligent. Comme l'a dit Albin, nous avons à faire face à leur grande vulnérabilité. Quoi de pire pour un individu en état de demande qu'être laissé à lui-même du jour au lendemain ? (Gull hocha la tête avec incrédulité, ses cheveux ondulés accrochant la lumière.) C'est un cauchemar pour eux et pour nous. Incroyable.

– Le meurtre du Dr Koppel.

Les yeux de cocker de Gull s'amenuisèrent.

– Est-il question d'autre chose ?

Albin Larsen éperonna une tomate, sans la manger.

– C'est une perte immense, reprit Gull. Pour ses patients, pour nous, pour... Mary était vibrante, brillante, dynamique. Elle m'a beaucoup appris, inspecteur. C'est dur de comprendre qu'elle nous a vraiment quittés.

Il lança un coup d'œil à Larsen.

Larsen taquina une feuille de laitue.

– S'éteindre ainsi, dit-il. (Il s'essuya les yeux.) Nous avons perdu une amie chère.

– Avez-vous une idée de qui a fait ça ? demanda Gull.

Milo posa ses coudes sur la table de pique-nique.

– Je sais, messieurs, que vous êtes liés par le secret professionnel, mais une menace plausible annule l'obligation de confidentialité. Connaissez-vous, l'un ou l'autre, un patient qui ait menacé le Dr Koppel ? Qui lui en voulait profondément ?

– Un patient ? dit Gull. Pourquoi aller croire une chose pareille ?

– Je ne crois rien, docteur. Je vérifie toutes les pistes.

– Non, dit Gull. Il n'y a aucun patient de cet acabit. Absolument aucun.

Il saisit à tâtons une autre serviette et se tamponna le front une fois de plus.

Milo lança un regard à Albin Larsen. Lequel fit non de la tête.

– Le Dr Koppel traitait des gens perturbés. Ça paraît logique de commencer par là, dit Milo.

– Logique dans l'abstrait, lui répondit Gull, mais le raisonnement ne s'applique pas à notre clientèle. Mary ne traitait pas de sociopathes.

– Qui, alors ? demanda Milo.

– Des gens souffrant de difficultés d'ajustement ordinaires, dit Gull. Anxiété, dépression, ce qu'on appelle des névroses. Et des individus foncièrement équilibrés confrontés à des choix difficiles.

– Conseils en orientation professionnelle ?

– Tous types de conseils, dit Gull.

– Vous ne parlez plus de névrosés, c'est ça ?

– Nous évitons les étiquettes, inspecteur. Nous refusons de stigmatiser. La thérapie n'est pas un traitement dans le sens où l'est une procédure médicale, celle du médecin effectuant un acte sur un patient passif. Elle est d'ordre contractuel. Nous nous voyons comme les partenaires de nos patients.

– Thérapeute et patient faisant équipe.

– Exactement.

– Des difficultés d'ajustement, répéta Milo. Vous êtes sûrs et certains qu'il n'y avait pas d'individus dangereux dans la clientèle du Dr Koppel ?

– Mary n'aurait pas aimé travailler avec des individus violents, dit Albin Larsen.

– Et elle ne faisait que ce qu'elle aimait ?

– Mary était très demandée. Elle pouvait choisir ses patients.

– Pourquoi n'aurait-elle pas aimé travailler avec des individus violents, docteur Larsen ?

– Mary était très attachée à la non-violence.

– Nous le sommes tous, docteur, mais ça ne signifie pas pour autant que nous soyons à l'abri des côtés les plus hideux de la vie.

– Le Dr Koppel était capable de s'en protéger, dit Larsen.

– Vraiment ? lui lança Milo.

– Oui.

– J'ai entendu des enregistrements d'émissions à la radio où le Dr Koppel parlait de la réforme des prisons.

– Ah ! s'exclama Larsen. Je crains que ce ne soit le fait de mon influence. J'étais présent aussi ?

– Je ne crois pas, docteur.

Larsen fit une bouche en cul-de-poule.

– C'est un sujet auquel je l'avais amenée à s'intéresser. Pas au sens clinique. Elle était très ouverte aux réalités sociales et portait un intérêt de chercheur, mais aussi d'être humain aux questions sociétales. Mais, dans sa pratique, elle se concentrait sur les problèmes ordinaires des gens ordinaires. Des femmes surtout. Ceci pour répondre à l'hypothèse selon laquelle le meurtrier serait un de ses patients.

– C'est-à-dire, docteur Larsen ?

– Les crimes violents sont habituellement commis par des hommes.

– Vous vous intéressez à la psychologie criminelle ? lui demanda Milo.

– Seulement à la rubrique des faits divers, répondit Larsen.

– Albin est trop modeste, dit Franco Gull. Il s'est distingué dans la défense des droits de l'homme.

– Avant d'opter pour une pratique libérale, lançai-je.

Larsen me décocha un regard.

– On fait ce qu'on peut en fonction des circonstances.

– Les droits de l'homme ne règlent pas les factures, dit Milo.

Larsen se tourna vers lui.

– Je dois dire, hélas, que vous voyez juste, inspecteur.

– Donc, dit Milo, pas de psychopathe dans les patients du Dr Koppel.

Un constat, pas une question, et les deux psychologues gardèrent le silence. Albin Larsen avala un lambeau de laitue. Franco Gull consulta sa montre en or.

Milo sortit la photo de la blonde.

– L'un de vous la connaît-il ?

Larsen et Gull étudièrent le cliché de la morgue. Les deux hommes firent signe que non.

Gull s'humecta les lèvres. La sueur perla en haut de son nez. Il l'essuya d'un geste irrité.

– Qui est-ce ? demanda-t-il.

– Était-ce, rectifia Larsen. Elle est morte, indiscutablement. (À Milo :) Ceci a-t-il un lien avec la mort de Mary ?

– Nous ne le savons pas encore, docteur.

– Mary connaissait cette fille ? demanda Gull.

– Ça aussi, nous l'ignorons, docteur. Donc, aucun de vous deux ne l'a vue aux abords du cabinet.

– Jamais, dit Gull.

Larsen fit non de la tête. Tirailla un bouton de son gilet.

– Inspecteur, y a-t-il quelque chose que nous devrions savoir ? Pour notre propre sécurité ? demanda-t-il.

– Vous craignez quelque chose ?

– Vous venez de nous montrer la photo d'une morte. Je suppose que, d'après vous, sa mort est liée à celle de Mary. Que se passe-t-il exactement ?

Milo rempocha la photo.

– Je peux seulement vous conseiller de prendre les précautions habituelles. Si l'un ou l'autre pensez à un patient pouvant présenter un risque… ou à quelqu'un de suspect dans l'entourage du Dr Koppel… mieux vaut m'en informer.

Il croisa les jambes et porta son regard sur les enfants qui s'amusaient. Une camionnette de marchand de glaces remonta l'allée et fit tinter sa cloche. Quelques enfants commencèrent à tendre le doigt et à sauter avec excitation.

– Y a-t-il autre chose ? demanda Franco Gull. J'ai un après-midi entièrement pris.

– Juste quelques questions encore, dit Milo. Sur la structure de votre association avec le Dr Koppel.

– Albin vous l'a dit, il ne s'agit pas d'un cabinet de groupe au sens propre, dit Gull. Nous partageons des bureaux.

– Arrangement purement financier ?

– Ma foi, dit Gull, je ne le réduirais pas qu'à ça. Mary était une de nos grandes amies.

– Que devient le bail, maintenant que le Dr Koppel est morte ?

Gull le regarda fixement.

– J'ai besoin de le savoir, dit Milo.

– Albin et moi n'avons pas évoqué le sujet, inspecteur. Pour l'instant, nous nous occupons de prendre en charge les patients de Mary Lou.

Il regarda Larsen.

– Franco, dit-il, je serais d'avis que toi et moi reprenions la part de Mary Lou, dit-il.

– Tout à fait, lui répondit Gull. (Puis, s'adressant à nous :) Ce n'est pas la mer à boire. Le loyer est raisonnable et la part de Mary Lou était inférieure à la nôtre.

– Pourquoi ça ?

– Parce que c'est elle qui avait trouvé l'immeuble, obtenu des conditions de bail privilégiées et supervisé tous les travaux de remise en état.

– Une bonne négociatrice, dit Milo.

– Oh oui, dit Larsen. D'autant que son savoir-faire a bénéficié du fait que l'immeuble appartient à son ex-mari.

– Ed Koppel ?

– Tout le monde l'appelle Sonny, dit Gull.

– Locataire de son ex, dit Milo.

– Mary et Sonny s'entendaient bien, expliqua Gull. Le divorce remontait à des années. Un divorce par consentement mutuel.

– Pas l'ombre d'un problème ?

– Il nous a consenti un bail très avantageux. Ça vaut tous les discours, non ?

– Je suppose, dit Milo.

– Vous ne trouverez personne connaissant bien Mary Lou pour vous dire du mal d'elle, enchaîna Gull. Une femme fabuleuse. C'est vraiment dur pour nous.

Son menton tremblait. Il remit ses lunettes de soleil.

– Certainement, dit Milo. Je compatis à votre douleur.

Il ne bougea pas.

– Autre chose ? demanda Larsen.

– Une formalité, messieurs, mais où étiez-vous l'un et l'autre la nuit du meurtre ?

– Chez moi, dit Gull. Avec ma femme et mes enfants.

– Combien d'enfants ?

– Deux.

On sortit le calepin.

– Et où habitez-vous, docteur ?

– Club Drive.

– Cheviot Hills ?

– Oui.

– Donc, vous et le Dr Koppel étiez voisins ?

– Mary Lou nous a aidés à trouver la maison.

– Par l'intermédiaire de M. Koppel.

– Non, dit Gull. À ma connaissance, Sonny ne s'occupe que de locaux commerciaux. Mary savait que nous cherchions une adresse de prestige. En se promenant, elle a avisé l'écriteau À VENDRE et s'est dit que ça correspondait peut-être à nos besoins.

– Ça remonte à quand ?

– Un an… quatorze mois.

– Avant, vous viviez…

– À Studio City, dit Gull. Quel rapport avec… ?

Milo se tourna vers Larsen.

– Et vous, monsieur ? Où étiez-vous cette nuit-là ?

– Chez moi aussi, répondit Larsen. J'habite un appartement dans Harvard Street à Santa Monica, au nord de Wilshire.

Il donna son adresse d'une voix douce, lasse.

– Vous vivez seul ?

– Je vis seul. (Il sourit.) J'ai lu et je suis allé me coucher. Je crains que personne ne puisse le confirmer.

Milo lui retourna son sourire.

– Lu quoi ?

– Sartre. *La Transcendance de l'ego.*

– Léger en diable.

– Parfois la difficulté stimule.

– Vous l'avez dit, lui rétorqua Milo. Croyez-moi, c'est le cas, avec cette enquête.

Larsen ne répondit pas.

Franco Gull consulta de nouveau sa montre.

– Je dois vraiment regagner le cabinet.

– Encore une question, dit Milo. Je sais que vous ne pouvez pas me confier les secrets insondables des patients pour des raisons de déontologie. En revanche, j'ai une question à laquelle vous êtes autorisés à répondre. Un de vos patients conduit-il un mini-monospace Ford Aerostar ? Noir, bleu foncé, voire gris ?

Au-dessus de nous, la frondaison des ormes bruissait, et l'air porta jusqu'à nous le vacarme joyeux et aigu des enfants. Le marchand de glaces fit tinter sa cloche et la camionnette s'éloigna.

– Un de nos patients ? répéta Albin Larsen. Non, je n'ai jamais remarqué.

Son regard dévia vers Gull.

– Moi non plus. Aucun patient que je connais ne roule dans ce genre de véhicule. En tout cas, pas à ma connaissance. Je suis dans mon bureau quand ils se garent, je ne sais pas ce qu'ils conduisent… sauf s'il en est question dans la thérapie.

Son front luisait de sueur.

Milo nota quelque chose dans son calepin et le referma.

– Merci, messieurs. Ce sera tout pour le moment.

– Parce que ce n'est pas fini ? dit Gull.

– Tout dépendra des indices que nous trouverons.

– Des empreintes ? demanda Gull. Ce genre de choses ?

– Ce genre de choses, oui.

Gull se leva avec tant de précipitation qu'il faillit perdre l'équilibre.

– Normal, dit-il.

Larsen se leva à son tour. Gull le dépassait d'une tête et d'une trentaine de centimètres en carrure. Du foot au lycée, peut-être à l'université.

Nous regardâmes les deux bonshommes se diriger vers leurs Mercedes.

– Intéressant, non ? dit Milo.

XXIII

– Tout en eau, ce coco, marmonna Milo en appelant les Immatriculations.

Il ne lui fallut pas longtemps pour obtenir les données. Trois véhicules étaient enregistrés au nom de Franco Gull, domicilié dans Club Drive. Une Mercedes de deux ans, une Corvette 63 et un Ford Aerostar 1999.

– Hé-hé…

Il sortit le guide Thomas de ma boîte à gants, trouva la page du plan et y planta son index.

– La maison de Gull n'est qu'à quelques rues de celle de Koppel. Donc, le fait qu'une de ses voitures roule dans le voisinage n'a rien de suspect Mais, d'après le témoin, le monospace s'éloignait de sa rue. Semblait chercher quelque chose.

– Faire la navette au ralenti à deux heures du matin n'est pas un comportement de voisin, mais de rôdeur.

– Un psy à problèmes dans le secteur. Intéressant, non ?

– Un psy sur lequel les tribunaux orientent les coupables de harcèlement. Gavin découvre quelque chose, lâche Gull et passe à Koppel.

– Gull en maraude à proximité du domicile de Koppel, dit-il. Elle ne l'aurait pas toléré. Gavin lui en parle, et ce faisant met le feu à la poudrière.

– Par ailleurs… dis-je.

– Par ailleurs quoi ?

– Trois véhicules chez les Gull. La Mercedes pour lui et une

Corvette pur jus pour les joies du week-end. Ce qui laisse l'Aerostar à l'épouse.

– Une épouse soupçonneuse, continua Milo. J'y suis : Gull et Koppel avaient une liaison.

– Quand tu as parlé indices, Gull t'a renvoyé empreintes. Ça m'a frappé car il n'y avait aucun rapport avec ce qu'on disait. Il sait peut-être qu'on trouvera les siennes dans les relevés que tu as effectués chez Koppel.

– Pas seulement associés. Pas seulement voisins. Elle lui déniche une maison à proximité, c'est plus facile pour faire un saut chez elle et copiner. Mme G. a des soupçons et rôde dans le coin à deux heures du matin. Histoire de voir. Pas étonnant que le bonhomme sue comme s'il courait le marathon.

– Tu seras fixé rapidement, lui dis-je. Comme il a un permis de conduire de l'État, ses empreintes sont dans les fichiers.

Il ouvrit le petit portable bleu.

– J'appelle les scientifiques. En attendant, on fait une petite visite à Madame.

– Tu ne voulais pas effectuer des fouilles dans la chambre de Gavin ?

– Ça aussi, dit-il, mais plus tard. (Un grand sourire.) Soudain, j'ai de quoi m'occuper.

La résidence des Gull donnait dans le style Tudor. Pas très différente de celle de Mary Lou Koppel, elle était un peu moins imposante et se trouvait sur un terrain plat sans vue. Gazon digne d'un stade, les sempiternelles plates-bandes d'impatiens, un jeune liquidambar commençant à peine à rougir, fiché dans le trou abandonné par une souche plus large.

L'Aerostar stationnait dans l'allée. Bleu foncé. Deux autocollants : MON ENFANT EST EN TÊTE DE CLASSE À WILD ROSE ! et ALLEZ LES LAKERS !

Une employée hispanique réagit au coup frappé à la porte par Milo. Il demanda *« La señora por favor »*, à quoi l'intéressée répondit *« Un momento »* et referma la porte. Celle-ci se rouvrit sur une femme blonde de petit gabarit et mince comme un fil, les cheveux réunis en queue-de-cheval. La trentaine, elle semblait avoir l'esprit ailleurs. La plaque de Milo n'y changea rien. Elle continua à nous regarder comme si nous n'existions pas.

Blondeur de lin, yeux bleu glacier, ossature menue, traits ravissants. Même immobile, elle paraissait gracieuse. Mais d'une minceur alarmante ; sa peau en devenait presque transparente, et son survêtement noir en éponge velours flottait. Un maquillage étudié ne parvenait pas à dissimuler les bords rougis de ses yeux.

– Madame Gull, dit Milo.

– Patty.

– Pouvons-nous entrer ?

– Pourquoi ?

– Il s'agit d'un crime survenu récemment dans le quartier.

Une main gracile pianota sur l'autre main.

– Non, une nouvelle agression à Rancho Park ?

– C'est plus grave, madame. Et je crains que vous ne connaissiez la victime.

– Elle, lâcha Patty Gull.

Sa voix avait baissé d'un ton, et toute trace d'indifférence avait disparu. Ses mains se séparèrent, tombèrent, agrippèrent ses hanches. Sa mâchoire inférieure se projeta vers l'avant. Malgré ses traits fins et aquilins, un rictus de molosse se plaqua sur son visage.

– Je vous en prie, dit-elle.

Le séjour avait des persiennes en bois et était lambrissé de chêne si foncé qu'on l'aurait cru noir. Le décor semblait avoir été mis en place en une seule journée par un inconditionnel des bons usages pressé par le temps et disposant d'un petit budget : copies d'ancien hétéroclites, gravures équestres sous verre, le genre de natures mortes qu'on chine aux Puces. Un assemblage disparate de chintz à fleurs, de bibelots en cuivre trop neuf et de surfaces faussement patinées par le temps trahissait d'autres tentatives visant à recréer une ambiance « vie au manoir ». Sinon, la pièce se continuait par un couloir jonché de jouets et autres fouillis juvéniles.

Patty Gull s'assit sur le bord d'un canapé hyper-rembourré, et nous lui fîmes face dans des bergères assorties. Elle s'empara d'un coussin à pompons et le tint serré contre son ventre, comme une bouillotte.

– J'ai remarqué l'autocollant sur votre pare-chocs. Il y a un supporter des Lakers dans la famille ?

– Moi, dit-elle. J'ai été pom-pom girl du club. Quand j'étais jeune et jolie.

– Il n'y a pas si longtemps...

– Inutile de me faire du plat, dit Patty Gull. J'aime à croire que je suis bien conservée, mais j'aurai quarante ans dans deux ans et j'ai bousillé mon corps à donner deux superbes enfants à mon mari. Il m'en remercie en baisant toutes les femmes qui se présentent.

Nous gardâmes le silence.

– C'est un cavaleur de première, inspecteur, reprit-elle. J'aurais aussi bien pu me mettre en ménage avec un joueur de basket. Chacun sur le banc de touche. (Son rire menaçait de se briser.) J'étais une pom-pom girl vertueuse, je rentrais à la maison après les matchs, ne sortais pas et me cramponnais à mes options morales. Une bonne petite catholique, censée faire le bon choix. J'ai épousé un psychologue, je croyais limiter les risques.

Elle tapa sur le coussin à glands pour le remettre en forme. L'expédia de côté et s'entoura étroitement de ses bras.

– Madame Gull...

– Patty. C'est fait, il appartient au passé.

– Vous songez à divorcer ?

– Peut-être, dit-elle. On fait le point, on se dit : « Voilà ce que je dois faire », ça tombe sous le sens. Ensuite, on fait marche arrière et toutes les complications vous tombent dessus. Les gamins, les sous, c'est toujours la femme qui se fait flouer, côté fric. Je suis restée en dehors des affaires de Franco. Il pouvait mettre de côté n'importe quoi, je ne l'aurais pas su.

– Avez-vous vu un avocat ?

– Pas officiellement. J'ai une amie qui est avocate. Pom-pom girl des Lakers elle aussi, mais, contrairement à moi, elle a été assez maligne pour aller jusqu'au bout de ses études. J'ai toujours voulu avoir un MBA, travailler dans le monde des affaires. Peut-être le monde sportif, j'adore le sport. Au lieu de quoi… (Elle leva les mains en signe d'impuissance.) Pourquoi est-ce que je vous raconte tout ça ? Vous êtes là pour elle.

– Le Dr Koppel.

– Le Dr Mary-Lou-Koppel-qui-baise-le-mari-d'une-autre ! Vous pensez que Franco l'a tuée ?

Elle étudia ses ongles.

– Devrais-je le penser, madame Gull ?

– Probable que non. On a dit dans le journal qu'elle a pris une balle et Franco ne possède aucune arme et n'a aucune idée de comment on s'en sert. En plus, il n'était pas avec elle cette nuit-là. Je le sais parce que je me suis levée au milieu de la nuit et que je suis allée tourner en voiture autour de chez elle en cherchant sa voiture à lui, et elle n'y était pas.

– Quelle heure était-il, madame ?

– Pas loin de deux heures. Je suis partie me coucher à dix heures, comme toujours. Ma vie de bâton de chaise ! Franco est rentré avant que j'aie eu le temps de m'endormir et on s'est disputés une fois de plus, il est reparti et je me suis endormie. Quand je me suis réveillée et que j'ai vu qu'il n'était pas là et qu'il était près de deux heures, j'ai vraiment perdu les pédales.

– Parce qu'il n'était pas rentré.

– Parce qu'il n'avait même pas de remords ! explosa-t-elle. Vous avez de gros problèmes, vous dites avoir des remords et, ensuite, vous recommencez à vous disputer. Que faites-vous ? Vous venez trouver votre femme à deux genoux et vous la suppliez de vous pardonner ! C'est ça, une attitude constructive. Aimer, donner. C'est ce que Franco conseillerait à un patient ! Et lui ? Il tourne les talons, coupe le téléphone de sa voiture et disparaît !

– Donc, vous êtes partie à sa recherche.

– Sans hésiter.

– En pensant que le Dr Gull serait avec le Dr Koppel.

– Docteur par-ci, docteur par-là. À vous entendre on se croirait à un colloque ! Il la baisait, oui ! Je les avais déjà trouvés ensemble. (Elle tendit la main vers le même coussin, le saisit vivement, le fit rebondir sur un genou osseux.) Ce porc et sa salope n'ont même pas fait l'effort d'être discrets ! Nous vivons à quatre rues de distance. Je veux dire… on loue une chambre, pour l'amour du ciel, on ne souille pas son nid !

– Vous les avez trouvés chez elle ?

– Cette question !

– Quand ?

– Il y a un mois. Ceci, après que Franco m'avait promis de régler son problème.

– De coureur de jupons.

Elle parut scandalisée en entendant répéter ses propres mots.

– Euh… oui. Il l'a toujours été ; ç'a toujours été difficile. J'ai été plus patiente que Mère Teresa, on devrait me canoniser. Et après, je le trouve avec elle. C'était trop… elle n'était même pas bandante ! Là, on aborde une autre façon de me jeter ça à la figure !

– Comment les avez-vous découverts ? demanda Milo.

– Oh, vous allez adorer ! dit Patty. Absolument génial. Franco m'avait ressorti son laïus habituel, qu'il travaillerait tard. Ensuite, il me fait appeler par sa messagerie juste avant neuf heures pour me dire qu'il ne peut pas se libérer, qu'il rentrera encore plus tard que prévu. J'ai su tout de suite que ce n'était pas normal. Franco ne prend pas de cas désespérés. Il se contente surtout de tenir la main à des garces friquées de Beverly Hills qui ne savent pas quoi faire de leur temps. J'ai donc décidé de prendre la voiture et d'aller lui dire son fait au cabinet. Il arrive un moment où ça suffit, d'accord ? J'ai dit à Maria de garder les enfants et j'ai filé vers le cabinet, et quelque chose, je ne sais pas quoi, m'a fait prendre par McConnell. Parce que c'est au nord, et logiquement sur le chemin. Et je passe devant chez elle et qu'est-ce que je vois ? Sa voiture à lui. Garée devant ! C'est du culot, non ?

– Plutôt flagrant.

– Je me gare, j'escalade ces foutues marches à toute vitesse jusqu'à son jardin de derrière, et je les vois, dans sa pièce du fond. Elle a un de ces grands écrans de télé, et il y avait une vidéo porno, et apparemment cette salope et ce porc avaient envie de batifoler, ils imitaient toutes les cochonneries qu'ils regardaient !

– Hou là, dit Milo.

– Hou là, comme vous dites ! Ils n'avaient même pas pris la peine de fermer la porte, si bien que je suis entrée, je suis passée à côté d'eux, et ils étaient tellement occupés par ce qu'ils faisaient qu'ils ne m'ont même pas entendue ! C'est juste quand j'ai éteint la télévision qu'ils ont ouvert les yeux.

Elle ferma les siens. Elle se souvenait.

– Alors là, je me suis régalée, dit-elle. La tête qu'ils faisaient. Leur façon de me regarder !

– Sous le choc, dit Milo.

– Au-delà du choc. (Elle sourit.) Comme si quelqu'un d'une autre planète – d'une autre galaxie, oui ! – avait atterri en ovni dans cette pièce. Et moi, je suis restée là, mes yeux leur disaient qu'ils étaient des êtres méprisables et pris en flagrant délit, et qu'ils auraient beau faire, ils n'y changeraient rien. Sur quoi je suis partie et je suis rentrée à la maison. Vingt minutes après, Franco a rappliqué, à le voir on aurait cru qu'il avait le cancer. J'ai verrouillé la porte et l'ai empêché d'entrer, et je lui ai dit que s'il essayait quand même, j'appelais la police. Il est parti, il savait que je l'aurais fait, il n'insiste jamais. Je ne l'ai pas revu avant le lendemain. Il est allé travailler, a fait son boulot de bon petit psychologue, et quand il est rentré, il a essayé de me parler avec son ton de psychologue. Si je l'ai laissé entrer, c'est que j'avais parlé avant à mon amie avocate, et qu'elle m'avait un peu calmée.

– Elle vous a conseillé de ne pas entamer de procédure.

– J'étais prête à le faire, sincèrement, mais elle m'a dit que la vie se compliquerait plus vite que je ne pouvais l'imaginer. J'ai donc laissé ce salaud rentrer à la maison ; mais je refuse qu'il me touche et je ne lui parle que si les enfants sont là.

– C'était il y a un mois, dit Milo. Entre cet épisode et la nuit où le Dr Koppel a été tuée, êtes-vous passée en voiture devant sa maison ?

– Tout le temps.

– C'est-à-dire ?

– Un jour sur deux, lui répondit Patty Gull. Au moins. Des fois, tous les jours. C'est sur mon chemin quand je vais faire des courses ou autre, alors pourquoi m'en priver ? Si je veux vraiment divorcer, j'ai intérêt à accumuler des preuves, non ? Mon amie dit que même dans un divorce par consentement mutuel, plus on en a, mieux on se porte.

– Avez-vous revu sa voiture là-bas depuis ?

– Non, dit-elle. Malheureusement. Ils faisaient peut-être ça au cabinet. Ou dans un motel.

Elle ferma fort les yeux.

– Vous pensez vraiment qu'ils ont poursuivi leur liaison après que vous les avez découverts ?

Ses yeux papillotèrent.

– Franco est comme ça… Il baise à tout-va. C'est un malade.

– Combien d'autres femmes a-t-il…

– Non, le coupa Patty Gull. Je refuse de vous suivre sur ce terrain. La vie privée, ça existe.

– Certaines étaient-elles ses patientes ? demanda Milo.

– Je n'en sais rien. La profession de Franco, c'était son territoire. Aux termes du contrat.

– Du contrat.

– Notre contrat de mariage. J'ai renoncé à ma carrière et à ma vie entière pour lui, et j'ai eu des enfants. Lui courait la gueuse et pourvoyait à nos besoins.

– Pourvoyait bien ?

Elle agita une main languissante, montrant la pièce sombre et l'imprimé fleuri.

– Il n'a pas mal réussi.

– La maison est agréable.

– Je l'ai conçue moi-même. J'envisage de reprendre mes études et de m'intéresser à la décoration.

– Madame Gull, pour ce qui est d'autres femmes…

– Je vous ai dit que je refusais de vous suivre sur ce terrain, d'accord ? Ça change quoi ? J'ignore s'il s'envoyait ses patientes. Je sais en revanche qu'elle, il la baisait. Mais il n'a pas tué cette garce. Je vous l'ai dit, il n'était pas là-bas cette nuit-là. Et il n'a pas de cœur au ventre.

– Où était-il cette nuit-là ?
– À l'hôtel, j'ai oublié le nom… demandez-le-lui.
– Comment le savez-vous ?
– Parce qu'il m'a téléphoné et laissé son numéro de chambre. J'ai rappelé et il y était… l'hôtel à l'angle de Beverly et de Pico, un Ramada, j'ignore ce que c'est devenu.
– De quoi avez-vous parlé ?
– Rien de très joli, dit-elle. Maintenant, partez, j'ai à faire.
– Ne le prenez pas mal, madame, mais où étiez-vous…
– Je n'ai pas tué cette salope non plus. Les armes me terrifient, je n'en ai jamais touché une seule. Un point que nous avons en commun, Franco et moi. Nous sommes pour l'interdiction des armes à feu, nous détestons ce que les armes ont fait à notre pays. Et puis cette nuit-là Franco n'était pas là-bas avec elle, pourquoi aurais-je pris la peine d'aller voir cette salope ?
– Vous aviez des raisons d'en vouloir au Dr Koppel. Pourquoi ne pas avoir une petite conversation avec elle ?
– À une heure pareille ?
– Vous étiez bien dehors à cette heure-là.
– Cinq minutes, le temps de faire l'aller-retour. Juste pour vérifier. J'ai cherché la Benz de Franco, je ne l'ai pas vue, je suis rentrée, j'ai pris un Ambien et j'ai dormi comme un bébé.
Milo garda le silence.
– Inspecteur, si la rancœur était un motif suffisant, je serais en train de tuer des tonnes de femmes, pas seulement elle. (Elle se mit à rire, cette fois avec une joie sincère.) Je serais une tueuse en série !

On passa à la photo de la blonde.
– La connaissez-vous, madame ?
Le panache du petit soldat s'effondra. Sa bouche s'ouvrit et sa mâchoire trembla.
– Est-elle… elle est… n'est-ce pas ?
– Oui. La connaissez-vous ?
– Oh non, bien sûr que non… Est-elle une des… Franco l'a-t-il…

– Pour le moment nous ignorons qui elle est.

– Alors pourquoi me montrer ça ? Remballez cette photo, c'est atroce !

Comme Milo allait s'exécuter, elle tendit vivement la main et l'empêcha de remettre le cliché dans sa poche.

– Elle me ressemble. Pas aussi jolie que moi au même âge. Mais jolie, une jolie fille.

Elle posa la photo sur ses genoux, incapable d'en détacher son regard.

– Elle me ressemble vraiment. C'est… c'est l'horreur.

XXIV

Nous laissâmes Patty Gull dans la pièce qu'elle avait décorée.

– Terrifiante, la dame, lâcha Milo une fois dehors. Est-ce que moi, je ruisselle ?

– Elle déteste son mari, mais est certaine qu'il n'a pas tué Koppel et lui fournit ce qu'elle juge être un alibi. Mais qu'elle n'ait pas vu la voiture de Gull devant chez Koppel la nuit du meurtre ne prouve rien. Il y a un garage à deux places, il aurait pu s'y garer. Surtout après s'être fait prendre une fois. Ou alors il aura veillé à se garer à plusieurs rues de là. Troisième possibilité : il est descendu dans un hôtel et a pris un taxi.

– Bordel, il aurait pu y aller à pied, deux kilomètres, c'est rien. (Nous nous dirigeâmes vers la voiture.) S'il a vraiment appelé un taxi, je peux le savoir. Est-ce que Gull t'intéresse autant que moi ?

– Il est assez malin pour dissimuler sa trace comme notre homme l'a fait. Et même si Patty exagère, ses états de coureur invétéré sont intéressants. Et aussi, Gavin et lui n'avaient pas d'atomes crochus. Et s'il y avait plus qu'une relation thérapeutique déficiente ? Si Gavin avait appris quelque chose qui faisait de lui un danger pour Gull ?

– Il s'envoie une patiente, dit-il. Gavin le découvre… rôde autour du cabinet, devient obsessionnel. Il souhaitait exhumer les scandales, il en a un. Mais pourquoi Gull aurait-il tué Koppel ? Ils étaient amants.

– Peut-être que ses transgressions à elle n'allaient pas jusqu'au meurtre. Elle a compris ce qui était arrivé à Gavin et a menacé

Gull de le dénoncer. Ou bien Gull pouvait tirer un trait sur cette liaison. Ou les deux.

– Un type maître de ses émotions.

– Pas tellement, lui fis-je remarquer. Il transpire pour un rien. Non, je parle d'un bonhomme anxieux, mais qui aime prendre des risques. Qui couche avec une femme à quatre rues de chez lui, se fait prendre en flagrant délit et, qui sait, tente le diable.

– Mary Lou le menaçant de le dénoncer... Elle n'était pas vraiment agréable quand je lui ai parlé. Mais, là encore, peut-être que Gull n'avait pas encore coupé les ponts. Admettons qu'il l'ait fait quelques jours après, il aurait dû affronter deux femmes bafouées... Que penses-tu de la ressemblance que s'est trouvée Patty avec la morte ?

– Elle ne m'a pas frappé, lui dis-je. J'y ai vu des problèmes d'ego, mais elle a peut-être une idée derrière la tête.

– Gull tuant symboliquement la vieille ? Dès le début, tu as vu un caractère symbolique dans cette affaire.

– Si Gull est notre homme, il y a peut-être aussi un lien avec Flora Newsome. C'était une patiente de Mary Lou Koppel, Gull aura eu largement l'occasion de la voir. Combine le sentiment qu'avait Flora de son insuffisance sexuelle et Gull se voyant en tombeur, plus le prestige de sa position, tu as les conditions requises pour une conquête facile.

– Gull se l'envoie, puis la tue. La patiente de sa maîtresse... il a le goût du risque.

– Flora, quand on l'a tuée, sortait avec Brian Van Dyne. Le Dr Gull aura mal pris de se faire éconduire. Par une patiente ou par une maîtresse.

– Le psy pourri, dit-il. Suant à grosses gouttes. Un type aussi calculateur, tu pourrais le croire moins émotif.

– C'est une chose de dominer la situation quand on mène le jeu, qu'il s'agisse de séduire ou de tuer. Mettre en scène, régler la chorégraphie, dominer parce qu'on a choisi des partenaires soumises. Mais faire l'objet d'une enquête policière change la donne. Brusquement, il se retrouve en position de faiblesse.

– Mon charme l'intimide ?

– Si tu veux.

– Donc, la meilleure tactique est d'en rajouter, d'y aller au bulldozer.
– Pigé, lui dis-je. La méthode Stanislavski, tu surjoues.
– Le rideau se lève, dit-il. Allons lui faire peur.

Nous ralliâmes l'immeuble de bureaux de Franco Gull, garâmes la voiture sur une place vide à côté de sa Mercedes et gagnâmes la porte de derrière. Un portier passait l'aspirateur sur la moquette du rez-de-chaussée. Les six portes de la suite de bureaux dévolue à Planning caritatif étaient closes, et le couloir sentait l'absence d'activité et dégageait les mêmes effluves de pop-corn.

La même impression d'abandon. J'en fis part à Milo.

Lui n'avait pas lâché de l'œil le portier. Cette fois, il s'approcha. Maigre comme un clou, le milieu de la trentaine, peau hâlée du sans-abri porté sur la bouteille, barbe de trois jours, cheveux châtains et raides, des yeux de lapin effarouché. Son sweater estampillé UC Berkeley tombait sur un pantalon de survêtement gris dans lequel il flottait. Ses baskets étaient sales et ses ongles en deuil. La tête obstinément baissée, il poussait l'aspirateur, faisant mine de ne pas voir qu'un inspecteur de police bâti en colosse s'approchait.

Milo intervint avec la rapidité inattendue dont il est capable, se pencha et éteignit l'engin. Lorsqu'il se redressa et s'avança encore d'un cran, l'homme ne pouvait voir que son sourire.

– Hé !

Pas de réponse.

– Pas grande animation au rez-de-chaussée cet après-midi.

L'homme s'humecta les lèvres. Terrifié, le lapin.

– Ouais, lâcha-t-il enfin.

– C'est quoi, Planning caritatif ?

– J'chais pas.

L'homme avait une voix encombrée et geignarde, de celles qui donnent une impression générale de flou. Ses épaules se haussèrent et retombèrent, se haussèrent de nouveau et restèrent crispées autour de son cou de poulet. Des petits vaisseaux éclatés parsemaient son nez et ses joues. Il avait les lèvres sèches et gercées, et des tatouages qui ondulaient jusqu'à son poignet.

Comme Milo s'y intéressait brièvement, l'homme tenta de glisser sa main dans sa manche.

– UC Berkeley, hein ?

L'homme garda le silence.

– Passé par l'université ?

Hochement de tête négatif.

– Ici depuis longtemps ?

– Un moment.

– Combien de temps ?

– Euh… p't-être… un mois ou deux.

– Peut-être.

– Je fais plusieurs immeubles pour le propriétaire.

– M. Koppel.

– Mmm.

– Déjà vu des gens travailler à Planning caritatif ?

– Euh… euh…

– Question piège ? lança Milo. Elle vous oblige à réfléchir ?

– Je… euh… je veux répondre juste.

– Juste ou vrai ?

– Vrai.

Milo saisit le poignet droit du type et lui remonta sa manche de sweater sur un avant-bras maigrichon. La peau crasseuse était piquée de petits disques de tissu cicatrisé, concentrés pour la plupart dans le creux du coude. Des taches rouges apparaissaient çà et là dans les tatouages bleu-noir, visiblement faits maison. Des femmes nues aux seins énormes, d'un tracé primaire. Un serpent aux yeux atones, mais doté de crocs.

– Souvenir de Berkeley ? demanda Milo.

– Non.

– C'est quoi, ton université ? San Quentin ou Chico ?

Le type s'humecta de nouveau les lèvres.

– Aucun des deux.

– Où étais-tu en taule ?

– Surtout les prisons de comté.

– D'ici ?

– Oui, dans le coin.
– On collectionne les courtes peines.
– Mmm.
– Ta spécialité ?
– La came, mais je suis nickel.
– En clair : effraction, vol à l'étalage et vols simples.
L'homme posa une main sur le manche de l'aspirateur.
– Jamais de vols simples.
– Pas de voies de fait ni rien d'autre à te reprocher ? insista Milo. Tu sais que je vais le savoir.
– Une voie de fait, une fois, dit l'homme. Mais c'est l'autre qui avait commencé et on m'a vite mis en conditionnelle.
– Arme choisie ?
– Son couteau à lui. Je le lui ai enlevé. C'était surtout un accident.
– Surtout, répéta Milo. Tu l'as salement tailladé ?
– Il s'en est tiré.
– Si tu me montrais un papier d'identité ?
– J'ai fait quelque chose de mal ?
– Jamais de la vie, amigo ! Juste pour en avoir le cœur net. Tu sais pourquoi je suis là, non ?
L'homme haussa les épaules.
– Pourquoi sommes-nous là, amigo ?
– Ce qui est arrivé à la dame au-dessus.
– Tu ne connais pas son nom ?
– Le Dr Koppel, dit l'homme. L'ex. Ils s'entendaient bien.
– Des tourtereaux, dit Milo.
– Non, je... euh... M. Koppel disait toujours de lui donner ce qu'elle voulait.
– Ce qu'elle voulait ?
– En cas de problème. Dans l'immeuble. Il disait qu'on devait réparer tout de suite, lui donner ce qu'elle voulait.
– Il ne fait pas ça pour tous ses locataires ?
L'homme garda le silence.
– Tu essaies de me dire de ne pas soupçonner M. Koppel d'avoir tué son ex parce qu'ils étaient restés copains.
– Non, je... euh... je sais rien de rien.

L'homme rabattit sa manche de sweat-shirt sur son bras.

– Des idées sur qui a tué le Dr Koppel ?

– Je la connaissais pas, je la voyais quasiment jamais.

– Sauf pour réparer ce qu'elle demandait.

– Non, protesta l'homme. Moi, j'appelle les plombiers, ou d'autres, et eux réparent. Je suis juste là pour le ménage. Je fais surtout les immeubles de M. Koppel dans la Vallée.

– Mais aujourd'hui tu es de ce côté-ci de la colline.

– Je vais où on me dit.

– « On » ?

– La secrétaire de M. Koppel. Quelqu'un de chez eux. Heather. Je peux vous donner le numéro, vous pourrez vérifier.

– Peut-être que je le ferai, dit Milo. Et maintenant si je voyais un papier d'identité ?

L'homme chercha dans une poche de son pantalon et en retira une liasse de billets maintenus par un élastique. Il l'ôta, feuilleta les billets – des coupures sales de un et cinq dollars – et en sortit une carte d'identité de Californie.

– Roland Nelson Kristof, y lut Milo. C'est ton domicile actuel, Roland ?

– Mmm.

Milo étudia la carte.

– Sixième Rue… c'est juste après Alvarado, non ?

– Si.

– Il y a des foyers de réinsertion en masse dans ce coin-là. C'est le cas pour toi ?

– Mmm.

– Donc, encore en conditionnelle.

– Mmm.

– Comment as-tu trouvé cet emploi chez M. Koppel ?

– Mon contrôle qui me l'a eu.

– Qui est-ce ?

– M. Hacker.

– Le bureau du centre-ville ?

– Mmm.

Milo lui rendit sa carte.

– Je vais faire une recherche sur toi, Roland. Parce qu'un

type en réinsertion travaillant dans un immeuble où quelqu'un s'est fait assassiner, je suis obligé de vérifier. Si je découvre que tu m'as raconté des blagues, je passe te voir là où tu crèches et tu sais que j'y trouverai de quoi bousiller ta conditionnelle. Forcément. Donc, si tu as quelque chose à me dire, c'est le moment.

– Y a rien, dit Kristof.

– Jamais eu de problèmes avec des femmes ? Rien à te reprocher dans ce secteur ?

– Jamais ! dit Kristof.

Il s'en était tenu jusque-là à des réponses dénuées d'émotion, mécaniques. Mais là, une note ulcérée venait de s'y glisser.

– Jamais, répéta Milo.

– Jamais, pas une seule fois ! Je suis junkie depuis que j'ai eu quatorze ans. Je fais de mal à personne.

– Donc, tu te cames toujours.

– Je suis plus vieux, ça va mieux.

– C'est-à-dire ?

– Le manque, expliqua Kristof. Les jours raccourcissent.

– Comment va ta vie sexuelle, Roland ?

– J'en ai pas.

Aucune trace de regret dans la voix de Kristof, presque de l'entrain.

– Ç'a l'air de te rendre heureux.

– Pour ça oui, lui renvoya Kristof. Vous savez ce que la dope fait à ce genre de trucs.

– Pas de libido, dit Milo.

– 'xactement !

Kristof sourit d'un air las, révélant des dents marron et quelques trous.

– Encore un souci de moins.

Milo nota son adresse et l'autorisa à rallumer son aspirateur.

– Taulard chronique, conclut Milo pendant que nous montions l'escalier conduisant à Pacifica-West – Conseil psychologique et que le rugissement de l'engin faiblissait.

– Usé par la criminalité ordinaire. Arrivé à un certain âge, tu es trop crevé pour exploser.

– Devine son âge.

– Cinquante ?

– Trente-huit.

Personne ne se morfondait dans la salle d'attente. Le voyant du Dr Larsen était éteint. Celui du Dr Gull rougeoyait.

– Quatre heures moins vingt, dis-je. S'il fait les quarante-cinq minutes classiques, il aura bientôt fini.

– J'adore ton métier, dit Milo. Imagine que les chirurgiens en fassent autant. On te coupe trois quarts de ton appendice et on t'envoie la facture.

– Dis donc, nous passons le quart d'heure restant à compléter nos notes et à réfléchir.

– Ou, si tu es le Dr Gull, à remettre sur le bureau tout ce que tu avais fichu par terre en décidant, après réflexion, de sauter ta patiente dessus.

– Cynique.

– À tes souhaits !

À trois heures quarante-six, la porte donnant dans la salle d'attente s'ouvrit et une femme séduisante, la quarantaine et le feu aux joues, sortit tout en continuant à parler à Franco Gull.

Il la suivait de près, la tenant par le coude. Quand il nous vit, il lassa retomber sa main. La femme sentit sa tension et ses joues foncèrent d'un ton.

Je m'attendais à voir Gull piquer une suée, mais il reprit son aplomb et raccompagna la femme jusqu'à la porte.

– Alors à la semaine prochaine, lui dit-il.

C'était une femme brune et bien en chair, baignant dans un océan de cachemire gris. Elle se passa la main dans les cheveux, nous gratifia d'un sourire crispé et partit.

– Encore vous ? Quoi maintenant ?

– Nous avons fait la connaissance de votre femme, lui dit Milo.

Long silence. Puis :

– Je vois.

Milo sourit.

– Patty passe par un moment difficile, dit Gull. Elle va s'en remettre.

– Elle n'en donnait pas l'impression.

Il repoussa ses cheveux en arrière.

– Si vous entriez ? J'ai une heure de libre.

– Au moins quarante-cinq minutes, marmonna Milo.

Gull ne l'entendit pas. Il avait tourné les talons et partait à grands pas vers les portes des cabinets. Celles d'Albin Larsen et de Mary Lou Koppel étaient fermées.

Pas celle de Gull. Il s'immobilisa avant d'entrer.

– Ma femme… a des problèmes.

– Plutôt, dit Milo. Une thérapie serait peut-être indiquée.

XXV

Le bureau de Gull faisait les deux tiers de celui de Mary Lou Koppel et se signalait par une sobriété inattendue. Pas de lambris en loupe de merisier, juste de la peinture beige sur les murs. Une fine moquette du même beige brouillait les dimensions au sol. Des canapés et fauteuils de cuir blanc cassé occupaient l'espace dans un agencement approximatif. Koppel avait déployé dans son cabinet une profusion d'œufs en cristal et de poteries indiennes. La seule concession décorative de Franco Gull consistait en des tirages photographiques sous verre d'animaux et de leurs petits.

Je me surpris à flairer l'air pour y détecter l'arôme du sexe, mais ne sentis qu'un mélange sirupeux de parfums.

Gull s'affala dans un canapé et nous invita à nous asseoir.

– Pour Patty… commença-t-il avant que nos fesses aient touché le cuir. Il faut que vous sachiez qu'elle doit gérer une histoire lourde.

– D'infidélité conjugale ? lança Milo.

Les lèvres de Gull eurent une expression peinée.

– Ses difficultés remontent infiniment plus loin. Son père était extrêmement destructeur.

– Ah, dit Milo. (« Ah » était une blague entre nous. La vieille esquive du thérapeute. Il détourna la tête pour que Gull ne voie pas son clin d'œil.) Vous êtes bavard au sujet de Mme Gull. Le secret professionnel ne vaut pas pour les épouses.

Les yeux de Gull flambèrent. Une moucheture moite affleura à l'ombre d'une ondulation poivre et sel.

J'avais vu juste : perdre la position de pouvoir chahutait ses surrénales.

– Je vous parle de Patty parce que vous avez besoin de connaître le contexte.

– En d'autres termes, je ne dois rien croire de ce qu'elle me dit.

– Tout dépend de ce qu'elle vous a dit.

– D'abord, dit Milo, elle pense que vous n'avez pas tué le Dr Koppel.

Gull s'était préparé à protester. Il se ressaisit, changea de position.

– Vous voyez bien, même quelqu'un qui ne me porte pas dans son cœur en ce moment sait que je ne ferais jamais une chose pareille. Je ne possède même pas de…

– Vous détestez les armes, le coupa Milo. Elle nous l'a dit aussi.

– Les armes sont une abomination.

– Mme Gull estime qu'elle vous a fourni un alibi pour la nuit où le Dr Koppel a été tuée.

– Vous voyez bien, répéta Gull en se redressant légèrement sur son canapé.

– Et je vais être clair, lui renvoya Milo. Ce que votre femme considère comme un alibi, docteur, ne tient pas pour nous.

– Hein ?! Allez, vous plaisantez ! (Des gouttes de sueur perlèrent à la racine de ses cheveux.) Pourquoi aurais-je besoin d'un alibi ?

– Vous ne voulez pas savoir ce que Mme Gull nous a dit ?

– Pas vraiment. (Soupir théâtral, puis :) C'est bon, je vous écoute.

– Mme Gull a tourné autour de la maison du Dr Koppel vers deux heures du matin ; elle cherchait votre voiture. Elle ne l'a pas vue…

– Elle a fait ça ! s'exclama Gull. Mais c'est… navrant. Comme je vous l'ai dit, Patty a de sérieux problèmes de confiance.

– Vous le lui reprochez ? lui lança Milo.

– Pourquoi vous adresser d'abord à Patty ? Pourquoi tenir compte d'une histoire tellement tirée par les cheveux… ?

– Revenons à l'alibi, docteur. Votre voiture n'était pas garée dans McConnell. Ça ne prouve pas vraiment grand-chose. Vous auriez pu vous garer ailleurs dans le voisinage. Ou prendre un taxi depuis l'hôtel où vous étiez descendu… Lequel, à propos ?

Gull ne répondit pas.

– Docteur Gull ?

– Il s'agit de ma vie privée, inspecteur.

– Plus maintenant, monsieur.

– Pourquoi ? demanda Gull. Pourquoi faites-vous ça ?

Milo sortit son calepin.

– Quel hôtel, monsieur ? De toute façon, nous le saurons.

– Mais lâchez-moi, quoi ! Le Crown Plaza.

– À l'angle de Pico et de Beverly Drive.

Gull acquiesça.

– Vous y descendez souvent ?

– Pourquoi le ferais-je ?

– C'est près de votre cabinet… quand vous et votre dame avez des mots.

– Nous n'avons pas si souvent « des mots ».

Le crayon de Milo tapota son calepin.

– Même question, docteur.

– Je finis par les oublier, vos questions !

– Vous y descendez souvent ?

– À l'occasion.

– Quand votre femme vous éjecte.

Gull vira à l'écarlate. Ses mains se crispèrent. Il avait des poings énormes.

– Mes problèmes conjugaux ne vous con…

– Ce que je veux savoir, dit Milo, c'est si on vous connaît au Crown Plaza.

– Je ne sais pas… ces endroits…

– Quoi, ces endroits ?

– Ils visent une clientèle d'affaires, anonyme. Pas exactement des hôtels de charme, dit Gull. Et je ne suis pas vraiment un habitué.

– Pas vraiment, mais encore ?

– Je serais incapable de donner un chiffre.

– Vos relevés de carte bancaire, si.

– Seigneur… c'est absolument…

– Vous ne voyez pas l'hôtel comme un pied-à-terre ? Vu sa proximité avec le cabinet ?

– Je n'ai pas besoin de pied-à-terre… J'ai payé en liquide.

– Pourquoi ?

– Ça me paraissait plus simple.

– Pour y amener des femmes.

Gull secoua la tête avec incrédulité.

– C'est aberrant.

– Jamais conduit là le Dr Koppel ?

– Non !!!

– Inutile, je suppose, dit Milo. Elle habitait si près du cabinet !… Et de chez vous. On fait un saut après le travail, puis on enchaîne avec Madame et les gamins.

Le front de Gull était luisant et livide.

– Je ne vois pas où vous voulez en venir…

– C'est à quelle distance du cabinet du Dr Koppel ? Un kilomètre et demi ?

Gull fit rouler ses épaules.

– Je dirais plutôt trois.

– Vous croyez ?

– Il faut remonter Pico jusqu'à Motor, puis prendre au sud vers Cheviot.

– Coupons la poire en deux, dit Milo. Deux kilomètres.

Gull eut un geste de dénégation.

– Je pense vraiment que c'est plus proche de trois.

– À croire que vous avez minuté le parcours, docteur.

– Non, protesta Gull. C'est juste que… laissez tomber.

– Vous paraissez en excellente forme physique, docteur. Club de gym ?

– J'ai un tapis roulant à la maison.

– Deux petits kilomètres par une nuit fraîche de juin ne vous poseraient pas de difficulté, n'est-ce pas ?

– Ce n'est jamais arrivé.

– Vous n'êtes jamais allé à pied du Crown Plaza à la maison du Dr Koppel ?

– Jamais.

– La nuit où on l'a tuée, reprit Milo, où étiez-vous ?

– À l'hôtel.

– Avez-vous commandé un plateau ?

– Non, j'avais déjà dîné.

– Où ?

– Chez moi.

– Avant la dispute.

– Oui, dit Gull.

Il se frotta un œil du poing. Passa une manche sur son front.

– Vous avez passé toute la nuit à l'hôtel.

Gull se massa la mâchoire.

– J'ai loué un film. Ils l'auront consigné.

– À quelle heure ?

– Vers les onze heures. Vérifiez.

– Je n'y manquerai pas, l'assura Milo, mais ça prouve seulement que vous avez pressé le bouton de la télécommande, pas que vous êtes resté à regarder.

Gull le fixa des yeux.

– C'est absurde, je n'ai pas tué Mary Lou.

– Quel était le titre du film ?

Gull détourna les yeux et ne répondit pas.

– Docteur ?

– C'était un film pour adultes. Je ne me rappelle pas le titre.

– Je pense, dit Milo, qu'il est inutile de vous demander les grandes lignes de l'intrigue ?

Gull réussit à esquisser un pâle sourire.

– Quand avez-vous vu le Dr Koppel pour la dernière fois ? reprit Milo.

– Cet après-midi-là, répondit Gull. Nous raccompagnions tous deux des patients dans la salle d'attente et on s'est dit bonjour. C'est la dernière fois.

– Pas de rendez-vous torride plus tard dans la soirée ?

– Non. C'était fini.

– Quoi, « fini » ?

– Mary et moi.

– À l'initiative de qui ?

– D'un commun accord, dit Gull.

– Parce que ?

– Parce que c'était la chose à faire.

Milo ouvrit son calepin et parcourut ses notes.

– Autre possibilité, dit-il. Si vous n'êtes pas allé chez elle à pied, vous avez pu appeler un taxi.

– Je ne l'ai pas fait.

– On peut le vérifier, docteur.

– Vérifiez tout ce que vous voulez.

Milo referma son calepin d'un coup sec. Gull sursauta et s'épongea de nouveau le front avec sa manche.

– Docteur, pourquoi Gavin Quick vous a-t-il plaqué au cours de sa thérapie ?

– Il ne m'a pas « plaqué ». Je l'ai redirigé sur Mary.

– Pourquoi ?

– C'est confidentiel.

– Non, ça ne l'est pas ! gronda Milo. Gavin a perdu ce privilège quand on lui a flanqué une balle dans le crâne. Pourquoi a-t-il été redirigé sur quelqu'un d'autre, docteur ?

Les bras de Gull étaient devenus rigides et ses paumes pressaient les coussins du canapé, comme s'il rassemblait son énergie pour en bouger.

– Je ne répondrai plus à vos questions, dit-il. Pas sans la présence d'un avocat.

– Vous comprenez ce que cela sous-entend.

– Parce que je revendique mes droits, je fais figure de coupable ?

– Si vous n'avez rien à cacher, pourquoi vous inquiéter de vos droits ?

– Parce que, lui répliqua Gull, je refuse de vivre dans un État policier. Avec tout ce que ça implique. (Il se força à sourire. La transpiration lustrait sa figure et son cou.) Savez-vous, inspecteur, que de tous les corps de métier qui adhérèrent au nazisme, la police figurait parmi les recrues les plus zélées ?

– Tiens donc ! J'avais entendu dire que c'étaient les médecins.

Le sourire de Gull vacilla. Il brûla quelques calories pour le remettre en place.

– Fini, plus un seul mot.

Il posa un doigt en travers de ses lèvres.

– Ne vous faites pas de souci, dit Milo. Rien ne transpirera.

XXVI

Au moment où nous sortions de son bureau, Gull saisit le téléphone.

– Il appelle son avocat, dit Milo quand nous fûmes dans le couloir.

– Pourquoi ta question sur Gavin redirigé sur Koppel ?

– Quelque sombre et insondable secret, me dit-il. Un point qui ne le présente pas sous un bon jour.

– Je me demande ce que savent les Quick.

– S'ils savent, pourquoi ne pas me le dire ?

– Peut-être que ça n'avait rien de reluisant non plus pour Gavin.

– Quoi, Gavin avait découvert que le type censé l'aider pour son problème de harcèlement faisait encore mieux que lui, et décidé de le dénoncer ? Pourquoi ses parents se tairaient-ils ? Et quel est le rôle de Koppel là-dedans ?

– Aucune idée, admis-je. Mais tout semble converger sur ce lieu.

– Je vais dire à Binchy de garder un œil sur Gull. Voir si je peux mettre dessus un autre bébé inspecteur aussi.

– Seulement un œil ?

– On n'est pas à la télé, avec du matériel et des hommes en veux-tu en voilà. Je m'estimerai heureux si je peux en mettre deux en roulement.

Nous prîmes l'escalier conduisant au rez-de-chaussée

– J'ai été bon en méchant flic ? me demanda-t-il.

– Il téléphone à son avocat, le rassurai-je.

– Tu trouves ça normal pour un type qui n'aurait rien à se reprocher ? Oui, je l'ai mis en rogne... Je veux vraiment savoir pourquoi Gavin l'a plaqué.

– Le neurologue qui a adressé Gavin à Gull en a peut-être une idée. Les spécialistes contrôlent le suivi de leurs patients et Gull peut s'en être expliqué.

– Singh, dit-il. (Il sortit son calepin, tourna des pages.) Leonard Singh, il est à Saint John's. Ça t'ennuie de faire ton numéro de confrère-à-confrère ?

– Pas le moins du monde.

– Et puis... si tu es toujours d'accord pour appeler Ned Biondi et essayer de faire passer la photo de la blonde dans le journal, n'hésite surtout pas.

Il me tendit une enveloppe cachetée portant un tampon PHOTO, NE PAS PLIER.

– L'occasion pour toi d'être une « source anonyme ».

Je posai un doigt sur mes lèvres.

Nous arrivâmes au bas des marches. Roland Kristof et son aspirateur avaient disparu. Milo contempla le couloir vide.

– Une ville fantôme, dit-il. « Planning caritatif ». Tu ne flaires pas une odeur d'*Eau d'escroquerie* ?

– À tout le moins d'*Eau de société fantôme*, dis-je. Tu as cherché des poux à Kristof. Qu'est-ce qui te taquinait ?

– Lui sentait *Eau de taulard* à plein nez et mes narines y sont toujours très sensibles.

– J'ai cru qu'il y avait peut-être plus.

– Comme quoi ?

– Un type en conditionnelle, engagé par l'ex de Koppel, travaillant dans l'immeuble que trois victimes de meurtre fréquentaient. Le boulot de Flora Newsome au bureau de conditionnelle. Avant que Koppel se fasse tuer, nous posions l'hypothèse d'un ex-détenu.

– Encore Flora, dit-il.

Sur quoi il se remit en mouvement.

– Ça ne te chagrine pas, lui dis-je comme nous sortions.

– Quoi ?

– Sonny Koppel qui embauchait un junkie en conditionnelle pour l'entretien de ses immeubles. Toute cette filière de détenus ?

– Tout me chagrine. (Puis, quand nous eûmes regagné la voiture :) Flora, notre hypothèse était qu'elle couchait avec un taulard. Elle s'encanaillait peut-être, Alex, mais je ne la vois pas s'approcher d'une épave comme Kristof.

– Rien ne dit qu'il était le seul conditionnelle à être salarié par Koppel. Peut-être que Koppel avait découvert une source de main-d'œuvre bon marché. Mary Lou militait pour la réinsertion. Il pourrait y avoir un lien.

– Larsen dit que c'est lui qui l'a branchée sur ce sujet.

– Larsen était dépité que nous n'ayons pas écouté sa prestation sur la bande enregistrée. Tout le monde a un ego.

– Même les psys ?

– Surtout les psys.

Il voulut ouvrir la portière. Je n'avais pas déverrouillé la Seville, son bras rencontra de la résistance et il lâcha un grognement. Le temps que je tourne la clé, il était déjà reparti vers l'allée.

– Il est temps de faire la connaissance de M. Sonny Koppel, dit-il en revenant. Encore une chose qu'on aurait dû faire tout de suite. Une femme se fait tuer, tu files droit chez son ex ; c'est le b.a.-ba de l'enquêteur.

– Tu traites trois dossiers qui partent dans toutes les directions !

Il leva les mains d'impuissance et se mit à rire.

– La bonne vieille thérapie de soutien.

– La réalité objective.

– Si je voulais de la réalité objective, je ne vivrais pas à L.A.

Quand la voiture se mit à rouler, il sombra dans le silence. Au moment où nous traversions Olympic Boulevard, il m'annonça qu'il verrait Sheila Quick sans moi au sujet du rangement de la chambre de Gavin. Je le déposai au poste de police et regagnai mes pénates. Spike m'attendait à la porte, la mine mélancolique.

C'était nouveau. D'ordinaire, il jouait la nonchalance : campant à l'entrée de service quand je rentrais, m'attendant dehors quand l'heure de le sortir approchait, feignant de dormir jusqu'à ce que je soulève son corps flasque et le pose sur ses pattes.

– Salut, mec !

Il s'ébroua, secoua un filet de bave dans ma direction, me lécha la main.

– On se sent seul, pas vrai ?

Sa tête retomba, mais ses yeux restèrent fixés sur moi. Une oreille frémit.

– Vraiment seul.

Il leva les yeux au ciel et lâcha un gémissement sourd, rauque.

– Allons, lui dis-je en mettant un genou à terre et en lui frictionnant le cou, elle revient demain.

Autrefois, j'aurais ajouté : « Moi aussi, elle me manque. »

Spike renifla et se roula sur le dos. Je lui grattai le ventre.

– Un peu d'exercice, ça te dirait ?

Il se mit au garde-à-vous. Haleta.

J'avais une vieille laisse en réserve dans mon bureau. Le temps que je la rapporte, il sautait, aboyait avec excitation et grattait la porte.

– C'est bon de se sentir aimé, lui confiai-je.

Il s'arrêta de faire le fou. Son expression disait clairement : Ne te fais pas d'illusions.

Ses pattes courtaudes et son petit estomac pouvaient affronter un aller-retour de deux kilomètres dans le Glen. Pas mal pour un toutou de dix ans : en années-bouledogue, il avait dépassé largement l'âge de la retraite. Au retour, il mourait de faim et de soif, et je lui remplis ses gamelles.

Pendant qu'il se restaurait, je composai le numéro de téléphone où j'avais le plus de chances de trouver Ned Biondi. Ned, qui avait pris sa retraite de rédacteur au *Times* depuis des années, envisageait de s'installer dans l'Oregon, aussi ne fus-je pas étonné de m'entendre dire que sa ligne n'était plus en service. J'essayai les Renseignements de l'Oregon, mais il ne figurait pas dans l'annuaire.

J'avais soigné la fille de Ned en d'autres temps, une adolescente brillante qui s'était fixé des normes trop exigeantes, s'imposant une diète implacable et manquant d'en mourir. Que Ned n'ait pas pris la peine de me donner ses nouvelles coordonnées me parut de bon augure. Les parents n'avaient plus besoin de moi. Quel âge pouvait avoir Anne Marie maintenant... pas loin de trente ans. Au fil des ans, Ned m'avait téléphoné pour me tenir au courant et je savais qu'elle s'était mariée, avait un enfant et s'interrogeait encore sur son choix de carrière.

Les informations me venaient toujours de Ned. La communication n'était jamais vraiment passée avec sa femme, qui m'avait à peine parlé pendant la psychothérapie. Une fois le traitement fini, Anne Marie ne m'avait rien dit non plus, ni même n'avait pris la peine de répondre à mes messages. J'en avais parlé un jour à Ned, qui s'était confondu en excuses, visiblement gêné, et je n'avais pas insisté. Un an après, Anne Marie m'avait écrit une lettre de remerciements élégante sur un papier à lettres rose et parfumé. Le ton était aimable, le message limpide : *Je vais bien, n'insistez pas.*

Pas question de l'appeler pour localiser Ned. Au journal, quelqu'un devait bien savoir où le trouver.

Comme je commençais à composer le numéro du standard du *Times*, j'entendis le signal sur ma ligne.

– Bonjour, bébé, dit Allison.

– Bonjour.

– Comment va ta vie ?

– Pas mal. Et la tienne ?

– La routine... tu as une minute ?

– Un problème ?

– Non, non. C'était juste... hier, quand je suis passée... Alex, tu sais que j'aime bien Robin, nous nous sommes toujours bien entendues. Mais quand je suis arrivée en voiture... vous voir tous les deux...

– Je sais ce que tu as pu penser, mais elle me remerciait juste de prendre Spike.

– Je sais. (Petit rire courageux.) Je t'appelais pour te le dire. Parce que j'ai peut-être laissé percer un soupçon de jalousie. J'étais un peu agacée. De la voir t'embrasser.

– Chastement, lui fis-je remarquer. Sur la joue.

Elle rit de nouveau, puis devint silencieuse.

– Ally ?

– J'ai eu un moment de flottement, dit-elle. J'ai vu deux personnes qui… vous aviez vraiment l'air d'un couple… et d'être bien ensemble. Et j'ai eu un coup au cœur. Votre longue histoire de vie commune. Rien de mal à ça, mais j'ai commencé à faire la différence avec… C'est juste que nous semblons en être très loin…

– Allison…

– Je sais, je sais, me coupa-t-elle, je me comporte en femme névrosée et peu sûre d'elle-même. J'ai le droit de l'être une fois de temps en temps, non ?

– Évidemment, ma chérie, mais pas dans ce cas précis. Elle n'avait qu'une idée en tête, une seule : se débarrasser de Spike, point final.

– Juste un bisou.

– Exactement.

– Ne vas pas croire que je sois devenue une bonne femme possessive et parano… Oh, écoute-moi !

– Attends, lui dis-je. À ta place, j'aurais la même réaction. Robin ne s'intéresse pas à moi, elle est heureuse avec Tim. Et moi je suis ravi d'être avec toi.

– Je suis ton coup préféré.

– Absolument.

– Parfait, mon amour-propre en sort requinqué, me dit-elle. Désolée de t'avoir embêté au milieu de la journée.

– Vous êtes ma bonne amie, docteur Gwynn. Si je vous trouve en train de bécoter un fripon, ça sera pas joli à voir !

– D'accord. Vous êtes un homme comme il faut.

– Ne mettez pas ma patience à l'épreuve !

Elle se mit à rire, de bon cœur cette fois.

– Je n'en reviens pas de t'avoir appelé pour ça. Je m'en voudrais d'être possessive.

Sa voix fléchit.

– Parfois, lui dis-je, c'est bon d'être possédé.

– C'est… d'accord, assez de roman à l'eau de rose. J'ai encore trois patients et chacun doit croire que j'ai réponse à tout. Ensuite, je fonce à l'hospice.

– Pas une minute de libre ?

– J'aimerais bien. Mais l'hospice organise un dîner à la fortune du pot pour tous les bénévoles, et j'en suis. Mon seul moment de libre est maintenant, un rendez-vous annulé à la dernière minute. Je devrais mettre à jour mes dossiers et rappeler les gens qui ont laissé un message, au lieu de pleurnicher sur ton épaule.

– Tu me donnes vingt minutes.

– Comment ça ?

– Je viens. Je veux te voir.

– Alex, mon prochain patient arrive dans trois quarts d'heure. Le trajet va déjà te...

– Je veux t'embrasser, l'interrompis-je. Ça ne prendra pas longtemps.

– Alex, je suis très sensible à cette attention, mais tout va bien ; tu n'as pas à me passer tous mes...

– Je le fais pour moi. N'importe comment, il fallait que j'aille dans ton coin. Un médecin à voir à Saint John's.

Même s'il me restait à prendre rendez-vous.

– Mon bébé ! me dit-elle, je t'assure que tout ce qui avait pu me tracasser a disparu.

– Je veux te voir, insistai-je.

Silence radio.

– Ally ?

– Moi aussi.

Pendant le trajet jusqu'à Santa Monica, j'obtins le numéro du Dr Leonard Singh aux Renseignements, appris qu'il faisait sa tournée de malades et serait de retour dans une heure. Je dis à sa secrétaire que je passerais et raccrochai avant qu'elle ait eu le temps de me demander pourquoi.

Quand j'arrivai à l'immeuble de son cabinet, je trouvai Allison sur le trottoir, vêtue d'un pull à col roulé en cachemire bleu ciel et d'une jupe longue couleur lie-de-vin. Elle buvait je ne sais quoi dans un gobelet en carton et tapotait le sol du talon d'une botte. Une barrette retenait ses cheveux sur la nuque et elle paraissait jeune et nerveuse.

J'entrai dans l'aire de stationnement interdit, elle s'installa à côté de moi. Des effluves de café et de vanille s'échappaient du gobelet.

Je me penchai, pris son menton dans ma main et l'embrassai.

– Tes lèvres, me dit-elle en m'attirant plus près.

Le contact se prolongea.

– J'ai marqué mon territoire, me dit-elle quand nous reprîmes nos distances. Tu en veux une gorgée ?

– Je ne bois pas du café de fille.

– Grrr... (Elle a une voix douce, délicieuse, et sa tentative de rugissement me fit sourire.) Ça, mon chéri, c'est le grognement antédiluvien de la femelle alpha.

Je jetai un regard au gobelet.

– Une femelle alpha boit cette infamie ?

Elle abaissa les yeux sur le liquide beigeasse.

– À l'âge du post-féminisme, on peut être à la fois fille et forte.

– Parfait. Et maintenant, tu me traînes dans ta grotte ?

– J'aimerais bien.

Elle défit la barrette, libéra ses cheveux et coinça ses épaisses mèches noires derrière ses oreilles. Sa peau était d'une blancheur de lait et j'effleurai les veines bleues à peine visibles qui convergeaient vers l'ossature de sa mâchoire.

– Femelle alpha, et puis quoi ? Je miaule, tu accours. En ma qualité de consœur, je te conseillerais de ne pas encourager ce type de conduite dépendante, Alex.

– Et à un autre titre ?

Elle me prit la main. Les minutes s'écoulèrent, trop rapides.

– Tu disais que tu allais bien, est-ce que ça signifie que vous avez avancé dans l'enquête Mary Lou ?

Je lui parlai de Patty et de Franco Gull.

– Gull est vraiment suspect ?

– Milo l'examine à la loupe.

– Le psy meurtrier. Encore un coup de relations publiques pour notre profession.

– Tu m'as dit que Gull t'avait paru brillant.

Elle réfléchit.

– Il m'a juste impressionnée par l'image qu'il donne de lui. Sa façon de se comporter, ses vêtements, ses cheveux. Ça ne m'étonne pas qu'il soit coureur. Il avait un air fanfaron… l'assurance physique de quelqu'un qui a pris conscience très tôt de son ascendant.

– Je le voyais en as du sport au lycée.

– Ça cadrerait, dit-elle. S'il s'avérait qu'il couchait avec ses patientes, je ne serais pas autrement surprise non plus.

– Pourquoi ?

– Juste une impression.

– Mais tu n'as jamais entendu de rumeurs à ce sujet.

– Jamais rien sur lui, sinon qu'il était l'associé de Mary Lou. Peut-être mon jugement s'en est-il trouvé influencé. À cause de sa réputation à elle. Les tarifs qu'elle pratiquait et sa soif de publicité. Pour moi, Gull était à mettre dans le même sac.

– À la différence d'Albin Larsen.

– Lui tient plus du professeur.

– Il semblerait militer pour les droits de l'homme. Ils l'ont peut-être pris avec eux pour se donner un air respectable. Quand nous les avons interrogés, Gull ruisselait et Larsen paraissait tenir sa langue. Comme s'il trouvait Gull un peu… répugnant.

– Mary Lou et Gull ne semblent pas avoir mené leur liaison dans la discrétion, me fit-elle remarquer. Larsen était peut-être au courant. (Elle hocha la tête.) Garer sa voiture devant chez elle… J'ai assez d'expérience psy pour savoir que ce genre de bourde est rarement gratuit. À mon avis, ils voulaient que la femme de Gull le découvre. Plutôt cruel.

– Koppel se voyait peut-être en femelle alpha.

– Une vraie femelle alpha n'aurait pas eu besoin de voler le mari d'une autre, dit-elle. (Elle jeta un regard à la pendulette du tableau de bord.) Il me reste cinq minutes.

– Zut.

– Que devient la clientèle de Mary Lou maintenant qu'elle a disparu ?

– Gull et Larsen disent qu'ils prendront tous les patients qui souhaitent poursuivre avec eux et adresseront les autres à des confrères.

– Même si un petit pourcentage va voir ailleurs, leurs revenus vont faire un bond.

Je la dévisageai.

– La recherche du profit comme mobile ? Dans ce cas précis ?

– Je pense comme toi que l'esprit de domination et la colère ne sont pas étrangers à l'affaire, et qu'il s'y ajoute probablement quelques sous-entendus sexuels. Mais le profit représenterait un avantage secondaire non négligeable. Et si Gull est ton assassin, ça cadrerait. Quoi de plus grisant, pour un psychopathe, que de supprimer une femme qu'il a possédée sexuellement et de s'approprier son fonds de commerce ? Ce sont les règles de l'art de la guerre.

De petites taches de couleur mouchetaient son teint d'ivoire. Robin avait toujours été rebutée par les discussions de cette nature.

– Tu es une fille peu banale, lui dis-je.

– Peu banale mais timbrée, hein ? Tu fais un saut pour une parenthèse romantique, et moi j'analyse à tout-va.

Avant que j'aie eu le temps de répondre, elle m'embrassa sur la bouche et se redressa brusquement.

– Par ailleurs, reprit-elle, analyser, c'est ce qu'on nous a appris à la fac. Faut que j'y aille. Appelle-moi vite.

Le Dr Leonard Singh était grand et légèrement voûté. Peau couleur de noix de muscade claire, des yeux couleur d'ambre. Il portait un costume italien d'une élégance raffinée – fond bleu marine tramé d'un léger motif à carreaux rouges –, une chemise jaune à col, une cravate rouge à reflets avec pochette assortie et un turban d'un noir de jais. Barbe fournie et grise, moustache à la Kipling.

Il parut étonné de me trouver dans sa salle d'attente, et le fut encore plus quand je lui dis pourquoi. Mais aucune circonspection de sa part ; il me pria d'entrer dans le local vert et exigu qui lui tenait lieu de bureau à l'hôpital. Trois blouses immaculées accrochées à un portemanteau en bois. Un bocal de sucres d'orge mentholés coincé entre deux piles de dossiers médicaux. Son diplôme venait de Yale, son accent du Texas.

– Le Dr Gull, répéta-t-il. Non, je ne crois pas le connaître.

– Vous lui aviez adressé Gavin Quick.

Singh sourit et croisa les jambes.

– Voici comment ça s'est passé. Le garçon m'a été envoyé par les Urgences. J'étais un des deux neurologues de garde, j'allais m'en aller, mais quelqu'un avec qui je travaillais m'a demandé d'effectuer l'examen.

Jerome Quick m'avait donné un nom. Le médecin de famille, un copain de golf…

– Le Dr Silver, lui dis-je.

– C'est ça même, dit Singh. J'ai donc examiné le garçon, accepté de le suivre et j'ai fait ce que je pouvais. Vu son état.

– Lésion cérébrale interne, rien de précis au scanner.

Singh hocha la tête et tendit le bras vers le bocal de sucreries.

– Un peu de saccharose en fin de journée ?

– Non merci.

– Libre à vous. Ils sont délicieux. (Il prit un sucre d'orge, mordit un morceau, le broya entre ses dents et le mastiqua lentement.) Dans des cas comme celui-là, on espère presque que le scanner révélera un dommage flagrant. Sans aller jusqu'à des lésions du tissu cérébral, car ces états sont habituellement plus graves. Mais simplement savoir en quoi consistent les dégâts, quoi dire à la famille.

– L'état de Gavin était ambigu, dis-je.

– Le problème avec un cas comme le sien est qu'on sait qu'il y aura des séquelles, mais qu'on est incapable de dire à la famille à quoi s'attendre ou si ces séquelles seront permanentes. Quand j'ai appris qu'il avait été assassiné, j'ai pensé : « Mon Dieu, quelle tragédie. » J'ai téléphoné à ses parents et laissé un message, mais personne ne m'a rappelé.

– Ils sont assez dévastés. Des idées sur le meurtrier ?

– Des idées… vous voulez dire sur qui aurait pu faire ça ? Aucune.

– Les symptômes de Gavin persistaient depuis dix mois, dis-je.

– Pas bon signe, reconnut Singh. Qui plus est, tous ses symptômes étaient d'ordre comportemental. Ils relevaient de la psychiatrie. Nous qui traitons les cellules, nous préférons du concret… une bonne ataxie bien massive, un œdème que nous pouvons résorber en nous prenant pour des héros. Dès que nous sortons de notre domaine, nous nous sentons perdus.

Il mordit de nouveau dans le sucre d'orge.

– J'ai fait ce que j'ai pu pour ce garçon. En l'occurrence surveiller l'évolution pour être sûr de ne pas passer à côté de quelque chose, puis je lui ai prescrit un peu d'ergothérapie.

– Il avait des problèmes moteurs précis ?

– Aucun, dit Singh. Ce qui était très encourageant. Nous savions qu'il avait subi une perte de ses facultés cognitives et un changement de personnalité. Je me suis dit qu'un soutien psychologique s'imposait, mais quand je leur ai suggéré de consulter un psy, les parents n'ont rien voulu entendre. Gavin non plus. J'ai donc fait marche arrière et je leur ai proposé une thérapie occupationnelle, en me disant qu'ils la jugeraient plus acceptable. Ç'a été le cas, mais malheureusement… vous connaissez les déboires de Gavin avec sa thérapeute.

– Beth Gallegos.

– Gentille fille. Il lui a rendu la vie infernale.

– Avez-vous déjà observé des effets analogues consécutifs à des lésions cérébrales internes ?

– Des changements de type obsessionnel sont toujours à craindre, mais allant jusqu'au harcèlement, jamais.

Singh grignota son chicot de sucre d'orge.

– Donc, la famille était hostile à la thérapie, repris-je.

– Le mot est faible. (Il sourit. Un sourire triste.) J'ai eu l'impression que la famille se souciait beaucoup des apparences. Le Dr Silver me l'a confirmé. Même s'il ne les connaissait pas vraiment.

– Ah bon ? J'avais l'impression qu'il était un ami de la famille.

– Barry ? Pas du tout ! Barry est gynéco-obst, il commençait tout juste à traiter la mère pour symptômes de la préménopause.

Jerome Quick avait menti : Silver n'était pas son copain de golf. Mensonge véniel, mais pourquoi ?

– Mais alors, quels étaient vos liens avec le Dr Gull ?

– Moi ? Aucun, dit Singh. Après que Gavin s'est attiré des ennuis pour ce qu'il avait fait subir à Beth, le père m'a appelé pour me dire que le garçon avait été inculpé et que le tribunal de Santa Ana allait le faire coffrer s'il n'y avait pas de circonstances atténuantes. Il voulait que je fasse une lettre déclarant que sa conduite résultait clairement de son accident. Et si cela ne suffisait pas, que je témoigne en sa faveur.

Il termina son sucre d'orge.

– Autant vous le dire, j'étais très partagé. Je déteste témoigner devant les tribunaux. Je ne savais pas ce que je pouvais dire, en toute honnêteté. Beth Gallegos était une de nos meilleures ergothérapeutes, une gosse vraiment super, et j'acceptais mal ce qu'on lui avait fait subir. Il m'a fallu déterminer si exonérer Gavin de toute responsabilité était vraiment la meilleure solution pour tout le monde. Le garçon avait clairement de sérieux problèmes, il méritait peut-être une leçon. D'autre part, il risquait la prison, or son cerveau avait réellement subi une atteinte et c'était mon patient. J'ai décidé d'appeler le procureur qui avait engagé les poursuites, elle m'a répondu que c'était une première infraction et qu'ils n'allaient pas lui coller le maximum. Que si je le dirigeais sur un psychiatre ou un psychologue, elle s'estimerait satisfaite. J'ai d'abord pensé à quelques psys qui travaillent ici, mais tous m'ont répondu qu'il y aurait un conflit d'intérêts parce qu'ils connaissaient Beth. Avant que j'aie eu le temps de continuer mes recherches, M. Quick m'a téléphoné pour me dire qu'il avait trouvé un bon psychologue, juste dans leur secteur à Beverly Hills, à deux pas de chez eux. Il a ajouté que c'était important car il ne voulait pas que Gavin s'éloigne trop.

– M. Quick demandait qu'on l'adresse au Dr Gull.

– Non, au Dr Koppel, mais elle l'a envoyé paître et dirigé sur le Dr Gull. J'ai demandé à ma secrétaire de vérifier les qualifications du Dr Gull : tout était en règle. J'ai donc appelé le Dr Gull, qui m'a paru un homme fort sympathique, et j'ai fait la lettre.

Il lissa sa cravate. Les yeux d'ambre étaient attentifs.

– Dites-moi, était-ce une erreur ? Car mon nom figure au bas de cette lettre, et s'il doit y avoir des problèmes, j'aimerais le savoir.

– Je ne vois rien qui puisse vous mettre en cause.

– L'imprécision de votre réponse m'inquiète.

– Je suis désolé, lui dis-je, mais il est encore trop tôt pour être plus précis. S'il y a du changement, je veillerai à vous le faire savoir.

Singh porta la main à son turban.

– Merci beaucoup.

– Saviez-vous que Gavin n'est pas resté avec Gull ?

– Ah bon ?

– Personne ne vous en a informé ?

– La seule communication que j'ai eue venait de Gull. Au bout d'une semaine, il m'a téléphoné, m'a remercié et assuré que tout allait bien. Jamais eu de ses nouvelles par la suite. Que s'est-il passé ?

– Gavin ne s'est pas entendu avec Gull et on l'a orienté sur le Dr Koppel.

– Elle aura trouvé le temps de le prendre. Pauvre Gavin... Quoi qu'il ait fait à Beth, le garçon en voyait de dures. Maintenant, si vous n'avez pas d'autres questions, une tonne de paperasseries m'attend.

Il me reconduisit à la porte. Je le remerciai de m'avoir accordé de son temps, puis lui demandai :

– Dallas ?

– Houston, né et élevé là-bas. Mon père était chirurgien, spécialisé dans les greffes cardiaques. Il a fait partie de l'équipe de Denton Cooley. (Il sourit.) Des cow-boys et des Indiens, rien que du bon !

XXVII

Je rentrai juste après cinq heures, appelai à tout hasard le bureau des ressources humaines du *Times* et découvris qu'il était fermé. J'essayai de me rappeler les noms de collègues dont Biondi m'avait parlé et retrouvai celui de Don Zetlin, un ancien reporter promu chroniqueur, le même parcours que Ned. Je téléphonai au standard du journal, demandai à lui parler et l'eus au bout du fil.

– Zetlin à l'appareil, grommela une voix bourrue.

J'entrepris de lui expliquer qui j'étais et que je cherchais à contacter Ned.

– Ça me paraît compliqué, dit Zeltin. Vous pourriez être n'importe quel cinglé.

– Je pourrais, mais ne le suis pas. Si vous vouliez bien appeler Ned…

– Peut-être que Ned ne vous a pas donné son numéro parce qu'il ne tient pas à avoir de vos nouvelles.

– Est-ce que l'appeler et lui poser la question serait trop vous demander ? C'est important.

– Psychologue, hein ? Mon ex a décidé d'être psychologue. À l'époque où elle était encore ma femme. J'ai trois amis dans le même bateau. L'épouse parle de reprendre ses études de psy et téléphone à votre avocat pour divorcer.

J'éclatai de rire.

– Ce n'est pas drôle. En fait, si. Elle a fini par lâcher la fac, elle vit maintenant à Las Vegas et vend des fringues dans une boutique merdique. D'accord, on s'en fout, j'appelle Ned. Rappelez-moi votre nom ?

Je cherchai Franco Gull dans mon annuaire de l'Association américaine de psychologie. Il avait fait ses deux premières années à l'université du Kansas, à Lawrence. Double cursus : psychologie et économie. Son entrée à Berkeley avait été retardée par deux ans de base-ball semi-professionnel dans un club de ligues mineures à Fresno. Pas franchement le type d'activité peuplant l'annuaire de l'APA ; Gull tirait fierté de sa parenthèse sportive.

De l'ascendant très tôt dans la vie, sûr de ses qualités physiques.

Gull n'avait pas eu d'affectations à l'université, ne mentionnait aucune recherche depuis sa licence qu'il ait tenu à spécifier. Comme centres d'intérêt, il indiquait « interrelations personnelles » et « thérapie axée sur le discernement ». À première vue, il était passé directement d'un post-doctorat à UC Riverside à la pratique libérale avec Mary Lou Koppel.

J'avais l'annuaire sous les yeux, j'y cherchai Albin Larsen. Sa notice biographique était infiniment plus longue et plus impressionnante. Recherches en vue de la licence à l'université de Stockholm, suivies d'une bourse d'un an en politique d'intérêt général à Cambridge, retour en Suède pour un doctorat à l'université de Göteborg et poste de maître de conférences à l'Institut des sciences sociales de la même institution. Ses centres d'intérêt couvraient les facteurs culturels dans l'évaluation psychologique, l'intégration de la psychologie sociale et clinique, l'application de la recherche en psychologie à la résolution des conflits, et l'évaluation et le traitement des traumatismes et du stress liés à la guerre. Il avait fait du travail humanitaire au Rwanda et au Kenya, été consultant auprès d'Amnesty International, Médecins sans frontières, Human Rights Beacon Symposium, World Focus on Prisoner's Rights, et d'une sous-commission des Nations unies pour la protection de l'enfance. Il vivait aux États-Unis depuis huit ans et avait obtenu un permis de conduire californien peu après son arrivée, mais conservait un poste universitaire à Göteborg.

Un poids lourd. Qui avait pris ombrage des galipettes de Koppel et Gull ?

J'ouvris l'ordinateur, me connectai au site Internet du Conseil de l'ordre des psychologues de Californie et consultai la liste des sanctions disciplinaires. Rien sur Gull ni Larsen. Quels qu'ils aient été, les manquements de Gull à la déontologie étaient restés privés.

Et si c'était là que le bât blessait ?

Gavin avait-il appris quelque chose qui lui permettait de compromettre Gull ?

Ce secret avait-il un rapport avec les Quick ? Pourquoi Jerome Quick avait-il raconté que Barry Silver était un copain de golf ? Pourquoi ne pas nous avoir dit qu'il avait été lui-même à l'origine de l'aiguillage de Gavin sur Koppel ?

Quick avait-il eu une relation antérieure quelconque avec Koppel ou Gull ? Une raison précise de vouloir orienter Gavin sur le groupe ?

En tout cas, il ne le disait pas, et maintenant Gavin était mort.

Et sa thérapeute aussi.

Je restai deux bonnes heures à soupeser ces options avec un mal de tête pour seul résultat, m'arrêtai pour une pause-café, m'aperçus que la machine était vide. Je commençais à la recharger quand Ned Biondi appela.

– Doc', embraya-t-il aussitôt, désolé de ne pas être resté en contact, mais je viens d'emménager et les cartons ne sont même pas défaits.

– L'Oregon ?

– La direction opposée. J'ai déniché un petit appartement épatant dans Coronado Island. Un mouchoir de poche parce que tout est hors de prix, mais l'idéal pour un bonhomme seul.

– Pas la porte à côté, lui dis-je.

– J'ai vue sur la baie et le pont. Norma et moi avons divorcé. Pour être exact, c'est moi qui ai divorcé. L'an dernier.

– Désolé de l'apprendre.

– Surtout pas, j'aurais dû le faire il y a des lustres. C'est une femme méchante, une mère exécrable… Vous vous souvenez, quand elle ne voulait rien entendre et refusait de participer au traitement d'Anne Marie ?

– Et comment !

– La reine des glaces, cracha-t-il dans l'appareil. Si vous voulez mon avis, c'était l'élément majeur du problème d'Anne Marie, j'aurais dû m'en apercevoir plus tôt. Vous l'aviez peut-être compris, mais vous ne pouviez pas vous pointer et me lâcher ça, hein ? « Allez-y, Ned, divorcez. » Vous l'auriez dit que je vous aurais viré. Mais vous aviez raison.

– Comment va Anne Marie ?

– Bien pour l'essentiel, me dit-il. Pas toujours super bien, elle a ses humeurs, mais la plupart du temps, bien. Son bougre de mari est OK, et ils viennent d'avoir leur troisième petit. Côté carrière, elle n'est jamais arrivée à se décider, mais elle dit adorer les joies de la maternité, et pourquoi je ne la croirais pas, hein ? C'est une mère épatante, les gamins l'adorent, Bob l'adore. Vous savez ce qui m'a fait comprendre que je devais divorcer ?

– Non, quoi ?

– J'ai décidé d'arrêter de fumer. Prenant enfin le taureau par les cornes. Et que fait Norma ? Elle essaie de m'en dissuader, alors que, moi, j'envisage une bataille rangée. Elle ne voulait pas que j'arrête parce que c'était une chose que nous faisions en commun : cigarette et café le matin en lisant le journal, partant nous promener en fumant comme des sapeurs en bons cancéromanes que nous étions. Elle m'a réellement accusé de l'abandonner en décidant de cesser. Comme je me suis accroché, elle a pété les plombs. Du coup, j'ai pris le temps de réfléchir et je me suis dit : « Crétin, elle se fout que tu tombes malade ou que tu trépasses, elle veut n'en faire qu'à son idée, elle ramène tout à elle. » Trente-cinq ans de retard à l'allumage, mais bon Dieu, je suis là ! Elle s'est installée à New York pour écrire un roman, moi, je porte le patch et je suis descendu à sept Winston par jour.

– Félicitations.

– Merci. Alors, que puis-je faire pour vous ?

Je lui parlai de la photo de la blonde.

– Je vais passer un coup de fil, m'assura-t-il, mais désolé de vous dire que je ne peux rien vous promettre, Doc'. Le journal se contrefiche de l'intérêt général, en admettant même qu'il s'y soit jamais intéressé. Ce qui le branche, c'est de vendre de l'espace publicitaire ; en clair : ils cherchent ce qui accroche. À ce que vous me dites, il n'y a pas d'angle racoleur dans votre histoire.

– Un double meurtre ? Deux jeunes en haut de Mulholland ?

– Malheureusement L.A. est plus que jamais une cité industrielle, je parle du cinéma, et racoleur signifie un lien avec Hollywood. Donnez-moi une starlette klepto faisant de la réclame pour de la lingerie dans Rodeo Drive, et je vous garantis que le lignomètre sera généreux. Deux jeunes dans Mulholland, c'est tragique, mais ce n'est pas un homme mord un chien.

– Et ça, comme accroche : « La police ne souhaitait pas publier la photo à ce stade de l'enquête, mais une source anonyme l'a fournie au *Times.* »

– Mmm… la rédaction mordra peut-être à l'hameçon. Ils ont une horreur réflexe de l'autorité. Chaque fois qu'ils peuvent montrer qu'ils ne marchent pas du même pas que le LAPD, ils se croient les fouille-merde qu'ils voudraient être… D'accord, j'essaie. À propos… c'est vrai ?

– Les Relations publiques du LAPD ne voulaient pas la diffuser, car ils pensaient qu'elle ne retiendrait pas l'attention.

Il se mit à rire.

– Tout le monde est dans le showbiz. Je téléphone et je vous rappelle. Autre chose que vous pourriez me dire sur cette fille ?

– Rien, reconnus-je. C'est bien là le problème.

– Je vais voir ce que je peux faire, Doc'. Sympa de vous avoir au bout du fil… Pendant que je vous tiens, j'aimerais vous demander un truc. Vous croyez à l'étude qu'on vient de publier, où on dit que les mecs réussissent mieux mariés que célibataires ?

– Tout dépend du mec, lui répondis-je. Et du couple.

– Exactement, me dit-il. En plein dans le mille !

Peu après que j'eus raccroché, Milo m'appela et je lui dis que Biondi allait essayer de faire passer la photo.

– Merci. On a un échantillon d'empreintes de la maison de Koppel, et naturellement celles de Gull sont partout. En même temps qu'une tripotée d'autres que nous n'avons pas réussi à identifier. Il y en a une qu'on a pu attribuer à un individu qui figurait dans le fichier pour voies de fait ; il s'avère qu'il travaille pour une entreprise de chauffage et climatisation et qu'il est passé pour une réparation il y a un mois. Ses empreintes étaient sur la chaudière et nulle part ailleurs, donc ça cadre. Les voies de fait en question étaient un direct à un type dans un bar.

– Comme Roy Nichols, lui fis-je remarquer.

– Il y a beaucoup de colère qui traîne. Si seulement les gens savaient qui ils laissent entrer chez eux.

– Les empreintes de Gull ne signifient pas grand-chose, non ? Vu sa liaison avec Koppel.

– C'est ce qu'il a dit. Ce que dirait son avocat. À propos… il s'est acquis les services d'un conseil de Beverly Hills. Je ne le connais pas, mais un gars d'ici, oui. Pas une grosse pointure. Disons moyenne.

– Bref, Gull n'est pas autrement paniqué.

– Assez quand même pour prendre ses précautions, me rétorqua Milo. Ou il n'a pas trouvé mieux, ou il ne peut pas s'offrir un ténor. Il a sa petite Benz et sa Corvette, mais ne roule pas sur l'or, pas vrai ? Même avec des tarifs faramineux, dans ton métier les heures de travail ne sont pas extensibles.

– Intéressant que tu mettes ça sur le tapis.

Je lui rapportai la remarque d'Allison sur un éventuel mobile financier.

– Tuer Koppel pour lui piquer ses patients… Fine mouche, Allison… J'adorerais avoir accès aux comptes de Gull, mais je ne vois pas comment pour l'instant.

– Tu en es où, pour la chambre de Gavin ?

– Nulle part, me répondit-il. Personne à la maison, j'essaierai demain.

– J'ai parlé au Dr Singh.

Je lui récapitulai l'entretien.

– Jerry Quick a menti, répéta-t-il. Dans quel but ?

– Bonne question.

– Il est temps d'aller voir le papa et la maman d'un peu plus près. En attendant, j'ai essayé d'organiser un rendez-vous avec

M. Edward Koppel, mais impossible de franchir le barrage de son hôtesse.

– Le barrage habituel du gros homme d'affaires.

– On dirait. Le mieux serait peut-être de faire un saut demain matin. Tôt, disons… huit heures et demie, pour le coincer avant qu'il devienne injoignable. Tu es partant ?

– En panne de chauffeur ?

– À ton avis ?

Il arriva le lendemain matin juste avant huit heures, gagna directement ma cuisine, but du café et avala deux bagels, debout à côté du plan de travail.

– Prêt ? me lança-t-il.

Je sortis du Glen et m'enfonçai dans la Vallée, pris à l'est, traversai Sepulveda et continuai jusqu'au cœur d'Encino.

C'était la Vallée du boom économique : tours rutilantes comme du chrome dans le soleil matinal, encombrements dignes du centre-ville, effluves d'argent et d'énergie trépidante aisément perceptibles. Mais le bureau d'Edward Koppel occupait un périmètre d'un autre âge : un cube défraîchi d'un étage dans Ventura Boulevard, juste après Balboa, fiché entre un dépôt de voitures d'occasion bourré de Jaguar, de Ferrari et de Rolls, et un restaurant oriental donnant directement sur la rue.

Derrière l'immeuble s'ouvrait un espace de stationnement accessible par une ruelle et dont tous les emplacements affichaient réservé. Une porte vitrée laissait voir le hall d'entrée. Même agencement que l'immeuble qui hébergeait le cabinet de groupe de Mary Lou Koppel. J'en fis la remarque.

– Je m'attendais à une suite somptueuse de bureaux directoriaux, dit Milo. Peut-être que Koppel se spécialise dans des petits immeubles qu'il peut louer facilement. Gare-toi donc à l'autre bout, là-bas.

Il m'orienta vers un point d'où nous pouvions observer tous les véhicules qui arrivaient. Pendant la demi-heure suivante, il y en eut quatre. Deux petites citadines conduites par des femmes, un camion de livraison d'eau en bouteille, et une Buick de dix ans d'âge d'un vert fané qui déchargea un homme corpulent à l'aspect négligé, en pantalon froissé et polo marron trop grand. Il serrait contre lui un sac en papier beige et semblait dormir à moitié, butant contre les marches.

Les dix minutes suivantes virent arriver deux Toyota de plus, avec à leur bord la secrétaire type. Peu après, l'homme corpulent sortit et s'éloigna en voiture, délesté de son sac en papier.

– C'était quoi, dis-je. Un « porteur », au sens littéral ?

Milo fronça les sourcils, consulta le cadran de sa Timex, garda le silence.

Une demi-heure après être arrivés, nous n'avions toujours pas bougé ; Milo paraissait en forme, les yeux alertes sous ses lourdes paupières à demi closes, mais je commençais à avoir des fourmis.

– On dirait que Mister K. respecte les horaires d'un magnat de l'immobilier.

– On visite ses locaux.

Trois sociétés occupaient le rez-de-chaussée de l'immeuble : Réalité et Performance, SK Exploitations, Entreprises Koppel. Une agence de voyages, un entrepreneur tous corps de métier et un service de secrétariat se répartissaient l'étage.

Milo essaya de tourner le bouton des portes d'Entreprises Koppel et de Réalité et Performance : les deux étaient verrouillés. Mais SK Promotion était ouvert et travaillait.

Nous pénétrâmes dans un vaste espace dégagé et lumineux, fractionné en postes de travail par des cloisons s'arrêtant à mi-hauteur. Les quatre jeunes femmes que nous avions vues dans le parking étaient installées devant des ordinateurs et pianotaient avec entrain. Trois étaient munies d'écouteurs.

Au fond, une porte marquée PRIVÉ. Milo longea le pool de secrétaires et tourna le bouton. Verrouillé aussi. L'unique secrétaire sans écouteurs se leva et s'approcha. Dans les vingt-cinq ans, agréablement banale, cheveux bruns coupés court, taches de rousseur et sourire avenant, tailleur-pantalon beige foncé en coton et polyester.

– Puis-je vous renseigner ?

– Nous cherchons M. Koppel.

– Sonny ? dit-elle. Vous venez de le rater.

– Comment est-il, physiquement ?

Elle jeta un regard autour d'elle, se rapprocha, mit la main sur sa bouche.

– Le genre enveloppé. Il portait un polo marron.

– Il roule dans une vieille Buick ?

– C'est lui. Vous deux… vous êtes de la police ou quoi ?

Milo lui montra sa plaque.

– Waouh !

– Votre nom, madame ?

– Cheryl Bogard.

Elle jeta un coup d'œil derrière elle, en direction de ses collègues. Elles continuaient de pianoter.

– Elles prennent sous la dictée avec leurs écouteurs ? demanda Milo.

– Pas du tout ! s'exclama Cheryl Bogard. Elles écoutent de la musique. Comme Sonny a des CD à bandes multiples, elles peuvent choisir ce qui leur plaît.

– Un bon patron.

– Le meilleur !

– Donc, Cheryl Bogard, qu'est-ce qui vous occupe ici ?

– La gestion des biens de Sonny. Et vous deux, pourquoi êtes-vous là ? Il y a eu un cambriolage ?

– Ça arrive souvent ?

– Vous connaissez, dit-elle. Quand on a autant de biens que Sonny, il y a toujours un accroc quelque part.

– Un empire immobilier, dit Milo.

– Il a de quoi faire. (Puis, d'un ton allègre :) Nous n'avons pas le temps de chômer ! Où le cambriolage s'est-il produit, cette fois ?

– Aucune importance, dit Milo. Donc, c'était le patron. Il n'est pas resté longtemps.

– Il a juste pris quelques papiers. (Elle sourit.) Pas ce à quoi vous vous attendiez, hein ?

Milo hocha la tête.

– Vous connaissez le proverbe, inspecteur. Les apparences sont trompeuses.

– Quand revient-il ?

– Difficile à dire. Il est souvent sur la route. Comme il a des biens dans quatre comtés, il se déplace beaucoup. Nous le taquinons, nous lui disons qu'il devrait s'acheter une belle voiture, sûr qu'il a de quoi se la payer. Mais il adore sa Buick. Sonny, vous ne le verrez jamais frimer.

– Discret.

– C'est vraiment un type épatant.

– Pourriez-vous lui téléphoner pour lui dire que nous sommes là ?

– Désolée, répondit-elle. Sonny n'a pas le téléphone à bord. C'est son côté vieux jeu ; il dit qu'il n'aime pas être dérangé quand il réfléchit.

– Soucieux de sa sécurité, dit Milo.

– C'est un type plutôt prudent. Voulez-vous que je lui transmette un message ? Sur l'immeuble où il y a eu un cambriolage ?

– Merci, mais il vaudrait mieux que nous lui parlions de vive voix.

– D'accord, dit Cheryl Bogard. Je lui dirai que vous êtes passés.

– Vous ne sauriez pas quand il va revenir ?

– Au pif, je dirais en fin d'après-midi. S'il revient. On ne sait jamais, avec lui.

Milo lui donna une carte.

– Au cas où nous ne parviendrions pas à le joindre aujourd'hui, dites-lui de nous appeler.

– Je n'y manquerai pas.

Cheryl Bogard regagna son poste de travail, posa la carte devant elle, leva les yeux et nous fit un signe d'adieu.

Milo se dirigeait vers la porte quand il changea d'idée, revint vers elle, lui dit quelque chose, écouta sa réponse.

– Que lui as-tu demandé ? lui dis-je quand nous sortîmes dans le couloir.

– Ce qu'il y avait dans le sac. (Il se frotta le côté du nez.) Tootsie Rolls, M&M's et Almond Joy. Papy Sonny apporte des friandises aux petites. Elle m'a dit qu'elles surveillaient toutes leur ligne et se contentaient de picorer. Lui finit les restes.

XXVIII

À une rue du siège social de Sonny Koppel, une cafétéria se signalait par un vaisseau spatial des années quarante au décollage sur une toiture en tôle émeraude. Nous prîmes place au comptoir désert, humâmes l'arôme d'œufs qui grésillaient dans la graisse, et commandâmes un café à une serveuse assez vieille pour être notre mère.

Milo appela les Immatriculations sur son portable. L'adresse figurant sur le permis de conduire d'Edward Albert Koppel était l'immeuble dont nous sortions. Quatre véhicules étaient enregistrés à son nom : la Buick, une Cutlass de cinq ans, une Chevrolet de sept ans et une Dodge de onze ans.

– Il achète américain, constatai-je.

– Tu l'as vu. Tu imagines Mary Lou s'entichant de ce genre de bonhomme ?

– Leur mariage remonte à des lustres, quand il faisait son droit. Il avait peut-être une autre allure.

– Le marchand de bonbons… Sa secrétaire a l'air d'une fille bien. (Il expédia son café et tambourina du bout des doigts sur le comptoir.) Patron attentionné, bon patriote, gars sans prétention… si ça paraît trop beau pour être vrai, probable que ça l'est, non ? On y va ?

– Où ?

– Tu rentres chez toi, moi je repars chez les Quick pour le nettoyage de la chambre de Gavin. Tu as eu le temps de vérifier les références de Gull ?

– Nickel.

– Ah bon ? Peut-être que Gavin s'en faisait une autre idée, et regarde ce qui lui est arrivé.

Deux jours s'écoulèrent sans qu'il me fasse signe. Ned Biondi ne m'avait pas rappelé et mes pensées s'étaient détachées des meurtres.

Robin fit un saut pour récupérer Spike. Malgré nos deux jours de compagnonnage, il m'accabla de nouveau de son mépris dès la seconde où il aperçut le Ford. Fonçant sur Robin qui s'accroupissait dans l'allée, sautant dans ses bras, suscitant ses rires.

Elle me remercia de l'avoir gardé et me tendit un petit paquet-cadeau bleu.

– Il ne fallait pas.

– Pour te remercier de m'avoir dépannée, Alex.

– Comment était Aspen ?

– Des hommes à l'air sadique avec des blondes pas recommandables au bras, des quantités de peaux d'animaux trucidés, les plus belles montagnes que je connaisse.

Elle joua avec une boucle d'oreille. Spike s'assit docilement à ses pieds.

– N'importe, dit-elle.

Quand elle fit mine de vouloir m'embrasser sur la joue, je feignis de ne pas le remarquer et tournai les talons. Inaccessible.

J'entendis la porte du pick-up se refermer. Robin était au volant, l'air déconcerté. Elle mit le contact.

Je lui fis signe de la main.

Elle me fit signe aussi, hésitante. Spike se mit à lui lécher la figure et elle démarra.

J'ouvris le paquet bleu. Des boutons de manchettes en argent massif, en forme de minuscules guitares.

Je sortais de la douche quand Milo se décida à m'appeler.

– M. et Mme Quick semblent avoir pris des vacances. La maison est fermée à double tour. Son monospace à elle est là, pas sa voiture à lui, et une voisine a dit les avoir vus charger des bagages dans le coffre.

– Histoire de décrocher un peu.

– Il faut que j'aille dans cette chambre. J'ai laissé un message à la sœur, Eileen Paxton, mais elle ne m'a pas encore rappelé. Enchaîné sur M. Sonny Koppel. Il conduit des antiquités et s'habille comme un clochard, mais la pauvreté n'y est pour rien. Ce gaillard est à la tête de deux cents parcelles de biens immobiliers. Des locaux commerciaux et résidentiels qu'il loue, cela dans quatre comtés, exactement comme sa secrétaire l'a dit.

– Un magnat de l'immobilier, c'est sûr.

– Il possède aussi toutes sortes de sociétés en holding et sociétés anonymes pour couvrir ses arrières. Il m'a fallu tout ce temps pour aboutir à l'essentiel : le bonhomme est une grosse pointure, Alex, et à première vue il aime faire équipe avec le gouvernement.

– Au niveau fédéral ?

– À tous les niveaux, fédéral, État, comté. Beaucoup de ses holdings semblent être cofinancées par des fonds publics. Il s'agit d'ensembles d'habitations à loyer modéré, résidences pour le troisième âge, constructions anciennes, centres subventionnés. Et devine quoi : foyers de réinsertion pour détenus en libération conditionnelle. Dont celui de la 6e Rue où crèche Roland Kristof. Les lois de l'État stipulent que nous devons payer la pension et la surveillance des repris de justice, moyennant quoi Koppel fait son beurre.

– Par civisme, lui rappelai-je.

– Une combinaison géniale. Tu trouves un immeuble ou un projet de construction pouvant prétendre à des crédits d'impôts ou à une subvention, tu partages les coûts avec M. Tartempion, tu ramasses toutes les rentrées. Côté antécédents dudit Koppel, tout ce que j'ai pu découvrir, c'est qu'il a bien fait ses deux premières années d'études supérieures, puis la fac de droit à l'U. Mais il n'a jamais exercé et je ne trouve aucune trace d'inscription au barreau. Il s'est débrouillé pour trouver des fonds et bâtir un empire.

– L'immeuble de bureaux où Pacifica a son cabinet est-il subventionné par l'État ?

– À première vue, non, me dit-il. Mais pas parce qu'il est à

Beverly Hills. Koppel y possède des biens, une résidence du troisième âge dans Crescent Drive et un centre commercial dans La Cienaga, biens qui ont été financés avec l'argent du contribuable. La résidence a bénéficié d'un don HUD[1] et le petit centre commercial a obtenu une subvention de la FEMA[2] parce qu'un tremblement de terre avait endommagé les magasins qui s'y trouvaient avant.

– Il sait exploiter le système.

– Et intelligemment. Son nom n'apparaît sur les documents que lorsqu'il intente une action en justice ou qu'on lui fait un procès. Plus souvent le premier cas, loyers en retard et expulsions. De temps en temps un locataire le poursuit pour une mauvaise chute due à l'état des lieux. Tantôt il règle l'affaire à l'amiable, tantôt il riposte. Quand il riposte, il gagne. Huit cabinets d'avocats défendent ses intérêts, tous dans le centre-ville, tous avec pignon sur rue. Mais attends : il ne vit même pas dans une maison à lui, encore moins un manoir. Sa résidence principale, et crois-moi, pas facile à trouver, est un appartement dans Mapel Drive à Beverly Hills. Ça sonne bien à l'oreille, mais n'imagine pas une copropriété de luxe : juste un vieil immeuble plutôt minable de six appartements. L'endroit appartient à une de ses sociétés anonymes et Monsieur y vit dans un trois pièces donnant sur l'arrière. La gérante ne sait même pas que son locataire est en réalité son propriétaire, elle m'a parlé de lui comme du « gros, vraiment pépère », et m'a dit que les propriétaires étaient des Iraniens qui habitaient à Brentwood. Pour plusieurs de ses immeubles de location, Koppel emploie un couple du nom de Fahrizad pour lui servir de façade.

– Insaisissable, résumai-je.

– C'est ce qu'on va voir.

La portion de Mapel Drive où vivait Koppel était comprise entre Beverly Boulevard et Civic Center Drive. Un secteur

1. Soit : du ministère du Logement.
2. Organisme chargé d'aider les victimes de catastrophes naturelles.

mélangé, le côté ouest étant occupé par un mastodonte revêtu de granit qui abritait le siège de Mercedes Benz, un complexe dispendieux de bureaux paysagers de prestige qui répondait aux exigences d'avocats du monde du spectacle et d'agents de cinéma, à quoi s'ajoutait la poussière d'une tour agressive en construction.

De l'autre côté de la rue se dressaient des ensembles d'appartements d'un étage, vestiges de la fièvre immobilière de l'après-guerre. Celui de Koppel figurait parmi les plus ingrats, un cube gris délavé typique, à toiture en matériau composite de mauvaise qualité.

Sa Buick était garée derrière, coincée dans l'une des six places du parking à ciel ouvert. En faisant le tour du quartier, nous découvrîmes les autres véhicules de Koppel, tous garés à moins de deux pâtés de maisons, chacun affichant une autorisation de stationner émise par la municipalité de Beverly Hills et valide.

Une Oldsmobile, une Chevrolet, une Dodge. Grise, grise, vert foncé. Des tonnes de poussière sur les deux premières. La Dodge avait eu droit à un lavage récent. Je restai dans la Seville tournant au ralenti, le temps que Milo descende inspecter chaque véhicule. Tous vides.

Je me garai et nous gagnâmes l'immeuble de Koppel.

Sonny Koppel vint nous ouvrir, tenant un pot en plastique gris-bleu rempli de pop-corn qu'il enfournait à pleine main. Le parfum rappelait l'odeur de foyer de cinéma qui imprégnait l'immeuble de Pacifica. Koppel hocha la tête avant même que Milo ait sorti sa plaque, comme s'il nous attendait, et nous fit signe d'entrer. Il portait un sweat-shirt de l'U bleu roi sur un pantalon de pyjama à carreaux, et des pantoufles beiges en tissu frisotté.

Un mètre soixante-quinze, cent vingt kilos au minimum, bedaine en ballon de rugby ; des cheveux châtains tirant sur le roux et en voie de disparition frisaient au-dessus d'un crâne allongé, déjà chauve et luisant. Une barbe de deux jours donnait l'impression que son visage était couvert de pellicules. Des yeux bleus de cocker, grosses lèvres molles, membres courts et épais, mains comme des battoirs et aux ongles trop ras.

Derrière lui, un antique téléviseur RCA à écran de quarante-huit centimètres débitait à plein volume les informations financières d'une chaîne câblée. Koppel baissa le son.

– Les filles m'ont dit que vous étiez passés, nous expliqua-t-il d'une voix de basse somnolente. C'est au sujet de Mary, n'est-ce pas ? Je me demandais si vous alliez me contacter... Venez, asseyez-vous.

Il s'interrompit pour étudier une cote de valeur mobilière sur l'écran, éteignit l'appareil, ôta une grosse pile de journaux d'un canapé à carreaux et la posa sur une table d'appoint à pieds en métal. Quatre chaises en vinyle rouge entouraient la table. Des livres de comptes à reliure cartonnée en occupaient deux. Des registres et blocs format ministre, des stylos-billes et des crayons, une calculatrice manuelle, des boîtes de Diet 7-Up et un assortiment d'hydrates de carbone en sachets couvraient une moitié de la table.

L'appartement se réduisait à l'essentiel : murs blancs, plafonds bas, un espace sur le devant qui faisait office de séjour-coin repas, une kitchenette, une arcade en stuc au-delà de laquelle on devinait la salle de bains et les chambres. Rien sur les murs. La cuisine était encombrée, mais propre. Non loin du plan de travail, un PC trônait sur une table roulante. Aquarium en économiseur d'écran. Un climatiseur cliquetait.

– Puis-je vous offrir quelque chose à boire ? demanda Sonny Koppel.

– Non merci.

– Vous êtes sûrs ?

– Absolument.

Ses épaules massives et molles se soulevèrent et retombèrent. Il soupira, s'enfonça dans un fauteuil à position réglable, resta droit.

Milo et moi prîmes le canapé écossais.

– Alors, dit Koppel, que puis-je pour vous ?

– D'abord et avant tout, pouvez-vous nous dire quoi que ce soit sur votre ex-femme qui puisse nous aider à résoudre le meurtre ?

– J'aimerais bien. Mary était une personne hors du commun… séduisante, remarquablement intelligente.

Il se passa la main sur le crâne. Au lieu de s'aplatir, ses cheveux se hérissèrent sous l'effet de l'électricité statique et ondulèrent comme s'ils étaient dotés de vie. Il faisait sombre dans la pièce ; la fluorescence venant de la cuisine l'éclairait de dos et ses cheveux lui faisaient un halo. Un clown triste en pantalon de pyjama avec une auréole.

– Vous vous demandez, reprit-il, comment une femme comme elle a pu accrocher avec un type comme moi.

Ses lèvres s'enroulèrent comme des mini-paupiettes de bœuf dans un semblant d'expression amusée.

– Quand on s'est connus, Mary et moi, j'avais une autre allure. À l'époque, je tenais plus du bloqueur de base-ball que du sumo. Côté sports, je me débrouillais plutôt bien, j'avais obtenu une bourse de base-ball pour aller à l'U et je m'imaginais déjà dans une grande ligue.

Il s'arrêta, comme attendant une remarque. Rien ne venant, il continua :

– Après, je me suis esquinté un tendon et j'ai compris que je devais songer aux études si je voulais me débrouiller dans la vie.

Sa main plongea dans le seau de pop-corn. Il y puisa une pleine poignée de grains soufflés, qu'il transféra dans sa bouche.

– Vous avez fait la connaissance du Dr Koppel à la fac de droit ?

– Non, elle était en psy. On s'est rencontrés au centre de loisirs, elle nageait, je lisais. J'ai essayé de la draguer, mais elle m'a envoyé bouler. (Il se toucha le ventre comme sous l'effet d'un coup.) La seconde fois que j'ai tenté ma chance, elle a accepté d'aller boire un café, le courant est passé. On s'est mariés un an plus tard et on a divorcé deux ans après.

– Des problèmes ? demanda Milo.

– Qui n'en a pas ? lui renvoya Koppel. C'est quoi, le cliché… nos chemins se sont séparés ? Ça a tenu en partie à une histoire de manque de temps ; elle avec sa thèse et moi avec mes cours, on ne se voyait jamais. Mais surtout au fait que j'ai tout bousillé. J'ai eu une liaison avec une étudiante de ma section. Pour ne rien arranger, elle était mariée, si bien que ça a fichu la pagaille dans deux ménages. Mary a eu vite fait de me larguer, elle voulait que les choses soient nettes. C'est la plus grosse connerie que j'aie jamais faite de ma vie.

– La tromper ?

– La laisser partir. Mais, de toute façon, probable qu'elle aurait fini par s'en aller, même si j'avais été fidèle.

– Pourquoi ça ?

– Je ne savais pas bien où j'en étais à l'époque, dit Koppel. Pas d'objectif. Je m'étais inscrit en droit parce que je ne voyais pas quoi faire d'autre. Mary, c'était exactement l'inverse : déterminée, sachant ce qu'elle voulait. Elle a… (Son visage se crispa.) Elle avait une forte personnalité. Du charisme. Je n'aurais pas pu être à la hauteur.

– On dirait que vous vous minimisez, dit Milo.

Koppel parut sincèrement étonné.

– Non, je ne pense pas.

– J'ai effectué quelques recherches sur vous, monsieur, et vous êtes un des plus gros propriétaires immobiliers de la Californie du Sud.

Il agita une main épaisse.

– C'est comme jouer au Monopoly.

– Vous avez bien joué.

– J'ai eu de la chance. (Il sourit.) La chance d'être un paumé.

– Un paumé ?

– J'ai failli me faire virer de la fac de droit, ensuite j'ai eu la trouille de m'inscrire au barreau. J'ai commencé à avoir des crises d'anxiété à l'idée de le faire, crises qui m'ont envoyé deux fois aux Urgences. Une fausse crise cardiaque, vous connaissez… Mary et moi avions déjà nos problèmes, mais elle m'a aidé tout du long. Exercices de respiration profonde, me faisant imaginer des scènes qui me relaxaient. Ça a marché et les crises ont cessé, et Marie pensait que j'allais m'inscrire. J'y suis allé, tôt un matin, j'ai regardé la salle, j'ai fait demi-tour, et voilà. Cette dérobade l'a plus contrariée que le fait que je l'aie trompée. Peu après, elle entamait la procédure de divorce.

La main de Koppel s'agita de nouveau, mollement cette fois.

– Deux mois plus tard, ma mère est morte en me laissant un immeuble d'appartements dans la Vallée, et du jour au lendemain je me suis retrouvé propriétaire. Au bout d'un an j'ai vendu ce bien, et avec la plus-value et un prêt bancaire j'ai investi dans un immeuble plus important. J'ai continué comme ça pendant quelques années… acheter pour revendre. L'immobilier flambait et j'ai bien tiré mon épingle du jeu.

Il haussa les épaules et enfourna d'autres grains de pop-corn.

– Vous êtes un homme modeste, monsieur Koppel, dit Milo.

– Je sais ce que je suis et ce que je ne suis pas. (Il détourna la tête, comme fuyant l'introspection. Sa mâchoire trembla.) Avez-vous une idée de qui a tué Mary ?

– Non, monsieur. Et vous-même ?

– Moi ? Non, bien sûr.

– Elle a été tuée chez elle, dit Milo. Aucune trace d'effraction.

– Vous voulez dire… quelqu'un qu'elle connaissait ?

– Vous voyez des candidats, monsieur ?

– Je ne connaissais pas les fréquentations de Mary.

– Vous aviez beaucoup de contacts, elle et vous ?

– Nous étions restés amis, et je continuais à lui verser une pension alimentaire.

– De quel montant ?

– Ça a évolué, répondit Koppel. Juste après le divorce, elle n'a eu que les meubles de notre appartement car nous étions tous les deux des étudiants sans le sou. Quand j'ai commencé à gagner ma vie correctement, elle m'a téléphoné et demandé une compensation. Nous sommes tombés d'accord sur un chiffre, que j'ai augmenté au fil des ans.

– À sa demande ?

– Parfois. D'autres fois, j'ai pris l'initiative de partager un peu de ma bonne fortune.

– Assurant le bonheur de l'ex, dit Milo.

Il ne répondit pas.

– Monsieur, quel montant lui versiez-vous au moment de sa mort ?

– Vingt-cinq mille par mois.

– Généreux.

– Question d'honnêteté, lui renvoya Koppel. Elle est restée avec moi quand j'ai eu besoin d'elle. M'aider comme elle l'a fait pendant ces crises d'angoisse alors que je l'avais trompée… Ça méritait quelque chose.

– Vingt-cinq mille par mois, répéta Milo. J'ai examiné ses relevés bancaires, mais je n'y ai vu aucun versement de cette importance.

– Vous ne pouviez pas, dit Koppel. Mary vivait de sa profession et réinvestissait tout ce que je lui donnais.

– Dans quoi ?

– Nous avons plusieurs de mes biens en société de personnes.

– Elle vous laissait garder ce que vous lui deviez et le réinjecter dans vos avoirs ?

– Mary a fait de belles plus-values en étant mon associée.

– Qui récupère sa part des sociétés maintenant qu'elle est morte ?

Les doigts de Koppel effleurèrent le bord du seau de pop-corn.

– Tout dépendra de son testament.

– Je n'ai pas trouvé de testament et aucun exécuteur testamentaire ne s'est manifesté.

– Ça ne me surprendrait pas, dit Koppel. Depuis des années, je lui disais de prévoir sa succession. Entre sa clientèle et les sociétés, elle se constituait un magot confortable. On aurait pu croire qu'elle m'écouterait, organisée comme elle l'était. Mais elle ne voulait rien entendre. À mon avis, elle refusait de penser à la mort. Ses parents étaient décédés relativement jeunes, et il lui arrivait d'avoir des pressentiments.

– Elle craignait de mourir jeune ?

– De mourir avant son heure.

Des larmes perlèrent aux cils inférieurs de Koppel. Le reste de son visage pas rasé resta impassible.

– Avait-elle eu de ces pressentiments récemment ?

– Je ne sais pas, dit Koppel. Je parlais de l'époque où on était mariés.

– Dans l'hypothèse où il n'y aurait pas de testament, reprit Milo, que deviennent ses biens immobiliers ?

– S'il n'y a pas de créanciers ni d'héritiers, dit Koppel, ils me seront reversés. À cent pour cent pour ceux sur lesquels j'ai des hypothèques… Je possède une petite société de financement, ce qui me permet de gérer tout en interne. Pour ceux qui sont financés par des banques, j'aurais le choix de racheter la part de Mary ou de vendre.

– De toutes façons, vous récupéreriez tout.

– En effet.

Milo croisa les jambes.

Koppel lâcha un rire enroué de basse.

– Quelque chose vous amuse, monsieur ?

– Vos sous-entendus, lui répliqua Koppel. Je suppose que c'est logique, lieutenant, mais faites le calcul : les avoirs de Mary se montent à… je dirais un et demi, voire deux millions de dollars, suivant le marché de l'immobilier. Pas une bagatelle, je vous l'accorde. Elle aurait pu jouir d'une retraite sympathique plus tard. Mais pour moi, cette somme ne signifie pas grand-chose… Vous dites que vous avez enquêté sur mes avoirs ?

– Deux millions ? Une goutte d'eau dans un seau rempli à ras bord, dit Milo.

– Ça paraît prétentieux, admit Koppel, mais c'est la vérité. Deux millions ne feraient aucune différence.

– Quand la conjoncture est favorable, dit Milo.

– Elle l'est, lui répondit Koppel. Elle l'est toujours.

– Pas de problèmes dans les affaires ?

– Il y en a toujours. Le tout est de les prendre comme un défi. (Il coinça le seau de pop-corn entre ses genoux.) Ce qui m'est d'autant plus facile que l'acquisition de biens matériels ne m'intéresse pas. Je m'occupe d'immobilier parce que c'est un secteur qui semble être dans mes capacités. Comme je n'ai pas de grands besoins, je ne croule pas sous les gadgets, j'ai toujours des liquidités. En clair, le marché n'est jamais mauvais. Les prix chutent, j'achète. Ils flambent, je vends.

– La vie est belle, conclut Milo.

– J'aimerais bien retrouver ma forme physique, et l'histoire de Mary me bouleverse. Mais quand je prends du recul et que je fais le point, oui, j'ai beaucoup de raisons d'être reconnaissant à la vie.

– Parlez-moi des foyers de réinsertion que vous possédez, monsieur.

Il tiqua.

– Vous avez vraiment poussé vos recherches.

– Je suis tombé sur un ancien repris de justice qui passait l'aspirateur dans l'immeuble du Dr Koppel et ça m'a rendu curieux.

– Ah ! dit Koppel. Ma foi, j'emploie pas mal de ces gars-là pour les travaux de gardiennage. Quand ils sortent, ils font du bon boulot.

– Vous posent-ils des problèmes d'assiduité ?

– Pas pires que les autres.

– Pas de fauche ?

– Même réponse, les gens sont ce qu'ils sont. Au fil des années, j'ai perdu quelques outils, quelques meubles, mais ça fait partie du risque.

– Votre secrétaire parlait de cambriolages.

– De temps en temps, dit Koppel. Mais pas dans les foyers. Qu'y aurait-il à emporter ?

– Vous recrutez vos portiers parmi vos locataires ?

– Ils me sont recommandés par les gérants des foyers. Ils m'envoient des gars qu'ils jugent fiables.

Il leva le seau de pop-corn.

– Comment vous êtes-vous branché sur ce milieu ?

– Je suis dans l'immobilier. Une bonne partie de mes biens consiste en foyers de réinsertion.

– Comment y êtes-vous venu, monsieur ?

– Je ne l'aurais jamais fait tout seul. Je suis un progressiste au grand cœur, mais jusqu'à un certain point. C'est une idée de Mary. À vrai dire, j'étais plutôt méfiant, mais elle a fini par me convaincre.

– Comment a-t-elle eu cette idée ?

– Sur une suggestion du Dr Larsen, je crois – un de ses associés. L'avez-vous déjà interrogé ?

Milo hocha la tête.

– C'est un expert de la réforme des prisons, dit Koppel. Il en a parlé à Mary, qui s'est enthousiasmée. Elle disait que se constituer un capital ne lui suffisait pas, qu'elle voulait que ses placements servent au bien social.

– Les foyers de réinsertion sont les biens que vous aviez en copropriété ?

– Elle avait aussi des parts dans quelques immeubles de rapport de type courant.

– Beaucoup d'idéalisme dans tout ça.

– Quand Mary se passionnait pour une cause, elle lui accordait toute son attention.

– Mais vous avez essayé de l'en détourner.

Koppel leva une jambe pour la croiser, changea d'idée et posa avec détermination un pied pesant sur la moquette.

– J'ai abordé la question en homme d'affaires. Je lui ai dit : on regarde l'actif et le passif. Mary a potassé le problème, m'a montré les subventions que l'État proposait, et j'ai dû reconnaître qu'elles paraissaient substantielles. N'empêche, je m'inquiétais des dégradations éventuelles des locataires, et je suis allé jeter un coup d'œil sur les individus dont vous me parlez. Je lui ai dit aussi que je pouvais obtenir des financements équivalents, sinon meilleurs, sur des placements moins risqués à première vue – résidences du troisième âge, bâtiments historiques pour lesquels, si on respectait l'intégrité de la construction, on pouvait compter sur trois sources de financement indépendantes.

Il avait les yeux secs maintenant et son débit s'était accéléré. Dans son élément.

– Mary vous a convaincu, dit Milo.

– Mary m'a dit que les locataires seraient plus fiables, et non moins, parce qu'ils ne payaient pas de loyer et que par conséquent rien ne les incitait à partir. En plus, l'État les obligeait à se présenter aux agents de probation et fournissait des gérants attachés à l'immeuble et des vigiles. Il a fallu qu'elle me travaille un moment, mais j'ai accepté de tenter le coup. La décision la plus intelligente que j'aie jamais prise.

– Une bonne affaire ?

– Le financement est en béton – des subventions publiques à long terme facilement reconductibles – et on peut obtenir les immeubles pour une bouchée de pain, car ils sont toujours situés dans des zones périphériques. Vous ne collez pas un meublé rempli de repris de justice à Bel Air, pas vrai ? Donc, pas d'opposition de la part des riverains, pas de problèmes de zonage, et une fois que vous avez financé ce qui n'est pas couvert par l'État, les loyers sont appréciables. Et écoutez ça : en matière de surface au sol, la rentabilité approche celle de Beverly Hills, car il ne s'agit pas d'appartements de plusieurs pièces, mais uniquement de studios. Et, à la différence d'une résidence du troisième âge où c'est la mort qui met fin au bail, d'où problèmes d'occupation, vous savez que les locataires ne font que passer mais que vous referez toujours le plein.

– Pas de pénurie de truands.

– À première vue, non, dit Koppel. Et il s'avère qu'il y a moins de travaux de remise en état. Comme les salles de bains sont communes, tout ce qui est plomberie est regroupé, et il n'y a pas de cuisine dans les studios : les locataires disposent seulement de plaques chauffantes. Qu'ils ne peuvent utiliser qu'à certaines heures. D'accord, il y a de la paperasserie, mais rien que je ne connaisse déjà. Et, soyons clairs, l'État tient à ce que ce soit un succès.

– « Succès » signifiant ?

– Que les résidents restent là et ne rôdent pas dans la communauté pour blesser ou tuer quelqu'un.

– Je signe où ? lui envoya Milo.

Koppel sourit.

– J'aurais dû savoir qu'écouter Mary ne m'aurait jamais lancé sur une mauvaise piste. (Il déplaça sa masse dans le fauteuil.) Et maintenant elle n'est plus. Je n'arrive pas à le croire... Y a-t-il autre chose que je puisse vous dire ?

– Pour en revenir aux foyers, monsieur. Si lucrative qu'ait été l'affaire, vous n'avez jamais eu de voies de fait de la part des locataires ?

– Tous les problèmes se règlent en interne, répondit Koppel. Je ne suis pas gardien de prison. Juste propriétaire des murs, l'État se charge de la gestion. Pourquoi, vous pensez qu'un de ces truands a tué Mary ?

– Nous n'en avons aucune preuve, dit Milo. Simplement, nous étudions toutes les hypothèses. (Il ouvrit son calepin.) Qu'est-ce que Planning caritatif ?

– Ma fondation, dit Koppel. Je verse dix pour cent par an. De mes revenus après impôts.

– Nous sommes entrés plusieurs fois dans l'immeuble et n'avons jamais vu le moindre signe d'activité au rez-de-chaussée.

– Parce qu'il n'y en a guère. J'y passe deux fois par mois et je fais des chèques à des causes qui le méritent. Ça prend un moment parce qu'on est sollicité en permanence et que tout s'empile.

– Une suite entière de bureaux en rez-de-chaussée pour rédiger des chèques ? On est à Beverly Hills, monsieur Koppel, l'espace vaut de l'or. Pourquoi ne pas louer ?

– J'ai signé un bail l'an dernier à un client intéressé par la totalité du rez-de-chaussée. Une société de courtage en ligne. Vous connaissez les déboires du marché. L'affaire est tombée à l'eau. J'envisageais de fractionner la surface : louer la plus grande partie et garder un petit bureau pour Planning caritatif. Mais Mary m'a demandé de ne rien faire jusqu'à ce que Larsen, Gull et elle aient décidé s'ils voulaient les locaux.

– Pourquoi s'y intéressaient-ils ?

– Pour étendre leurs activités. Ils envisageaient de se lancer dans la thérapie de groupe, il leur fallait plus d'espace. Moi, je n'utilise qu'un petit bureau, le reste est vide. Mary devait me donner la réponse d'ici une semaine.

– Thérapie de groupe, répétai-je.

– Du point de vue professionnel, le projet me paraissait rentable. Traiter le maximum de patients dans un minimum de temps. J'ai dit à Mary en blaguant qu'elle aurait pu y penser plus tôt. (Koppel sourit.) Elle m'a répondu : « Sonny, toi, tu es dans la finance, moi je soigne. Tenons-nous à ce que nous savons faire. »

Il tirailla le coin de sa bouche, avala un peu de pop-corn.

Milo lui montra la photo de la fille.

Koppel mastiqua plus vite, eut du mal à déglutir.

– C'est qui ?

– Quelqu'un d'autre qui s'est fait tuer.

– Quelqu'un d'autre ? Lié à Mary ?

– Je l'ignore, monsieur.

– Vous voulez me dire que ce qui s'est passé faisait partie d'un… que ce n'était pas juste Mary ?

Milo haussa les épaules en signe d'ignorance.

– De quoi s'agit-il exactement, lieutenant ?

– Je ne peux rien vous dire d'autre, monsieur. Flora Newsome, ce nom vous dit-il quelque chose ?

Koppel fit signe que non. Jeta un coup d'œil rapide à la photo.

– C'est elle ?

– Et Gavin Quick ?

– Je connais un Quick, dit Koppel, mais pas Gavin.

– Qui connaissez-vous ?

– Jerry Quick… Jerome Quick. C'est un de mes locataires. Qui est Gavin ? Son fils ? Le garçon qui a eu un accident ?

– Vous êtes au courant.

– Jerry m'en a parlé, il m'a dit que son fils avait des troubles émotionnels. Je l'ai dirigé sur Mary.

– Depuis combien de temps M. Quick est-il votre locataire ?

– Quatre mois.

Il parut inquiet.

– Un bon locataire ?

– Il paie son loyer, mais pas toujours à l'heure. J'ai l'impression qu'il… m'utilise un peu. Surtout après que j'ai eu écouté ses problèmes et lui ai indiqué quelqu'un. J'ai été obligé de faire quelques petites visites à Jerry. (Il sourit.) Non, pas ce qu'on pourrait croire, pas des gros bras avec des battes de base-ball, juste pour discuter, et il a fini par payer.

– Ai-je des raisons d'imaginer des gros bras avec des battes de base-ball, monsieur ?

Koppel rougit.

– Non, bien sûr. Gavin a un problème ?

– Il est décédé.

– Assassiné lui aussi ?

– Oui, monsieur.

– Mon Dieu... Quel lien avec Mary ?

– Pour l'instant, nous savons seulement que Gavin était son patient et que tous deux sont morts.

– Mon Dieu, répéta Koppel. Il y a beaucoup de choses que vous ne pouvez pas me dire.

– Et vous, monsieur, y a-t-il autre chose que vous pourriez nous dire ?

Koppel réfléchit.

– Je le souhaiterais. Mary et moi... nous nous parlions rarement, sauf si les affaires l'exigeaient. Mais, de toute façon, on n'avait pas grand-chose à se dire. J'avais conçu notre partenariat de façon à ne pas empiéter sur son temps. Elle avait ses patients, il ne fallait pas que d'autres soucis la retiennent. L'immobilier est quelquefois très accaparant. Pour que vos biens fructifient, vous devez les dorloter comme des enfants. Je passe mon temps sur les routes.

– Toutes ces voitures... dit Milo.

– Je sais, je sais, ça paraît peut-être excentrique, mais j'ai besoin d'avoir des véhicules fiables... Le fils de Jerry, il était jeune, non ? Un gamin ?

– Il avait vingt ans.

Le visage de Koppel avait pris une teinte malsaine – une bolognaise restée trop longtemps hors du réfrigérateur.

– Vous ne pouvez rien me dire ?

– En fait, nous ne savons pas grand-chose nous-mêmes.

– Le fils de Quick... La fille que vous m'avez montrée – Flora – était aussi une patiente de Mary ?

– La fille que nous vous avons montrée n'a toujours pas été identifiée, j'ignore donc si elle faisait partie des patients du Dr Koppel. Les dossiers sont confidentiels et nous n'y avons pas accès.

– Toutes vos questions sur les foyers, continua Koppel. Vous voulez dire que vous soupçonnez un de mes... qu'un de ces locataires a quelque chose à voir avec une abomination quelconque ? Si c'est le cas, je vous en prie, dites-le-moi. J'ai vraiment besoin de le savoir !

– Pensez-vous que ce soit une possibilité, monsieur ?

– Mais comment le saurais-je ? beugla Koppel.

Une de ses mains eut un geste spasmodique, cogna le seau de pop-corn et l'envoya gicler.

Pluie jaune. Quand elle se calma, Koppel était couvert de grains et de pellicules de maïs et de poussière.

Il nous regarda fixement, le souffle court. Milo alla dans la cuisine et prit des essuie-tout à un dévidoir en bois. Il revint, commença à épousseter Koppel, lequel lui arracha l'essuie-tout et se fustigea tout seul. Quand il s'arrêta enfin, des particules jaunes s'accrochaient encore à son sweat-shirt et à son pantalon de pyjama.

Il ne bougea pas de son siège, le regard vissé sur nous, continuant à haleter.

– Que pouvez-vous nous dire d'autre sur Jerome Quick ?

Koppel ne répondit pas.

– Monsieur ?

– Je suis désolé. D'avoir perdu mon calme. Mais vous me paniquez. D'abord Mary, ensuite le fils de Jerry Quick. Cette fille…

Milo reposa sa question.

– Il n'a pas réglé son loyer dans les temps, c'est tout. Il a invoqué les aléas de son entreprise. Il est dans le commerce des métaux, il table sur la ferraille. De temps en temps, il est sur un coup qui le remet à flot pendant un moment ; sinon, il perd de l'argent. Moi, ça me paraissait plus un jeu de hasard qu'une entreprise. Si j'avais su, je ne l'aurais pas accepté comme locataire.

– Il ne vous avait rien dit ?

– C'est un agent de prêt-bail qui me l'a envoyé. Jusqu'ici, je n'ai pas eu à me plaindre d'eux, dit Koppel. Non que son loyer aille chercher très haut. Mes prix sont raisonnables, je préfère des locataires stables.

Baissant les yeux, il récupéra des fragments de pop-corn en perdition sur son pyjama. Les remit d'abord dans le seau. Mangea le reste.

– Son fils. Pauvre Jerry… Il va falloir que je lâche du lest.

Il se leva brusquement avec une grâce inattendue, s'épousseta encore et se rassit.

– Quel genre de problèmes émotionnels Jerry Quick a-t-il évoqués ?

– Il n'a pas précisé. Au début j'ai hésité à le croire. Il a abordé le sujet alors que nous avions une de nos discussions sur le loyer. Au deuxième mois, il avait déjà vingt jours de retard. J'étais passé pour en parler et il me racontait une histoire à pleurer, qu'il s'était fait pigeonner dans un contrat, avait perdu gros, et que pour couronner le tout son gamin avait des problèmes psychologiques.

– Il n'a pas dit lesquels.

– J'en avais rien à faire. Je pensais qu'il voulait juste m'attendrir sur son sort. Pour le coincer, je lui ai parlé d'une thérapie, je lui ai dit : « Dans ce cas, pourquoi ne pas l'adresser à quelqu'un qui puisse l'aider ? » À quoi il m'a répondu : « Oui, il faut que je le fasse. » Et j'ai dit : « Mon ex-femme est psychologue et a son cabinet près de chez vous. Vous voulez son téléphone ? » Il m'a dit oui, et je le lui ai donné. Comme je vous le disais, j'ai cru à un prétexte. Donc, il a donné suite.

Milo acquiesça.

– Et depuis, il paie son loyer ? demanda-t-il.

– Avec un retard chronique.

– Le Dr Koppel ne vous a jamais dit qu'elle avait son fils en thérapie ?

– Elle n'aurait jamais fait une chose pareille ! Le secret professionnel, elle était intransigeante là-dessus. Tout le temps où on a été mariés, elle ne m'a jamais parlé de ses patients. Encore une qualité que j'admirais chez elle. Son respect de l'éthique.

– Monsieur Koppel, dit Milo, où étiez-vous la nuit où votre ex-femme a été tuée ?

– Vous plaisantez.

– Non, monsieur.

– Où j'étais ? Ici.

– Seul ?

– Ne remuez pas le couteau dans la plaie, dit Koppel. Ce soir-là, je crois que je suis tombé sur Mme Cohen, la prof' de dessin

– elle habite sur le devant. Nous sortions nos ordures. Vous allez l'interroger ? Dans ce cas, pouvez-vous ne pas lui dire que je suis son propriétaire ?

– C'est un secret ? demanda Milo.

– Je préfère rester discret. Comme ça, je peux rentrer chez moi et me détendre sans que des locataires se pointent pour des réparations.

– Une maison individuelle vous l'éviterait.

– D'accord, d'accord, je suis excentrique, dit Koppel. Le problème avec une maison, c'est l'entretien, et ma vie entière se passe déjà à ça. Et puis je n'ai pas besoin de place.

– Vous n'avez pas beaucoup de choses.

– Est-ce si raisonnable d'en accumuler ?

– Donc, vous avez passé toute la nuit chez vous ?

– Comme je le fais toujours. Sauf quand je suis sur la route.

– Vous êtes souvent sur la route ?

– Un jour ou deux par semaine.

– Où descendez-vous ?

– Dans des motels. Best Western de préférence. Mais j'étais chez moi cette nuit-là.

Milo se leva.

– Merci, monsieur.

– À votre service, lui répondit Koppel en arrachant du popcorn de ses vêtements.

XXIX

– Le magnat au cœur d'or, dit Milo quand nous fûmes de nouveau sur le trottoir. Tu gobes son histoire ?

– À mon avis, dès qu'on en vient au fric, c'est un type avec qui il faut compter. Tu ne vas pas voir Mme Cohen, la prof' de dessin ?

– Pour vérifier son alibi ? Elle l'a juste vu sortir les ordures. Cinq minutes en tout et pour tout dans la soirée, on est bien avancés.

– Tu le considères comme suspect ?

– Il est le propriétaire d'une tripotée de taulards, et il alignait vingt-cinq mille dollars par mois à Koppel. Elle morte, non seulement les versements cessent, mais il récupère tout le patrimoine immobilier de la dame. Côté mobile, on ne fait pas mieux. Ajoute qu'il se pose en homme d'affaires efficace, or il laisse vacant tout le rez-de-chaussée d'un immeuble de Beverly Hills. J'aimerais bien y mettre les pieds, découvrir la raison d'être de Planning caritatif.

– La thérapie de groupe, dis-je. Si Sonny était vraiment aussi épris de Mary qu'il le prétend, je l'imagine très bien gardant cet espace disponible pour elle.

– Tu ne le vois pas en meurtrier éventuel ?

– À t'entendre, il est de toute évidence sur ton écran radar. Mais quel mobile aurait-il eu pour tuer Gavin et la blonde ?

Il ne répondit pas. Nous gagnâmes ma voiture.

– Où en est la surveillance de Gull ? lui demandai-je.

– Il va travailler, il rentre à la maison. Sûr que son avocat lui a conseillé de garder profil bas.

– Le mensonge au sujet de la thérapie de Gavin… Jerry Quick aura voulu cacher qu'il avait eu le nom de Mary Lou par Sonny. Car si nous interrogions Sonny, nous saurions qu'il est mauvais payeur. Venant d'un médecin, ça faisait infiniment plus respectable.

– Sans doute. Mais on venait de lui tuer son fils, on l'aurait imaginé plus coopérant.

– Autre chose, continuai-je. Sonny a dirigé Gavin sur Mary Lou, or c'est Gull qui a hérité du dossier. Qui est bel et bien revenu ensuite à Mary. Sonny est peut-être mêlé à l'histoire, mais on ne m'ôtera pas de l'idée que la mort de Gavin est liée à sa thérapie. Idem pour Flora Newsome. Nous avons deux patients et leur thérapeute, tous morts.

– Tous. Quelqu'un que tous connaissaient. Ou qui les connaissait. Mais peut-être rien à voir avec la thérapie. Un taulard envoyé par Sonny pour nettoyer l'immeuble les repère et décide de prendre du bon temps. Un authentique psychopathe qui a exploité le système et s'est fait passer pour un conditionnelle non violent. Je vais demander à Sonny la liste des gars de l'entretien, voir ce qui en ressort. En attendant, on remet le cap sur la résidence des Quick. Jerry et Sheila seront peut-être rentrés de je ne sais où, et je vais pouvoir m'attaquer au foutoir de Gavin.

Je pris Gregory Drive tout du long jusqu'à Camden.

– Rien de changé, dit Milo quand nous nous arrêtâmes devant la résidence Quick. Sa voiture à elle est là, pas celle du mari. Ne prends pas la peine de descendre, j'en ai pour une minute.

Il s'extirpa de la Seville, partit d'un pas vif vers la porte d'entrée, sonna. Tapota le sol d'un pied impatient. Sonna de nouveau. Secoua la tête et se prépara à tourner les talons quand la porte s'ouvrit à moitié.

J'entrevis les traits tirés de Sheila Quick.

Milo lui parla. Se tourna vers moi. Articula : « Viens. »

– Nous étions à la maison de ma sœur à Westlake Village, dit-elle.

Une serviette de toilette bleue en turban autour des cheveux, elle portait une robe d'intérieur matelassée beige, sur laquelle s'égaillaient des papillons et des tiges échevelées de clématites. Tachée. Son visage était tiré et crayeux, ses yeux vides de toute illusion.

– Vous et votre mari ? dit Milo.

– Jerry voulait partir un jour ou deux.

Elle parlait lentement, la voix pâteuse, et avait du mal à former ses mots. Je le mis sur le compte des tranquillisants, puis je sentis son haleine. Beaucoup de menthol, mais pas assez pour masquer l'alcool.

Nous nous tenions tous trois dans la salle à manger. L'espace semblait pesant, étouffant. Là où elle tombait sur un meuble, la lumière révélait une couche de poussière.

– Votre mari voulait prendre ses distances, reprit Milo.

– Avec le stress.

Les lèvres de Sheila grimacèrent de dégoût.

– Vous ne vouliez pas y aller ? lui demandai-je.

– Eileen, dit-elle. Elle pense que sa maison est une pure merveille… son fichu mini-tennis. De son point de vue, il est impossible que je n'aie pas envie d'aller chez elle.

Elle chercha une approbation de mon côté. Je hochai la tête.

– Jerry, ajouta-t-elle. Ce que Jerry veut, il l'obtient. Vous savez ce que je pense ? Je pense qu'il voulait me coller chez Eileen. Et c'est ce qu'il a fait. Avant de partir s'amuser.

– Il n'est pas resté chez elle.

– J'étais censée être contente parce que Eileen a une piscine et un mini-tennis. Même pas un vrai court, juste la moitié. (Elle agrippa ma manche.) Nous allions construire une piscine, Gavin adorait nager.

Elle leva les mains dans un geste d'impuissance.

– Je déteste le chlore. Ça me donne des démangeaisons. Pourquoi aurais-je été heureuse sous prétexte qu'il y avait une piscine ? Je voulais que Jerry vienne me chercher. Il a fini par appeler et je l'ai supplié de me ramener. (Sourire éméché.) Et me voilà.

– Où est Jerry ? lui demandai-je.

– Il travaille. Quelque part.

– En déplacement ?

Elle acquiesça.

– Comme d'hab… d'habitude… C'est marrant.

– Quoi ?

– Jerry ne peut pas encaisser Eileen. Mais il voulait que je reste chez elle pour pouvoir Dieusaitquoi… Ce n'est pas bien.

Elle fit mine de compter sur ses doigts, comme si elle récitait une comptine.

– Eileen a sa maison à elle, j'ai ma maison à moi.

– Vous aimez qu'on respecte votre intimité, lui dis-je.

– Je n'aime pas sa piscine. Elle me donne de l'urticaire. Je ne joue pas au mini-tennis. Elle et son mari travaillent à l'extérieur, moi je reste ici avec tout ce… tout ce silence. Et je fais quoi toute la journée, hein ? Mais Jerry… La semaine dernière Eileen m'a demandé de passer et Jerry m'a dit de laisser tomber. Et ensuite il change d'idée. Ça signifie quoi, tout ça, hein ? Moi je vais vous le dire.

Mais elle se tut.

– Où se trouve M. Quick en ce moment ?

– Allez savoir. Allez savoir où il va ! C'est un oiseau. (Elle agita les mains.) *Bye-bye birdie*, il s'est envolé. Moi je reste ici. Je n'en pars jamais, c'est ma maison. Jerry n'appelle pas. Il ne veut pas prendre de mes nouvelles.

Elle me serra le bras.

– C'est ja… jamais pareil. Un jour, c'est une pétasse prétentieuse qui croit que sa crotte embaume. Fermez les guillemets. Le lendemain il me conduit là-bas et revient vider la chambre de Gavin, après quoi plus personne. Reparti faire ses micmacs, ses machintrucs.

– Il a vidé la chambre de Gavin, dit Milo.

– De fond en comble ! Vous savez ce que je pense ? Qu'il l'a fait exprès.

– Comment ça ?

– Il savait que je deviendrais folle furieuse s'il vidait la chambre de Gavin, du coup il l'a fait en douce.

– Il a vidé la chambre pendant que vous étiez chez Eileen.

– C'était le bordel, dit Sheila Quick. Nous étions d'accord là-dessus, le bordel. Un énorme bordel, point. Gavin était un garçon ordonné, jusqu'à son accident. (Elle libéra ma manche, vacilla, se rattrapa à une chaise.) Je vous l'ai dit.

– Pour quelle raison, d'après vous, Jerry a-t-il nettoyé ce bordel ?

– Demandez-le-lui. (Sourire.) Sauf que vous ne pouvez pas. Parce qu'il n'est pas là. Il n'est jamais là. Moi, si. Toujours.

Les tendons de son cou se crispèrent.

– Je ne voulais pas qu'il range la chambre de Gavin. Je serais devenue folle. J'adorais ce bordel. C'était celui de Gav, qu'y avait-il de si pressé ?

Elle enfouit son visage dans ses mains et se mit à sangloter. Je la conduisis jusqu'au canapé.

Milo partit à l'étage.

Il redescendit quelques minutes après. J'étais allé dans la cuisine, avais découvert une cafetière à demi pleine de café tiède, l'avais réchauffé au micro-ondes et apporté à Sheila, l'accompagnant de crème allégée et d'un sachet d'édulcorant. La vaisselle sale encombrait l'évier. Les plans de travail étaient souillés. Non loin de la machine à café, j'aperçus une bouteille de gin Tanqueray et un vaporisateur de Binaca pour rafraîchir l'haleine.

Je tins la tasse pendant qu'elle buvait. Sa bouche tremblait toujours, elle bava et je lui essuyai le menton. Elle leva les yeux vers moi.

– Vous êtes gentil. Et beau gosse aussi.

Milo déboula dans le séjour.

– Madame, je me souviens d'un ordinateur dans la chambre de Gavin.

– Tout à fait.

– Où est-il ?

– Jerry l'a pris, il a dit qu'il allait le donner à la Beverly Vista School.

– Que sont devenus les papiers de Gavin ?

– Il a tout pris et tout fichu à la poubelle.

– Quand a-t-on ramassé les poubelles ?

– Demain.

Il repartit.

– Il est pressé, dites donc ! lâcha Sheila Quick.

– Jerry était vraiment impatient de vider la chambre de Gavin, dis-je.

– Impatient et méthodique. Méticuleux.

Je hochai la tête.

– Il a dit que nous devions regarder la réalité en face, dit Sheila Quick. C'est sûrement ma faute. Je pleure trop, je l'énervais à pleurer tout le temps. Je ne m'occupe pas de lui.

Je crus qu'elle voulait parler d'indifférence, mais elle poursuivit :

– Je ne veux rien faire pour lui. Il rentre du travail, veut son dîner, j'ouvre une boîte. Il me dit : « On dîne dehors. » Je dis non. Pourquoi aurais-je envie de sortir ? Pourquoi aller croire ça ?

– Rien ne vous intéresse à l'extérieur, dis-je.

– Voilà ! Vous comprenez. Lui, il comprend ! lança-t-elle à la cantonade.

Milo revint, la mine sombre.

Elle me tapota l'épaule.

– Lui comprend, répéta-t-elle.

– C'est un gars très compréhensif, dit Milo.

– Jerry a tout vidé pour que je regarde la réalité en face, reprit Sheila Quick. Mon putain de froussard de mari ne pige pas, lui. Il n'avait pas le droit de faire ça sans m'en parler ! Il y avait des choses que je voulais garder. (Son visage s'éclaira.) Tout est dehors, dans l'allée ? Dans le conteneur ?

– Désolé, madame. Votre conteneur est vide.

– Le salaud, lâcha-t-elle. Il mérite de… il n'avait pas le droit. Je me fous de savoir où il est. Tout le monde s'en fout et contrefout.

– A-t-il téléphoné ?

– Il a laissé un message hier soir. Je dormais. Je dors beaucoup. Je l'ai effacé. Qu'avait-il à me dire ? Que je lui manque ?

Je sais qu'il est avec une pute. Quand il voyage, il est toujours avec des putes. Vous savez comment je le sais ?

– Comment, madame ?

– Les préservatifs, dit-elle. Je trouve des préservatifs dans ses bagages. Il me dit de ranger ses affaires, il les laisse là, il veut que je sache. (Sourire las.) Ça m'ennuie pas, ça me fait… plaisir.

– Qu'il fréquente des prostituées ?

– Oui, dit-elle. Au moins il me fout la paix.

Nous lui fîmes avaler encore un peu de café, mais sa voix restait pâteuse. En combien de temps avait-elle vidé la bouteille de gin…

Elle bâilla.

– J'ai besoin d'une petite sieste.

– Certainement, madame, dit Milo. Quelques questions encore, s'il vous plaît.

– S'il me plaît ? (Elle dénoua le turban et jeta la serviette par terre.) D'accord, puisque vous avez dit « s'il vous plaît ».

– Qui vous a orientés sur le Dr Koppel ?

– Le Dr Silver.

– Votre obstétricien ?

Ses yeux se fermèrent, elle piqua du nez, puis ne bougea plus.

– Je suis fatiguée.

– Le Dr Barry Silver ? Votre gynécologue ?

– Mmm… mmm…

– Le Dr Silver vous a indiqué le Dr Koppel personnellement ?

– Il a donné son nom à Jerry, Jerry a appelé le docteur. Jerry m'a dit que c'était quelqu'un d'intelligent… Puis-je aller dormir, s'il vous plaît ?

– Une dernière chose, madame. La chambre de Gavin a été vidée, mais j'ai noté que ses vêtements étaient encore dans la penderie.

– Probable que Jerry allait les prendre aussi et les donner. Des chemises absolument ravissantes de chez Ralph Lauren que j'avais achetées à Gav pour Noël. Gav adorait faire des courses avec moi, car Jerry n'achète que de la camelote. Nous faisions toutes les bonnes boutiques. Gap, Banana Republic, Saks… Barney. Quelquefois nous allions dans Rodeo Drive, à leurs soldes de fin de saison. J'ai déniché pour Gav une veste sport de chez Valentino, bien plus chic que tout ce qu'a Jerry. Jerry voulait sûrement donner les vêtements de Gav, mais il n'en a pas eu le temps.

Elle serra les poings.

– Jerry peut aller se faire foutre, s'il croit que je vais lâcher les vêtements de Gav.

Nous l'aidâmes à monter l'escalier jusqu'à une chambre de maître que des doubles rideaux en tissu black-out plongeaient dans le noir. Mouchoirs en papier roulés en boule, masque et mignonnettes d'alcool qu'on trouve dans les avions sur la table de chevet. Bourbon et scotch. Un doigt d'eau s'attardait dans un verre à whisky en cristal.

Milo la coucha, elle lui sourit et passa la langue sur ses lèvres gercées.

– Bon dodo…

– Encore une question, madame. Qui est le comptable de votre mari ?

– Gene Marr. Avec un *h*.

– Maher ?

Elle commença à répondre, renonça, ferma les yeux.

Le temps que nous sortions de la pièce, elle ronflait.

Avant de quitter la maison, Milo m'emmena dans la chambre de Gavin. Mêmes murs bleu clair, nus. Le lit double, fait et recouvert d'une couette bleu foncé. Quelques livres de poche et magazines dans la bibliothèque, plus deux avions miniatures. La moquette ne payait pas de mine.

Des vestes, pantalons, chemises, manteaux remplissaient la penderie.

– Sympa, la garde-robe, dis-je. Jerry n'a pas mis les papiers aux ordures. Il a veillé à ce que personne ne les voie.

Milo hocha la tête et tendit le doigt vers l'escalier.

– Ce fumier sait pourquoi on a tué son fils et fait tout pour le cacher, dit Milo tandis que la voiture démarrait.

Il chercha le numéro professionnel de Quick, téléphona, attendit, referma sèchement son portable.

– Même pas de répondeur.

– Il est en déplacement et a donné sa journée à Angie-aux-ongles-bleus.

– Angie-au-casier-judiciaire, pas méchant mais bien réel. Quick commence à fleurer plus que le père affligé.

– Son propriétaire aussi engage des âmes tourmentées, dis-je. La compassion doit être contagieuse. Ou bien Sonny lui aura envoyé Angela Paul.

– Sonny-la-combine ? Il vous indique un psy, place votre argent.

– Ses rapports avec Quick ne s'en tenaient peut-être pas à de simples retards de loyer.

– Son propre gamin, et il ne pipe pas mot.

– Peut-être qu'il n'était pas seulement au courant. Et s'il était impliqué ?

– Ce serait immonde.

– Qu'as-tu trouvé dans les poches de Gavin ?

– Qui te dit que j'ai trouvé quelque chose ?

– Tes questions sur les vêtements de Gavin. Ne me raconte pas qu'il t'a fallu dix minutes pour examiner quelques bouquins.

Sa grande paume scanda un rythme lent à trois temps sur le tableau de bord.

– Ce fumier a pris l'ordinateur – tu crois que je dois appeler l'école pour vérifier qu'il l'a bien donné ?

Sans attendre de réponse, il fit le numéro, raccrocha avec un sourire rageur.

– C'est la première fois qu'ils en entendent parler. Tu veux savoir ce que je pense ? Gavin a découvert un truc pas recommandable dans l'immeuble – lié à Koppel et à Planning caritatif, et au papa. Le garçon se voyait en journaliste d'investigation et s'est dit qu'il tenait un joli petit scandale. Il avait le cerveau abîmé, mais il gardait des notes ou je ne sais quoi. Et son vieux les a détruites. C'est ma faute, j'aurais dû fouiller tout de suite cette chambre.

– Qu'as-tu trouvé dans la penderie ? répétai-je.

Il ouvrit son calepin au milieu et me montra ce qui y était pris en sandwich, protégé par le sachet en plastique des pièces à conviction.

Une feuille de papier froissée, de la dimension d'une fiche. Du papier à lignes serrées, provenant d'un calepin semblable à celui de Milo. Des numéros écrits à l'encre bleue. Des pattes de mouche, maculées. Une colonne chancelante de combinaisons à sept chiffres et lettres.

– Des numéros de plaques d'immatriculation ?

– Probable, dit Milo. Cet idiot faisait de la surveillance !

XXX

– Dépose-moi au poste. Je vérifie les numéros, après je filerai aux Hypothèques, voir si je trouve autre chose qu'un contrat de location entre Jerry Quick et Sonny. Avec un peu de chance, j'arriverai avant la fermeture.

– Tu veux que je t'y conduise directement ?

– Non, ça va être assommant, je m'en charge. Je veux aussi interroger le comptable de Quick. Une chance, un comptable assermenté n'est pas tenu par le secret professionnel. Des nouvelles à propos de la publication de la photo dans le *Times* ?

– Pas encore.

– Si ton copain Biondi ne te donne pas signe de vie, j'en glisserai un mot à mon *capitán*. En règle générale, il ne réagit pas. Comme il ne peut pas me blairer, je lui promettrai de rester un an de plus sans me montrer s'il court-circuite ces nullités des Relations avec la communauté et trouve quelqu'un pour réveiller les médias. Je me suis déjà assez fait berner dans toute cette histoire sans avoir, en plus, une victime impossible à identifier.

– Je vais relancer Ned.

– Parfait, me dit-il. De toute façon, tu me tiens au courant.

Je téléphonai à Colorado Island.

– Personne ne vous a appelé ? s'exclama Ned. Seigneur, je suis désolé, Doc'. J'avais cru l'affaire réglée. Vous me laissez le temps de vérifier, je vous rappelle au plus vite.

Une heure après, le téléphone sonnait.

– M. Delaware ?

Voix de baryton emphatique, étudiée. Détachant chaque syllabe, en guise de prélude.

– Lui-même.

– Ici Jack McTell. Du *Times*, édition de Los Angeles. Vous avez une photo que vous aimeriez passer dans nos colonnes.

– La photo de la victime d'un homicide, lui dis-je. Un inspecteur du LAPD voudrait qu'elle soit publiée, mais ses supérieurs doutent que vous la jugiez assez accrocheuse.

– Naturellement, je ne peux rien vous promettre.

– Dois-je vous l'apporter ?

– Si vous le souhaitez.

Le siège du *Times* occupait un immeuble massif en pierre grise dans la 1ère Rue, fiché comme un gros clou au cœur du centre-ville. Après les bouchons gluants du freeway, j'avais cherché en vain à me garer, et fini par me rabattre sur un parking hors de prix à cinq rues de là.

Trois vigiles patrouillaient le hall imposant et sonore. Ils laissèrent passer plusieurs personnes, mais m'interceptèrent. Deux des types en tenue me toisèrent sans discrétion, tandis que le troisième appelait le bureau de Jack Mc Tell, braillait mon nom dans l'appareil, raccrochait et m'intimait l'ordre d'attendre. Au bout de dix minutes, une jeune femme coiffée en brosse, en pull noir, jean et chaussures de randonnée, sortit de l'ascenseur. Elle jeta un regard autour d'elle, m'aperçut et vint vers moi.

– Vous êtes la personne à la photo ?

Jennifer Duff, à en croire son badge du *Times*. Une minuscule barre d'haltère en acier traversait son sourcil gauche.

– C'est à remettre à M. McTell.

Elle tendit la main, je lui donnai l'enveloppe. Elle la saisit délicatement entre le pouce et l'index, comme si elle était souillée, tourna les talons et s'en fut.

Je perdis encore vingt minutes à attendre que l'employé du parking déplace six véhicules et libère la Seville. J'en profitai pour laisser un message à Milo, lui confirmant que le *Times* était en possession de la photo et qu'il n'y avait plus qu'à s'en remettre à la bonne grâce du rédacteur en chef. À cette heure-là, lui aussi se trouvait dans le centre-ville, à dévider les microfiches aux Hypothèques à deux rues de là.

Comme les voitures faisaient la queue à la bretelle d'accès de la 101, je pris Olympic Boulevard vers l'ouest. Pas seulement pour éviter un autre bouchon. Cet itinéraire me faisait passer devant l'immeuble du cabinet de Mary Lou Koppel.

Je m'engageai dans Palm Drive à trois heures et demie, pris à gauche et contournai l'immeuble jusqu'à la rue de derrière. J'y trouvai les Mercedes de Gull et de Larsen, plus quelques voitures de luxe de modèle récent. Une camionnette jaune cuivre stationnait à côté de la place réservée aux handicapés. Un bandeau blanc apposé sur les côtés précisait :

NETTOYAGE DE TAPIS ET RIDEAUX À PRIX DISCOUNT

Une adresse à Pico près de La Brea. Un numéro : 323.

Les portes arrière étaient ouvertes, maintenues par des coins de bois. Je me garai et sortis.

Le couloir sentait le linge sale. Sous mes pieds, le polyester suintait et émettait des petits bruits de succion. Tout au bout du couloir, un homme poussait une shampouineuse industrielle en décrivant des cercles paresseux.

Deux portes des bureaux de Planning caritatif béaient, coincées de la même façon. Un grondement mécanique me parvenait de l'intérieur. Je risquai un œil.

Autre bonhomme, petit, trapu, hispanique, en vêtements de travail gris et fripés, guidant un engin identique sur le mince revêtement intérieur-extérieur en feutre bleu qui recouvrait le sol de Planning caritatif. Il me tournait le dos, et le bruit de mes pas se fondait dans le vacarme.

À droite, une petite pièce. On avait posé la chaise pivotante sur un bureau métallique abîmé. Dans l'angle, une table roulante de dactylo accueillait un IBM Selectric. Sur le dessus du bureau, à côté de la chaise, il y avait cinq piles de courrier maintenues par un élastique.

J'examinai les expéditeurs. United Way, Campagne pour l'alphabétisation, le Fonds de Thanksgiving, le Bal des pompiers. Je les feuilletai tous.

Tout le monde voulait les sous de Sonny.

Le reste des bureaux consistait en une énorme salle à hautes fenêtres horizontales tendues de rideaux en Nylon de mauvaise qualité. Vide, hormis deux douzaines de chaises pliantes calées contre le mur. L'Hispanique éteignit l'engin, se redressa lentement, comme s'il souffrait, se passa la main dans les cheveux, chercha une cigarette dans sa poche et l'alluma. Me tournant toujours le dos.

Il fuma, veillant à recueillir les cendres dans le creux de ses mains.

– Bonjour, dis-je.

Il se retourna. Étonné, mais pas le taulard sur la défensive. Il contempla sa cigarette. Cligna des paupières. Haussa les épaules.

– *Prohibido ?*

– Ça ne me gêne pas, l'assurai-je.

Sourire résigné. Aucune dureté autour des yeux, pas de tatouages bâclés.

– *Usted no es el patrón ?*

(Vous n'êtes pas le patron ?)

– Non, lui dis-je. Pas aujourd'hui.

– Hoké. (Il se mit à rire et tira sur sa cigarette.) Demain peut-être.

– J'aimerais louer ces locaux.

Regard d'incompréhension.

Je lui montrai la moquette humide.

– Beau travail… *muy limpia.*

– *Gracias.*

Je repartis en me demandant ce qu'il avait bien pu nettoyer.

Sonny Koppel avait dit la vérité pour ce qui était de Planning caritatif, mais cela signifiait quoi ? Une stratégie de défense consistant à livrer des vérités partielles ?

Toute cette surface laissée vacante parce que Mary Lou en avait besoin.

Si Milo avait raison en imaginant Gavin rôdant, épiant, relevant les numéros d'immatriculation, qu'avait vu le garçon ?

Une salle nue. Deux douzaines de chaises pliantes.

Que faut-il de plus pour une thérapie de groupe ?

Les séances avaient-elles déjà commencé ?

Que s'était-il passé en ce lieu précis ?

Je roulai jusqu'au carrefour suivant, me garai le long du trottoir et réfléchis une fois de plus à Gavin Quick.

Lésions cérébrales, mais capable de garder ses secrets pour lui.

Pas forcément. Peut-être s'était-il confié à son père, ce qui expliquait que Jerry Quick ait vidé sa chambre.

Quick était en déplacement, après avoir planqué sa femme chez la sœur. La routine, ou bien était-il en fuite parce qu'il savait ?

Eileen Paxton avait dit que Quick engageait des putes comme secrétaires. Celle que j'avais vue avait la drogue à son casier et des ongles trop longs pour taper à la machine.

Une maison à Beverly Hills, mais une double vie ?

Gavin avait été tué aux côtés d'une blonde dont la disparition ne semblait émouvoir personne. Depuis le début, je me demandais si c'était une pro. Jerry et Gavin se caractérisaient tous deux par une sexualité agressive.

La blonde avait-elle été un cadeau du père à son fils ? Indiquée elle aussi par Sonny Koppel ?

Angie Paul affirmait ne pas la connaître. Milo l'avait vue ciller. J'avais pris ce frémissement pour un simple réflexe devant la mort.

La blonde.

Le type de femme qui plaisait à Gavin. Trois kilomètres plus au nord, dans le périmètre d'or, vivait une blonde qui connaissait Gavin avant l'accident. Une fille que nous n'avions pas encore interrogée.

La dernière fois que je l'avais suivie, Kayla Bartell honorait un rendez-vous de midi chez le coiffeur. Autrement dit, elle n'était pas tenue par la journée continue.

Une fille riche disposant d'une masse de temps libre ? Elle m'en accorderait peut-être un peu.

Derrière sa clôture de sécurité métallique peinte en blanc, le manoir des Bartell était aussi dénué de vie qu'une morgue. Une Bentley Mulsanne blanche à plaque arrière personnalisée – MEW ZIK – stationnait dans l'allée circulaire, mais la Cherokee rouge de Kayla demeurait invisible.

Je continuai vers Sunset Boulevard. Les voitures filaient de part et d'autre de la file du milieu, et j'attendis une accalmie pour me rabattre à droite et revenir en sens inverse jusqu'au rond-point. Il me fallut un certain temps. Au moment précis où je m'engageais dans le boulevard, j'entrevis un éclair rouge dans mon rétroviseur extérieur.

Sans doute rien. N'importe, je repris Camden Drive.

La Jeep stationnait devant la résidence.

Je me garai six maisons plus loin, pensant que j'en aurais pour une demi-heure.

Dix-huit minutes après, Kayla, un grand cabas noir tranchant sur sa tenue blanche, sortit de la maison, monta dans le 4 × 4 rouge, attendit que le portail s'ouvre, et me doubla à vive allure.

Exactement le même trajet que la dernière fois. Santa Monica direction ouest vers Canon Drive. On se faisait encore une beauté chez Umberto ?

Mais cette fois elle passa devant le salon de coiffure et continua jusqu'à une parapharmacie Rite Aid, deux rues plus loin.

D'abord les cheveux, maintenant le maquillage ? Ce genre de fille devait plutôt acheter ses produits de beauté dans une parfumerie, non ?

Une surveillance de cinq minutes m'apporta la réponse, mais pas celle que j'attendais.

Elle alla droit aux vernis à ongles. Je restai au bout de l'allée pendant qu'elle étudiait un présentoir de petits flacons. Sa tenue blanche consistait en un T-shirt court qui mettait en valeur son ventre bronzé, un pantalon taille basse en autruche et des sandales blanches à talons en plastique orange. Ses longs cheveux étaient ramassés dans un béret en jean blanc crânement posé en biais. Grosses créoles blanches. Elle rebondit plusieurs fois sur ses talons, parut se calmer en examinant les vernis.

Décision majeure : son joli visage se plissa. Elle finit par jeter son dévolu sur un flacon vermillon et le laissa choir dans son panier d'achats. Puis, si prestement que cela faillit m'échapper, deux autres flacons se glissèrent dans le grand cabas noir – celui que j'avais vu le premier soir, immense, brodé de roses.

Pas l'idéal avec le haut et le bas immaculés, mais la dimension avait une utilité incontestable.

Elle passa à la travée des eye-liners. Un dans le panier, deux dans le cabas. Téméraire, même pas un regard alentour par précaution. Le magasin était calme, le personnel insuffisant. Si des caméras de surveillance tournaient, je ne réussis pas à les localiser.

Je restai à une petite distance, feignis de m'intéresser aux bains de bouche, m'engageai dans la travée voisine d'un pas nonchalant et revins sur mes pas, la tête toujours baissée. Cette fois, elle s'attaquait aux rouges à lèvres. Même mode opératoire.

Elle parcourut ainsi les rayons pendant dix minutes, fixant son attention sur des articles de petit format. Fil dentaire, solution pour lentilles de contact, aspirine, bonbons. Multipliant par deux tout ce qu'elle mettait dans son panier.

J'achetai un lot de dix boîtes de chewing-gum, me plaçai derrière elle au moment où elle sortit.

Elle partit d'un pas joyeux vers sa Cherokee, balançant son cabas et tortillant son petit postérieur bien ferme. Je m'arrangeai pour arriver le premier au 4 × 4, surgis mine de rien devant le véhicule et agrippai le cabas noir.

– Quel est… commença-t-elle, puis elle me reconnut : Le flic !

Elle faillit s'étrangler en prononçant le mot.

– Vous avez un petit problème, Kayla, lui dis-je, jugeant le moment malvenu pour mettre au jour l'objet du délit.

Les yeux gris-vert s'agrandirent. Les lèvres s'entrouvrirent pendant qu'elle réfléchissait à ce qu'elle allait répondre. Une si jolie fille, malgré le nez aquilin. Des yeux tellement dénués d'émotion.

– Je faisais des recherches, dit-elle. Pour un exposé trimestriel.

– Sur quel sujet ?

– Vous le savez.

Elle détourna les yeux, prit appui sur une hanche, essaya de concrétiser un sourire.

– À quelle fac allez-vous ?

– Santa Monica College.

– Quand ?

– Que voulez-vous dire ?

– On est fin juin. Les cours sont finis.

– Et si j'étais inscrite aux cours d'été ?

– Vous l'êtes ?

Pas de réponse.

– Quelle est votre matière principale ?

Elle contempla l'asphalte, leva la tête, tenta le coup du regard franc et direct.

– Design… et, euh… psychologie.

– Psychologie, répétai-je. Alors vous savez comment on appelle ça.

– Ça quoi ?

Je lui pris le cabas, en sortis un flacon de solution pour lentilles, du Tylénol sous film plastique et un gloss pour les lèvres, « Pêche Passion ».

– Ça, Kayla.

Elle montra le Tylénol.

– J'ai des maux de tête.

– Vous en avez un très fort en ce moment.

Ses yeux parcoururent rapidement le parking.

– Je ne veux pas qu'on me voie.

– C'est le moindre de vos problèmes.

– Je vous en prie, dit-elle. Allez…

– Une petite discussion s'impose, Kayla.

– Allez… répéta-t-elle.

Elle se cambra. Ôta son béret, secoua la tête et libéra une tornade blonde. Elle cligna deux fois des yeux. Battit des cils et eut un mouvement de tête idiot. Les cheveux d'or étincelèrent.

– Allez, dit-elle, presque dans un murmure. Je peux tout arranger.

– Comment ?

Lent sourire.

– Je vous ferai une pipe, dit-elle. Comme vous n'en avez encore jamais eu.

Je pris ses clés de voiture, l'assis au volant de sa Jeep et lui ordonnai de ne pas bouger pendant que je me glissais à la place du passager. Laissant ma portière légèrement entrouverte. Sa voiture était son territoire. J'espérais que cette précaution m'exonérerait de toute accusation d'enlèvement si l'on venait à apprendre la vérité.

Elle remit son béret. Fourrant n'importe comment ses cheveux dedans. Des mèches blondes s'échappèrent.

– Je vous en prie, dit-elle, le regard perdu dans le pare-brise.

Son mini-T-shirt remonta. Son ventre plat se soulevait au rythme de sa respiration pressée.

Je laissai peser le silence. Dans le parking de Rite Aid, des voitures entraient et sortaient. Les vitres teintées nous protégeaient des regards.

Je m'attendis au coup des larmes.

– Pourquoi vous ne me laissez pas faire ? dit-elle avec une moue boudeuse. Vous passerez vraiment un bon moment et, en plus, je rendrai les trucs. D'accord ?

Sonny Koppel avait dit que le « superflu » lui pesait.

– Voici ce que nous allons faire, lui dis-je. Vous remettez tout à sa place et vous promettez de ne plus recommencer. Mais d'abord, vous me parlez de Gavin Quick. Si vous êtes franche et répondez sans détour, et si vous me dites tout ce que vous savez sur lui, nous serons quittes.

Elle se tourna vivement, et me fixa avec ahurissement. Elle

avait maquillé son nez aquilin. Sous le voile de poudre, je devinai des taches de rousseur délicates. Les yeux gris-vert étaient devenus calculateurs.

– C'est tout ?

– C'est tout.

Elle se mit à rire.

– Ouf ! Je n'étais pas vraiment partante pour vous faire une pipe. Puisqu'on parle de Gavin.

– C'était le truc de Gavin ?

– Gavin ? C'était bonjour-bonsoir. Même pour un jeune, c'était un rapide. Même s'il jouissait deux fois de suite. Je veux dire, ils sont tous pareils au début, mais on peut leur apprendre. Mais Gavin, non. Vingt secondes chrono ! Du coup, j'ai arrêté.

– D'avoir des rapports sexuels avec lui.

– Ça n'a jamais été sexuel, dit-elle. C'est bien le problème.

– C'était quoi ?

– Être avec lui, c'était comme... jouer au basket. Il tire, il marque, il remonte sa braguette, on part boire un café.

– C'est pourquoi vous avez rompu ?

– Nous n'avons pas « rompu », parce que nous ne « sortions » pas ensemble, vous savez ?

– Quel genre de relations aviez-vous ?

– On se connaissait. Depuis des années. Depuis Beverly, où nous étions dans la même classe. Après, il est allé à l'université faire je ne sais quoi, et moi, j'ai décidé de faire des études de design. La meilleure fac est Santa Monica, vous savez.

– Ils sont bons en design ?

– Super. On peut prendre juste cette matière sans perdre son temps avec d'autres trucs.

– Comme la psychologie.

Grand sourire.

– Vous m'avez eue. Une fois de plus. Mon histoire de recherche était plutôt nulle, hein ?

– Plus que nulle.

– Ouais, lâcha-t-elle. J'aurais dû préparer un truc plus malin. Comment vous m'avez repérée ?

– Vous ne donniez pas dans la subtilité.

– Je ne m'étais encore jamais fait prendre.

– Et pourtant ça ne date pas d'hier, dis-je.

Elle ouvrit la bouche pour répondre, la referma.

– Kayla ?

– Je croyais que vous n'alliez pas m'embêter si je vous parlais de Gavin.

– C'est vous qui avez mis le sujet sur le tapis.

– Moi ?

Je hochai la tête.

– Oh, dit-elle. Alors je suis conne. On s'en tient à Gavin. Ce que je n'ai pas fait. M'en tenir à lui, vous savez ? (Elle rit. S'interrompit et posa un doigt sur ses lèvres. Se frappa la tête.) Méchante Kayla. Je ne devrais pas.

– Pas quoi ?

– Rire de lui, maintenant qu'il est mort et tout.

– Une idée sur qui l'a tué ?

– Aucune.

– On a trouvé une fille avec lui. Blonde, à peu près votre gabarit…

– La pétasse, dit-elle.

– Vous la connaissez ?

– Je l'ai vue. À croire qu'il voulait me la faire admirer. Au cas où. Ma copine Ellie a dit qu'elle me ressemblait, mais moi, j'avais l'impression qu'on m'avait raté une opération de l'œil au laser. Du coup elle a corrigé : « Je ne dis pas ta jumelle, Kayle, juste une petite ressemblance. Comme si tu avais passé la nuit à faire la java. » (Elle fit non de la tête.) N'importe quoi : cette fille était une bimbo de bande-annonce merdique. Mais après, j'ai pensé qu'elle plaisait peut-être à Gavin, avec sa tête abîmée et tout, parce qu'il trouvait qu'elle me ressemblait vraiment. Parce qu'il ne pouvait pas m'avoir, qu'elle était un pis-aller, vous voyez ?

– Quand vous l'a-t-il fait admirer ?

– Après que je lui ai dit que bonjour-au revoir, c'était fini.

– Après l'accident ?

– Bien après ! Ça remonte à… deux mois ? Je croyais qu'il avait cessé de m'embêter car je n'ai plus entendu parler de lui pendant un moment, mais il a recommencé à me téléphoner. Je m'attendais à ce qu'il soit au quatrième dessous et me supplie, vous voyez ? Parce qu'il jurait qu'il m'avait dans la peau. Mais il appelait juste comme ça et voulait qu'on sorte. Ce qui prouve bien qu'il mentait, qu'il ne m'avait pas vraiment dans la peau. Pas vrai ?

– Pas dans les habitudes de Gavin, dis-je.

– Comment ça ?

– De renoncer si facilement. J'ai entendu dire qu'il pouvait être plus qu'insistant.

– Après l'accident, il est devenu vraiment collant. Il s'est mis à m'appeler, vingt fois par jour ! À passer sans prévenir, à tanner mon père. (Ombre de sourire.) Je dirais qu'il a fini par me supplier. Puis il a cessé.

Parce qu'il harcelait Beth Gallegos.

– Donc il voulait sortir ?

– Aller quelque part et mettre sa queue dans ma bouche. Comme il me faisait pitié, j'ai accepté une fois. Mais jamais plus après.

– Fini les records de vitesse, dis-je.

– À vous entendre, j'ai été une garce, me renvoya-t-elle.

Elle tirailla ses mèches, essayant de les rentrer dans le béret. Comme elle n'y arrivait pas, elle arracha le béret et se mit à le tripoter.

– Vous devriez vous excuser, dit-elle.

– De quoi ?

– De dire que j'ai été une garce et une traînée.

– Vous avez dit que Gavin vous faisait pitié…

– Absolument ! Je voulais être gentille. Après l'accident, il est devenu un peu… je ne veux pas dire demeuré car c'est trop méchant, mais c'était la vérité. Il me faisait de la peine et j'ai voulu l'aider.

– Logique, lui dis-je.

– Oui, logique, répéta-t-elle.

– Donc, intellectuellement, Gavin avait baissé.

– Avant aussi il lui arrivait d'être odieux, mais il était intelligent. Alors que maintenant – c'était… (Elle promena sa langue à l'intérieur de sa joue.) J'ai envie de dire « pitoyable ».

– En effet.

– Quoi ?

– Pitoyable.

– Oui, exactement, il l'était vraiment.

– La fois où vous êtes sortie avec lui…

– Juste une fois. Il me faisait pitié.

– Où vous êtes-vous garés ?

– En haut de Mulholland Drive. (Sa bouche forma un petit 0.) C'est là que… ohmondieu !

– Était-ce votre coin habituel, à Gavin et vous ? Avant ?

– Quelquefois. (Elle se mit à pleurer.) Ç'aurait pu être moi !

– Parlez-moi de la fille blonde.

Elle s'essuya les yeux, sourit.

– Trop décolorée, on voyait ses racines.

– Où l'avez-vous rencontrée ?

– Je ne l'ai jamais rencontrée, dans le sens de traîner avec elle. Ellie et moi étions allées au cinéma, et après au Kate Mantolini pour leur menu végétarien. Jerry Seinfield le fréquente parfois.

Ses yeux se perdirent dans la vitre sur le côté, changèrent de direction, s'arrêtèrent sur un écriteau du parking.

– J'espère que je n'ai pas dépassé la durée de stationnement.

– Ellie et vous avez dîné au Kate Mantolini.

– Oui, dit-elle. Nous mangions nos légumes quand nous avons vu arriver Gavin avec cette pétasse. Un chemisier qui montrait tout et une jupe relevée jusqu'à son vous-savez-quoi. (Son regard tomba sur ses sandales.) Mais elle avait des chaussures super-géniales. Noires, ouvertes à l'arrière. Très Naomi Campbell.

– Jimmy Choo, dis-je.

– Comment vous le savez ?

– Elle les portait la nuit où elle a été tuée.

– Vraiment géniales. Je me suis dit qu'elle leur faisait de la réclame. (Elle pouffa.) Allez, je blaguais !

– Donc, Gavin est entré avec elle…

– Et a fait semblant de ne pas me voir et j'en ai fait autant. Après, il a été obligé de passer à côté de nous pour arriver à son box et il a fait semblant, comme ça, soudain, de m'apercevoir et d'être tout étonné, le genre : « Non ! Kayla ! »

– Comment avez-vous réagi ? dis-je.

– J'ai attendu qu'il arrive à la table, juste à ma hauteur, pour qu'il ne puisse pas se défiler.

– Et alors ?

– Alors j'ai dit : « Salut, Gav », il a fait signe du doigt, la pétasse a rappliqué avec l'air de dire : « C'est qui ? » du haut de sa grandeur. Mais elle ne faisait pas le poids. Alors Gavin me dit je te présente… machinechose. Et la pétasse reste là, piquée sur ses Jimmy comme une vedette de feuilleton télé ! L'Histoire vraie de Hollywood ou un truc du genre.

– Vous ne vous rappelez pas son nom ?

– Pas du tout.

– Essayez.

– Je n'ai même pas écouté.

– Essayez, répétai-je.

– C'est important ?

– Oui.

– Pourquoi ?

– Parce qu'elle est morte.

– Mmm…

Elle releva sa lèvre supérieure avec son index, la laissa retomber sur ses dents avec un petit bruit. Répéta plusieurs fois son geste, toujours accompagné d'un petit *plop*. Comprima le béret et regarda le tissu souple onduler comme une amibe en reprenant sa forme initiale.

– Kayla ? dis-je.

– Je réfléchis, répondit-elle. Je pense que je dirais Chris. Ou Christa. Un truc comme Chris-sy.

– Pas de nom de famille ?

– Non, dit-elle. Absolument sûre que non. Gavin ne l'a pas mentionné. Ce n'était pas une présentation en règle. Plutôt : « Je n'ai pas besoin de toi, regarde ce que je me suis déniché. »

– Gavin a dit ça ?

– Non, mais inutile de faire un dessin. Un peu plus tard, il est revenu et m'a dit qu'elle était hyper-géniale.

– Plus tard, quand ça ?

– Quand la pétasse est allée aux toilettes et l'a laissé seul. Elle y a passé un temps fou, je pense qu'elle s'est shootée – elle avait vraiment une tête de droguée. La peau sur les os. Elle ne me ressemblait absolument pas ! Mais Gavin…

Elle loucha et se tapota le front.

– Elle l'a laissé seul et il est venu à votre table ?

– Oui, et Ellie lui a lancé : « Gav, elle s'appelle comment, ta nouvelle conquête ? » Et Gav : « Christa… » Je crois que c'était Christa, quelque chose du genre, ou alors Cristal. Et Ellie : « Elle est canon, Gav. » Mais elle ne le pensait pas vraiment, elle se payait sa tête, vous savez ? Moi, je ne dis rien, je me concentre sur mes épinards vapeur, c'est ce qu'il y a de plus sympa dans leur assiette végétarienne. Sur quoi Gavin sort son sourire de malade, il s'écarte d'Ellie et se penche vers moi, et me chuchote à l'oreille : « Elle va jusqu'au bout, Kayla. Interminablement. » Et moi je lui renvoie : « Interminablement chiant et toujours trop pressé », mais dans ma tête, je ne le dis pas. Parce que Gavin n'était plus normal, ç'aurait été comme si je me moquais d'un débile. D'ailleurs il était parti se rasseoir. Comme s'il se fichait de mon opinion.

– Que pouvez-vous me dire d'autre sur Christa ?

– Peut-être Crystal, dit-elle. Je pense que c'est plutôt Crystal.

– Elle ne vous a pas dit un mot ? À vous ?

– Non, mais Gavin, si. Et plus que je vous ai raconté.

J'attendis.

– C'était méchant, je ne veux vraiment pas me rappeler.

– C'est important, Kayla.

Elle soupira.

– D'accord, d'accord. Quand il s'est penché et m'a chuchoté à l'oreille, en me disant qu'elle était géniale, il m'a dit aussi : « C'est une danseuse, Kayla. Elle sait bouger. » Comme si moi, je ne savais pas ! Vous connaissez le sens, n'est-ce pas ?

– De quoi ?

– Atterrissez ! me lança-t-elle. Danseuse égale strip-teaseuse. Elles se disent toutes danseuses. C'était une pétasse sur un croissant.

– Vous connaissez des strip-teaseuses ?

– Moi ? Certainement pas ! Mais elle avait ce… cette façon de se tenir, de… comme si elle vous disait : « Regardez mon corps, c'est le corps le plus sublime, je suis folle de mon corps, je me mets à poil pour un méli-mélo de salades ! »

– Une fille à la morale élastique, dis-je.

– Ce qui est idiot, renchérit-elle. Les garçons, si vous voulez qu'ils vous respectent, vous ne devez pas montrer tout.

– Que pouvez-vous me dire de la vie familiale de Gavin ?

– Vous parlez de ses parents ?

– Oui.

– Sa mère est foldingue, son père un coureur de première. Gav doit tenir de lui.

– Le père vous a fait des avances ?

– Berk ! lâcha-t-elle. Il ne manquerait plus que ça ! Non, mais on entend des choses.

– Sur quoi ?

– Sur qui couche avec la première venue.

– C'est le cas de Jerry Quick ?

– À en croire Gavin.

– Il vous l'a dit ?

– Il s'en vantait ! Le genre « mon père, c'est un étalon, moi aussi ».

– C'était après l'accident ?

– Non, dit-elle. Avant. Quand Gavin parlait encore comme un type normal.

– Vous dites que sa mère est folle.

– C'est le secret de polichinelle ! Elle ne venait jamais aux réunions de parents, elle ne mettait pas les pieds dans son jardin, elle passait son temps là-haut dans sa chambre, à boire et à dormir. Au moins le père de Gavin venait aux réunions de parents au lycée.

– Gavin était proche de lui ?

Elle me dévisagea, comme si je lui avais posé une question dans une langue étrangère.

– Gavin vous a-t-il jamais parlé de ses plans de carrière ?

– Le métier qu'il voulait faire ?

– Oui.

– Avant l'accident, il voulait être dans les affaires et avoir du fric. Après, il a parlé d'écrire.

– Écrire quoi ?

– Il n'a pas précisé. (Elle rit.) Il faisait comme si.

– Vous a-t-il jamais parlé de soupçons qu'il aurait eus sur quelqu'un ?

– Hein ? Des histoires d'espionnage ?

– Si on veut, dis-je.

– Non. Dites, monsieur le policier, je peux y aller ? Je dois retrouver Ellie à Il Fornaio et je ne veux pas dépasser mon temps de parking. Payer pour ces connards d'employés.

– Ni pour les produits de beauté.

– Hé ! s'exclama-t-elle, je croyais qu'on n'en parlait plus ?

– Que pouvez-vous me dire d'autre sur Gavin ?

– Rien. Il était sorti de ma vie, voyait des pétasses... Vous croyez que c'est pour ça qu'on l'a tué ? Pour ses fréquentations ?

– Peut-être, dis-je.

– Vous voyez ! On gagne à être sage.

XXXI

Je l'obligeai à aller chercher un sac de courses à la parapharmacie et y vidai les articles subtilisés.

– Laissez-le de l'autre côté de la porte, lui dis-je.

Elle devint brusquement d'une pâleur d'ivoire sous son maquillage.

– Ne m'obligez pas à entrer. S'il vous plaît.

Elle posa sa main sur ma manche. Sans souci de séduire : ses articulations étaient blanches.

– D'accord, dis-je. Mais vous devez me promettre d'être sage.

– Promis. Je peux partir ? Ellie m'attend.

Gavin s'était vanté auprès de Kayla des bons offices de la blonde. Peut-être pour narguer son ancienne petite amie. Mais cela cadrait aussi avec l'hypothèse de la call-girl.

Christa ou Crystal. J'essayai de nouveau de joindre Milo. Son portable était toujours débranché.

Écouter Kayla Bartell, apprendre le triste gâchis qu'avait été la vie de Gavin Quick, m'avait vidé de mon énergie. Comme je devais rejoindre Allison à sept heures pour dîner, je résolus de me sortir toute cette histoire de l'esprit.

Je respectai cette sage décision, sauf qu'en fin de soirée je me retrouvai en train de lui parler du couple fusionnel des Quick, de leurs erreurs de parcours et de leur mauvaise fortune, du saccage de leur vie privée.

Une fille anonyme dans un tiroir en inox, le corps recousu, reléguée dans la chambre froide…

En bonne thérapeute, Allison m'écouta surtout, m'encourageant ainsi à continuer. Je me sentais un triste compagnon, mais je ne souhaitais pas m'interrompre. Comme je coupai le moteur devant sa maison, ma voix me blessa les oreilles.

– Désolé, lui dis-je. Joyeux drille, hein ?

– Si tu découchais ? me répondit-elle.

– Ça ne te suffit pas ?

– Cela me ferait plaisir que tu restes.

– Je ne te savais pas maso.

Elle haussa les épaules et joua avec mon index.

– J'aime te regarder quand tu te réveilles. Tu as toujours l'air vraiment heureux de me voir et je ne peux dire ça de personne d'autre.

Nous allâmes droit dans sa chambre et nous déshabillâmes, échangeant un chaste baiser lèvres closes avant de glisser sans effort dans le sommeil. Je me réveillai à trois reprises au cours de la nuit, deux fois avec des pensées décourageantes, et une fois parce que je sentais qu'on me remuait. Je m'obligeai à ouvrir les yeux, vis Allison penchée sur moi, seins en goguette, agrippant un coin de la couette et ne paraissant pas très réveillée non plus.

Je marmonnai quelque chose, sans doute « Quoi ? » si ma langue avait bien voulu fonctionner.

– Tu étais… complètement enfoui, me dit-elle, l'air sonné. Je ne te voyais pas bouger… voulu vérifier.

– 'suis OK.

– 'nuit.

La lumière matinale me brûla les paupières. Je laissai Allison dormir, allai à la cuisine, pris le journal, cherchai une photo de la morte, sans succès. Comme Allison avait des patients dans la matinée et ne tarderait pas à se lever, je m'attelai au petit-déjeuner.

Quelques minutes après elle pénétrait dans la cuisine d'un pas somnolent, humant l'air, perdue dans un T-shirt kaki démesuré, des mules mousseuses aux pieds, les marques des plis de l'oreiller sur le visage, les cheveux noués n'importe comment sur le haut du crâne.

– Des œufs, me dit-elle en se frottant les yeux. Bien dormi ?

– Divinement.

– Moi aussi. (Elle bâilla.) J'ai ronflé ?

– Non, mentis-je.

– Sombré comme une pierre, me dit-elle. Boum.

Aucun souvenir de s'être réveillée pour s'assurer que j'allais bien. Elle s'était penchée sur moi dans ses rêves.

J'étais rentré chez moi depuis un quart d'heure quand Milo m'appela de sa voiture. Il soufflait comme un phoque, à croire qu'il avait remonté la colline en courant.

– J'ai essayé de te joindre à neuf heures.

– J'ai passé la nuit chez Allison.

– Tant mieux pour toi, me répondit-il. Ton emploi du temps pour aujourd'hui ?

– Ouvert à toute proposition. J'ai peut-être un prénom pour la blonde. Crystal ou Christa.

– Comment diable as-tu déniché ça ?

– Kayla Bartell. Assez long à expliquer…

– Tu me le raconteras de vive voix, je suis déjà à l'angle de Sepulveda et Wilshire. Tu as toujours le toutou en location ?

– Non, il est parti.

– Alors je boufferai du singe tout seul.

Il entra dans la maison en costume gris sinistre, chemise marronnasse et cravate grise en tissu synthétique, mâchant le bâton de viande déshydratée la plus épaisse que j'aie jamais vue.

– C'est quoi, ce truc-là ? m'enquis-je. Du python boucané ?

– Du bœuf pauvre en graisse, pauvre en sel. Une spécialité de Trader Joe's.

Il avait le cheveu plat et les yeux rougis.

– Raconte.

Je lui rapportai ma conversation avec Kayla.

– P'tite klepto, hein ? Et tu as joué le méchant flic. Beau boulot.

– Sans doute illégal.

– Bavardage innocent entre adultes consentants. (Il tortilla le nœud de sa cravate.) Il te reste du café ?

– Je n'en ai pas fait.

– Pas de problème, je suis déjà surexcité… Christa ou Crystal. Pourquoi Kayla en a-t-elle fait une effeuilleuse ?

– Parce que Gavin lui a dit qu'elle était danseuse, lui expliquai-je.

– Tu prénommes une fille Crystal. Tu paries quoi ? Qu'elle décrochera un doctorat en biomécanique ou finira par onduler de la croupe pour un billet ?

Il ôta sa veste et la jeta sur une chaise. Depuis qu'il était arrivé, il semblait ne pas tenir en place.

– Kayla a dit aussi qu'elle avait l'air d'une droguée.

– Le coroner n'a rien trouvé dans son organisme. Du nouveau côté *Times* ?

– Ils ont leurs priorités, dis-je. Tu t'inquiéterais des miennes ?

Il sortit une feuille de papier de sa poche de veste et me la tendit. Une liste dactylographiée.

1. Ford Explorer 1999. Bennett A. Hacker, 48, Franklin Avenue, Hollywood.
2. Lincoln berline 1995. Raymond R. Degussa, 41, boîte postale à Venice.
3. Mercedes Benz berline 2001, Albin Larsen, 56, Santa Monica.
4. Mercedes Benz berline, Jerome A. Quick, 48, Beverly Hills.

– Les données des Immatriculations correspondant à la liste de Gavin, dit-il.

– Gavin a relevé le numéro de son père ?

– Bizarre, non ? Tu crois que ça viendrait de ses lésions ? Vous autres psys, vous avez un nom pour ça ?

– Délire associatif… Mais autre chose me frappe. La voiture de Quick apparaît en fin de liste. La voiture paternelle aurait dû retenir l'attention de Gavin en premier.

– Sauf s'il a noté les véhicules par ordre d'arrivée, le papa venant bon dernier.

– Quinze pour toi, dis-je. Tu penses à quoi, une réunion ?

Il acquiesça d'un signe de tête.

– Quick et Albin Larsen, et les deux autres. La grande question : pourquoi Gavin surveillait-il le papa ? À mon avis le père était sur un coup pas net, d'où le nettoyage de la chambre : évacuer tout indice qu'aurait pu trouver le fils. Après il quitte la ville ; son gamin vient de se faire tuer, et lui repart pour affaires en laissant sa femme seule. Ça ne sent pas la rose, Alex. Le vieux Jerry a commis une erreur en ne vidant pas la penderie de Gavin.

Il s'empara de la liste, la replia et la remit dans sa poche.

– Ce n'est pas grand-chose. Mais dans mon esprit, ça change tout. Laisse-moi te parler des autres types de la liste.

– Le taulard qui nettoyait l'immeuble… Kristof. Il a dit que son contrôle s'appelait Hacker.

Il s'assit à la table de cuisine.

– Belle affaire. Oui, c'est un agent du bureau des conditionnelles du centre-ville, et Raymond Degussa un de ses anciens clients. Régulier, inculpations à la chaîne pour voies de fait, petite délinquance, extorsions, vol à main armée, drogue. Degussa a coupé plusieurs fois à la taule, bénéficié de non-lieu d'autres fois, purgé une peine d'emprisonnement dans le comté et fini par écoper de quinze ans pour une histoire de vol aggravé avec coups et blessures. Saint Quentin, réduction de peine pour bonne conduite, et il semble s'être tenu à carreau pendant sa conditionnelle ; il a pointé régulièrement auprès de Hacker et a été libéré définitivement il y a deux ans. J'ai téléphoné à Q et eu une adjointe du directeur qui est en poste depuis peu et n'a pas connu Degussa. D'après le dossier, c'était un détenu du genre dominant ; il n'appartenait à aucune bande, mais se faisait respecter. On le tenait pour un fourgueur, car il avait toujours des cigarettes et des douceurs. Il a aussi été suspecté dans au moins deux meurtres de détenus, mais pas de preuves.

– Criminel de carrière, dis-je. Soupçonné dans deux meurtres, mais réduction de peine pour bonne conduite ?

– Absence de preuves. L'administration pénitentiaire a ses priorités. Vu la surpopulation chronique des établissements, elle a besoin de place. Et, merveille des merveilles, Degussa semble s'être amendé. Pas un seul accroc avec la justice depuis la fin de sa conditionnelle.

– Un agent compréhensif a pu l'y aider, lui fis-je observer. Réinsertion réussie. Albin Larsen jubilerait. Peut-être que le cas Degussa était un de ses chouchous. Ou celui de Mary Lou Koppel. Quelle arme a-t-on utilisée pour ces meurtres en prison ?

– Une lame, comme toujours en prison.

– Pas d'embrochage ?

– Rien là-dessus dans son dossier.

– Degussa s'est fait mettre à l'ombre pour vol aggravé, lui dis-je. Une arme ?

– Juste de l'intimidation.

– Bennett Hacker a-t-il travaillé dans une de ces antennes de conditionnelle ?

– Flora Newsome, dit Milo.

– Elle travaillait dans ce secteur. La coïncidence laisse rêveur, non ?

– Mmm... Je n'ai pas voulu poser trop de questions. Si Hacker a les mains sales, inutile de lui mettre la puce à l'oreille. Mais je vais faire de mon mieux pour renifler dans les coulisses.

Il pianota sur la table.

– Je sens que ça vient... le ragoût commence à frémir. Mais je n'ai pas encore tout sous la main... comme si je faisais le frichti dans la cuisine du voisin.

Il se leva, fit les cent pas et tira sur sa cravate.

– À mon avis, Gavin s'est vu en journaliste d'investigation et il a fouiné dans l'affaire paternelle. Ou alors il aura remarqué d'abord un truc louche dans l'immeuble des thérapeutes. Entamé une surveillance serrée, pris des notes.

– Un psychologue, un agent de conditionnelle et un repris de justice, résumai-je. Il n'y aurait pas Jerry Quick, on pourrait imaginer un travail d'équipe.

– *Precississimo !* La présence de Jerry nous envoie sur une tout autre piste. Jerry est un mac coureur de jupons qui embauche des filles comme Angie Paul pour la façade. C'est aussi le locataire de Sonny Koppel. Et Sonny est associé à Mary Lou dans les foyers de réinsertion. Le financier, celui qui a d'abord orienté Jerry sur Mary Lou.

– Tu as découvert des traces de transactions entre Sonny et Quick ?

– Rien de rien. Et ce n'est pas faute d'avoir cherché, hier et encore ce matin à la première heure.

Il se renversa vers le réfrigérateur et se mit à boire du jus de pamplemousse rose à même le carton.

– Pas l'ombre d'un reproche contre le vieux Sonny. Pas d'histoires de marchand de sommeil, aucune plainte contre lui, total inconnu au Fichier des crimes violents. Jusqu'ici il est exactement ce qu'il se prétend : un type qui possède de l'immobilier en pagaille. Il a aussi dit la vérité sur ses dons. D'après l'IRS, Planning caritatif est une institution exonérée d'impôts et d'une intégrité à toute épreuve. Sonny remplit ses déclarations en temps voulu et, bon an mal an, donne au minimum un million de dollars.

– À qui ?

– Aux pauvres, aux malades, aux bras cassés. À toutes les maladies qui en valent la peine, plus Sauvons la Baie, Nourrissons les arbres, Dorlotons la chouette ocellée, j'en passe.

– Saint Sonny, dis-je.

– Ça paraît trop beau pour être vrai… J'ignore le motif de la réunion, mais la seule hypothèse qui tienne est qu'ils sont tous impliqués dans une histoire louche. Peut-être Sonny tient-il Jerry Quick parce que celui-ci est mauvais payeur. Mais je ne vois toujours pas à quoi il lui servirait. Et si on met ça de côté pour l'instant, quel genre de fraude juteuse une bande de psys pourraient-ils monter ?

– La première idée qui vienne à l'esprit, dis-je, c'est l'escroquerie de base : surfacturation de leurs prestations aux assurances ou à l'État. La cible la plus facile étant l'État... un contrat quelconque avec le gouvernement. Sonny saurait exploiter le système. Il obtient des subventions de l'administration pour ses foyers et ses résidences du troisième âge. À l'entendre, ce sont Mary Lou et Larsen qui ont eu l'idée des foyers. C'est peut-être vrai, mais si le fait d'être propriétaire de foyers lui avait permis de se brancher sur un programme de thérapies subventionnées, son sens des affaires aurait réagi.

– Thérapie pour taulards, résuma Milo.

– Un apport garanti de clientèle. Des patients qu'ils pouvaient facturer, qu'ils les traitent ou non, car qui irait se plaindre ?

– Sonny, Mary Lou, Larsen. Et Gavin a été témoin d'une sorte de réunion d'administrateurs.

– Gavin n'a pas relevé le numéro de Gull, lui fis-je observer. Il aurait raté la réunion. Ou alors il n'était pas dans le coup. Il a des problèmes personnels, il transpire trop. Si je devais mettre sur pied une escroquerie astucieuse, je le verrais comme le maillon faible.

– J'aimerais quand même savoir pourquoi Gavin l'a plaqué. (Il recommença à marcher de long en large.) Pour qu'une pointure comme Sonny marche dans une combine, il faudrait qu'elle rapporte gros.

– Pas forcément, dis-je. Il affirme que thésauriser ne l'intéresse pas, et je le croirais volontiers ; autrement dit, c'est le jeu qui l'excite, la façon de faire de l'argent.

– En estampant le gouvernement.

– Ou alors Sonny a imaginé une méthode pour gagner gros. Il dit se réserver le rez-de-chaussée jusqu'à ce que Koppel et consorts se décident pour les thérapies de groupe. S'ils s'occupaient de monter une escroquerie juteuse au traitement de détenus en conditionnelle, ne pas louer les bureaux de Planning caritatif se justifierait. J'y suis entré, hier. J'ai profité de ce qu'on nettoyait la moquette. Vide, sauf un petit bureau pour Sonny et une grande salle avec quelques chaises pliantes. Pourquoi Sonny aurait-il besoin de chaises s'il venait juste signer des chèques ? En revanche, elles seraient utiles si on venait contrôler qu'ils font bien des thérapies de groupe. Évidemment, si le contrôle en question était un copain, inutile de peaufiner les apparences.

– Bennett Hacker, dit-il. Il existe un arrangement quelconque avec les services de conditionnelle, et Hacker est chargé du contrôle.

– Un type dans la position de Hacker pouvait aussi fournir des noms en échange d'une ristourne. Et Raymond Degussa, taulard astucieux et dominant – un individu capable d'effectuer des braquages en usant seulement d'intimidation –, pouvait convaincre les patients de se montrer coulants.

– Réducteurs de têtes pour truands en conditionnelle, dit-il. Le genre de combine à rapporter vraiment gros ?

– Pour peu qu'il y ait assez de clients, oui. Calculons... La thérapie de groupe en libéral peut aller de cinquante à cent dollars l'heure. Medi-Cal rembourse beaucoup moins – quinze, vingt dollars. Mais tu peux leur facturer toutes sortes de prestations annexes. Traitement individuel, prise en charge initiale, suivis, examens, conférences de cas...

– Conférences de cas... En clair, se réunir dans l'immeuble après le boulot. Medi-Cal paie combien pour ça ?

– Trente-six dollars la demi-heure. Si ces gens se sont branchés – par une combine de Sonny – sur un programme annexe qui vient s'ajouter à la facturation à Medi-Cal, le tarif pourrait être nettement plus élevé. Mais soyons modestes et partons du principe qu'il s'agit, pour l'essentiel, de thérapie de groupe à vingt dollars par patient et par séance. J'ai vu au moins deux douzaines de chaises pliantes. Mettons qu'ils procèdent – ou affirment procéder – par groupes de vingt ; chaque séance rapporterait donc quatre cents dollars de l'heure. Traiter six groupes par jour cinq jours par semaine te ferait douze mille dollars. Soit six cent mille dollars par an, et sans facturations annexes. Ajoute d'autres patients, plus quelques tarifications additionnelles : ça deviendrait intéressant. Surtout si la thérapie n'est que du vent.

– Des millions, dit-il.

– Ce n'est pas inconcevable.

– Chaque taulard se fait prescrire une thérapie de groupe quotidienne... Combien de séances de groupe peux-tu demander pour un seul patient ?

– Si tu as prévu une thérapie intensive, tu peux le garder la journée entière.

– Tu parles de ces trucs où tu passes la journée assis pendant qu'un type te beugle que tu n'as pas de volonté et ne te laisse même pas aller pisser ?

– EST, Synanon, les exemples ne manquent pas, lui rappelai-je. En particulier pour traiter la toxicomanie. Rien ne t'empêche d'envisager une thérapie intensive pour délinquants, car le but serait d'induire un changement de comportement à grande échelle et à plusieurs niveaux. Tu répondrais aux objections d'un esprit sceptique que, tout compte fait, cela revient moins cher que de les garder derrière les barreaux. Et que si ça les remet vraiment sur le droit chemin, c'est une économie gigantesque.

– Mary Lou et son obsession de la réinsertion… Militant sur les ondes… elle et Larsen. (Il se mit à rire.) Réductions de têtes payées par l'État. De têtes de criminels. Je me suis trompé de métier ! Toi aussi, d'ailleurs.

– Combien de conditionnelles vivent dans les foyers de Sonny ?

– Ça fait trois immeubles ? Je dirais deux cents.

– Imagine le chiffre d'affaires si tout le monde émarge.

– Cent dollars par semaine et par taulard… cinq mille par an. Un million pour la seule thérapie de groupe.

– Plus les à-côtés.

– Sauf qu'il y a un problème, Alex. Deux psys facturant tout ça serait, matériellement, impossible.

– C'est pour ça qu'ils font appel à des sous-fifres… à des conseillers qu'ils ont dans leur manche. Et ils mentent sur toute la ligne et facturent des séances fictives.

– Des conseillers dans la manche, répéta-t-il. Autrement dit… d'autres taulards ? C'est une manie ou quoi ? D'ex-violeurs de tournantes promus pourvoyeurs, des junkies conseillers en sevrage ? C'est là qu'un voyou comme Degussa trouverait à s'insérer… les fumiers en thérapeutes. C'est légal ?

– Tout dépend des termes du contrat, dis-je. Et un bonhomme comme Sonny saurait comment obtenir un contrat juteux des pouvoirs publics.

– Toutes ces heures facturables… Les lieux devraient grouiller d'activité. Mais non…

– Contradiction qui aura frappé Gavin.

– Le grand reporter au cerveau abîmé met au jour une escroquerie, dit-il. (Il but son jus, posa le carton et s'essuya les lèvres à sa manche.) Une salle plus quelques chaises, et on décroche le gros lot. Ouais, une belle escroquerie, sauf que Sonny fait un million de dons par an. Pourquoi se mêler à cette histoire ? Par amour du jeu ?

– Peut-être autre chose, dis-je.

– Quoi ?

– Le bonheur de Mary Lou.

– Elle n'a pas eu une fin tellement heureuse.

– Il y aura eu un grain de sable.

– Donc, on nettoyait la moquette. Le lendemain du jour où nous avons interrogé Sonny. Qui shampouinait ? Des malfrats comme Roland Kristof ?

– À première vue, non.

Je lui donnai le nom de la société, il le nota.

– Fraude à la réinsertion, dit-il. Mais nous en revenons à la même question : où caser Jerry Quick ?

– Son bureau, lui rappelai-je. Plutôt calme.

– Une façade.

– Peut-être qu'en réalité il travaille pour Sonny.

Il fronça les sourcils.

– Avec ce scénario, Quick est plus qu'un minable connard. Il sait pourquoi son fils a été tué et, au lieu de nous le dire, il vide la chambre.

– La peur, peut-être. D'abord Gavin, ensuite Mary Lou Koppel. D'où son départ. Quand tu as appelé le bureau, personne n'a répondu. Quick aura dit à Angie de prendre un congé.

– Il file… laisse sa femme derrière… N'importe, ils ne s'entendent pas. Il se fout d'elle comme d'une guigne.

– Ça expliquerait aussi que la fille… Kelly… ne soit pas revenue à la maison après la mort de Gavin. Quick veut la tenir à l'écart.

– La combine capote… en admettant qu'elle existe.

– Elle expliquerait aussi Flora Newsome, ajoutai-je. Pendant qu'elle travaillait au bureau de conditionnelle, elle a appris quelque chose qu'elle n'aurait pas dû. Imagine que Mary Lou soit devenue plus gourmande, qu'elle ait réclamé une plus grosse part du gâteau. Ou que le meurtre de Gavin ait remis les choses en perspective.

– Elle se serait acheté une moralité, du jour au lendemain ?

– Les jeux d'argent sont une chose, le meurtre en est une autre. Koppel aura paniqué et voulu reprendre ses billes. Ou essayé de se défausser sur Sonny.

Il se remit debout et fit deux fois le tour de la pièce.

– On peut imaginer un autre angle pour Flora, Alex. Elle aurait pu être dans la combine, signaler les dossiers des futurs détenus en conditionnelle et transmettre des noms.

– Peut-être, dis-je, en repensant à Evelyn Newsome qui vivait de souvenirs et essayait de recoller sa vie.

Milo resta longtemps à regarder dehors par la fenêtre de la cuisine.

– Un criminel patenté, un agent de conditionnelle, un négociant en métaux insaisissable. Plus le Dr Larsen, champion des droits de l'homme. Nous avons centré notre attention sur Gull, pas assez sur Larsen.

Il vida le carton jusqu'à la dernière goutte et poussa un long soupir bruyant.

– J'ai rendez-vous avec le comptable de Jerry Quick à Brentwood. Ensuite, je ferais mieux de me pencher de plus près sur Degussa et Hacker, pour voir entre autres si un des deux était en rapport avec l'antenne où travaillait Flora.

Il décida de s'en tenir là et m'adressa un salut militaire.

– Tout ça ne résout pas le dossier Crystal, la blonde mystérieuse.

– La fille de Gavin, dis-je. Il lui a fait des confidences. Ou sinon, elle s'est juste trouvée au mauvais endroit au mauvais moment.

– Donc tu as changé d'idée : ce n'était pas la cible principale.

– La souplesse est un signe de maturité.

– Vu que ton emploi du temps comporte des blancs, envisagerais-tu d'accepter une mission…

– Quoi ? lui demandai-je.

– Une recherche pointue : exhumer tout ce que tu peux sur Albin Larsen et compagnie. Voir quel genre de subsides publics cadrerait avec notre hypothèse. À tous les échelons : État, local, fédéral. Un truc peu surveillé et facile à encaisser.

– Tu veux dire une subvention typique.

– Si jeune et tellement cynique. Marché conclu ?

– Qui dit marché dit réciprocité, lui rappelai-je.

– Mon garçon, la vertu porte en elle sa propre récompense.

XXXII

La vertu prit tout son temps pour vérifier l'adage.

Le nom de Jerome Quick ne récolta aucune occurrence. Et pas davantage ceux de Raymond Degussa ni de Bennett A. Hacker.

Edward « Sonny » Koppel jouissait d'une belle fortune, mais donnait dans la discrétion : vingt références en tout, dont seize ayant trait à ses contributions charitables. Consistant pour la plupart en un simple nom dans la liste des donateurs. Les précisions, quand il y en avait, s'en tenaient à « investisseur et philanthrope ». Aucune photo n'accompagnait les entrées.

Albin Larsen était infiniment plus visible sur la Toile. Au cours des dix dernières années, il avait alterné la pratique de la psychologie avec des conférences sur le rôle de celle-ci dans le militantisme social, cela en Suède, son pays d'origine, ainsi qu'en France, aux Pays-Bas, en Belgique, au Canada et au Kenya. Soixante-trois occurrences.

Ces voyages cadraient mal avec de longues thérapies ; là encore, il était plus facile de conserver une clientèle quand on ne voyait pas vraiment ses patients.

J'entrepris l'exploration fastidieuse des données. Les rapports de Larsen avec l'Afrique ne se limitaient pas à des conférences ; il avait été observateur des Nations unies au Rwanda pendant le génocide qui avait vu l'anéantissement de huit cent mille Tutsis, et consultant auprès du tribunal créé ultérieurement pour juger les crimes de guerre.

Certaines occurrences étaient des doublons et les trente que je passai au peigne fin ne variaient guère : Larsen donnait dans les œuvres pies.

Ce n'était pas le profil d'un escroc ou d'un meurtrier. Avant d'arriver au bout, je changeai mon fusil d'épaule et cherchai des programmes de psychothérapie pour détenus en liberté conditionnelle et autres ex-taulards, et fus étonné d'en trouver si peu. Aucun programme institutionnel en Californie autre qu'une école de conduite de camions subventionnée par l'État à l'intention de détenus de longues peines récemment libérés. Ce programme avait éveillé la vigilance quand un de ses bénéficiaires, carburant à la méthadone, avait propulsé son semi-remorque dans un restaurant de Lodi. Mais je ne trouvai aucune indication d'un retrait de subvention.

Sinon, je ne tombai que sur des entrées universitaires : un semis de sociologues épousant des théories et jonglant avec des chiffres. Les thérapies destinées aux délinquants, lorsqu'elles existaient, se situaient habituellement en marge du courant dominant. Un groupe de Baldwin Park encourageait la méditation et la « guérison par l'expression théâtrale » pour les ex-détenus, et un autre, à Laguna, chantait les vertus de l'artisanat. Les arts martiaux, et plus précisément le taï chi, recueillaient les faveurs d'une organisation de San Diego, et une abondance de groupes confessionnels faisaient, quant à eux, de la retape pour des techniques de régénération morale.

Je téléphonai au secrétariat d'État à la Santé, endurai pas loin d'une heure de messages préenregistrés et de mises en attente soporifiques avant de parler à une créature blasée, qui m'informa qu'elle n'avait entendu parler d'aucun groupe de thérapie pour individus en liberté conditionnelle, mais que si la chose existait elle ne le saurait pas, à la différence du Département d'application des peines. Soit quarante minutes supplémentaires de tortures téléphoniques infligées par le standard dudit Département, qui me trimbala de menu en menu. Je me mis à appuyer sur le « 0 » comme un maniaque, finis par obtenir une opératrice et m'entendis annoncer que le bureau était fermé.

Seize heures quinze. Mon crédit d'appels faisait des heures sup.

Je revins à la dernière douzaine d'occurrences pour Albin Larsen. Encore des conférences, puis une déclaration conjointe de Larsen et d'un commissaire de l'ONU du nom d'Alphonse Almogardi, à Lagos, Nigeria, promettant que les Nations unies ne ménageraient aucun effort pour traduire en justice les responsables du génocide rwandais.

Des liens attachés à cette dernière occurrence me connectèrent à un site gouvernemental africain. L'affaire s'était déroulée à Kigali, capitale du Rwanda : en juin 2002, une marche de trois mille cinq cents rescapés du génocide avait dénoncé l'impéritie du Tribunal pénal international. En huit ans d'existence, celui-ci n'avait instruit que sept procès pour crimes de guerre et tous à l'encontre d'officiers subalternes. Au fil des années, les témoins mouraient ou disparaissaient. Ceux qui persévéraient se voyaient menacés ou harcelés. Les accusés de cette boucherie s'enrichissaient, cependant que leurs avocats touchaient des commissions occultes sur les défraiements légaux payés par le tribunal.

Plus grave, on accusait les juges du tribunal de s'employer activement à retarder les procès de responsables de tueries massives, de crainte que les auditions publiques devant la cour pénale ne révèlent la complicité de personnels des Nations unies dans le génocide.

Depuis son bureau de Dublin où elle ne risquait rien, une greffière du tribunal dénommée Maria Robertson avait tancé les rescapés pour leurs « propos incendiaires » et lancé une mise en garde contre l'« instauration d'un cycle de violence ». S'exprimant à Lagos en qualité de consultant, le Dr Albin Larsen avait souligné la complexité de la situation et préconisé la patience.

La dix-neuvième occurrence émanait elle aussi de la capitale nigériane et me donna à réfléchir : elle décrivait un programme intitulé « Sentinelles pour la justice » et qui visait à détourner les jeunes Africains de la délinquance.

Le groupe, animé par des bénévoles européens, offrait « des alternatives à la prison agissant en synergie et susceptibles d'engendrer une réinsertion durable et un changement comportemental en privilégiant la dimension holistique des interrelations entre un comportement social altruiste et les normes sociocommunautaires mises en place à l'ère précoloniale mais perturbées par le colonialisme ». Les services proposés recouvraient l'éducation à la fonction parentale, la formation aux compétences professionnelles, le conseil en matière de drogue et d'alcool, l'intervention en cas de crise, et quelque chose qui s'appelait la « démarginalisation culturelle ». La synergie était illustrée par l'utilisation de bus conduits par des anciens de Sentinelles pour transporter des personnes placées en garde à vue jusqu'au tribunal. La plupart des bénévoles avaient des noms scandinaves, et Albin Larsen figurait comme consultant principal.

Je fis une sortie papier de la citation et passai aux quelques occurrences qui restaient. Encore des conférences de Larsen, puis la toute dernière référence, datant de trois semaines : le calendrier des activités proposées par une librairie de Santa Monica, « L'Écrit triomphe ». Un professeur de Harvard, George Issa Qumdis, devait faire une conférence sur le Proche-Orient et Albin Larsen serait là pour le présenter.

La conférence se déroulait précisément ce soir-là, dans quatre heures. Le Dr Larsen était un homme très pris.

Je sélectionnai des mots d'appel dans la citation de Sentinelles pour la justice et les entrai dans plusieurs moteurs de recherche. « Alternatives prison synergie », « réinsertion durable », « changement comportemental », « démarginalisation » et autres collectèrent beaucoup de verbiage universitaire, mais rien d'utile.

Il était dix-sept heures trente quand je m'arrachai à l'ordinateur, sans avoir grand-chose à montrer.

Je me fis un café et l'accompagnai d'un bagel, perdu dans mes pensées, les yeux fixés sur la fenêtre et sur le ciel qui s'assombrissait. Conscient d'avoir cédé aux voix de sirène des recherches sur la Toile, je décidai de revenir aux méthodes désuètes.

J'avais travaillé avec Olivia Brickerman à Western Pediatrics, elle en qualité d'assistante sociale en chef, moi de psychologue en herbe. De vingt ans mon aînée, elle s'était considérée comme ma mère de substitution. Je n'y avais vu aucun inconvénient car elle m'avait prodigué sa bienveillance, allant jusqu'à me mitonner de bons petits plats et à fourrer joyeusement son nez dans mes affaires de cœur.

Son mari, grand maître international d'échecs, avait assuré la chronique des « Fins de parties » du *Times*. Il n'était plus de ce monde, et Olivia avait compensé son absence en se replongeant à corps perdu dans le travail, acceptant une série de missions de consultant pour l'État, de courte durée et bien rémunérées, puis trouvant sa place dans la vieille et distinguée école de médecine à l'autre bout de la ville, celle où j'étais professeur titulaire.

Olivia en savait plus sur le chapitre des subventions et des mécanismes administratifs qu'aucune autre de mes relations.

À six heures moins vingt, elle était encore à sa table de travail.

– Alex, mon chéri !

– Olivia, ma tendre et douce !

– C'est bon de t'entendre. Comment va la vie ?

– Pleine de bonnes choses, lui dis-je. Et toi ?

– Toujours d'attaque. Raconte… comment vont tes nouvelles amours ?

– Du feu de Dieu.

– Logique, dit-elle. Vous exercez la même profession, vous avez beaucoup de points communs. Non que j'aie des réserves sur Robin. Je l'adore, elle est délicieuse. La nouvelle aussi. Ces cheveux, ces yeux ! Rien d'étonnant, un beau gosse comme toi. Tu as repris un chien ?

– Pas encore.

– C'est bon d'avoir un chien. Je suis gâteuse de mon Rudy.

Rudy était un toutou bigleux et hirsute qui avait un faible pour la charcuterie fine.

– Rudy la terreur ?

– Il est plus intelligent que la plupart des gens.

La dernière fois que je l'avais eue au téléphone – trois ou quatre mois avant –, elle souffrait d'une entorse.

– Et la cheville ? lui demandai-je. Tu as recommencé à courir ?

– Ha ! On ne peut pas être et avoir été. Objectivement, ma jambe me joue encore des tours. Je devrais maigrir un peu. Mais je remercie le ciel. Ces temps-ci, je suis aux anticoagulants.

– Tu vas bien ?

– Ma foi, mon sang est moins épais. Mais c'est bien la seule chose qui se soit affinée ! Alors… que puis-je faire pour toi, mon chéri ?

Je le lui dis.

– Le Département d'application des peines, répéta-t-elle. Je n'ai pas eu grand-chose à voir avec ces péquenots depuis un bon bout de temps. Pas depuis que j'ai été consultant pour Sybil Brand. À l'époque, ils subventionnaient des thérapies, mais uniquement en interne, pour aider les détenues qui avaient des enfants à devenir de bonnes mères. L'idée était excellente, mais la supervision nullissime. Je n'ai jamais entendu parler de programmes hors établissement comme ce que tu me décris.

– Rien ne prouve qu'ils existent, lui dis-je.

– Et tu me poses la question parce que…

– Parce qu'il pourrait y avoir un lien avec des meurtres.

– Des meurtres, répéta-t-elle. Moches ?

– Très moches.

– Milo et toi… Comment va-t-il, à propos ?

– Surchargé de boulot.

– Il le sera toujours, me fit-elle remarquer. Écoute, je suis désolée de sécher, mais ce n'est pas parce que je n'en ai pas entendu parler que ça n'existe pas. Je suis partie dans l'enseignement, j'ai un peu perdu de vue le monde divin de l'argent public… Ce dont tu me parles pourrait être une étude pilote, laisse-moi le temps d'allumer mon Mac et de voir… OK, ça y est, *clic, clic, clic*… Il ne paraît pas y avoir d'étude pilote sur une thérapie de réinsertion post-carcérale, ni des NIH, ni des HHS, ni… de l'État… peut-être une initiative privée… Non, rien sur cette liste non plus. Les fonds peuvent avoir été votés comme subvention à part entière, et non pour un projet pilote.

– Tu pourrais appeler « Sentinelles pour la justice », et si tu n'obtiens rien j'ai d'autres mots clés à te donner.

– Je t'écoute.

– « Synergie », « démarginalisation », « changement comportemental », « dimension holistique des interrelations »…

– Ce que tu entends en bruit de fond, c'est M. Orwell qui se retourne dans sa tombe, me répondit-elle.

J'éclatai de rire. Attendis. L'écoutai chantonner et marmonner.

– Rien, m'annonça-t-elle enfin. Strictement rien dans les banques de données que je récupère. Mais tout n'est pas d'actualité dans l'ordinateur et il nous reste les bonnes vieilles listes imprimées. Je ne les ai pas sous la main, il faut que j'aille au bureau central. Qui est fermé pour la nuit… Laisse-moi un peu de temps, mon chéri, je vais me pencher sur la question.

– Merci, Olivia.

– C'est plus qu'un plaisir. Passe me voir un de ces jours, Alex. Amène Allison. Elle est végétarienne ou quelque chose du genre ?

– Archi-carnivore !

– Quelle chance tu as ! Alors, c'est entendu. Je mettrai quelques onglets à mariner, mes onglets sont célèbres ! Tu viens avec Allison et du vin. Des convives adorables mettraient un peu d'animation dans cette maison.

Six heures et demie pétantes. Milo m'appela de son bureau.

– Le comptable de Jerry Quick s'est montré méfiant, mais j'ai réussi à lui tirer quelques précisions. D'abord et avant tout, j'ai l'impression que Quick n'est pas un gros client. Ensuite, ses rentrées viennent par à-coups, il n'a pas de revenus réguliers, juste les transactions qu'il peut boucler, et le comptable ne voit jamais les chèques ; il se contente de noter ce que Jerry lui dit. Il s'est surtout plaint que les revenus en dents de scie dudit Jerry ne lui simplifiaient pas la tâche pour évaluer son imposition.

– Pas un gros client, répétai-je. Il a fait son beurre ces derniers temps ?

– Impossible de lui faire cracher des données précises ; en revanche, il m'a dit que Quick mettait du temps à le payer.

– Mêmes doléances que Sonny Koppel. Quick est peut-être en permanence sur la corde raide. Une maison à Beverly Hills, une Mercedes, même vieille de quelques années à l'Argus… Le souci des apparences. Ajoute les factures médicales de Gavin, notre homme est sous pression.

– Sûr. Ce qui expliquerait qu'il se soit branché sur une combine douteuse et lucrative. Mais pas que Sonny et les autres aient souhaité qu'il en soit. Notre homme vivote du commerce des métaux. Qu'a-t-il à offrir ?

– Les armes sont en métal.

– De la thérapie aux armes ? Du grand banditisme encore dans les langes ?

– L'idée te saute forcément à l'esprit. Les négociants négocient. Quick passe son temps à se déplacer pour acheter du métal au rebut. Où la police envoie-t-elle les armes qu'elle confisque ? À la ferraille, non ?

– Ouais… Tout est possible, mais on n'a encore aucun élément prouvant une quelconque intention délictueuse, qu'il s'agisse de thérapie et encore moins d'armes. Et je n'ai toujours pas réussi à localiser ce connard. Je me suis procuré la liste des appels passés de son domicile, mais il n'y en a aucun à des compagnies aériennes. Strictement rien ayant trait à des déplacements. Comme je ne voyais aucun appel professionnel, j'ai posé la question à Sheila. Elle dit qu'il utilise des cartes prépayées. Exactement ce qu'on fait en cas d'affaires louches. En attendant, Sheila n'a aucune idée de l'endroit où il se trouve. Peut-être que tu as raison et qu'il est en cavale.

– Comment le prend-elle ?

– Elle était passablement imbibée, mais semblait quand même un peu inquiète. Comme s'il ne s'agissait pas seulement d'un énième voyage de Jerry. Quand elle dessoûlera, ce sera pire ; la lucidité peut être une vraie garce. J'ai aussi fait un saut au bureau de Quick. Fermé, pas trace d'Angie-aux-ongles-bleus, une pile de courrier devant la porte, uniquement de la pub.

– Son courrier important va peut-être à une autre adresse.

– Ça ne m'étonnerait pas autrement, dit-il. J'ai téléphoné à l'appartement d'Angie à North Hollywood. Pas de réponse. Sur les autres fronts : M. Raymond Degussa est videur dans un club d'East Hollywood. Petra ne le connaît pas, mais elle a vérifié dans leurs fichiers et le nom de Degussa est sorti pour un appel à un véhicule de patrouille. Bagarre au club, Degussa a eu maille à partir avec un client turbulent, le client a appelé la police, leur a montré son œil poché en jurant que Degussa l'avait menacé de le tuer. Mais comme il n'y avait pas de témoins et que le plaignant était camé, agressif et odieux, l'affaire en est restée là.

– Menacé de le tuer, répétai-je. Un gars aimable.

– Je suis sûr qu'il gère les entrées avec tact et diplomatie. À part cet incident, il s'est tenu à carreau. Mais j'ai plus juteux : Bennett Hacker, notre agent de conditionnelle probablement dévoyé, a bien traîné dans plusieurs antennes, dont celle où Flora Newsome a fait de l'intérim, mais il n'y est resté que deux semaines.

– Suffisamment longtemps, dis-je. Tu as prévu quoi pour ce soir… disons, dans une heure ?

Je lui parlai de la prestation d'Albin Larsen à la librairie.

– On pourrait y faire un saut, histoire de l'observer dans un autre contexte. Sauf si tu penses qu'on risque de l'alerter…

– Un autre contexte, répéta-t-il. Pas mauvaise, ton idée. Au cas où Larsen s'inquiéterait, nous avons un prétexte. Nous souhaitions lui parler de Mary Lou et de Gull, et comme nous ne voulons pas troubler ses journées de petit psy très demandé, nous pensions que c'était la meilleure solution.

– En plus, il croira que c'est toujours son associé qui est dans le collimateur. Binchy continue sa surveillance ?

– Oui. Gull se fait très discret… Une petite virée dans une librairie ce soir… entendu.

Je lui donnai l'adresse.

– On se retrouve, disons, à une rue de là côté est, à l'angle de la Sixième, me dit-il. Arrive un peu en avance… sept heures et quart.

– Pour jauger les lieux ?

– Pas question d'être mal placés !

XXXIII

J'arrivai à l'angle de Broadway et de la 6e Rue à dix-neuf heures dix. La circulation coulait avec nonchalance. Le ciel déployait une nappe d'étain martelé.

Les soirées sont toujours fraîches à Santa Monica ; ce soir-là, les vents marins fouettaient un air de juin déjà glacial. Vents chargés d'une odeur de varech et de pourriture, l'annonce douceâtre et métallique de la pluie. Deux sans-abri remontaient le boulevard en poussant des caddies. L'un d'eux me dépassa en marmonnant quelque chose d'inaudible. L'autre prit le dollar que je lui tendais.

– Hé, mec ! on s'est renfloué cette année ! me lança-t-il.

– Je ne suis pas le seul, apparemment, lui renvoyai-je.

– Moi ? J'ai crevé le plafond ! me dit-il d'un ton ulcéré. (Il était vêtu d'une veste de sport rose en cachemire, tachée et élimée. En d'autres temps, elle avait dû appartenir à un nabab de grand gabarit.) J'ai foutu une raclée à Mike Tyson à Las Vegas. Je lui ai piqué sa nana et j'en ai fait ma salope !

– Bravo.

– T'imagines pas !

Il me fit un grand sourire brèche-dent, s'arc-bouta contre le vent et relança son caddie.

Un moment après, Milo tournait au coin de la 6e et arrivait vers moi à grandes enjambées. Il s'était changé au poste de police, portant son choix sur un jean trop large et un vieux pull beige clair à col roulé qui augmentaient inutilement sa corpulence. Ses chaussures de randonnée frappaient le trottoir avec un bruit sourd. Il s'était mis du gel fixant et brillant dans les cheveux, mais des mèches pointaient par endroits.

– Tu fais écrivain, lui dis-je. Poète irlandais.

Pour moi, il faisait toujours flic.

– Il ne me reste plus qu'à pondre un foutu bouquin. Celui de ce soir, qui l'a écrit ?

– Un professeur de Harvard. George Issa quelque chose, le Proche-Orient.

Nous prîmes la direction de la librairie.

– Issa Qumdis, dit-il.

– Tu le connais ?

– De nom.

– Je suis impressionné.

– Hé, je lis les journaux, moi. Même quand ils ne publient pas des photos de filles assassinées. À ce propos… je me suis attaqué aux clubs en essayant de localiser Christa/Crystal. Mais ce soir, on donne dans l'intello… nous y sommes. Ça rappelle l'époque de la fac, non ?

Son université avait été celle de l'Indiana. Ce que je savais de ses années d'étudiant avait surtout trait à son homosexualité non déclarée.

Nous nous arrêtâmes devant la librairie, le temps qu'il inspecte la façade. L'Écrit triomphe donnait directement sur la rue, avec une vitrine à mi-hauteur, un panneau de verre au-dessus de la brique rongée par le sel et dont l'encadrement rappelait une affiche des Grateful Dead. La plus grande partie de la vitre teintée disparaissait sous les tracts et les annonces. La conférence de la soirée était signalée par une feuille de papier indiquant en chapeau : « Le Pr George I. Qumdis révèle ce que cache l'impérialisme sioniste. » À côté étaient apposés l'autocollant d'une marque de café de luxe, la mention « Pur Java à l'intérieur ! » et le label B du ministère californien de la Santé.

– « B », dit Milo, signale la présence d'un pourcentage acceptable de déjections de rongeurs. Je ferai l'impasse sur les muffins.

Pas d'odeur de café ni de muffins à l'intérieur, juste les relents de moisi du papier journal imprégné d'humidité. Là où les murs ne disparaissaient pas sous des rayonnages en pin brut, la maçonnerie était exposée à nu. Des blocs-bibliothèques à roulettes disposés au hasard occupaient le centre du local. Le revêtement de sol en vinyle pustuleux était d'un jaune crème renversée ayant dépassé la date de péremption. Les six mètres de hauteur de plafond étaient striés de canalisations et d'échelles – pas celles sur rails des librairies, juste des échelles pliantes en aluminium – fournies par la direction pour qui visait les hauteurs de l'érudition.

Un jeune malabar, type asiatique et cheveux longs, campait derrière la caisse, le nez enfoui dans une chose emballée de papier marron anodin. Un écriteau derrière lui signalait NON FUMEURS, mais il tirait sur une cigarette végétale indienne. Une autre pancarte indiquait CONFÉRENCES AU FOND au-dessus d'une main pointée. L'employé ne tint aucun compte de nous pendant que nous passions devant lui l'un derrière l'autre et nous frayions un passage dans le labyrinthe des blocs à roulettes.

Les dos de livres que je réussis à déchiffrer se caractérisaient par une profusion d'« isme ». Des titres sonores, résonnant des glapissements rauques d'adolescents en pleine mue qui appellent à une révolution de quatre sous. Milo les éplucha au passage et tiqua plus d'une fois. Nous atterrîmes dans un petit espace dégagé et obscur situé à l'arrière du magasin et équipé d'une trentaine de chaises pliantes en plastique disposées devant un pupitre de conférencier. Des chaises vides. Sur le mur du fond, un écriteau indiquait TOILETTES (UNISEXES).

Personne, sauf nous.

Oubliant qu'il voulait être bien placé, Milo resta debout après avoir reculé jusqu'au labyrinthe des blocs et s'être positionné en biais.

Un point d'observation impeccable. D'où nous pouvions tout voir sans nous faire remarquer.

– C'est bien qu'on soit arrivés en avance, lui chuchotai-je. On a évité la bousculade.

Il jeta un regard aux sièges.

– Cette armada de chaises pliantes... Idéal pour une thérapie de groupe...

Pendant les dix minutes qui suivirent, personne ne se montra et nous tuâmes le temps en feuilletant les livres. Milo semblait avoir les idées ailleurs, puis son visage se détendit et prit une expression méditative. Je feuilletai donc, et le temps que les premiers arrivants se manifestent j'avais acquis une formation accélérée sur :

1. Comment fabriquer une bombe avec les moyens du bord ;
2. Comment faire pousser des plantes en hydroponie ;
3. L'art de mettre le vandalisme au service du bien public ;
4. Les vertus éthiques de Léon Trotski.

L'assistance prit place au hasard des sièges. Une dizaine de quidams, apparemment répartis en deux groupes : entre vingt et trente ans, piercings et tatouages, pratiquant les dreadlocks en amateurs et donnant dans les fringues en loques mais qui coûtent la peau des fesses, et couples de la soixantaine et adeptes des coloris terreux, les femmes casquées de cheveux gris coupés au carré, les hommes à barbes frisottées et casquettes d'ouvrier.

On remarquait une exception : un type râblé, le milieu de la cinquantaine, en vareuse de marin boutonnée jusqu'au cou et pantalon pied-de-poule froissé. Il opta pour le centre du premier rang. Une barbe de plusieurs jours suivait la ligne de sa mâchoire. Lunettes à monture noire, larges épaules et cuisses massives, il semblait sortir tout juste d'une réunion syndicale de dockers. Il s'assit, raide comme la justice, croisa les bras sur sa poitrine puissante et posa un regard hargneux sur le pupitre.

Milo l'étudia, les yeux brusquement attentifs.

– Quoi ? lui chuchotai-je.

– Un bonhomme en rogne, là, devant.

– Sans doute normal dans ce genre de public.

– Sûr. Y a de quoi être en colère. Parle-moi plutôt de la douceur de vivre dans cette putain de Corée du Nord.

Huit heures moins vingt... moins le quart... moins dix. Aucun signe d'Albin Larsen, ni du conférencier ou d'un quelconque membre du personnel. Pas de protestations dans le public. Sage et patient.

Juste avant huit heures Larsen fit son entrée, accompagné d'un homme de grande taille à l'air solennel. Ce dernier tirait un sac de voyage à roulettes écossais et était vêtu d'une veste d'équitation aux coudes renforcés en agneau velours, d'un pantalon de flanelle marron et de boots beurre de cacahuète cirées à mort. Je m'attendais à un physique oriental, mais le Pr George Issa Qumdis avait le teint fleuri et le port dictatorial d'un professeur d'Oxford. Dans les cinquante-cinq, soixante ans et vivant très confortablement cet âge de la vie. Ses cheveux poivre et sel un peu trop longs rebiquaient sur le col d'une chemise blanche amidonnée. Sa cravate en reps devait symboliser une appartenance à quelque chose. Nez hautain, joues creuses, lèvres minces. Il tournait à moitié le dos à l'assistance et consultait une fiche.

Albin Larsen s'avança jusqu'au pupitre et se mit à parler d'une voix confidentielle. Pas d'allusions subtiles, pas de remerciements à l'auditoire. Directement dans le vif du sujet.

L'oppression du peuple palestinien par Israël.

Larsen s'exprimait avec aisance et d'une voix presque monocorde, accompagnant d'un sourire sarcastique sa remarque sur le « profond paradoxe » voulant que les Juifs, jadis victimes de l'oppression, fussent devenus les plus grands oppresseurs au monde à l'heure actuelle.

– Comme il est étrange, comme il est triste, psalmodia-t-il, que les victimes des nazis aient adopté des tactiques de nazis !

Murmures d'assentiment dans l'auditoire. Milo ne broncha pas. Ses yeux allèrent de Larsen au public et revinrent sur Larsen.

Celui-ci gardait une attitude réservée, mais distillait un discours passionné et vindicatif. Chaque fois qu'il prononçait le mot « sionisme », ses paupières battaient. L'auditoire commença à s'animer, acquiesçant avec de plus en plus d'énergie à ses propos.

Sauf le gros en vareuse de marin. Il avait laissé tomber ses mains sur ses genoux et se balançait imperceptiblement sur son siège au premier rang. La tête en oblique par rapport au pupitre.

Je distinguai clairement son profil. Mâchoire crispée, yeux farouchement clos.

Milo resserra son attention et sa mâchoire se tendit elle aussi.

Larsen poursuivit encore un peu sur sa lancée, désigna enfin George Issa Qumdis d'un geste large, sortit une feuille de papier et livra quelques bribes du CV universitaire du professeur. Quand il eut terminé, Issa Qumdis rejoignit l'estrade. Au moment où il prenait la parole, Milo et moi nous retournâmes en entendant des bruits de pas derrière nous.

Un homme venait d'entrer de notre côté. Le milieu de la trentaine, noir, très grand, vêtu avec élégance : un costume gris de bonne coupe sur une chemise anthracite boutonnée jusqu'au cou. En nous apercevant, il nous adressa un sourire d'excuse et battit en retraite.

Milo le regarda s'éloigner et tourner vivement à droite. Le Noir ne reparaissant pas, Milo commença à faire jouer les articulations de ses mains.

Pourquoi si tendu ? C'était une conférence dans une librairie, que diable ! Probablement trop de travail pour de trop faibles résultats. Ou alors son instinct était plus affûté que le mien.

Le Pr George Issa Qumdis déboutonna sa veste, lissa en arrière ses cheveux noirs, sourit à l'auditoire et risqua une plaisanterie en soulignant qu'il était plus habitué à s'exprimer à Harvard, devant un public impubère. Gloussements parsemés dans l'auditoire. Le gars en vareuse recommença à se balancer. Il leva une main jusqu'à sa nuque et se gratta avec vigueur.

– La vérité, reprit Issa Qumdis, la vérité inaliénable est que le sionisme est la doctrine la plus révoltante qui soit, dans un monde où sévissent pourtant bien des dogmes pervers. Dites-vous bien que le sionisme est l'anémie pernicieuse de la civilisation moderne.

Un des percés-labellisés ricana dans l'oreille de sa copine.

Issa Qumdis s'enflamma, qualifiant les Juifs qui émigraient en Israël de « rien moins que des criminels de guerre ».

– Tous, absolument tous méritent la mort ! (Pause.) Je les abattrais de ma propre main !

Silence.

Même pour ce genre de paroissiens, c'était un peu gros.

Issa Qumdis sourit et lissa son revers de veste.

– Ai-je offensé quelqu'un ? Je l'espère. La complaisance est l'ennemie de la vérité, et l'intellectuel que je suis fait de la vérité son credo ! Oui, je parle de djihad. De djihad américain, où…

Il s'interrompit, bouche bée.

Le gros avait bondi sur ses pieds et hurlait « Va te faire foutre, enculé de nazi ! » tout en s'énervant sur les boutons de sa vareuse.

Milo s'avançait déjà vers le perturbateur, quand celui-ci sortit un pistolet, un gros pistolet noir, et tira sur Issa Qumdis, le visant en pleine poitrine.

La chemise immaculée d'Issa Qumdis vira à l'écarlate. Il resta sur ses pieds, les yeux écarquillés, abaissa la main, se toucha et contempla son pouce rouge et gluant.

– Pauvre connard de facho ! gargouilla-t-il.

Toujours debout. Respirant vite, mais respirant. Pas de perte d'équilibre. Pas de pâleur mortelle.

De minces ruisseaux rouges s'insinuèrent sur le devant de sa chemise, salissant les bords de sa veste.

Souillé, mais vivant et en bonne santé.

Le type en vareuse fit à nouveau feu : le visage d'Issa Qumdis devint un masque cramoisi. Le conférencier hurla et s'essuya la figure avec frénésie. Abasourdi, Albin Larsen n'avait pas bougé de sa chaise.

– Oh, mon Dieu… dit quelqu'un.

– C'est du sang de porc ! hurla le type en vareuse. Putain d'Arabe enculeur de porcs !

Il chargea Issa Qumdis, se prit les pieds, tomba, se redressa.

Issa Qumdis, aveuglé par le sang, continuait à s'essuyer les yeux.

Le type en vareuse leva son arme. Un pistolet à peinture en plastique noir. Glapissant « Fasciste ! », une femme au deuxième rang, une des casques d'argent, se leva vivement et voulut saisir l'arme. Le type en vareuse essaya de l'écarter. Elle s'accrocha à lui, le griffa, s'empara de sa manche et s'y suspendit.

Milo se rua vers l'avant, zigzaguant entre les travées de fortune, évitant les chaises, tandis que le compagnon de la femme, un chauve au menton fuyant, en bésicles et sweat-shirt rouge marqué du sigle CCCP[1] et orné de la faucille et du marteau, sautait dans la mêlée et tentait de faire le coup du lapin au type en vareuse en le frappant à la nuque. Le type évita son poing et le cueillit à l'épaule, l'attaquant tombant aussitôt sur ses fesses.

Issa Qumdis, le regard maintenant clair, fixait l'échauffourée d'un air hébété. Albin Larsen se tenait debout derrière lui avec une expression ahurie ; il lui tendit un mouchoir et l'entraîna vers l'arrière de la librairie.

Le temps que Milo rejoigne les combattants, une autre casque d'argent était entrée dans la bagarre et le type en vareuse se retrouvait plaqué au sol. La femme qui convoitait le pistolet à peinture se l'était enfin approprié. Elle le dirigea vers le bas, propulsa un flot de sang sur le type en vareuse et, celui-ci détournant son bras d'une ruade, atteignit son compagnon, maculant son pantalon.

– Merde ! s'écria-t-il.

Rouge de colère, il se mit à bourrer de coups de pied vicieux l'homme effondré par terre.

Milo l'arracha à sa proie. Le type en vareuse se releva tant bien que mal, balança un swing au binoclard, le manqua et reperdit l'équilibre. Issa Qumdis et Larsen s'étaient réfugiés dans les toilettes unisexes.

La femme brandit une fois de plus le pistolet, mais Milo lui rabattit le bras et l'arme dégoulinante tomba sur le sol.

– Qui êtes-vous ? s'exclama-t-elle.

Un couple de percés-labellisés se leva.

Comme je me précipitais, quelqu'un cria « Attrapez le facho ! », cependant que l'assistance éclatait en vociférations et injures.

Milo saisit le type en vareuse par la manche et le traîna vers la porte de service.

Les deux braves se portèrent en première ligne et arrivèrent à une longueur de bras de Milo. D'une pression rapide et méchante

1. URSS en caractères cyrilliques.

sur un biceps nu, Milo stoppa net le plus baraqué. Les yeux du gars papillottèrent.

– L'affaire est réglée, *compadres*. Filez.

Inutile de sortir sa plaque. Le ton qu'il avait pris les figea.

Je tins la porte ouverte et Milo catapulta le type en vareuse dans l'air salé de la nuit.

Comme la porte se refermait lentement, je jetai un regard en arrière. La plupart des assistants n'avaient pas bougé de leurs sièges.

Derrière, à quelques pas des chaises pliantes, à demi caché par les rayonnages, mais n'ayant rien perdu de la scène de l'endroit où il se tenait, j'entrevis la haute silhouette mince du Noir en costume gris et chemise anthracite.

Derrière la librairie, il y avait une ruelle réservée aux livraisons et que la nuit plongeait dans l'obscurité. Milo propulsa le type en vareuse sur la gauche, marchant vite et le bousculant quand il trébuchait. L'homme commença à jurer et tenta de se dégager, sur quoi Milo fit quelque chose à son omoplate qui lui arracha un petit gémissement.

– Lâche-moi, sale coco !

– Bouclez-la, dit Milo.

– Tu…

– Police, idiot.

Le type en vareuse voulut piler net. Milo lui expédia un coup de pied dans le talon et l'homme fit une embardée involontaire.

– Police… d'État, lâcha-t-il. (Il avait la voix grasse et rauque, ses mots giclant au rythme de sa respiration haletante.) Alors vous, vous êtes un facho, pas un coco…

– Encore un débile, dit Milo.

Il avisa une voiture garée quelques mètres plus loin, poussa le type et le plaqua contre le coffre. Puis, en lui tordant un bras derrière le dos, il libéra ses menottes, lui en passa une autour du poignet, lui tordit l'autre bras et acheva sa tâche.

Depuis que l'excité avait sorti son pistolet, pas plus de cinq minutes s'étaient écoulées.

– Sale antisémite…

– Bouclez-la et baissez la tête.

Milo le fouilla minutieusement, récolta un portefeuille et un porte-clés.

– Je sais exactement combien il y a dedans, alors si vous…

Le doigt de Milo atterrit sur l'omoplate du type. Le souvenir du premier contact interrompit l'homme au milieu de sa phrase.

J'entendais les voitures filer dans Broadway ; sinon, la nuit était calme.

Milo inspecta le portefeuille.

– Vingt dollars. Vous êtes d'accord ?

Silence. Puis ·

– Oui.

– Vingt dollars tout rond, dit Milo. On allait faire la noce, le futé ?

– C'est Hitler, dit l'homme. Ce porc. Il ment, c'est Hitler !

Milo ne tint aucun compte de lui et lut son permis de conduire.

– Elliot Simons… et ça, voyons voir. Carte d'identité de Cedars-Sinaï… IC… infirmier certifié ?

– En chirurgie, dit Elliot Simons.

– Bravo ! lui envoya Milo. Vous n'étiez pas tout à fait dans votre élément, monsieur Simons.

– Cet homme est Hitler, il ment, il prétend être…

– Mais oui, mais oui, dit Milo.

– Arrêtez de m'interrompre, laissez-moi finir ! s'énerva Simons. Il prétend être…

– C'est un imposteur, le coupa Milo. Il a écrit un livre dans lequel il affirme être un réfugié palestinien qui a fui Jérusalem, mais il est né en Italie et il est moitié anglais, moitié syrien. Un magazine juif l'a révélé dans un article.

Je dévisageai mon ami d'un air ahuri. Elliot Simons aussi.

Il n'ouvrit pas la bouche pendant que Milo examinait ses cartes de crédit. Puis il dit :

– Vous le surveilliez ? Qui vous a envoyé ?

– À votre avis ? dit Milo.

– Le gouvernement ? Ils ont fini par comprendre et le mettre sous surveillance ? C'est pas trop tôt ! Cet homme est un traître ! On a eu le 11 Septembre, et le gouvernement ne pige toujours pas ! Combien d'indignités faudra-t-il encore subir avant que vous autres, vous vous mettiez à la page ?

– Vous considérez Issa Qumdis comme un terroriste ?

– Vous l'avez entendu !

Simons avait un visage de travailleur, un visage ordinaire. Sauf les yeux. Ils brûlaient d'une flamme qui transcendait la rage.

Il secoua ses menottes.

– Ôtez-moi ces trucs-là !

– Depuis combien de temps le filez-vous ? lui demanda Milo.

– Je ne file personne, lui rétorqua Simons. J'ai lu les journaux, j'ai découvert qu'il répandait ses mensonges et j'ai décidé d'agir. Je ne m'excuse de rien. Vous voulez m'arrêter, allez-y. Je révélerai le pot-aux-roses.

– À savoir ?

– Que ce type est un Hitler avec de faux diplômes des grandes universités ! (Les yeux de Simons devinrent encore plus brûlants.) Mes parents étaient à Auschwitz. Je ne vais pas rester là sans rien faire pendant qu'un putain de nazi diffuse des mensonges colossaux !

Milo lui montra la tache rouge sur le devant de la vareuse.

– C'est vraiment du sang de cochon ?

Simons sourit de toutes ses dents.

– Où vous l'êtes-vous procuré ?

– À East L.A., dit Simons. Dans un des abattoirs. J'ai rapporté un peu d'héparine du travail et l'y ai mélangée. C'est un anticoagulant. Je voulais être sûr qu'il ne fige pas et reste bien liquide.

– Drôle d'idée… Pour un infirmier en chirurgie.

– Je suis le meilleur, dit Simons. J'aurais très bien pu être médecin, mais je n'avais pas les moyens d'aller à la fac. Mon père était perpétuellement malade, incapable de travailler. À cause du traitement subi au camp. Je ne me plains pas. Je m'en sors correctement. J'ai envoyé mes quatre gamins dans de grandes universités. Je suis le meilleur, dans ma partie. Si vous ne me croyez pas, vérifiez. Les médecins m'adorent. Ils me réclament parce que je suis le meilleur.

– Vous connaissez le Dr Silverman ?

Simons fit oui plusieurs fois de la tête.

– Je le connais, il me connaît. Le magicien du bistouri... Mais vous, comment le connaissez-vous ?

– De nom, dit Milo.

– Alors, c'est bon, dit Simons. Appelez le Dr Silverman et demandez-lui de vous parler d'Elliot Simons. Il sait que je ne suis pas fou ; quand il s'agit du travail, je ne pense qu'à ça.

– Ce soir, vous ne pensiez qu'à bousiller les vêtements d'Issa Qumdis.

– Si seulement j'avais eu un vrai pistolet...

– Plus un mot, monsieur, le coupa Milo. Dans votre intérêt, je ne veux entendre aucune menace.

– « Monsieur ! » s'exclama Simons. Brusquement vous mettez les manières ? (Nouveau cliquetis de menottes.) Quoi, maintenant ?

– Où sont inscrits vos enfants ?

– Trois à Columbia, un à Yale... Bande d'enculés ! lâcha Simons en postillonnant. Pas mes mômes, eux, les nazis et ces cocos ici qui gobent toutes ces conneries ! Il y a cinquante ans ils voulaient nous exterminer, nous avons survécu, nous avons prospéré et dit : « On est plus intelligents que vous. » Alors qu'ils aillent se faire foutre ! Vous voulez m'arrêter parce que je soutiens mon peuple, bravo ! Je prends un avocat, je porte plainte contre le fumier de nazi qui m'a filé un coup de pied dans le dos tout à l'heure et contre sa connasse de salope nazie ! Ensuite, je traîne devant la justice cette ordure d'Arabe et ce con de Suédois qui l'encule sans doute et je vous mets dans le même sac pendant que j'y suis !

De nouveau à court de souffle.

– Pourquoi aviez-vous choisi Issa Qumdis ? demanda Milo.

– C'est un nazi et il est ici.

– Pas d'autre motif ?

– Ça ne vous suffit pas ? lui lança Simons avant de grommeler : *Goyische kopf.*

– D'accord, je suis un goy idiot, lui rétorqua Milo. N'empêche...

c'est vous qui avez du sang plein vos vêtements et les menottes aux mains, avec pour unique résultat de lui garantir un appui franc et massif.

– N'importe quoi ! Ils sont venus pour casser du juif, ils ressortiront encore plus décidés que jamais, mais au moins ils sauront qu'on ne va pas rester sans rien faire pendant qu'ils essaient de nous conduire dans les fours.

Il examina Milo.

– Vous n'êtes pas juif, hein ?

– Je crains que non.

– Quoi alors, allemand ?

– Irlandais.

– Irlandais, répéta Simons, comme estomaqué par cette idée. (S'adressant à moi :) Et vous ?

Je fis signe que non.

Il revint à Milo.

– Me dites pas que les flics lisent *The Jewish Beacon ?*

– Je me documente ici et là.

Simons sourit d'un air entendu.

– Je vois, vous êtes vraiment en surveillance. Vous aurez mis le temps !

– Le bonhomme qui a présenté Issa Qumdis, reprit Milo. Vous avez une idée ?

– Comment ça, une idée ?

– Y a-t-il quelque chose que nous devrions savoir sur lui ?

– Putain de Suédois, lâcha Simons. Encore un putain de connard de professeur… Mes mômes en avaient à la fac, je pourrais vous en raconter de belles…

– Restons-en au Dr Larsen, dit Milo. Que devrais-je savoir à son sujet ?

– Il est avec ce nazi, probable qu'il l'est aussi… nazi. Vous saviez que les Suédois se disaient neutres pendant la guerre, mais qu'en même temps ils fricotaient avec les nazis ? Que les SS couchaient à droite et à gauche avec des Suédoises, organisaient des orgies, les engrossaient ? Probable que la moitié des supposés Suédois sont allemands ! À commencer par lui. Larsen. Vous l'avez entendu ? J'aurais dû lui tirer dessus aussi !

– Assez, dit Milo. Si vous continuez sur ce ton, je vais être obligé de vous embarquer.

Simons le fixa d'un air sidéré.

– Vous n'allez pas le faire ?

Une voiture remonta la ruelle, ralentit le temps de nous doubler, continua vers la 6e et tourna à gauche.

Milo garda le silence.

– Quoi ? demanda Simons. C'est quoi, le marché ?

– Vous êtes venu avec votre voiture ?

– À votre avis ? On est à L.A., ici.

– Où êtes-vous garé ?

– À l'angle.

– Quel angle ?

– La 6e. Vous n'allez quand même pas la saisir !

– Quelle marque ?

– Toyota, dit Simons. Je suis un infirmier, moi, pas un toubib friqué.

Nous le reconduisîmes, toujours menotté, jusqu'à sa voiture. Deux véhicules avant ma Seville. La voiture banalisée de Milo était garée en face.

– Le marché, le voici, lui dit Milo. Vous rentrez droit chez vous, vous avez tiré une carte Chance, vous ne remettez plus jamais les pieds ici. Plus jamais. Vous gardez vos distances, et nous dirons que ça vous servira de leçon.

– À savoir ? demanda Simons.

– Que vous avez intérêt à m'écouter.

– Qu'est-ce que vous avez de spécial ?

– Je suis un goy idiot qui connaît le topo.

Milo saisit le col de Simons et le serra autour de son cou de taureau. Les yeux de Simons se révulsèrent.

– Vous me…

– Je vous fais une faveur, crétin. Une grosse. Ne testez pas mes bonnes dispositions.

Simons lui rendit son regard.

– Vous m'étranglez.

Milo lâcha un millimètre de tissu.

– Une grosse faveur, répéta-t-il. Naturellement, si vous préférez, je peux vous arrêter, ça vous fera une publicité monstre. Des gens vous considéreront comme un héros, mais je ne pense pas que les médecins de Cedars vont continuer à vous réclamer quand ils découvriront votre manque de discernement.

– Ils me réclameront, dit Simons. Je suis…

– Un imbécile, le coupa Milo. Vous avez du sang de cochon plein vos vêtements et vous n'avez rien accompli.

– Ces gens-là…

– Vous exècrent et vous exécreront toujours, mais ils sont une minorité marginale. Si vous voulez vraiment réagir, travaillez comme bénévole à l'Holocaust Center, emmenez les lycéens le visiter. Ne perdez pas votre temps avec ces crétins. (Il haussa les épaules.) C'est juste mon opinion. Si vous n'êtes pas d'accord, je vais nourrir vos fantasmes de martyre et vous coller dans une jolie petite cellule avec un autre bonhomme qui n'aura jamais brillé par sa sensibilité ethnique, je peux vous le garantir.

Simons se mâchonna la lèvre.

– La vie est courte. Je veux en faire quelque chose.

– Précisément, lui répondit Milo. Survivre est la meilleure revanche.

– Qui a dit ça ?

– Moi.

Simons ayant fini par se calmer, Milo lui ôta ses menottes. L'infirmier baissa les yeux sur sa vareuse tachée de sang, comme s'il voyait les dégâts pour la première fois, et tirailla un coin de revers épargné.

– Elle est foutue. Je ne peux pas rapporter un truc pareil à ma femme.

- Bien vu, dit Milo. Et maintenant, filez.

Il rendit à Simons son portefeuille et ses clés et le fourra dans sa Toyota. Simons déboîta rapidement, remonta à vive allure jusqu'à Broadway et prit à droite en se passant de clignotant.

– Au moins, dit Milo, on se sera marrés.

À son tour il inspecta ses vêtements.

– Impec, lui dis-je. J'ai vérifié.

Il me raccompagna jusqu'à la Seville. Comme nous y arrivions, une voix derrière nous, veloutée, cultivée, juste assez forte pour être audible, nous lança :

– Messieurs ?… Messieurs les policiers ?

Le grand Noir en costume gris se tenait sur le trottoir, à trois mètres de nous tout au plus. Mains croisées devant lui. Sourire chaleureux. Se donnant beaucoup de mal pour ne pas sembler menaçant.

– Quoi ? dit Milo, sa main descendant en douceur vers son arme.

– Pourrais-je vous parler, messieurs, je vous prie ? Au sujet d'une des personnes présentes à cette réunion ?

– Qui ça ?

– Albin Larsen, dit l'homme.

– À quel propos ?

– Pouvons-nous parler quelque part en privé ? reprit l'homme sans cesser de sourire.

– Pourquoi ? dit Milo.

– À cause des choses que j'ai à dire, monsieur. Elles ne sont pas… plaisantes. Ce n'est pas un homme plaisant.

XXXIV

– Avancez très lentement, laissez vos mains bien en vue… Bien. Maintenant, montrez-moi une pièce d'identité.

L'homme s'exécuta, sortit un portefeuille noir et luisant, en tira une carte de visite professionnelle et la lui tendit. Milo la lut et me la montra.

Bristol blanc, épais, gravure élégante.

Protais Bumaya

Envoyé spécial
République du Rwanda
Consulat de la côte Ouest
125 Montgomery Street, Suite 840
San Francisco, CA 94104

– Cela vous convient-il, monsieur ? dit Bumaya.

– Pour l'instant.

– Merci, monsieur. Pourrais-je connaître votre nom ?

– Sturgis.

Bumaya devait s'attendre à une présentation plus cordiale, car son sourire s'effaça enfin.

– Je connais un endroit… une taverne en haut du pâté de maisons. Pourrions-nous y tenir une réunion ?

– C'est ça, dit Milo. Tenons.

La « taverne » en question se trouvait de l'autre côté de Broadway Avenue, entre les 4e et 5e Rues, un bouge aveugle dénommé « Brise de mer », agrémenté de boiseries qui se voulaient de style Tudor et d'une porte faite dans un bois rongé par le sel, qui avait jadis passé pour du chêne anglais. Vestige du Santa Monica d'avant les deux vagues d'immigrants qui avaient construit la ville du bord de mer : des bourgeois empesés du Middle West en quête de chaleur, affluant dans l'Ouest au début du XXe siècle, et, soixante-dix ans plus tard, une population gauchisante engagée dans le militantisme social et attirée là par les loyers les mieux contrôlés de toute la Californie.

Entre les deux, les touristes et prostitués des deux sexes, la clémence du climat et l'océan avaient produit la corrosion qu'on pouvait attendre d'un tel mélange, mais Santa Monica restait coulée dans le moule de l'autosatisfaction vertueuse.

Milo lorgna la façade peu avenante du Brise de mer.

– Vous y êtes déjà venu ?

Bumaya hocha la tête.

– La proximité m'a paru un avantage, expliqua-t-il.

Milo poussa la porte d'un coup d'épaule et nous entrâmes. Salle en long, plafond bas, éclairage avare, trois box rudimentaires sur la gauche, un bar en bois brillant de vernis acrylique sur la droite. Huit clients qui buvaient sec, cheveux et visages gris, bedaine remontée par la position assise sur le rembourrage en vinyle des tabourets, et faisaient face à un barman qui semblait faire goûter des échantillons de sa marchandise à intervalles réguliers. Des effluves de houblon et de malt, mêlés aux odeurs corporelles, saturaient un air suffisamment humide pour cultiver des fougères. Neuf paires d'yeux nous dévisagèrent quand nous fîmes notre apparition. Au juke-box, Frankie Valli nous informa qu'il ne fallait pas se fier aux apparences.

Notre choix se porta sur le box le plus éloigné. Le barman ne s'intéressa pas à nous. Un des buveurs finit par s'approcher. Bedonnant, en polo vert et pantalon gris. Un petit distributeur de monnaie chromé accroché à sa ceinture disait qu'il était de la maison.

Il avisa Bumaya et lui jeta un regard mauvais.

– Ça sera quoi ?

Milo commanda un whisky.

– Pour moi aussi, dis-je.

– J'aimerais un gin tonic, s'il vous plaît. Du Boodles.

– On a du Gilbeys.

– Ce sera parfait.

Polo-Vert eut un petit sourire suffisant.

– Y a intérêt.

Bumaya le regarda s'éloigner avec une démarche de canard.

– Il semblerait que j'aie offensé quelqu'un, nous fit-il remarquer.

– Ils n'aiment probablement pas les grands inconnus au teint foncé, dit Milo.

– Les Noirs ?

– C'est peut-être ça aussi.

Bumaya sourit.

– J'avais entendu dire que c'était une ville progressiste.

– La vie est pleine de surprises, dit Milo. Alors, que puis-je faire pour vous, monsieur Bumaya ?

Bumaya s'apprêtait à répondre, mais s'interrompit quand les commandes arrivèrent.

– Merci, monsieur, dit-il à Polo-Vert.

– Autre chose ?

– Des cacahuètes salées si vous en avez, dit Milo. Sinon, juste un brin de paix et de tranquillité, l'ami.

Polo-Vert lui jeta un regard noir.

Milo vida son verre.

– Et vous me remettez ça aussi.

Polo-Vert prit le gobelet de Milo, regagna le bar, rapporta le verre plein et un bol de bretzels noueux.

– Assez salé à votre goût ?

Milo mangea un bretzel.

– Je suis bon pour une attaque, grommela-t-il.

– Hein ?

Milo lui décocha son sourire de loup. Polo-Vert tiqua. Battit en retraite. Quand il eut récupéré son tabouret, Milo enfourna un autre bretzel.

– Ouais, une ville vraiment progressiste, dit-il.

Protais Bumaya ne bougeait pas, s'efforçant de ne pas montrer qu'il nous étudiait. Dans l'éclairage avare, sa peau avait la couleur d'une prune de Damas. Ses yeux en amande largement écartés remuaient très peu. Mains immenses, mais des poignets filiformes. Encore plus grand que Milo, un mètre quatre-vingt-quinze ou seize. Mais le buste court ; comme enfoncé dans le box, l'homme produisait une impression curieusement juvénile.

Nous bûmes tous les trois pendant un moment en silence. Frankie Valli céda la place à Dusty Springfield qui ne souhaitait qu'une chose : être auprès de nous. Bumaya semblait savourer son gin tonic.

– Alors, dit Milo, quoi, au sujet d'Albin Larsen ?

– Un progressiste, lieutenant Sturgis.

– C'est l'idée que vous en avez.

– Vous étiez à la librairie et vous l'observiez, dit Bumaya.

– Qui dit que c'était lui que j'observais ?

– Alors qui d'autre ? lui renvoya Bumaya. George Issa Qumdis passe son temps à faire des discours politiques. C'est un homme public. Que pourrait apprendre un policier en l'observant ? Et cet individu en veste de la Navy... Impulsif, mais pas un dangereux criminel.

– C'est votre diagnostic, hein ?

– Il projette de la peinture, dit Bumaya avec dédain. Vous l'avez interrogé et relâché. Vous êtes inspecteur, n'est-ce pas ?

Milo relut la carte professionnelle de Bumaya.

– Envoyé spécial. Si j'appelle à ce numéro et pose des questions sur vous, que me répondra-t-on ?

– À cette heure-ci, monsieur, vous obtiendrez un message enregistré vous indiquant d'appeler aux heures ouvrables. Vous appelleriez aux heures ouvrables, vous tomberiez sur un autre message enregistré vous proposant des choix multiples. Vous feriez le bon choix, vous auriez finalement pour interlocutrice une femme charmante prénommée Lucy qui est la secrétaire de M. Lloyd MacKenzie, Esquire, un charmant avocat de San Francisco qui exerce *de facto* les fonctions de consul de la côte Ouest pour mon pays, la république du Rwanda. M. MacKenzie vous informerait à son tour que je suis un représentant légitime de mon pays.

Bumaya lui sourit de toutes ses dents.

– Décideriez-vous d'éviter tout ce parcours, vous me croiriez tout simplement, dit-il.

Milo vida son deuxième whisky. Une décoction puissante, abrasive ; j'avais du mal à descendre mon premier.

– Envoyé spécial, répéta-t-il. Vous êtes flic ?

– Pas actuellement.

– Mais… ?

– J'ai eu des activités policières.

– Alors abrégez et dites-moi ce que vous cherchez.

Une lueur s'alluma dans les yeux de Bumaya. Il enveloppa le verre de ses longs doigts aux ongles soignés, en plongea un dans le breuvage et fit tourner le zeste de citron vert.

– Je souhaite qu'Albin Larsen obtienne ce qu'il mérite.

– À savoir ?

– Qu'il soit châtié.

Bumaya chercha dans une poche intérieure et en ressortit son portefeuille noir et luisant. L'ouvrit, tripota ce qui semblait être une couture. Les bords s'écartèrent, révélant une fente. Plongeant les doigts dans la fente, il en retira une petite enveloppe blanche.

Le regard dans le vide, il expédia une chiquenaude sur le bord de l'enveloppe d'un ongle lustré.

– Que savez-vous du génocide qui a dévasté mon pays en 1994 ?

– Je sais qu'il a fait énormément de morts et que le monde s'est contenté de rester spectateur, dit Milo.

– Près d'un million de personnes, précisa Bumaya. Le chiffre le plus souvent cité est huit cent mille, mais je suis convaincu que c'est une sous-estimation. Les révisionnistes qui cherchent à minimiser l'horreur affirment que trois cent mille personnes seulement ont été massacrées.

– Seulement, répéta Milo.

Bumaya hocha la tête.

– Je pense quant à moi, en me fondant sur l'observation et la connaissance des détails, que lorsque les morts causées par des blessures graves auront été prises en compte, le chiffre définitif sera plus proche du million, sinon plus.

– Quel rapport avec Albin Larsen ?

– Larsen se trouvait dans mon pays pendant le génocide. Il travaillait pour les Nations unies à Kigali, notre capitale, lors des pires atrocités. En qualité de consultant. De consultant des droits de l'homme.

– Ce qui signifiait quoi, dans le contexte de votre pays ?

– C'était laissé à sa seule et entière appréciation. Les Nations unies dépensent des milliards de dollars à payer des gens qui font exactement ce qui leur plaît.

– Les organisations internationales n'ont pas votre faveur, monsieur Bumaya ?

– Les Nations unies n'ont rien fait pour mettre fin au génocide dans mon pays. Au contraire, certains individus salariés par l'ONU ont joué un rôle actif ou passif dans les tueries de masse. Les organisations internationales ont toujours été douées pour condamner les tragédies après coup, mais d'une inutilité ahurissante pour les empêcher.

Bumaya leva son verre et avala une gorgée, longue, difficile à passer. La petite enveloppe blanche restait coincée entre les doigts de sa main libre.

– Vous dites que Larsen était impliqué dans le génocide ? dit Milo. Implication active ou passive ?

– Il y a une différence ?

– Veuillez me répondre, monsieur.

– Je l'ignore, inspecteur Sturgis, dit Bumaya. Pour l'instant.

Il lorgna vers le bar.

– Vous en voulez un autre ? demanda Milo.

– Oui, mais je m'en abstiendrai. (Nouvelle chiquenaude à l'enveloppe blanche.) En janvier 2002, un certain Laurent Nzabakaza a été inculpé de complicité dans le génocide rwandais. Avant son inculpation, Nzabakaza avait exercé les fonctions de directeur d'une prison située à la périphérie de Kigali. La plupart des détenus étaient hutus. Quand les violences ont commencé, Nzabakaza a ouvert leurs cellules, leur a donné des lances, des machettes, des gourdins et toutes les armes à feu qu'il a pu trouver, et les a dirigés sur les foyers tutsis. Ce fut une expédition familiale ; la femme de Nzabakaza et ses fils, des adolescents, ont été de la partie, applaudissant les meurtriers pendant qu'ils violaient et démembraient. Avant que la lumière soit enfin faite sur ces événements et son arrestation à Genève, Nzabakaza s'est trouvé un nouvel emploi. Enquêteur du Tribunal pénal international pour le Rwanda. Albin Larsen l'a aidé à obtenir ce poste. Il en avait fait autant pour d'autres individus, dont plusieurs ont par la suite été reconnus suspects de génocide.

– Des criminels qui travaillent pour le tribunal qui est censé les juger.

– Imaginez Goering ou Goebbels payés par le tribunal de Nuremberg.

– Larsen est un gros bonnet chez les Hutus ?

– Larsen était… est un opportuniste. Il a des références irréprochables. Doctorat en psychologie, professeur en Suède et aux États-Unis. Il travaille pour les Nations unies et plusieurs organisations humanitaires depuis plus de vingt ans.

– En qualité d'expert des droits de l'homme, dis-je.

Bumaya ouvrit la petite enveloppe blanche et en retira une petite photo en couleurs, qu'il posa au centre de la table.

Deux jeunes garçons souriants, en chemise blanche et cravate à carreaux d'uniforme. Peau d'ébène luisante, yeux clairs, cheveux courts, dents éclatantes. L'un légèrement plus âgé que l'autre ; je leur donnai neuf et onze ans.

– Ces garçons, reprit Bumaya, sont Joshua et Samuel Bangwa. À l'époque où cette photo a été prise, ils avaient huit et dix ans. Joshua était un élève brillant qui adorait les sciences et Samuel, l'aîné, excellait en sport. Leurs parents étaient des adventistes du Septième Jour, qui enseignaient dans une école confessionnelle du village de Butare. Peu après que Kigali fut tombée aux mains des insurgés hutus, Butare a été visé en tant que communauté principalement tutsie. Le père et la mère des garçons ont été massacrés à coups de machette par les troupes de Laurent Nzabakaza. La mère a été violée à plusieurs reprises, avant et après sa mort. Joshua et Samuel, cachés dans un placard et observant ce qui se passait par une fente de la porte, se sont enfuis et un pasteur adventiste a réussi à les faire sortir du Rwanda. En tant que témoins directs des atrocités commises par Nzabakaza, ils ont été emmenés à Lagos, au Nigeria, et confiés à un pensionnat des Nations unies qui accueillait les enfants de diplomates et la progéniture des hauts fonctionnaires nigérians. Deux semaines après que Nzabakaza eut été appréhendé en Suisse, on a remarqué l'absence des garçons au petit-déjeuner. Lorsqu'on a inspecté leur chambre, on les a trouvés dans leurs lits. La gorge tranchée d'une oreille à l'autre. Un seul coup de rasoir pour chaque enfant, net et définitif.

– Un travail de pro, dit Milo.

Bumaya sortit le triangle de citron vert de son verre, le suça, le remit dedans.

– L'établissement était gardé et surveillé, inspecteur, et on n'a relevé aucune trace d'effraction. L'enquête n'a donné aucun résultat.

– Et Albin Larsen…

– Était un psychologue consultant attaché à l'établissement, mais rarement présent sur les lieux. Toutefois, une semaine avant que les garçons soient massacrés, il est venu à Lagos et a pris une chambre dans l'aile réservée aux professeurs. Le motif allégué pour sa visite était une inspection pour le compte des Nations unies. Pendant son séjour, il s'est aussi livré à d'autres activités locales.

– Telles que…

– Permettez-moi de finir, je vous en prie, dit Bumaya. On a appris depuis que l'inspection n'était pas programmée avant plusieurs mois et que Larsen avait pris sur lui d'avancer la date prévue.

– Vous pensez qu'il a tué les deux enfants ? dit Milo.

Le front de Bumaya se plissa.

– Je n'ai rien appris qui indique que Larsen ait jamais commis un acte de violence. Cependant, on sait qu'il avait des liens avec des criminels et qu'il a facilité leurs agissements. Que concluriez-vous, en votre qualité d'inspecteur, de la convergence des faits : les liens d'amitié de Larsen avec Laurent Nzabakaza, la menace que représentaient ces garçons pour ce même Nzabakaza et la présence inattendue de Larsen dans l'établissement ?

Milo saisit la photo et étudia les visages souriants.

– J'ai la certitude, reprit Protais Bumaya, que Larsen a engagé quelqu'un pour massacrer ces enfants. Suis-je en mesure de le prouver ? Pas encore.

– On vous a envoyé ici pour trouver cette preuve ?

– Entre autres missions.

– Comme… ?

– Établir les faits.

– N'importe lesquels ? dit Milo.

Bumaya se cala contre son dossier et souffla un grand coup.

– Jusqu'à maintenant, je n'ai pas réuni beaucoup d'éléments. C'est pourquoi, quand je vous ai vus observer Larsen, je me suis dit : « Hé, hé, je tiens ma chance. » (Il posa ses mains à plat sur la table. Ses jointures étaient grises.) Serait-il envisageable que vous me fassiez part de vos informations ?

– Ça ne marche pas dans ce sens-là.

Long silence.

– Je vois, dit Bumaya.

– Que savez-vous d'autre sur Larsen ? lui demanda Milo.

– En termes de… ?

– Quelles étaient ces autres « activités locales » ?

– Le Dr Larsen est un homme qui s'intéresse à beaucoup de choses, répondit Bumaya, mais sans rapport avec mes objectifs.

– Je m'inquiète des miens, lui renvoya Milo.

– Il participait à des… programmes. (Bumaya lâcha le mot comme s'il s'agissait d'une plaie d'Égypte.) Des programmes sous l'égide de l'ONU, des programmes humanitaires privés. Larsen se branche sur ces programmes pour son profit personnel.

– Maquereau de la misère humaine, dit Milo.

Bumaya eut un léger sourire.

– Je n'ai jamais entendu cette expression. Elle me plaît. La description est exacte en effet.

– Il s'agit de sommes importantes ?

Le sourire de Bumaya s'élargit.

– On pourrait penser qu'avec toute la paperasserie qu'exigent les administrations, quelqu'un irait vérifier qu'une semaine compte autant d'heures.

– Larsen gonfle ses prestations.

– Consultant par-ci, consultant par-là. À en croire ses factures, il est l'homme le plus occupé de la planète.

– De quel genre de programmes s'agit-il ?

– Je ne connais que ceux mis en œuvre dans mon pays et à Lagos. Il s'agit, pour l'essentiel, d'écoles et de sociétés de protection sociale. Une dizaine au moins. Lorsqu'on étudie les dossiers *in toto*, on constate que Larsen travaillait cent cinquante heures par semaine.

– Un de ces programmes porte-t-il sur la réinsertion des anciens détenus ? lui demanda Milo.

Bumaya sourit.

– Quoi ? dit Milo.

– C'est par le travail avec les détenus que Larsen a fait la connaissance de Laurent Nzabakaza. Il a obtenu un financement de l'Église luthérienne pour un programme de formation psychologique susceptible d'aider les détenus de la prison de Nzabakaza à surmonter leurs penchants criminels. Sentinelles pour la justice. Des pots-de-vin substantiels versés à Nzabakaza contribuaient à… comment dit-on, « graisser la piste » ?

– Les rouages, le corrigea Milo. Mettre de l'huile dans les rouages.

– Ah, dit Bumaya. Toujours est-il que les détenus traités par Sentinelles pour la justice formaient très précisément le groupe armé par Nzabakaza et envoyé à Butare. Larsen avait déjà démarré un programme identique à Lagos, et quand le génocide a mis fin à ses activités au Rwanda, il a reporté son attention sur l'antenne nigériane.

Une grande main sombre se referma autour du verre.

– Je crois que je reprendrais volontiers la même chose.

Milo se saisit du verre, alla au bar et le rapporta, rempli jusqu'en haut.

Bumaya en vida la moitié.

– Merci… Larsen a essayé de se brancher sur la crise en

Bosnie, mais sans succès en raison de l'excès de concurrence. Dernièrement, il a fait part de son immense intérêt pour la question palestinienne. Il figurait parmi les étrangers qui se sont rendus à Jénine pour exprimer leur soutien à Arafat pendant le siège israélien. Il a fourni aux Nations unies des témoignages sur le massacre de Jénine.

– Celui qui n'a jamais eu lieu, dit Milo.

– Exactement. Une supercherie d'ampleur internationale, de courte durée mais incendiaire, s'est ensuivie, et Larsen a été rétribué pour son activité de consultant. Qu'il ait pu entrer dans cette région s'explique vraisemblablement par le fait qu'un de ses cousins, Torvil Larsen, est un fonctionnaire de l'UNRWA à Gaza. Qu'un conflit international surgisse quelque part, et Larsen sera toujours là pour récolter quelques dollars. Si on ne l'en empêche pas.

– Votre objectif est-il de l'en empêcher ?

– Moi, dit Bumaya en se tapotant la poitrine, je suis un chercheur de faits, pas un homme d'action.

Milo contempla la photo des garçons souriants.

– Où résidez-vous, à L.A. ?

– Chez un ami.

Le calepin de Milo fit son apparition.

– Nom, adresse et numéro de téléphone.

– Est-ce nécessaire ?

– Pourquoi ? demanda Milo. Ça vous pose un problème ?

Bumaya baissa les yeux. Termina son verre.

– J'habite chez Charlotte et David Kabanda. (Il épela lentement le patronyme.) Ils sont médecins, en troisième année d'internat au Veterans Hospital de Westwood.

– Adresse ? dit Milo.

– Charlotte et David me connaissent en tant que condisciple à l'université. J'ai fait mon droit. Ils me croient avocat.

Milo tapota son calepin.

– Adresse.

Bumaya donna un numéro d'immeuble résidentiel dans Ohio Avenue.

– Téléphone ?

Bumaya égrena sept chiffres.

– Si vous appelez Charlotte et David et leur révélez ce que je vous ai dit, ils ne comprendront pas. Ils croient que j'effectue des recherches d'ordre juridique.

– Leur appartement est votre unique lieu de résidence ?

– Oui, inspecteur.

– Vous avez le statut d'envoyé, mais pas de notes de frais d'hôtel ?

– Nous sommes un pays très pauvre, inspecteur, qui tente de se réunifier. M. Lloyd MacKenzie, notre consul *de facto*, nous défraie à un taux minimal. C'est un humanitaire authentique.

– Que pouvez-vous me dire d'autre sur Larsen ? demanda Milo.

– Je vous en ai déjà dit beaucoup.

– Dois-je répéter ma question ?

– Une voie à sens unique, lui fit observer Bumaya.

– Mmm...

Bumaya dévoila deux rangées de dents régulières et nacrées.

– C'est tout ce que j'ai à dire sur ce sujet.

– Parfait.

Milo referma son calepin.

– Monsieur, dit Bumaya, il est de notre intérêt à tous les deux de coopérer.

– Monsieur, lui répliqua Milo, s'il y a quelque chose que vous ayez besoin de savoir, je vous en informerai. En attendant, soyez prudent. Il serait regrettable qu'un agent étranger soit impliqué dans une enquête en cours.

– Inspecteur, je n'ai aucune intention de...

– Alors nous n'avons pas de problème, le coupa Milo.

Bumaya se rembrunit.

– Un autre verre ? Vous êtes mon invité.

– Non. Non merci.

L'instantané des deux garçons était resté sur la table. Il le prit et le remit dans son portefeuille en serpent.

– Vous êtes bon tireur, monsieur Bumaya ? En qualité d'ancien policier et autre ?

– Je sais tirer. Mais je ne voyage pas armé.

– Donc, si j'inspecte l'appartement de vos amis, aucune arme n'y fera son apparition ?

– Aucune, dit Bumaya. (Sa bouche frémit, couvrant un petit territoire émotionnel, avant de se fixer sur un léger sourire neutre.) Peut-être ne me suis-je pas fait bien comprendre, inspecteur Sturgis. Mon unique objectif est de rassembler des faits et de les communiquer à mes supérieurs.

– Toute cette peine pour Albin Larsen.

– Lui et d'autres.

– D'autres, ici, à L.A. ?

– Ici et ailleurs. D'autres villes, d'autres pays. (Les yeux de Bumaya se fermèrent, puis se rouvrirent dans un battement de cils. Ses iris, jusque-là clairs et inquisiteurs, s'étaient assombris.) C'est une tâche de très longue haleine.

Nous le regardâmes quitter le bar.

– Tu crois que je l'ai bousculé ? me demanda Milo.

– Un peu.

– Je sympathise avec sa cause, mais il ne poursuit que ses propres objectifs et je n'ai pas besoin de complications. Si j'arrive à coincer Larsen, je comblerai ses vœux et ceux de ses supérieurs.

– Ça se tient, dis-je.

– Vraiment ? (Il fronça les sourcils.) Ces deux gamins…

Il détourna les yeux et fit signe à Polo-Vert de lui servir un troisième verre.

Polo-Vert abaissa les yeux sur moi.

– Vous aussi ?

Je posai la main sur mon verre et fis signe que non.

– Bumaya a ses projets personnels, dis-je quand le verre de Milo fut là, mais ce qu'il a dit précise nos hypothèses. Le dossier de Larsen cadre exactement avec le genre d'escroquerie auquel nous pensions. Et il use de violence au besoin.

– Flegmatique et imperturbable, marmonna Milo.

– Ce soir, pendant la présentation, il était plutôt passionné ?

– Idéologie et profit, dit-il.

– Maquereau de la misère humaine. Bien trouvé.

Il but.

– Simple curiosité… comment en savais-tu si long sur Issa Qumdis ? lui demandai-je.

– Parce que les flics ne lisent pas ?

– J'ignorais que tu t'intéressais à la politique.

Il haussa les épaules.

– Rick laisse traîner des livres et des magazines. Je les ramasse. L'un d'eux s'est trouvé être *The Jewish Beacon*, avec l'article affirmant qu'Issa Qumdis s'était inventé lui-même.

– J'ignorais aussi que Rick s'y intéressait.

– Il s'en fout. Même les problèmes des gays ne le mobilisent pas. (Il étira son cou avec une petite grimace.) Ses parents sont des survivants de la Shoah.

Malgré tant d'années, je ne savais pas grand-chose de Rick. Ni de la vie de Milo quand il refermait la porte de sa petite maison de West Hollywood.

– Ils ne cessaient pas de le tanner avec ça.

– La Shoah ?

Il hocha la tête.

– Ils voulaient qu'il soit plus conscient de sa judéité. Outre l'éternelle question des pratiques religieuses, son homosexualité n'a rien simplifié. Quand ses parents l'ont appris, ils ont pété les plombs et la Shoah s'est mise de la partie. Sa mère sanglotait comme s'il y avait un mort dans la famille. Son père lui criait dessus en le traitant d'idiot, car maintenant les nazis auraient deux raisons de le gazer.

Il but encore un peu plus de whisky et le fit tourner comme un bain de bouche.

– Il est fils unique, ça n'a pas été facile. Ça s'est calmé avec le temps, ses parents ont vieilli. Finalement, son père et lui ont été capables d'en parler.

Milo n'avait jamais pu en faire autant avant la mort de son propre père.

– Ensuite, il y a eu le 11 Septembre, et Rick a changé, continua-t-il. Il s'est senti personnellement concerné. Le fait que les Arabes soient derrière… les théories révisionnistes imputant la faute aux juifs. Toutes les inepties antisémites déversées par l'Arabie saoudite et l'Égypte… Brusquement, Rick s'est intéressé au fait qu'il était juif et il s'est mis à lire des bouquins sur l'histoire juive et sur Israël. À donner de l'argent aux causes sionistes, à s'abonner à des magazines.

– Que tu t'es trouvé ramasser.

– L'article sur Issa Qumdis a retenu mon attention avant tout parce que le type était un escroc sans que la chose égratigne sa carrière universitaire. Ça me fascine toujours : l'écart entre la réalité et la comédie de la vie… il en imposait, non ? L'incarnation même de la dignité de sa fonction, la culture personnifiée, puis affichant la couleur et appelant au meurtre. Passablement haïssable de la part d'un professeur d'université.

– Comme beaucoup de choses dans le monde universitaire.

– Tu en as été personnellement témoin ?

– En général, c'est plus subtil, mais tu serais sidéré d'entendre ce qui se dit aux réceptions du corps professoral, quand ces éminents intellectuels croient que personne ne les écoute.

– Je me demande si Issa Qumdis dévide le même discours à Harvard. Les universités n'ont pas des règles contre les propos haineux ?

– Elles sont appliquées ponctuellement.

– Il n'y a pas pire sourd… Ouais, un monde harmonieux. Bon, assez sur le sujet, il est temps de s'intéresser à l'infâme Dr Larsen. Du nouveau sur une escroquerie locale ?

– Pas encore. J'ai demandé à Olivia de faire une recherche. Je lui ai donné le programme de « Sentinelles » comme indice parce que je suis tombé dessus en surfant.

– Sentinelles pour la justice… Olivia est la crème des femmes… À propos… Franco Gull a fini par se lasser de la routine et il a mis le cap sur un club de remise en forme. Levé de la fonte, ignoré les dames, retrouvé le bercail. Il sait peut-être à quoi s'en tenir et ce qu'il risque. Le bonhomme maîtrise mal ses émotions. On pourrait essayer de l'entamer et ouvrir une brèche. Non ?

– Tu montrerais ton jeu.

– Oui, mais si je n'avance pas, et vite, je n'ai pas le choix. (Il se frotta la figure.) OK, j'attends qu'Olivia te fasse signe, mais il faudra bien que je prenne une décision… (Son portable bipa, il le colla aussitôt à son oreille.) Sturgis à l'appareil… quand ? Vraiment… OK, donnez-moi le numéro.

Son calepin et son stylo étant toujours sortis, il le nota en hâte et referma le portable d'un geste vif, un sourire bizarre sur le visage.

– Tiens, tiens, tiens…

– C'était qui ?

– L'inspecteur Binchy. En bon élément docile, il est à son bureau à liquider de la paperasse avant de repartir voir où en est Gull. On vient juste de m'appeler et il a pris la communication. Sonny Koppel… il voudrait qu'on se parle. Pendant qu'il dîne ! Un café dans Pico. Je suis invité à y faire un saut.

– Et moi avec ?

– Ça va sans dire.

XXXV

Le Gene's était un des rares points éclairés d'un pâté de maisons obscur et silencieux. Au bas de Pico Boulevard, à quelques mètres du flot de voitures dans La Cienaga. À une petite distance à pied de la lisière est du district de Milo.

Il était onze heures moins vingt quand nous y arrivâmes et l'endroit brillait de tous ses feux. Longue salle étroite au sol de vinyle pas net, comptoir en Formica et sept tables assorties, le tout décoloré par la débauche de watts. Une pancarte en façade déclarait : OUVERT JUSQU'À MINUIT. À l'intérieur, deux types jeunes et affublés de lunettes de soleil surdimensionnées chuchotaient avec des mines de conspirateurs au-dessus de leurs cafés et portions de tarte, et du scénario relié placé à égale distance entre eux deux. Une vieille femme mastiquait un sandwich œuf-salade avec les dents qui lui restaient. Derrière elle, un homme musculeux en vêtements de travail gris expédiait un hamburger et lisait des nouvelles défraîchies dans le journal du matin.

Imperméable gris et informe, Sonny Koppel était assis au comptoir et s'enfournait des œufs au bacon à grands coups de fourchette. Le serveur ne tenait aucun compte de lui et récurait une friteuse. Quand nous nous approchâmes, il tourna brièvement la tête, puis reprit sa tâche.

Koppel s'essuya la bouche, descendit de son tabouret et déménagea assiette, serviette et couverts sur une table de devant. Près de la porte, mais à l'écart des autres clients. Sous son imperméable, il portait un survêtement moka souligné d'un liseré blanc. Des tennis mollement lacées cachaient des pieds larges et plutôt petits. Il s'était rasé peu de temps avant et arborait plusieurs balafres.

Milo prit sa tasse de café restée sur le comptoir. Le serveur se retourna.

– Je vous sers quelque chose, les gars ?

– Non merci.

Koppel était toujours debout quand Milo lui apporta la tasse.

– Merci, dit Koppel. Une seconde. (Repartant vers le comptoir, il rafla le Ketchup et le Tabasco. Finalement il tira une chaise, s'assit, s'essuya les lèvres. Fit rebondir une dent de fourchette contre le bord de son assiette et sourit à cette dernière.) Menu de petit déjeuner. Moi j'aime, comme dîner.

– À chacun ses goûts, dit Milo. En quoi pouvons-nous vous être utiles ?

– Cette photographie… la fille. Vous l'auriez sur vous ?

Milo plongea la main dans sa poche de veste, sortit le cliché de la morgue et le tendit à Koppel.

Koppel l'étudia et hocha la tête.

– La première fois que vous me l'avez montrée, ça m'a rappelé quelque chose. Mais impossible de mettre le doigt dessus, et comme je n'avais vraiment rien à vous raconter, je vous ai dit que je ne l'avais jamais vue. Je n'étais pas vraiment sûr. (Il s'humecta les lèvres.) Mais ça m'est resté en tête.

– Et maintenant vous pensez la connaître, dit Milo.

– Je ne peux pas l'affirmer, répondit Koppel. Si c'est elle, je ne l'ai vue que deux fois. Très exactement deux. (Il jeta un nouveau coup d'œil à la photo.) Vu sa tête, là, c'est difficile à dire…

– La mort n'épargnera pas la vôtre.

Koppel avala de l'air. Embrocha une lanière de bacon, la perdit à mi-parcours et la regarda atterrir juste à côté de son assiette. Il la récupéra avec les doigts, la repositionna à côté du petit tumulus d'œufs, lécha la graisse sur le bout de ses phalanges.

– Où pensez-vous l'avoir vue, monsieur Koppel ? demanda Milo.

– Ce pourrait être une fille que j'ai aperçue au bureau de Jerry Quick. Elle bayait aux corneilles avec la secrétaire de Jerry.

– La secrétaire de Jerry.

– Angie Paul.

– Vous connaissez Angie personnellement ?

– Je la connais pour être passé au bureau de Jerry pour le loyer. (Il gratta le côté de son nez.) Vous l'avez aussi dans le collimateur ? Moi, je me suis toujours posé des questions.

– À savoir ?

– Elle ne semblait pas très active. Pas le genre que j'aurais engagée comme secrétaire. Là encore, on ne lui demandait sans doute pas de briller par ses compétences.

– C'est-à-dire ?

– Il n'y avait pas foule, au bureau de Jerry. Je n'y ai jamais vu personne, sauf elle et lui.

– Et peut-être cette fille ?

– Peut-être, oui, dit Koppel. Mais seulement peut-être.

– Vous n'allez pas très souvent au bureau de M. Quick, mais deux fois vous y avez vu cette fille.

Koppel rougit.

– Je ne… tout ce que je dis… est-ce que je sais ? Si je vous ai fait perdre votre temps, je suis désolé.

Milo posa un index sur un coin du cliché.

– Vous devez juger ça bizarre, dit Sonny Koppel. D'abord, je vous dis que je ne la connais pas, ensuite je vous appelle.

Milo sourit.

– J'essaie juste de me comporter en bon citoyen, lieutenant.

– Nous y sommes sensibles, monsieur. Que pouvez-vous nous dire d'autre sur cette fille ?

– Rien, répondit Koppel en scrutant le cliché pendant quelques secondes de plus. Ça pourrait être elle.

– Une fille toujours collée à Angie à la réception du bureau de M. Quick.

– Ça, c'était la première fois. Il y a deux, trois mois. La seconde remonte moins loin… à six semaines. Je les ai vues, Angie et elle, au moment où elles sortaient ensemble de l'immeuble. C'était autour de midi, j'ai pensé qu'elles allaient déjeuner.

– Quelles étaient leurs habitudes ?

– Je ne les ai pas suivies, lieutenant. J'étais venu voir Jerry.

– Pour le loyer.

– Oui. (Il se gratta l'arrière de l'oreille.) Je commence à croire qu'en voulant bien faire, je me complique la vie.

– En quoi, monsieur ?

– Comme je l'ai dit, vous devez trouver ça bizarre. (Il poussa la photo vers Milo.) En tout cas, je ne sais rien de plus.

Milo fit passer la photo d'une de ses mains dans l'autre, comme un filou de bonneteau.

– Toujours collée à Angie.

– À bavarder. À la façon des filles.

– Les filles ont juste envie de s'amuser, dit Milo.

– Ce n'est pas l'impression qu'elles donnaient, dit Koppel. Ce que je veux dire, c'est qu'elles n'étaient pas là à rire ou à pouffer. D'ailleurs, la fois où je les ai vues sortir ensemble, j'ai cru qu'elles avaient un compte à régler, parce que en me voyant elles se sont tues aussitôt.

– Un compte à régler en allant déjeuner.

– Rien ne dit qu'elles allaient manger. Simplement, c'était l'heure du déjeuner.

– Angie a-t-elle prononcé le nom de l'autre fille ?

– Non.

– Que pouvez-vous me dire d'autre sur elle ? Sur son physique ?

– Pas grande, taille moyenne. Mince. Bien fichue. Mais un peu… elle n'avait pas l'allure de quelqu'un qui sort d'un milieu fortuné.

– Nouveau riche ? dit Milo.

– Non, répondit Koppel. Plutôt… Des vêtements de bonne qualité mais peut-être un peu trop… ostentatoires ? Comme si elle voulait qu'on la remarque ? Peut-être un peu trop maquillée, impossible de me rappeler vraiment… je ne veux rien vous dire d'inexact.

– Un peu tape-à-l'œil.

Koppel fit signe que non.

– Pas ça. Je ne veux pas être cruel… mais elle semblait un peu… vulgaire. Comme ses cheveux. Ce blond ne peut pas être naturel sauf si on a cinq ans, vous êtes d'accord ?

– Vous semblez l'avoir regardée avec attention.

– Je l'ai remarquée, dit Koppel. Une jolie fille. Et bien roulée. Je suis un homme, vous savez ce que c'est.

Milo eut un léger sourire.

– Rien d'autre ?

– Non, c'est tout.

Koppel prit sa fourchette. Les œufs s'étaient coagulés. Il en piqua un gros morceau et le fourra dans sa bouche. Les deux types au scénario se levèrent de leur table, la mine fâchée, et sortirent du café sans un mot.

– La dernière fois que nous avons parlé, reprit Milo, vous disiez que votre ex-femme voulait utiliser le rez-de-chaussée de son immeuble pour des thérapies de groupe.

– Elle devait me donner une réponse définitive avant d'être… avant son décès.

– Vous a-t-elle confié des détails sur la nature de la thérapie ?

– Non, dit Koppel. Pourquoi l'aurait-elle fait ?

– Pour rien. Nous continuons à recueillir des éléments.

– Avez-vous avancé ?

Milo haussa les épaules.

– N'importe, le projet est à l'eau, dit Sonny Koppel. Albin Larsen m'a appelé hier pour me prévenir que je pouvais louer le rez-de-chaussée. Mary était le lien qui les maintenait soudés. Elle partie, ça ne m'étonnerait pas si Larsen et Gull voulaient résilier le bail.

– L'immeuble ne leur plaît pas ?

– Je ne sais pas s'ils souhaiteront assumer la charge financière. J'avais fait un prix d'ami à Mary. Sinon, il n'y a pas de bail, la location est au mois.

– Vous allez augmenter le loyer ?

– Hé, dit Koppel. Les affaires sont les affaires.

– Ils vous posent un problème ?

– J'ai eu très peu affaire à eux. Comme je l'ai dit, c'est Mary qui menait la barque. Chaque fois qu'il fallait discuter d'une question… une réparation, n'importe quoi, c'était Mary qui téléphonait. (Il sourit.) Ça m'était égal. Au moins on avait l'occasion de se parler. Maintenant…

Il leva les mains dans un geste d'impuissance.

– Elle gérait les affaires courantes, mais c'est Larsen qui l'avait branchée sur les foyers de réinsertion, dit Milo.

– Il m'a fait l'impression d'un type qui a des idées, dit Koppel. Mais quand on en venait aux détails pratiques, Mary se chargeait de tout.

– Mary et vous.

– Je ne me mêlais pas de leurs affaires au jour le jour. Je connais juste plus ou moins les mécanismes de l'immobilier.

– Comme l'octroi de subventions.

Koppel acquiesça. Pas un clignement de paupières, pas un frémissement, pas un seul petit muscle agité d'un tic.

– Votre ex-femme ne vous a jamais demandé de l'aider à obtenir des subsides de l'État pour la thérapie de groupe qu'elle envisageait en bas ?

– Pourquoi l'aurait-elle fait ?

– Vous connaissez bien le système.

– Dans ma petite sphère, dit Koppel. Je vous l'ai déjà dit, Mary ne me consultait jamais sur des questions professionnelles. (Il fit tourner sa fourchette.) Ça me ronge. La mort de Mary. Plutôt idiot, hein ? On n'était plus ensemble depuis des années, on se parlait, quoi… une fois par mois au maximum. Mais je n'arrête pas d'y penser. Quelqu'un que vous connaissez… partir comme ça. (Il caressa son ventre volumineux.) C'est mon deuxième dîner. Ma façon de réagir… additionner les repas… quand les choses s'accumulent.

Comme pour illustrer sa remarque, il avala deux tranches de bacon.

– Mary était une femme d'envergure, reprit-il entre deux bouchées. C'est une grande perte.

Milo tourna autour du problème de la réinsertion des détenus, mais Koppel ne mordait pas à l'hameçon. Quand il commanda de sa place au serveur une double ration de pain de seigle toasté et de confiture accompagnée de thé au miel, nous le laissâmes ouvrir ses barquettes de marmelade et regagnâmes la Seville.

– Il joue à quoi ? dit Milo.

– Il te sonde. Et il te fait comprendre qu'il ignorait tout des engagements professionnels de Mary Lou.

– Il nous pousse vers la blonde.

– Vers Jerry Quick, rectifiai-je. En détournant l'attention de sa propre personne.

– Un gros qui danse vite. Le coup de téléphone de Larsen pour dire qu'il n'avait pas besoin des locaux… tu crois qu'ils démontent les tentes ?

– Probable.

– La blonde toujours collée à Angie… Je me demande si ce n'est pas une invention.

– Il n'y a qu'une façon de le savoir, dis-je.

La dernière adresse connue d'Angela Paul la situait dans une barre rectangulaire de cinquante appartements sise à l'ouest de Laurel Canyon Boulevard et au nord de Victory Boulevard, dans un secteur très quelconque de North Hollywood. Le freeway était distant de près de deux kilomètres au sud, à proximité de Riverside Drive, mais son grondement insistant restait audible.

La température de l'air marquait trois degrés de plus qu'en ville. Un écriteau placé devant la barre annonçait que les nouveaux baux incluaient deux mois gratuits de TV par satellite et que l'ensemble était sécurisé. Sécurité qui se traduisait par une carte magnétique d'accès au parking souterrain et deux entrées protégées par des grilles peu élevées. Toutes ces précautions n'avaient aucun effet sur les détritus jonchant les caniveaux ou les larges salissures qui souillaient la façade, des graffitis sur lesquels on avait passé une couche de peinture.

Aucune place de stationnement. Milo me dit de m'arrêter dans une zone interdite près du carrefour, il paierait la contravention.

Les entrées jumelles s'accompagnaient chacune de son bloc de boîtes aux lettres. Le bouton d'A. Paul correspondait à l'extrémité nord de la barre. Apt. 43. Pas de réponse. Pas de bouton d'appel de gardien. Retour à l'entrée sud.

Apt. 1, pas de nom, juste *Gard.*

Il était vingt-trois heures quarante. Milo appuya sur le bouton.

– Espérons qu'il est du genre oiseau de nuit, dis-je.

– Servir la justice vaut bien un peu de sommeil en moins.

– Oui ? dit une voix masculine.

– Police.

– Une seconde.

– Il n'a pas l'air étonné, fis-je remarquer à Milo. Les locataires sont peut-être intéressants.

Un interphone grésilla et nous poussâmes la porte d'entrée.

Les cinquante appartements se répartissaient sur deux niveaux donnant sur une cour intérieure longue et rectangulaire qui aurait dû accueillir une piscine. Une pelouse mitée, des chaises longues et un parasol fermé en tenaient lieu. Quelques portes de service au rez-de-chaussée étaient marquées de l'inscription PARKING. Trois antennes paraboliques ponctuaient le toit plat. Des bruits de télévision inondaient la cour. Puis : de la musique, des éclats de voix, un bruit de verre brisé.

L'appartement du gardien se trouvait juste à droite, un homme se tenait dans l'encadrement de la porte. De petite taille, la trentaine, le crâne parfaitement rasé, un duvet frisotté en guise de barbiche. Il était vêtu d'un short de gym, d'un T-shirt distendu portant la mention WOLF TRAP 2001 et de tongs en caoutchouc.

– Je m'attendais à la police de proximité, nous dit-il quand nous arrivâmes à sa hauteur.

– Vous la voyez souvent ?

– La routine… des appels pour tapage et autres.

Milo lui montra sa plaque.

– Lieutenant ? C'est grave ou quoi ?

– Pas encore, monsieur… ?

– Chad Ballou.

Il leva la main pour un salut rasta, revint sur son idée et l'abaissa pour une prise de contact classique.

– Beaucoup de plaintes pour tapage ?

Les yeux de Ballou parcoururent les deux niveaux d'appartements.

– Pas plus que la normale avec ces gens-là. Je dis aux locataires de s'adresser d'abord à moi s'ils ont un problème, mais ils ne le font pas toujours. Et c'est tant mieux car je ne tiens pas vraiment à me mêler de leurs histoires.

– Vous travaillez ici à temps plein ? lui demanda Milo.

– Pratiquement, dit Chad Ballou. Mes parents sont les propriétaires. Moi, je suis inscrit à CSUN[1], j'étudie la guitare classique. Ils voudraient que je fasse informatique. On a transigé : j'assume le gardiennage au lieu de me faire entretenir. (Il sourit gaiement.) Alors, que se passe-t-il ?

– Nous cherchons Angela Paul.

Il se caressa la barbiche de la main droite. Il avait des ongles vernis, assez longs à la main droite. Ceux de gauche étaient coupés ras.

– Paul... Quarante-trois ?

– C'est ça même.

– La strip-teaseuse ?

– Vous le savez de source sûre ?

– Elle l'a indiqué sur sa demande de bail, dit Ballou. Elle a fourni des fiches de paie d'un club comme preuve. Mes parents n'auraient pas été d'accord, mais moi je me suis dit pourquoi pas. Elle gagne mieux sa vie que beaucoup de paumés qui veulent louer. (Il sourit.) Ils m'ont mis aux commandes, je pense que c'est à moi de décider. D'ailleurs, jamais de problème, elle paie son loyer. De quoi s'agit-il ?

– Nous souhaitons l'interroger dans le cadre d'une enquête en cours.

– Vous avez essayé à son appart ?

– Pas de réponse.

– Elle a dû sortir.

1. Soit : California State University-Northridge *(NdT)*.

– Elle sort beaucoup ?

– Aucune idée, dit Ballou.

– Vous avez un bon poste d'observation depuis chez vous, lui fit remarquer Milo.

– Quand je suis là, je passe la plupart de mon temps à m'exercer ou à étudier.

– Elle a des visiteurs ?

– Je ne pourrais pas vous le dire non plus. En fait, je ne l'ai pas beaucoup vue. Le quarante-trois est à l'autre bout, à l'extrémité nord, en étage. Elle peut prendre l'escalier à l'angle jusqu'à la porte du parking et entrer ou sortir sans qu'on la remarque.

– Donc, vous ne l'avez jamais vue avec quelqu'un ?

– Pas que je me souvienne.

Milo lui montra la photo de la blonde.

Les yeux de Ballou s'agrandirent.

– Elle a l'air morte !

– Elle l'est.

– Hou là… c'est vraiment grave. Elle va avoir des ennuis ?… Je parle de la strip-teaseuse ? Je n'ai vraiment pas besoin d'une sale histoire et que mes parents piquent une crise !

Milo agita la photo.

– Vous ne l'avez jamais vue ?

– Jamais ! Qu'est-ce qu'il lui est arrivé ?

– On l'a tuée.

– Seigneur… Ne me dites quand même pas que j'ai du souci à me faire !

– Si le corps d'Angie Paul est en train de pourrir dans son appartement, ça se pourrait.

Chad Ballou blêmit.

– Merde… vous êtes sérieux ?

– Ça vous ennuierait de vérifier ?

– Je vais vous donner la clé, dit Ballou. Vous regardez vous-même.

– Légalement, lui objecta Milo, ça poserait un problème. En tant que gardien, la loi vous autorise à procéder à des inspections justifiées. Disons en cas de crainte de fuite de gaz ou de court-circuit. N'importe quel problème d'entretien des lieux.

Ballou le dévisagea.

– En train de pourrir… Bien sûr, naturellement… Puis-je juste ouvrir la porte et vous, vous regardez ?

– Parfait.

– Tout de suite ?

– Dans une seconde, dit Milo. Dites-moi d'abord où Mlle Paul se produit ?

– Ça, pas de problème. Je peux vous répondre.

Nous suivîmes Ballou dans son appartement. Rangé, spartiate, impersonnel, une télévision numérique à écran de soixante pouces dans la pièce de devant, ainsi que trois guitares classiques sur des supports. Le poste était branché sur MTV. Heavy metal band, volume à fond.

– J'ai des goûts éclectiques, expliqua Ballou en baissant le son.

Dans la cuisine, un trio de classeurs se dressait à côté du réfrigérateur. Ballou ouvrit celui du milieu et y récupéra un dossier accordéon noir. Il l'ouvrit, le feuilleta, dit : « Nous y voilà » et brandit une feuille de papier.

La demande de bail d'Angie Paul. Celle-ci y faisait état d'un revenu de trois mille dollars net par mois, et une note en marge indiquait : « Vérifié. » À la rubrique « lieu de travail », elle avait inscrit « The Hungry Bull Club, succursale de WLA (danseuse exotique) ». Mon regard tomba sur les dernières lignes du formulaire. « Références personnelles ».

1. Rick Savarin (gérant, THB)
2. Christina Marsh (collègue de travail)

Christa ou Crystal.

– Vous avez vérifié ses références ? demandai-je.

– Elle m'a montré ses fiches de paie, dit Ballou.

– Et ses propriétaires précédents ? dit Milo. La règle veut qu'on les contacte, non ?

– Je crois, dit Ballou, qu'elle m'a dit qu'elle n'était pas d'ici.

– Elle venait d'où ?

– Est-ce important ? Oh, putain !

– D'où ? répéta Milo.

– Je ne sais plus ! Elle gagnait assez pour assumer le loyer sans difficulté et elle a versé les deux mois d'avance et la caution en cas de dégâts. Elle est strip-teaseuse ? Et alors ! Elle a toujours été une locataire sans histoires.

Milo plia la demande de bail et la mit dans sa poche.

– Allons jeter un coup d'œil chez elle.

L'appartement d'Angie Paul avait la même surface que celui de Ballou. Bien rangé lui aussi, avec une télévision plus modeste, des jetés de coton et deux gravures de roses et de chatons sur les murs. L'odeur d'un parfum entêtant et musqué se glissa dans l'entrée, où je me tenais à côté de Chad Ballou.

Milo disparut du côté de la chambre à coucher. Ballou tapota le sol de son pied.

– Jusqu'ici ça va, non ? me lança-t-il.

Je souris. Sans le réconforter pour autant.

Milo réapparut une minute après.

– Rien en train de pourrir, dit-il. Quand Mlle Paul reviendra, ne lui dites pas que nous sommes passés, mais appelez-moi.

Il tendit une carte à Ballou.

– Sans faute... Puis-je refermer ?

– Mmm.

Quand nous redescendîmes ensemble, Milo demanda à Ballou de lui montrer la place de parking d'Angie Paul. Elle était vide.

– Elle a toujours une Camaro 95 ?

– Je crois bien, dit Ballou. Oui, bleu vif.

Nous regagnâmes la Seville. Minuit et demi. Pas de papillon.

– La chance condescend à nous sourire, dit Milo. Enfin.

– Christina Marsh, dis-je.

– Ça se pourrait.

Je tournai la clé de contact tandis qu'il commençait à battre un cha-cha-cha obsessionnel sur le tableau de bord. Trois whiskies plus Dieu sait combien d'heures de travail d'affilée, et capable d'entamer un marathon mental.

– Bonjour, lui dis-je.

– Fatigué ?

– Pas du tout.

– Moi non plus. À quand remonte ta dernière virée dans une boîte de strip-tease ?

– Un bon moment.

– Ça m'est arrivé d'en fréquenter, dit-il. (Grand sourire.) Moi aussi, j'ai vu des femmes se mettre à poil.

XXXVI

The Hungry Bull, succursale de West L.A., se trouvait dans Cotner Avenue, après Olympic Boulevard, dans une zone industrielle qui sentait le caoutchouc fondu. Dans une casse voisine, des monceaux de châssis et de viscères de Rolls Royce s'empilaient, toutes splendeurs oubliées, derrière des chaînes de protection.

Presque à égale distance s'ouvrait une galerie d'art fonctionnant en coopérative et où une talentueuse artiste peintre avait été retrouvée étranglée dans les toilettes. La dernière enquête à laquelle Milo et moi nous avions travaillé. S'il y repensait, il ne le montrait pas.

Le club occupait un hangar sans fenêtres et badigeonné en noir mat. Des doubles portes chromées d'aspect matelassé donnaient l'impression d'y avoir été clouées. Une enseigne au néon promettait des boissons fortes et des femmes superbes.

Le choix d'une zone industrielle était idéal : pas de voisins pris de fièvre isolationniste et pudibonde le jour, personne pour se plaindre du rythme à deux temps de boogie hyperdisco qui percutait le stuc noir.

La boîte de strip se qualifiait de « club pour messieurs ». Voitures de ville et camionnettes poussiéreuses s'entassaient sur le parking, et les deux bruns qui gardaient les portes avaient le gabarit de mastodontes et les tatouages de rigueur. Mon petit doigt me soufflait pourtant que nous ne trouverions pas à l'intérieur une joyeuse et robuste compagnie masculine occupée à savourer cognacs et havanes dans l'éclat précieux de lambris d'acajou encadrant des bibliothèques.

Milo montra sa plaque au premier mastodonte et récolta un petit salut crispé.

– À vos ordres, chef ! Puis-je vous renseigner ?

– Rick Savarin est-il là ce soir ?

La bouille de cantaloup du videur était coupée en deux par une ancienne cicatrice grise qui lui partait du milieu du front, bifurquait sur l'arête du nez, décrivait des méandres sur les lèvres et finissait à la pointe d'un menton assez solide pour offrir un point d'appui.

– Oui, chef. Il est dans son bureau. On va vous y conduire, chef.

– Merci.

– De rien, chef.

Le second mastodonte, encore plus monumental et muni de lunettes de soleil, nous tint la porte. Dès que nous fûmes à l'intérieur, un autre géant, celui-là dégingandé, cheveux longs et type caribéen, nous entraîna sur la gauche, dans un petit corridor qui aboutissait à des portes battantes recouvertes de vinyle noir, elles aussi rembourrées.

La palette de la salle se résumait au noir à parements cramoisis. Trois marches conduisaient à une fosse encastrée, où des hommes à la mine absorbée entouraient une scène circulaire. Deux femmes y dansaient, nues, effectuant une gymnastique assez efficace et faisant l'amour à des barres verticales en inox. Ultra-blondes et crinières imposantes, filiformes, des seins dont la générosité excédait les possibilités de la biologie. Chacune portait une jarretière rouge à la cuisse gauche. Celle de la fille arborant un tatouage en soleil qui lui bleuissait tout le dos emprisonnait le plus grand nombre de billets.

Nous arrivâmes aux portes en vinyle noir. Le géant dégingandé nous les ouvrit d'un geste. Il resta derrière pendant que nous pénétrions dans un petit vestibule pourvu de deux portes en bois anonymes et d'une autre porte signalant DIRECTEUR sur une plaque d'aluminium.

Milo n'eut pas le temps de frapper que la porte s'ouvrait et qu'un homme jeune, affublé d'un extravagant toupet noir, lui souriait, main tendue.

– Je me présente : Rick Savarin, dit-il. Entrez, entrez.

Costume souple bleu pastel à col châle, T-shirt de soie noir, mocassins Gucci bleus sans chaussettes, chaîne d'or autour d'un cou trop bronzé. Son local était petit et fonctionnel, et sentait le bébé. Sur son bureau trônait une photo dans un cadre, une femme banale et un bambin à l'air intrigué.

– Ma sœur, photographiée dans l'Iowa, dit Savarin. Asseyez-vous, mettez-vous à l'aise. Vous boirez bien quelque chose ?

– Non, merci, dit Milo. Vous êtes de l'Iowa, vous aussi ?

Savarin sourit.

– Il y a bien longtemps.

– Vous avez grandi à la ferme ?

– Il y a vraiment très, très longtemps.

Savarin se glissa derrière son bureau, s'assit, recula son fauteuil contre le mur et se cala, un mocassin sur une poignée de tiroir. Plusieurs calendriers de nus portant le logo du Hungry Bull, plus un autre d'une maison de spiritueux, ornaient les murs.

– Je vous écoute, dit-il, les mains jointes en clocher.

Autour de trente-cinq ans, bien bâti, des yeux bleus bouffis, une bouche nerveuse. Quand elle s'ouvrait, un bandeau de dents éclatantes y luisait de tous ses feux. Jaquettes d'un blanc de neige. Le toupet avait tout d'un postiche.

– Angie Paul, dit Milo.

– Angie ? répéta Savarin. Elle a travaillé ici il y a un moment. Angie Blue, de son nom d'artiste.

– Les ongles.

– Les ongles, le string, la voiture. La concurrence est féroce dans ce milieu, et les filles croient devoir se démarquer du lot par un trait distinctif. Dans le cas d'Angie, des formes n'auraient pas été de trop, mais elle s'était mis dans la tête que rien ne valait le bleu. (Savarin lâcha un rire de fille chatouillée.) Alors, elle a fait quoi ?

– Nous nous intéressons à elle dans le cadre d'une enquête, dit Milo. Quand a-t-elle cessé de travailler pour vous ?

– Il y a quatre mois.

– Elle a donné sa démission ou vous l'avez remerciée ?

– Elle a donné sa démission, dit Savarin. Elle a eu le coup de foudre pour un client… un de ses habitués.

– On fraternise avec les clients ?

– C'est contraire au règlement et nous veillons à ce qu'il soit appliqué. Mais les filles qui travaillent chez nous ne sont pas exactement du genre à le respecter.

– Qui était l'habitué ?

– Un type entre deux âges, qui passait deux, trois fois par semaine, ensuite on ne le voyait plus, puis il revenait.

– Pour Angie ?

– Toujours, dit Savarin. Une chance pour elle. (Il se passa une main sur la poitrine.) Vous en avez qui aiment le côté nature. Moi, avec tout le silicone et tout le sérum physiologique que je vois défiler dans la journée, franchement une fille avec une jolie frimousse et une silhouette normale me fait bander. Mais la majorité des clients… (Il hocha la tête avec un geste d'incompréhension.) Même les bonshommes qui les aiment naturelles veulent un semblant de quelque chose, et Angie était plate comme une limande. Je ne voulais pas l'engager, mais elle avait des hanches émouvantes et un beau cul, et elle bougeait bien quand elle a passé son audition. Et puis… elle m'a coincé à un moment où je manquais de munitions.

– Cet habitué s'était vraiment entiché d'elle ?

– Il venait seulement les jours où elle passait, s'asseyait juste devant et ne la quittait pas des yeux. Elle s'est mise à faire son numéro pour lui. Il lui donnait de gros pourboires ; ils ont dû entamer une liaison. (Il se gratta la tête.) Je ne l'ai jamais vue lui faire un lap dance ; là, ça m'aurait mis la puce à l'oreille.

– Pourquoi ça ?

– Il n'en avait pas besoin, elle lui en faisait en dehors de ses heures de travail.

– Ce client, décrivez-le.

– Âge mûr, tout ce qu'il y a d'ordinaire, dit Savarin. Je n'ai jamais su son nom parce qu'il payait toujours en liquide et ne causait pas, et la seule fois où je suis venu lui demander s'il avait besoin de quelque chose, il m'a envoyé bouler.

– Qu'a-t-il dit ?

– Il a juste agité la main, le style ne me dérangez pas, je me concentre. Rien à redire, c'était son fric. Il buvait surtout des boissons non alcoolisées, mais en quantité. Cinq, six Coca dans la soirée. Avec citron. Il lui arrivait de commander du rhum avec.

– Âge mûr, répéta Milo.

– Je dirais dans les cinquante. Plus d'un mètre quatre-vingts, plutôt maigre... le genre penché.

– Penché ?

– Vers l'avant... vous voyez ? Comme s'il portait quelqu'un sur les épaules.

Milo hocha la tête.

– Quoi d'autre ?

– Voyons voir... dit Savarin. Des cheveux gris.

– Coiffés en arrière ?

Savarin tiqua.

– Je ne dirais pas ça. Pas le style classique... plaqués au gel. Plutôt comme s'il voulait se dégager les cheveux sur le côté pour ne plus y penser.

– Ses vêtements ?

– Style décontracté... Des pulls. Je peux vous dire ce qu'il conduisait. Une petite Baby Benz noire... ou alors grise. Gris foncé. L'homme d'affaires. Friqué, à mon avis, avec un bureau ; un avocat ou quelque chose du genre.

– Il venait toujours seul ?

– Toujours. Et il ne parlait à personne.

– Angie n'a jamais mentionné son nom ?

– Attendez, je réfléchis... dit Savarin. Peut-être Larry ? Elle ne l'a dit qu'une fois, quand elle a donné sa démission. Honnêtement, je n'étais pas navré de la voir partir.

– Une limande, dit Milo.

– Voilà, et pas la bonne attitude. En bas, sur scène, l'important, c'est de se placer au bon endroit. Un endroit où vous vous offrez. Vous devez convaincre les clients que ce sont eux qui vous intéressent. Angie avait un petit côté rétif. Il y en a qui aiment, l'excitation de la chasse, vous connaissez. Mais en général ils veulent de grands sourires... sentir qu'on est à leur entière disposition. C'est pour ça que nous sommes là.

– Pour être à la disposition de la clientèle.

– Pour l'accueillir, dit Savarin. J'aurais eu une fille plus entreprenante sous la main, probable que je me serais séparé d'Angie. On peut leur apprendre à bouger, mais le sens de l'accueil, si elles ne l'ont pas, on ne leur apprendra jamais.

– Donc, elle est venue vous voir, vous a donné son congé et dit qu'elle partait avec Larry.

– Je crois que c'était « Larry », dit Savarin. Mais je n'en jurerais pas.

– Qu'est-ce qu'elle a dit sur lui ?

– Qu'elle avait une offre plus intéressante d'un de ses clients habituels. Elle me faisait comprendre qu'elle venait de décrocher un boulot important, mais moi, je me suis dit qu'il se la mettait sous le coude.

– Pourquoi ça ?

– Le genre du bonhomme, dit Savarin. Du fric à dépenser, et elle a trente ans de moins que lui. On ne vient pas ici pour recruter des secrétaires de direction.

– Elle a dit qu'il avait un bureau ?

– Peut-être… ça remonte à plusieurs mois.

– Le nom du client pourrait-il être « Jerry » ? dit Milo.

Savarin s'illumina.

– Vous savez, je crois bien. Larry, Jerry… C'est qui ?

– Un type.

– Il lui a fait du mal ?

Milo fit signe que non.

– Et Christina Marsh ?

– Christi ? Une copine d'Angie. C'est elle qui nous l'a indiquée. Elle aussi nous a lâchés, je dirais un mois après Angie. Elle, par contre, j'étais désolé de la voir partir. Rien d'énorme côté nichons mais assez gros et d'une forme ravissante… en poire, vous voyez ? D'adorables petits tétons roses, elle n'avait pas besoin de mettre du rouge dessus. Tout son corps avait quelque chose de fondant, à croire qu'elle avait été nourrie au lait. Et puis, une vraie liane. Elle travaillait la barre comme personne.

– Pourquoi partait-elle ?

Savarin hocha la tête.

– Elle, je ne sais pas. Sauf qu'un jour, on ne l'a plus vue. Je lui ai téléphoné une fois, deux fois, elle ne m'a pas rappelé, je n'ai pas insisté. (Il leva les mains d'un geste fataliste.) Dans ce métier, on a intérêt à être philosophe !

– Vous avez son numéro ?

– Sûrement quelque part. Les propriétaires du club passent régulièrement nettoyer les dossiers, mais peut-être qu'il reste quelque chose.

– Qui sont-ils ?

– Un consortium sino-américain d'hommes d'affaires. La chance leur sourit.

– Les affaires marchent ?

– Elles flambent ! J'aimerais bien avoir ma part. Mais je touche des primes.

– Où est le siège de la société ? demanda Milo.

– À Monterey Park. C'est là que se trouve le club d'origine ; il avait été conçu pour une clientèle asiatique. Il y en a sept autres en plus de celui-ci. Ontario, San Bernardino, Riverside. Sur toute la côte jusqu'au comté de San Diego. Je fais un des meilleurs chiffres d'affaires du groupe.

– D'autres propriétaires outre les gars de Monterey Park ?

– Non.

– Qui possède les murs ?

Savarin sourit.

– Une gentille petite octogénaire de Palm Springs qui en a hérité à la mort de son mari. Grace Baumgarten. Elle est venue un jour, a regardé les filles danser et dit que ça lui rappelait le temps où elle pouvait en faire autant !

– Personne d'autre dans l'affaire ?

– En plus des employés ?

– D'autres propriétaires.

– Non, c'est tout.

– Et les videurs ? Il y en a d'autres que les deux gars de ce soir ?

– De temps en temps je fais appel à des joueurs de football de Cal State, dit Savarin.

– Avez-vous jamais employé un certain Ray Degussa ?

– Non. Qui est-ce ?

– Un type.

– D'accord, pas de questions, dit Savarin. Mais puis-je au moins vous demander pourquoi vous m'en posez sur Angie, sur ce Jerry et sur Christi ? Ce que je veux dire par là… mon club risque-t-il d'en souffrir ?

Milo lui montra le cliché de la morgue. Le bronzage de Savarin s'éclaircit de quelques tons.

– Christi ! s'écria-t-il… Oh, putain !… C'était une gentille fille, quelqu'un de bien. Pas trop futée, mais gentille. Une fille de la campagne. Je crois qu'elle venait du Minnesota ou de par là. Une vraie blonde. Putain… C'est une honte.

– Une vraie honte, dit Milo.

– Laissez-moi voir si je vous trouve cette paperasse.

Dans le vestibule, Savarin ouvrit la porte anonyme, révélant un placard rempli de cartons et de bouteilles de produits de nettoyage. Il farfouilla dans une boîte d'archives. Il lui fallut un moment, mais il en extirpa un feuillet en papier rose intitulé « Fiche du personnel », qui livra en tout et pour tout le numéro de sécurité sociale et l'adresse postale de Christina Marsh.

Vanowen Boulevard, North Hollywood. Pas loin de la barre d'Angie Paul. Christina Marsh avait commencé à travailler au club huit mois avant et n'avait plus fait acte de présence au bout de six mois.

Peu après que Gavin avait entamé sa thérapie.

– Je ne vois pas de numéro de téléphone, dit Milo.

Savarin jeta un regard au feuillet.

– En effet. Il me semble qu'elle a dit qu'elle ne l'avait pas encore. Elle venait d'arriver, ou un truc du genre.

– Du Minnesota.

– Je crois bien. Elle faisait Minnesota… fraîche comme de la crème. Une gamine délicieuse.

– Pas futée, lui rappelai-je.

– Elle a mis un temps pas possible pour remplir ce formulaire, dit Savarin, et elle remuait les lèvres. Sinon, une perle.

– Sans complexes.

– Elle s'accroupissait pour un dollar, vous montrait tout. Mais ce n'était pas… pervers.

– Sexy, mais pas pervers.

– Sexy parce que pas pervers, précisa Savarin. Ce que j'essaie de dire, c'est qu'elle n'aguichait pas. Comme si baiser la barre et tout montrer était juste une façon de mettre en valeur ce que la nature lui avait donné. Une fille saine, vous voyez ? Ça plaît aux hommes.

– A-t-elle dit où elle travaillait avant ?

Savarin fit signe que non.

– Quand je l'ai vue bouger, je n'ai plus posé de questions.

– Des clients réguliers ?

– Non, ce n'était pas son style, elle circulait.

– Pas comme Angie.

– Angie savait que, côté physique, elle ne faisait pas le poids ; du coup elle s'est cherché un bonhomme et l'a travaillé au corps. Christi était faite pour la scène, elle récoltait des pourboires somptueux. C'est pour ça que j'ai été étonné de ne plus la voir. Il y a combien de temps qu'elle a… c'est arrivé quand ?

– Il y a une quinzaine de jours, dit Milo.

– Oh. Donc, elle a fait autre chose entre les deux.

– Une idée ?

– Peut-être danser dans un autre club, mais je l'aurais su.

– Le tam-tam professionnel.

Savarin acquiesça d'un signe de tête.

– Le monde est petit. Quand les filles vont vers la concurrence, ça vous revient aux oreilles.

– C'est qui, la concurrence ?

Savarin énuméra plusieurs clubs, Milo en nota les noms.

– Les filles qui se produisent ce soir… dit-il. Il y en a qui connaissent Christi ou Angie ?

– Ça m'étonnerait. Aucune ne travaille chez nous depuis plus d'un mois ou deux. Pas dans cet établissement en tout cas. C'est notre point fort. Nous faisons tourner le talent.

– Ça permet d'éviter trop de « Jerry », lui fis-je remarquer.

– Ça garantit que c'est tout beau tout nouveau.

– Le monde est petit, répéta Milo. Peut-être qu'une de ces filles a connu Angie ou Christi avant.

– Vous pouvez aller dans les coulisses et leur poser la question, mais vous perdrez sûrement votre temps.

– Je suis rodé, dit Milo.

Les coulisses consistaient en un corridor, où régnait la pagaille ; il était encombré de costumes sur des portants et de produits de maquillage sur des tables, de flacons d'aspirine et de Mydol, de lotions et de pinces à cheveux, de perruques ambitieuses sur des marottes en polystyrène expansé. Trois filles tuaient le temps en peignoir, une cigarette entre les doigts. Une quatrième, élancée et à la peau brune, était assise, nue, une jambe en extension sur une table, et rafraîchissait son épilation du pubis au rasoir mécanique. De près, son épais fond de teint ressemblait à une croûte. De près, les filles avaient l'air d'adolescentes jouant à se déshabiller.

Aucune d'entre elles ne connaissait Angela Paul ni Christina Marsh, et quand Milo leur montra le cliché de la morgue, leurs yeux s'agrandirent de frayeur et de peine. La fille au rasoir se mit à pleurer.

Nous marmonnâmes quelques mots de réconfort et quittâmes le club.

La salle des inspecteurs était vide. Nous gagnâmes le bureau de Milo. Il laissa la porte ouverte et s'étira dans son fauteuil. Il était presque deux heures du matin.

– En ce moment ils font quoi, dans le Minnesota ? Ils traient les vaches ? Moissonnent le riz sauvage ? (Il hocha la tête d'un air écœuré.) Nourrie au lait.

– Trop tôt pour commencer à appeler les gens du coin ? lui demandai-je.

Il se frotta les yeux.

– Tu veux du café ?

– Non merci.

Il sortit la photo de Christi Marsh et la contempla.

– Enfin un nom, dit-il.

Il alluma son ordinateur et entra son nom dans NCIC, la base de données locales. Aucune réponse. Même pas un permis de conduire, et son numéro de sécurité sociale ne donna aucune référence d'emploi.

– Un fantôme, dit-il.

– Si elle travaillait en indépendante et était payée en liquide… dis-je. Pourquoi aurait-elle déclaré quoi que ce soit ?

– Une pro. C'est ton hypothèse. Où aurait-elle rencontré Angie ?

– Dans un club qui ne déclare pas les prestations. Ou alors Angie racolait elle aussi. Tes gars des Mœurs ne connaissaient pas Christi parce qu'elle venait d'arriver et ne s'était pas encore fait prendre.

– Le Minnesota, répéta-t-il. Dans deux heures, j'attaque les appels. J'ai des masses de coups de fil à passer. Tu es sûr que tu ne veux pas de café ? Je vais m'en chercher.

– Les gens vannés ne dorment pas ?

– J'ai perdu l'habitude.

Il se mit debout lourdement, s'éloigna d'un pas fourbu et revint avec un gobelet en polystyrène. Puis il se laissa tomber dans son fauteuil et but en se frottant de nouveau les yeux.

– La dernière fois que tu as dormi remonte à quand ?

– Aucun souvenir. On mollit ?

– Je peux encore tenir le coup un moment.

Il posa son gobelet.

– On dirait qu'on a deux pistes parallèles, la piste Jerry Quick et la piste Albin Larsen-Sonny Koppel. Je vais avoir du mal à opérer la jonction. Commençons par Jerry : un type louche, des problèmes sexuels, il téléphone avec des cartes prépayées, voyage beaucoup, officiellement pour négocier des métaux, mais il ne roule pas sur l'or. Il ne paie pas son loyer à l'heure, court les filles et ne se soucie pas de le cacher à sa femme. Quand il n'est pas en déplacement, il la laisse seule la nuit pour aller voir son effeuilleuse préférée. Pour finir, il la débauche du club et l'engage comme prétendue secrétaire, même si elle a les ongles sacrément trop longs pour taper à la machine. Savarin avait probablement raison : Jerry se gardait Angie sous le coude et l'a installée dans ses locaux pour sauver les apparences. Comme ça, il l'a sous la main s'il a envie d'un peu d'aérobic de bureau. Maintenant il est dans la nature et Angie aussi.

– Ils se cachent ensemble, dis-je.

– La question est la suivante : ils se cachent de quoi ?

– Tout se désintègre, l'escroquerie a mal tourné. Jerry et Angie savent pourquoi Gavin a été assassiné. Et qu'ils risquent d'être les suivants.

Il évalua l'hypothèse.

– Je ne vois toujours pas de rôle pour Quick là-dedans, mais va savoir ce qu'il fait vraiment… Mettons qu'il se sente même coupable de ce qui est arrivé à Gavin, mais surtout… il ne veut pas qu'on sache la vérité car il risquerait de paraître en partie responsable de ce qui est arrivé à son fils. Il vide la chambre de Gavin, met Sheila au vert chez sa sœur, se propose de rentrer finir le nettoyage mais prend peur et file en emmenant Angie avec lui. Elle aussi doit paniquer… d'avoir perdu sa copine, Christi. La fille que Jerry et elle ont branchée avec Gavin pour faire son bonheur.

– Angie ne m'a pas paru autrement paniquée quand nous sommes passés, lui rappelai-je. Elle a réagi à la photo… mais très modérément.

– C'est vrai, dit-il. Beaucoup de sang-froid. Une pro.

– Quant au rôle de Jerry dans l'escroquerie… il a peut-être travaillé pour Sonny, assuré des travaux, fourni du matériel… Et s'il avait débauché Angie du club pour un peu plus que du sexe à la demande ? Une prostituée strip-teaseuse pourrait connaître des détenus, autrement dit de la viande fraîche pour l'arnaque.

– Jerry en mac… Ils auraient Bennett Hacker et Ray Degussa pour les alimenter en taulards.

– À ce que nous savons, lui dis-je, c'est Jerry qui a mis Hacker et Degussa en contact avec les autres. Degussa est videur, et un type comme Jerry qui fréquente les boîtes de strip en rencontre forcément. Via Degussa, Jerry a fait la connaissance de Hacker. Il les a présentés tous les deux à Sonny Koppel, qui se trouve, précisément, avoir des intérêts dans des foyers de réinsertion.

– Jerry locataire de Sonny, c'était une façade, et Sonny a inventé cette histoire de mauvais payeur pour nous mener en bateau.

– Et pour prendre ses distances avec Jerry. Un bonhomme aussi entreprenant que Sonny y aura vu une occasion en or. Il a les foyers et, par le biais de Jerry Quick, les contacts. Ajoute une ex qui s'intéresse à la réforme des prisons et l'associé de l'ex, un type qui depuis vingt ans se fait du fric avec la misère : la combine est parfaite.

– La rencontre des sales petits esprits… Parfaite jusqu'à ce que ça foire.

– C'est l'accident de Gavin qui a amorcé la spirale descendante. Il subit un changement de personnalité, s'adonne au harcèlement, se fait prendre et entame une thérapie comme peine de substitution. Sonny pouvait régler le problème en dirigeant Gavin sur une personne qui saurait amadouer le tribunal. Mais cette bonne action se retourne contre lui parce que Gavin commence à se voir en journaliste d'investigation. Il fouine partout et découvre une affaire qui ne sent pas bon.

Milo ferma les yeux et demeura immobile. L'espace d'un instant, je crus qu'il s'était endormi. Puis il se redressa et me fixa, le regard vide, comme s'il sortait d'un rêve.

– Tu es toujours là ? lui demandai-je.

Hochement de tête, lent. Je récapitulai :

– Jerry nous a menti sur la personne qui lui avait indiqué un thérapeute ; il a inventé que le Dr Silver était son partenaire au golf précisément parce qu'il voulait cacher ses liens avec le groupe. Il a suggéré que c'était un crime sexuel. Encore une façon de te lancer sur une autre piste.

– Ce cher vieux papa, dit Milo. On se dit négociant en métaux alors qu'on est maquereau.

– Avec le problème de harcèlement de Gavin, Jerry s'est cru un papa gâteau en lui fournissant Christi. Et Gavin a paru content et s'est vanté à Kayla de sa vie sexuelle avec sa nouvelle petite amie. L'ennui, c'est que sa lésion cérébrale continue de fausser son jugement. Il relève des numéros d'immatriculation, dont celui de son père. Quelqu'un le découvre, ce qui entraîne sa mort et celle de la malheureuse Christi Marsh. Mary Lou comprend tout et panique. Entôler le Département d'application des peines est une chose, commettre un meurtre en est une autre. Peut-être a-t-elle fait pression sur Sonny et Larsen pour qu'ils laissent tout tomber. Elle savait que Sonny en pinçait pour elle et elle a cru pouvoir assurer de ce côté-là. Mais, acculé, Sonny n'était plus du tout inoffensif. Et Albin Larsen non plus.

– S'il faut en croire Bumaya, Larsen est un monstre.

– Un monstre pourvu d'un doctorat, dis-je. Habile, calculateur, dangereux. Mary Lou a surestimé son propre charisme.

– Et Sheila ? Elle ignorait tout de l'affaire ?

– Sheila a de graves problèmes affectifs. Jerry et elle se sont éloignés l'un de l'autre depuis des années, mais il est resté pour sauver les apparences. Maintenant, un des enfants est parti de la maison, l'autre est mort. Ajoute à ça un brin de panique, et ce serait pour lui le moment où jamais de rompre.

– Les apparences, répéta Milo. La maison, la Mercedes, le secteur scolaire de Beverly Hills pour les mômes. Mais le crâne de Gavin en prend un coup et tout s'effondre. Et la pique de fer ? Le positionnement sexuel ? Pour de simples exécutions, les balles suffisaient.

– La pique, c'est la cerise sur le gâteau. Un tueur qui prend plaisir à tuer. Qui l'a déjà fait.

– Ray Degussa, dit-il. (Il se leva, alla jusqu'à la porte, inspecta le couloir à droite et à gauche, dit « Calme plat » et se rassit.) Donc, Mary aurait su gérer l'arnaque, mais pas le meurtre ?

– Elle a pu rationaliser l'escroquerie, s'être dit que c'était pour une bonne cause, avoir juste un peu gonflé les factures. Et puis… qui en était victime ? Une administration pénitentiaire corrompue.

– Exactement le genre de conneries dont l'aurait gavée un enfoiré comme Larsen. (Il se rembrunit.) Le problème, c'est que tout ce château de cartes repose sur une fraude dont l'existence n'est même pas prouvée.

– Je vérifierai auprès d'Olivia dans quelques heures.

– Tu crois vraiment que Mary Lou aurait été assez imprudente pour menacer Larsen et compagnie ? Aussi aveugle sur les gens qu'elle fréquentait ?

– Avoir confiance en ses propres relations publiques peut se révéler très dangereux.

– Et Gull ?

– Ou il était dans le coup, ou il ne l'était pas.

– Je me demande pourquoi Gavin l'a viré.

– Moi aussi.

– Un gamin barjo, dit Milo. Idiot et barjo. Une famille barjo.

– Et l'autre enfant ? lui demandai-je. La sœur qui n'est pas rentrée à la maison après la mort de son frère ? Parfois, ce sont ceux qui se tirent qui ont les choses les plus intéressantes à dire.

– Kelly. L'étudiante de Boston.

– Sa première année à la fac de droit devrait être terminée à l'heure qu'il est. Or elle est restée là-bas.

– Encore un point sur la liste des choses à faire. Ça fait beaucoup. J'ai besoin de dormir.

– Nous en avons besoin tous les deux, ajoutai-je.

Il se mit debout avec peine. Il avait le bord des yeux violet et le visage gris.

– Ça suffit, dit-il. On lève le camp.

XXXVII

Ce fut le téléphone qui me réveilla. Je m'étais couché à trois heures trente.

Mes yeux s'éclaircirent et je regardai la pendulette. Six heures s'étaient écoulées.

Je tendis la main vers le récepteur, tâtonnai, m'en emparai.

– Trouvé ! m'annonça Olivia. Les mots clés étaient « raisonnement divergent ».

– Bonjour, marmonnai-je.

– Tu n'as pas l'air frais.

– La nuit a été longue.

– Mon pauvre chou ! Tu veux te laver les dents et me rappeler ?

Je me mis à rire.

– Non, je t'écoute.

– Le problème, me dit-elle, c'est que je m'étais fixé des limites et que je m'en tenais aux récompenses et aux subventions. Comme si c'était la seule source de financement ! J'ai fini par passer à la vitesse supérieure *et voilà*[1]. Ce truc a fait l'objet d'une législation, Alex ! Attachée en clause additionnelle à une loi portant sur les crimes aggravés. Reynard Bird, représentant démocrate d'Oakland… tu le connais ? Un ancien Black Panther.

– Tout à fait.

– Bird a fait ajouter la clause additionnelle au projet de loi en vertu du vieux principe du « un prêté pour un rendu ». Si bien qu'aujourd'hui on peut envoyer des criminels en prison pendant

1. En français dans le texte *(NdT)*.

de longues périodes, mais quand ils sortent ils ont droit à une thérapie aux frais de la princesse.

– N'importe quel criminel ?

– N'importe quel criminel en liberté conditionnelle demandant un traitement peut l'obtenir. Jusqu'à un an de thérapie individuelle ou de groupe pour chaque truand, nombre d'heures illimité, prise en charge par Medi-Cal. C'est pour ça que je n'arrivais pas à trouver d'où venait l'argent. C'est une goutte dans un océan de remboursements médicaux.

– Affaire sympa pour les truands, dis-je. Et pour les prestataires de services.

– Comme tu dis, mais rares sont les prestataires de services qui ont réclamé l'aide de l'État. Ou bien ils ignorent l'existence de cette possibilité, ou bien ils ne souhaitent pas voir des criminels encombrer leurs salles d'attente. Je pencherais pour la première hypothèse. Bird a fait preuve d'une grande discrétion, alors que d'ordinaire il est le premier à convoquer des conférences de presse. J'ai découvert que sa troisième épouse est psychologue, et devine quoi : elle dirige deux des programmes les plus importants, un à Oakland et l'autre à Berkeley. Presque toute l'activité se situe au nord de l'État. Il existe un autre programme à Redwood City, plus quelques groupes à Santa Cruz que dirige un psy de quatre-vingt-cinq ans qui exerçait à L.A. et a pris sa retraite. Le programme qui t'intéresse est probablement Pacifica-West, Conseil psychologique, Beverly Hills, Californie… Non ?

– Comment as-tu deviné ?

– C'est le seul programme en Californie du Sud.

– Financé directement par la galette de Medi-Cal. À quel niveau de remboursement ?

– Attends, mon chéri. Ce n'est pas tout. Nous parlons de Medi-Cal puissance deux. La loi prévoit des dépassements d'honoraires en vertu d'une clause dite de « nécessité pressante ». Les fonds proviennent d'une caisse noire du législateur, mais ils sont gérés par Medi-Cal.

– En clair, ce sont des patients que ton médecin traitant ne souhaiterait pas traiter, moyennant quoi l'État fournit un élément d'incitation. À combien l'unité ?

– Double remboursement, me dit-elle. À vrai dire, un peu plus du double. Medi-Cal verse quatorze dollars pour une thérapie de groupe effectuée par un docteur en psychologie et quinze pour un clinicien. Aux termes de la loi, ceux qui fournissent ce service en obtiennent trente-cinq. Même topo pour les thérapies individuelles. Dans une fourchette de vingt à quarante-cinq dollars l'heure. Soixante-dix dollars pour la prise en charge et quarante-huit pour les conférences de cas.

– Trente-cinq dollars l'heure pour une thérapie de groupe, répétai-je. (Je révisai mes premières estimations. Une ribambelle de zéros.) Pas mal.

– Je n'ai trouvé trace d'aucun contrôle de la part des services fiscaux. On adresse la facture à l'État et on récupère les sous.

– Peut-on déterminer combien chaque programme a récolté ?

– Moi non, mais Milo devrait pouvoir, me dit-elle. S'il souhaite creuser plus avant, à sa place j'appellerais Medi-Cal Sacramento. Demande Dwight Zevonsky. C'est un type bien qui enquête sur les fraudes.

Je notai le numéro.

– Quel est le nom officiel du programme ? lui demandai-je.

– Pas de nom, juste « Projet de loi de la Chambre des représentants 5678930-CRP-M, amendement F », dit-elle. Sous-titre : « Démarginalisation sociale des délinquants remis en liberté ». Ce qui était un de tes mots clés. J'ai trouvé quelques occurrences dans le texte de l'amendement. « Changement comportemental », « dimension holistique »... Les programmes individuels ont toute latitude pour choisir leur intitulé. Celui de Beverly Hills...

– S'appelle « Sentinelles pour la justice ».

– Exact. Donc, ce n'est pas une première ?

– Hélas, non ! dis-je.

– Où ça ?

– Vaudrait mieux que tu ignores.

Je trouvai le nom de la troisième femme de Reynard Bird et lançai une recherche sur Internet.

Michelle Harrington-Bird, docteur en psychologie. Grande rousse d'origine écossaise, la quarantaine, un goût prononcé pour les boubous, et s'exprimant souvent sur des questions de politique. Le parlementaire : septuagénaire, vieux briscard de la Chambre connu pour sa fougue d'orateur et son efficacité à combler les fondrières de sa circonscription.

Sur une des nombreuses photos que je récoltai, Michelle Harrington-Bird posait avec un groupe de confrères psychologues, parmi lesquels Albin Larsen. Une escouade de thérapeutes tuant le temps lors d'un congrès. Larsen se tenait aux côtés de Harrington-Bird, avec barbichette et lunettes, costume de tweed sur gilet de laine : l'incarnation hollywoodienne de Freud. Son langage corporel ne trahissait aucun lien d'intimité avec l'épouse actuelle du parlementaire.

Concentré sur la tâche de l'heure. Amplement motivé.

Michelle Harrington-Bird avait emprunté la terminologie de Larsen pour formuler le projet de loi. Ledit Larsen l'avait visiblement impressionnée par le compte rendu de ses travaux humanitaires en Afrique. Que penserait-elle de son rôle dans le génocide africain ? De ces deux petits garçons gisant dans leur lit, la gorge tranchée… ?

Larsen et Harrington-Bird figuraient ensemble dans trois autres occurrences, cette fois comme signataires de publicités à coloration politique. Après avoir imprimé ce qui me parut utile, je décrochai le téléphone.

– Cette Olivia ! s'exclama Milo. Elle devrait diriger la planète.

– Bien trop compétente, lui renvoyai-je. Nous savons maintenant que le financement est une réalité et que Larsen l'a obtenu dès le début.

– Reynard Bird. Jusqu'où va-t-on remonter… ?

– Rien ne prouve que Bird ou sa femme aient trempé dans une quelconque escroquerie. Larsen la connaissait à titre professionnel, et ils avaient les mêmes idées politiques. Il peut l'avoir utilisée elle aussi.

– Elle milite pour les droits de l'homme ?

– Elle signe des pétitions. Contre l'engagement américain en Afghanistan et en Irak, etc. Larsen a signé les mêmes.

Il grommela quelque chose dans sa barbe.

– Quand le financement a-t-il commencé ? me demanda-t-il.

– Il y a un an et demi. Les remboursements tombent depuis seize mois. Pacifica a été dans le coup dès le début.

– Trente-cinq dollars de l'heure par taulard, dit-il. Encore plus que nos premières estimations.

– Une énorme incitation à persévérer. Et à prendre certaines dispositions quand l'escroquerie a failli être dévoilée. Si Mary Lou présentait un risque, la solution évidente consistait à l'éliminer.

– Par balle et perforation. À propos... ma contribution à la banque de données... En traînant mes guêtres, j'ai localisé un gardien-chef en retraite de Saint Quentin qui a connu Raymond Degussa. Il est sûr et certain que Degussa a exécuté non pas deux, mais trois contrats visant des détenus, voire cinq de plus. Les gangs engagent des tueurs sur place pour ne pas se compromettre. Cela dit, on n'a jamais trouvé aucune preuve contre ce connard. Quand il ne rectifiait pas les gens, Degussa faisait tout ce qui fait saliver les juges de conditionnelle. Il allait à l'office, jouait les enfants de chœur pour l'aumônier, se portait volontaire pour confectionner des jouets de Noël pour les mômes des ghettos et travaillait comme bibliothécaire bénévole. Et attends : il allait voir régulièrement un conseiller psychologique. Ce type apprécie beaucoup les valeurs de la thérapie.

– Tu m'étonnes.

– Et le plus drôle, Alex : ce gardien-chef, Dieu le bénisse, m'a confié que tous les contrats comportaient un genre ou un autre de perforation et un mode opératoire multiple, ce qui est inhabituel dans les meurtres en prison, qui se résument en gros à piquer et filer. Piquer, Degussa ne s'en est pas privé... essentiellement à la gorge... plus de nombreuses lacérations. Mais il terminait par un coup de grâce au cou ou à la poitrine, et porté avec un objet pointu quelconque. Et dans deux cas, on l'a retrouvé : un stylo affûté et une brochette subtilisée dans les cuisines de la prison. Raymond est clairement notre homme.

– Il a déjà commis des crimes sexuels ?

– Je t'ai donné son casier… vols, drogue, braquage. Mais ce sont seulement les délits pour lesquels il s'est fait épingler. Va savoir à quoi il consacre ses moments de loisir. Dès ce soir, je dis à Sean Binchy de lâcher Gull pour surveiller Degussa. Et je l'accompagnerai au début, pour être sûr qu'il ne s'attire pas d'ennuis. Surveiller un psy suant est une chose, tenir à l'œil un tueur de cet acabit en est une autre.

– *Exit* Gull ?

– Au contraire ! Maintenant qu'on sait que l'arnaque est bien réelle, nous avons un moyen de l'utiliser. On partira du principe que tu le vois toujours comme le maillon faible.

– Si tu veux faire pression sur quelqu'un, mon choix se porterait sur lui.

– Faire pression, et comment ! Encore quelques détails. L'adresse fournie par Christi Marsh est une boîte postale, pas vraiment une surprise. Elle ne l'a louée que pour deux mois, et l'employé n'a aucun souvenir d'elle. Tu as vu le journal de ce matin ?

– Non, pas encore.

– Ils ont enfin passé la photo. Page 32, en bas, accompagnée de trois phrases priant toute personne la connaissant de me contacter. Aucun appel jusqu'ici. Sur le front Quick, j'ai localisé Kelly. Elle est restée à Boston pour un stage dans un cabinet d'avocats. Mais elle vient de prendre un congé inopiné. Motif : une grand-mère malade dans le Michigan.

– Toi, tu la vois très à l'ouest du Michigan.

– J'ai téléphoné chez eux, mais pas de réponse ; j'ai laissé un message à Eileen Paxton au cas où elle serait reprise d'une bouffée fraternelle. Je lui ai dit qu'il fallait qu'on se voie, et que le plus tôt serait le mieux, pour parler de Franco Gull. J'ai quelques idées sur la pression sociale comme un des beaux-arts.

XXXVIII

Franco Gull s'était acquis les services d'un avocat pénaliste, un certain Armand Moss. Lequel avait confié le dossier à une brune éblouissante d'une quarantaine d'années, Myrna Wimmer.

Le rendez-vous se tint dans le bureau de Me Wimmer, une pièce aux parois de verre située au dernier étage d'un immeuble de bureaux dans Wilshire Boulevard, près de Barrington Avenue. C'était une journée radieuse, et le verre justifiait son emploi.

Myrna Wimmer nous reçut en tailleur-pantalon bordeaux, dont la teinte rehaussait un teint d'ivoire sans défaut. Ses cheveux courts et luisants, coupés en queue de canard sur la nuque et mis en valeur par un savant balayage, accentuaient l'impression d'efficacité qui se dégageait d'elle. Un diplôme de droit de Yale s'affichait en bonne place, telle la précieuse icône qu'il était. Les photos sur sa console disaient qu'elle avait un mari fou d'amour et cinq enfants superbes. Bougeant avec des mouvements de danseuse, elle nous réserva un accueil chaleureux. Yeux gris en amande sous des sourcils dessinés avec art, à vous décourager un peintre.

– Je vous rappelle que le Dr Gull est ici de son plein gré et que rien ne l'oblige à répondre à des questions, encore moins à des questions jugées déplacées, dit-elle.

– Oui, m'dame, c'est noté, lui répondit Milo.

Me Wimmer le dévisagea d'un air amusé et se tourna vers Gull, qui occupait un fauteuil club près de la plus longue paroi de verre, les pieds calés dans la moquette, le visage tiré et amaigri. Le siège était pourvu de roulettes et frémissait au moindre mouvement de son occupant.

Costume noir, pull blanc à faux col roulé, mocassins en box-calf rouge sang, chaussettes noires égayées de petites pendules rouges. Un mouchoir plié en lin blanc disparaissait au creux de sa grosse main. Pas encore en nage mais s'y préparant ? À moins que l'avocate ne lui ait fourni le mouchoir.

Milo prit le siège le plus éloigné de Gull. Je m'assis à côté de lui.

– Bonjour, dis-je.

Il était onze heures du matin, et la vue qui se déployait devant les murs de verre de Myrna Wimmer méritait une ample méditation. Je faisais juste acte de présence, au cas où, mais avais revêtu mon costume marine le plus élégant, une chemise blanche à col épinglé et poignets mousquetaire, et une cravate en tissu jacquard bouton-d'or. La dernière fois que j'avais porté cette tenue, on m'avait pris pour un avocat. Quels sacrifices ne faisons-nous pas pour le bien public !

Deux jours s'étaient écoulés depuis que la photo de Christina Marsh avait paru dans le journal. Deux schizophrènes avaient téléphoné à Milo avec des témoignages étrangement voisins d'enlèvements dus à des extraterrestres, et la même conviction que Christina venait en réalité de Vénus. Des parenthèses comiques et bienvenues, vu le rythme qu'avait tenu Milo.

Deux nuits de surveillance s'étaient soldées par un échec : Raymond Degussa ne s'était pas présenté au club comme son emploi de videur l'y obligeait. Une vérification à son dernier domicile connu avait révélé que l'adresse était périmée depuis dix-huit mois et que Milo devait relancer ses recherches.

Avant notre virée au cabinet de Myrna Wimmer, il m'avait montré plusieurs photos anthropométriques de Degussa et une photo des Immatriculations pour Bennett Hacker. Le signalement de Degussa lui donnait un mètre quatre-vingt-cinq, quatre-vingt-dix-huit kilos et de multiples tatouages. Visage long et balafré, cou de taureau, traits accentués, cheveux noirs gominés et lissés en arrière. Sur un des clichés, il arborait une épaisse moustache tombante. Sur les autres, il était rasé. Ses petits yeux en fente disaient un ennui profond.

Un mètre quatre-vingt-dix pour quatre-vingt-cinq kilos, Hacker avait des cheveux lavasse en voie de perdition et un menton carrément fuyant. En chemise blanche et cravate, il souriait vaguement à l'objectif du Service des véhicules à moteur.

D'après l'enquêteur de Medi-Cal, Dwight Zevonsky, l'agent de conditionnelle était un homme riche. Degussa aussi.

Franco Gull n'ayant pas réagi, je réitérai mon salut.

– Bonjour, dit-il.

Je gardai ma veste boutonnée, ma posture autoritaire.

– Jolie vue, repris-je. Mais vous vous en moquez.

Pas de réponse.

– Toute cette dissonance doit être difficile à vivre, Franco.

– Pardon ? dit Me Wimmer.

– Dissonance. Quand l'image de soi se heurte à la dure réalité.

Je me rapprochai de Gull. Il se plaqua contre le dossier de son fauteuil. Les roulettes reculèrent de quelques centimètres.

– Qu'est-ce que c'est que ce charabia ? insista Me Wimmer. J'ai annulé un rendez-vous pour entendre ce genre de jargon ?

Je m'adressai à Gull.

– Avant toute chose, vous devez savoir que je ne suis pas membre de la police, mais un de vos confrères.

La paupière gauche de Franco Gull frémit. Il lança un regard à Me Wimmer.

– Que signifie cette comédie ? lança-t-elle.

– Le Dr Delaware est psychologue clinicien, répondit Milo. Et consultant auprès de nos services.

Gull me fusilla du regard.

– Vous n'avez jamais cru bon de le mentionner.

– Je n'avais aucune raison de le faire, mais j'en ai une maintenant, lui rétorquai-je.

Me Wimmer croisa les bras sur sa poitrine.

– Cela change tout, dit-elle.

– Un problème ? demanda Milo.

Elle leva un doigt en l'air.

– Que personne ne parle, je réfléchis.

– Ce sera peut-être plus agréable pour votre client, continua Milo. Pas d'interrogatoire au deuxième degré, juste un peu de collégialité confraternelle.

– Cela reste à voir. (Puis, s'adressant à moi :) Quelle est votre position… non, rappelez-moi votre nom.

Je le lui répétai, elle en prit ostensiblement bonne note.

– Bien. Et maintenant, votre position ?

– Celle du clinicien. (Je me tournai vers Gull.) J'ai essayé de comprendre comment vous vous étiez mis dans cette funeste situation.

Gull détourna les yeux. Je continuai :

– Franco… je peux vous appeler Franco ?… Franco, il y a un monde entre la personne que j'ai appris que vous étiez et ce qui vous arrive à présent.

Gull s'humecta les lèvres.

Myrna Wimmer se mit à rire.

– Seigneur ! Manuel de psycho, page 101.

Je me tournai vers elle.

– Êtes-vous d'accord ?

La question la prit de court.

– Vous me demandez mon avis ?

– Ce que je veux dire par là, enchaînai-je, c'est que si je me trompe d'angle d'approche… si vous en connaissez un meilleur pour discuter avec le Dr Gull, je vous serais reconnaissant de m'en informer.

En parlant bas, l'obligeant à pencher la tête pour entendre.

– Je… commença-t-elle. Continuez. J'ai un autre rendez-vous dans trois quarts d'heure.

Je revins à Gull.

– Vous avez obtenu votre licence avec mention très bien, vous étiez membre de Phi Beta Kappa à l'université du Kansas, campus de Lawrence. Et vous vous êtes distingué pendant quatre ans dans l'équipe de base-ball de la fac. Et pas le base-ball élémentaire. En dernière année, vous avez failli faire tomber le record de PP[1] de l'université. Je trouve ça plus que remarquable,

1. Points produits.

Franco. Allier aussi harmonieusement l'érudition et le sport. L'idéal grec, non ? Vous ne l'ignorez sûrement pas, car vous veniez des lettres classiques quand vous avez choisi psychologie en deuxième année.

Myrna Wimmer passa derrière son bureau et s'assit. Elle semblait à la fois irritée et fascinée.

Franco Gull ne bougea pas et garda le silence.

– Deux ans dans les ligues mineures, et elles n'ont que du bien à dire de vous. Vraiment dommage, cette déchirure au tendon.

– Ce sont des choses qui arrivent, dit Gull.

Et il se mit à transpirer.

– Même chose à Berkeley, repris-je. Nous savons, vous et moi, combien il est difficile d'y entrer, or vous étiez en tête de liste. Votre licence en poche, vous avez continué des études brillantes. Votre directeur de thèse, le Pr Allbright, n'est certes plus tout jeune, mais il garde une mémoire étonnante. Il m'a dit que vous étiez un bourreau de travail, que vous avez effectué une recherche de fond et que vous saviez réellement vous concentrer sur la résolution de problème. Il espérait que vous feriez une carrière universitaire… mais c'est une autre histoire.

Gull se tamponna la nuque.

– À quoi s'ajoutent vos activités altruistes. Outre les heures de pratique clinicienne requises pour le doctorat, vous avez travaillé comme bénévole dans un foyer pour enfants victimes de sévices. La même année, vous rédigiez votre thèse. Laissez-moi vous exprimer toute mon admiration. Où trouviez-vous le temps ?

– On fait ce qu'il faut, dit Gull.

– Plus qu'il n'en fallait, Franco. Infiniment plus. Et votre sujet de thèse… « Les effets du divorce sur les filles en période de latence et la difficulté à se constituer un espace psychique autonome ». Solide travail… il a été publié dans *Clinical and Consulting Psych*, ce qui n'est pas un mince exploit pour un étudiant. Mais après avoir décroché votre diplôme, vous n'avez pas poursuivi ces travaux. Dommage. Vos conclusions ouvraient de nouvelles voies.

– C'est de l'histoire ancienne, dit-il. (Il croisa les jambes et adressa un sourire contraint à Me Wimmer.) Myrna, tout ceci est-il nécessaire ?

Me Wimmer effleura sa montre en platine et haussa les épaules.

– Votre directrice de recherche de post-doctorant, le Dr Ryan, garde elle aussi le souvenir d'un étudiant brillant et travailleur. Pendant toute cette année, vous n'avez jamais contrevenu, même de loin, à l'éthique. Curieusement, d'ailleurs, elle se rappelle que vous portiez un respect exceptionnel aux femmes.

Gull serra les lèvres.

Je gardai le silence.

– C'est toujours le cas, dit-il.

– L'année où vous avez obtenu votre doctorat, l'université manquait de postes et ceux qu'on vous a proposés étaient tous dans le Middle West. Est-ce pour cette raison que vous avez choisi le secteur privé ? Comment les garder à la ferme quand ils ont vu Beverly Hills…

– Vous êtes déjà allé dans le Kansas ? me lança Gull. (Il fit passer son mouchoir dans l'autre main.) Je m'étais sérieusement endetté pour mes études. Personne ne m'a jamais rien donné gratis.

– Inutile de vous excuser d'avoir préféré la pratique libérale, lui dis-je. Qui irait prétendre que les universitaires font grand-chose pour la société ?

– Exact.

– Prenez le cas d'Albin Larsen. Des postes universitaires sur deux continents, parcourant le monde entier, vendant des idéaux. Mais vous et moi savons d'où proviennent essentiellement ses subsides.

– J'ignore complètement de quoi vous parlez, dit-il.

– Soit. Revenons donc à votre problème avec les femmes. La promiscuité… cette chasse aux jupons compulsive…. Quand a-t-elle commencé exactement, Franco ? Avez-vous réussi à berner le Dr Ryan ou cela s'est-il déclenché quand vous avez pris la mesure de votre pouvoir de psychothérapeute ?

Gull rougit.

– Allez vous faire foutre ! lâcha-t-il en resserrant ses gros doigts autour de son mouchoir. Myrna, on arrête cette comédie.

– Absolument, dit Me Wimmer. Messieurs, nous en resterons là.

– Pas de problème, dit Milo d'un ton affable.

– Une grossièreté inqualifiable ! lança Gull en se mettant debout.

– In-qua-li-fiable, martela Me Wimmer.

Nous restâmes assis.

– Messieurs, dit-elle, j'ai un emploi du temps chargé.

– Je comprends bien, maître, dit Milo. (Il se leva, sortit des papiers pliés de sa poche.) Je vais donc être aussi bref que possible pour notifier au Dr Gull ce mandat d'amener.

Gull tripotait le col de son pull. Sa main retomba, comme ébouillantée, et sa tête partit en arrière.

– Hein ! ?

Milo s'approcha de lui.

– Docteur, j'ai un man…

– Quel est le motif de l'inculpation, lieutenant ? demanda Me Wimmer.

– « Les » motifs, la corrigea Milo. Meurtres en série, association de malfaiteurs en vue de commission de meurtre, escroquerie aux assurances. Plus une chose ou deux encore. Votre client doit…

Une fureur démente flambait dans les yeux de Gull.

– Bon Dieu, qu'est-ce que vous ra…

– Je m'en occupe, Franco, dit Me Wimmer. (À Milo :) Donnez-moi ça.

Milo lui tendit le mandat. Il avait fait un saut au bureau du procureur et cherché un adjoint qui veuille bien lui délivrer le document. La présence des empreintes de Gull partout dans la maison de Mary Lou Koppel y avait aidé, de même qu'un coup de téléphone de Dwight Zevonsky, inspecteur des fraudes pour Medi-Cal. La touche finale avait consisté en un Glenlivet de vingt-cinq ans d'âge fourré dans la paume d'un procureur adjoint sexagénaire et particulièrement rosse, Eben Marovitch, à deux mois de la retraite et que sa femme avait plaqué pour un psychiatre.

« Fier de moi ? » m'avait demandé Milo dans l'ascenseur qui entamait sa montée vers le cabinet de Me Wimmer.

Tout en psychologie et doigté.

Tandis que Me Wimmer lisait les notifications du mandat, Franco Gull s'éloigna de Milo, le dos contre la vitre. Derrière lui se déployaient un ciel d'un bleu somptueux et les contours cuivrés du centre-ville baigné de soleil. Immobile, une vraie sculpture. Grandeur nature. *Terreur en Californie avec vue panoramique.*

Me Wimmer termina sa lecture, revint à la première page, l'étudia de nouveau. Sa bouche se durcit.

– Quoi, quoi ? dit Franco Gull.

Pas de réponse.

– Myrna…

– Chut, laissez-moi finir.

– Finir quoi ? C'est ridicule, c'est…

Me Wimmer lui intima l'ordre de se taire d'un geste coupant de la main, acheva son examen et replia le mandat.

– C'est d'un ridicule flagrant, Franco, mais à première vue valide.

– Ça signifie quoi, Myrna ? Putain, ça veut dire quoi ? (Le mouchoir était étroitement roulé en boule dans sa main, ses jointures ressemblaient à des bosses d'ivoire. La sueur lui dégoulinait depuis la naissance des cheveux, mais il ne fit aucun geste pour l'éponger.) Myrna ?

Milo sortit ses menottes. Gull sursauta en entendant leur bruit métallique.

– Oh, je vous en prie, dit Myrna Wimmer.

– Vous avez lu les chefs d'inculpation, lui répliqua Milo.

– Myrna ! implora Gull.

– Cela signifie, Franco, que vous devrez les suivre, lui expliqua-t-elle. (De la réprobation dans la voix, comme si Gull l'avait déçue.) Où allez-vous le placer en détention, lieutenant ?

– Avec des chefs d'inculpation pareils ? Sûrement à la prison centrale.

– La prison ? s'exclama Gull. Bon Dieu, non !

Me Wimmer sourit à Milo.

– Pourriez-vous m'accorder une faveur et le mettre à West L.A. ? Pour m'éviter le trajet ?

– Le mettre à… ? s'étrangla Gull. Myrna, comment pouvez-vous…

– Impossible, maître, navré.

Les yeux de Gull s'étaient remplis de larmes.

– Myrna, je ne peux pas !

– Votre femme a-t-elle accès à vos comptes ? lui demanda-t-elle. Dans l'affirmative, je l'appelle et nous nous occupons de la caution. Sinon…

– La caution ?! Myrna, mais c'est dément !

– Est-ce un diagnostic, docteur ? demanda Milo.

– Je vous en prie ! l'implora Gull en reculant encore et en se collant à la vitre. Vous ne savez pas ce que vous faites… Je suis innocent de tout ce dont vous m'accusez. Je vous en prie. (Retenant sa respiration.) Je vous en supplie.

– Tournez-vous, dit Milo, et mettez vos mains sur le bureau de Me Wimmer, docteur. Si vous avez sur vous des armes ou des substances illicites, c'est le moment ou jamais de me le dire.

– Des meurtres ! (Gull criait.) Bon Dieu, mais de quoi parlez-vous ? Des meurtres ! Vous êtes fou ?

Il ouvrit la main et le mouchoir voleta jusqu'au sol. Comme il le regardait tomber, les genoux lui manquèrent, mais il réussit à rester debout.

Myrna Wimmer intervint.

– Calmez-vous, Fran…

– Me calmer ? Facile à dire, ce n'est pas vous qui…

– En tant qu'avocate qui vous représente, Franco, je vous conseille de ne rien dire qui…

– Tout ce que je dis, c'est que je n'ai jamais rien fait ! Qu'est-ce qu'il y a de mal à dire que je n'ai jamais rien fait ?

– Les mains sur le bureau, s'il vous plaît, reprit Milo. (Il commença à s'avancer vers lui.) Franco Gull, vous avez le droit de refuser de parler…

Le corps puissant de Gull se crispa. Puis il se plia en deux et se mit à pleurer.

– Oh, mon Dieu, ce n'est pas vrai !

J'espère-que-vous-êtes-satisfait, me signifia le regard de Myrna Wimmer.

Milo agita les menottes dans le vide. Gull s'avança, posa les mains sur le bureau. Versa de nouvelles larmes.

Milo replia un des bras de Gull dans son dos et referma une menotte. Gull poussa un cri.

– Maltraitez-vous mon client ? exigea de savoir Me Wimmer.

– Son ego, peut-être, dit Milo. Ça ne vous serre pas trop, n'est-ce pas, docteur ?

– Dieu du ciel, gémit Gull. Que puis-je faire pour arranger ça ?

Milo ne répondit pas.

– Vous dites que j'ai tué quelqu'un ? Qui ça ? Mary ? C'est aberrant ! Mary était mon amie, nous étions   jamais je n'aurais…

Milo s'empara de l'autre bras de Gull.

– Qu'est-ce que vous voulez ?! hurla Gull.

– Que vous parliez, lui dis-je.

– Parler de quoi, bon Dieu !

– Ne vous énervez pas, Franco, dit Myrna.

– Hein ?! Il faut que je les laisse m'accuser de ça et me foutre en taule ?

– Franco, je suis sûre que tout finira…

– Et moi je suis sûr que je n'ai jamais tué personne ni ne me suis associé à qui que ce soit et que je n'ai rien fait de ce dont on m'accuse ! (Il se tortilla pour me regarder dans les yeux.) Ce que vous faites est contraire à la déontologie ! Vous devriez avoir honte !

– Vous avez toute liberté de vous plaindre au Conseil de l'ordre. Cela dit, je ne pense pas que vous le souhaitiez.

– De quel droit me jugez-vous ? me lança-t-il.

– Parler, dis-je, ne signifie pas utiliser les règles du jeu à son avantage. (À Milo :) J'estime que nous devrions en finir.

Milo posa sa main sur la nuque de Gull, l'obligea à faire demi-tour et plaça l'autre main au bas du dos du menotté.

– L'heure a sonné, docteur Gull, dit-il.

– Arrêtez ! hurla Gull. Je vous en prie ! Je vais parler. D'accord, oui, j'ai couru après quelques femmes. Vous voulez qu'on en discute ? Parfait, je suis prêt. J'ai un petit problème, c'est ce que vous voulez m'entendre dire ? J'ai donné du plaisir aux femmes, elles m'en ont donné en retour, ça n'a rien à voir avec la prison ou le meurtre et toutes les putains de conneries que vous allez inventer pour me foutre en taule ! Et puis, oui, c'est un diagnostic ! J'ai les qualifications requises pour faire un diagnostic, je suis un bon psychologue, un foutrement bon psychologue, tous mes patients vont mieux !

– Comme Gavin Quick ? lui envoyai-je.

– Il… ce… il n'était pas vraiment mon patient.

– Ah non ?

– Je l'ai vu pendant quatre, cinq séances. On en est restés là.

– Pourquoi ?

– Ôtez-moi ces trucs et je vous le dis.

– Dites-le-nous maintenant.

– Franco, dit Me Wimmer, je vous conseille, quant à moi, de ne leur donner aucune…

– Cet idiot de gamin ne voulait pas me voir parce qu'il avait découvert que je couchais avec une patiente. D'accord ? Satisfait ? Je suis humilié, officiellement et publiquement traîné dans la merde. Mais je n'ai jamais tué personne ! Ôtez-moi ça.

– J'ai besoin d'un Advil, dit Myrna Wimmer.

Milo lui ôta les menottes et le fit asseoir dans le même fauteuil.

– Pouvons-nous reprendre nos esprits et parler raisonnablement, dans ce bureau ?

Gull avait le visage trempé de sueur.

– Si vous continuez à faire preuve d'un minimum de sincérité, nous parviendrons peut-être à un arrangement.

– Je veux que cette remarque figure au dossier, dit Me Wimmer.

– Non, désolé, lui répliqua Milo.

– Dans ce cas, je refuse que mon client…

– Myrna, cessez de compliquer les choses et de vous comporter en putain d'avocate ! s'écria Gull. Ce n'est pas votre vie qui est en jeu !

Me Wymmer lui lança un regard réprobateur et avala à sec les deux comprimés d'Advil qu'elle tenait dans la paume de sa main.

– Vous aurez été prévenu, Franco.

Gull se tourna vers moi.

– Sincérité à quel sujet ? Je vous l'ai dit, j'ai couché avec une patiente.

– Une seulement ?

Ses yeux cherchèrent les miens. Essayant d'évaluer ce que je savais.

– Non, plus d'une, dit-il. Mais pas tant que ça, et c'était toujours d'un commun accord. Cet idiot de gamin l'a découvert, a piqué une crise et m'a dit qu'il ne pouvait plus me faire confiance… qu'il voulait me virer. Après, il a menacé de me dénoncer. Lui ! Un comble.

– Que voulez-vous dire ? lui demandai-je.

– Il était là pour résoudre ses propres problèmes sexuels. De harcèlement. Alors de quel droit venir me faire la morale, hein ?

– Vous ne comprenez pas pourquoi il n'a pas vu en vous le thérapeute idéal, Franco ?

– Si, je comprends, je comprends, me concéda-t-il. Cela n'aurait pas dû arriver, mais c'est arrivé… Mais il m'espionnait, ce n'est pas comme si je l'avais affiché. En réalité, le garçon avait le cerveau lésé et son processus mental était perturbé.

– Son raisonnement était faussé, traduisis-je à Milo.

– En plus, continua Gull, il avait un comportement compulsif pathologique… une persévération importante. Sur le plan cognitif et comportemental.

– Une fois qu'il avait quelque chose en tête, il en faisait une idée fixe, résumai-je.

– Exactement, conclut Gull.

Comme si ça réglait le problème.

– Comment l'avait-il découvert ?

– Je vous l'ai dit : en m'espionnant. (Il eut un rire rauque.) En me harcelant.

– Où ?

– Sa séance finie, il rôdait autour de l'immeuble, revenait après l'heure de fermeture et attendait dans sa voiture garée dans la rue.

– Où ça, dans la rue ?

– Palm Drive. Derrière l'immeuble, après le parking. Je n'y ai pas fait attention à ce moment-là, mais après, quand il s'en est pris à moi, j'ai compris qu'il faisait le guet là-bas.

– Quel genre de voiture ?

– Une Mustang.

– Quelle couleur ?

– Rouge. Un cabriolet rouge. Mais comme il gardait toujours le toit fermé et que les vitres étaient teintées, je n'ai jamais vu s'il y avait quelqu'un à l'intérieur.

– La voiture dans laquelle il a été tué, dis-je.

– Écoutez, je suis désolé, c'est malheureux… dit Gull. Mais je n'ai rien à voir avec cette histoire.

– Il s'en est pris à vous et a menacé de vous dénoncer.

– On ne tue pas quelqu'un pour ça.

– Pourquoi tue-t-on ?

– Pour rien. La violence a toujours tort.

Il chercha son mouchoir. Je l'aperçus, par terre derrière lui, mais n'en laissai rien paraître.

– Rien ne justifie le meurtre, enchaîna-t-il. Je crois fermement à la non-violence.

– Faites l'amour, pas la guerre.

– À vous entendre, on me croirait beau parleur et lubrique. Il ne s'agissait pas de ça. Certaines femmes ont besoin de tendresse.

Me Wimmer serra les poings.

– Et donc, Gavin rôdait autour de l'immeuble.

– Et comment !

– Souvent ?

– Aucune idée, dit Gull. Je ne l'y ai pris qu'une fois.

– Quand il vous a coincé.

Silence.

– Comment est-ce arrivé ?

– Allez-vous le retenir contre moi ?

– Le manquement à la déontologie est le moindre de vos soucis.

– Que voulez-vous ?

– Tout ce que vous savez sur tout ce que je vous demande.

– Le Grand Inquisiteur, dit-il. Comment justifiez-vous vos activités, sur le plan professionnel ?

– Nous procédons tous à des ajustements, lui répondis-je.

Milo agita les menottes en l'air.

– C'est bon. Parfait. Allez-y, dit Gull.

– Vous n'y voyez pas d'inconvénient ? demandai-je à Me Wimmer. Votre agenda surchargé…

Elle hésita.

– Myyyr…na ? gémit Gull.

Elle regarda sa montre, soupira, puis se cala contre le dossier de son fauteuil.

– Aucun, installez-vous confortablement… les mecs !

XXXIX

– J'aurais dû me fier à mon intuition, reprit-il. Ne jamais l'accepter en thérapie.

– Pas votre type de patient, dis-je.

Il garda le silence.

Quelques minutes avant, comme il se raclait la gorge, Milo avait suggéré à Myrna Wimmer que quelqu'un aille lui chercher de l'eau. L'air vexé, elle avait demandé qu'on lui monte une carafe et des verres, mais quand ils étaient arrivés Gull avait refusé de boire.

On se cramponnait à la moindre possibilité d'affirmer son libre arbitre.

– Pourquoi ne souhaitiez-vous pas prendre Gavin Quick en thérapie ? lui demandai-je.

– Je n'aime pas les adolescents, répondit Gull. Trop en crise, trop fluctuants.

– À quoi s'ajoutait une lésion cérébrale.

– Ça aussi. Je déteste la neuropsy. Assommante. Figée.

– Un adolescent souffrant d'une lésion cérébrale, répétai-je. Un adolescent de sexe masculin.

– Je prends des hommes.

– Pas beaucoup.

– Comment le sauriez-vous ?

– Je me trompe ?

– Je ne divulgue aucune information personnelle sur mes patients, dit Gull. Quelles que soient les pressions que l'on exerce sur moi.

– Question de déontologie, dis-je.

Il garda le silence.

– Gavin surveillait l'immeuble, repris-je. Comment a-t-il découvert que vous couchiez avec une patiente ?

Gull tiqua.

– Est-ce nécessaire ?

– Tout à fait.

– Bien, bien. Il était dehors, dans le parking, quand nous sommes sortis.

– La patiente et vous.

– Oui. Une personne délicieuse. Je la raccompagnais. Il était tard, il faisait nuit, elle était mon dernier rendez-vous de la journée et je m'en allais, moi aussi.

– Galant, dis-je. Qu'a vu Gavin ?

Gull hésita.

Milo étira ses jambes. Myrna Wimmer astiqua le verre de sa montre avec sa manche.

– Nous nous sommes embrassés, dit Gull. D'accord, c'était idiot d'agir aussi franchement. Mais comment savoir qu'on nous observait ? Il s'était garé contre le trottoir, bon sang !

– Fouineur, dis-je.

– Comprenez-moi. Je n'exploitais pas ma position. C'était de la tendresse. Une tendresse mutuelle. Cette femme avait connu de grands deuils dans sa vie et elle avait besoin de réconfort.

– De profond réconfort, précisa Milo.

– Ce que j'ai fait est répréhensible. Au sens formel… normatif. Mais les éléments de la situation imposaient un certain degré d'intimité.

– L'écoute bienveillante du thérapeute, dis-je.

– Si vous y tenez.

Myrna Wimmer saisit un bloc-notes et feignit de lire. À croire qu'elle venait d'avaler une tasse d'eaux usées.

Gull se tourna vers moi, écarlate.

– Je ne m'attends pas à ce que vous compreniez.

– Vous avez donc fait ça au cabinet… Sur le divan ? Sur le bureau ?

– C'est d'une obscénité inqua…

– C'est votre conduite qui était obscène.

– Je vous l'ai dit. Elle se sentait seule…

– Et avait connu de grands deuils.

Myrna Wimmer hocha la tête d'un air incrédule.

– D'accord, dit Gull. Je suis un salaud. C'est ce que vous vouliez entendre ?

– Reprenons au début, dis-je. Vous n'aimez pas les adolescents, les garçons, mais vous avez accepté de traiter Gavin Quick.

– Pour rendre service à Mary. C'est à elle qu'on l'avait adressé, mais elle était débordée et je venais de finir une thérapie… très fructueuse, pourrais-je ajouter. J'avais donc un créneau. Ce qui est extrêmement rare.

– Pourquoi Mary vous a-t-elle demandé à vous, et pas à Albin Larsen, de voir Gavin ?

– Albin n'exerce qu'à mi-temps.

– Trop pris par l'humanitaire, dis-je.

Gull haussa les épaules.

– Mary vous a-t-elle dit comment le patient lui avait été adressé ?

– Par l'entremise de son ex-mari. Notre propriétaire, en réalité… Le père de Gavin était un de ses locataires et il lui avait parlé des démêlés de son fils avec la justice. La prise en charge officielle m'a été demandée par un neurologue dont je n'avais jamais entendu parler. Gavin imputait le harcèlement à ses lésions cérébrales.

– Vous ne le croyiez pas.

Gull écarta la question d'un haussement d'épaules.

– Un homme peut faire preuve d'agressivité sexuelle sans lésion cérébrale.

Il souffla longuement.

– Cette histoire devient lassante.

– Vraiment navré.

– On a fini ? demanda Me Wimmer.

– Avez-vous eu beaucoup de contacts avec les parents de Gavin ? continuai-je.

– Juste le père, précisa Gull, et juste une fois. Ça m'a paru inhabituel, en général c'est la mère. J'ai posé la question au père, il m'a répondu que sa femme était souffrante.

– Que vous a appris M. Quick ?

– Pas grand-chose, j'ai vite pris la mesure du contexte parental. Il semblait très inquiet pour son fils.

– Au début, Mary n'avait pas de temps à consacrer à Gavin. mais une fois que Gavin vous a eu viré, elle a pris le relais.

– Elle aura trouvé un créneau, dit Gull. Pour me dépanner.

– Et pour que Gavin ne fasse pas de vagues.

Silence.

– Que lui avez-vous donné en échange ? demandai-je.

– J'ai accepté de répondre aux appels de nuit pendant deux mois.

– Ce marché incluant des visites nocturnes à domicile ? demanda Milo.

Gull lui lança un regard furibond.

– La question reste posée, docteur.

– Mary était une personne à la sexualité exigeante. Elle avait de solides appétits, que j'étais à même de satisfaire. Nous y prenions tous deux plaisir. Je ne vois pas où est le mal. Mais, pour répondre à votre question : non. Mary et moi savions parfaitement cloisonner nos vies professionnelles et personnelles.

– Qui l'a tuée ? lui demandai-je.

– Aucune idée. À en juger par vos questions, vous croyez manifestement qu'il y a un rapport avec Gavin Quick.

– Pas vous ?

– Je ne pense rien.

– Une thérapeute et son patient assassinés à quelques jours d'intervalle… Vous ne vous êtes jamais posé de questions ?

– Si, je m'en pose, dit Gull, mais je n'ai pas de réponses.

– Des hypothèses, alors ?

Il fit signe que non.

– La fille tuée à côté de Gavin, dis-je. L'aviez-vous déjà vue ?

– Je vous l'ai dit quand vous m'avez montré cette photo : non.

– La photo était dans le journal d'hier. Aucun souvenir ne vous est revenu en mémoire ?

– Je n'ai pas lu le journal d'hier.

– La marche du monde ne vous intéresse pas.

– Pas tellement, non, dit Gull. La politique me laisse froid.

– À la différence d'Albin Larsen.

– Vous n'arrêtez pas de parler de lui !

– En effet.

Je jetai un regard à Milo. Il paraissait serein.

Myrna Wimmer fit un mouvement en avant et s'assit sur le bord de son fauteuil de bureau. Visage fermé, épaules crispées.

– Gavin Quick, et maintenant Albin, reprit Gull. Je ne vous suis pas.

– Pourquoi Albin Larsen vient-il d'informer Sonny Koppel que votre groupe n'est plus intéressé par la location du rez-de-chaussée ?

– « N'est plus » intéressé ? À quoi nous servirait ce rez-de-chaussée ? Il est déjà loué, non ? À une fondation de bienfaisance ou je ne sais quoi.

– Planning caritatif.

Il acquiesça.

– De quoi s'agit-il ? lui demandai-je.

– Aucune idée.

– Vous êtes voisins depuis un certain temps.

– Je n'ai jamais vu personne y entrer, sauf Sonny Koppel. Et encore, pas très souvent.

– C'est-à-dire ?

– Une fois, deux fois par mois. C'est peut-être une société à lui. Il en a plusieurs.

– Gros homme d'affaires ?

– Il semblerait.

– Comment le savez-vous ?

– Par Mary. C'est elle qui nous a obtenu le cabinet. Et qui s'est chargée des formalités pour le bail.

– Brave fille, dis-je.

– Mary était l'élément moteur du groupe. Albin et moi sommes plus… cérébraux. Elle nous a obtenu un fort rabais parce que Sonny éprouvait toujours de l'affection pour elle.

– C'est elle qui vous l'a dit ?

– Oui, et on a bien ri, dit Gull.

– Aux dépens de Sonny.

– Pour être franc, elle ne pensait pas grand-chose du bonhomme. Mary pouvait se montrer… incisive. Ce n'était pas une habitude, mais ça lui arrivait.

– Et Sonny éveillait les remarques incisives de Mary.

– Les ex… vous connaissez.

– Que vous a dit exactement Mary sur Sonny ?

– Qu'après leur mariage il était devenu un gros plouc. Que, d'abord, elle ne l'avait jamais trouvé séduisant, mais qu'elle s'était imaginé pouvoir l'éduquer. Le fait qu'il fasse son droit lui plaisait. Mais il s'est dégonflé quand il a fallu se présenter au barreau, et elle a commencé à le considérer comme l'incarnation même du pauvre type. Je la cite.

– Un pauvre type qui est devenu un magnat.

– Ça l'a étonnée. Elle disait qu'être riche, c'était du gaspillage avec Sonny. Il ne savait pas dépenser son argent ni profiter de la vie.

– On dirait que l'affection était à sens unique, dis-je.

– Vous pensez qu'il l'a tuée.

– Pourquoi le penserais-je ?

– Un ex-conjoint… dit-il. Un amour non payé de retour. Il aura découvert les véritables sentiments de Mary à son égard. Ç'aura précipité les choses.

– Mary vous a-t-elle jamais laissé entendre que leurs rapports s'étaient aigris ?

– Non, mais elle ne me l'aurait pas confié.

– Malgré le fait que vous étiez amis… malgré votre intimité.

– Je ne peux vous dire que ce qui s'est passé, dit Gull.

– Et vous… Sonny vous paraît-il un suspect plausible ?

– Je dis que, vu la situation, je m'intéresserais à lui.

– Au lieu de nous intéresser à vous, dit Milo.

Gull grinça des dents.

– Je n'ai tué personne !

– Combien de patients avez-vous en ce moment ? lui demandai-je.

Le changement de sujet le désarçonna. Il se redressa, se passa la main dans les cheveux et fit non de la tête.

– Je vous l'ai dit, il m'est impossible de parler de mes patients.

– Je ne vous demande pas des noms, juste le nombre approximatif de patients en traitement.

Il jeta un regard à Myrna Wimmer. Elle resta de marbre.

– Vous les baisez, mais vous refusez d'en parler, reprit Milo. Arrêtez votre cinéma.

– Je n'admets pas…

– C'est moi qui n'admets pas, docteur. (Il s'était mis à gronder, de son grondement d'ours caractéristique.) Parler signifie qu'on arrête les foutaises. La question était : combien de patients voyez-vous ? Pas leurs manies ni leur taille de soutien-gorge.

Le visage de Gull se vida de sa couleur.

– D'accord, d'accord, laissez-moi voir… Je travaille… trente-huit heures par semaine avec des patients qui viennent régulièrement, j'en vois encore… disons vingt-cinq qui viennent pour une séance occasionnelle.

– Pour la révision, quoi, lança Milo.

– Je ne suis pas garagiste !

– Soixante-cinq en tout, dis-je.

– C'est une estimation.

– Ces soixante-cinq… vous vous souviendriez de leurs noms ?

– Évidemment.

Je pris une sortie sur papier d'ordinateur dans ma veste et la dépliai sur mes genoux.

– Gayford Woodrow… ce nom vous dit-il quelque chose ?

– Non.

– Et James Leroy Craig ?

– Même réponse, dit Gull.

– Carl Philip Russo ? continuai-je. Ludovico Montez, Daniel Lee Barendo, Schendley Paul, Orlando Jones ?

Hochement de tête négatif.

– Roland Kristof, Lamar Royster Collins, Antonio Ortega ?

– Mais enfin, qui sont ces gens ?

– Des patients que vous avez facturés à Medi-Cal pour une somme coquette au cours des seize derniers mois.

Il eut l'air abasourdi.

– C'est ridicule ! Un, je n'accepte pas de patients affiliés à Medi-Cal. Deux, ce sont tous des hommes, et mes patients sont presque exclusivement des femmes. Trois, je le saurais si je les avais eus en traitement.

– Et si vous aviez été payé pour ça.

– C'est absolument psychotique !

Je saisis la liste et dévidai encore quelques noms.

– Akuno Williams, Salvador Paz, Mattias Soldovar, Juan Jorge Montoya, Juan Eduardo Lunares, Baylor Hawkins, Paul Andrew McCloskey…

– Non, aucun d'eux, dit Gull. C'est une erreur.

– Vous n'en avez jamais traité aucun ? Pas une seule fois ?

– Pas une seule fois.

– Vous ne voyez aucun patient Medi-Cal.

– Quel intérêt ? Les remboursements sont dérisoires, et je suis surchargé de patients qui me paient avec régularité.

– Alors pourquoi vous être donné la peine d'obtenir un numéro de facturation Medi-Cal ?

– Comment ça ?

Je m'approchai de lui et lui mis la sortie d'imprimante sous les yeux.

– C'est bien votre signature, sur cette demande d'attribution de numéro de thérapeute correspondant ?

– On dirait… commença-t-il. On m'a peut-être attribué un numéro, mais à dire vrai je ne l'ai jamais utilisé.

– Ces seize derniers mois vous avez perçu plus de trois cent mille dollars de remboursements Medi-Cal. Trois cent quarante-trois mille dollars cinquante-deux cents pour être précis.

Il voulut s'emparer de la feuille, que j'écartai vivement.

– Laissez-moi voir !

– On vous a attribué un numéro, mais, à dire vrai, vous ne l'avez jamais utilisé.

Silence.

– C'est là que « parler » prend tout son sens.

– D'accord, d'accord, dit Gull. J'ai fait une demande d'attribution de numéro, juste… pour garder ouvertes toutes mes options. En cas de ralentissement, cela m'aurait permis d'occuper mon temps. Mais trois cent mille dollars ? Vous êtes fou !

– Les paiements de l'administration allaient à une adresse de Marina Del Rey.

– Alors, ça règle la question, conclut-il. Je n'ai pas d'adresse à Marina. Impossible de me rappeler la dernière fois où j'y ai fichu les pieds. Il est clair que quelqu'un a merdé… que votre prétendue enquête est complètement merdique. (Un sourire se dessina lentement sur ses lèvres.) Je vous suggère de revoir votre copie. À tous les deux.

– Pas de Marina pour vous ? Pas de dîners face au port avec Madame ?

Il se tourna vers Me Wimmer.

– Vous entendez ça, Myrna ? Je viens de leur prouver qu'ils sont complètement à côté de la plaque, et ils refusent de l'admettre ! Pensez-vous ce que je pense ?… On les poursuit pour harcèlement ?

Me Wimmer garda le silence.

J'agitai la sortie d'imprimante sur papier.

– Aucun de ces noms n'éveille un écho en vous ?

– Aucun. Pas un seul.

– Un autre alors… Sentinelles pour la justice ?

Il cessa net de sourire. Il leva une main d'un geste spasmodique et agrippa sa lèvre supérieure. La tordit. Comme un gamin qui joue avec un masque en caoutchouc.

Un masque triste.

– Vous connaissez ce nom, dis-je.

– Ça ! lâcha-t-il. Seigneur…

XL

Gull tendit le doigt vers la carafe posée sur le bureau de Myrna Wimmer.

– Je crois que je boirais bien un peu, dit-il.

Me Wimmer lui décocha un sourire glacial. Gull se leva et se remplit lui-même un verre. Le vida debout à côté du bureau, se resservit.

– J'ai besoin, dit-il, de tout replacer dans le contexte.

– Allez-y, dis-je. Si l'emploi du temps de Me Wimmer le permet.

– Mais certainement, répondit-elle. C'est mon heure de récré.

– Oui, bon, commença Gull. J'ai bien demandé un numéro de thérapeute correspondant, mais seulement sur l'insistance de Mary et d'Albin. Ils s'intéressaient aux problèmes de société. Notamment à la réinsertion des détenus.

– Lequel des deux a pris l'initiative ?

– Je pense que l'idée est venue d'Albin, mais c'est Mary qui a mis la machine en route.

– En sa qualité d'élément moteur.

– Mary, dit-il, manquait d'imagination, mais une fois qu'elle se mettait quelque chose en tête, elle y consacrait toute son énergie. Ils ont eu l'idée d'organiser une structure de thérapie pour délinquants en liberté conditionnelle, afin de lutter contre la récidive. J'admirais ce qu'ils faisaient, mais j'ai décidé de rester en dehors.

– Pourquoi ? demandai-je.

– Comme je vous l'ai dit, j'avais largement de quoi m'occuper.

Et j'étais sceptique. Ces gens-là… les délinquants…. Ils souffrent de troubles profonds de la personnalité. La psychothérapie ne s'est jamais révélée très efficace en la matière.

– Ce n'était pas l'avis de Mary ni d'Albin.

– Surtout Mary. Elle se passionnait pour cette cause. On allait débloquer des aides publiques, c'était plus qu'une simple théorie.

– Comment a-t-elle découvert ce système ?

– Une relation d'Albin – il milite pour un tas de causes progressistes – est la femme d'un homme politique du nord de l'État. Elle est aussi psychologue, et elle a convaincu son mari de voter un projet de loi qui prévoyait une psychothérapie pour les délinquants en conditionnelle qui en feraient la demande. Albin l'a aidée à formuler le texte de loi. Il en a parlé à Mary, qui m'en a parlé.

– Mais vous avez refusé, dis-je. Troubles profonds de la personnalité.

– Oui.

– Et aussi parce que les taux de remboursement étaient loin de s'aligner sur vos tarifs en secteur libéral.

– Je travaille pour gagner ma vie, me renvoya Gull. Je ne vois pas pourquoi je devrais m'en excuser.

– Combien prenez-vous de l'heure ?

– Est-ce nécessaire ?

– Oui.

– J'applique une échelle mobile. De cent vingt à deux cents dollars la séance.

– Or Medi-Cal en paie vingt et limite le nombre des séances.

– Medi-Cal se fout du monde, dit Gull. Mary disait que le projet de loi doublait les tarifs… un prêté pour un rendu, en quelque sorte. Mais quarante dollars, c'est toujours se foutre du monde. J'ai refusé.

– Comment Mary et Albin ont-ils réagi ?

– Albin n'a pas dit grand-chose. Ce n'est pas son genre. Mary était furieuse contre moi, mais ça n'a pas duré.

– Entre amis intimes, glissa Milo.

Gull grimaça.

– Vous avez refusé d'en être, mais vous avez obtenu un numéro Medi-Cal de thérapeute correspondant.

– Sur les injonctions d'Albin et de Mary. Ils m'ont dit que l'État voyait les cabinets de groupe d'un bon œil et que ça ferait meilleure impression si nous étions tous inscrits. Mary a rempli tous les papiers, j'ai signé, et voilà.

Il transpirait profusément et chercha une fois de plus son mouchoir de lin. Je lui sortis un Kleenex d'une boîte posée sur le bureau de Me Wimmer et le lui tendis. Il s'épongea hâtivement le visage, transformant le mouchoir en papier en une petite sphère grise.

– Vous affirmez n'avoir jamais vu réellement un seul patient du programme ?

– En gros, dit-il.

– En gros.

– J'en ai vu quelques-uns… très peu. Au début, juste pour enclencher le mouvement.

– Très peu, ça fait combien ?

Il sortit de minuscules lunettes de lecture de sa poche et se mit à jouer avec les branches.

– Franco ?

– Trois, c'est tout. Et aucun portant un des noms que vous avez mentionnés.

– Comment était-ce de traiter d'anciens taulards ? Racontez-moi.

– Ce n'est pas un bon souvenir.

– Pourquoi ça ?

– Deux d'entre eux étaient régulièrement en retard, et quand ils se montraient enfin, ils planaient… grâce à une substance ou une autre. De toute évidence, ils venaient pour tuer le temps.

– Qu'est-ce qui les motivait ?

– Comment le saurais-je ?

– Quelque chose indiquait qu'on les payait pour venir ?

Il haussa les sourcils.

– Aucun n'y a jamais fait allusion. En tout cas, ils n'étaient pas motivés. Pas de discernement, aucun désir d'en savoir plus sur eux-mêmes.

– Et le troisième ? demandai-je.

– Ah, celui-là… dit Gull, soudain songeur. Celui-là m'a perturbé. Il n'était ni soûl ni camé, et il parlait. Intarissable. Mais pas de lui. De sa petite amie. Des besoins qu'elle avait, de la façon dont il pourrait les satisfaire.

– Et quels étaient ces besoins ?

Il déplia et replia les branches de ses lunettes.

– Des orgasmes. Apparemment elle était frigide, et il était bien décidé à régler le problème.

– Vous a-t-il demandé de l'aider sur ce point précis ?

– Non, dit Gull. Et c'était bien la difficulté. Il n'attendait rien de moi et il croyait tout savoir. C'était un individu très agressif, très… Pas quelqu'un d'agréable, même s'il essayait de vous séduire… tentait de vous tenir un discours intelligent.

– Il n'y arrivait pas.

– C'est peu dire. Il faisait semblant… bref, l'entreprise de séduction typique des individus antisociaux. Si vous avez déjà eu affaire à des sociopathes, vous voyez ce que je veux dire.

– Le besoin de se faire valoir, dis-je.

– Exactement. Le prototype de la personnalité asociale. (Son corps se détendit. On feignait de croire que nous étions deux cliniciens en train de converser aimablement.) Un langage fleuri, une considération excessive. Jouant l'individu civilisé et pensant m'en faire accroire. Mais ses fantasmes…

Il poussa un soupir qui en disait long.

– Sadique ?

– Domination, bondage et… oui, je dirais une touche de sadisme. Il parlait sans cesse d'attacher cette femme et de lui faire l'amour sauvagement et aussi longtemps qu'il le faudrait pour lui arracher des orgasmes. Attention… il ne disait pas « faire l'amour ».

– La brute sexuelle.

– Ses fantasmes associaient pénétrations répétées, bondage, utilisation d'objets annexes. J'ai tenté de lui dire qu'il devait répondre aux besoins de cette femme, de lui suggérer qu'elle cherchait peut-être un peu de tendresse, d'intimité, mais il a écarté cette idée d'une boutade. Il entendait, je cite, « la tringler de toutes les façons possibles jusqu'à ce qu'elle crie grâce ».

Il sourit avec une lassitude exercée. Toute réticence à parler de ses patients s'était évanouie.

– Moi, d'abord, je ne voyais absolument pas où se situait le rapport avec la récidive, et quand il a cessé de venir j'ai dit à Mary que j'en avais ma claque du programme et des gens qu'il visait.

Il remit ses lunettes dans sa poche, croisa les mains et se cala contre son dossier.

– Comprenez-moi bien : je n'aurais jamais fait le moindre mal à Mary. Jamais !

– Donc, vous n'avez vu que trois patients de Sentinelles pour la justice. Soit combien de séances au total ?

– Douze, je crois… certainement pas plus. Je me souviens avoir pensé que le projet n'était pas seulement déplaisant et inutile, mais absolument pas rentable. Je crois que le montant total de la facturation ne dépassait même pas cinq cents dollars. C'est pourquoi votre chiffre de trois cent mille est absurde. Et l'argent n'est pas arrivé à Marina Del Rey, mais au bureau de Mary ; elle a encaissé le chèque de l'administration et m'a donné l'argent. Vous avez vraiment besoin de vérifier vos données, messieurs.

– Mary jouait le rôle d'intendante.

– Façon de parler, mais… oui, c'est exact.

Milo sortit plusieurs feuilles de papier de son attaché-case et me les passa. Je montrai à Franco Gull une photo anthropométrique de Raymond Degussa.

– C'est lui, dit-il. Ray.

– Mister Dominance.

Il acquiesça d'un signe de tête.

– C'est lui qui a tué Mary ? demanda-t-il.

– Pourquoi cette question ?

– Parce qu'il m'a paru être un individu tout à fait capable de violence. Sa façon de se tenir, de s'asseoir, de marcher… un fauve à peine attaché. (Il étudia la photo.) Regardez-moi ces yeux. Ils me mettaient mal à l'aise. Je l'ai dit à Mary. Elle s'est moquée de moi et m'a assuré qu'il n'y avait pas lieu de s'inquiéter.

– L'amie dont il parlait… dis-je. A-t-il mentionné son nom ?

– Non, mais je l'ai vue. Enfin… je crois.

– Vous croyez ?

– Peu après que Ray a cessé de venir, je l'ai aperçu avec une femme. Il avait le bras autour d'elle. Un air de… propriétaire.

– Où les avez-vous vus ?

– Je venais chercher ma patiente dans la salle d'attente et je les ai vus, assis là, tous les deux. J'ai d'abord cru à une erreur, que Ray s'attendait à une séance. Mais avant que j'aie eu le temps d'ouvrir la bouche, Mary est arrivée et la femme l'a suivie dans son bureau.

– L'amie était une patiente de Mary.

– Il semblerait.

Je lui montrai un instantané de Flora Newsome, bien vivante et souriante.

– C'est elle, me confirma-t-il. Bon Dieu, c'est quoi, cette histoire ?

– Avez-vous vu cette femme avec Ray Degussa à d'autres occasions ?

– Une fois seulement, dit Gull. J'arrivais à l'immeuble et ils sortaient en direction du parking. J'ai été étonné… par son allure à elle. De mettre un visage sur la personne dont il m'avait parlé. Avec ce genre d'homme, je me serais attendu à quelqu'un d'un peu plus… voyant.

– Une idiote, dit Milo.

– Cette femme était… elle avait l'air d'une employée de banque.

– C'était une enseignante, dis-je.

– C'était, répéta Gull. Vous voulez dire que… Mon Dieu, mais c'est sans fin ou quoi ?

– Sachant que Degussa était un repris de justice, avez-vous parlé à Mary de ses fantasmes au sujet de sa patiente ?

– Cela m'était impossible ! Secret professionnel. Un point sur lequel nous ne transigions pas. Aucun de nous trois. Une fois nos portes refermées, rien ne filtrait. Pas de commentaires sur les patients susceptibles de trahir la confidentialité.

– Degussa ne vous a pas paru constituer un danger pour Flora Newsome ?

– Flora, répéta Gull. C'était donc son nom… Bon Dieu. (Il bondit sur ses pieds et tira un autre mouchoir en papier.) Il n'y avait pas matière à mettre en garde qui que ce soit ! Rien qui approche, même de loin, un niveau de Tarasoff ! Il n'a jamais dit qu'il voulait lui faire du mal ; juste la faire jouir.

– Lui faire crier grâce, lui rappelai-je.

– J'ai pris ça pour une métaphore.

– Vu son genre poète, lança Milo.

– Il l'a tuée ? demanda Gull. Vous êtes en train de me dire qu'il l'a vraiment tuée ?

– Quelqu'un l'a tuée.

– Mon Dieu ! Mais c'est atroce, un cauchemar !

– Surtout pour elle, dit Milo.

Personne ne parla pendant un moment.

– Lui a-t-il fait subir des violences sexuelles ? demanda enfin Gull.

– C'est nous qui posons les questions, lui répliqua Milo.

– D'accord, d'accord… Seigneur, je me sens vanné, complètement déshydraté.

Il se remit debout, remplit deux verres d'eau et les vida l'un après l'autre. Son visage luisait. Un circuit sans fin. Un homme de peu de fond.

– Qui d'autre était impliqué dans Sentinelles pour la justice ? lui demandai-je.

– Personne, juste Mary et Albin.

– Et Ray Degussa ?

– Lui ? Vous dites qu'il était… Vous savez, maintenant que vous en parlez, il semblait traîner souvent aux abords du cabinet. Après avoir cessé de venir en thérapie.

– Traîner… c'est-à-dire ?

– Je le voyais remonter à pied le pâté de maisons, il m'adressait un salut de la tête et me faisait signe que tout allait bien. Comme si on était copains. J'ai cru qu'il travaillait dans le coin.

– Vous ne lui avez jamais parlé ?

– Juste bonjour et au revoir.

– La présence d'un repris de justice dans les parages ne vous a pas inquiété ?

Mary et Albin traitaient des délinquants.
– Mais vous avez cru que Degussa travaillait dans le coin.
Gull haussa les épaules.
– Je ne me suis pas vraiment posé de questions.
– Quand les séances de Sentinelles avaient-elles lieu ?
– Après la fermeture, j'imagine.
– Pour ne pas perturber la clientèle habituelle.
Gull acquiesça d'un signe de tête.
– Vous n'en discutiez jamais avec Mary et Albin Larsen ?
– Franchement, dit Gull, j'aimais autant rester dans l'ignorance.
– Pourquoi ?
– C'étaient des délinquants. Je les trouvais très déplaisants. Je voulais éviter tout…
– Tout quoi ? demanda Milo.
– Tout sujet de friction.
– Donc, vous soupçonniez l'existence de quelque chose d'illégal ?
– Ne répondez pas à cette question, dit Myrna Wimmer. Vous risquez de témoigner contre vous-même.
– Mais je n'ai rien fait de répréhensible ! s'exclama Gull.
Me Wimmer le fusilla du regard, il se tint coi.
– Maître, dit Milo, votre client a une façon intéressante d'escamoter les points qu'il ne veut pas aborder. Le but de la psychothérapie n'est-il pas d'opérer une brèche dans ce déni de la réalité ?
– Lieutenant, de mon point de vue, mon client s'est montré extrêmement coopératif. Avez-vous d'autres questions que je jugerais acceptables ?
Milo me fit un signe de tête. Je montrai à Gull la photo de Bennett Hacker prise par les Immatriculations.
– Et cet homme ? L'avez-vous déjà vu ?
– Oui, une ou deux fois avec Albin.
– Où ?
– Là-bas, à Roxbury Park, en déjeunant avec Albin. À l'endroit où vous nous avez trouvés. Albin y va souvent, il dit que ça lui rappelle les parcs en Suède.
– Albin vous a-t-il présenté à cet homme ?
– Non. Je me suis dit que c'était un confrère.

– Pourquoi ?
– Je ne sais pas vraiment… peut-être son attitude.
– Qui était ?
– Posée, agréable.
– Et Sonny Koppel ? dis-je. Quel est son rôle à Sentinelles pour la justice ?
– Sonny ? Aucun, à ma connaissance.
– Mary n'a jamais mentionné sa participation ? dit Milo.
– Mary m'a seulement dit qu'elle avait convaincu Sonny d'utiliser des immeubles qu'il possédait comme foyers de réinsertion, et qu'Albin et elle iraient y chercher leurs patients. D'après elle, ça simplifiait tout.
– Un réservoir sous la main.
– Je ne crois pas que ses intentions aient été autres que généreuses. Elle pensait pouvoir faire du bien et en tirer parti.
– Même avec des taux réduits de remboursement.
Gull garda le silence.
– En tout cas, dit-il enfin, j'ai décidé de ne pas en être. Je pense que ce point peut être porté à mon crédit.
– Nous mettrons une étoile d'or sur votre dossier, docteur.
– Vous dites que Sonny n'était pas impliqué, repris-je.
– Je vois mal Mary incluant Sonny dans un projet un tant soit peu ambitieux. Il la dégoûtait. Pour être franc, Mary connaissait les sentiments de Sonny à son égard et elle les utilisait à son avantage. Pour obtenir un bail défiant toute concurrence pour le cabinet, pour financer ses propres placements immobiliers…
– Elle lui empruntait de l'argent ?
– Ce n'étaient pas des prêts, mais des cadeaux. Elle demandait des fonds, il disait oui. Elle en plaisantait. Elle disait : « J'utilise tout dans le cochon sauf le grognement. »
Les ongles de Myrna Wimmer claquèrent contre le bord de son bureau.
– Je ne veux pas montrer Mary sous un jour négatif, se défendit Gull. Être mariée à un homme comme Sonny n'a certainement pas été facile. Vous le connaissez ?
– Nous le connaissons, dis-je.
– Vous imaginez Mary avec ce genre d'individu ?

– Pourquoi ? Il la brutalisait ?

– Non, rien de pareil. Au contraire !

Il s'agita sur son siège.

– Quoi ? dis-je.

– Pour être franc, Mary aimait un peu de… elle aimait être dominée. Avec amour, s'entend. Une fois qu'elle en arrivait à un certain degré de confiance et d'intimité.

– Du bondage ?

– Non, jamais de liens, juste une pression physique.

– Être forcée.

– À sa demande, dit Gull.

– Et Sonny refusait.

– Sonny ne pouvait pas ! Elle racontait que quand ils étaient mariés, toute sollicitation pour lui faire assumer un rôle dominateur le rendait impuissant. C'était lui qui avait besoin d'être dominé. Elle y voyait un élément de son problème plus général… « psyché molle, corps flasque », c'était son expression.

Il se tapota l'estomac.

– D'après moi, c'est en fait pour cette raison qu'elle l'a quitté. Il ne se serait jamais affirmé avec elle.

– Donc, elle l'utilisait.

– Elle disait : « Sonny veut être assujetti, je lui rends service en tirant les ficelles. »

– Mais elle n'a jamais parlé d'une participation quelconque de Sonny à Sentinelles pour la justice ?

– Tout ce qu'elle a dit, c'est qu'il possédait les immeubles.

– Et Albin Larsen ? continuai-je. Y a-t-il eu quelque chose de physique entre Mary et lui ?

Gull parut froissé.

– Je suis sûr et certain que non.

– Pourquoi ?

– Albin n'est pas le genre de Mary.

– Pas dominateur, lui non plus ?

– Pour autant que je sache, Albin est asexué.

– Un moine ? dit Milo.

– Depuis que je connais Albin, je ne l'ai jamais entendu exprimer le moindre intérêt pour le sexe ou les questions sexuelles. Et il y a des années que nous travaillons ensemble.

– Trop pris par ses œuvres pies, dis-je.

– Les gens canalisent leurs pulsions de diverses manières, dit Gull. Je ne porte aucun jugement. J'ai toujours considéré Albin comme quelqu'un qui se serait senti chez lui dans un environnement monastique. Il mène une vie très frugale.

– Admirable, dit Milo.

– Tous ces noms, reprit Gull. Quelqu'un prétend que j'ai traité ces gens-là et envoyé la facture à Medi-Cal ?

– L'État de Californie, en l'occurrence.

– Ridicule. Pure invention !

– Les dossiers sont là, docteur.

– Alors ou quelqu'un s'est gouré, ou quelqu'un ment. Vérifiez mes comptes bancaires… la trace papier ou quelque nom que vous lui donniez. Vous ne trouverez pas un cent de vos mystérieux trois cent mille dollars !

– Les moyens de dissimuler l'argent ne manquent pas, docteur.

– Peut-être, mais je ne les connais pas.

– Les dossiers, docteur…

– Il y a quelqu'un qui ment ! hurla Gull.

Milo sourit.

– Qui, à votre avis ?

Gull garda le silence.

– Des hypothèses ? demandai-je.

– Franco, attention ! lança Myrna Wimmer.

Gull inspira un grand coup et relâcha très lentement son souffle.

– Vous êtes en train de me dire que Mary et Albin ont falsifié les factures en mon nom et empoché l'argent.

– Non, ça, c'est vous qui le dites, docteur.

Il passa la main sur son front luisant de sueur.

– Et comment que je le dis ! Et maintenant, Mary est morte.

– Morte, docteur.

Il transpirait comme un malade et ne se souciait pas de s'éponger.

– Vous ne parlez pas sérieusement !

Sa voix avait changé. Registre plus haut, tendu.

– Pendant la même période, repris-je, vous avez manifestement facturé un montant de trois cent quarante mille dollars pour psychothérapie de délinquants. Mary trois cent quatre-vingts, et Albin Larsen quatre cent quarante.

– Al… bin ? articula Gull.

– C'est la question, lui dis-je. Voyons maintenant la réponse.

XLI

– Tu l'as essoré ! Félicitations, me dit Milo dans l'ascenseur qui nous ramenait au rez-de-chaussée de la tour de Me Wimmer.

– Merci, dis-je.

– Des regrets ?

– Il fallait bien le faire.

Puis, au moment où je déboîtais et m'insérais dans le flot de la circulation, il dit :

– Quand je chasse et ramène vraiment du gibier, ça me donne faim. Je pense à un bon steak saignant.

– D'accord.

– Pas emballé ?

– De la viande rouge, parfait.

– Tu t'es goinfré au petit-déjeuner ?

– J'ai fait l'impasse.

– Ça te révolte à ce point de jouer les Grands Inquisiteurs ?

– Pas vraiment ma formation.

– Guerre psychologique, mon grand ! Au Vietnam, l'armée t'aurait collé à la rédaction des tracts.

– Il est où, ton steak saignant ?

– D'accord, on change de sujet... Dans Wilshire, près de la plage, une nouvelle cantine qui faisande la viande, mais si l'idée de festoyer après avoir cassé un autre humain te révulse, je comprendrai. Même si l'humain en question est une ordure vénale.

– Si tu le formules comme ça...

– Gull n'a peut-être pas participé directement à l'escroquerie ou aux crimes, mais son numéro de blanc comme neige, non, je ne marche pas. Le procureur nous a vraiment fait un cadeau en nous donnant le feu vert pour la transaction.

Deux ans de suspension de sa licence de praticien pour Gull en échange de sa pleine et entière coopération dans toutes les questions civiles et pénales relevant de…

– Plus qu'honnête, dis-je. On bouffe.

Le steack-house était équipé de distributeurs de boissons à la pression et d'une salle adjacente où on faisandait la viande et dont la vitrine donnait sur le boulevard. Une famille de touristes s'arrêta pour admirer les quartiers de bœuf pendus à des crochets étincelants, et Milo prit le temps de poser à côté. Deux bambins le montrèrent du doigt en pouffant ; le père leur cria : « On se calme » ; la mère renchérit : « Ce n'est pas gentil ».

– Le faisandage contrôlé exalte le goût, dit Milo dans le box du fond, où nous avions pris place. Un peu comme dans la réalité.

– Difficile de contrôler la réalité, lui fis-je remarquer.

Sa main s'abattit gentiment sur mon épaule.

– Raison de plus pour se goinfrer.

Devant deux montagnes de steak Delmonico, des pommes de terre en robe des champs de la taille d'une chaussure de jogging et une bouteille de vin rouge, nous passâmes en revue ce que nous avait appris Gull.

– Sonny commence à faire figure de victime, pas de truand.

– Gull n'avait aucune raison de mentir à son sujet. Au contraire. S'il avait pu le charger, il n'aurait pas hésité.

– Peut-être que Gull n'était pas dans le secret de la petite cuisine interne… ou alors Sonny n'est vraiment qu'un pauvre bougre qui s'accrochait à son ex. Et qui s'est trouvé gagner des masses de fric.

– Sans savoir comment le dépenser, ajoutai-je.

– Et par pure bonté d'âme Mary volait à son secours. Sûr qu'elle aimait les billets verts, la dame, pas vrai ? Une jolie carrière lucrative, des petits suppléments de la part de l'ex, et elle n'hésite pas à tout compromettre pour une escroquerie.

– Il n'y avait peut-être pas seulement le logo du dollar, lui fis-je remarquer. Mais l'excitation de faire quelque chose d'illégal. Comme nous le disions, elle l'a probablement rationalisé en y voyant une façon de sanctionner une société corrompue.

Il engouffra une bouchée de steak.

– Intéressante, notre Mary. Elle cultive son personnage de psy et de dispensatrice de sagesse, mais elle n'a eu aucun scrupule à taper Sonny d'une rallonge de pension alimentaire. Et en plus, elle aimait l'amour vache.

– Le pouvoir est une drogue étrange. Il arrive que les gens en position d'autorité aiment la sujétion sexuelle.

– Où as-tu entendu ça ?

– Je l'ai constaté.

– Oh… (Il épongea la sauce avec un bout de pain au levain.) Tu crois vraiment que Gull n'a jamais parlé à Mary des fantasmes de Degussa sur Flora ?

– Même s'il ne l'a pas fait, Mary aura eu sa petite idée là-dessus. Flora est venue la consulter pour une thérapie sexuelle et un problème de frigidité, et Mary connaissait Degussa dans le contexte de l'escroquerie. Elle savait à quoi s'en tenir sur son compte. À ce que nous savons, c'est Degussa qui a envoyé Flora sur le divan. Pour la dégeler.

– D'après Brian Van Dyne, Flora avait entendu Mary à la radio.

– Brian Van Dyne ignorait beaucoup de choses.

– Une fiancée à double vie, dit-il en réfléchissant tout haut. Flora jonglait avec les deux ?

– Elle a rencontré Degussa quand elle travaillait à l'antenne de conditionnelle. Il lui fait son numéro de charme de macho sociopathe et elle lâche Roy Nichols pour un type encore plus brutal. L'attrait du fruit défendu. Après, elle rencontre Van Dyne et commence à songer au mariage, mais sans vouloir renoncer au jeu.

– La prof' gentille et respectable devant sa maman, des fréquentations douteuses dans son dos.

– Le meurtre de Flora n'a peut-être rien à voir avec l'escroquerie, dis-je. Sa scène de crime était une vraie boucherie comparée aux autres, et il n'y a pas eu d'effraction. Moi, je dirais que la passion et le sexe ont disjoncté. Quand nous avons rencontré Roy Nichols, tu as pensé à la jalousie comme mobile. Pourquoi ne pas appliquer le raisonnement à Degussa ?

– Degussa aurait découvert l'existence de Van Dyne et pété les plombs.

– Ce n'est pas le genre d'amant qu'on trahit. Ajoute l'incapacité de Flora à parvenir à l'orgasme, et tu as tout ce qu'il faut pour alimenter sa rage. Un type comme Ray Degussa prendrait la frigidité comme une insulte personnelle.

– « La tringler de toutes les façons possibles. » Le programme annoncé de ce qu'il finirait par lui infliger. Et Mary Koppel ne l'a jamais mise en garde.

– Secret professionnel, lui rappelai-je. Sa grande obsession.

Milo cisailla son steak, puis s'immobilisa.

– Je devrais donc ôter Flora de la liste des escrocs ?

– Rien ne prouve qu'elle ait été dans le coup.

– Et sa maman est une vieille dame bien.

– Ça aussi.

– Secret professionnel… Mary n'a pas voulu compromettre le flux de trésorerie ; trois cent cinquante mille en plus de ses propres facturations gonflées, et elle et Larsen se sont partagé les trois cents autres qui sont arrivés sous le nom de Gull. Soit plus d'un demi-million chacun, outre les revenus légitimes. Et Mary avait une pension alimentaire.

– Elle méprisait Sonny parce qu'il ne savait pas profiter de la vie.

– Elle, elle a su, et bien, jusqu'au moment où elle a perdu le mode d'emploi. Zevonsky fait le nécessaire pour qu'on ait accès aux comptes.

– Connaître les liens de Larsen avec l'Afrique mettra de l'huile dans les rouages.

– Haut les cœurs ! (Il fit le salut militaire tout en terminant un morceau de steak gigantesque, le mastiqua posément, déglutit.) Comment vois-tu le scénario du meurtre de Mary ? Elle fait une scène à Larsen, elle le menace, il lui expédie Degussa pour lui régler son compte ?

– Exactement l'idée que j'en ai.

Je remplis mon verre et bus une bonne gorgée de vin. Un petit cabernet sympa. Aux dernières nouvelles du front médical, l'alcool était bon pour la santé à condition de ne pas en abuser.

Là était la clé : savoir où s'arrêter.

– Tout cadre, mais je manque toujours de preuves. Je n'arrive même pas à localiser le domicile de Degussa. Le club où il travaille le paie en liquide et ne le déclare pas.

– Essaie la Marina, lui suggérai-je. Flora y a amené Van Dyne pour un brunch. Peut-être parce qu'elle y était déjà venue avec Degussa.

– Le Bobby J's… oui, pas bête. Elle pensait peut-être qu'elle s'amuserait. Je vais de nouveau y faire un saut et montrer la photo de Degussa.

Il remonta son pantalon d'une saccade et nous quittâmes le steak-house. En laissant probablement un gros billet – un pourboire de flic –, car le serveur nous raccompagna jusqu'au trottoir, le remercia et lui serra la main.

– Bonne journée ! lui souhaita Milo.

Sur quoi nous regagnâmes la voiture banalisée.

– Vu ce que nous savons maintenant, reprit-il, je devrais pouvoir obtenir aussi du personnel en rab pour une surveillance digne de ce nom. Ah, c'est bon, Alex… Pas aussi jouissif qu'un smash, mais bon.

– Sympa de te voir heureux.

– Moi ? Un rayon de soleil incarné.

Comme pour illustrer ses propos, il élargit ses lèvres dans ce qui aurait pu être un sourire et alluma la radio de la police tout en conduisant. Et accompagna d'un fredonnement atone le récital monocorde d'atrocités et de malheurs que débitait le dispatcheur.

– Encore une chose, dit-il, alors que nous étions à mi-chemin du poste de police. Où placer Jerry Quick dans la combine ?

– Peut-être nulle part, répondis-je. Gull le connaissait seulement en tant que père de Gavin, et peut-être que tout est là, précisément. Jerry s'est mis à suivre Gavin. Parce que Gavin avait eu un comportement bizarre. Gavin l'ignorait, a repéré la voiture paternelle et relevé son numéro. Dans le raisonnement faussé de Gavin, tout le monde faisait partie de l'association de malfaiteurs.

– Il était parano ?

– Une lésion préfrontale peut générer ce genre de troubles.

– Un père inquiet nous aiderait, Alex ; il ne détruirait pas les preuves avant de se perdre dans la nature. Quick a fait vite, combien… cinq jours ? Ça veut dire quoi, bon Dieu ?

– Bien vu, reconnus-je.

– Que Gull ait ignoré que Quick était dans le coup ne signifie pas pour autant que ledit Quick était vierge ! Nous avons un bonhomme qui engage une strip-teaseuse comme secrétaire bidon, utilise des cartes de téléphone prépayées, laisse des préservatifs dans ses bagages pour aviver les plaies de sa femme, fait du rentre-dedans à sa belle-sœur, ne paie pas ses factures en temps voulu… Pour moi, c'est exactement le genre de citoyen glauque qui adorerait une entourloupe comme Sentinelles pour la justice. Je marche pour le père inquiet jusqu'à un certain point… ce point étant que Quick a fourni Christi Marsh à Gavin. Ce qui a valu à la belle de se faire tuer, elle aussi. Quick sait que si on l'apprend il va avoir de sérieux ennuis avec sa famille, sans compter la justice. Donc, il met les voiles et laisse Sheila se débrouiller seule. On n'est vraiment pas dans *Ward Cleaver*[1].

– Je me demande comment va Sheila, dis-je.

– Le psy ne renonce jamais ! Tu as toute liberté de laisser tomber et d'exercer tes talents sur elle. Dieu sait qu'elle en a besoin ! Pendant ce temps-là, je vais aller mériter le salaire que me verse la municipalité.

Puis, au carrefour suivant :

– T'ai-je remercié pour toute ton aide ?

– Plus d'une fois, le rassurai-je.

– Parfait, dit-il. On est des gens civilisés, non ?

1. Série télévisée.

XLII

South Camden Drive, à deux heures de l'après-midi, ne manquait pas de charme.

Beverly Hills et son climat tempéré, indifférent aux caprices des saisons, ses belles maisons, ses belles voitures, ses aimables jardiniers occupés à tondre de belles pelouses. En haut de la rue, au-delà de la résidence des Quick, un vieux monsieur allait son bonhomme de chemin sur le trottoir avec le secours de cannes anglaises et d'une minuscule employée philippine. À mon passage, il sourit et agita la main.

Le bonheur a si peu de chose à voir avec l'âge de notre squelette.

La porte de la maison blanche et classique était ouverte et le monospace de Sheila Quick tournait au ralenti dans l'allée, son tuyau d'échappement exhalant de délicates bouffées de fumée qui se dissipaient rapidement dans l'air tiède et lisse.

Une silhouette de femme à l'avant, à la place du passager. Je descendis de voiture et découvris Sheila Quick, raide comme la justice, l'air hypnotisée, vitre remontée.

Elle ne m'avait pas vu et je m'apprêtais à frapper au carreau quand une jeune femme sortit de la maison, chargée d'un énorme sac de voyage.

Elle s'immobilisa en m'apercevant.

Grande, mince, des cheveux bruns ramenés en arrière en une simple queue-de-cheval. Un visage agréable, moins banal que sur la photo de famille. Elle était vêtue d'un sweat-shirt bleu à capuche, d'un jean et de baskets blanches. Des yeux en amande qui filaient vers le bas, la mâchoire affirmée de son père. Son port légèrement voûté aussi ; il lui donnait l'air fatigué. Peut-être l'était-elle.

– Kelly ?

– Oui ?

– Je me présente, Alex Delaware. Je travaille avec la police de L.A…

– Avec la police ? Qu'entendez-vous par là ?

Étudiante en première année de droit, rompue à l'analyse grammaticale ? Ou avait-elle choisi cette profession parce qu'elle convenait à sa nature ?

– Je suis psychologue et je travaille en tant que consultant auprès du LAPD. J'ai eu à connaître du…

Au mot « psychologue », elle tourna la tête vers sa mère.

– Je viens d'arriver, dit-elle, je ne sais rien à ce sujet.

– Bonjour ! s'écria une voix enjouée derrière moi.

Sheila Quick avait baissé sa vitre et agitait la main dans ma direction en souriant.

– Ou plutôt… rebonjour !

Kelly Quick souleva son sac, s'avança et s'interposa entre sa mère et moi.

– Il travaille avec la police, Kell.

– Je sais, maman. (S'adressant à moi :) Veuillez m'excuser, mais nous sommes pressées.

– De vous éloigner un moment ?

Pas de réponse.

– Où ça, Kelly ?

– Je ne tiens pas à en parler.

– Chez votre tante Eileen ?

– Je ne tiens pas à en parler.

Kelly Quick passa près de moi, gagna l'arrière du monospace, ouvrit le coffre et y chargea son sac. Deux grandes valises s'y trouvaient déjà.

– Toujours aucun signe de Jerry ! me lança Sheila Quick. Pour ce que j'en sais, il est mort !

Toujours pleine d'entrain.

– Maman !

– Inutile de déguiser la vérité, Kelly. J'ai eu ma dose de mensonges…

– Ma-man ! S'il te plaît !

– Au moins, tu as dit « s'il te plaît », lui envoya Sheila. (À moi :) Je leur ai appris à être polis.

– Où allez-vous ? demandai-je.

Une fois encore, Kelly Quick s'interposa entre nous.

– Nous sommes pressées. (Sa bouche se crispa.) Je vous en prie.

– Celle-là est intelligente, rien de détraqué dans son cerveau. Elle a toujours brillé dans ses études. Gavin avait le charme et la beauté, mais Kelly les bonnes notes.

Les yeux de Kelly s'embuèrent.

– Pourrions-nous parler, Kelly ? Juste un instant, dis-je.

Battement de cils, déhanchement. Vestiges d'une adolescence dont elle sortait à peine.

– D'accord, mais juste un instant.

Nous fîmes quelques mètres devant le monospace.

– Où allez-vous, tous les deux ? s'écria Sheila Quick.

– Juste une seconde, maman ! (À moi :) Quoi ?

– Si vous partez chez votre tante Eileen, ce ne sera pas sorcier de vous retrouver.

– Nous ne… nous avons le droit d'aller où nous voulons.

– Naturellement, et je ne suis pas là pour vous en empêcher.

– Alors quoi ?

– Avez-vous eu des nouvelles de votre père ?

Pas de réponse.

– Kelly, s'il vous a contactée et donné des instructions…

– Il ne m'a pas contactée. D'accord ?

– Je suis sûr qu'il vous a enjoint de ne rien dire. Sûr aussi que vous croyez l'aider en lui obéissant.

– Je n'obéis à personne, me répondit-elle. Je suis assez grande pour penser toute seule. Il faut qu'on s'en aille.

– Vous ne pouvez pas me dire où ?

– Aucune importance… vraiment. Mon frère a été tué et ma mère… elle a des problèmes. Je dois m'occuper d'elle, c'est aussi simple que ça.

– Et votre père ?

Elle fixa le trottoir.

– Kelly… il est peut-être confronté à de graves ennuis. Les gens avec qui il est en rapport ne doivent pas être sous-estimés.

Elle leva la tête, mais son regard m'ignora.

– Personne ne sait mieux que vous à quel point votre mère est vulnérable. Combien de temps pensez-vous pouvoir vous occuper d'elle ?

Elle tourna vivement la tête vers moi.

– Vous croyez que je le sais ?

– Certainement pas.

– Je vous en prie, ne compliquez pas les choses.

Des larmes brouillèrent ses yeux. Des yeux marqués par l'âge dans un visage éclatant de jeunesse.

Je m'écartai ; elle regagna le monospace, se glissa à la place du conducteur et verrouilla la portière. Pendant qu'elle mettait le contact, Sheila parlait comme un moulin et gesticulait.

D'humeur joyeuse. Kelly avait le visage fermé, la main plantée sur le volant. Décidée à ne pas démarrer la première. Je déboîtai.

Quand j'arrivai au carrefour, je jetai un coup d'œil dans mon rétroviseur. Le monospace n'avait pas bougé.

Comme Milo n'était pas là, je demandai à voir l'inspecteur Sean Binchy.

– Alors, vous croyez que M. Quick a téléphoné à sa fille ?

– J'en ai l'impression.

– Donc, elle sait où il se trouve. Vous pensez que je dois lancer un avis de recherche sur le monospace ?

– Personnellement, je demanderais à Milo. Quand revient-il ?

– Il n'a rien dit, répondit Binchy. Juste qu'il déjeunait à la Marina. À mon avis, il y allait aussi pour autre chose, mais c'est ce qu'il m'a dit. Il finit presque toujours par s'expliquer.

Une heure après, Milo passait chez moi et s'expliquait.

– J'ai bu un verre glacé à souhait au Bobby J's, me dit-il en se massant l'abdomen. Et j'ai mis la main sur une serveuse qui se rappelle avoir vu Flora et Degussa plusieurs fois. À déjeuner, et aussi à dîner. Elle s'en souvient parce que, à son avis, ils formaient un couple bizarre.

– La prof' et le truand.

– Elle m'a dit que Degussa flirtait avec elle d'une manière éhontée et que Flora se laissait faire et acceptait tout. Et aussi que Degussa avait une drôle de façon de manger… plié en deux sur sa nourriture, comme si on allait la lui piquer.

– Manières de table carcérales, dis-je. Elle a vu Flora avec Van Dyne ?

– Non. Ou elle n'était pas de service, ou ce vieux Brian ne lui a pas tapé dans l'œil. Tu as droit à une double ration de lauriers pour la piste de la Marina. J'ai découvert que Bennett Hacker habite dans le coin.

– Je croyais qu'il était domicilié dans Franklin ?

– Il y a sept mois il avait deux adresses, un appartement dans Franklin, une copropriété dans Marina Way. Peut-être son pied-à-terre pour les week-ends.

– Il a dû casquer un max, dis-je. Je me demande combien il a touché en pots-de-vin de Sentinelles.

– Avec un million un quart de facturation sur seize mois, il y en avait assez pour tout le monde. Larsen et Mary pouvaient leur en filer le tiers, à lui et à Degussa, sans vraiment se retrouver à sec.

– C'est peut-être ce à quoi leur ont servi les fausses factures de Gull.

– Zevonsky tirera ça au clair. Moi, je me concentre sur quatre homicides ; autrement dit aujourd'hui, dès que Bennett Hacker sortira du bureau de conditionnelle, il sera pris en filature. J'ai déniché un véhicule sympa et discret au garage des Services, je passe au centre-ville dans une demi-heure. Binchy assurera le contact radio. Ça te dit de venir ? Tu pourrais prendre des photos si je n'ai pas les mains libres.

– Et un sourire pour le petit oiseau ! lui lançai-je.

Le véhicule « sympa et discret » était une Volvo break aux vitres teintées, agrémentée d'un autocollant I LOVE L.A. L'intérieur fleurait le tabac et l'encens. Un Polaroïd et cinq cartouches de pellicule occupaient le siège du passager. Je les posai sur mes genoux.

– Tu parles d'un bolide !

– Confisquée à un dealer, me précisa-t-il. Plus fringante qu'il n'y paraît : il avait monté un turbo.

– Les dealers roulent en break ?

– La vie est pleine de surprises. Le dealer en question était en troisième année de fac et fourguait de l'ecstasy à ses copains de corpo. Le papa est chirurgien, la maman juge. Au départ, c'était sa voiture à elle.

Pendant qu'il prenait la direction du centre-ville, je le mis au courant de mon petit échange avec Kelly et Sheila Quick.

– L'enfant qui rafle les prix d'excellence, résuma-t-il. Quick l'a fait revenir en renfort.

– Il sait que ça se présente mal pour lui et veut mettre sa famille à l'abri. Et il a besoin de quelqu'un pour s'occuper de Sheila.

– Il la planque de nouveau chez Eileen Paxton ?

– Quand j'y ai fait allusion, Kelly s'est fermée comme une huître.

Au feu rouge suivant, il chercha dans son calepin les numéros de téléphone d'Eileen Paxton et l'appela à son bureau. Il l'eut en ligne, parla très peu, écouta beaucoup, raccrocha et fit claquer ses dents.

– Sheila et Kelly étaient en effet prévues pour ce soir, mais Kelly venait d'appeler pour dire qu'il y avait un changement de programme, sans préciser quel était le nouveau. Paxton a essayé de discuter, mais Kelly a raccroché et quand Paxton a rappelé le téléphone de la voiture était débranché. Paxton dit que Kelly a toujours été têtue comme une mule. Que l'état psychologique de sa sœur se dégrade, qu'elle n'a jamais été aussi mal. Elle allait justement m'appeler. Sheila t'a paru dans un sale état ?

– Très fragile, reconnus-je. Tout ce qu'elle croyait posséder lui file entre les doigts. Sean se demandait s'il devait lancer un avis de recherche sur le monospace.

– Sean regarde trop la télé. Sheila et Kelly ne sont pas des suspects, mais deux femmes terrifiées. À juste titre. Un avis de recherche leur compliquerait la vie, c'est hors de question.

Il s'engagea sur la 405, prit la 10 direction est. Deux sorties plus tard, il me lança :

– Je me demande si les Quick ont des passeports.

– Fuite en famille ? dis-je. Si Jerry a mis assez d'argent de côté, pourquoi pas ?

– Il me fait de la peine, dit-il. Jusqu'à ce que je repense à tous ces cadavres embrochés. Pour ce que nous en savons, il s'est déjà barré quelque part en avion et attend que sa moitié et leur fille le rejoignent. Ou alors, il s'est contenté de franchir la frontière mexicaine en voiture.

– Sa moitié, leur fille et Angie Paul ?

Il fit claquer sa langue.

– Oui, il y aurait ce petit problème… Je vais dire à Sean de vérifier avec les aéroports et la patrouille des frontières, puis de jeter de nouveau un œil au domicile d'Angie.

Il passa sur la voie rapide et appela Binchy en faisant du cent quinze à l'heure.

– Sean, j'ai quelques missions à vous confier… Ah, bon ? Vous croyez ? D'accord, oui, donnez-le-moi. (À moi :) Tu pourrais noter ?

Je trouvai un emballage de chewing-gum dans la boîte à gants et écrivis le nom et le numéro de téléphone à préfixe 805 qu'il répéta à mon intention.

Il donna ses instructions à Binchy et raccrocha.

– Quand il pleut, c'est el Niño ! On vient d'avoir une info qui pourrait être solide sur Christina Marsh. Un type qui affirme être son frère et qui a vu sa photo dans le journal. Étudiant en licence à Santa Barbara, domicilié à Isla Vista. Quand on en aura fini avec Hacker, j'irai voir si ce n'est pas du vent.

Le Département d'application des peines de Californie, division de la liberté conditionnelle, région III, était sis dans South Broadway Street, près de la 1re Rue, en plein centre-ville. En arrivant à la 110, nous quittâmes le freeway à la 4e Rue, prîmes vers le sud et nous retrouvâmes coincés dans un embouteillage monstre à la hauteur de la 2e Rue. Milo me dit d'appeler le bureau de conditionnelle et de demander Bennett Hacker.

– Tu peux prendre une voix de taulard ?

– Hé, dis-je d'une voix grasse, me bouscule pas, mec.

Il se mit à rire. Je suivis les indications d'un message préenregistré fait pour me décourager et obtins enfin une femme pressée qui m'accueillit sans ménagement. Combien de repris de justice insistaient jusque-là ?

– Il s'occupe de votre dossier ? me lança-t-elle d'un ton rogue.

– Y paraît, dis-je.

– Vous avez rendez-vous ?

– Non, mais je...

– Il vous faut un rendez-vous. Il n'est pas là.

– Et merde, dis-je. Vous savez quand y s'ra là ?

– Il est parti, me répliqua-t-elle. Il y a une minute.

J'abandonnai.

Milo poussa un juron.

– Trois heures, et ce type a fini sa journée !

– Elle a dit : il y a une minute. S'il est garé dehors, avec un peu de chance on peut le coincer.

La circulation était au point mort. Puis elle reprit à une allure de tortue. Et s'immobilisa. Quatre voitures devant nous. Les ombres du centre-ville charbonnaient les trottoirs.

– Ça suffit, grogna Milo en rabattant violemment le break dans un créneau de stationnement.

Il sortit de voiture et inspecta Broadway Street dans les deux sens. La voie de droite était fermée, bloquée par des faisceaux de cônes orange. Ils délimitaient des excavations rectangulaires. L'air sentait l'asphalte, mais aucune équipe de cantonniers n'était visible.

Milo brandit sa plaque devant quatre conducteurs médusés, remonta à droite au risque de culbuter les cônes et s'inséra dans la brèche ainsi ouverte.

– Le pouvoir, me dit-il en remerciant les conducteurs d'un geste de la main. Grisant.

Il fit encore dix mètres, trouva une place de parking interdite à côté d'une bouche d'incendie cernée de cônes. Juste en face de l'immeuble de bureaux. Les trottoirs étaient bondés, personne ne s'en offusqua.

Quelques secondes après, une préposée au stationnement bâtie en force se pointait, carnet à souches en main. Arrivée à la hauteur de la vitre, elle eut droit à la plaque. Milo lui signifia vertement son fait sans lui laisser le temps d'ouvrir la bouche. Elle s'éloigna, l'air mauvais.

– Je l'imagine dans un film de taulards, dit-il. La matonne implacable et pas au cœur d'or.

Nous attendîmes. Aucune trace de Bennett Hacker.

– Une minute, hein ?

– Il y a peut-être une sortie à l'arrière.

– Ne parle pas de malheur.

Cinq minutes de plus. Un bâtiment administratif gros et gris, une foule de gens qui entraient et sortaient.

Trois minutes après, la porte d'entrée régurgitait Bennett Hacker au milieu d'une escouade d'autres fonctionnaires.

Nous l'aurions facilement raté, s'écartant comme il le fit de la cohue pour allumer une cigarette.

Mais quand l'horizon se dégagea, il la tétait toujours. Il était vêtu d'une veste de sport grise et mal ajustée, d'un pantalon de toile marine, d'une chemise bleu foncé et d'une cravate rayée argent et turquoise. Cigarette au bec, il remonta la rue jusqu'à un vendeur de hot dogs.

Milo démarra sans hâte, pendant que je prenais une photo de Hacker. La bouche pleine de saucisse au piment.

Hacker remonta jusqu'au carrefour suivant, tout en fumant et mastiquant. Pas pressé. La vie devant lui.

Le filer assez lentement sans se faire remarquer tenait de l'exploit. La circulation s'écoulait par à-coups. Milo enfreignit une quantité de règles du code et réussit à tirer son épingle du jeu. J'actionnai le Polaroïd chaque fois que j'avais une vue dégagée. Les tirages révélèrent l'individu le moins apte à s'incruster dans le souvenir : grand, dégingandé, un visage banal et rougeaud. Un signe caractéristique pourtant : les pieds légèrement en dedans. Du coup, il donnait l'impression de ne pas être très solide sur ses jambes, comme pris de boisson.

Au carrefour suivant, il termina son hot dog au piment, fit une boule de l'emballage graisseux, visa une corbeille, la manqua et tourna à l'angle sans se soucier de la ramasser.

– Et voilà ! dis-je à Milo. Tu peux l'interpeller pour dégradation de la voie publique.

– Je compte les points.

Milo se rabattit vers l'angle du carrefour.

Hacker entra dans un parking municipal en surface.

– On ne bouge pas et on attend qu'il ressorte. Explorer 99. Enregistrée comme noire, mais la couleur a pu changer.

– Deux adresses, mais une seule voiture ?

– Mmm…

– Il ne gaspille pas son fric en chouettes bagnoles, lui fis-je remarquer. Ni en fringues. L'appartement de la Marina est sa médaille d'or !

– Y a des chances. Celui de Franklin est une boîte. Un F2 dans un immeuble de deux étages sans ascenseur. Je suis passé hier soir en voiture, au cas où je l'apercevrais, lui ou Degussa. Pas eu cette chance. Sa boîte aux lettres déborde. Maintenant je sais pourquoi. Il préfère le vent de la mer.

L'Explorer noire avait viré au gris sous l'effet des semaines de crasse. Des fientes mouchetaient le toit et le capot.

Bennett Hacker évita le freeway et prit des rues latérales direction ouest, traversa l'engorgement du centre-ville jusqu'à Figueroa Street, puis continua plein sud jusqu'à Olympic Boulevard, laissa derrière lui Staples Center et poursuivit jusqu'à Robertson. Arrivé là, il tourna à droite dans Pico Boulevard, mit le cap sur Motor Avenue, puis ensuite au sud vers Washington Avenue, qui se finissait en cul-de-sac aux studios Sony. Un ultime virage à droite et nous filâmes vers la Marina.

Ce n'était pas la route la plus directe : il nous fallut près d'une heure pour y arriver. Hacker ne tenta aucun raccourci ni aucune manœuvre astucieuse. Il conduisait comme il marchait. Lentement, avec décontraction, ne changeant de file qu'en cas de nécessité. Il fumait cigarette sur cigarette, baissant la vitre pour jeter les mégots.

Milo respectait un intervalle de trois voitures, et rien ne laissait supposer que Hacker se savait suivi. À Palms, Milo appela Sean Binchy pour lui dire qu'il était inutile de se joindre à la filature : l'affaire ne semblait pas compliquée. Binchy pataugeait dans le bourbier administratif et se délectait : registres de passagers des compagnies aériennes, patrouille des frontières, demande des déclarations de revenus du sieur Jerome Quick à l'IRS.

– Ravi que ça vous amuse, Sean, lui dit Milo.

À Washington Avenue, juste à l'est de Palawan Way, Bennett Hacker s'arrêta à un 7-Eleven et s'offrit un Slurpee ; je le photographiai en train de l'aspirer avec deux pailles. En continuant à boire, il remonta dans l'Explorer, tourna dans Via Marina et passa devant son appartement. Jeta par la vitre le gobelet vide, qui rebondit sur la voie médiane.

Puis il poursuivit dans la Marina, en laissant derrière lui le Bobby J's et une succession d'autres restaurants sur le port, et s'arrêta dans une artère commerciale à l'extrémité sud.

Laverie automatique, boutique de spiritueux, entreprise de rideaux de fer et grilles métalliques, magasins d'accastillage.

ACCESSOIRES POUR MOTOS.

Des banderoles fluo libellées en caractères gras annonçaient au-dessus du garage une grande vente à prix discount. De grosses bécanes étincelantes, parmi lesquelles beaucoup de choppers et de customs, s'alignaient sur le devant du garage avec la régularité d'une chorus line donnant de la bande.

– Et voilà, dit Milo. Un nouveau joujou pour notre serviteur de l'État.

Je photographiai Hacker entrant dans le magasin et continuai à le mitrailler quand il en ressortit quelques minutes après, en discutant avec un autre bonhomme.

Qui le tapa d'une cigarette. Un grand malabar en T-shirt blanc et jean moulant. Boots de travail. Ses mains, ses bras et son T-shirt étaient maculés de cambouis.

Tatouages multiples, cheveux noirs et gominés rabattus en arrière. Raymond Degussa paraissait plus lourd et plus âgé que sur sa dernière photo anthropométrique. Il s'était laissé repousser la moustache, maintenant grisonnante, et y avait ajouté un embryon de bouc qui soulignait une grosse lèvre inférieure.

– Tiens, tiens, dit Milo. Mister Ray travaille aussi le jour. Sans doute une autre combine rentable, comme le club. Pas déclaré, pas imposé.

– Regarde par terre, à sa droite, dis-je.

Trois rouleaux de bâche noire. Du Néoprène. On en avait trouvé un lambeau sur la scène de crime chez Flora Newsome.

Milo serra la mâchoire.

– Je ne veux pas trop m'avancer, dis-je, mais cette société de rideaux de fer et grilles métalliques un peu plus loin a forcément des barreaux de fer en stock. Les fournitures à portée de la main.

– Comme tu dis, grogna Milo. Quelques photos encore, tu veux bien ?

Clic, clic, clic.

Degussa trouva un chiffon et s'essuya les mains. Bennett Hacker parlait, et tous deux soufflaient de la fumée qui s'évanouissait dans l'air de la plage. Aucune expression sur le visage long et dur de Degussa.

Puis il hocha la tête et sourit, fit claquer le chiffon et l'expédia à trois mètres de là dans un seau blanc, juste après les rouleaux de Néoprène. Panier ! Le bonhomme savait viser.

Il ôta son T-shirt plein de cambouis, révélant des pectoraux en béton, un abdomen musclé et protubérant, des épaules, bras et nuque velus et massifs, et une taille épaisse et gâtée par des poignées d'amour. Des contours, mais surtout un gabarit. Les prisons offraient gratuitement des poids pour la musculation, pas des appareils de remise en forme de luxe.

Il roula son T-shirt en boule, entra dans le magasin et en ressortit en chemisette de soie noire qui flottait au-dessus des mêmes jean et boots.

– Pas dans la ceinture, dis-je. Tu crois qu'il est armé ?

– Ça ne me surprendrait pas.

Je rechargeai l'appareil et photographiai Degussa et Hacker montant dans l'Explorer. Le 4 × 4 fit un demi-tour interdit, repartit vers Washington Avenue, tourna au sud dans Inglewood et se rabattit contre le trottoir juste avant Culver Boulevard, devant un bar dénommé « Aux vainqueurs ».

Un de ces chefs-d'œuvre en mâchefer badigeonné de beige, exhibant une enseigne Bud sur la vitre unique piquée de chiures de mouche et déployant une banderole BOISSONS ET COCKTAILS HAPPY HOURS au-dessus de la porte.

Milo avisa une place de l'autre côté de la rue, à dix mètres plus haut. Il s'autorisa lui aussi son demi-tour interdit et se gara.

Deux clics pour photographier la devanture du bar.

– Trop petit pour qu'on entre sans se faire remarquer, dit Milo. On attend.

Une heure plus tard, Hacker et Degussa n'avaient toujours pas refait surface. Une demi-heure avant, Milo avait opéré une sortie jusqu'à la rue suivante pour jeter un coup d'œil à l'arrière du bar.

– La sortie de secours est verrouillée. Ils sortiront forcément par-devant.

Pendant que nous attendions, il fit encore deux fois le point avec Sean Binchy. Toujours aucune trace d'un quelconque envol de Jerry Quick ou d'Angela Paul.

Jerry et Angie.

Gavin et Christi.

Tel père, tel fils : l'adage avait engendré un cauchemar, et je me sentis pris d'une sympathie soudaine pour Quick, sans préjuger de ce qu'il avait pu faire d'autre.

– Rien à la frontière mexicaine, pesta Milo. Tu peux me dire ce qu'ils foutent ? Après le 11 Septembre, on pourrait croire qu'ils relèvent strictement tous les véhicules ? Eh bien, non ! Ils continuent leur connerie de vérifications aléatoires. Et laissent un bon gros créneau à Quick pour disparaître entre les mailles.

Comme j'allais compatir, du mouvement devant « Aux vainqueurs » attira mon attention.

– La fête commence, dis-je.

Hacker et Degussa, plus deux femmes, se tenaient sur le trottoir, le temps que leurs yeux s'accommodent à la lumière.

Une blonde, une brune, les deux la trentaine finissante. Crinières de lionnes, seins lourds, hanches pesantes. La blonde portait un débardeur noir sur un jean double peau. Le débardeur de la brune était rouge. Des chaussures à talons aiguilles leur donnaient une démarche chaloupée, le derrière en goguette. L'alcool ajoutait un peu de roulis.

Minois autrefois charmants ravagés par de mauvais choix.

Hacker s'arrêta pour allumer une cigarette, Degussa passa les bras autour des deux femmes. Et referma ses mains sur leurs seins. La blonde rejeta la tête en arrière en riant. La brune agrippa d'une main coquine l'entrejambe du bonhomme.

– Classe, dit Milo.

Les quatre montèrent dans l'Explorer, prirent la direction de l'appartement de Hacker et entrèrent dans le garage en sous-sol par une porte à commande électrique.

– La fête commence, répéta Milo. Et encore une fois, on a oublié de m'inviter.

XLIII

Le gérant de l'immeuble était un homme d'une soixantaine d'années dénommé Stan Parks. Il était vêtu d'une chemise blanche et d'un pantalon de toile gris. Son crâne se dégarnissait et sa bouche exprimait la réprobation. Un diplôme d'ingénieur de CalTech vieux de trente ans était accroché derrière son bureau. Son local étant situé au rez-de-chaussée, à côté de l'ascenseur, le vrombissement de la cabine secouait la pièce à intervalles imprévisibles.

– Hacker n'a pas de bail, dit-il, juste un loyer au mois. Lui et son colocataire.

– Raymond Degussa ?

– Raymond quelque chose. Attendez que je vérifie. (Il pianota sur un ordinateur portable.) C'est ça, Degussa.

– A-t-il emménagé en même temps que Hacker ?

– Deux mois après. Hacker m'a prévenu. Je lui ai dit : pas question de sous-louer, le chèque doit être signé par lui, il est responsable de l'état des lieux.

– Comment sont-ils, comme locataires ?

– Corrects. Ce sont les locataires au mois qui vous attirent des ennuis. Je préfère ceux à bail, mais ce n'est pas un des plus beaux appartements ; il est resté vide un bon bout de temps.

– Pour quelle raison ?

– Rien de particulier, simplement ce n'est pas un de nos meilleurs. Il ne donne pas sur le port, et à cet étage, avec les arbres, on ne voit pas grand-chose en face.

– Quel genre d'ennuis vous a-t-il causés ?

Parks se rembrunit et joua avec un crayon, se piquant trois doigts avec la pointe, puis faufila la tige entre ses doigts.

– Écoutez, je ne suis pas juste gérant, mais copropriétaire. Alors s'il se passe un incident qui met en cause l'immeuble, j'ai besoin de le savoir.

– Qui sont les autres propriétaires, monsieur ?

– Mes beaux-frères, les dentistes. (L'ascenseur fit vibrer la pièce. Parks ne bougea pas, stoïque.) Cet endroit m'assure de quoi vivre. Ai-je une raison de m'inquiéter ?

– Pas pour l'instant, le rassura Milo. Quel genre d'ennuis Hacker et Degussa vous ont-ils causés ?

– Pas pour l'instant, répéta Parks.

– Les ennuis, monsieur ?

– Quelques plaintes pour tapage intempestif au début. J'en ai fait part à Hacker, ça s'est arrêté.

– Tapage... de quelle nature ?

– Musique à plein tube, bruits de voix. Il semblerait qu'ils amènent des femmes et fassent la bringue.

– Il semblerait ?

– Je bouge rarement d'ici, dit Parks.

– Vous avez vu les femmes ?

– Une fois ou deux.

– Les mêmes ?

Parks fit signe que non.

- Vous savez bien...

– Je sais bien quoi, monsieur ?

– Le genre.

– C'est-à-dire ? insista Milo.

– Pas exactement... de la bonne société.

– Des call-girls.

Parks leva les yeux au ciel.

– Hacker paie son loyer. Je ne me mêle pas de la vie privée des locataires. Après ces premières plaintes, rien à redire.

– Leur loyer se monte à combien ?

– C'est une histoire de sous ? Un délit financier ?

– Le loyer, je vous prie.

– Hacker paie deux mille deux cents par mois. L'appartement

comprend deux chambres à coucher et un petit bureau, deux salles de bains et un bar intégré. Avec vue sur le port, ce serait plus de trois mille.

– Les femmes que vous avez vues, pourriez-vous les reconnaître ?

Parks fit non de la tête.

– Ici, chacun s'occupe de ses oignons. C'est le côté sympa de la Marina. Vous avez des divorcés, des veufs. Les gens veulent avoir la paix.

– Chacun pour soi, dit Milo.

– Comme vous, lieutenant ! Vous me posez toutes ces questions et vous ne me dites rien. Vous semblez rudement doué pour la discrétion !

Milo sourit.

Parks lui retourna son sourire.

Milo ayant demandé à voir la place de parking de Hacker, Parks nous conduisit à un garage en sous-sol qui empestait l'huile et le ciment humide. La moitié des places étaient vides, mais l'Explorer noire occupait la sienne. Milo et moi scrutâmes l'intérieur à travers les vitres. Des cartons de traiteur, un coupe-vent, des papiers çà et là.

– C'est une histoire de drogue ? demanda Stan Parks.

– Pourquoi ça ? dit Milo.

– Vous inspectez le véhicule. (Parks s'approcha et jeta un coup d'œil à l'intérieur.) Je ne vois rien de suspect.

– Où est l'emplacement de M. Degussa, monsieur ?

Parks nous entraîna une dizaine de places plus loin, jusqu'à une berline Lincoln avec séparation de verre coulissante derrière le siège du conducteur. Massive, carrée, le modèle avant qu'on ne réduise le gabarit. Jantes chromées, peinture luisante. Pas d'origine, mais customisée, un rouge tirant sur le brun dénué d'élégance.

– Rudement moche, la couleur, vous ne trouvez pas ? dit Parks. Dépenser la peau des fesses pour la restaurer et aboutir à cette mocheté… Moi aussi, j'ai quelques voitures de collection, et jamais je ne choisirais une nuance pareille !

La « nuance » avait exactement la couleur du sang coagulé.

- Hideux, reconnus-je. Qu'avez-vous, dans votre collection ?

– Une Caddy 48, une Jag type E 62, une Mini-Cooper 64. Comme j'ai une formation d'ingénieur, je les bricole moi-même.

Je hochai la tête.

– À propos… enchaîna Parks, Degussa a aussi une moto ; il la gare là-bas.

Indiquant une section à droite, avec des emplacements plus modestes pour les deux-roues.

Tous vides.

– Il paie un supplément pour cette place, reprit Parks. Il la voulait pour rien, mais je lui ai dit : vingt dollars par mois.

– Une bouchée de pain, dit Milo.

Parks haussa les épaules.

– Ce n'est pas un des beaux appartements.

Quand nous quittâmes la Marina, Milo me demanda le numéro à préfixe 805 que j'avais noté, et le nom qui allait avec.

Cody Marsh.

La Volvo étant pourvue d'un dispositif de téléphone mains libres, Milo y brancha son petit portable bleu tout en conduisant. Il composa le numéro de Cody Marsh. Deux sonneries, puis une voix l'informa qu'on le mettait en communication avec un téléphone mobile. Encore deux sonneries.

– Allô ? lança une voix masculine.

– Monsieur Marsh ?

– Lui-même.

– Lieutenant Sturgis à l'appareil.

– Oh, bonjour. (De la friture sur la ligne.) Un instant, j'éteins la radio… ça y est, me voilà, merci de m'appeler. Je suis dans ma voiture, je descends à L.A. On peut se rencontrer ?

– Où êtes-vous ?

– Sur l'A 101, j'arrive à la hauteur de… Balboa. Ça ne roule pas trop, mais je devrais être à West L.A. dans moins d'une demi-heure

– Christina Marsh est votre sœur ?

– Oui… c'est… c'était… avez-vous le temps de me voir ? J'aimerais vraiment savoir.

– Bien sûr, dit Milo. Retrouvez-moi dans un restaurant proche du poste de police. Le Café Moghul.

Il lui épela le nom et lui donna l'adresse.

Cody Marsh le remercia et coupa la communication.

Nous allâmes directement au restaurant et fîmes le trajet en vingt-cinq minutes. Cody Marsh était déjà installé à une table d'angle, où il buvait un *chai* au lait.

Facile à repérer : c'était le seul client.

Le temps que nous traversions le rideau de perles de verre, il s'était déjà levé. L'incarnation même de celui qui vient de perdre un être cher.

– Monsieur Marsh ?

– Merci d'avoir pris le temps de me rencontrer, lieutenant. Quand pourrai-je voir ma sœur… pour identifier le corps ?

– Êtes-vous sûr de vouloir subir cette épreuve, monsieur ?

– Je me suis dit que je le devais, lui répondit Cody Marsh. Christi n'a personne d'autre.

Dans les trente ans, des cheveux bruns longs et ondulés, la raie au milieu. Il portait une chemise grise sous un blouson de cuir marron et fendillé, blanchi aux points de friction, un pantalon battle-dress beige et froissé et des chaussures de jogging blanches. Visage carré et rougeaud, lèvres épaisses, des yeux bleus au regard fatigués derrière des lunettes à monture d'écaille. Un mètre pas tout à fait quatre-vingts et un début de bedaine. Seul point de ressemblance avec la morte : un menton à fossette.

– En réalité, monsieur, dit Milo, vous n'êtes pas tenu de voir le corps. Une photo suffit.

– Oh, dit Marsh. D'accord. Et je vais où pour voir la photo ?

– J'en ai une sur moi, monsieur, mais je dois vous prévenir…

– Je veux la voir.

– Et si on s'asseyait ? dit Milo.

Cody Marsh regarda fixement la photo de la morgue. Ses yeux se fermèrent, se rouvrirent ; il se mordit les lèvres.

– C'est bien Christi.

Il leva le poing, comme pour l'abattre sur la table, mais le temps d'achever l'arc sa main s'était immobilisée.

– Bon Dieu de merde !

L'aimable créature en sari qui tenait le restaurant se retourna, saisie. Milo ne lui parlait jamais boutique, mais elle connaissait sa profession.

Il lui sourit, sur quoi elle reprit son pliage de serviettes.

– Mes condoléances, monsieur.

– Christi, répéta Cody Marsh. Bon Dieu, que lui est-il arrivé ?

Milo prit la photo et la rangea.

– Votre sœur a été abattue alors qu'elle stationnait dans une voiture dans Mulholland Drive en compagnie d'un jeune homme.

– Ce jeune homme était un ami ?

– Il semblerait, dit Milo. Il s'appelait Gavin Quick. Vous le connaissez ?

Cody Marsh fit signe que non.

– Vous avez une idée des raisons pour…

– C'est ce que nous cherchons à savoir. Donc, Christi n'a jamais mentionné le nom de Gavin Quick.

– Non, mais Christi et moi n'avions pas beaucoup de… contacts.

La femme au sari s'approcha.

– Juste du *chai* pour l'instant, s'il vous plaît, lui dit Milo. Je vous verrai sans doute demain, au déjeuner.

– Ce serait merveilleux, dit la femme. Nous aurons le *sag paneer* et le saumon *tandoori* en plats du jour.

– Est-ce que… commença Cody Marsh quand elle se fut éloignée. Est-ce qu'on peut récupérer Christi ? Pour l'enterrer ?

– C'est au bureau du coroner d'en décider, dit Milo.

– Avez-vous leur numéro ?

– Je me charge de les appeler. Il faudra probablement quelques jours pour régler les formalités.

– Merci. (Marsh fit claquer un ongle sur sa soucoupe.) C'est horrible.

– Voyez-vous quelque chose à nous dire sur votre sœur qui pourrait nous aider, monsieur ?

Ping-ping.

– Que voudriez-vous savoir ?

– D'abord... quand Christi s'est-elle installée à L.A. ?

– Quand exactement, je ne sais pas, mais elle m'a appelé il y a environ un an pour me dire qu'elle était ici.

– Vous êtes du Minnesota ?

– Baudette, Minnesota, dit Marsh. Capitale mondiale de Walleye. Les gens à qui il arrive de passer par là se font prendre en photo avec Willie Walleye.

– Un poisson.

– Une maquette de poisson de douze mètres de long. Je me suis tiré dès que j'ai pu. Je me suis inscrit en fac à Oregon State, j'ai enseigné pendant quelques années dans le primaire à Portland, le temps de mettre assez d'argent de côté pour faire ma licence d'histoire.

– D'histoire, répéta Milo.

– Ceux qui oublient le passé sont condamnés, etc.

– Le fait que vous viviez à Santa Barbara a-t-il incité votre sœur à venir en Californie ?

– J'aimerais vous répondre oui, mais j'en doute fort, dit Marsh. Dans toute l'année, on s'est vus deux fois en tout et pour tout. On a dû se parler trois ou quatre fois au téléphone. Et nous n'avions pas été en rapport pendant longtemps, bien avant que Christi quitte le Minnesota.

– Ces deux fois, dis-je.

– Ici, à L.A. J'assistais à un colloque et je l'ai appelée. En réalité, je l'ai appelée trois fois, mais une fois elle était prise.

– Par quoi ? demanda Milo.

– Elle ne me l'a pas dit.

– Où l'avez-vous rencontrée ?

– Nous avons dîné à mes hôtels.

– Quels hôtels ?

– C'est important ? demanda Marsh.

– Tout peut être important, dit Milo.

– C'est vous l'expert... voyons voir, une fois dans un Holiday Inn à Pasadena, l'autre dans un Holiday Inn à Westwood. Christi m'a retrouvé au café et y est arrivée dans une tenue tout à fait déplacée… Pour un colloque, je veux dire. Elle n'assistait pas aux réunions, mais… l'endroit grouillait d'universitaires.

– Et elle n'avait pas l'air d'en être, dit Milo.

– C'est le moins qu'on puisse dire.

– Déplacée, en quoi ? lui demandai-je.

– Sincèrement, je ne tiens pas à dire du mal de ma sœur.

– Je comprends.

Nouveaux coups d'ongle sur la soucoupe.

– Les deux fois elle avait un dos nu, une jupe très, très courte, des talons aiguilles, une tonne de maquillage. (Marsh poussa un soupir.) Il y avait des professeurs partout, les gens la dévisageaient. La première fois, j'ai laissé passer en me disant qu'elle n'avait pas prévu. La deuxième, je lui ai fait une remarque et le repas a été très tendu. Elle ne s'est pas attardée, m'a dit qu'elle devait y aller et elle est partie sans me dire au revoir. Je n'ai pas tenté de la rattraper. Après, je me suis rendu compte que je m'étais comporté comme un connard de cul-bénit. Je lui ai téléphoné pour m'excuser, mais elle ne m'a pas rappelé. J'ai réessayé, mais le numéro n'était plus attribué. Un mois après j'ai eu de ses nouvelles, et elle n'a pas fait une seule allusion à son départ. Je lui ai demandé son nouveau numéro, mais elle m'a dit qu'elle utilisait des portables à cartes prépayées, le genre qu'on jette, et que c'était absurde de noter le numéro. Je ne savais pas que ça existait.

– Elle a parlé de cartes prépayées ?

– Elle m'a dit que c'était plus simple. J'en ai déduit qu'elle n'avait pas assez de garanties pour ouvrir un vrai compte téléphonique. Ou alors pas de domicile fixe.

– Qu'elle était à la rue ?

– Non, je pense qu'elle vivait quelque part, mais pas toujours au même endroit. J'ai essayé de savoir, mais elle a refusé de me le dire. J'ai cru qu'elle pensait peut-être que je ne serais pas d'accord.

Ping-ping.

– Probable que je ne l'aurais pas été. Christi et moi sommes très différents.

– Elle vous a appelé pour reprendre contact.

– Elle a réussi à retrouver ma trace au département d'histoire ; j'y vais un jour et je trouve un message dans ma boîte, disant que ma sœur avait appelé. D'abord, j'ai cru à une erreur. (Il fit une petite grimace de douleur.) Je ne me sentais pas avoir une sœur. Christi et moi avons le même père, mais des mères différentes, et nous n'avons pas grandi ensemble. Christi est beaucoup plus jeune que moi, je vais avoir trente-trois ans et elle a… elle avait vingt-trois ans. Quand elle a été assez grande pour qu'on ait des liens, j'étais dans l'Oregon, de sorte que nous n'avons jamais eu vraiment de rapports.

– Ses parents vivent toujours ?

– Notre père est mort. Ma mère à moi aussi. La mère de Christi vit encore, mais elle souffre de graves problèmes mentaux. Elle est internée depuis des années.

– Combien ? lui demandai-je.

– Depuis que Christi a eu quatre ans. Notre père était un alcoolique forcené. Pour moi, il a tué ma mère. En fumant au lit, ivre mort. Ma mère buvait aussi, mais c'est lui qui avait allumé la cigarette. La maison a pris feu, il a réussi tant bien que mal à en sortir. Il a perdu un bras et une partie de la figure, mais n'a pas cessé de boire pour autant. J'avais sept ans, je suis allé vivre chez mes grands-parents maternels. Peu de temps après, il a fait la connaissance de la mère de Christi dans un bar et a fondé une nouvelle famille.

– De graves problèmes mentaux, disiez-vous ?

– Carlene est schizophrène, me répondit Marsh. Ça explique qu'elle se soit mise avec un poivrot manchot à la gueule esquintée. Je suis sûr que c'est la boisson qui les a réunis. Et que boire et vivre avec mon père n'a pas arrangé son état mental. Moi, j'ai eu de la chance : mes grands-parents maternels étaient instruits, les deux enseignaient et étaient pratiquants. Ma mère avait une formation d'assistante sociale. Épouser mon père a été son grand acte de rébellion.

– Et il a élevé Christi après l'internement de sa mère ?

– Élevé, c'est beaucoup dire. J'ignore les détails. Je vivais à Baudette, lui a emmené Christi à Saint Paul. J'ai appris qu'elle avait lâché le lycée, mais je ne sais pas exactement en quelle classe. Après, elle l'a suivi à Duluth… il travaillait au port, dans une équipe de manutention ou je ne sais quoi. Ensuite, ils sont revenus à Saint Paul. Un quartier sordide.

– On dirait que vous les surveilliez, dit Milo.

– Non, dit Marsh. J'entendais mes grands-parents dire des choses. Vues par leur bout de la lorgnette. (Il ramena plusieurs mèches de cheveux sur sa figure, les rabattit en arrière et secoua la tête.) Ils détestaient mon père et le rendaient responsable de la mort de ma mère et de tout ce qui n'allait pas sur terre. Ils adoraient raconter ses malheurs dans les moindres détails. Les quartiers de taudis dans lesquels il était forcé de vivre, les mauvaises notes de Christi en classe, le fait qu'elle avait abandonné ses études. Les ennuis dans lesquels Christi s'était mise. La version revue et corrigée, pas le reportage objectif. Ils voyaient Christi comme son prolongement… de la mauvaise graine. Ils ne voulaient pas avoir affaire à elle. Elle n'était pas de leur sang. C'est comme ça que Christi et moi avons grandi chacun dans notre coin.

– Dans quels ennuis Christi s'était-elle mise ? lui demandai-je.

– La routine : drogue, mauvaises fréquentations, vol à l'étalage. Mes grands-parents m'ont dit qu'elle avait été envoyée en camp surveillé, en pleine nature, et après dans un foyer pour jeunes délinquants. C'était leur *schadenfreude*, ils prenaient plaisir aux malheurs d'autrui. Mais aussi, au fin fond d'eux-mêmes, ils se faisaient du mauvais sang pour moi. Parce que je tenais la moitié de mes gènes de mon père. Du coup, ils se servaient de lui et de Christi pour me montrer ce qu'il ne fallait pas faire. Ils prêchaient un converti, car Christi représentait tout ce que, moi, je méprisais dans mes origines. Le côté racaille, comme disaient mes grands-parents. J'étais bon élève, je me conduisais bien, j'irais loin. Et je gobais ça. Ce n'est qu'après mon divorce… (Il sourit.) J'ai omis de mentionner qu'en chemin je me suis marié. Ça a duré dix-neuf mois. Peu après le divorce, mes grands-parents sont morts tous les deux et je me suis senti rudement seul, et je me suis rendu compte alors que j'avais une demi-sœur que je connaissais à peine et que je devrais peut-être arrêter d'avoir si bonne opinion de moi. J'ai donc essayé de contacter Christi. J'ai tanné ma grand-tante, la sœur de ma grand-mère, et elle a fini par me dire que Christi vivait toujours à Saint Paul, où elle faisait du « vaudeville ». J'ai téléphoné à quelques clubs de strip, j'étais motivé, le vieux fantasme de renouer, et j'ai réussi à localiser l'endroit où elle travaillait. Elle n'a pas été trop ravie de m'entendre et elle s'est montrée très distante. J'ai essayé de l'acheter en lui envoyant un mandat d'une centaine de dollars. Après quoi elle m'a téléphoné environ tous les deux mois. Tantôt pour parler, tantôt pour me demander de la dépanner. Ça semblait la gêner… d'être obligée de demander. Elle avait un côté timide, elle faisait semblant d'être une dure, mais elle pouvait être adorable.

– Elle vous a donné d'autres détails sur son genre de vie ?

– Elle m'a juste dit qu'elle dansait. Nous ne sommes jamais entrés dans les détails. Quand elle appelait, c'était toujours d'un club, j'entendais la musique en bruit de fond. Des fois, à l'écouter, je me disais qu'elle devait planer. Je ne voulais rien faire qui risque de l'éloigner de moi. Ça lui plaisait que je sois dans l'enseignement. Des fois, elle m'appelait « Prof' », au lieu de mon nom.

Il ôta ses lunettes et les essuya avec sa serviette. Privés de leur protection, ses yeux étaient petits et fragiles.

– Puis elle a cessé d'appeler, et le club m'a dit qu'elle était partie, sans laisser d'adresse. Je n'ai pas eu de ses nouvelles pendant plus d'un an, jusqu'au message dans ma boîte à la fac.

– Aucune idée de ce qu'elle a fait pendant toute cette période ?

Marsh fit signe que non.

– Elle m'a dit qu'elle s'était fait assez de fric en dansant pour souffler un moment, mais je me suis demandé…

– Demandé quoi ?

– Si elle n'avait pas d'autres activités. Je me suis sorti ça de la tête car je n'avais aucune preuve.

– D'autres activités comme…

– De se vendre, dit Marsh. C'était une autre chose que mes grands-parents ne cessaient de me répéter sur elle. Qu'elle avait de mauvaises mœurs. Ils employaient des termes plus méchants. Je refusais de les écouter.

Il s'empara de sa tasse et parvint à avaler quelques gorgées de *chai*.

– Christi avait des problèmes d'apprentissage, mais aussi un atout sur lequel elle pouvait toujours compter : son physique. C'était une enfant d'une grande beauté. Maigre comme une baguette quand elle était petite, des cheveux de lin qui lui descendaient au-dessous de la taille. Ils n'étaient jamais propres ni coiffés et elle portait des vêtements dépareillés... mon père n'y connaissait rien. Des fois, pas souvent, il passait sans prévenir. Mon grand-père filait toujours comme un fou furieux dans sa chambre et ne redescendait pas. Ma grand-mère appelait Christi « la gosse des rues ». Comme pour dire : « Voilà le clodo et la gosse des rues qui débarquent. Faudra passer les tasses et les verres au désinfectant. » D'habitude, je m'éclipsais dans ma chambre, moi aussi. Un jour, Christi avait quatre ans tout au plus, donc j'en avais quatorze, elle a couru en haut de l'escalier, ouvert ma porte en grand, et s'est jetée sur moi. Littéralement.

Il tirailla la peau autour de sa mâchoire.

– Elle me serrait de toutes ses forces, me chatouillait, riait comme une folle, le premier idiot venu aurait vu qu'elle me tendait les bras. Mais ça m'a exaspéré. Je lui ai crié d'arrêter. Hurlé. Elle s'est écartée de moi, m'a regardé avec une expression dans les yeux... et puis elle est repartie en se faisant toute petite. Je l'avais vraiment anéantie.

Il avait les yeux secs, mais il les essuya.

– J'avais quatorze ans. Comment aurais-je compris ?

– Que savez-vous de sa vie à L.A. ? lui demandai-je.

– À L.A., elle ne m'a pas demandé d'argent, ça je peux vous le certifier. (Il écarta sa tasse d'un petit coup de coude.) Je crois que ça m'a tracassé. À cause de ce qu'elle faisait peut-être pour se tirer d'affaire. Peut-être qu'elle fréquentait des gens peu recommandables ?

– Vous l'a-t-elle laissé entendre ?

Il hésita.

– Monsieur ?

– Le fait est qu'elle m'a raconté des histoires hallucinantes, dit-il. La dernière fois qu'on s'est parlé, au téléphone...

– Ça remonte à quand ? demanda Milo.

– À trois, quatre mois.

– Quel genre d'histoires hallucinantes ?

– Plus incroyables qu'hallucinantes, rectifia Marsh. Elle parlait à une telle vitesse que je me suis demandé si elle se droguait… amphétamines, cocaïne, une substance qui l'excitait. Ou, pire, si elle allait finir comme sa mère.

– Parlez-nous de ces histoires, dis-je.

– Elle prétendait travailler pour des organisations secrètes, sous une fausse identité, et qu'elle espionnait des gangsters de mèche avec des terroristes. Elle se faisait un tas de fric, s'habillait cher… des chaussures hors de prix, elle m'a parlé longtemps de ses chaussures. Elle n'était pas très claire, mais je l'ai laissée continuer. Puis elle s'est interrompue brusquement, m'a dit qu'elle devait y aller et a raccroché.

Il tirailla ses cheveux.

– C'est la dernière fois qu'on s'est parlé.

– Des organisations secrètes, répéta Milo.

– Comme je vous l'ai dit… là-bas.

– Et elle attachait beaucoup d'importance aux chaussures.

– Au fait qu'elle espionnait et portait des chaussures de luxe, dit Marsh. Elle a même mentionné la marque, un nom chinois.

– Jimmy Choo.

– C'est ça ! (Il nous dévisagea.) Quoi ? C'était vrai ?

– Elle portait des chaussures Jimmy Choo la nuit où elle est morte.

– Oh, mon Dieu. Et le reste…

– Des fantasmes, dit Milo.

– Pauvre Christi, dit Marsh. Des fantasmes, comme quand on souffre d'une maladie mentale ?

Milo me jeta un coup d'œil.

– Non, dis-je. On s'est joué d'elle.

– La personne qui l'a tuée ?

– C'est possible.

Marsh poussa un gémissement et se couvrit le visage de la main. Ses épaules se soulevaient. Nous l'observâmes.

– Au moins, reprit-il, elle n'était pas en train de devenir folle.

– C'est important pour vous.

– Mes grands-parents… Ils m'ont bien élevé, dans un sens pseudo-moral. Mais j'ai fini par comprendre qu'ils en manquaient, de cette morale. Leur façon de rabaisser Christi, sa mère…. Même mon père. Je le détestais, mais j'ai compris que tout le monde mérite grâce et charité. Ma grand-mère et mon grand-père disaient toujours que Christi finirait comme sa mère. Ils plaisantaient là-dessus… « Elle est folle à lier », « Elle a une araignée dans le plafond ». C'était d'une enfant qu'ils parlaient ! De ma sœur ! Je n'aimais pas les entendre parler comme ça, mais je n'ai jamais rien dit.

Il attrapa une pleine poignée de ses cheveux et les tordit si méchamment que le haut de son front remua.

– Ils se trompaient. Tant mieux !

– Christi a-t-elle mentionné les noms des gens avec qui elle travaillait dans ces organisations secrètes ?

– Elle disait qu'elle ne pouvait pas. « C'est de l'action clandestine, Prof. Une putain de came qui te fait vraiment planer, Prof. »

Marsh rapprocha sa tasse.

– On s'est joué d'elle… qui ça « on » ?

– Je ne peux pas vous en dire plus à ce stade de l'enquête, monsieur, dit Milo.

Le sourire de Marsh était résigné, mais il réchauffa son visage. Celui d'un homme qui préférait être déçu.

– Vous menez votre propre action clandestine…

– En quelque sorte.

– Pouvez-vous au moins répondre à cette question : avez-vous bon espoir ? De découvrir qui a fait ça ?

– Nous avançons, monsieur.

– Je suppose que je dois me contenter de cette réponse, dit Cody Marsh. Y a-t-il autre chose ?

– Pas pour l'instant, monsieur.

Milo nota son numéro de téléphone et Marsh se leva.

– Donc, vous appelez le coroner pour moi ? Je veux vraiment voir ma petite sœur.

Nous le regardâmes partir.

– Camée aux services secrets, dit Milo. Tu penses qu'elle n'avait peut-être plus toute sa tête ?

– Je pense que quelqu'un a persuadé une fille avec des difficultés d'apprentissage qu'elle jouait à des jeux d'espion. Rappelle-toi les cartes de téléphone prépayées.

– Jerry Quick.

– Il l'a branchée sur Gavin, dis-je. Il aura décidé de lui confier une autre mission : épier ses consorts escrocs. Et s'il avait joué un détenu contre un autre et qu'il ait été découvert… ce qui expliquerait qu'il soit en fuite ?

– En utilisant Christi comme taupe.

– Idéale pour la mission. Peu instruite, crédule, faible estime de soi, marginale. Ayant grandi avec un père alcoolique qui ne s'occupait pas d'elle, elle aurait donné n'importe quoi pour attirer l'attention d'un homme plus âgé. Jerry était un affairiste, qui ne payait pas son loyer à l'heure dite ; en revanche, il roulait en Mercedes et habitait à Beverly Hills. Pour des filles comme Angie Paul et Christi, il faisait figure de protecteur fiable.

– Christi aurait été parfaite pour autre chose, dit-il. Jouant les filles faciles avec Hacker et Degussa et rapportant les infos à Jerry. Comparée aux souillons avec qui on vient de les voir, Christi était le gros lot.

La femme en sari s'approcha et nous demanda si nous avions besoin de quelque chose.

– Et pourquoi pas un assortiment d'amuse-gueules ? proposa Milo.

Elle s'éloigna, rayonnante.

– Ce fumier lui paie des Jimmy Choo, reprit-il.

– Plus du parfum Armani et d'autres joujoux, ajoutai-je.

– Parks jure qu'il ne reconnaîtrait aucune des femmes que ramènent Hacker et Degussa, mais je pourrais lui montrer la photo de Christi. Sauf qu'il paniquerait et voudrait virer Hacker et Degussa, et que je ne peux pas lui faire confiance pour la boucler.

Un plateau de babioles frites arriva.

– Ça te dit ?

– Non merci.

– Alors je prends le tout. (Il plongea quelque chose de rond dans du yaourt coiffé de persil.) Christi n'a pas été tuée simplement parce qu'elle se trouvait avec Gavin. Son double jeu a été découvert... Bon sang, peut-être que c'était elle la cible, et pas Gavin comme nous l'avons cru au début ! Ça expliquerait la coloration sexuelle.

J'étudiai l'hypothèse.

– Degussa a embroché des types en prison et a fait subir le même traitement à au moins trois femmes. En revanche, il n'a pas touché à Gavin. Tu pourrais avoir raison, il aura concentré sa rage sur Christi. Reste que, même avec ce scénario, Gavin était plus qu'une victime fortuite. En tant que fils de Jerry Quick, il constituait une cible pour une vengeance. Ou alors, Degussa se rejouait Flora Newsome.

– Explique.

– Le scénario de la jalousie, dis-je. Si Degussa s'était envoyé Christi, il aurait mal pris de la voir faire l'amour avec Gavin.

– Degussa sortait avec Flora, dit-il. Christi était une call-girl. Cet enfoiré lève des poules dans des bars. Il ne fait pas dans le sentiment.

– Peut-être que si. Pas dans le genre fleur bleue, mais avec un instinct de propriétaire. Tu l'as dit toi-même : avec Christi, il passait au cran supérieur. Jeune, belle, docile. Et si Degussa l'avait voulue rien que pour lui ? Rappelle-toi la scène de crime dans Mulholland, la façon dont les corps se présentaient : la braguette de Gavin était ouverte et Christi n'avait plus son haut. Degussa les a suivis, les a vus se garer, engager les préliminaires. S'il s'agissait juste de les liquider vite fait, il aurait pu s'interposer avant et en finir. Au lieu de quoi il attend. Les épie. Le timing est éloquent : avant le passage à l'acte. Le message était le suivant : essaie toujours, tu ne l'auras pas. En tirant sur Gavin sous ses yeux, il prouvait à Christi qu'il était le mâle dominant. Elle était sous le choc, terrifiée. Peut-être a-t-elle tenté de le vamper pour avoir la vie sauve. Degussa a tiré sur elle aussi, puis a pris son plaisir avec la tige de fer.

Milo reposa sa fourchette. Comme incapable d'avaler une bouchée.

– Plus j'y pense, plus ça se tient. Un psychopathe hypermacho et hyperactif qui ne supporte pas qu'on le rejette.

Il posa des billets sur la table, téléphona à Sean Binchy et lui ordonna de trouver deux autres policiers et de surveiller étroitement Hacker et Degussa.

– Ne les perdez pas, Sean. (Il coupa la communication et se frotta la figure.) Si tu as raison, si Jerry Quick a dirigé Christi sur Gavin et sur Degussa, alors il l'a utilisée d'une manière qu'elle était incapable d'imaginer.

Il saisit un amuse-gueule. L'avala tout rond. Fit la grimace.

– Mauvaise pioche ? demandai-je.

– Monde pourri.

XLIV

Roxbury Park – seize heures quarante.

Les tables de pique-nique. L'ombre des ormes de Chine et un soleil déclinant donnaient au bois de séquoia une couleur de vieil asphalte.

En cette fin d'après-midi, seuls quatre enfants occupaient le terrain de jeu. Deux petits garçons qui poussaient des hurlements et couraient comme des fous, une petite fille de deux ou trois ans accrochée à la main de sa mère et qui escaladait tant bien que mal les marches d'un toboggan à deux bosses pour s'y laisser glisser. Encore et toujours. Un autre bambin enfin, songeur, assis seul dans le sable qu'il laissait filtrer entre ses doigts menus. Trois nurses en uniforme discutaient avec animation en s'esclaffant. Des geais bleus caquetaient, imités par des moqueurs. On entendait le bourdonnement lointain et étouffé de la circulation dans Olympic Boulevard.

La camionnette du marchand de glaces, dix ans à l'Argus et dont le blanc d'origine avait viré au gris, stationnait devant la grille. De délectables friandises peintes à la main dans des couleurs improbables décoraient les flancs du véhicule. Une déclaration de propriété énonçait dans une calligraphie compliquée : DESSERTS GLACÉS GLO-GLO, PROPR. : RAMÓN HERNANDEZ, COMPTON, CALIFORNIE.

Sur la banquette avant, à la place du passager, trônait une glacière remplie de bâtonnets glacés, de glaces et de pop-ups. Au cas où on en demanderait.

Pour l'instant, personne ne s'y était intéressé. Le petit nombre d'enfants et l'heure tardive s'alliaient pour décourager le commerce. Et la position de la camionnette aussi, invisible depuis le terrain de jeu.

Garée assez près pour avoir les tables de pique-nique dans le champ.

À la place du conducteur était assis un inspecteur nommé Sam Diaz, un spécialiste de la police technique de Parker Center. Trente-cinq ans, la silhouette ramassée, moustachu, Diaz portait un sweat-shirt blanc et un large pantalon de peintre en coton blanc. Accroché à sa ceinture, un distributeur de monnaie. Dans sa poche, une licence de marchand de denrées alimentaires spécifiant qu'il était bien Ramón Hernandez et un portefeuille rempli de petites coupures. Sous le sweat-shirt, un neuf millimètres dans son holster.

Le tableau de bord de la camionnette renfermait pour quarante mille dollars d'équipement d'enregistrement à distance en extérieurs, encastré avec des moyens de fortune. Le genre de matériel que *National Geographic* utilise pour garder une trace des chants d'oiseaux. Les micros étaient rabattus, et les arias des geais et des moqueurs réduites à des pépiements. De même que le bruit venant du terrain de jeu : des couinements de joie aiguë, le murmure de voix adultes.

Il était difficile de repérer les équipements, sauf à monter dans la camionnette et voir tous les boutons, LED et fils courant sous la cloison qui séparait les sièges de l'espace de rangement à l'arrière. Un trou avait été découpé dans cette cloison pour permettre de se parler, caché par une porte coulissante à présent ouverte. Les portières de la camionnette étaient verrouillées, et les vitres teintées en nettement plus foncé que la loi ne l'autorise. Du travail bâclé : le plastique opaque godaillait autour des bords. Quant à savoir pourquoi on aurait camouflé une camionnette de marchand de glaces, personne ne posait la question.

Milo et moi étions assis à l'arrière, sur deux banquettes en vinyle empruntées à une Toyota confisquée et vissées dans le plancher. Là encore, du travail bâclé ; les coussins rigides branlaient et grinçaient dès que nous bougions, et l'immobilité rendait fou Milo. Il avait expédié deux gaufrettes glacées et un bâtonnet avec pépites de noisettes et roulé en boule les emballages avant de les jeter dans un coin. En marmonnant : « Goinfrerie oblige. »

Derrière la camionnette il y avait une allée et, plus loin, protégés par de hautes clôtures, les jardins des maisons à vue imprenable de South Spalding Drive. Une minuscule ouverture en forme de cœur, découpée dans une porte arrière de la camionnette, nous permettait de voir à une distance de quinze mètres au nord et au sud. En une heure, nous avions dénombré huit voitures. Aucun mouvement dans les maisons. Rien que de très normal : on était à Beverly Hills.

Un petit écran de télévision couleur était vissé sur notre côté de la cloison ; le cliquètement d'un affichage numérique rythmait le passage du temps. Les couleurs avaient perdu leur vivacité : le vert vif de Beverly Hills s'était fondu dans une tonalité olive, les troncs des arbres étaient gris, le ciel beurre-crème.

Un micro suspendu à un crochet en métal à la droite de l'écran assurait la prise de son.

Le seul bruit audible à présent venait de Franco Gull, qui changeait de position sur le banc de séquoia. Il tripota ses cheveux, regarda au loin, étudia le plateau de la table. Jouant l'indifférence en s'efforçant d'avaler quelques gorgées de café d'un gobelet Starbucks. Un gobelet imposant, format *grande-mega-poobah* ou Dieu sait quoi.

Lors de notre deuxième entrevue, il avait donné dans le registre amical. Me disant qu'il comprenait que mes intentions étaient bonnes. Laissant glisser, au milieu de l'entretien, qu'il avait soupçonné l'existence de « quelque chose de louche » dans Sentinelles pour la justice, mais sans savoir quoi faire.

Reconnaissant du marché. Sa présence à ce moment précis représentait sa quote-part.

Le micro miniaturisé qui retransmettait ses soupirs occasionnels était fixé au-dessous de la table de pique-nique.

On n'avait pas eu d'autre solution que d'installer le dispositif d'écoute à cet endroit. Un regard avait suffi à Sam Diaz pour jauger la situation. « Il sue tellement que si je l'appareille il risque de s'électrocuter. »

Hormis ce détail, l'anxiété de Gull ne posait pas de problème. Sa nervosité faisait partie de la mise en scène.

Maintenant, il attendait.

Nous attendions tous.

Cinq heures cinq.

– J'ai quelqu'un qui arrive de Roxbury… de l'autre côté du terrain de *bocci*, dit Diaz.

Nous distinguâmes une silhouette – masculine, anonyme – dans le quadrant droit supérieur de l'écran. Puis plus bas et plus grande, à mesure qu'elle progressait. Comme l'homme se rapprochait du banc de Gull, la forme d'Albin Larsen se précisa. Ce jour-là, il portait une veste de sport beige clair, une chemise ocre et un pantalon d'une couleur assortie. Déduction de ma part, l'écran tirant les teintes vers l'écru.

– C'est lui, dit Milo.

– Mister Beige, dit Diaz. J'aurais pu prendre du noir et blanc.

– Ouais, criard à souhait.

En arrivant près du banc, Larsen adressa un petit salut de la tête à Gull. S'assit, garda le silence.

Diaz tripota un bouton et les bruits d'oiseaux s'amplifièrent.

– Merci d'être venu, Albin, dit Gull.

Le micro lui faisait une voix fluette.

– Tu avais l'air inquiet au téléphone.

– En effet, Albin.

Larsen croisa les jambes et observa les enfants. Il en restait deux. Et une seule nurse.

Diaz tourna un autre bouton et la caméra zooma sur le visage de Larsen. Passif. Impassible.

Diaz fit un zoom arrière, cadra les deux hommes. La voix de Gull déclara :

– La police m'a posé des questions, Albin.

– Ah bon.

– Tu n'as pas l'air étonné.

– Je suppose que c'est au sujet de Mary.

– Ils ont commencé avec Mary, mais maintenant ils me

posent des questions auxquelles je ne comprends rien, Albin. Sur nous… notre groupe, nos facturations.

Silence.

– Albin ?

– Continue, dit Larsen.

– Sur Sentinelles pour la justice, Albin, dit Gull en appuyant sur « justice ».

– Le bonhomme se prend pour un acteur, dit Milo.

– Aujourd'hui, il l'est, lui fis-je remarquer.

Albin Larsen n'avait toujours pas réagi.

Nous entendîmes des cris d'oiseaux, puis l'appel aigu d'un enfant de trois ans.

– Albin ? dit Gull.

– Vraiment, dit Albin.

– Vraiment, répéta Gull avec insistance.

– Quel genre de questions ?

– Qui avait eu l'idée du programme, ce que nous en savions, depuis quand il était en cours, est-ce qu'on y participait tous les trois. Après, ils m'ont posé des questions d'ordre personnel, et c'est ça qui me tracasse. Quel était le montant de mes facturations, si je pouvais vérifier les chiffres. Est-ce que Mary et toi m'aviez parlé de surfacturation intentionnelle… Ils n'y sont pas allés de mainmorte, Albin. De vrais fachos ! J'ai l'impression qu'ils soupçonnent une fraude. Y a-t-il quelque chose dont vous ne m'ayez jamais parlé, Mary et toi ?

Silence. Onze secondes.

– Qui posait les questions ? demanda Larsen.

– Les mêmes flics que la première fois, plus un crétin de Medi-Cal.

Silence. Gull se rapprocha de Larsen. Qui ne bougea pas.

– Méfiant, le mec, dit Sam Diaz. Je parie que lui, il est sec comme de l'amadou.

Quatorze secondes. Quinze, seize. Gull demanda :

– Il y a une combine, Albin ? Parce que dans ce cas, j'ai besoin de le savoir. C'est moi qu'on harcèle, et je ne sais pas quoi leur dire. Y a-t-il un élément que j'ignore ?

– Pourquoi y en aurait-il ?

– Ils… ils ont l'air très sûrs d'eux. Comme s'ils étaient vraiment sur un coup. Je sais que Mary et toi vouliez que je voie plus de patients Sentinelles, mais je vous l'ai expliqué, je ne me sentais pas partant. Alors pourquoi s'en prennent-ils à moi ? Je n'avais rien à voir avec le programme !

Silence. Neuf secondes.

– N'est-ce pas, Albin ? insista Gull.

– Ils te croient peut-être bien informé.

– Ils se trompent.

– Alors, inutile de t'en faire.

– Albin, ai-je, oui ou non, une raison de m'en faire ?

– Que leur as-tu dit sur tes facturations ?

– Que j'avais déclaré des honoraires pour les rares patients que j'ai suivis, c'est tout. Ils étaient sceptiques, je l'ai vu à leur expression. Ils ont fini par me traiter de menteur et me dire qu'ils avaient du mal à me croire. Alors que c'était la pure vérité… tu le sais, Albin.

Onze secondes.

– Allez, quoi, Albin… Y a-t-il une histoire de facturation que j'ignore ?

– Ça te tourmente vraiment.

– Oh, ça va, Albin. Ne me fais pas le coup du psy.

Larsen posa sa paume sur son cœur et eut un léger sourire.

– Je te pose une question franche et directe et tu me renvoies : « Ça te tourmente vraiment. » Ces fachos m'ont sacrément cuisiné, alors les conneries rogériennes tu les gardes pour une autre fois, Albin !

Seize secondes.

Puis Albin Larsen se leva.

– Oh-ohh… dit Sam Diaz.

Larsen s'éloigna de quelques mètres de la table, les mains croisées dans le dos. Se rapprochant du terrain de jeu. Le docteur plongé dans des pensées profondes.

Franco Gull jeta un regard par-dessus son épaule en direction de la camionnette. Expression d'impuissance sur visage en sueur. Regardant droit vers nous.

– L'idiot ! fulmina Milo.

Larsen revint à la table et se rassit.

– Tu es visiblement inquiet, Franco. La mort de Mary, et ce qu'elle signifie pour nous, est inquiétant.

– Justement, Albin ! J'ai l'impression... à cause d'eux, la police... qu'ils croient que la mort de Mary a un rapport avec Sentinelles. Je sais, ça paraît aberrant, mais si eux le croient, qui peut dire où ça va nous mener !

Quatre secondes.

– Pourquoi croiraient-ils une chose pareille ?

– C'est à toi de me le dire ! Si tu sais quelque chose que je devrais savoir, il faut que tu me le dises, c'est une question d'honnêteté. Je suis sur la chaise électrique, moi ! Tu n'as pas idée du traitement qu'ils te font subir quand ils te soupçonnent d'un truc. Ils n'arrêtent pas de me téléphoner, m'obligent à annuler mes rendez-vous, me convoquent pour m'interroger. T'as déjà mis les pieds dans un poste de police, Albin ?

Larsen sourit.

– Ça m'arrive.

– Oui, en Afrique ou je ne sais où. Mais jamais en tant que suspect ! Laisse-moi te dire que ça n'a rien d'une partie de plaisir.

Treize secondes.

– Ils te parlent d'entretien, ajouta Gull, mais c'est un interrogatoire en règle ! Sans blague, Albin, j'ai l'impression d'être dans un putain de film ! Une situation à la Kafka ou Hitchcock, où tout arrive au pauvre idiot qui ne se doute de rien, et le pauvre idiot, c'est moi !

– Ça paraît terrible.

– Terrifiant, oui ! Et déstabilisant... mon travail commence à s'en ressentir. Comment veux-tu que je me concentre sur des patients quand le prochain fax que je reçois risque de venir des enquêteurs ? Et s'ils se mettent à me bousculer avec leur paperasserie... des citations à comparaître ou je ne sais quoi ? Et s'ils fourrent leur nez dans mes dossiers ?

– Ils ont parlé de « citation à comparaître » ?

– Comme si je m'en souvenais ! L'important, c'est qu'ils fouinent partout comme des cochons qui cherchent des truffes !

– Ils fouinent. C'est tout.

– Albin, j'ai l'impression que tu ne veux pas comprendre. (Il saisit Larsen par les épaules. Larsen ne bougea pas et les mains de Gull retombèrent.) Pourquoi font-ils une fixation sur Sentinelles ? Dis-moi la vérité : Mary et toi, votre plan, c'était quoi ?

Silence. Six secondes.

– Nous essayions d'instiller un peu de compassion dans la justice pénale américaine.

– D'accord, d'accord, je sais. Je parle du dispositif, de la facturation. Car c'est à ça qu'ils s'accrochent. Ils étaient à deux doigts de me dire qu'ils nous soupçonnent d'escroquerie à Medi-Cal, Albin ! Tu trafiquais tes honoraires ?

– Pourquoi l'aurais-je fait ?

– Il ne lâchera pas le morceau, ce fumier, grommela Milo.

– Je ne sais pas, dit Gull. Mais ils ont des soupçons. Avant que cette histoire échappe à tout contrôle, j'ai besoin de savoir si leurs soupçons sont fondés. Même s'il s'agit d'une erreur, d'une affaire de paperasses. Est-ce que toi ou Mary avez fait quoi que ce soit qui leur donnerait des munitions ? Parce que, crois-moi, ils veulent du sang, Albin. Sincèrement. Je pense que la mort de Mary les a orientés dans une direction totalement aberrante. Obsessionnelle… Comme ce patient de Mary qui est mort… tu sais bien, je l'ai eu en thérapie, Gavin Quick. Le gamin souffrait de troubles compulsifs quatre plus, en sus de tous ses autres problèmes. J'ai été ravi de le refiler à Mary, mais je te jure, Albin, face à eux j'ai eu l'impression qu'on me fourrait dans un feuilleton télé sur les TOC ! Les mêmes questions, encore et toujours et indéfiniment. Comme s'ils cherchaient à me faire craquer !

Dix-huit secondes.

– Tu ne dis rien, Albin.

– Je t'écoute.

– Soit… Tu connais les troubles obsessionnels. Le patient s'accroche à une idée et ne cesse d'y revenir. Ce qui est parfait quand tu es le thérapeute et que tu peux fixer les limites. Mais être à l'autre bout… ils ne brillent pas par leur raffinement intellectuel, Albin. Par contre ils sont teigneux ! Pour eux le monde se répartit en chasseurs et en proies, et ils n'ont aucun respect pour notre profession. J'ai le sentiment d'être pour eux une proie désignée, et je n'y tiens pas. Et je pense que toi non plus.

– Qui y tiendrait ?

– Que d'empathie, ricana Milo.

– Si ce type passait au détecteur, les aiguilles ne frémiraient même pas, dit Sam Diaz. Avec Gull, l'appareil exploserait !

Gull agita les mains. Diaz fit un zoom arrière de quelques mètres pour cadrer les postures.

Larsen, assis, ne bougeait pas.

Trente-deux secondes de silence, puis Gull revint à la charge.

– Très franchement, je me sens un peu… désavoué, Albin. Je te pose des questions gravissimes et tu ne me dis rien, tu me renvoies seulement de vagues assurances.

Larsen posa une main sur l'épaule de Gull. Lui parla avec douceur.

– Je n'ai rien à te dire, mon ami.

– Rien ?

– Rien qui puisse t'inquiéter. (Trois secondes.) Rien qui puisse t'empêcher de dormir.

– Parle pour toi, ce n'est pas toi qu'on…

– Tu te sentirais mieux si j'allais leur parler ?

– Quoi, à la police ?

– À la police, aux gens de Medi-Cal. Qui tu veux. Cela te rassurerait-il ?

Gull jeta un regard furtif vers la camionnette, puis reporta son attention sur Larsen. Qui observait de nouveau les enfants.

– Franchement, oui. Je me sentirais infiniment mieux, Albin.

– Alors, tu peux compter sur moi.

Six secondes.

– Qu'est-ce que tu leur diras ?

– Qu'il ne s'est rien passé de… fâcheux.

– Et c'est la vérité ?

Larsen lui donna une autre petite tape gentille sur l'épaule.

– Je ne me fais aucun souci, Franco.

– Tu vas vraiment éclaircir toute cette histoire ?

– Il n'y a rien à éclaircir.

– Rien ?

– Rien.

– Foutu pisse-froid, dit Milo. Il ne va rien lâcher. Un coup d'épée dans l'eau.

Le siège de Sam grinça.

– Un autre bâtonnet ? proposa-t-il à Milo.

– Non merci.

– J'essaierais bien une barre à l'orange, ça paraît plein de crème à l'intérieur.

Sur l'écran, Franco Gull se passa la main dans les cheveux.

– En tout cas je l'espère. Merci, Albin.

Il fit mine de se lever.

– Non, non, non ! lâcha Milo. Ne bouge pas, crétin !

La nurse encore là rassembla les petits confiés à sa garde et s'en alla.

Larsen retint Gull par le bas de sa manche.

– Restons un peu, Franco.

– Pourquoi ?

– Pour profiter de l'air, de la beauté du parc. De la vie.

– Tu as liquidé les patients de la journée ?

– Oh oui !

Quatre-vingt-dix secondes. Tous deux se taisaient.

À cent trente-neuf secondes, Sam lança :

– Homme à l'approche. Par Roxbury aussi.

Une autre silhouette, assez éloignée, traversait le parc en diagonale, venant de la gauche. Marchant à grandes enjambées sur la pelouse, passant juste au nord du terrain de jeu et s'enfonçant dans l'ombre des ormes de Chine.

Diaz la cadra dans l'objectif et fit un zoom avant.

Bonne taille, épaules larges, torse puissant. Chemise de soie bleue restituée en vert-brun sur l'écran, portée au-dessus d'un jean.

Cheveux foncés coiffés en arrière. Moustache grisonnante, mais Raymond Degussa avait rasé son bouc.

– Criminel dangereux, tiens-toi prêt, Sam, dit Milo.

Il dégrafa le bouton pression de son holster, mais sans dégager l'arme. Tirant le verrou d'une porte arrière de la camionnette, il sortit et la referma sans bruit.

Je reportai mon attention sur l'écran. Gull et Larsen ne parlaient toujours pas. Gull tournait le dos à Degussa, qui se dirigeait vers la table de pique-nique. Larsen vit Degussa, mais ne réagit pas.

Puis Franco Gull se retourna.

– Qu'est-ce qu'il fout ici ?

Pas de réponse de Larsen.

– Qu'est-ce qui se passe, Albin ?... Bon sang, lâche ma manche, quoi ! Pourquoi tu me retiens, on part ! Qu'est-ce qui...

Degussa arrivait droit sur eux. Il se trouvait à moins de deux mètres de la table et glissait la main sous sa chemise, quand Gull se dégagea de la prise de Larsen.

Larsen ne bougeait toujours pas.

Degussa sortit une arme de petit format, presque un jouet, la braqua sur Gull. Sans doute un banal calibre 22, de ceux qu'on jette pour en acheter un autre dans la rue pour une bouchée de pain.

À un mètre cinquante de Gull, cible impeccable et immanquable. Je revis Jack Ruby abattant Oswald après l'avoir soigneusement visé. Où était Milo ?

Gull plongea, interposant Larsen dans l'angle de tir de Degussa, et hurla : « À l'aide ! » tout en se laissant tomber par terre et en roulant sur le côté. La caméra de Diaz resta en plan serré.

Degussa contourna Larsen pour mieux viser Gull. Larsen se courba pour lui faciliter la tâche. Gull avait tenté de se relever mais sans réussir à se dégager, jambes coincées sous le banc de la table, le buste contorsionné.

Il posa ses mains sur sa tête dans un geste de protection futile.

Degussa se pencha sur le banc.

Visa.

Clac ! Deux mains qui claquent dans un unique applaudissement.

Un trou apparut sur le front de Degussa... noir devenu marron foncé sur l'écran, la même nuance que sa Lincoln customisée. Sa bouche s'ouvrit, mâchoire inférieure pendante. Il fronça les sourcils. Agacé.

Il leva le bras qui tenait l'arme, essayant toujours de tirer. Le laissa retomber. Bascula en avant, face contre table. Le calibre 22 s'envola et atterrit dans la poussière. Albin Larsen plongea pour le récupérer. Réagissant au quart de tour en cas de nécessité.

– Bon Dieu ! dit Sam. Je ne peux pas rester coincé là !

– Où est Milo ?

– Je ne le vois pas… j'appelle des renforts, ensuite j'y vais, Doc'. Vous ne bougez pas.

Il passa sur la radio de la police. Je vis Albin Larsen se baisser et récupérer l'arme de Degussa. Gull avait dégagé ses jambes ; il les détendit en direction de Larsen, le manqua, bondit sur ses pieds et se tourna pour s'enfuir.

Larsen examina l'arme, puis visa, dos tourné à la caméra.

Clac ! clac ! Deux applaudissements coup sur coup. Deux trous se matérialisèrent dans le dos de la veste de sport de Larsen, à deux centimètres l'un de l'autre, juste à droite de la couture médiane.

– Un autre au tapis, dit Diaz, c'est un appel d'extrême urgence, mon brave.

Larsen se redressa. Sortit le cou, comme si on l'avait pincé inopinément. Le point sur sa veste s'élargit en tache brune. Il se passa la main dans le dos, comme pour gratter ce qui le démangeait.

Puis il changea d'idée. Pivota, se montra partiellement de profil à la caméra.

Dénué d'expression. Nouvel applaudissement sinistre, puis une sorte de bouffissure soudaine apparut au milieu de la nuque de Larsen. Là où la peau rougeaude du cou rejoignait sa chemise ocre.

Larsen voulut y porter la main aussi. Ses bras s'agitèrent dans un spasme et retombèrent mollement sur les côtés.

Son corps bascula avec lenteur vers l'herbe.

À six mètres de là, halluciné, Gull hurlait.

Chants d'oiseaux dans le haut-parleur.

Nature morte sur l'écran.

Le gobelet Starbucks n'avait même pas frémi.

La porte arrière de la camionnette s'ouvrit brusquement et Milo se hissa à l'intérieur.

Pâle comme un spectre, le souffle coupé.

– Y a quelqu'un là-haut, dit-il en haletant. Une maison de Spalding… dans le jardin. Sans doute un fusil. J'étais à côté de la camionnette, j'ai rien pu faire.

Diaz se tourna vers la cabine et fit glisser la cloison.

– Les renforts arrivent. Sûrement une carabine à lunette. Ça va ?

– Ça va.

Quelques secondes plus tard – dix-sept à en croire l'écran –, des sirènes hurlèrent.

XLV

Bennett Hacker capitula sans traîner.

Confronté à une montagne de preuves réunies par l'enquêteur des fraudes de Medi-Cal Dwight Zevonsky – vingt-neuf ans, l'allure d'un étudiant hippie attardé et les manières d'un grand inquisiteur –, l'agent de conditionnelle négocia des aveux complets en échange d'un plaider coupable de fraude et vol qualifié, qui lui valut six ans fermes dans une prison fédérale. Hors de Californie, en quartier d'isolement car Hacker avait fait partie de la police de proximité à Barstow et que les anciens flics n'avaient pas bonne presse derrière les barreaux, même ceux qui avaient copiné avec des détenus.

L'escroquerie corroborait nos hypothèses : Hacker et Degussa recrutaient en foyer de réinsertion des résidents dont les noms pouvaient figurer comme patients de Sentinelles. Ils indemnisaient les détenus en liberté conditionnelle avec de petites sommes en liquide ou de la drogue, ou parfois rien du tout. Au début, les détenus assistaient à une séance de prise en charge, puis à une autre de suivi, dans les bureaux vacants du rez-de-chaussée. Par la suite on abandonnait tout faux-semblant.

Plus tard, la population de patients avait débordé des seuls foyers de réinsertion, à charge pour Degussa de trouver de nouvelles recrues.

– Tantôt nous utilisions la came, tantôt Ray se contentait de faire peur aux camés, dit Hacker. Quand Ray vous regarde, des fois ça suffit.

Il sourit et tira sur sa cigarette. Conscient d'être gagnant dans la transaction. Liquidant sans doute six années de sujétion.

Milo et Zevonsky étaient assis en face de lui dans la salle d'interrogatoire. Je les observais derrière une glace sans tain. Avant de l'embarquer, on avait retiré à Hacker ses lentilles de contact, et il avait reçu en échange des lunettes de détenu peu seyantes, à monture transparente en plastique. Une taille trop grandes, elles glissaient sur son nez et lui faisaient le menton encore plus fuyant. Le type d'homme qu'il évoquait vous faisait froid dans le dos : le nigaud pervers d'une amicale d'amateurs de blues.

Hacker s'appliqua à détailler l'escroquerie comme s'il ne figurait pas au générique. Degussa et son « associé » touchaient les deux tiers des factures établies sous le nom de Franco Gull ; ils s'étaient partagé un peu plus de deux cent mille dollars sur une période de seize mois.

– Ray râlait, dit Hacker. Il s'imaginait que les autres se faisaient des millions, qu'il aurait dû palper plus.

– Qu'a-t-il fait pour y remédier ? demanda Milo.

– Il avait l'intention de leur en parler.

– « Leur », dit Zevonsky, à savoir…

– Aux psys… Koppel et Larsen.

– C'étaient eux le cerveau.

– Eux tous. Ils ont tout manigancé et sont venus me trouver.

– Comment les aviez-vous connus ?

– Koppel me voyait au foyer, dont elle était propriétaire. Elle se renseignait sur les détenus, dont j'avais la charge.

– Elle est venue vous trouver, répéta Zevonsky.

– Exact.

– Et votre travail consistait à…

– Signer de mon nom au bas des feuilles de soins. Et aussi désigner de bons candidats.

– C'est-à-dire ?

– Des drogués, des paumés, des gens qui ne feraient pas de vagues. (Il sourit.) Une vraie femme d'affaires !

– Elle avait les foyers en copropriété avec son ex, dit Milo.

– Et alors ?

– Parlez-nous de lui.

– Le gros ? C'était le propriétaire des foyers, mais il n'avait rien à voir là-dedans.

– Vous êtes sûr de vouloir que cette déclaration figure au dossier ? lui demanda Zevonsky.

– Sûr parce que c'est la vérité vraie. Pourquoi irais-je vous mentir ? (Tirant sur sa cigarette.) Si je pouvais impliquer quelqu'un d'autre, je ne m'en priverais pas. Partager ma bonne fortune, récupérer un petit bonus.

– Qui sait si vous ne mentiriez pas juste pour rire ?

– Ça n'a rien de drôle, protesta Hacker. Rien du tout.

– Et Jerome Quick ? dit Milo.

– Vous remettez ça ? Je ne connais qu'un Quick, Gavin, et je vous ai déjà parlé de lui. C'est qui, Jerry, le frère du gamin ?

Je vous ai déjà parlé de lui.

Rapportant les faits sans émotion. Gavin furetant autour de l'immeuble, voyant défiler des individus de piètre apparence qui ressortaient cinq minutes après, surprenant des lambeaux de conversations. À propos de facturations.

Gavin, le journaliste d'investigation en herbe au cerveau lésé, butant sur un vrai sujet. Et mourant à cause de lui.

– Ce crétin de dingo, dit Hacker.

– Crétin de dingo parce qu'il fouinait, dit Milo.

– Et qu'il a ouvert sa grande gueule ! Il a parlé de ses soupçons à Koppel ! Pendant sa thérapie ! Comme il ne l'avait jamais vue avec les détenus, il a dû croire qu'elle n'était pas dans le coup. Elle en a parlé à Larsen et a dit qu'elle s'occupait de régler le problème. Larsen ne l'a pas crue et a chargé Ray de le faire.

Secret professionnel.

– Qui Gavin avait-il vu avec les détenus ?

– Ray et Larsen.

– Vous n'oubliez personne ? insista Dwight Zevonsky.

Hacker aspira une bouffée d'air et hocha la tête.

– Il m'arrivait d'être là. Mon travail consistait surtout à recueillir des noms, à m'assurer qu'on pouvait compter sur les taulards.

– En les soudoyant, dit Zevonsky.

– Par exemple.

– Koppel savait-elle qu'on allait liquider Gavin ? demanda Milo.

– Non. Comme je l'ai dit, elle croyait pouvoir régler le problème.

– Larsen ne l'a pas crue.

– Larsen n'a pas voulu attendre.

– Il a donc fait appel à Ray.

– Ray l'avait déjà fait.

– Il avait déjà tué pour Larsen ?

– Non, pour lui-même.

– Qui ?

– Des types en prison.

– Et l'autre femme ?

Un temps.

– Peut-être aussi.

– Peut-être ? répéta Milo.

– Je ne peux pas l'affirmer. Ray l'a laissé entendre. Il a dit que quand une gonzesse le baisait, il lui piquait la facture en travers. Quand il a dit ça, il jouait avec un couteau. Il se curait les ongles.

– Il lui piquait la facture en travers… Il a employé ces termes.

– C'était… une de ses expressions. Quand quelqu'un le baisait, il lui piquait la facture en travers. Ray pouvait se montrer généreux. Quand on faisait la fête, il donnait aux femmes ce qu'elles voulaient. Du moment qu'elles ne le décevaient pas.

– Décevaient pas, comment ça ?

– En ne faisant pas ce qu'il voulait.

– Tyrannique, dit Milo.

– Des fois, concéda Hacker.

– Donc, Koppel n'a rien eu à voir avec le meurtre de Gavin.

– Je vous l'ai dit : non. Quand elle l'a appris, quand elle a compris de quoi il retournait, elle l'a rudement mal pris. Elle a menacé de tout arrêter net. Larsen a voulu la calmer, mais elle était dans une colère noire. Je crois que ce qu'elle ne digérait pas, c'est qu'on ait liquidé un de ses patients. Elle en faisait une affaire personnelle.

– Et Ray l'a liquidée, elle aussi.

Hacker acquiesça d'un signe de tête.

– Il vous a dit qu'il allait le faire. Il vous a aussi prévenu pour Gavin.

– Eh, du calme ! S'il me l'avait dit, j'aurais essayé de l'empêcher.

– En lui prêchant la vertu et tout, dit Milo.

– Ben tiens ! J'avais été son agent de conditionnelle, moi.

– Parlez-nous de Christina Marsh.

– Elle partouzait avec nous, une traînée. Ray se la réservait. C'était une strip-teaseuse et il l'aimait bien, parce qu'elle était gourde et bien fichue. Il lui payait des trucs chers.

– Par exemple ?

– Des vêtements, du parfum. Comme je l'ai dit, Ray pouvait se montrer généreux.

– Vu ses rentrées, il avait les moyens.

– Le fric lui coulait entre les doigts, dit Hacker. Le taulard standard.

– Il lui achetait des chaussures ?

– Ça ne m'étonnerait pas.

– Il l'aimait bien.

– Il aimait ce qu'elle lui faisait.

– Jusqu'à...

– Jusqu'à quoi ? dit Hacker.

– Elle était là-haut aussi, Bennett. Dans Mulholland.

– Exact, dit Hacker.

– C'est ça, les aveux complets ? On peut revoir le contrat.

Hacker remonta ses lunettes sur son nez.

– Le contrat est déjà signé.

– Si tu continues à déformer les faits pour ne pas figurer dans le tableau, on déchire les papiers et on te coince pour homicide.

– Je n'y figure pas parce que je n'étais pas dans ce tableau-là, dit Hacker. Dans celui de Sentinelles, oui. Le coup de main pour la paperasserie, oui. Mais pas dans celui du haut de Mulholland.

– Tu savais que Ray allait liquider Gavin.

– Il n'est jamais venu me le dire.

– Il l'a laissé entendre, dit Milo. Il a dit que quelqu'un l'aurait en travers.

Hecker hésita. Hocha la tête.

– Il t'en a parlé après.

– Qui dit ça ?

– Vous étiez copains de partouze.

– Oui, mais pas copains comme cochons.

Milo fit mine de déchirer une feuille de papier.

– Il m'a juste dit : « J'ai résolu notre problème. » Je n'ai pas posé de questions, précisa Hacker. Ensuite, quelques jours après, comme on commençait à planer à l'appartement et qu'il se sentait bien, il m'a donné les détails. Il m'a dit que ç'avait été un jeu d'enfants, le gamin avait été pris de court, il n'avait opposé aucune résistance.

– Pourquoi a-t-il tué Christina Marsh ?

– Parce qu'elle était là.

– Pas d'autre mobile ?

– Il m'a dit que ça l'avait énervé de la voir avec le gamin.

– Énervé.

– C'est le terme qu'il a employé. Ray avait une façon de... d'utiliser des mots ordinaires pour exprimer de grandes émotions. Je sais, en tout cas, que Christi l'avait déjà énervé avant car il me l'avait dit.

– Qu'avait-elle fait ?

– Il s'agissait plutôt de ce qu'elle n'avait pas fait. Elle n'avait pas été là quand Ray la voulait. Une fois, il est arrivé avec de la coke de première, il pensait prendre du bon temps avec elle, et elle n'était pas là. Et elle a remis ça. En disant qu'elle était prise. Ray n'aimait pas qu'on lui dise non.

– Comment Ray avait-il fait sa connaissance ?

– Il l'a levée dans un bar, dit Hacker.

– Où ça, ce bar ?

– À Playa Del Rey. Le Guet des baleines. On y allait souvent

– Christi s'y trouvait, dit Milo.

– Pile au bon moment ! « Mûre pour la cueillette »... les mots de Ray.

– Tu te l'es envoyée aussi ?

Hacker se mit à rire et tira sur sa cigarette, remonta ses lunettes encore une fois, les ôta.

– Il me faut le modèle au-dessous.

– Tu t'es envoyé Christi Marsh, Bennett ?

– Pas vraiment.

– Pourquoi ça ?

– Ray n'était pas partageur.

– Ray t'a-t-il jamais parlé d'une certaine Flora Newsome ?

– Flora ? dit Hacker, étonné. Je la connaissais, elle faisait de l'intérim dans un bureau où j'ai travaillé.

– Ray est venu à ce bureau ?

– Oui. En fait, Ray la connaissait aussi. Ils sont sortis ensemble un moment.

– En fait, répéta Milo.

– Pourquoi ? Quel rapport avec cette histoire ?

– La facture lui est restée en travers.

Les yeux de myope de Hacker parurent jaillir de leurs orbites.

– Vous blaguez !

– Tu ne savais pas ?

– J'ai été muté de ce bureau, c'était une antenne, au bout de quinze jours. Flora ? Je l'aimais bien. Une fille gentille, douce. Je serais bien sorti avec elle, mais Ray a commencé à la voir.

– Et Ray n'aimait pas partager.

– Il l'a tuée ?!

– Et pas qu'un peu, dit Milo.

– Dommage, dit Hacker.

Il avait baissé la voix ; il semblait sincère.

– Un souci, Bennett ?

– Elle avait fait quoi, qui l'a énervé ?

– Tu ne sais pas ?

– Je vous jure que non.

– Tu as dit que Ray laissait entendre qu'il avait tué des femmes.

– Oui, mais comme je l'ai dit, juste une allusion par-ci par-là… vous voulez dire que c'était elle ? Flora ? Merde !

– Ça t'embête, Bennett ?

– Oui, justement. Je l'aimais bien. Une fille gentille. Quand Ray m'a appris qu'il ne la voyait plus, je lui ai dit que je tenterais peut-être ma chance. Il s'est énervé et m'a répondu que le deuxième choix, c'était pour les lavettes. (Il s'humecta les lèvres.) Mais j'en avais envie quand même, elle me plaisait.

Seulement, on n'avait pas intérêt à énerver Ray… C'était dans les journaux ?

– Non, dit Milo. Fait divers sans importance.

– Flora, répéta Hacker. Incroyable.

– Vous deux, ça vous amusait de cohabiter à la Marina ?

– L'idée était de lui, pas de moi. Comme il était censé partager le loyer, je me suis dit : pourquoi pas, chacun vivra sa vie. Il a payé un seul mois.

– Tiens donc, dit Milo. Tu n'as pas protesté.

– Je vous ai dit.

– Ray était un colocataire sympa ?

– Ma foi oui, dit Hacker. Il faisait son lit, passait l'aspirateur. Vous connaissez les taulards, ils peuvent être de vrais maniaques. Je croyais faire des économies. Je voulais acheter l'appartement, pas juste le louer. Ma résidence principale est merdique, vous l'avez vue. J'aime l'eau… vous êtes sûr que l'affaire est bouclée à l'échelon fédéral ? Que je ne serai pas à côté de quelqu'un avec qui j'aurais pu travailler en Californie ? Je ne veux pas passer mon temps à surveiller mes arrières.

– Archi-bouclée.

Hacker aspira une bouffée, sourit. Tout souvenir de Flora Newsome envolé.

– Quelque chose qui t'amuse, Bennett ?

– Je réfléchissais, dit Hacker. Quand j'aurai tiré les six ans, faudra que j'en réfère à un type comme moi.

XLVI

Jerry Quick ? On n'était pas près de connaître le fin mot de l'histoire.

– On ne le saura peut-être jamais, dit Milo.

Il y eut une lueur de faux espoir. Une semaine après ma rencontre avec Kelly Quick et sa mère, Kelly commit l'erreur d'utiliser un téléphone portable au lieu d'une carte prépayée pour appeler Rio de Janeiro. Milo, qui avait obtenu un mandat d'amener à son nom, réussit à localiser l'appel.

– Staybridge Suites Hotel, São Paulo, Brésil.

– Le Brésil n'a pas de traité d'extradition avec les États-Unis, lui rappelai-je.

– Quand même curieux. Quick y est descendu il y a quatre jours avec une femme, a payé en liquide, et il est reparti hier sans laisser d'adresse. L'hôtel les a enregistrés sous le nom de M. et Mme Jack Schnell, Englewood, New Jersey, identité attestée par leurs passeports. L'employé de la réception les décrit comme « un couple mai-décembre ». Un type grisonnant et une fille beaucoup plus jeune que lui, brune et mince.

– Les ongles bleus ?

– Bingo ! Tu gagnes la poupée rose. D'après l'employé, ils semblaient très épris. Il m'a dit que M. Schnell a acheté à Mme Schnell un bikini string et plusieurs autres babioles.

– Schnell signifie « vite » en allemand, lui fis-je remarquer.

– Je sais. Elle est bien bonne.

Erreur numéro deux : une MasterCard au nom de Sheila Quick avait été utilisée pour prendre une chambre dans un Day Inn à Pasadena. Milo et moi fîmes le trajet, aperçûmes Sheila en train de lire un livre de poche au bord de la piscine, emmitouflée dans un peignoir volumineux. Elle paraissait livide et rétrécie. Nous l'évitâmes et montâmes dans sa chambre.

– Oui ? répondit une voix jeune et féminine quand Milo frappa à la porte.

– Personnel d'entretien.

Kelly Quick ouvrit la porte. Le vit. Me vit. Dit : « Oh, non… » Elle était pieds nus, avait épinglé ses cheveux au sommet de sa tête et portait des lunettes, un bermuda et un T-shirt trois fois trop grand pour elle et sur lequel on lisait US ARMY SPECIAL FORCES. WE GET THE JOB DONE. À la main, un recueil juridique de cinq kilos.

– Bonjour Kelly, dit Milo en sortant sa plaque.

– Je n'ai rien fait, se défendit-elle.

– La météo était bonne à São Paulo ?

Elle perdit son assurance.

– J'ai tout gâché, j'aurais dû téléphoner d'une cabine. Il va…

Elle s'arrêta net, les lèvres serrées.

– Il va quoi, mademoiselle Quick ?

Ses yeux se remplirent de larmes.

– Il va être déçu que je n'aie pas été à la hauteur.

Milo la fit reculer dans la chambre. Lits jumeaux, faits au carré. Boîtes de soda, cartons de traiteur et vêtements féminins éparpillés partout. D'autres recueils juridiques empilés sur une table de nuit.

Il la fit asseoir sur un des lits.

– Comment vont les études ?

– C'est difficile de se concentrer.

– Vous repartirez à l'automne ?

– Comment savoir ?

– Inutile de compliquer la situation, Kelly.

– Vous croyez ? C'est fou ce que je m'amuse.

– Combien de temps pensez-vous mener cette vie ? Jouer les gardes-malades auprès de votre mère…

Les yeux sombres de Kelly flambèrent.

– Je ne suis pas sa garde-malade. Elle est... on ne peut pas s'occuper d'elle, on peut juste la surveiller.

– S'assurer qu'elle ne se fasse pas de mal.

– Par exemple.

– Elle a vraiment besoin d'aide, Kelly, lui dis-je. Et vous devez continuer à vivre.

Elle me fusilla du regard. Un peu d'écume moussa aux commissures de ses lèvres.

– Vous qui êtes si malin, dites-moi plutôt comment.

– Appelons votre tante...

– Eileen est une salope.

– Mais aussi une adulte, et elle vit en Californie. Vous devez regagner Boston.

– N'importe quoi.

Deux cillements.

– Nous pouvons vous aider à régler tout ça.

– Je n'en doute pas.

– Où est parti votre père ? demanda Milo.

– Ah ! Votre aide, vous pouvez vous la... Laissez-moi tranquille.

– Ce T-shirt, reprit Milo. C'est votre père qui vous l'a donné ?

Pas de réponse.

– J'ai effectué des recherches, Kelly. Et j'ai trouvé un site Internet, où il a assisté à un rassemblement de son unité à l'armée. Ce que le site ne spécifiait pas, c'est qu'il faisait partie des Forces spéciales. En qualité de tireur d'élite.

Kelly ferma les yeux.

– J'ai fait le Vietnam, moi aussi, et je connais cette unité. Il a vécu des épisodes plutôt terrifiants.

– Je ne suis pas au courant.

– Je parierais le contraire, Kelly. Votre père vous a dit beaucoup de choses.

– Eh bien, vous perdriez votre pari.

– Ma recherche m'a révélé un autre point : personne ne semble pouvoir prouver que votre père ait jamais été négociant en métaux. Nous savons comment il gagnait sa vie, Kelly. Il a effectué sa dernière mission en indépendant, pour un Africain distingué. Il vous en a parlé ? Il vous a dit ce qu'il faisait pour payer les factures ?

Elle se détourna de nous.

– C'était un homme d'affaires. Il nous faisait vivre.

– Alors, où est-il en ce moment ?

Elle secoua la tête.

– Au Brésil, continua Milo. Avec une fille guère plus vieille que vous.

– Il a le droit ! lui lança Kelly. Il a fait tout ce qu'il a pu pour… elle. Ma mère. Vous n'imaginez pas ce que ça représente.

– Votre mère est difficile.

– Ma mère… (Elle eut un geste d'impuissance.) Elle est comme elle est.

– C'est exactement pour cette raison que vous n'avez pas à lui servir d'infirmière.

– Je ne lui sers pas d'infirmière. Vous ne savez pas de quoi vous parlez.

– Écoutez, dit Milo, c'est juste une question de temps. Nous allons creuser, et nous allons trouver d'où lui vient son argent et où il le garde. Et dans ce cas, tous les fonds assurant la subsistance de votre mère seront bloqués.

Kelly se retourna vers lui.

– Pourquoi faites-vous ça ? Mon frère est mort, ma mère est malade et lui est parti. Je ne mérite pas de vivre ?

– Si, bien sûr que si.

– Alors, foutez-moi la paix ! s'écria-t-elle. Foutez-moi tous la paix !

Elle se laissa tomber sur le lit, se roula en boule, son visage se contracta et elle se mit à bourrer de coups le matelas.

Milo me jeta un regard de détresse.

– Partons, dis-je.

Nous nous arrêtâmes dans Colorado Boulevard pour boire un café et nous perdre en hypothèses.

– Protais Bumaya n'est pas une invention, me dit-il. Tu l'as vu, et moi aussi. Mais aucune trace de son entrée sur le territoire ni de sa sortie, et les noms qu'il nous a donnés… ses prétendus amis ? Du vent. Je n'ai jamais pris la peine de vérifier. Ce bonhomme s'est bien payé ma tête.

– Il a dû se rattacher à une mission diplomatique quelconque.

Il pointa son doigt sur moi.

– Bingo ! Une fois de plus. Le mois dernier, en effet, une délégation commerciale du Rwanda a tourné dans le pays. Le nom de Bumaya ne figurait pas au tableau de service, mais ça ne signifie pas grand-chose, hein ? Cependant que M. MacKenzie, naguère consul du Rwanda à San Francisco, est certes un homme charmant, mais il ne nous apporte guère de lumières.

Je me couvris les yeux, puis les oreilles et la bouche.

– La police scientifique a ratissé le jardin de Spalding. Les propriétaires ont été absents pendant un mois, les grilles étaient verrouillées, mais on pouvait facilement sauter par-dessus. Vue impeccable sur le banc du parc, et un gros buisson de bananiers offrait une protection parfaite. Le sol étant humide, on aurait pu s'attendre à des empreintes, mais nada. Pas une seule éraflure, pas une douille, pas un mégot.

– Jerry est un pro, dis-je. Il travaille en indépendant pour des États étrangers. La transition idéale avant le retour à la vie civile pour un ancien des Forces spéciales en mal d'action.

– J'ai dit aux techniciens de Beverly Hills d'inspecter sa maison. Ils ont trouvé des traces de poudre et de la limaille de fer dans le garage, mais pas d'armes. Une armoire de bonne taille, cependant, assez grande pour planquer pas mal de matériel. Fusils, lunettes de visée, rien que du bon.

– Bumaya a engagé Quick pour venger la mort des garçons, dis-je, voire d'autres meurtres. Quick surveillait de près Larsen, a eu vent de l'escroquerie, a pris tout son temps. Va savoir s'il n'essayait pas de trouver un moyen de mettre la main sur l'argent qu'en retirait Larsen. L'enlever, par exemple, et l'obliger à donner ses codes d'accès à ses cartes de crédit ou à ses comptes à l'étranger. Il a branché Larsen sur Mary Lou et Mary Lou sur Koppel. Est devenu le locataire de Sonny pour se rapprocher.

Ensuite, Gavin a eu son accident, ce qui lui a fourni une nouvelle occasion : il savait que Mary Lou était dans le coup, mais il n'avait pas le contact avec elle. Il a bavardé avec Sonny et s'est arrangé pour que celui-ci le dirige sur Mary Lou. Lui envoyer son fils en thérapie permettrait d'expliquer sa présence dans l'immeuble. Mary Lou l'a orienté sur Gull, mais Jerry n'en avait rien à faire. Souviens-toi… Gull nous a dit que c'était Jerry, pas Sheila, qui avait amené Gavin à son premier rendez-vous.

– Le père responsable, dit-il. Un pro des Forces spéciales, et il ne paie pas son loyer à l'heure.

– Tout le monde a ses faiblesses. L'argent, dans son cas. Alimenter un train de vie à Beverly Hills avec des contrats intermittents a de quoi vous stresser un bonhomme. Se présenter sous un jour respectable et entretenir une maîtresse aussi. Un joli petit pactole lui aurait donné un peu de marge. Ce qui explique qu'il gardait un œil sur l'escroquerie. Sauf que Gavin a fichu le bordel en jouant à son petit jeu d'espion personnel. Qu'il a relevé les numéros de plaques, y compris celui de son père. Cette nuit-là, Jerry l'a peut-être suivi. Ou alors il effectuait sa propre surveillance et ne s'imaginait pas que Gavin l'avait repéré, lui. D'ailleurs, va savoir si Gavin lui-même ne lui en a pas parlé ? Jerry aura trouvé une explication tout en lui intimant l'ordre de se tenir à distance. Mais Gavin était obsessionnel. Il a persisté et s'est fait tuer, et Jerry savait pourquoi, ce qui lui donnait une raison de plus de liquider Larsen. Plus une deuxième cible : Degussa. Il a vidé la chambre de Gavin pour voir ce qu'il savait exactement, mais aussi pour détruire tout lien avec lui. Et après, il s'est planqué.

– Larsen et Degussa. Et je l'ai conduit droit sur eux, dit-il.

– Des regrets ?

– Pas l'ombre d'un. Tu crois vraiment que Gavin a tenu tête au vieux ?

– Difficile de dire s'ils communiquaient beaucoup, sinon que Jerry essayait de lui trouver une fille. La première fois qu'on l'a vu, il nous a dit que son fils et lui étaient proches, mais je me souviens avoir pensé que ça sonnait faux. Il semblait avoir perdu le contact. Le fait que Kelly n'ait pas sauté dans un avion m'a paru bizarre aussi. La famille a fini par se désintégrer, mais au terme d'un long processus. L'accident de Gavin n'aura été facile pour personne, Jerry compris.

– Tu as de la sympathie pour ce type, me fit-il remarquer. Si nous commençons à enquêter sur ses déplacements, tu sais qu'on va exhumer une quantité de défunts.

– S'ils sont du même acabit qu'Albin Larsen, je ne verserai pas de larmes.

Il sourit.

– Nous portons tous les deux des jugements de valeur.

– C'est le propre de l'homme.

– En clair, je ne devrais pas m'intéresser à ses voyages.

– En clair, Kelly Quick est une fille bien. Et quel crime a-t-elle commis sinon d'avoir été loyale envers ses parents ?

– Mmm… Peut-être qu'elle va même retrouver la fac et devenir avocate. Et ça ne changera pas la face du monde.

Et c'est la dernière fois qu'il fut question des Quick entre nous.

XLVII

Vendredi, dix heures du matin. Dans huit heures Allison et moi nous envolerions pour Las Vegas. (« Si nous laissions tomber les activités vertueuses, Alex ? Pour une orgie de bruit et de lumières, pour perdre aux tables de jeu des sous gagnés à la sueur de notre front ? Hein ? »)

J'avais l'intention de liquider la paperasserie depuis longtemps en souffrance et de partir l'esprit léger.

Mais, à onze heures quatorze, Milo m'appela.

– J'ai besoin d'un service, mais si tu es coincé, dis-le.

– Lequel ?

– À ta voix, je te dérange.

– Tu voudrais quoi ?

– Il a fallu un moment pour récupérer le corps de Christi Marsh pour l'enterrement. Cody Marsh a regagné le Minnesota, trouvé un emplacement, là il est de retour et file à la morgue. Il a encore des questions sur les causes de sa mort et souhaite qu'on se retrouve là-bas. Je voudrais bien, mais avec tout le boulot sur Gavin-Christi-Mary Lou-Flora, plus un nouveau dossier, deux dealers abattus à Mar Vista, je suis archi-bloqué.

– Quand ce dossier t'est-il tombé sur le nez ?

– Il y a trois heures, me dit-il. Clair comme de l'eau de roche, ne t'inquiète pas, rien qui nécessite tes lumières. Bref, je n'ai vraiment pas le temps de m'occuper de ce cher Cody ni de lui dispenser l'écoute compatissante qu'il mérite.

– Que doit-il savoir ? demandai-je.

– Pas toute la vérité, c'est sûr. Insiste sur les bons points de Christi. Je laisse ça à ta sage discrétion.

– Quand arrive-t-il à la morgue ?

– Dans deux heures.

– Compte sur moi.

– Tu es un frère, me dit-il. Comme toujours.

Je pris la direction de Boyle Heights et trouvai une place dans le parking, devant le bureau du coroner. Comme je sortais de la Seville, une antique Chevrolet grise arriva en hoquetant et fumant, et se gara sans grâce dans un emplacement voisin.

Sonny Koppel en descendit, mit sa main en visière pour se protéger du soleil, fixa le panneau au-dessus de la porte et fit une grimace. Chemisette jaune sur pantalon de coton gris et fripé, tennis blanches. Il avait le cheveu graisseux, et le teint d'une rougeur malsaine.

Il se dirigea vers l'entrée. S'arrêta, me vit et retint son souffle.

– Bonjour, dit-il. Qu'est-ce qui vous amène ici ?

– J'ai rendez-vous.

– Un rapport avec Mary ?

– Non, lui dis-je.

– On meurt beaucoup en ce moment… Je viens reprendre le corps de Mary. Il y a des semaines que j'essaie, la loi ne me reconnaît pas ce droit parce que nous n'étions plus mariés. J'ai fini par faire marcher le piston.

– Ils ne vous simplifient pas toujours la vie.

– L'essentiel, c'est que j'aie le feu vert. (Il poussa un soupir.) Mary n'a jamais dit ce qu'elle aurait voulu pour l'occasion. J'imagine qu'elle aurait aimé être incinérée.

Il me regarda, quêtant un conseil.

– Vous êtes mieux placé que personne pour le savoir.

– Vous croyez ? Je ne pense pas… je ne pense pas savoir grand-chose.

– Vous avez fait le maximum pour elle.

– C'est gentil à vous de me le dire.

– Je le pense sincèrement.

Ses lèvres laissèrent échapper des petits chuintements.

– Espérons que vous avez raison.

Nous arrivions aux portes vitrées de la morgue. Je lui en tins une ouverte.

– Merci, me lança-t-il. Bonne journée.

– À vous aussi.

– Ce n'est pas gagné, dit-il, mais on va essayer.

RÉALISATION . NORD-COMPO À VILLENEUVE-D'ASCQ
IMPRESSION : S.-N. FIRMIN-DIDOT AU MESNIL-SUR-L'ESTRÉE
DÉPÔT LÉGAL : JANVIER 2007. N° 78954 (82939)
IMPRIMÉ EN FRANCE

DERNIERS TITRES PARUS DANS LA COLLECTION

Brigitte Aubert
Une âme de trop

Peter Blauner
Le Dernier Beau Jour

Lawrence Block
Le Cambrioleur en maraude
Les fleurs meurent aussi

C.J. Box
La Mort au fond du canyon
Winterkill
Sanglants Trophées

Jan Burke
Lignées sanglantes

Leonard Chang
Brûlé
Protection trop rapprochée

Michael Connelly
Los Angeles River
Deuil interdit
La Défense Lincoln
Chroniques du crime

Ed Dee
Pas d'erreur sur la personne
Un saut dans le vide
La Fille de l'arnaqueur

Sue Grafton
R... comme ricochet

Denise Hamilton
Trafic d'anges
Dans un jardin sauvage

Steve Hamilton
Ciel de sang

Veit Heinichen
Les Requins de Trieste
Les Morts du Karst

Steve Hodel
L'Affaire du Dahlia noir

Thierry Jonquet
Mon vieux

Faye Kellerman
Les Os de Jupiter
Premières Armes

Jonathan Kellerman
La Clinique
La Sourde

Billy Straight
Le Monstre
Dr la Mort
Chair et Sang
Le Rameau brisé
Qu'elle repose en paix
La Dernière Note
La Preuve par le sang
Le Club des conspirateurs
La Psy

Michael Koryta
La Mort du privé

Michael Malone
First Lady

Henning Mankell
L'Homme qui souriait
Avant le gel
Le Retour du professeur de danse

Alexandra Marinina
Le Styliste
Ne gênez pas le bourreau
L'Illusion du péché

Petros Markaris
Le Che s'est suicidé

Deon Meyer
Jusqu'au dernier
Les Soldats de l'aube
L'Âme du chasseur

Chris Mooney
Déviances mortelles
L'Enfant à la luge

Walter Mosley
Le Casseur
Little Scarlet
Noirs Baisers

Håkan Nesser
Retour à la Grande Ombre

Sara Paretsky
Refus de mémoire
Canailles & Cº

George P. Pelecanos
Hard Revolution
Drama City

Ake Smedberg
Disparitions à la chaîne

James Swain
Le Sens de l'arnaque
Funny Money